AF540181

आखिरी सवाल

[उपन्यास]

आखिरी सवाल

शरतचन्द्र

अनुवाद
विमल मिश्र

राधाकृष्ण प्रकाशन

बांग्ला से हिन्दी में पहली बार शुद्ध एवं सम्पूर्ण अनुवाद

ISBN 978-81-8361-626-3

आखिरी सवाल (उपन्यास)

पहला संस्करण : 2013
दूसरा संस्करण : 2019

मूल्य : ₹595

प्रकाशक
राधाकृष्ण प्रकाशन प्राइवेट लिमिटेड
जी-17, जगतपुरी, दिल्ली-110 051

शाखाएँ : अशोक राजपथ, साइंस कॉलेज के सामने, पटना-800 006
पहली मंजिल, दरबारी बिल्डिंग, महात्मा गांधी मार्ग, इलाहाबाद-211 001
36 ए, शेक्सपियर सरणी, कोलकाता-700 017

वेबसाइट : www.radhakrishnaprakashan.com
ई-मेल : info@radhakrishnaprakashan.com

मुद्रक
बी.के. ऑफसेट
नवीन शाहदरा, दिल्ली-110 032

AAKHIRI SAWAL
Novel by Sharatchandra
Translated by Vimal Mishra

भूमिका

यह है बांग्ला के सर्वश्रेष्ठ उपन्यासकार शरतचन्द्र के उपन्यास 'शेष प्रश्न' का नया हिन्दी अनुवाद– 'आखिरी सवाल'। 'आखिरी सवाल' के प्रकाशन के पूर्व तक 'शेष प्रश्न' का हिन्दी अनुवाद 'शेष प्रश्न' के नाम से ही छपता-बिकता रहा है। वास्तव में बांग्ला के 'शेष प्रश्न' का हिन्दी अनुवाद क्या होना चाहिए, इस पर इसके पहले न किसी प्रकाशक ने ध्यान दिया था न किसी अनुवादक ने। इसमें किसकी गलती है और ऐसी गलती क्यों हुई है, इसकी चर्चा बाद में करेंगे। पहले यह बता दूँ कि हिन्दी में शरत-साहित्य के शुद्ध और सम्पूर्ण अनुवाद का श्रेय श्री अशोक महेश्वरी, प्रबन्ध-निदेशक, राजकमल प्रकाशन-समूह को जाता है। पता नहीं कैसे उन्हें यह मालूम पड़ा था कि शरत-साहित्य के हिन्दी अनुवाद में कुछ गड़बड़ियाँ हैं। लिहाजा उन्होंने सम्पूर्ण शरत-साहित्य का नये सिरे से अनुवाद कराने का महायज्ञ शुरू किया। फलस्वरूप 'पथ के दावेदार' *पथ का दावा* के रूप में और 'शेष प्रश्न' *आखिरी सवाल* के रूप में हिन्दी में प्रकाशित हुआ।

अब बताता हूँ कि आखिर 'शेष प्रश्न' का हिन्दी अनुवाद 'शेष प्रश्न' ही क्यों रह गया। इसका अनुवाद अन्तिम प्रश्न या आखिरी सवाल क्यों नहीं किया गया। हुआ यह कि अनुवाद के क्षेत्र में कुछ ऐसे लोग आए जिन्हें स्रोत-भाषा का सही ज्ञान नहीं था। स्रोत-भाषा की वर्ण-शैली और वाक्य-विन्यास-शिल्प का सम्यक ज्ञान के बिना अनुवाद नहीं किया जा सकता है। किसी भाषा को पढ़ लेना और बोल लेना साहचर्य से सम्भव हो सकता है। पर इससे किसी भाषा के शब्दों के गूढ़ार्थ का बोध होना सम्भव नहीं है।

आगे इस बारे में विस्तार से कुछ लिखने के पहले मैं यह कह लूँ कि अनुवाद करना सबके लिए सम्भव नहीं है। साथ ही यह भी स्पष्ट कर दूँ कि अनुवाद साहित्य है और अनुवादक साहित्यकार है। ऐसी बात नहीं है कि सिर्फ मूल लेखक ही साहित्यकार है। मूल लेखक भी लेखन कार्य करता है और अनुवादक भी लेखन-कार्य करता है। दोनों की ही भाषा मौलिक है। हाँ, अनुवादक वाहक है, दूत है। मैं जो आगे कह रहा हूँ उसे मेरा बड़बोलपन न समझा जाए। हर अनुवादक चाहे, तो साहित्य की किसी-न-किसी विधा पर कलम चला सकता है, लेकिन हर लेखक चाहकर भी अनुवाद नहीं कर सकता है। लेखन-कार्य एक ऐसी कला है जिसे न कोई माता-पिता अपनी सन्तान को दे सकता है और न कोई गुरु अपने किसी शिष्य या शिष्या को दे सकता है।

संगीतकार और कलाकार अपनी सन्तान को प्रशिक्षण देकर क्रमशः संगीतकार और कलाकार बना सकता है। प्रशिक्षण-केन्द्र खोलकर संगीतकार और कलाकार गुरु-शिष्य परम्परा का निर्वाह कर सकता है, मगर साहित्यकार ऐसा नहीं कर सकता है। कोई चाहे, तो परिश्रम और प्रशिक्षण से संगीतकार या कलाकार बन सकता है, मगर परिश्रम और प्रशिक्षण से कोई साहित्यकार नहीं बन सकता है। कुछ है जो किसी को साहित्यकार बनाता है। वह 'कुछ' है क्या, यह अज्ञेय है।

अब इस प्रश्न को समझने की बारी है कि बांग्ला का 'शेष प्रश्न' हिन्दी में भी 'शेष प्रश्न' ही क्यों रह गया। इसका मूल कारण है बांग्ला के 'शेष' शब्द का अर्थ न समझ पाना। बांग्ला के बहुतेरे शब्द हैं जो संज्ञा भी हैं और विशेषण भी। अभी तीन शब्द याद आ रहे हैं, वे हैं–शेष, गरम और ठंडा। मैं उक्त तीनों शब्दों का संज्ञा और विशेषण में प्रयोग करके दिखा देता हूँ।

1. शेष (सं.) और दुखेर शेष छिलो ना। यानी, उसके दुखों का अन्त नहीं था।
   शेष (वि.) शेष-कथा, शेष-पत्र, शेष-प्रश्न, शेष-यात्रा। यानी, आखिरी बात या अन्तिम बात, अन्तिम पत्र, अन्तिम यात्रा, अन्तिम प्रश्न।
2. गरम पड़ेछे (सं.) यानी, गरमी पड़ी है। गरम चा दाओ (वि.) गरम चाय दो।
3. ठांडा (सं.) खूब ठांडा पड़ेछे। यानी, बहुत ठंड पड़ी है।
   ठंडा (वि.) ठांडा जल दाओ। यानी, ठंडा पानी दो।
   हिन्दी में 'शेष' का अर्थ है अवशिष्ट, बचा-खुचा, बाकी।

बाजार में पहले से उपलब्ध 'शेष प्रश्न' का अनुवादक न तो शरतचन्द्र के कथ्य को समझ सका था, न बांग्ला के शब्दों के गूढ़ार्थ को। शरतचन्द्र ने खासकर कमल के चरित्र के माध्यम से जीवन के आखिरी सवाल का जवाब जानना चाहा है। जीवन में अगर आखिरी सवाल का जवाब मिल जाए, तो जीवन की गति रुक जाएगी। इस बात को ध्यान में रखकर उन्होंने आखिरी सवाल उठाया है कि समाज की संरचना का आधार क्या हो, समाज में विवाह प्रथा की उपयोगिता और महत्ता क्या है, साथ ही स्त्री-पुरुष के मन के मेल का महत्त्व क्या है? शरतचन्द्र यह मानते हैं कि समाज में विवाह-प्रथा का महत्त्व है। लेकिन उनका आखिरी सवाल है कि विवाह से स्त्री-पुरुष के मन का मेल स्थायी और सुनिश्चित हो जाता है क्या? विवाह का बन्धन क्या स्त्री-पुरुष के मन को हमेशा-हमेशा के लिए बाँधकर रख सकता है?

शरतचन्द्र की 'कमल' रूप और गुणों की खान है। ताजमहल के सामने जब लोगों ने उसे पहली बार देखा था तब सब ने उसके सौन्दर्य के साथ ताजमहल के सौन्दर्य की तुलना की थी। सब यह देखकर विस्मित हो गए थे कि कमल तो ताजमहल से भी ज्यादा सुन्दर है। जहाँ तक गुणों की बात है, कमल की विशेषताओं की बात है, सब उसके गुणों और विशेषताओं के कायल हो गए थे। पहले जो लोग कमल से नफरत करते थे, वे ही बाद में कमल की सराहना करने लगे थे। कमल हर परिस्थिति में अविचल और निर्द्वन्द्व रही थी। मुझे तो लगता है कि शरतचन्द्र के हर पात्र में कमल के गुणों और विशेषताओं का कुछ अंश समाहित है। मेरी दृष्टि में शरतचन्द्र का 'शेष प्रश्न' (आखिरी सवाल) सर्वश्रेष्ठ उपन्यास है। मेरा मानना है कि शरत-साहित्य को समझने के लिए 'शेष प्रश्न' (आखिरी सवाल) का पढ़ना जरूरी है। मैं तो यहाँ तक कहूँगा कि जिसने 'आखिरी सवाल' नहीं पढ़ा है उसने शरत-साहित्य को नहीं पढ़ा है।

'आखिरी सवाल' में एक प्रमुख पात्र हैं–वयोवृद्ध आशुतोष बाबू। वे ज्ञानी हैं, गुणों के पारखी हैं। वे कमल के गुणों और विशेषताओं को शुरू से ही समझ पाए थे। वे अपनी बेटी मनोरमा से भी ज्यादा कमल को प्यार करते थे। जब कमल के पति अविनाश से मनोरमा ने विवाह कर लिया था, तब आशु बाबू दुखी, क्षुब्ध और विचलित हो गए थे। उन्होंने कमल से उसकी राय माँगी थी। कमल ने उन्हें मनोरमा को आशीर्वाद देने और माफ कर देने की राय दी थी। लगता है, कमल ने आखिरी सवाल का जवाब देने की कोशिश की थी।

–विमल मिश्र

1

अलग-अलग समय में अलग-अलग काम के सिलसिले में आकर बहुत सारे बंगाली परिवार पश्चिम के आगरा में बस गए थे। कोई यहाँ कई पीढ़ियों से रह रहा है, तो कोई अभी भी अस्थायी रूप से रह रहा है। चेचक और प्लेग की चपेट में आने के सिवा इन लोगों का जीवन बड़ा निर्विघ्न है। इन लोगों का बादशाहों के जमाने के किलों और इमारतों को देखना खत्म हो गया है, अमीर-उमराव की छोटी-बड़ी, मँझली, टूटी-फूटी और साबुत जहाँ जितनी कब्रें हैं, उनकी सूची उन्हें जबानी याद हो गई है। यहाँ तक कि विश्वविख्यात ताजमहल में भी उनके लिए अब कोई नयापन नहीं है। शाम में उदास पुरनम आँखें खोलकर, चाँदनी में अधमुँदी आँखों से देखकर, अँधेरे में टुकुर-टुकुर देखकर यमुना के इस पार से, उस पार से ताजमहल के सौन्दर्य को समझने की जितनी तरह की प्रचलित किंवदन्तियाँ और चालें हैं उन्हें निचोड़कर उन लोगों ने खत्म करके छोड़ा है। किस बड़े आदमी ने कब क्या कहा है, किस-किसने कविता लिखी है, उमंग में आकर किसने ताजमहल के सामने खड़े होकर फाँसी लगानी चाही थी—वे लोग सब जानते हैं। इतिहास की दृष्टि से भी जरा भी कमी नहीं है। उनके छोटे-छोटे बच्चे तक जानते हैं कि किस बेगम का जच्चा-घर कहाँ था, किस जाट सरदार ने कहाँ भात बनाकर खाया है—उस कालिख का दाग कितना पुराना है, किस लुटेरे ने कितने हीरे-मोती लूटे हैं और उनका आनुमानिक मूल्य कितना है—कुछ भी अब इनसे भी छिपा नहीं है।

इस ज्ञान और बड़ी निश्चिन्तता के बीच अचानक एक दिन बंगाली समाज में हलचल दिखाई पड़ी। यहाँ रोज मुसाफिर आते-जाते हैं—अमेरिकन टूरिस्ट से लेकर श्रीवृन्दावन-पलट वैष्णवों तक की बीच-बीच में भीड़ लगती है। किसी को भी कोई उत्सुकता नहीं है, रोजमर्रा के कामों में दिन खत्म होता है। ऐसे समय एक अधेड़ भद्र बंगाली साहब ने अपनी पढ़ी-लिखी, खूबसूरत और जवान लड़की के साथ स्वास्थ्य लाभ करने के बहाने शहर के एक छोर पर एक बहुत बड़ा मकान किराए पर ले लिया। उनके साथ बैरा, बावर्ची, दरबान आए, नौकर-नौकरानी, ब्राह्मण रसोइया आए। गाड़ी, घोड़े, मोटर, शोफर, साईस, कोचवान से इतने पुराने, इतने बड़े खाली मकान का कोना-कोना मानो जादू से रातोरात भर उठा। उनका नाम है आशुतोष गुप्त और उनकी बेटी का नाम है—मनोरमा। बड़ी आसानी से यह समझ में आ गया कि वे लोग बड़े आदमी हैं। ऊपर मैंने जिस हलचल का उल्लेख किया है वह यह कल्पना करके उतना नहीं कहा कि उन लोगों की कितनी धन-दौलत है—जितना आशु बाबू के निरभिमान, सहज और भद्र आचरणों की कल्पना करके कहा है। अपनी बेटी को साथ लेकर उन्होंने खुद ढूँढ़कर सबसे मुलाकात की, कहा कि वे बीमार आदमी हैं, उन लोगों के मेहमान हैं, लिहाजा कृपा करके उन लोगों को बंगालियों के समाज में शामिल नहीं कर लेंगे,

तो इस अनजान जगह में रहना उन लोगों के लिए असम्भव है। मनोरमा घर के अन्दर जाकर औरतों से परिचय कर आई, उसने भी बीमार पिता की तरफ से सविनय निवेदन किया कि वे लोग उन लोगों को पराया बनाकर न रखें। ऐसी ही और भी कितनी रोचक और मीठी-मीठी बातें उसने सबसे कीं।

उसकी बातें सुनकर सभी खुश हुए। तब से आशु बाबू की गाड़ी और मोटर जब-तब जिस-तिस के घर आ-जाकर औरतों और मर्दों को लाने लगी, उन्हें वापिस पहुँचा देने लगी। बीच-बीच में आवभगत, गाना-बजाना और दर्शनीय चीजों को बार-बार देखने की हार्दिकता इतनी घनीभूत हो गई कि किसी को भी यह बात भूलने में सप्ताह भर से ज्यादा नहीं लगा कि वे लोग परदेसी हैं या बहुत बड़े आदमी हैं। लेकिन एक बात, कुछ संकोचवश और कुछ यह मानकर कि पूछने की जरूरत नहीं है, किसी ने भी साफ-साफ नहीं पूछी थी कि वे लोग हिन्दू हैं या ब्राह्म-समाजी। परदेस में इस बात की कोई खास जरूरत भी नहीं पड़ती है। लेकिन आचार-व्यवहार से जितना समझा जा सकता है, सभी ने यह समझ रखा था कि वे लोग चाहे जिस समाज के ही क्यों न हों, ज्यादातर ऊँची शिक्षा-प्राप्त भद्र बंगाली परिवार की तरह खाने-पीने के बारे में कम-से-कम भेदभाव बरतकर नहीं चलते हैं। भले ही सब यह न जानते हों कि उनके घर में मुसलमान बावर्ची है, तो भी सभी जानते थे कि जिन्होंने इतनी ज्यादा उम्र तक अपनी बेटी को अविवाहित रखकर उसे कॉलेज में पढ़ाया-लिखाया है, वे मूलतः चाहे जिस भी समाज के क्यों न हों, उन्होंने बहुत तरह की संकीर्णताओं के बन्धन से छुटकारा पाया है।

अविनाश मुखर्जी कॉलेज में प्रोफेसर हैं। उसकी पत्नी का देहान्त हुए बहुत दिन हुए हैं मगर उसने दोबारा शादी नहीं की है। घर में दसेक साल का एक बेटा है। अविनाश कॉलेज में पढ़ाता है और यार-दोस्तों के साथ मौज-मस्ती करता हुआ घूमता है। उसकी माली हालत अच्छी है। निश्चित और निरापद जीवन है। दो साल पहले उसकी विधवा साली मलेरिया से बीमार होकर हवा बदलने के लिए अपने बहनोई के पास आई थी। बुखार ने उसे बख्श दिया, मगर बहनोई ने उसे नहीं बख्शा। फिलहाल वही घर की मालकिन है। लड़के को पाल-पोसकर बड़ा करती है, घर-गिरस्ती देखती है। दोस्त इन सम्बन्धों की चर्चा करके मजाक करते हैं। अविनाश हँसता है, कहता है–"भाई, बेकार में शर्मिन्दा करके और मत जलाओ। यह तकदीर की बात है, वरना कोशिश करने में कोई कमी नहीं है। अभी सोचता हूँ, डाकू यह सुनकर कि मेरे पास बहुत धन है, मुझे मार दे तो यह भी मेरे लिए अच्छा है।"

अविनाश अपनी पत्नी को बहुत प्यार करता था। घर में हर जगह उसकी तसवीरें तरह-तरह के आकार की, तरह-तरह की मुद्राओं की हैं। सोने के कमरे की दीवार पर एक बड़ी-सी तसवीर टँगी हुई है। ऑयल पेंटिंग बेशकीमती फ्रेम में मढ़ी हुई है। अविनाश हर बुधवार की सुबह उस पर माला लटका देता है। बुद्धवार को ही उसका देहान्त हुआ था।

अविनाश खुशमिजाज किस्म का है। ताश-चौपड़ से उसे बहुत ज्यादा लगाव है इसलिए छुट्टी के दिन उसके घर प्रायः ही लोगों का जमघट लगता है। आज किसी त्योहार के चलते कॉलेज, कचहरी बन्द थे। खाने-पीने के बाद प्रोफेसर लोग आ पहुँचे। दो आदमी नीचे बिछाए बिस्तर पर शतरंज की बिसात बिछाए बैठे हुए हैं और दो आदमी औंधे उसे देख रहे

हैं। बाकी सब ड्यूटी आदि की सूझ-बूझ की कमी के अनुपात में मोटी तनख्वाह पाने के लिए जोर-जोर से शोर-गुल करते हुए गवर्नमेंट के प्रति राइच्युअस इंडिग्नेशन अविश्वास जाहिर करने में लगे हुए हैं। ऐसे समय एक बहुत बड़ी मोटर आकर सदर दरवाजे पर लगी। दूसरे पल जब आशु बाबू अपनी बेटी के साथ घुसे, तो सभी ने सम्मान के साथ उन लोगों की अगवानी की। राइच्युअस इंडिग्नेशन पर पानी फिर गया। उधर खेल थोड़ी देर के लिए स्थगित रहा। अविनाश ने हाथ जोड़कर सविनय कहा–"यह मेरा परम सौभाग्य है कि मेरे घर आपकी चरण-धूलि पड़ी। मगर अचानक ऐसे बेवक्त आप लोग क्यों आए?" इतना कहकर अविनाश ने मनोरमा के लिए एक कुर्सी आगे बढ़ा दी।

आशु बाबू ने करीब की आरामकुर्सी पर अपनी देह का भारी बोझ डालकर बेवजह ठहाके से कमरे को गुँजा दिया और बोले–"आशु वैद्य और बेवक्त? इतनी बड़ी बदनामी तो मेरे छोटे चाचा भी नहीं कर सकते हैं, अविनाश बाबू?"

मनोरमा ने मुस्कुराते हुए विनम्र स्वर में कहा–"यह आप क्या कह रहे हैं पिताजी?"

आशु बाबू बोले–"तो रहने दीजिए छोटे चाचा की बात! मेरी बेटी को ऐतराज है। लेकिन इसके बाप की मजाल नहीं है कि वह इससे ज्यादा अच्छा कोई उदाहरण दे।" इतना कहकर उन्होंने खुद दिल्लगी की उमंग में आकर फिर से कमरे को गुंजित करने की तैयारी की। जब उनका ठहाका रुका, तो वे बोले–"मगर क्या कहूँ सा'ब? गठिया के चलते मैं लँगड़ा हो गया हूँ वरना जिन चरणों की धूल का आपने गौरव बढ़ाया, आशु गुप्त के चरणों की उसी धूल को बुहारने के लिए आपको एक नौकर रखना पड़ता, अविनाश बाबू। लेकिन आज और बैठने की गुंजाइश नहीं है। मुझे अभी उठना होगा।"

इस व्यस्तता की वजह जानने के लिए सभी उनके मुँह की तरफ निहारते रहे। आशु बाबू बोले–"एक निवेदन है। मंजूरी के लिए मैं अपनी बेटी तक को साथ ले आया हूँ। कल भी छुट्टी है। कल शाम के बाद मैंने अपने डेरे पर जरा गाने-बजाने का आयोजन किया है। आप लोगों को सपरिवार कल वहाँ आना होगा और गाने-बजाने के बाद जरा मुँह मीठा करना होगा।"

उसके बाद उन्होंने मनोरमा से कहा–"मणि, घर के अन्दर जाकर तुम एक बार उन लोगों की अनुमति ले आओ बेटी। देरी करने से काम नहीं चलेगा। और भी एक बात है, माई यंग फ्रैंड्स–भले ही औरतों के लिए न हो, पर हम मर्दों के लिए दो तरह के खाने का इन्तजाम है–यानी कि अगर प्रेजुडिस न हो तो...आप लोगों ने समझा न?"

सभी ने समझा और सभी ने एक स्वर में जाहिर किया कि उन लोगों को प्रेजुडिस नहीं है।

आशु बाबू ने खुश होकर कहा--"आप लोगों को प्रेजुडिस नहीं होना चाहिए।" फिर उन्होंने बेटी से कहा–"मणि, खाने के बारे में उन लोगों की भी राय लेनी होगी, यह मत भूलना। घर-घर जाकर उन लोगों की अभिरुचि और आदेश लेना। आज हम लोगों को घर लौटने में शायद शाम हो जाएगी। जरा जल्दी करके काम को निपटा आओ बेटी।"

मनोरमा अन्दर जाने के लिए उठ रही थी कि तभी अविनाश बोला–"मेरा घर तो बहुत दिन से सूना है। मेरी साली है, मगर वह विधवा है। उसे गाना सुनने का काफी शौक है, लिहाजा वह जाएगी जरूर। लेकिन खाना..."

आशु बाबू जल्दी से बोल उठे—"उसमें कमी नहीं होगी, अविनाश बाबू। मेरी मणि तो है। मांस-मछली, प्याज-लहसुन वह तो छूती नहीं है।"

अविनाश ने अचरज में पड़कर पूछा—"वे मांस-मछली नहीं खाती हैं?"

आशु बाबू बोले—"वह खाती तो सब कुछ थी, लेकिन मेरा दामाद नहीं चाहता है कि वह मांस-मछली खाए। वह ठहरा भला संन्यासी किस्म का आदमी!"

पलक झपकते मनोरमा का समूचा मुँह लाल हो उठा। उसने पिता को बीच में ही रोककर कहा—"आप यह क्या कहते जा रहे हैं पिताजी?"

आशु बाबू अचकचा गए और बेटी की आवाज की स्वाभाविक मृदुता उनके अन्दर की कड़वाहट को ढक नहीं सकी।

दोस्तों में से किसी ने भी किसी से साफ-साफ कुछ नहीं कहा, लेकिन सभी यह सोचने लगे कि अचानक यह दामाद आखिर आया कहाँ से? यह सभी जानते थे कि आशु बाबू को बेटा नहीं है और मनोरमा ही उनकी इकलौती सन्तान है। वह खुद आज भी कुँआरी है, सुहागिन का कोई चिह्न उसमें मौजूद नहीं है। सीधे प्रश्न करके किसी ने यह बात जान तो नहीं ली, मगर इस बारे में सन्देह का धुआँ भी तो किसी के भी मन नहीं उठा है, तो?

"और इसमें भला शरमाने और छिपाने को क्या है?" आशु बाबू संकोच से सन्न रह गए और मनोरमा मारे शर्म के स्तब्ध बनी रही। सारी बातें सबके मन में एक अवांछित, अप्रिय रहस्य की भाँति बिंधीं। और इस नए-नए आए परिवार के साथ मिलने-जुलने में जिस हरी और स्वच्छन्द धारा ने पहले से ही बहना शुरू किया था उसमें अचानक एक अड़चन आ गई।

2

लगा था आशु बाबू शहर के किसी किसी व्यक्ति को भी निमंत्रित किए बिना न छोड़ेंगे मगर देखने में आया कि बंगालियों में से सिर्फ उन्हीं शिष्ट लोगों को बुलाया था जो प्रोफेसर लोग दल बाँधकर आ पहुँचे। घर की औरतों को मोटर भेजकर पहले ही लाया गया था।

एक बड़े से कमरे के फर्श पर बहुत बड़ा बेशकीमती कारपेट बिछाकर बैठने के लिए जगह बना दी गई है। उस पर बैठकर दो स्थानीय उस्ताद साज मिलाने में लगे हुए हैं। बहुत सारे लड़के-लड़कियाँ उन लोगों को घेरकर बैठे हुए हैं। आशु बाबू कहीं दूसरी जगह थे, खबर पाकर वे हाँफते-हाँफते हाजिर हुए। उन्होंने नाटकीय मुद्रा में दोनों हाथों को जोड़कर कहा—"सज्जनो, आप लोगों का स्वागत है—मोस्ट वेलकम।"

उन्होंने इशारे से उस्तादों को दिखाया। आवाज नीची की और आँख मारकर कहा—"आप लोग डरिए मत। सिर्फ इन लोगों की म्याऊ-म्याऊ सुनाने के लिए ही मैं आप लोगों

को यहाँ नहीं बुला लाया हूँ। सुनाऊँगा, सुनाऊँगा, मैं आप लोगों को आज ऐसा गाना सुनाऊँगा कि आप लोग मुझे आशीर्वाद देकर घर लौटेंगे।''

उनकी बात सुनकर सभी खुश हुए। अविनाश बाबू के मुँह पर खुशियाँ झलक पड़ीं, बोले–''यह आप क्या कह रहे हैं आशु बाबू? मैं इस अभागे देश के सभी को पहचानता हूँ। अचानक यह हीरा आपको कहाँ मिला?''

''मैंने ढूँढ़ निकाला है सा'ब, ढूँढ़ निकाला है। ऐसी बात नहीं है कि आप लोग भी उन्हें बिलकुल नहीं पहचानते हैं–फिलहाल, हो सकता है, आप लोग भूल गए हों। चलिए, मैं आप लोगों को दिखाता हूँ।'' इतना कहकर वे सबको एक तरह से धकेलते-धकेलते लाए और अपनी बैठक का परदा हटाकर घुसे।

वह आदमी जरा साँवला है, मगर उसमें रूप है। जैसा लम्बा छहरहा बदन वैसा ही सारे अवयवों का सही सुन्दर गठन। नाक, आँख, भौंह, माथा, होंठों की तिरछी रेखा तक एक नर-देह में इस तरह से तरतीब से सजाए जाने पर वह कितने आश्चर्य की चीज है, इसकी कल्पना इस आदमी को देखे बिना नहीं की जा सकती है। यह देखकर अचानक अचरज होता है। इस आदमी की उम्र शायद बत्तीस साल के करीब होगी। लेकिन पहले पहल देखने पर उम्र और भी कम लगती है। वह सामने के सोफे पर बैठकर मनोरमा के साथ गपशप कर रहा था। वह सीधा होकर बैठा और तनिक मुस्कुराकर बोला–''आइए।''

मनोरमा उठकर खड़ी हो गई और आए हुए मेहमानों को नमस्कार किया। लेकिन सबके सब इतने विस्मित हो गए कि प्रति-नमस्कार करने की बात किसी को भी याद नहीं रही।

अविनाश बाबू उम्र में भी बड़े हैं और कॉलेज के ओहदे की दृष्टि से भी सबसे श्रेष्ठ हैं। उन्होंने ही पहले पहल बात की, बोले–''आप आगरा कब वापस आए शिवनाथ बाबू? खैर जो हो, हममें से किसी को तो खबर नहीं मिली थी।''

शिवनाथ बाबू बोले–''क्या आप लोगों को मेरी खबर नहीं मिली थी? आश्चर्य है।'' उसके बाद वे मुस्कुराकर बोले–''मैं यह समझ नहीं सका था अविनाश बाबू कि मेरे आने की बाट जोहते हुए आप लोग इतने उद्विग्न हो गए थे।''

उनका जवाब सुनकर अविनाश बाबू ने यद्यपि हँसने की कोशिश की लेकिन उनके सहयोगियों का मुँह गुस्से से तमतमा उठा। चाहे जिस वजह से भी क्यों न हो, ये लोग पहले से ही इस प्रियदर्शन कलाकार व्यक्ति से प्रसन्न नहीं थे। यह आभास हुआ था, तो भी उस आदमी की इस वक्रोक्ति के पीछे और दूसरे सबके मुँह पर आए कठोर भाव से यह विरोध इतना कटु, कठोर और स्पष्ट हो उठा कि मनोरमा और उसके पिता ही नहीं खुशमिजाज स्वभाव के अविनाश भी झेंप गए।

मगर यह बात और आगे नहीं बढ़ सकी, फिलहाल यह बात यहीं बन्द हो गई।

बगल के कमरे से उस्ताद जी की आवाज सुनाई पड़ी और दूसरे ही पल घर के कारकुन ने आकर सविनय निवेदन किया कि सब कुछ तैयार है, सिर्फ आप लोगों के इन्तजार में ही गाना-बजाना शुरू नहीं हो पा रहा है।

पेशेवर उस्तादों का संगीत आमतौर पर जैसा हुआ करता है, इस मामले में वैसा नहीं हुआ–कोई खासियत नहीं थी, मामूली-सी बात थी, लेकिन थोड़ी देर बाद संगीत की इस

छोटी-सी महफिल में कम श्रोताओं के बीच शिवनाथ का गाना सचमुच ही अनूठा लगा। बल्कि इस कला का वह असाधारण जानकार और पारदर्शी है। उसके गाने की आडम्बरहीन संयत मुद्रा, सुर की स्वच्छन्द सरल गति, मुँह के अटूटपूर्व भाव की छाया, अभिभूत, उदास दृष्टि, सब कुछ एक ही समय केन्द्रित होकर वह सर्वांगीण तान-लय-बद्ध संगीत जब खत्म हुआ तब लगा कि मानो सरस्वती ने इस साधक के सर पर अपने दोनों हाथों से अपना आशीर्वाद उड़ेल दिया है।

थोड़ी देर तक सभी मूक, स्तब्ध बने रहे। सिर्फ बूढ़े अमीर खाँ ने धीरे-धीरे कहा–''मैंने ऐसा कभी नहीं सुना।''

मनोरमा ने बचपन से ही गाना-बजाना सीखा है। संगीत में वह अनाड़ी नहीं है, अपने सामान्य जीवन में उसने बहुत कुछ सीखा है, लेकिन वह यह नहीं जानती थी कि दुनिया में यह भी है, इस तरह से भी समूचे कलेजे के अन्दर संगीत का कला-कौशल टीसता रहता है। उसकी दोनों आँखों में आँसू भर आए और इसे ही छिपाने के लिए वह चुपचाप उठकर चली गई।

अविनाश बोले–''शिवनाथ आसानी से गाना नहीं चाहता है। लेकिन उसका गाना हम लोगों ने पहले भी सुना है। इसकी तुलना ही नहीं हो सकती है। इस साल भर के अन्दर उसने इनफिनिटली इम्प्रूव किया है।''

हरेन बोले–''हाँ, आप ठीक कहते हैं।''

अक्षय इतिहास के अध्यापक हैं। बड़े खरे आदमी के रूप में उनकी ख्याति है। गाने-बजाने का अच्छा लगना उनके मुताबिक चित्त की कमजोरी है। वे निष्कलंक और ईमानदार व्यक्ति हैं। इसीलिए सिर्फ अपनी नहीं, बल्कि दूसरे की चारित्रिक पवित्रता पर भी उनकी बड़ी सजग और तीक्ष्ण दृष्टि है। इस बात की आशंका से शिवनाथ की अप्रत्याशित वापसी से शहर का माहौल फिर से गन्दा हो जाएगा, उनकी गहरी शान्ति में खलल पड़ा है। खासकर घर की औरतें यहाँ आई हैं, परदे के पीछे से गाना सुनकर और उसकी शक्ल-सूरत देखकर उन लोगों को भी अच्छा लगेगा, इस बात की सम्भावना से उनका मन बड़ा भारी हो उठा। बोले–''गाना मैंने सुना तो था मधु बाबू का। यह गाना आप लोगों को चाहे जितना भी मधुर क्यों न लगा हो, पर इसमें जान नहीं है।''

सभी चुप रहे, क्योंकि एक तो अनजान मधु बाबू का गाना किसी को भी सुना हुआ नहीं था। दूसरा, गाने में जान के रहने न रहने की धारणा अक्षय की नाईं और किसी की भी नहीं थी। गुण-मुग्ध आशु बाबू उत्तेजनावश तर्क करने को तैयार थे, मगर अविनाश ने आँख के इशारे से उन्हें रोक दिया।

संगीत के बारे में ही चर्चा चलने लगी। कब किसने कहाँ कैसा गाना सुना है, इसका बखान और वर्णन लोग करने लगे। बातों-बातों में रात बढ़ने लगी। अन्दर से खबर आई कि औरतें खाना खा चुकी हैं और उन्हें घर भेज दिया गया है। बूढ़े जज रात के बहाने चले गए और बदहजमी के शिकार मुंसिफ बाबू पानी और पान भर मुँह में डालकर उनके साथ हो लिये। रहे सिर्फ प्रोफेसर लोग। क्रमशः उन लोगों को भी खाने के लिए बुलाया गया। ऊपर के एक खुले बरामदे में आसन बिछाकर खाने के लिए जगह बना दी गई है। आशु

बाबू खुद भी साथ बैठ गए। मनोरमा औरतों की तरफ से छुट्टी पाकर देख-रेख करने के लिए आ हाजिर हुई।

शिवनाथ को चाहे जितनी भी भूख क्यों न लगी हो खाने में रुचि नहीं थी। वह बिना खाए ही अपने डेरे लौटने को तैयार हो गया था। लेकिन मनोरमा ने किसी भी सूरत में उसे जाने नहीं दिया। उसने दबाव डालकर सबके साथ उसे बिठा दिया। आयोजन बड़े लोगों जैसा ही हुआ था। टुंडला से लौटती बार ट्रेन में कैसे शिवनाथ के साथ आशु बाबू का परिचय हुआ था और सिर्फ दो-तीन दिनों की बातचीत से ही कैसे वह परिचय गहरे अपनेपन में बदल गया है, इसी का विस्तार से वर्णन करते हुए उन्होंने अपनी करनी को साबित करने के लिए कहा–"और सबसे ज्यादा बहादुरी है मेरे कानों की। उनके गले की धीमी, जरा मामूली-सी गुनगुनाहट से ही मैं यह पक्का समझ सका था कि वे कलाकार हैं और असाधारण व्यक्ति हैं।" इतना कहकर उन्होंने बेटी को गवाह के तौर पर बुलाकर कहा–"क्यों बेटी, मैंने नहीं कहा था तुमसे कि शिवनाथ बाबू बहुत बड़े आदमी हैं? मैंने यह नहीं कहा था मणि कि जीवन में इन लोगों से जान-पहचान होना सौभाग्य की बात है?"

खुशी के मारे मनोरमा का चेहरा चमक उठा। बोली–"हाँ पिताजी, आपने यह कहा था। आपने गाड़ी से उतरते ही मुझे बताया था कि..."

"लेकिन देखिए आशु बाबू–!"

यह अक्षय ने कहा था। सभी चौंक उठे। अविनाश ने घबराकर बाधा देने की कोशिश की–"ओहो! रहने दो अक्षय। रहने दो न आज वह सब चर्चा..."

अक्षय ने आँखें मूँदकर आँखों के लिहाज से कई बार अपना सर हिलाया, बोला–"नहीं अविनाश बाबू, बात को दबाने से काम नहीं चलेगा। शिवनाथ बाबू की सारी बातों को जाहिर करना मैं अपना कर्तव्य समझता हूँ। वे..."

"ओहो, यह तुम क्या कर रहे हो अक्षय? कर्तव्य का ज्ञान तो हम लोगों को भी है जी, इन सब बातों की चर्चा किसी दूसरे दिन की जाएगी।" इतना कहकर अविनाश ने उन्हें एक धक्का देकर रोकने की कोशिश की, लेकिन वे सफल नहीं हुए। धक्के से अक्षय की देह हिली, मगर कर्तव्यनिष्ठा नहीं हिली। बोले–"आप लोग यह जानते हैं कि मैं बेकार का संकोच नहीं करता हूँ। भ्रष्टाचार को मैं बढ़ावा नहीं दे सकता हूँ।"

अधीर हरेन्द्र बोल उठा–"तो क्या हम लोग भ्रष्टाचार को बढ़ावा देना चाहते हैं? लेकिन इसके लिए क्या कोई स्थान-काल नहीं है?"

अक्षय बोला–"नहीं, नहीं है। अगर वे इस शहर में फिर नहीं आते, अगर वे भद्र परिवार में घनिष्ठ होने की कोशिश नहीं करते। खासकर अगर कुमारी मनोरमा सम्बद्ध न रहतीं तो..."

चिन्ता के मारे आशु बाबू व्याकुल हो उठे और अनजानी शंका से मनोरमा का चेहरा फक पड़ गया।

हरेन्द्र बोला–"It is too much."

अक्षय ने जोर से प्रतिवाद किया–"No, it is not."

अविनाश बोल उठे–"ओहो, यह तुम लोग क्या कर रहे हो?"

अक्षय ने किसी भी बात पर कान नहीं धरा, बोला–"आगरा में वे भी एक दिन प्रोफेसर थे। उन्हें आशु बाबू को यह बताना चाहिए था कि उनकी वह नौकरी कैसे गई।"

हरेन्द्र बोला–"उन्होंने वह नौकरी अपनी मर्जी से छोड़ दी पत्थरों का कारोबार करने के लिए।"

अक्षय ने प्रतिवाद किया–"यह गलत बात है।"

शिवनाथ चुपचाप खाना खा रहा था, जैसे इस सब बतकही से उसका कोई सम्बन्ध नहीं हो। अभी उसने मुँह उठाकर निहारा और बड़े सहज ढंग से कहा–"गलत बात ही तो कारण है, अगर मैं अपनी मर्जी से प्रोफेसरी नहीं छोड़ता तो दूसरे की यानी आप लोगों की मर्जी से मुझे प्रोफेसरी छोड़नी पड़ती। और ऐसा ही तो हुआ!"

आशु बाबू ने विस्मय के साथ कहा–"आपने प्रोफेसरी क्यों छोड़ी?"

शिवनाथ बोला–"शराब के चलते।"

अक्षय ने इसका प्रतिवाद किया–"नहीं, आपने शराब पीने के कसूर के चलते प्रोफेसरी नहीं छोड़ी थी। आपने प्रोफेसरी छोड़ी थी नशे में धुत होने के कसूर के चलते।"

शिवनाथ बोला–"जो शराब पीता है वह कभी न कभी नशे में धुत होता ही है और जो शराब पीकर कभी नशे में धुत नहीं होता है, वह या तो झूठ बोलता है या वह शराब के बदले पानी पीता है।" इतना कहकर वह हँसने लगा।

गुस्साए अक्षय ने कठोर होकर कहा–"बेशर्म की तरह, आप, हो सकता है, हँसें, मगर आपका यह कसूर हम लोग माफ नहीं कर सकते।"

शिवनाथ बोला–"आप मुझे माफ कर सकते हैं, यह कलंक तो मैंने आप पर नहीं लगाया है। पर मैं इस सच्चाई को कबूल करता हूँ कि आप लोगों ने इसके लिए अपनी मर्जी से काफी मेहनत की थी कि मैं अपनी मर्जी से नौकरी छोड़ दूँ।"

अक्षय बोले–"तो फिर आशा करता हूँ कि आप और भी एक सच्चाई को ऐसे ही कबूल करेंगे। आप शायद यह नहीं जानते हैं कि आपकी बहुत सारी बातें मैं जानता हूँ?"

शिवनाथ ने गर्दन हिलाकर कहा–"नहीं, मैं यह नहीं जानता हूँ। लेकिन मैं इतना जानता हूँ कि दूसरे के बारे में आपका कौतूहल जितना असीम है, उतनी ही मेहनत-मशक्कत आप दूसरे की बातों को जानने के लिए करते हैं। कहिए, मुझे क्या कबूल करना है?"

अक्षय बोले–"आपकी पत्नी मौजूद हैं। उन्हें छोड़कर आपने दोबारा शादी की। यह सच है या नहीं?"

आशु बाबू सहसा चिढ़ उठे–"यह आप क्या कह रहे हैं अक्षय बाबू? ऐसा क्या कभी होता है या हो सकता है?"

शिवनाथ ने खुद ही बाधा दी, कहा–"लेकिन ऐसा ही हुआ है आशु बाबू। उसे छोड़कर मैंने दोबारा शादी की है।"

"यह आप क्या कह रहे हैं? क्या हुआ था?"

शिवनाथ ने कहा–"खास कुछ भी नहीं हुआ था? मेरी पत्नी हमेशा बीमार रहती थी उसकी उम्र तीस साल है। औरतों के लिए इतनी उम्र तो काफी होती है। ऊपर से लगातार

बीमार रहते-रहते दाँत झड़ जाने और बाल सफेद हो जाने की वजह से बिलकुल बूढ़ी हो गई है इसलिए उसे छोड़कर मुझे फिर शादी करनी पड़ी।"

आशु बाबू विह्वल नजरों से उसके मुँह की तरफ निहार ते रहे—"ऐं, सिर्फ इसीलिए आपने दूसरी शादी कर ली। उनका और कोई गुनाह नहीं?"

शिवनाथ ने कहा—"नहीं, उसने और कोई गुनाह नहीं किया है। कोई झूठा कलंक लगाने से क्या फायदा है आशु बाबू?"

उनकी इस साफगोई से अविनाश पागल हो उठा—"फायदा क्या है आशु बाबू, पाखंडी कहीं का? भाड़ में जाए तुम्हारा नफा-नुकसान। तुम एक बार झूठ बोल दो कि उसने बड़ा भारी गुनाह किया था, इसीलिए तुमने उसे छोड़ दिया है। एक झूठ बोलने से तुम्हारा पाप और नहीं बढ़ जाएगा!"

शिवनाथ ने गुस्सा नहीं किया, सिर्फ बोला—"मगर इस तरह की गलत बात मैं नहीं कह सकता।"

हरेन्द्र सहसा जल उठा और बोला—"तो क्या विवेक नाम की कोई चीज आप में कहीं नहीं है शिवनाथ बाबू?"

शिवनाथ ने इस पर भी गुस्सा नहीं किया, शान्त भाव से बोला—"यह विवेक अर्थहीन है। एक झूठे विवेक की जंजीर पैरों में बाँधकर अपने आपको लँगड़ा बना देने का मैं पक्षपाती नहीं हूँ। हमेशा दुख झेलते जाना ही तो जीने का मकसद नहीं है!"

आशु बाबू ने बड़े दुख से आहत होकर कहा—"लेकिन आप अपनी पत्नी के दुख को एक बार सोचकर देखिए। उनका बूढ़ी हो जाना खेद का विषय हो सकता है। लेकिन इसी वजह से उन्हें छोड़ देना कहाँ तक उचित है? बीमारी तो गुनाह नहीं है शिवनाथ बाबू? बिना दोष के..."

"बिना दोष के मैं ही भला जीवन भर दुख क्यों सहूँगा? मेरा ऐसा विश्वास नहीं है कि एक का दुख दूसरे के मत्थे मढ़ देने से ही फैसला हो जाता है!"

आशु बाबू ने और तर्क नहीं किया। उन्होंने सिर्फ एक आह भरी और निस्तब्ध रहे।

हरेन्द्र ने पूछा—"पर यह शादी हुई कहाँ?"

"गाँव में ही।"

"सौत के रहते उससे तुम्हारी शादी कराई गई? शायद उसके माँ-बाप नहीं हैं?"

शिवनाथ ने कहा—"नहीं, उसके माँ-बाप नहीं हैं। वह मेरी दाई की विधवा बेटी है।"

"वह आपके घर की दाई की बेटी है? कमाल है! वह किस जात की है?"

"यह तो मैं ठीक-ठीक नहीं जानता। शायद जुलाहिन-उलाहिन होगी।"

अक्षय ने बहुत देर से बात नहीं की थी, अब उसने पूछा—"वह तो पढ़ना-लिखना भी नहीं जानती होगी शायद?"

शिवनाथ बोला—"वह पढ़ना-लिखना जानती है, उस लोभ से तो मैंने शादी नहीं की है। मैंने उससे शादी की है उसका रूप देखकर और उसकी उसमें कमी नहीं है।"

उसकी यह बात सुनने के बाद मनोरमा ने और एक बार उठने की कोशिश की, मगर इस बार भी उसके दोनों पाँव पत्थर की नाईं भारी बने रहे। कौतूहल और उत्तेजनावश

किसी ने भी उसकी तरफ नहीं निहारा था। अगर किसी ने निहारा होता, तो हो सकता है, डर जाता।

हरेन्द्र बोला—"तो फिर यह शायद सिविल मैरेज हुआ?"

"नहीं, विवाह हुआ है शैव रीति से।"

अविनाश ने कहा—"यानी धोखा देने का रास्ता दसों दिशाओं में खुला रहे, है न शिवनाथ!"

शिवनाथ ने मुस्कुराकर कहा—"यह गुस्से की बात नहीं है अविनाश बाबू। वरना पिताजी खड़े रहकर जो शादी करा गए थे उसके अन्दर तो कोई धोखा नहीं था, हालाँकि धोखा काफी था। उसे ढूँढ़ निकालने के लिए आँखें होनी चाहिए।"

अविनाश जवाब नहीं दे सका, उसका समूचा मुँह गुस्से से लाल हो उठा।

आशु बाबू चुपचाप मुँह नीचा किए बैठे-बैठे सिर्फ सोचने लगे—'यह क्या हुआ। यह क्या हुआ?'

दो-तीन मिनटों तक किसी के भी मुँह में कोई शब्द नहीं था, निरानन्द और कलह की रुकी हवा से कमरा भर गया है—बाहर की हवा का एक झोंका अगर नहीं आएगा तो काम नहीं चलेगा। ठीक ऐसे मनोभाव को लेकर अविनाश बाबू अचानक बोल उठे—"जाने दीजिए, जाने दीजिए—जाने दीजिए इन सब बातों को। हाँ, तो शिवनाथ, तुम वही पत्थरों का कारोबार कर रहे हो न?"

शिवनाथ ने कहा—"हाँ।"

"अपने दोस्त के नाबालिग बच्चों का इन्तजार तो तुम्हें ही करना पड़ा। उनकी माँ हैं न? उनकी हालत कैसी है? उतनी अच्छी तो नहीं होगी शायद?"

"नहीं, उनकी हालत अच्छी नहीं है। बहुत बुरी है।"

अविनाश ने कहा—"आह, वे अचानक चल बसे! हम लोगों ने सोचा था कि वे कुछ रुपया-पैसा छोड़ गए होंगे। क्योंकि वे तुम्हारे दोस्त थे, जिगरी दोस्त।"

शिवनाथ ने गर्दन हिलाकर कहा—"हाँ, हम लोग सहपाठी थे।"

अविनाश बोले—"इसीलिए वे उन दिनों तुम्हारे लिए इतना कुछ कर सके थे।" फिर वे थोड़ी देर रुककर बोले—"लेकिन सो चाहे जो भी हो, शिवनाथ अभी जब अकेले तुम्हें भी सारे कारोबार को देखना होगा, तो तुमने हिस्सेदारी का दावा क्यों नहीं किया? तनखाह जैसा—"

शिवनाथ ने उन्हें बात खत्म नहीं करने दी, बोला—"हिस्सेदारी किस चीज की? कारोबार तो अकेला मेरा है।"

प्रोफेसर लोग मानो आसमान से गिरे। अक्षय बोले—"पत्थरों का कारोबार अचानक आपका किस तरह से हो गया शिवनाथ बाबू?"

शिवनाथ ने गम्भीर होकर सिर्फ जवाब दिया—"पत्थरों का कारोबार मेरा ही तो है!"

अक्षय ने कहा—"कतई नहीं। हम सभी यह जानते हैं कि वह योगीन बाबू का है।"

शिवनाथ ने जवाब दिया—"अगर आप यह जानते थे, तो आप अदालत में जाकर गवाही देने क्यों नहीं आए? कोई डॉक्यूमेंट था? आपने यह सुना था?"

अविनाश ने चौंककर प्रश्न किया—"नहीं, मैंने यह नहीं सुना था। मगर यह बात क्या अदालत तक पहुँच गई थी?"

शिवनाथ ने कहा—"हाँ, योगीन के रिश्तेदार ने मुकदमा किया था। डिक्री मुझे ही मिली है।"

अविनाश ने साँस छोड़कर कहा—"यह अच्छा हुआ है। तो फिर आखिरकार विधवा वगैरह को कुछ भी नहीं देना पड़ा।"

शिवनाथ ने कहा—"नहीं, उन्हें कुछ नहीं देना पड़ा। खालिस, तुमने चाप बहुत बढ़िया बनाया है जी और दो-एक दो तो।"

आशु बाबू अभिभूत की नाईं बैठे हुए थे, उन्होंने चौंककर मुँह उठाया और कहा—"आप लोग तो कुछ भी नहीं खा रहे हैं?"

सभी की खाने की रुचि और भूख उड़न-छू हो गई थी। मनोरमा चुपचाप उठकर जा रही थी कि तभी शिवनाथ ने पुकारकर कहा—"क्या जा रही हैं आप? हम लोगों का खाना खत्म भी नहीं हुआ है और आप हैं कि यों चली जा रही हैं!"

मनोरमा ने उसकी इस बात का जवाब नहीं दिया, न ही उसने मुड़कर निहारा, घृणा से उसके रोंगटे खड़े हो गए।

3

उपर्युक्त घटना के बाद सप्ताह भर बीत गया है। दो दिनों से बेमौसम के बादलों के छाने से बारिश होनी शुरू हुई थी। आज भी सवेरे से बीच-बीच में पानी पड़ा था, पर दोपहर में थोड़ी देर तक पानी पड़ना रुक गया था। मगर बादल नहीं छँटे थे। पानी पड़ना किसी भी वक्त फिर से शुरू हो सकता है। जब आसमान की ऐसी हालत है, तो मनोरमा घूमने जाने के लिए तैयार होकर आई और अपने पिता के कमरे में घुसी। आशु बाबू एक छोटी-सी गरम चादर ओढ़े आरामकुर्सी पर बैठे हुए थे, उनके हाथ में एक किताब है। मनोरमा ने अचरज में पड़कर पूछा—"पिताजी, आप अभी तक तैयार नहीं हुए हैं? आज हम लोगों को एतवारी खाँ की कब्र देखने जाने की बात है।"

"हाँ, एतवारी खाँ की कब्र देखने जाने की बात तो थी बेटी, लेकिन आज मेरी कमर का गठिया..."

"तो फिर मोटर को वापस ले जाने को कह देती हूँ। अब हम लोग कल जाएँगे। क्यों, आपकी क्या राय है पिताजी?"

आशु बाबू ने बाधा देकर कहा—"नहीं-नहीं, बिना घूमे तेरा सर दुखने लगता है। ऐसा कर, तू थोड़ा-सा घूम आ बेटी, मैं तब तक इस मासिक पत्रिका पर नजरें फेर लेता हूँ। बड़ी अच्छी कहानी लिखी गई है।"

"अच्छा, तो मैं चली। लेकिन मेरे लौटने में देरी नहीं होगी। आकर मैं आपसे यह कहानी सुनूँगी, यह मैं कह जाती हूँ।" इतना कहकर वह अकेले ही बाहर निकल गई।

घंटे भर के अन्दर ही मनोरमा घर लौटी। उसने पिता के कमरे में घुसते-घुसते प्रश्न किया—"कैसी कहानी है पिताजी? कहानी पढ़ना खत्म हुआ? क्या लिखा गया है?"

लेकिन बात कहते ही उसने चौंककर देखा, उसके पिता अकेले नहीं हैं, सामने शिवनाथ बैठा हुआ है।

शिवनाथ उठकर खड़ा हो गया और नमस्कार किया, बोला—"आप कितनी दूर तक घूम आईं?"

मनोरमा ने जवाब नहीं दिया, नमस्कार के बदले उसने अपना सर सिर्फ जरा एक ओर झुकाया। फिर उसकी तरफ पूरी तरह पीठ करके खड़ी हो गई और पिता से बोली—"कहानी पढ़ना खत्म हो गया पिताजी? कैसी लगी?"

आशु बाबू ने सिर्फ कहा—"नहीं, पढ़ना खत्म नहीं हुआ है।"

मनोरमा ने कहा—"तो फिर मैं उस पत्रिका को ले जाती हूँ। पढ़कर मैं अभी आपको वापस दे जाऊँगी।" इतना कहकर वह उस पत्रिका को हाथ में लेकर चली गई लेकिन अपने सोने के कमरे में आकर वह चुपचाप बैठी रही। उसका कपड़ा बदलना, मुँह-हाथ धोना पड़ा रहा। उसने उस पत्रिका को एक बार खोल करके भी नहीं देखा कि कौन-सी कहानी है, उसे किसने लिखा है, कैसी लिखी गई है?

इस तरह से बैठकर वह क्या सोचने लगी, इसकी स्थिरता नहीं। ऐसे समय उसने नौकर को सामने से होकर आते देखा, तो पूछा—"अरे, पिताजी के कमरे से वह आदमी चला गया है?"

बैरे ने कहा—"हाँ।"

"कब गया वह?"

"पानी पड़ने से पहले ही।"

मनोरमा ने खिड़की का पर्दा हटाकर देखा, उसका कहना ठीक है। फिर से वर्षा शुरू हो गई है। मगर ज्यादा वर्षा नहीं हो रही है। और जब उसने ऊपर की तरफ निहारा तो देखा, पश्चिम क्षितिज पर घटा और घनी होती जा रही है। रात में मूसलाधार पानी पड़ने की शुरुआत हुई है। जब वह उस पत्रिका को हाथ में लिये अपने पिता की बैठक में आई, तो देखा, वे बैठे हुए हैं। उस पत्रिका को उसने उनकी आरामकुर्सी के हत्थे पर धीरे-धीरे रख दिया और बोली—"पिताजी, आप जानते हैं कि यह सब मैं नहीं पसन्द करती।" इतना कहकर वह बगल की कुर्सी पर बैठ गई।

आशु बाबू ने मुँह उठाकर कहा—"क्या यह सब तुम नहीं पसन्द करती हो बेटी?"

मनोरमा बोली—"आप ठीक समझ सके हैं कि मैं क्या कह रही हूँ। कलाकार का आदर करना मैं भी कम नहीं जानती हूँ पिताजी। मगर सिर्फ इसी वजह से कि हम कलाकारों का आदर करते हैं, आप शिवनाथ बाबू जैसे एक बदचलन, शराबी को भला क्या समझकर बढ़ावा दे रहे हैं?"

आशु बाबू लाज और संकोच से एकदम पीले पड़ गए। कमरे के एक कोने में एक टेबुल पर अनगिनत किताबें थाक लगाकर रखी हुई थीं, मनोरमा वक्त की कमी की वजह

से अभी भी उन्हें करीने से नहीं रख सकी है। आशु बाबू आँखों के इशारे से उधर दिखाकर सिर्फ इतना कह सके–"वो रहे वे...।"

मनोरमा ने डरते हुए गर्दन घुमाई दो देखा, शिवनाथ टेबुल के किनारे खड़ा होकर एक किताब ढूँढ़ रहा है। बैरे ने उसे गलत खबर दी थी। मनोरमा लाज के मारे मानो जमीन में गड़ गई।

शिवनाथ जब उसके करीब आकर खड़ा हुआ तो वह मुँह उठाकर निहार नहीं सकी। शिवनाथ बोला–"वह किताब मुझे ढूँढ़े नहीं मिली आशु बाबू। अच्छा तो अब मैं चला।"

आशु बाबू और कुछ नहीं बोल सके, सिर्फ बोले–"बाहर तो पानी पड़ रहा है।"

शिवनाथ बोला–"पानी पड़ रहा है तो पड़ने दीजिए। ज्यादा पानी नहीं पड़ रहा है।" इतना कहकर जब वह जाने के लिए तैयार हुआ, तो ठिठककर खड़ा हो गया। उसने मनोरमा से कहा–"मैंने संयोग से जो सुन लिया है वह मेरा दुर्भाग्य ही है और सौभाग्य भी। इसके लिए आप शर्मिन्दा मत होइएगा। वो तो मुझे प्रायः ही सुनना पड़ता है, तब भी मैं इतना पक्का जानता हूँ कि भले ही वे बातें मेरे बारे में कही गई हों, तो भी वे बातें आपने मुझे सुनाकर नहीं कही हैं, आप इतनी निर्मम हरगिज नहीं हैं।"

थोड़ी देर रुककर वह बोला–"मगर मेरी दूसरी शिकायत है। उस दिन अक्षय बाबू आदि प्रोफेसरों ने मेरे खिलाफ इंगित किया था कि मैंने किसी नीयत से इस घर में घनिष्ठ बनने की कोशिश की है। अलग-अलग आदमियों की धारणा एक सी नहीं होती है, यह भी एक बात है और बाहर से जो कोई घटना नजर आती है वह भी उसका पूरा हिस्सा नहीं है। यह भी दूसरी बात है। लेकिन बात चाहे जो भी क्यों न हो, आप लोगों के बीच घुसने का मेरा कोई तिकड़म न ही उस दिन था, न ही आज है।" सहसा उसने आशु बाबू से कहा– "मेरा गाना सुनना आप पसन्द करते हैं। मेरा डेरा तो ज्यादा दूर नहीं है। अगर किसी दिन मेरा गाना सुनने का आपका मन करे, तो पधारिएगा, मैं खुश ही होऊँगा।" इतना कहकर शिवनाथ ने फिर से नमस्कार किया और बाहर निकल गया। बाप या बेटी दोनों में से कोई भी बात का जवाब नहीं दे सका। तब बाहर पानी और जोर से पड़ रहा था। वे इतना भी नहीं कह सके कि शिवनाथ बाबू थोड़ी देर रुककर जाइएगा।

नौकर चाय का सामान लिये आ पहुँचा। मनोरमा ने पूछा–"आपकी चाय क्या यहीं बना दूँ पिताजी?"

आशु बाबू बोले–"चाय, मेरे लिए नहीं है। शिवनाथ ने कहा था कि वे जरा चाय पिएँगे।"

मनोरमा ने नौकर को चाय वापस ले जाने का इशारा किया। मन की चंचलता वश आशु बाबू ने कमर के दर्द के बावजूद आरामकुर्सी से उठकर कमरे के अन्दर चहलकदमी करना शुरू किया था। अचानक वे खिड़की के पास रुककर खड़े हो गए और थोड़ी देर तक गौर से देखकर कहा–"उस पेड़ के नीचे शिवनाथ खड़ा है न? वह जा नहीं सका है, भीग रहा है।"

दूसरे ही पल वे बोल उठे–"साथ में कोई औरत खड़ी है। वह बंगाली औरतों की तरह साड़ी पहने है। वह बेचारी शायद और भी भीग रही है।"

इतना कहकर उन्होंने बैरे को बुलाकर कहा–"यदु, तू देख आ तो रे कि गेट के पास पेड़ के नीचे खड़ा होकर कौन भीग रहा है। जो बाबू अभी-अभी यहाँ से गए वे ही हैं या कोई और? मगर रुक...।"

उनकी बात बीच में ही रुक गई। अचानक उनके मन के अन्दर बड़ा सन्देह पैदा हुआ–'वह औरत शिवनाथ की वही पत्नी तो नहीं न है?'

मनोरमा बोली–"वह क्यों रुकेगा पिताजी, वह जाकर शिवनाथ बाबू को बुला ही लाए न।" इतना कहकर वह उठकर आई और खुली खिड़की के किनारे पिता की बगल में खड़ी होकर बोली–"मैं अगर यह जानती होती कि उन्होंने चाय पीना चाहा था, तो मैं उन्हें हरगिज नहीं जाने देती।"

मनोरमा के जवाब में आशु बाबू ने धीरे-धीरे कहा–"सो तो है, मणि। मगर मुझे डर लग रहा है कि वह औरत शायद उनकी वही पत्नी है। वे हिम्मत करके उसे अपने साथ इस घर में नहीं ला सके थे। इतनी देर तक वह बाहर खड़े-खड़े कहीं इन्तजार कर रही थी।"

उनकी बात सुनकर मनोरमा को धक्का लगा कि यह वही है। एक बार उसे झिझक हुई, इस घर में उसे किसी भी बहाने बुलाया जा सकता है या नहीं। मगर पिता के मुँह की तरफ निहारकर उसने यह झिझक छोड़ दी। उसने बैरे को पुकारकर कहा–"उन दोनों को ही तुम बुला ले आओ। शिवनाथ बाबू अगर यह पूछें कि किसने बुलाया है, तो तुम मेरा नाम कहना।"

बैरा चला गया। आशु बाबू उत्कंठा से भर उठे, बोले–"मणि, यह काम हो सकता है, ठीक नहीं हुआ।"

"क्यों पिताजी?"

आशु बाबू बोले–"शिवनाथ चाहे जो हो, पर वह बहुत पढ़ा-लिखा है, शरीफ आदमी है। लेकिन उसी सिलसिले में क्या इस औरत के साथ भी परिचय किया जा सकता है? जात का भेदभाव हम लोग, हो सकता है, उतना न मानते हों। लेकिन फर्क तो कुछ न कुछ है ही। नौकर-नौकरानियों के साथ तो दोस्ती नहीं की जा सकती।"

मनोरमा बोली–"दोस्ती करने की तो जरूरत नहीं है पिताजी। मुसीबत में पड़े राह के राहगीरों को भी कई घंटों के लिए रहने को जगह दी जाती है। हम लोग सिर्फ ऐसा ही करेंगे।"

आशु बाबू के मन से झिझक दूर नहीं हुई। उन्होंने कई बार सर हिलाकर धीरे-धीरे कहा–"ठीक इतनी-सी बात नहीं है। मुझसे सिर्फ यह सोचते नहीं बनता है कि उस औरत के आ जाने पर तुम उसके साथ क्या व्यवहार करोगी!"

मनोरमा ने कहा–"मुझ पर आपको विश्वास नहीं है पिताजी?"

आशु बाबू थोड़ी सूखी हँसी हँसकर बोले–"मुझे तुम पर विश्वास है। तब भी मैं चीज को ठीक-ठीक भाँप नहीं सकता हूँ। तुम यह जानती हो कि अपने बराबर के लोगों के साथ कैसा बर्ताव करना चाहिए। कम ही लड़कियाँ इतना जानती हैं। नौकर-नौकरानियों के साथ किए गए तुम्हारे बर्ताव में भी कोई खोट नहीं है। लेकिन यह है–यह क्या है, जानती हो बेटी, बतौर आदमी मैं शिवनाथ को स्नेह करता हूँ। मैं उसकी कला का मुरीद हूँ। संयोगवश आज वह अकारण बहुत लांछनाएँ सहन करके गया है। फिर घर में बुलाकर उसे दुख देना मैं नहीं चाहता।"

मनोरमा ने समझा, यह शिकायत उसी के प्रति है। बोली—"अच्छा पिताजी, ऐसा ही होगा।"

आशु बाबू हँसकर बोले—"ऐसा होना क्या आसान है बेटी, क्योंकि क्या होना चाहिए, इस बात की धारणा मुझे भी बहुत साफ नहीं है, सिर्फ यही लग रहा है कि शिवनाथ मेरे घर में दुख न पाए।"

मनोरमा पता नहीं क्या करने जा रही थी कि तभी अचानक वह चौंककर बोली—"लीजिए, वे लोग आ रहे हैं।"

आशु बाबू व्यस्त होकर बाहर आए—"शिवनाथ बाबू, आप तो बिलकुल भीग गए।"

शिवनाथ ने कहा—"हाँ, अचानक पानी एकबारगी जोर से आ गया। पर वे मुझसे कहीं ज्यादा भीग गई हैं।" इतना कहकर उसने साथ आई औरत को दिखा दिया। मगर उसने भी यह साफ-साफ नहीं बताया कि वह औरत कौन है, इन लोगों ने भी साफ-साफ नहीं पूछा।

वास्तव में उस औरत के समूचे बदन पर सूखी नाम की कोई दूसरी चीज नहीं थी। कपड़े-लत्ते भीगकर भारी हो गए हैं। घनी काली जुल्फों से पानी की धार गालों पर से होकर गिर रही थी। बाप और बेटी ने जब इस नई-नई आई नारी के मुँह की तरफ निहारा, तो दोनों असीम विस्मय से चुप्पी साधे रहे। आशु बाबू खुद कवि नहीं हैं, मगर उन्हें पहली बार लगा कि इसी नारी-रूप की प्राचीन काल के कवियों ने ओस-धुले कमल से तुलना की थी और दुनिया में इतनी बड़ी सही तुलना, हो सकता है, दूसरी न हो। उस दिन अक्षय के तरह-तरह के सवालों के जवाब में शिवनाथ ने ऊबकर जो कहा था कि वह पढ़ना-लिखना जानती है, इस लोभ से उसने उससे शादी नहीं की है। उसने उससे इसलिए शादी की है कि वह खूबसूरत है, वह किस हद तक सही है, तब इस पर किसी ने कान नहीं दिया था, पर अभी स्तब्ध होकर आशु बाबू शिवनाथ की उसी बात को बार-बार याद करने लगे। उन्हें लगा कि वास्तव में इन लोगों के जीने का ढंग भले ही भद्र और नीतिसंगत न हो, भले ही इन लोगों के बीच पति-पत्नी के रिश्तों की पवित्रता न हो, मगर इस नश्वर जगत् में उतने ही नश्वर इन दो नर-नारियों की देह में सृष्टि की कितनी अविनश्वर सच्चाई खिली है। और सबसे बड़ा आश्चर्य यह है कि जिस देश में रूप को चुन लेने का कोई बँधा-बँधाया तरीका नहीं है, जिस देश में अपनी आँखों को बन्द करके दूसरे की आँखों पर निर्भर रहना पड़ता है उस देश के अँधेरे में इन लोगों ने एक दूसरे की खबर पाई, तो पाई कैसे? लेकिन इस मोहाच्छन्न भाव को दूर करने में उन्हें पल भर से ज्यादा वक्त नहीं लगा। उन्होंने व्यस्त होकर कहा—"शिवनाथ बाबू, भीगे कपड़े-लत्तों को बदल डालिए। यदु, तुम बाबू को मेरे बाथरूम में ले जाओ।"

बैरे के साथ शिवनाथ चला गया। मुसीबत में पड़ी इस बार मनोरमा। वह लड़की करीब-करीब उसकी हमउम्र है। भीगे कपड़े बदलने की इसे भी बड़ी जरूरत है। लेकिन उसके वंश का जो परिचय उस दिन उसने शिवनाथ के मुँह से सुना था उसकी वजह से उसे यह सोचते नहीं बना कि वह उसे क्या कहकर सम्बोधित करे। वह चाहे जितनी भी खूबसूरत क्यों न हो, शिक्षा-संस्कारहीन, नीची जात की इस नौकर की बेटी को आओ कहकर बुलाने में भी उसे पिता के सामने जितनी हिचकिचाहट हुई—'आइए' कहकर बुलाकर अपने कमरे में ले जाने में उसे उतनी ही नफरत महसूस हुई। लेकिन सहसा इस समस्या का फैसला कर

दिया खुद उस लड़की ने। उसने मनोरमा की तरफ निहारकर कहा—“मेरे भी सारे कपड़े भीग गए हैं। मेरे लिए भी एक साड़ी मँगवा देनी होगी।”

“देती हूँ।” इतना कहकर मनोरमा उसे अन्दर ले गई और दाई को बुलवाकर उन्हें गुसलखाने ले जाने और जो कुछ जरूरी हो, सब उन्हें दे देने को कह दिया।

उस लड़की ने मनोरमा को सिर से लेकर पैर तक बार-बार देखा और कहा—“मुझे एक धुली-धुलाई साड़ी देने के लिए कह दीजिए।”

मनोरमा बोली—“अच्छी बात है, वह आपको धुली-धुलाई साड़ी ही देगी।”

उस लड़की ने दाई से पूछा—“गुसलखाने में साबुन है न?”

दाई ने कहा—“है।”

“लेकिन मैं किसी का भी इस्तेमाल किया हुआ साबुन नहीं लगाती हूँ, दाई।”

इस अपरिचित लड़की की टिप्पणी सुनकर दाई पहले पहल विस्मित हुई, बाद में बोली—“वह एक बक्स नया साबुन है। मगर सुनती हैं, यह मनोरमा दीदी का गुलसखाना है। उनका साबुन इस्तेमाल करने में क्या बुराई है?”

उस लड़की ने होंठों को भींचकर कहा—“नहीं, दूसरे का लगाया साबुन मैं नहीं लगा सकती। मुझे बड़ी नफरत होती है। इसके अलावा जिसके-तिसके के लगाए साबुन को लगाने से बीमारी होती है।”

मनोरमा का मुँह गुस्से से लाल हो उठा। लेकिन सिर्फ पल भर के लिए। दूसरे ही पल निर्मल हँसी की छटा से उसकी दोनों आँखें चमचमाने लगीं। उसके मन पर से मानो एक बादल छँट गया। उसने हँसते हुए पूछा—“यह बात तुमने किससे सीखी?”

उस लड़की ने कहा—“किससे सीखूँगी। मैं खुद ही सब जानती हूँ।”

मनोरमा बोली—“सचमुच तुम खुद जानती हो? तो तुम मेरी उस दाई को कुछ अच्छी बातें सिखा देना तो। वह बिलकुल निहायत मूर्ख है।” कहते-कहते वह हँस पड़ी।

दाई भी हँसी, बोली—“चलिए मालकिन, साबुन-वाबुन लगाकर पहले आप तैयार हो लीजिए। उसके बाद मैं आपके पास बैठकर ढेरों अच्छी-अच्छी बातें सीख लूँगी। दीदी, कौन हैं ये?”

मनोरमा अपनी हँसी दबाने के लिए अगर दूसरी ओर मुँह नहीं घुमा लेती, तो हो सकता है, वह इस अपरिचित, अनपढ़ लड़की के मुँह पर कौतुक और छिपे मजाक की झलक देखती।

4

मनोरमा आशु बाबू की सिर्फ बेटी ही नहीं है, वह उनकी संगी, साथी, मंत्री और दोस्त है। बिलकुल सब कुछ ही थी यह लड़की। इसीलिए पिता की मर्यादा की रक्षा करने के लिए सन्तानों को संकोच के साथ जो दूरी बनाए रखनी पड़ती है और जो रीति के रूप में बंगाली

समाज में चली आ रही है, ज्यादातर मामलों में वह बनी नहीं रहती थी। बीच-बीच में उन दोनों के बीच कुछ ऐसी चर्चाएँ छिड़ जाती थीं जो बहुतेरे पिताओं के कानों को बड़ी असंगत लगतीं, लेकिन इन लोगों को ऐसी चर्चाएँ असंगत नहीं लगती थीं। आशु बाबू अपनी बेटी को कितना प्यार करते थे, उसकी सीमा नहीं थी। पत्नी के गुजरने के बाद दूसरी शादी करने की बात को वे अपने मन में जगह नहीं दे सके थे। हो सकता है, उसका भी एक कारण हो यह बेटी। हालाँकि दोस्तों के बीच जब बात उठती, तो वे अपने साढ़े तीन मन के बदन और गठिया से हुए लँगड़ेपन के बहाने खेद के साथ कहते—अब फिर क्यों एक लड़की का सर्वनाश करूँ भाई, जो दुख दिमाग में लिये मणि की माँ स्वर्ग सिधारी है उसे तो मैं जानता हूँ, यही आशु वैद्य के लिए काफी है।

मनोरमा जब यह बात सुनती, तो वह बड़ा ऐतराज करती हुई कहती—'पिताजी, आपकी यह बात मुझे बर्दाश्त नहीं होती है। यहाँ ताजमहल को देखकर कितने लोगों को कितना क्या याद आता है, पर मुझे याद आते हैं सिर्फ आप और माँ। मेरी माँ स्वर्ग सिधारी है कितना दुख बर्दाश्त करके!'

आशु बाबू कहते—'तू तो तब दस-बारह साल की बच्ची थी। तू तो सब जानती है। यह किसके गले में किस चीज की माला पहनने की कहानी है, उसे सिर्फ मैं ही जानता हूँ।' कहते-कहते उनकी दोनों आँखें छलछला जातीं।

आगरा आकर वे सबसे निःसंकोच घुल-मिल गए हैं। लेकिन उनकी सबसे ज्यादा दोस्ती हुई थी अविनाश बाबू के साथ। अविनाश सहनशील और संयत स्वभाव का आदमी है। उसके चित्त के अन्दर एक ऐसी शान्ति और प्रसन्नता थी कि वह आसानी से ही सबका विश्वास प्राप्त कर लेता था। मगर आशु बाबू उस पर मुग्ध हुए थे और भी एक कारण से। वह यह कि उन्हीं की तरह उसने भी दूसरी शादी नहीं की थी। और वह अपनी पत्नी को कितना प्यार करता था, इसके प्रमाणस्वरूप उसने घर में हर जगह दिवंगत पत्नी की तसवीर लगा रखी थी। आशु बाबू उससे कहते—'अविनाश बाबू, लोग हम लोगों की प्रशंसा करते हैं, सोचते हैं कि हम लोगों में कितना आत्मसंयम है, जैसे कितना बड़ा कठिन काम हम लोगों ने किया है। हालाँकि मैं सोचता हूँ कि यह सवाल उठता है कैसे? जो लोग दूसरी बार शादी करते हैं, वे लोग इसीलिए दूसरी बार शादी करते हैं कि वे लोग दूसरी शादी कर सकते हैं। मैं उन लोगों को दोष नहीं देता हूँ, न ही मैं उन लोगों को छोटा समझता हूँ। मैं सिर्फ यह सोचता हूँ कि मैं दूसरी बार शादी नहीं कर सकता हूँ। मैं सिर्फ यह जानता हूँ कि मणि की माँ की जगह किसी और को पत्नी के रूप में अपनाना मेरे लिए सिर्फ कठिन ही नहीं है, बल्कि असम्भव है। लेकिन यह बात क्या वे लोग जानते हैं? नहीं जानते हैं। यही है न अविनाश बाबू? आप अपने मन से पूछकर देखिए तो कि मैं सही बात कह रहा हूँ या नहीं?'

अविनाश हँसता, कहता—'मैं धन जुटा नहीं सका हूँ आशु बाबू। मास्टरी करके खाता हूँ। वक्त भी नहीं मिलता है और उम्र भी हो गई है, लड़की देगा कौन?'

आशु बाबू खुश होकर कहते—'ठीक यही बात है, अविनाश बाबू, ठीक यही बात है। मैं भी सबसे कहता हूँ, मेरा वजन साढ़े तीन मन है, मैं गठिया की वजह से लँगड़ा हूँ, कब चलते हार्ट फेल करेगा, इसका कोई ठिकाना नहीं, लड़की देगा कौन? लेकिन मैं जानता हूँ

कि लड़की देनेवाले लोगों की कमी नहीं है। सिर्फ लेनेवाला आदमी ही मर गया है। हो हो हो हो, मर गया है अविनाश, मर गया है आशु वैद्य। हो हो हो हो।' इतना कहकर ठहाकों से कमरे, दरवाजे और खिड़कियों के शीशे तक तक को कँपा देते।

रोज शाम को घूमने के लिए बाहर निकलकर आशु बाबू अविनाश के घर के सामने उतर जाते, कहते–'मणि, शाम के वक्त ठंडी हवा मैं और चक्कर नहीं लगाऊँगा बेटी, लेकिन लौटती बार तुम मुझे लिवा लेना।'

मनोरमा मुस्कुराकर कहती–'ठंडी हवा कहाँ है पिताजी, हवा तो आज बड़ी गरम लग रही है।'

आशु बाबू कहते–'यह भी तो अच्छा नहीं है बेटी, बूढ़ों की सेहत के लिए गरम हवा नुकसानदेह है। तुम जरा घूम आओ, तब तक हम दोनों बूढ़े मिलकर दो बातें करें।'

मनोरमा हँसकर कहती–'बातें आप लोग दो की जगह सौ करें, इसमें मुझे कोई ऐतराज नहीं। मगर मैं यह याद दिलाकर जा रही हूँ कि आप दोनों में कोई अभी भी बूढ़े नहीं हुए हैं।' इतना कहकर वह चली जाती।

गठिया के चलते जिस दिन आशु बाबू से जरा भी रहा नहीं जाता उस दिन अविनाश को जाना पड़ता। गाड़ी भेजकर, आदमी भेजकर, चाय की दावत देकर चाहे जैसे भी करके क्यों न हो आशु बाबू उसे बुलाते और उसके लिए आशु वैद्य के आग्रह को टालने की गुंजाइश नहीं थी। दोनों के इकट्ठा होने पर दूसरी चर्चाओं के बीच शिवनाथ की भी बात अकसर उठती। आशु बाबू के मन में इस बात का दुख नहीं हुआ था कि उन्होंने दावत देकर उसे अपने घर बुलाया था और सभी ने मिलकर उसे अपमानित करके भेज दिया था। शिवनाथ पंडित है, शिवनाथ कलाकार है, उसके अंग-अंग में यौवन, स्वास्थ्य और रूप भरा हुआ है। यह सब क्या कुछ भी नहीं है! तो इसलिए इतनी दौलत भगवान ने दोनों हाथों से उसे दी थी? यह क्या आदमी के समाज से उसे दूर करने के लिए! वह शराबी बन गया है? तो क्या हुआ! शराब पीकर नशे में धुत्त तो ऐसे कितने लोग होते हैं। जवानी में यह गुनाह खुद उन्होंने भी तो किया था। उन्होंने ऐसा गुनाह किया था, इसलिए किसने उन्हें छोड़ दिया था? चूँकि आदमी की गलती, आदमी का गुनाह अपनाने की अपेक्षा उसे माफ करने की तरफ ही हृदय का अत्यधिक झुकाव था, इसलिए वे अपने साथ और अविनाश के साथ यह कहकर प्रायः ही तर्क करते। खुलेआम उसे अब घर में बुलाने की वे हिम्मत तो नहीं करते, लेकिन उनका मन शिवनाथ के साथ की लगातार कामना करता फिरता। सिर्फ एक बात का वे हरगिज जवाब नहीं दे सकते थे। अविनाश जब कहता–उन्होंने बीमार पत्नी को छोड़कर दूसरी औरत को अपनाया है, यह क्या है!

आशु बाबू शर्मिन्दा होकर कहते–'इसीलिए तो मैं यह सोचता हूँ कि शिवनाथ जैसे आदमी ने यह काम किया कैसे? लेकिन बात क्या है जानते हैं अविनाश बाबू, हो सकता है, अन्दर कोई रहस्य हो, हो सकता है–मगर सभी क्या सब बातें सबसे कह सकते हैं या सभी को सब बातें सबसे कहनी चाहिए?'

अविनाश कहता–'लेकिन यह तो उसने अपने मुँह से कबूल किया है कि उसकी पत्नी बेगुनाह है?'

आशु बाबू हारकर गर्दन हिलाकर कहते–'सो तो उसने अपने मुँह से कबूल किया है।'

अविनाश कहता–'और उसने अपने दिवंगत दोस्त की विधवा को धोखा दिया है, सारे कारोबार को अपना बताकर हड़प लिया है, यही भला क्या है?'

आशु बाबू शर्म के मारे गड़ जाते। जैसे खुद उन्होंने ही यह बुरा काम कर डाला हो। उसके बाद गुनहगार की मानिन्द धीरे-धीरे कहते–'लेकिन बात क्या है, जानते हैं अविनाश बाबू, हो सकता है, कोई रहस्य हो। अदालत ने आखिर उसे डिक्री दी कैसे? अदालत ने क्या कुछ भी विचार करके नहीं देखा?'

अविनाश कहता–'अंग्रेजों की अदालत की बात छोड़ दीजिए। आप खुद ही तो जमींदार हैं। यहाँ ताकतवर से कमजोर कब जीता है, आप समझ सकते हैं!'

अविनाश बाबू कहते–'नहीं-नहीं, यह बात नहीं है, लेकिन मैं यह भी नहीं कह सकता कि आपकी बात भी गलत है। मगर बात क्या है, जानते हैं...'

मनोरमा अचानक आने पर हँसकर कहती–'जानते सभी हैं पिताजी, आप खुद भी यह जानते हैं कि अविनाश बाबू गलत कर्म नहीं कर रहे हैं।'

इसके बाद आशु बाबू की जबान पर कोई शब्द नहीं आता।

शिवनाथ के प्रति मनोरमा की नाराजगी ही थी सबसे ज्यादा। मुँह से वह खास कुछ नहीं कहती, लेकिन आशु बाबू अपनी बेटी से ही सबसे ज्यादा डरते थे।

जिस दिन शाम को शिवनाथ और उसकी पत्नी पानी में भीगकर इस घर में रहने को बाध्य हुए थे। उसके बाद दो दिनों तक आशु बाबू ने गठिया के प्रकोप से बिलकुल चारपाई पकड़ ली थी। न ही वे खुद हिल सके थे, न ही अविनाश काम के मारे आ सके थे। लेकिन अविनाश के आते ही आशु बाबू गठिया के बेहद दर्द को भूलकर आरामकुर्सी पर तनकर बैठे और बोले–"अजी अविनाश बाबू, शिवनाथ की पत्नी से तो हम लोगों की जान-पहचान हो गई। वह लड़की जैसे बिलकुल परी हो। ऐसा रूप मैंने कभी भी नहीं देखा है। लगा, जैसे भगवान ने इन दोनों को किसी उद्देश्य मिलाया हो।"

"यह आप क्या कह रहे हैं?"

"हाँ, मैं सही कह रहा हूँ। उन लोगों को अगल-बगल रखने पर देखते रह जाएँगे, नजरें नहीं हटा सकेंगे। यह मैंने कह रखा अविनाश बाबू।"

अविनाश बाबू ने मुस्कुराते हुए कहा–"हो सकता है। लेकिन आप जब तारीफ करना शुरू करते हैं तब उसकी कोई हद नहीं होती है आशु बाबू।"

आशु बाबू थोड़ी देर तक उसके मुँह की तरफ निहारते रहे, फिर बोले–"हाँ, यह दोष तो मुझमें है। अगर मैं हद पार कर सकता, तो इस मामले में भी मैं हद पार कर जाता। मगर मुझमें इतनी शक्ति नहीं है। इसके बारे में मैं चाहे जो भी क्यों न कहूँ, उसका न ओर है न छोर।"

ऐसी बात नहीं है कि अविनाश ने पूरा विश्वास किया। मगर पहले के मजाक की मुद्रा भी अब नहीं रही। बोला–"तो कहिए कि उस दिन शिवनाथ ने अकारण घमंड नहीं किया था। लेकिन जान-पहचान हुई कैसे?"

आशु बाबू बोले–"यह बिलकुल ही दैवी घटना है। शिवनाथ को मुझसे काम था। उसके साथ इसकी पत्नी थी। लेकिन उसने उसे यहाँ लाने की हिम्मत नहीं की थी। उसने

उसे बाहर एक पेड़ के नीचे खड़ी करके रखा था। लेकिन जब बिधना नाराज होता है तो आदमी की एक नहीं चलती है। असम्भव भी सम्भव हो जाता है। हुआ भी वही।'' इतना कहकर उन्होंने उस दिन की आँधी-पानी की घटना का विस्तार से वर्णन करके कहा–''लेकिन मेरी मणि खुश नहीं हो सकी थी पर लड़की उसी की हमउम्र है। हो सकता है उससे थोड़ी बड़ी भी हो, लेकिन मणि का कहना है कि शिवनाथ बाबू ने उस दिन सही बात कही थी। वह लड़की वास्तव में किसी नौकरानी की अनपढ़ बेटी है। कम-से-कम वह हमारे भद्र समाज की नहीं है, इसमें उसे सन्देह नहीं है।''

अविनाश आग्रही हो उठा–''यह कैसे समझ में आया?''

आशु बाबू बोले–''उस लड़की ने भीगी साड़ी के बदले धुली-धुलाई साड़ी माँगी थी और कहा था कि वह किसी का भी इस्तेमाल किया हुआ साबुन नहीं लगा सकती। नफरत महसूस होती है।''

अविनाश समझ नहीं सका कि उसकी इन सब बातों में ऐसी कौन-सी बात है, जो भद्र समाज में नहीं कही जाती है।

आशु बाबू ने भी ठीक वही कहा, बोले–''मुझे आज भी यह सोचते नहीं बनता है कि उसकी बातों में कौन-सी बात असंगत है। लेकिन मणि का कहना है कि उसकी बातों में नहीं पिताजी, उसके कहने की मुद्रा में क्या था यह कानों से सुने बिना समझा नहीं जा सकता। इसके अलावा औरतों के आँख-कान को धोखा नहीं दिया जा सकता है। हमारी दाई तक को यह समझना बाकी नहीं था कि वह लड़की उसी की श्रेणी की है। उसके मालिक कोई नहीं है। खूब नीचे से ऊपर उठा देने पर जो हाल होता है, उसका भी ठीक वही हाल हुआ है।''

अविनाश थोड़ी देर तक चुप रहा, फिर बोला–''यह दुख की बात है। लेकिन आपसे जान-पहचान हुई किस तरह से? क्या उसने आपसे बात की?''

आशु बाबू बोले–''हाँ, जरूर। उसने मुझसे बात की। अपने भीगे कपड़ों को बदलकर वह सीधे मेरे कमरे में आकर बैठी। उसमें कुंठा का नामोनिशान तक नहीं था। मेरी सेहत कैसी है, मैं क्या खाता हूँ, क्या इलाज चल रहा है, यह जगह मुझे अच्छी लग रही है या नहीं, सवाल करने का कितना सहज, स्वच्छन्द ढंग था, लेकिन शिवनाथ जड़वत् रहा। लेकिन मैंने तो उसमें जड़ता का चिह्न तक नहीं देखा, न बातों में, न आचरण में।''

अविनाश ने पूछा–''मनोरमा तब क्या वहाँ पर नहीं थी?''

''नहीं, उस समय वह वहाँ नहीं थी। उसे कितनी नफरत हो गई है, यह बताने की बात नहीं है। जब वे लोग चले गए तो मैंने उससे कहा–'मणि, उन लोगों को विदा देने भी तुम एक बार नहीं आई।' मणि ने कहा–'आप और जो कहिएगा पिताजी, करूँगी। मगर नौकर-नौकरानियों को 'बैठिए' कहकर उनकी अगवानी नहीं कर सकती और फिर 'आइएगा' कहकर उन्हें विदा भी नहीं कर सकूँगी।' इसके बाद और कहने को क्या है?''

खुद अविनाश से भी सोचते नहीं बना कि कहने को क्या है। उसने सिर्फ मृदु स्वर में कहा–''कहना मुश्किल है आशु बाबू। लेकिन लगता है, मनोरमा ने सही बात कही है। इन सब औरतों से हमारे घर की औरतों की जान-पहचान न होना ही अच्छा है।''

अविनाश कहने लगा—"शिवनाथ की झिझक की वजह भी शायद यही है। वह तो जानता है सब कुछ, उसे इस बात का डर था कि कहीं उसकी पत्नी के मुँह से कोई भद्दी और बुरी बात न निकल जाए।"

आशु बाबू हँसे, बोले—"हो सकता है, यही बात हो।"

अविनाश बोला—"जरूर यही बात है।"

अविनाश बाबू ने प्रतिवाद नहीं किया, सिर्फ बोले—"लेकिन वह लड़की परी है।" इतना कहकर उन्होंने जरा छोटी-सी आह भरी और आरामकुर्सी पर उठँगकर लेट गए।

कई पलों तक चुप रहकर अविनाश बोला—"मेरी बातों से आप क्या खिन्न हुए?"

आशु बाबू उठकर बैठे नहीं। पहले की ही तरह अधलेटे रहकर धीरे-धीरे बोले—"मैं आपकी बातों से खिन्न नहीं हुआ हूँ अविनाश बाबू, मगर कैसा दुख-सा हुआ है। इसीलिए तो मैं आपसे मिलने के लिए इतना छटपटा रहा था। सिर्फ रूप ही नहीं, कितनी मीठी बोली है उस लड़की की!"

अविनाश ने मुस्कुराकर जवाब दिया—"मगर मैंने तो न ही उसका रूप देखा है और न ही मैंने उसकी बोली सुनी है आशु बाबू।"

आशु बाबू ने कहा—"लेकिन अगर कभी ऐसा मौका मिलेगा, तो आप यह समझेंगे कि उन लोगों को छोड़ देना कितना अनुचित है। और कोई भले ही यह न समझे, आप समझ सकेंगे, यह मैं पक्का जानता हूँ। जाते वक्त उस लड़की ने मुझसे कहा—आप मेरे पति का गाना सुनना पसन्द करते हैं तो फिर बीच-बीच में आप उन्हें क्यों नहीं बुला भेजते हैं? भले ही आपने यह बात नहीं सोची कि मैं कौन हूँ। मैं तो आप लोगों के बीच आने का दावा नहीं करती हूँ।"

अविनाश थोड़े अचरज में पड़ा, बोला—"खूब! यह तो अनपढ़ों जैसी बातें नहीं हैं आशु बाबू? खुद उसके बारे में हम लोग चाहे जो भी कहें या सोचें, पर वह अपने पति को भद्र समाज में खपा देना चाहती है।"

आशु बाबू बोले—"वास्तव में उसकी बातें सुनकर लगा कि वह सब जानती है। हम लोगों ने उस दिन उसके पति को अपमानित करके विदा किया था, यह बात शिवनाथ ने उससे छिपाई नहीं थी। खूब छिपाकर चलनेवाला आदमी भी शिवनाथ नहीं है।"

अविनाश ने कबूल करते हुए कहा—"स्वभावतः वह कुछ छिपानेवाला आदमी तो नहीं है। लेकिन एक चीज उसने जरूर छिपाई है। यह लड़की चाहे जो भी क्यों न हो, इससे तो उसने सचमुच ही शादी नहीं की है।"

आशु बाबू ने कहा—"शिवनाथ कहता है कि वह लड़की उसकी पत्नी है और उस लड़की ने भी बताया कि वह उसका पति है।"

अविनाश ने कहा—"वह कहती रहे कि वह उसका पति है। मगर यह सच नहीं है। इसके अन्दर जो गहरा रहस्य है उसका पता लगाकर अक्षय बाबू एक दिन बताएँगे ही बताएँगे।"

आशु बाबू बोले—"इसमें मुझे भी सन्देह नहीं है। क्योंकि अक्षय बाबू शक्तिशाली पुरुष हैं। लेकिन उन लोगों के एक दूसरे को पति-पत्नी के रूप में स्वीकार करने में सच्चाई

नहीं है, बल्कि सच्चाई है उस रहस्य में जो छिपा हुआ है। और उसे ही दुनिया के सामने प्रकट करने में? अविनाश बाबू आप तो अक्षय नहीं हैं, यह तो आपसे मैं उम्मीद नहीं करता।''

अविनाश शर्मिन्दा होकर भी बोला–''लेकिन समाज तो है, उसकी भलाई के लिए तो...''

लेकिन कहना खत्म नहीं हो सका, बगल के दरवाजों को धकेलकर मनोरमा घुसी। उसने अविनाश को नमस्कार किया और बोली–''पिताजी, मैं घूमने जा रही हूँ। आप शायद नहीं निकल सकेंगे।''

''नहीं, मैं नहीं जा सकूँगा, बेटी, तुम जाओ।''

अविनाश उठकर खड़ा हो गया, बोला–''मुझे भी काम है। बाजार के नजदीक तुम मुझे उतार दोगी मनोरमा?''

''हाँ, जरूर उतार दूँगी, चलिए।''

जाते वक्त अविनाश कह गया कि बड़े खास काम से उसे कल ही दिल्ली जाना होगा और शायद एक सप्ताह के पहले वह अब लौट नहीं सकेगा।

5

दस दिनों बाद अविनाश दिल्ली से वापस आया। उसके दसेक साल के बेटे जगत ने उसके हाथ में एक छोटी-सी चिट्ठी दी। सिर्फ एक पंक्ति लिखी हुई है–'शाम को जरूर आइएगा–आशु वैद्य।'

जगत की विधवा मौसी ने दरवाजे का परदा हटाया और खिलते गुलाब की मानिन्द अपना मुँह बाहर निकालकर कहा–''आशु वैद्य वगैरह क्या रास्ते पर आँखें बिछाए बैठे थे–आते न आते जरूरी तलब भेजी है–जाना होगा?''

अविनाश बोला–''शायद कोई खास काम होगा।''

''खाक काम होगा। वे लोग क्या मुखर्जी बाबू को निगल जाना चाहते हैं?''

अविनाश अपनी छोटी साली को लाड़ से कभी छोटी बहू, तो कभी उसका नाम नीलिमा लेकर पुकारता था। उसने हँसकर कहा–''छोटी बहू, अमृत फल को पेड़ के नीचे उपेक्षित पड़ा रहते देखने पर बाहर के लोगों को थोड़ा लोभ तो होता ही है?''

नीलिमा हँसी, बोली–''तो फिर उन लोगों को यह बता देना जरूरी है कि यह अमृत फल नहीं, इद्रायण फल है।''

अविनाश बोला–''तुम उन लोगों को यह बता देना। लेकिन वे लोग विश्वास नहीं करेंगे। उन लोगों का लोभ और भी बढ़ जाएगा। वे लोग हाथ बढ़ाना नहीं छोड़ेंगे।''

नीलिमा बोली–"पर इससे कोई फायदा नहीं होगा मुखर्जी बाबू। अबकी बार मैं पहुँच के बाहर मजबूती से बाँधकर रखूँगी।" इतना कहकर वह हँसी को दबाकर परदे के पीछे गायब हो गई।

अविनाश जब आशु बाबू के घर पहुँचा तब भी दिन शेष था। आशु बाबू ने बड़े आदर से उनकी अगवानी की और बनावटी गुस्से से कहा–"आपने बड़ा अनुचित काम किया है। परदेस में दोस्त को छोड़कर दस दिनों तक गायब रहे। इस बीच इस नाचीज को दस ग्रहों ने आ घेरा।"

अविनाश ने चौंककर कहा–"एकबारगी दस ग्रहों ने आ घेरा–पहली ग्रह-दशा के बारे में बताइए।"

"बताता हूँ। पहली यह है कि दोनों टाँगें थककर चूर हो गई हैं, इतना ही नहीं, बड़ी तेजी से नीचे से ऊपर और ऊपर से नीचे आना-जाना शुरू हुआ है।"

"यह तो बड़ी डरनेवाली बात है। अच्छा, तो दूसरी ग्रह-दशा के बारे में बताइए।"

"दूसरी दशा यह है कि आज किसी त्योहार के चलते गैर-बंगाली औरतें यमुना के किनारे इकट्ठा हुई हैं और हरेन्द्र, अक्षय आदि पंडित-समाज निर्लिप्त-निर्विकार चित्त से अभी-अभी वहाँ के लिए निकल पड़े हैं।"

"यह अच्छी बात है। तीसरी दशा के बारे में कह सुनाइए।"

"दर्शनाभिलाषी आशु वैद्य बड़े उत्कंठित हृदय से अविनाश का इन्तजार कर रहे हैं। वे प्रार्थना करते हैं कि वे उनकी प्रार्थना को अस्वीकार न करें।"

अविनाश ने मुस्कुराते हुए कहा–"उन्होंने आपकी प्रार्थना मंजूर की। अब चौथी दशा बताइए।"

आशु बाबू बोले–"यह जरा भयानक है। मेरे दामाद जी विलायत से भारत आकर पहले काशी और बाद में परसों आगरा आ पहुँचे हैं। फिलहाल मोटर की मशीन बिगड़ गई है, दामाद जी खुद उसकी मरम्मत करने में लगे हुए हैं। मरम्मत खत्म होने ही वाली है और वे अभी आने ही वाले हैं। वे चाहते हैं कि पहली चाँदनी में सभी एक साथ मिलकर आज ताजमहल देखें।"

अविनाश का मुस्कुराता चेहरा गम्भीर हुआ, उसने पूछा–"यह दामाद जी कौन हैं, आशु बाबू? इन्हीं की बात क्या एक दिन करके भी आप दबा गए थे?"

आशु बाबू ने कहा–"हाँ, मगर आज अब कहने में, कम-से-कम आपसे कहने में, कोई बाधा नहीं है। अजित कुमार मेरा भावी दामाद है, मणि का दूल्हा है। इन दोनों का प्यार दुनिया की एक अनूठी चीज है। यह लड़का तो हीरा है।"

अविनाश स्थिर होकर सुनने लगा, आशु बाबू ने फिर से कहा–"हम लोग ब्राह्मसमाजी नहीं हैं, हिन्दू हैं। सारा काम हिन्दू रीति से होता है। यथासमय यानी चारेक साल पहले ही इन लोगों की शादी हो जाने की बात थी। होता भी वही। मगर हुआ नहीं। जिस तरह से इन लोगों की जान-पहचान हुई थी वह भी एक विचित्र घटना है–उसे बिधना का लिखा कहने से भी अत्युक्ति नहीं होगी। लेकिन अभी रहने दीजिए।"

अविनाश पहले की ही तरह स्तब्ध रहा, आशु बाबू ने कहा–"मणि का मंडप पूनम हो गया। रात की गाड़ी से छोटे चाचा आ पहुँचे। पिताजी के देहान्त के बाद वे ही घर के प्रधान

हैं। बाल-बच्चा नहीं है। चाची के साथ वे बहुत दिनों से काशी में रह रहे हैं। उन्हें ज्योतिष में अखंड विश्वास है। उन्होंने आकर कहा—यह शादी अभी नहीं हो सकती है। खुद उन्होंने और दूसरे पंडितों से भी सही गणना करवाकर देखा है कि अभी शादी होने पर तीन साल और तीन महीने के अन्दर ही मणि विधवा हो जाएगी। घर में कोहराम मच गया। सारी तैयारियाँ तहस-नहस होने को आईं। मगर चाचा को मैं पहचानता था, समझा, वह टस से मस नहीं होनेवाला है। खुद अजित भी बहुत बड़े आदमी का लड़का है। उसका भी एक विधवा चाची को छोड़कर दुनिया में कोई नहीं था। उन्होंने गुस्सा किया। अजित दुख और अभिमान से इंजीनियरिंग पढ़ने के नाम से विलायत चला गया। सभी ने जाना कि यह शादी हमेशा-हमेशा के लिए टूट गई।''

अविनाश ने रुकी साँस को छोड़कर पूछा—''उसके बाद?''

आशु बाबू बोले—''हम लोग हताश हो गए, हताश नहीं हुई सिर्फ खुद मणि। उसने आकर मुझसे कहा—पिताजी, ऐसी कौन-सी बड़ी बात हो गई है जिसके चलते आपने खाना-पीना-सोना छोड़ दिया, तीन साल ऐसा कौन-सा ज्यादा समय होता है? उसे कितना दुख हुआ था, यह तो मैं जानता था। मैंने कहा—बेटी, तेरा कहना सार्थक हो। लेकिन इस सब मामले में तीन साल क्यों, तीन दिनों की अड़चन भी भयंकर होती है। मणि ने हँसकर कहा—आप डरिए मत पिताजी। मैं उसे पहचानती हूँ। अजित हमेशा से जरा सात्विक स्वभाव का आदमी है, भगवान में उसे अटल विश्वास है। जाते वक्त वह मणि को एक छोटी-सी चिट्ठी लिखकर चला गया। इन चार सालों के अन्दर और किसी दिन उसने दूसरी चिट्ठी नहीं लिखी थी। भले ही उसने चिट्ठी नहीं लिखी हो, लेकिन मणि मन-ही-मन सब जानती थी। और तब से उसने ब्रह्मचारिणी का जीवन अपना लिया, एक दिन के तिए भी उससे वह टली नहीं है। हालाँकि बाहर से कुछ भी जानने की गुंजाइश नहीं है अविनाश बाबू।''

अविनाश ने श्रद्धा से पसीजे चित्त से कहा—''वास्तव में बाहर से कुछ भी समझने की गुंजाइश नहीं है। लेकिन मैं आशीर्वाद देता हूँ कि वे लोग जीवन में सुखी हों।''

आशु बाबू ने बेटी की तरफ से सर झुकाया, कहा—''ब्राह्मण का आशीर्वाद निष्फल नहीं होगा। अजित सबसे पहले चाचा जी के पास गया था। उन्होंने अनुमति दी है। अगर उन्होंने अनुमति नहीं दी होती, तो वह शायद यहाँ नहीं आता।''

इसके बाद दोनों ही थोड़ी देर तक चुप रहे, उसके बाद आशु बाबू कहने लगे—''ऐसी बात नहीं कि अजित के विलायत चले जाने पर सालों तक उसकी कोई खबर न पाकर मैंने अन्दर ही अन्दर दूसरे लड़के की तलाश नहीं की थी। लेकिन मणि जब अचानक यह जान गई, तो उसने मुझे दूसरा लड़का ढूँढ़ने से मना कर दिया और कहा—पिताजी, ऐसी कोशिश मत कीजिए। आपने भले ही खुलेआम मेरा हाथ उसके हाथ में न दिया हो, मगर आपने मन-ही-मन मेरा हाथ उसके हाथ में दे दिया था। मैंने कहा—ऐसा तो कितने मामले में होता है बेटी! लेकिन मणि की दोनों आँखों में आँसू भर आए। बोली—''नहीं होगा पिताजी, सिर्फ बातचीत होती है, मगर उससे ज्यादा—नहीं पिताजी, मेरे भाग्य में भगवान ने जो लिखा है मैं उसे ही बर्दाश्त कर सकूँ इसके अलावा मुझे और कोई आदेश मत दीजिएगा। हम दोनों

की ही आँखों से आँसू बहने लगे। मैंने अपने आँसू पोंछ डाले और कहा—मैंने गुनाह किया है बेटी, तू मुझ नासमझ को माफ कर दे।"

अचानक पहले की यादों के जोश में उनका गला रुँधने को आया। अविनाश खुद भी बहुत देर तक बात नहीं कर सका। उसके बाद उसने धीरे-धीरे कहा—"आशु बाबू, कितनी गलतियाँ हम लोग दुनिया में किया करते हैं और कितनी अनुचित धारणाएँ जीवन में हम लोग पाला करते हैं!"

आशु बाबू ठीक-ठीक समझ नहीं सके, बोले—"किस चीज की?"

"जैसे हममें से बहुतेरे यह सोचते हैं कि लड़कियाँ जब ऊँची शिक्षा प्राप्त करती हैं तो मेम बन जाती हैं, हिन्दुओं में प्राचीन मधुर संस्कार को उनके हृदय में फिर कोई जगह नहीं मिलती है। यह कितना बड़ा भ्रम है कहिए तो!"

आशु बाबू ने गर्दन हिलाकर कहा—"भ्रम बहुत से मामलों में ही तो होता है। लेकिन बात क्या है जानते हैं अविनाश बाबू, शिक्षा ही भला क्या और अशिक्षा ही भला क्या! असली चीज है पाना। इसी पाने न पाने पर सब कुछ निर्भर करता है। वरना एक का गुनाह दूसरे के मत्थे मढ़ने से ही गड़बड़ी मचती है। यह रहा अजित। मणि कहाँ है?"

तीस साल का एक खूबसूरत ताकतवर नौजवान कमरे में घुसा। उसके कपड़े-लत्तों में कालिख के दाग हैं। बोला—"मणि अब तक मेरी मदद कर रही थी। उसके भी कपड़ों में कालिख लग गई है इसीलिए वह कपड़े बदलने गई। मोटर ठीक हो गई है। शोफर को मैंने गाड़ी सामने लाने को कह दिया।"

आशु बाबू बोले—"ये मेरे जिगरी दोस्त हैं श्री अविनाश मुखोपाध्याय। ये यहाँ कॉलेज के अध्यापक हैं, ये ब्राह्मण हैं, इन्हें प्रणाम करो।"

अजित ने अविनाश को जमीन पर लोटकर प्रणाम किया। फिर वह उठकर खड़ा हो गया और आशु बाबू से कहा—"मणि के आने में पाँचेक मिनट से ज्यादा नहीं लगेगा। लेकिन आप जरा जल्दी से तैयार हो लीजिए। देरी होने पर सब कुछ देखने का वक्त नहीं मिलेगा। लोग कहते हैं कि ताजमहल देखकर जी नहीं भरता है।"

आशु बाबू बोले—"जी तो न भरनेवाली चीज है बेटा लेकिन हम लोग तो तैयार ही हैं। बल्कि तुम्हारी ही देरी है। तुम्हीं लोगों का अभी भी कपड़ा बदलना बाकी है।"

अजित ने अपने पोशाक पर एक बार निगाह डाली और बोला—"मुझे अब कपड़े बदलने की जरूरत नहीं।"

तुम ये कालिख लगे कपड़े पहने जाओगे।"

अजित ने हँसकर कहा—"कपड़ों में कालिख लगी है, तो क्या हुआ? यह हम लोगों का पेशा है, कालिख लगे कपड़े पहनने से हमारी हेठी नहीं होती है।"

उसकी बात सुनकर आशु बाबू मन-ही-मन प्रसन्न हुए और अविनाश बाबू भी उसकी विनम्र सरलता पर मुग्ध हुए।

मणि आ पहुँची। सहसा उसकी तरफ निहारकर अविनाश चौंक गया। कुछ दिनों से उसने उसे देखा नहीं था, इस बीच इस अप्रत्याशित आनन्द का कारण घटित हो गया है। खासकर उसके पिता से अभी-अभी जो सब बातें वह सुन रहा था उनसे उसने सोचा था कि

मनोरमा के मुँह पर आज, हो सकता है, ऐसा कुछ न कुछ उसे देखने को मिले जो अनिर्वचनीय हो, जिसे उसने जीवन में कभी भी नहीं देखा हो। मगर कुछ भी तो नहीं है। बिलकुल ही सीधी-सादी पोशाक। गुप्त आनन्द का छिपा आडम्बर कहीं भी प्रकट नहीं हुआ है। गहरी प्रसन्नता की शान्त चमक मुँह पर कहीं भी खिल नहीं उठी है, बल्कि न जाने कैसी एक थकान की छाया ने आँखों को उदास कर दिया है। अविनाश को लगा कि पिता होने के नाते स्नेहवश तो उन्होंने अपनी बेटी को गलत समझा है या एक दिन जो सच था आज वह झूठ हो गया है।

थोड़ी देर बाद एक बहुत बड़ी मोटरगाड़ी पर सभी बाहर निकल पड़े। नदी के घाट-घाट पर तब पुण्य की लोभी औरतों और रूप के लोभी मर्दों की भीड़ कम होती जा रही थी। सुन्दर और लम्बे रास्ते की हर जगह उन लोगों का साज-सिंगार और अजीब पहरावा डूबते सूरज की किरणों से अनूठा हो उठा था। उसे ही देखते-देखते वे लोग विश्वविख्यात सौन्दर्य ताज के सिंहद्वार के सामने जब आ पहुँचे तब हेमन्त का छोटा-सा दिन ढलने को था।

यमुना के किनारे जो कुछ देखने को है, सबको देखकर अक्षय की टोली इसी बीच आ पहुँची है। ताज को उन लोगों ने बहुत बार देखा है। ताज को देख-देखकर उन लोगों को अरुचि हो गई है। इसीलिए वे लोग ऊपर न चढ़कर नीचे बाग के एक हिस्से में आसन जमाकर बैठे हुए थे। जब उन लोगों ने इन लोगों को आते देखा, तो इनकी अगवानी की। गठिया से बीमार आशु बाबू ने अपना भारी-भरकम शरीर घास पर रखकर लम्बी साँस छोड़ी और बोले—"आह, जान में जान आई! अब जिसकी जितनी मर्जी, मुमताज बेगम की कब्र को देखकर आनन्द प्राप्त करो भई। आशु वैद्य यहीं से बेगम साहिबा को कोर्निश कर रहा है। इससे ज्यादा और उससे नहीं हो सकता है।"

मनोरमा ने खिन्न आवाज में कहा—"ऐसा नहीं हो सकता है पिताजी। आपको अकेले छोड़कर हममें से कोई नहीं जाएगा।"

आशु बाबू ने हँसकर कहा—"डरो मत बेटी, तुम्हारे बूढ़े बाप को कोई चुरा नहीं लेगा।"

अविनाश ने कहा—"नहीं, इस बात की आशंका नहीं है। बकायदा क्रेन और लोहे की जंजीर लाए बिना आपके भारी-भरकम शरीर को भला कैसे उठाया जा सकता है!"

मनोरमा बोली—"आप लोग मेरे पिताजी को नजर मत लगाइए। आप लोगों की नजर लगने से पिताजी यहाँ आकर बहुत दुबले हो गए हैं।"

अविनाश ने कहा—"अगर हम लोगों की नजर लगने से वे दुबले हो गए हों, तो हम लोगों से अन्याय हुआ है, यह बात तो माननी ही पड़ेगी। क्योंकि देखने के हिसाब से उस चीज की मर्यादा ताजमहल से कम नहीं होती।"

सब हँस पड़े। मनोरमा बोली—"ऐसा नहीं हो सकता है पिताजी। आपको साथ जाना ही पड़ेगा। अगर आप इसे अपनी आँखों से नहीं देख पाएँगे, तो इसका आधा सौन्दर्य ढका ही पड़ा रहेगा। चाहे जो जितनी बातें बताएँ लेकिन असली बात आपसे ज्यादा कोई नहीं जानता है।"

इसका अर्थ क्या है, यह अविनाश के सिवा और कोई नहीं जानता था। वह भी यही कहने जा रहा था कि तभी सभी की नजर पड़ गई एक अप्रत्याशित चीज पर। ताज के पूरब

तरफ से घूमकर अचानक शिवनाथ और उसकी पत्नी सामने आ गए। शिवनाथ ने अनदेखी करने का स्वाँग रचकर ज्यों ही दूसरी तरफ हट जाने की तैयारी की त्यों ही उसकी पत्नी उसका ध्यान आकर्षित करके खुश होकर बोल उठी–"वो देखो, आशु बाबू और उनकी बेटी आए हैं।"

आशु बाबू ने ऊँची आवाज में पुकारकर कहा–"आप लोग कब आए शिवनाथ बाबू?"

सपत्नीक शिवनाथ उनके नजदीक आकर खड़ा हो गया। आशु बाबू ने उसकी पत्नी का परिचय कराते हुए कहा–"ये हैं शिवनाथ की पत्नी। मगर अभी भी मैं आपका नाम नहीं जानता हूँ।"

उस लड़की ने कहा–"मेरा नाम है–कमल। मगर आप मुझे 'आप' मत कहिएगा आशु बाबू।"

आशु बाबू बोले–"कहना भी नहीं चाहिए, कमल, ये लोग हैं मेरे दोस्त। ये लोग तुम्हारे पति के भी परिचित हैं। बैठो।"

कमल ने इशारे से अजित को दिखाते हुए कहा–"लेकिन इनका परिचय तो आपने नहीं दिया।"

आशु बाबू बोले–"क्रमशः दूँगा ही। वे हैं मेरे–वे मेरे बड़े अपने हैं। उनका नाम है–अजित कुमार राय। उनको विलायत से वापस आए कई दिन हुए और वे हम लोगों को देखने आए हैं। कमल, तुमने क्या आज पहली बार ताजमहल को देखा?"

कमल ने सिर हिलाकर कहा–"हाँ, आज पहली बार मैंने ताजमहल को देखा।"

आशु बाबू बोले–"तब तो तुम भाग्यशाली हो। लेकिन अजित तुमसे भी ज्यादा भाग्यशाली है। क्योंकि इस बड़े आश्चर्य की चीज को उसने अभी तक देखा नहीं था, अब देखेगा। लेकिन अब और देरी करने से काम नहीं चलेगा अजित।"

मनोरमा बोली–"देरी तो सिर्फ आपके चलते हो रही है पिताजी। लीजिए, उठिए।"

"उठना तो आसान बात नहीं है बेटी, उसके लिए तैयारी करनी पड़ती है।"

"तो फिर तैयारी कीजिए पिताजी।"

"करता हूँ। अच्छा कमल, ताजमहल को देखकर कैसा लगा?"

कमल ने कहा–"आश्चर्य की चीज-सा ही लगा।"

मनोरमा ने उससे बात नहीं की है, यहाँ तक कि दोनों में जान-पहचान है, यह बात भी उसके आचरण में प्रकट नहीं हुई। उसने पिता को ताकीद करते हुए कहा–"शाम होने को आ रही है पिताजी। उठिए अब।"

"उठता हूँ बेटी!" इतना कहकर आशु बाबू उठने की जरा भी तैयारी किए बिना ही बैठे रहे। कमल तनिक मुस्कुराई, मनोरमा की तरफ निहारकर बोली–"उनकी तबीयत भी अच्छी नहीं है। चढ़ना-उतरना भी आसान नहीं है, बल्कि उससे अच्छा तो यह होगा कि हम लोग यहाँ बैठे-बैठे गपशप करते हैं। आप लोग देख आइए।"

मनोरमा ने उसकी इस बात का भी जवाब नहीं दिया, सिर्फ पिता से ही जिद करती हुई फिर से बोली–"नहीं पिताजी, ऐसा नहीं हो सकता है। अब आप उठिए।"

मगर देखने में आया कि उठने की कोशिश लगभग किसी में भी नहीं है। जो जीता-जागता विस्मय इस अपरिचित नारी के अंग-अंग में अचानक सुर्ख हो उठा है,

उसके सामने वह निकटवर्ती संगमरमर का अव्यक्त विस्मय मानो पल भर में ही धुँधला हो गया है।

अविनाश की सुध लौटी। बोला–"उनके गए बिना काम नहीं चलेगा। मनोरमा का विश्वास है कि उनके पिता की आँखों से न देख पाने पर ताज का आधा सौन्दर्य समझा ही नहीं जा सकता है।"

कमल ने अपनी दोनों सरल आँखों को उठाकर पूछा–"क्यों?" फिर उसने आशु बाबू से कहा–"आप क्या इस विषय के विशेषज्ञ हैं? और आप सारा सिद्धान्त जानते हैं क्या?"

मनोरमा मन-ही-मन विस्मित हुई। उसकी बातें तो ठीक नौकरानी की बेटी जैसी नहीं है।

आशु बाबू पुलकित होकर बोले–"मैं कुछ भी नहीं जानता हूँ। विशेषज्ञ तो मैं नहीं ही हूँ। सौन्दर्य-शास्त्र की मैं बुनियादी बात भी मैं नहीं जानता हूँ। उस दृष्टि से मैं इसे देखता भी नहीं हूँ कमल। मैं देखता हूँ सम्राट शाहजहाँ को। मैं देखता हूँ कि उनका असीम दुख पत्थरों के अंग-अंग में लगा हुआ है। मैं देखता हूँ उनके एकनिष्ठ पत्नी-प्रेम को, जिसने इस संगमरमर के काव्य की रचना करके हमेशा के लिए उन्हें अमर कर दिया है।"

कमल ने उनके मुँह की तरफ निहारकर बड़े सहज स्वर में कहा–"मगर उनकी तो सुना है और भी बहुत-सी बेगमें थीं। सम्राट मुमताज को जितना प्यार करते थे उतना ही और भी दूसरी बेगमों से प्यार करते थे। हो सकता है, दूसरी बेगमों को वे कुछ ज्यादा प्यार करते हों। लेकिन उसे एकनिष्ठ प्रेम नहीं कहा जा सकता है आशु बाबू। एकनिष्ठ प्रेम उन्हें नहीं था।"

इस अप्रत्याशित भयंकर टिप्पणी से सब चौंक गए। उसका जवाब आशु बाबू या किसी को भी अचानक ढूँढ़े नहीं मिला।

कमल बोली–"सम्राट भावुक थे, कवि थे। वे अपनी हालत, दौलत और धीरज से सौन्दर्य की एक इतनी बड़ी चीज स्थापित करके गए। मुमताज तो एक आकस्मिक उपलक्ष्य है। वरना इतना सुन्दर महल वे किसी भी घटना को लेकर बनवा सकते थे। धर्म उपलक्ष्य होता तो भी नुकसान नहीं था। हजारों-लाखों लोगों की हत्या करके दिग्विजय प्राप्त करने की स्मृति के उपलक्ष्य में वे अगर महल बनवाते तो भी काम चल जाता। यह एकनिष्ठ प्रेम की देन नहीं है, यह बादशाह के निजी आनन्द-लोक की अक्षय देन है। यही तो हम लोगों के लिए काफी है।"

आशु बाबू ने मन के अन्दर आघात पाया। वे बार-बार सर हिलाकर बोले–"यह काफी नहीं है कमल, यह हरगिज काफी नहीं है कमल, यह हरगिज काफी नहीं है। अगर हमारा कहना सही है, अगर सम्राट को एकनिष्ठ प्रेम नहीं ही रहा हो, तो इस विराट स्मारक का कोई अर्थ ही नहीं रहता है। उन्होंने चाहे कितने बड़े सौन्दर्य की रचना क्यों न की होती, आदमी के मन में ऐसी दिलचस्पी के लिए जगह नहीं रहती।"

कमल बोली–"अगर आदमी के मन में ऐसी दिलचस्पी न रहे, तो वह आदमी की बेवकूफी है। मैं यह नहीं कहती कि निष्ठा का मूल्य नहीं है, लेकिन जो मूल्य युगों से लोग उसे देते आ रहे हैं वह भी उसका प्राप्य नहीं है। एक दिन जिसे मैंने प्यार किया है, किसी दिन किसी भी कारण उसमें बदलाव होने की गुंजाइश नहीं है, मन का यह अटल, अडिग जड़ धर्म न ही स्वस्थ है, न ही सुन्दर।"

उसकी बातें सुनकर मनोरमा के विस्मय की सीमा नहीं रही। इसे नौकरानी की मूर्ख बेटी कहकर उसकी अवहेलना करना कठिन है। लेकिन इतने मर्दों के सामने उस जैसी एक नारी के मुँह से निकली इन बेशर्मी-भरी बातों ने उसे बेहद चोट पहुँचाई। इतनी देर तक उसने बात नहीं की थी मगर अब वह अपने आपको रोक नहीं सकी, नीची कठोर आवाज में बोली—"यह मनोवृत्ति भले ही और किसी की भी नहीं हो, पर आपके लिए यह मनोवृत्ति स्वाभाविक है। यह मैं जानती हूँ। लेकिन दूसरों की नजरों में यह न ही सुन्दर है, न ही शोभनीय।"

आशु बाबू मन-ही-मन बेहद खिन्न होकर बोले—"छिः बेटी!"

कमल ने गुस्सा नहीं किया, बल्कि तनिक मुस्कुराकर बोली—"बहुत पुराने बद्ध-मूल संस्कारों पर आघात लगने पर आदमी अचानक सह नहीं पाता है। आपने सच ही कहा है कि मेरे लिए यह चीज बहुत ही स्वाभाविक है। मेरे तन-मन में यौवन भरा हुआ है, मेरे मन में जान है, जिस दिन मैं यह जानूँगी कि जरूरत पड़ने पर भी अब इसमें बदलने की ताकत नहीं है, उस दिन मैं समझूँगी कि इसका अन्त आ गया है। यह मर गया है।" इतना कहकर ज्यों ही उसने अपना मुँह उठाया त्यों ही उसे दिखाई पड़ा, अजित की दोनों आँखों से मानो आग बरस रही हो। क्या पता वह दृष्टि मनोरमा को नजर आई या नहीं, लेकिन वह बात के बीच में ही अचानक बोल उठी—"पिताजी, दिन अब नहीं रहा, मैं जितना दिखा सकती हूँ, उतना अजित बाबू को तब तक दिखाकर ले आती हूँ।"

अजित की सुध लौट आई, बोला—"हाँ, चलो, हम लोग देख आएँ।"

आशु बाबू खुश होकर बोले—"हाँ, तुम लोग जाकर देख आओ बेटी। हम लोग यहीं बैठे हुए हैं। लेकिन जरा जल्दी लौट आना और अगर देखने को कुछ बाकी रहेगा, तो कल फिर जरा दिन रहते आ जाएँगे हम लोग।"

6

अजित और मनोरमा जब ताज देखकर वापस आए तब सूरज डूब चुका था। मगर उजाला खत्म नहीं हुआ था। सभी घेरा लगाकर अच्छी तरह बैठे हुए हैं। तर्क जोरदार हो उठा है। ताज की बात, डेरे लौटने की बात, यहाँ तक कि अजित और मनोरमा की बात तक उन लोगों को याद नहीं है। अक्षय चुपचाप कुढ़ रहा है, देखकर सन्देह होता है, इसके पहले उन्होंने काफी शोर मचाया है, अभी दम ले रहे हैं। आशु बाबू ने अपने पैरों को घेरे के बाहर पसारकर और सर को अपने दोनों हाथों पर रखकर भारी बोझ ढोने का एक उपाय कर लिया है और बड़े मन से उन लोगों की बातें सुन रहे हैं। अविनाश सामने की तरफ बहुत झुककर तीखी नजरों से फसल की तरफ निहार रहा है। समझ में आया कि फिलहाल सवाल-जवाब इन दोनों के बीच ही रुका हुआ है। सभी ने शिवनाथ और कमल की तरफ मुँह उठाकर

निहारा। किसी ने गर्दन जरा हिलाई, तो किसी की उतना भर करने की भी फुरसत नहीं मिली। कमल और शिवनाथ—इन लोगों ने भी मुँह उठाकर देखा। लेकिन आश्चर्य इस बात का है कि एक की आँखें जितनी लौ की तरह जल रही हैं, दूसरे की आँखें उतनी ही थकी और उदास हैं। वह मानो न कुछ भी देख रही हो और न कुछ भी सुन रही हो। इस दल के बीच रहकर भी शिवनाथ न जाने कहाँ कितनी दूर चला गया है।

आशु बाबू ने सिर्फ कहा—"बैठो।" लेकिन वे लोग कहाँ बैठे या बैठे या नहीं, यह देखने का उन्हें वक्त नहीं मिला।

अविनाश ने शायद अक्षय की युक्तियों की माला के टूटे धागे को अपने हाथ से लपेट लिया था, बोला—"सम्राट शाहजहाँ का प्रसंग अभी रहने दीजिए। उनके बारे में सोचकर देखने की वजह से यह मैं कबूल करता हूँ कि यह प्रश्न जरा जटिल है। लेकिन प्रश्न जहाँ सामने के उस संगमरमर की नाईं तरल और धूप की मानिन्द स्वच्छ और सीधा है—जैसे अपने आशु बाबू का जीवन किसी तरफ किसी चीज की कोई कमी नहीं थी, नाते-रिश्तेदारों, यार-दोस्तों की कोशिश की भी कमी नहीं थी। मगर यह बात वे सोच ही नहीं सके कि अपनी दिवंगत पत्नी की जगह पर किसी और को लाकर कैसे बिठाया जा सकता है। यह चीज उनकी कल्पना के भी परे है। बताओ तो, नर-नारी के प्रेम का नाम लेने में यह कितना बड़ा आदर्श है! कितनी ऊँचाई पर है इसकी जगह!"

कमल कुछ कहने जा रही थी, लेकिन पीछे की तरफ से उसने एक मृदु स्पर्श अनुभव किया, तो उसने मुड़कर निहारा। शिवनाथ ने कहा—"अभी यह चर्चा रहने दो।"

कमल ने पूछा—"क्यों, रहने दूँ?"

शिवनाथ ने उसकी बात के जवाब में सिर्फ कहा—"मैं यों ही कह रहा था।" इतना कहकर वह चुप हो गया। उसकी बात पर खास किसी ने ध्यान नहीं दिया—इन उदास, अन्यमनस्क आँखों के पीछे कौन-सी बात दबी रही, न किसी ने यह जाना, न ही किसी ने यह जानने की कोशिश की।

कमल बोली—"यों ही तुम्हें घर जाने की जल्दी पड़ी है क्या? मगर तुम्हारा घर तो तुम्हारे साथ ही है।" इतना कहकर वह हँसी।

आशु बाबू शर्मिन्दा हुए, हरेन्द्र और अक्षय मुँह दबाकर हँसे, मनोरमा ने दूसरी ओर नजरें घुमाईं लेकिन जिस शिवनाथ से यह कहा गया उसके मुँह पर एक रेखा भी नहीं बदली। वह जैसे पत्थर का बना हो, जैसे वह न ही देख सकता हो, न ही सुन सकता हो।

अविनाश को देरी बर्दाश्त नहीं हो रही थी, बोली—"मेरे सवाल का जवाब दो।"

कमल बोली—"लेकिन मेरे पति ने मुझे बोलने से मना किया है। उनका कहना न मानना क्या उचित है?" इतना कहकर वह हँसने लगी।

अविनाश खुद भी बिना हँसे नहीं रह सका, बोले—"इस मामले में पति का कहा न मानने से कोई गुनाह नहीं होगा। हम इतने लोग मिलकर तुमसे कह रहे हैं, तुम बताओ।"

कमल बोली—"आशु बाबू को आज लगाकर सिर्फ दो दिन मैं देख पाई हूँ। लेकिन इसी बीच मैंने मन-ही-मन उन्हें प्यार किया है।" इतना कहकर उसने शिवनाथ को दिखाकर कहा—"मैं अब समझ पा रही हूँ कि उन्होंने क्यों मुझे बोलने से मना किया था।"

आशु बाबू ने खुद ही उसमें बाधा डाली, बोले–"मगर मेरी तरफ से तुम्हें सकुचाने की कोई वजह नहीं है। बूढ़ा आशु वैद्य बड़ा निरीह आदमी है कमल, उसे सिर्फ दो दिन देखकर तुमने बहुत कुछ ताड़ लिया है। और भी दो दिन अगर उसे देखोगी, तो समझोगी कि उससे डरने लायक गलती दुनिया में कोई दूसरी नहीं है। तुम आराम से कहो, यह सब बात सुनने में मुझे सचमुच ही आनन्द आता है।"

कमल बोली–"लेकिन ठीक इसीलिए तो उन्होंने मुझे बोलने से मना किया था और इसीलिए अविनाश बाबू की बात के जवाब में अभी मुझे कहने में झिझक हो रही है कि नर-नारी प्रेम के मामले में न ही इसे मैं बड़ा मानती हूँ और न ही आदर्श।"

अक्षय ने बात की। उसके प्रश्न करने की मुद्रा में व्यंग्य था। बोला–"बहुत सम्भव है कि आप लोग इसे न बड़ा मानते हैं, न आदर्श। लेकिन आप लोग इसे क्या मानते हैं, मैं जरा सुन सकता हूँ क्या?"

कमल ने उसकी तरफ निहारा, मगर ऐसी बात नहीं कि उसने उसे ही जवाब दिया। बोली–"एक दिन आशु बाबू ने अपनी पत्नी को प्यार किया था लेकिन वे अब जिन्दा नहीं हैं। उन्हें देने को भी कुछ नहीं है, उनसे लेने को भी कुछ नहीं है। न ही उन्हें सुखी किया जा सकता है और न ही उन्हें दुख दिया जा सकता है। वे नहीं रहीं। प्यार की पात्र चली गई हैं। सिर्फ एक दिन उन्होंने उन्हें प्यार किया था, यही घटना याद है। उसी घटना को रोज मन के अन्दर पालकर वर्तमान से ज्यादा अतीत को सही समझकर जीने में कौन-सा आदर्श है, यह मुझे सोचते नहीं बनता।"

कमल के मुँह से की इस बात को सुनकर आशु बाबू ने फिर से आघात पाया। बोले–"लेकिन कमल हमारे देश की विधवाओं के हाथ में सिर्फ यही चीज सबसे बड़ा सम्बल रहता है। पति तो चला जाता है लेकिन उसकी याद को लेकर ही तो विधवा-जीवन की पवित्रता जारी रहती है। इसे क्या तुम नहीं मानती हो।"

कमल बोली–"नहीं, मैं इसे नहीं मानती हूँ। एक बड़ा नाम रस देने से ही तो कोई चीज दुनिया में बड़ी नहीं बन जाती है। बल्कि यह कहिए कि इस देश में वैधव्य बिताने की यही रीति है। कहिए कि एक झूठ को सच का गौरव देकर लोग उन लोगों को धोखा देते आ रहे हैं। मैं इसे अस्वीकार नहीं करूँगी।"

अविनाश बाबू ने कहा–"अगर ऐसी भी बात हो, और अगर आदमी उन लोगों को धोखा देता आ रहा हो, तो विधवाओं को ब्रह्मचर्य के अन्दर–नहीं, रहने दो, ब्रह्मचर्य की बात मैं और नहीं उठाऊँगा। लेकिन उनके अकारण संयत जीवन को क्या बहुत बड़ी पवित्रता की मर्यादा भी हम नहीं देंगे?"

कमल हँसकर बोली–"अविनाश बाबू, यह भी और एक वैसे शब्द का मोह है। यह 'संयम' शब्द बहुत दिनों से ढेरों मर्यादा पा-पाकर इतना बड़ा हो उठा है कि उसके लिए अब कोई स्थान, काल, कारण, अकारण नहीं है। कहने के साथ ही सम्मान से आदमी का सर झुक जाता है। लेकिन अवस्था विशेष में यह भी एक हवाई आवाज से ज्यादा नहीं है। ऐसी बात कहने में भी अगर आम आदमी को डर लगता हो, तो लगे। मुझे डर नहीं लगता है। मैं उन लोगों में से नहीं हूँ। चूँकि बहुतेरे बहुत दिनों से कुछ न कुछ कहते आ रहे हैं इसीलिए

मैं उसे नहीं मान लूँगी। पति की याद को कलेजे से लगाए विधवाओं के दिन बिताने लायक ऐसी स्वयंसिद्ध पवित्रता की धारणा को भी प्रमाणित न कर देने पर उसे मानने में मुझे झिझक होती है।''

अविनाश को जब कोई जवाब ढूँढ़े नहीं मिला तो वह थोड़ी देर तक विमूढ़ की भाँति निहारता रहा, उसके बाद बोला—''तुम यह क्या कह रही हो?''

अक्षय ने कहा—''तो दो और दो चार होता है। इसे भी प्रमाणित न कर देने पर आप नहीं मानेंगी?''

कमल ने न ही जवाब दिया, न ही गुस्सा किया। वह सिर्फ मुस्कुराई।

और एक आदमी ने गुस्सा नहीं किया, वे हैं आशु बाबू। हालाँकि कमल की बात से वे ही सबसे ज्यादा आहत हुए थे।

अक्षय ने फिर से कहा—''आपकी यह सब गन्दी धारणा हमारे भद्र समाज की नहीं है। वहाँ ऐसी गन्दी धारणा को कोई नहीं मानता।''

कमल ने पहले की ही तरह मुस्कुराते हुए जवाब दिया—''भद्र समाज में तो इसे कोई मानता ही नहीं है। यह मैं जानती हूँ।''

इसके बाद थोड़ी देर तक सभी चुप्पी साधे रहे। आशु बाबू ने धीरे-धीरे कहा—''मैं तुमसे एक बात पूछता हूँ कमल। पवित्रता-अपवित्रता के लिए मैं नहीं कहता हूँ, लेकिन स्वभावतः जो और कर नहीं सकता है—जैसे कि मैं मणि की स्वर्गीया माँ की जगह किसी और को बिठाने की बात की कल्पना नहीं कर सकता हूँ।''

कमल ने कहा—''आप तो बूढ़े हो गए हैं आशु बाबू।''

आशु बाबू ने कहा—''मैं यह मानता हूँ कि मैं बूढ़ा हो गया हूँ। मगर उस दिन तो मैं बूढ़ा नहीं था। लेकिन तब भी तो मैं यह बात नहीं सोच सका था। न हंगामा, न हुल्लड़-हुड़दंग।''

कमल बोली—''उस दिन भी आप इतने ही बूढ़े थे। तन से नहीं, मन से। एक आदमी होता है जो बूढ़ा मन लिये ही पैदा होता है। उस बूढ़े के डाँट-फटकार के नीचे उसका कमजोर विकृत यौवन हमेशा शर्म से सर झुकाए रहता है। बूढ़ा मन खुश होकर कहता है—आहा यही तो अच्छा है, यही तो शान्ति है, यही तो आदमी का चरम पारमार्थिक ज्ञान है। उसके कितनी तरह के कितने अच्छे-अच्छे विशेषण हैं कितनी वाहवाही की धूम है। दोनों कानों को भरकर उसकी तारीफ का डंका बजता है, लेकिन यह तो उसके जीवन की जीत का डंका नहीं, बल्कि आनन्दलोक को निछावर करने की मुनादी है और इस बात को वह जान भी नहीं सकता है।''

सभी ने मन-ही-मन चाहा कि इसका बड़े से बड़ा जवाब देने की जरूरत है। औरत के मुँह से उन्मत्त यौवन का यह बेशर्म बखान सुनकर सबको कानों के अन्दर जलन होने लगी। मगर जवाब देने लायक शब्द भी किसी को ढूँढ़े नहीं मिला।

तब आशु बाबू ने मृदु स्वर में पूछा—''कमल, बूढ़ा मन तुम किसे कहती हो? एक बार उसे अपने मन के साथ मिलाकर देखूँ कि मेरा मन सचमुच बूढ़ा है या नहीं?''

कमल बोली—''मैं इसी मन को बूढ़ा कहती हूँ जो सामने की तरफ निहार नहीं सकता है और उसी आदमी को बूढ़ा कहती हूँ जिसका अवसन्न बूढ़ा मन भविष्य की सारी आशाओं को छोड़ देता है और जो अतीत के अन्दर ही जिन्दा रहना चाहता है, और जो कुछ करने,

कुछ पाने का दावा नहीं करता है, जिसके लिए वर्तमान लुप्त, अनावश्यक, अनागत और अर्थहीन है, जिसके लिए अतीत ही सब कुछ है, जिसके लिए आनन्द और दुख उसका मूल धन है। देखिए तो आशु बाबू, अपने साथ उसको एक बार मिलाकर।"

आशु बाबू हँसे, बोले—"वक्त आने पर अपने साथ उसे मिलाकर देखूँगा ही।"

अजित कुमार इतनी देर की बातों के बीच एक शब्द भी नहीं बोला था, सिर्फ अपलक आँखों से कमल के मुँह की तरफ निहार रहा था, सहसा उसे पता नहीं क्या हुआ, वह अपने आपको सँभाल नहीं सका, बोल उठा—"मेरा एक सवाल है...देखिए मिसेज...।"

कमल ने सीधे उसकी तरफ निहारकर कहा—"मिसेज किसलिए? आप मुझे कमल कहकर ही पुकारिए न!"

अजित शर्म के मारे लाल हो उठा—"नहीं-नहीं, मैं ऐसा नहीं कह सकता। ऐसा कहना बड़ा ऊटपटाँग लगेगा..."

कमल बोली—"नहीं, यह जरा भी ऊटपटाँग नहीं लगेगा। माँ-बाप ने मेरा नाम रखा था मुझे पुकारने के लिए ही तो! कोई मुझे कमल कहकर पुकारता है, तो मैं गुस्सा नहीं करती हूँ।" अचानक उसने मनोरमा के मुँह की तरफ निहारकर कहा—"आपका नाम मनोरमा है, अगर मैं आपको मनोरमा कहकर पुकारूँ तो क्या आप गुस्सा करेंगी?"

मनोरमा ने सिर हिलाकर कहा—"हाँ, मैं गुस्सा करूँगी।"

किसी ने भी उससे इस जवाब की उम्मीद नहीं की थी, आशु बाबू तो कुंठा से उदास हो गए थे।

सिर्फ कुंठित नहीं हुई कमल खुद। बोली—"नाम तो भला कोई चीज नहीं है। यह तो सिर्फ एक शब्द है जिससे यह समझ में आता है कि बड़ों के बीच एक आदमी दूसरे को पुकार रहा है। लेकिन यह बात भी सही है कि बहुत से लोगों को तब बड़ी हिचकिचाहट होती है जब कोई उनका नाम लेकर उन्हें पुकारता है। वे अपने नाम को तरह-तरह से सजाकर सुनना चाहते हैं। देखिए न, राजा लोग अपने नामों के आगे-पीछे कितने निरर्थक शब्दों और उपाधियों को लगा लेते हैं, तब जाकर दूसरे को कहने देते हैं वरना उनकी मर्यादा बर्बाद होती है।" इतना कहकर वह हँस उठी और शिवनाथ को दिखाकर बोली—"जैसे ये हैं। ये कभी भी कमल नहीं कह सकते हैं, कहते हैं—शिवानी। अजित बाबू, बल्कि आप मुझे मिसेस शिवनाथ न कहकर शिवानी कहकर ही पुकारिए। यह शब्द भी छोटा है और इसे समझेंगे भी सभी। कम-से-कम मैं तो समझूँगी ही।"

मगर पता नहीं क्या हुआ, साफ-साफ आदेश पाकर भी अजित बात नहीं कर सका। सवाल उसके मुँह में रखा ही रहा।

तब दिन ढल चुका था और अगहन के बादलों भरे आसमान में धुँधली चाँदनी दिखाई पड़ी थी। उस तरफ पिता का ध्यान आकर्षित करते हुए मनोरमा ने कहा—"पिताजी, ओस पड़ना शुरू हो गया है। अब और देरी मत कीजिए, अब उठिए।"

आशु बाबू बोले—"लो उठ रहा हूँ बिटिया।"

अविनाश बोला—"यह शिवानी नाम बहुत अच्छा है। शिवनाथ कलाकार हैं, इसीलिए उन्होंने यह मधुर नाम भी अपने नाम के साथ मिलाया है—कमाल का।"

आशु बाबू खुश होकर बोल उठे–"शिवनाथ नहीं जी अविनाश, ऊपर वाले–वे।" इतना कहकर उन्होंने एक बार आसमान की तरफ निगाह डाली और बोले–"आदिकाल के वे बूढ़े घटक इन लोगों का हर दृष्टि से मेल कराने के लिए, मानो खाना-पीना, सोना, छोड़कर लग गए थे। जीते रहो।"

अचानक अक्षय तनकर बैठा, दो-तीन बार अपना सर हिलाया, अपनी छोटी-छोटी आँखों को जितना फैला सकता था, फैलाया और बोला–"अच्छा, मैं आपसे एक सवाल कर सकता हूँ क्या?"

कमल बोली–"कौन-सा सवाल?"

अक्षय बोला–"आपको संकोच नाम की कोई चीज तो है नहीं इसीलिए पूछता हूँ, यह शिवानी नाम तो बहुत अच्छा है। लेकिन शिवनाथ बाबू के साथ क्या आपकी सचमुच ही शादी हुई थी?"

आशु बाबू का चेहरा स्याह हो गया। बोले–"यह आप क्या कह रहे हैं अक्षय बाबू?"

अविनाश ने कहा–"तुम क्या पागल हो गए?"

हरेन्द्र बोला–"ब्रूट।"

अक्षय बोला–"आप तो जानती हैं, मुझे झूठा लिहाज नहीं है।"

हरेन्द्र ने कहा–"झूठा या सच्चा तुम्हें कोई भी लिहाज नहीं है। मगर हम लोगों को तो है।"

लेकिन कमल हँसने लगी। मानो इसके अन्दर मजाक की कितनी बातें हों। बोली–"इसमें गुस्सा करने की कौन-सी बात है, हरेन्द्र बाबू? मैं बता रही हूँ अक्षय बाबू, ऐसी बात नहीं है कि बिलकुल कुछ भी नहीं हुआ था। शादी जैसा कुछ हुआ था। लेकिन जो लोग देखने आए थे वे हँसने लगे, बोले–यह तो शादी ही नहीं है, धोखा है। जब मैंने उनसे पूछा, तो उन्होंने कहा–शादी हुई शैव रीति से। मैंने कहा–यही तो अच्छा है। शिव के साथ अगर शैव रीति से शादी हुई हो, तो इसमें सोचने की कौन-सी बात है?"

अविनाश यह सुनकर दुखी हुआ, बोला–"लेकिन शैव विवाह तो अब हमारे समाज में नहीं होता है न, इसीलिए किसी दिन अगर वे यह कहकर उड़ा देना चाहे कि शादी हुई ही नहीं है, तो इसे सच साबित करने के लिए तुम्हारे पास तो कुछ भी नहीं है कमल।"

कमल ने शिवनाथ की तरफ निहारकर कहा–"हाँ जी, तुम क्या किसी दिन ऐसा करोगे?"

शिवनाथ ने कोई जवाब नहीं दिया, वह पहले की ही तरह उदास, गम्भीर होकर बैठा रहा। तब कमल ने हँसी के बहाने माथे को ठोंककर कहा–"हाय री किस्मत! वे यह कहकर कि शादी नहीं हुई है, इनकार करेंगे और मैं यह कहकर कि शादी हुई है, जाऊँगी दूसरे के पास न्याय माँगने, उसके पहले फाँसी लगाने लायक जरा-सी रस्सी भी नहीं मिलेगी क्या?"

अविनाश ने कहा–"हाँ, फाँसी लगाने के लिए जरा-सी रस्सी मिल सकती है। मगर आत्महत्या करना तो पाप है।"

कमल ने कहा–"पाप नहीं, पाक है। लेकिन ऐसा नहीं हो सकता है। यह बात मेरे भाग्यविधाता भी नहीं सोच सकते हैं कि मैं आत्महत्या करूँगी!"

आशु बाबू बोल उठे–"यही तो है आदमियों जैसी बात कमल!"

कमल ने उनकी तरफ निहारकर शिकायत करने की मुद्रा में कहा–"देखिए तो अविनाश बाबू अन्याय!" फिर उसने शिवनाथ को दिखाकर कहा–"वे मुझे ठुकराएँगे और मैं उनकी गर्दन दबोचकर अपनाने को कहूँगी! सच्चाई डूब जाएँगी। जिस रीति-रिवाज को मैं नहीं मानती, उसी की रस्सी से बाँधकर रखूँगी। मैं करूँगी यह काम?" कहते हुए उसकी दोनों आँखें जलने लगीं।

आशु बाबू ने धीरे-धीरे कहा–"शिवानी, यह हम सभी मानते हैं कि दुनिया में सच्चाई बड़ी है। लेकिन रीति-रिवाज भी तो गलत नहीं हैं!"

कमल बोली–"मैं रीति-रिवाज को गलत नहीं कहती। जैसे प्राण भी सही है और देह भी लेकिन जब प्राण निकल जाते हैं तब?"

मनोरमा ने पिता का हाथ पकड़कर खींचा और बोली–"पिताजी, बहुत ओस पड़ेगी, अब उठे बिना काम नहीं चलेगा।"

"अभी उठता हूँ बेटी।"

शिवनाथ अचानक उठकर खड़ा हो गया और बोला–"शिवानी और देरी मत करो, चलो।"

कमल तुरन्त उठकर खड़ी हो गई। उसने सबको नमस्कार किया, बोली–"आप लोगों के साथ जान-पहचान हुई सिर्फ तर्क करने के लिए ही। बुरा मत मानिएगा।"

शिवनाथ इतनी देर बाद एक बार हँसा, बोला–"तुमने सिर्फ तर्क ही किया शिवानी, सीखा कुछ भी नहीं?"

कमल ने विस्मय-भरी आवाज में कहा–"नहीं, मैंने कुछ भी नहीं सीखा। मगर सीखने को वहाँ क्या था, मुझे तो याद नहीं आ रहा है!"

शिवनाथ बोला–"तुम्हें याद आने की बात भी नहीं है। वह यों ही आड़ में था। अगर हो सके तो आशु बाबू के बूढ़े मन की जरा श्रद्धा करना सीखो। उससे बड़ा सीखने को और कुछ नहीं है।"

कमल ने विस्मय के साथ कहा–"यह तुम क्या कह रहे हो आज?"

शिवनाथ ने जवाब नहीं दिया। उसने फिर से सबको नमस्कार किया और बोला–"चलो।"

आशु बाबू ने लम्बी साँस छोड़कर सिर्फ कहा–"आश्चर्य है!"

7

आश्चर्य ही तो है! इसके अलावा मन की बात को जाहिर करने के लिए और कोई शब्द था क्या? वास्तव में उन लोगों के चले जाने पर एक बड़े नाटक के मध्यान्तर में ही परदा गिर गया और परदे के पीछे न जाने विस्मय की कितनी बातें नजरों से छिपी रह गईं। सबके मन के अन्दर यही एक बात हलचल मचाने लगी और सभी को लगा कि जैसे सिर्फ इसी के लिए

वे लोग यहाँ आए थे। आसमान में चाँद उग आया है। हेमन्त की ओस भीगी मद्धिम चाँदनी में करीब ही ताज का सफेद संगमरमरी जादुई महल की नाईं चमक उठा है। लेकिन उसकी तरफ अब किसी की भी नजर नहीं है।

मनोरमा बोली–"अब अगर आप नहीं उठेंगे तो आप सचमुच ही बीमार हो जाएँगे, पिताजी।"

अविनाश ने कहा–"ओस पड़ रही है उठिए।"

सभी उठकर खड़े हो गए। फाटक के बाहर आशु बाबू की बहुत बड़ी मोटर खड़ी है, लेकिन अक्षय और हरेन्द्र के ताँगेवाले का कोई पता नहीं चला। वह शायद इस बीच ज्यादा किराया देनेवाली सवारी को पाकर उड़न-छू हो गया था। लिहाजा किसी तरह से सट-सटकर सबको मोटर पर ही चढ़ना पड़ा।

थोड़ी देर तक सभी चुप थे, बात की पहल अविनाश ने की–"शिवनाथ ने झूठ कहा था। कमल एक मामूली-सी नौकरानी की बेटी नहीं हो सकती है। यह असम्भव है।" इतना कहकर उसने मनोरमा के मुँह की तरफ निहारा।

मनोरमा के मन के अन्दर भी ठीक यही सवाल पैदा हो रहा था, मगर वह चुप्पी साधे रही।

अविनाश ने कहा–"यही बात तो मैं भी सोच रहा हूँ।"

अक्षय ने कहा–"पर उनके झूठ बोलने की वजह? अपनी पत्नी के बारे में यह तो गौरव का परिचय नहीं है अविनाश बाबू!"

अक्षय ने कहा–"आप लोग अचरज में पड़ गए हैं, मगर मैं अचरज में नहीं पड़ा हूँ। यह सब शिवनाथ की प्रतिध्वनि है। इसीलिए बातों के अन्दर काफी bravado है, लेकिन चीज नहीं है। क्या असली है और क्या नकली, यह मैं समझ सकता हूँ–इतनी आसानी से मुझे धोखा नहीं दिया जा सकता है।"

हरेन्द्र बोल उठा–"बाप रे! आपको धोखा देना बिलकुल Monopoly में दखलन्दाजी है।"

अक्षय ने गुस्सा करके कनखियों से उसकी तरफ देखा और कहा–"मैं जोर देकर यह कह सकता हूँ कि इसमें शरीफ घर का Culture रत्ती भर भी नहीं है। औरतों के मुँह से और ऐसी बातें, सिर्फ immoral ही नहीं अश्लील हैं।"

अविनाश ने प्रतिवाद करते हुए कहा–"उनकी सारी बातें औरतों के मुँह से ठीक शोभनीय नहीं हो सकती हैं लेकिन उन्हें अश्लील नहीं कहा जा सकता है अक्षय!"

अक्षय ने कठोर होकर कहा–"वे दोनों एक ही हैं अविनाश बाबू। देखा नहीं आपने, बगैर चीज शादी उनके लिए मजाक की बात है। जब सभी ने आकर कहा–यह तो शादी ही नहीं है, धोखा है, तो उन्होंने सिर्फ हँसकर कहा–अच्छा ऐसी बात है क्या! वे absolute indifference थीं, नोटिस नहीं किया था आपने? ऐसा कहना क्या कभी भी शरीफ लड़की को शोभा देता है, या ऐसा कहना क्या शरीफ लड़की के लिए सम्भव है!"

अक्षय का कहना सही है। इसीलिए सभी चुप्पी साधे रहे। आशु बाबू ने इतनी देर तक कुछ भी नहीं कहा था। पर सारी बातें उनके कानों में पहुँच रही थीं। वे अपने ही खयालों में डूबे हुए थे। अचानक इस चुप्पी ने उनका ध्यान मोड़ा। उन्होंने धीरे-धीरे कहा–"शादी

पर नहीं बल्कि इसके form पर शायद कमल की उतनी आस्था नहीं है। रीति-रिवाज चाहे जो हो, कुछ न कुछ होने से ही उसका मतलब था। उसने पति से कहा—वे लोग इस शादी को धोखा कहते हैं। पति ने कहा—हम लोगों की शादी हुई शैव रीति से। कमल ने यही सुनकर खुश होकर कहा—अगर शादी शिव के साथ शैव रीति से हुई हो, तो यही तो अच्छा है। उसकी यह बात मुझे कितनी मधु लगी अविनाश बाबू कि मैं क्या कहूँ?"

अविनाश का मन भी अन्दर ही अन्दर ठीक इसी सुर में बँधा हुआ था, बोला—"और उसने शिवनाथ के मुँह की तरफ निहारकर पूछा था—हाँ जी, तुम क्या मेरे साथ ऐसा करोगे? तुम क्या मुझे धोखा दोगे? कितनी ही बातें तो उसके बाद हो गईं आशु बाबू, मगर उसकी बातें अभी भी मेरे कानों में गूँज रही हैं।"

उसकी बात के जवाब में आशु बाबू ने मुस्कुराकर सिर्फ जरा सर हिलाया।

अविनाश ने कहा—"और रहा उसका वह शिवानी नाम? यह क्या कम मधुर है आशु बाबू?"

अक्षय और सह नहीं सका। बोला—"आप लोगों ने मुझे अब रुष्ट कर दिया अविनाश बाबू। उन लोगों का जो कुछ है सब का सब मीठा-मधुर है। यहाँ तक कि शिवनाथ के अपने नाम शिव के साथ एक 'नी' जोड़ देने से भी मधु झर पड़ा?"

हरेन्द्र ने कहा—"सिर्फ 'नी' जोड़ देने से नहीं होता है अक्षय बाबू। आपकी पत्नी को अक्षयनी कहकर पुकारने से क्या मधु झरेगा?"

उसकी बात सुनकर सभी हँस उठे। यहाँ तक कि मनोरमा ने भी रास्ते के एक किनारे मुँह घुमाकर अपनी हँसी छिपाई।

अक्षय गुस्से से पागल हो उठा। उसने गरजकर कहा—"हरेन बाबू, don't you go too far, किसी शरीफ औरत के साथ इस जैसी औरत की इशारे-इशारे में भी तुलना करने को मैं बेहद अपमानजनक समझता हूँ। यह मैंने आपको साफ-साफ बता दिया।"

हरेन्द्र चुप रहा, तर्क करना भी उसका स्वभाव नहीं है। अपनी बात को युक्ति से साबित करने की भी उसकी आदत नहीं है। बीच में अचानक कुछ न कुछ कहकर वह इतनी चुप्पी साधे रहता है कि हजार कुरेदने पर भी उसके मुँह से बात बाहर नहीं निकाली जा सकती है। हुआ भी वही। अक्षय बाकी रास्ते शिवानी को छोड़ हरेन्द्र को लेकर पड़ा। उसने शरीफ औरत का अभद्र और गन्दा मजाक उड़ाया है और शिवनाथ की शैव रीति से विवाहित पत्नी की बात और व्यवहार में ऊँचे खानदान की बू तक नहीं है, बल्कि उसकी शिक्षा और संस्कार जघन्य हिंसा का ही परिचायक है। इसे ही बड़ी कठोरता के साथ वह बार-बार साबित करता रहा कि तभी गाड़ी आशु बाबू के दरवाजे पर आकर रुकी। अविनाश और दूसरे सब उतर गए और गाड़ी हरेन्द्र और अक्षय को पहुँचा देने के लिए चली गई।

आशु बाबू ने उद्विग्न होकर कहा—"गाड़ी के अन्दर वे लोग मारामारी न करें।"

अविनाश ने कहा—"नहीं, इस बात का डर नहीं है। यह रोज की बात है, लेकिन इससे उन लोगों की दोस्ती नहीं टूटती है।"

जब आशु बाबू कमरे के अन्दर चाय पीने बैठे, तो धीरे-धीरे बोले—"अक्षय बाबू का स्वभाव बड़ा कठोर है। इससे ज्यादा कठोर बात उनकी जबान पर नहीं आती।" सहसा

उन्होंने मनोरमा की तरफ निहारकर पूछा—"अच्छा मणि, कमल के बारे में तुम्हारी पहले की धारणा क्या आज नहीं बदली है?"

"किस चीज की धारणा पिताजी?"

"यही जैसे, यही जैसे..."

"मगर मेरी धारणा को लेकर आप लोगों का क्या होगा पिताजी?"

आशु बाबू ने अपनी बात दोहराई नहीं। वह यह जानते थे कि इस लड़की के प्रति मनोरमा का चित्त बड़ा खिन्न है। यह उन्हें दुख देता। लेकिन इसको लेकर नए सिरे से चर्चा करने की कोशिश करना जितनी अप्रिय है, उतना ही निष्फल है।

अचानक अविनाश बोल उठा—"लेकिन एक बात पर आप लोगों ने शायद उतना कान नहीं दिया था। वह है शिवनाथ की आखिरी बात। अगर कमल का सब कुछ सिर्फ दूसरे की प्रतिध्वनि ही होता, तो शिवनाथ को यह बात कहने की जरूरत नहीं होती कि वह आपकी श्रद्धा करना सीखे।" इतना कहकर उसने खुद भी गहरी श्रद्धा से अविनाश बाबू के मुँह की तरफ निगाह डाली और कहा—"वास्तव में कहने में क्या है, आप जैसे भक्ति के पात्र भला दुनिया में कितने आदमी होंगे? इतनी मामूली-सी जान-पहचान में ही शिवनाथ इतनी कड़ी और सच्चाई से समझ सका है सिर्फ इसी के लिए मैं उसके ढेरों गुनाहों को माफ कर सकता हूँ आशु बाबू।"

उसकी बात सुनकर आशु बाबू मस्त हो उठे। उनका मोटा बदन मानो शर्म से सिकुड़ गया। मनोरमा की दोनों आँखें कृतज्ञता से भर गईं। उसने अविनाश की तरफ मुँह उठाकर कहा—"अविनाश बाबू, यहीं उनमें और उनकी पत्नी में सचमुच का फर्क है। मैंने आज जाना कि उस दिन साड़ी और साबुन माँगने के बहाने यह लड़की सिर्फ मेरी खिल्ली उड़ाकर गई थी। उसके उस दिन के अभिनय को मैं समझ नहीं सकी थी, मगर उसका सारा छल-छन्द, सारे ताने बेकार हैं पिताजी अगर यह आज आपको सबसे बड़े के रूप में न पहचान सकी हो!"

आशु बाबू व्याकुल हो उठे—"तुम लोग यह सब क्या कहती हो बेटी?"

अविनाश ने कहा—"इसमें कहीं कोई अतिशयोक्ति नहीं है आशु बाबू। जाते वक्त शिवनाथ ने अपनी पत्नी को यही बात बताने की कोशिश की थी। आज उसने बात नहीं की है। लेकिन उसकी उसी एक बात से मुझे यह लगा है कि यही उन दोनों में बहुत बड़ा मतभेद है।"

आशु बाबू बोले—"अगर उन दोनों में कोई मतभेद हो, तो उसमें शिवनाथ का दोष है कमल का नहीं।"

मनोरमा अचानक बोल उठी—"आपने उसे किस नजर से देखा है, यह आप ही जानें पिताजी। लेकिन जो आप जैसे आदमी की श्रद्धा नहीं कर सकता है उसे क्या कभी माफ किया जा सकता है?"

आशु बाबू ने मनोरमा के मुँह की तरफ निहारकर कहा—"क्यों बेटी, मुझसे घृणा करने का भाव तो उसके किसी भी आचरण में प्रकट नहीं हुआ है?"

"मगर श्रद्धा भी तो प्रकट नहीं हुई है!"

आशु बाबू बोले–"उसकी श्रद्धा प्रकट होने की बात भी नहीं है मणि। अगर उसकी श्रद्धा प्रकट होती तो यह उसका कपट होता। मेरे अन्दर जिस चीज को तुम लोग शक्ति का आधिक्य समझकर विस्मय से मुग्ध होते हो, उसके लिए वह निरा शक्ति का अभाव है। कमजोर आदमी को स्नेह के सहारे प्यार किया जा सकता है, यही बात उसने मुझसे कही है। लेकिन मेरा तो मूल्य उसके लिए नहीं है, उसे ही जबर्दस्ती देने की कोशिश में न ही उसने तुम्हें नीचा दिखाया है न ही उसने अपने आपको अपमानित किया है। यही तो ठीक है, इसमें कुछ पाने की तो कोई बात ही नहीं है मणि।"

इतनी देर तक अजित अन्यमनस्क की नाईं था, इस बात को सुनकर उसने नजरें उठाकर देखा। न ही वह कुछ जानता था और न ही जान लेने का उसे मौका मिला था। सारी बातें उसके लिए धुँधली हैं–अभी आशु बाबू ने जो कहा उससे भी कुछ भी साफ नहीं हुआ। तब भी उसका मन मानो जाग उठा।

मनोरमा चुप्पी साधे रही। मगर अविनाश ने उत्तेजना के साथ पूछा–"तो फिर स्वार्थ-त्याग का कोई मूल्य नहीं है, कहिए?"

आशु बाबू हँसकर बोले–"सवाल सिर्फ प्रोफेसरों के लायक नहीं हुआ। चाहे, जो भी हो–नहीं, उसके लिए स्वार्थ-त्याग का कोई मूल्य नहीं है।"

"तो फिर आत्मसंयम का भी कोई दाम नहीं है?"

"हाँ, उसके लिए आत्मसंयम का भी कोई दाम नहीं है। संयम जहाँ अर्थहीन है, जहाँ वह सिर्फ निष्फल आत्मपीड़िता है वहाँ उसी को लेकर अपने आपको बड़ा समझना सिर्फ अपने आपको ही धोखा देना नहीं है, बल्कि दुनिया को धोखा देना है। उसके मुँह से निकली बातों को सुनकर लगा कि कमल सिर्फ यही कहना चाहती है।" इतना कहकर वे थोड़ी देर तक चुप रहे, फिर बोले–"क्या पता वहाँ से उसे यह धारणा मिली हो। मगर अचानक उसकी बात सुनने पर बड़ा विस्मय लगता है।"

मनोरमा बोल उठी–"सिर्फ विस्मय लगता है, पूरे बदन में आग लग जाती है। पिताजी, आप क्या कोई भी बात जोर देकर नहीं कह सकते हैं? चाहे जिसके मन में जो आए, कहे और आप उसी की हाँ में हाँ मिलाते जाएँगे।"

आशु बाबू ने कहा–"मैंने तो उसकी हाँ में हाँ नहीं मिलाई है बेटी। लेकिन नाराजगी और बैर को लेकर फैसला करने पर सिर्फ एक ही पक्ष धोखा नहीं खाता है, दूसरा पक्ष भी धोखा खाता है। जो सब बात उसके मुँह में हम लोग ठूँस देना चाहते हैं, ठीक वही बात कमल ने नहीं कही है। उसने जो कहा उसकी मोटी बात शायद यह है कि लम्बे संस्कारों से जिस चीज को हम लोगों ने खून के अन्दर से लेकर सच्चाई के रूप में पाया है वह सवाल का सिर्फ एक पहलू है, उसका दूसरा पहलू भी है। सिर्फ आँखें मूँदकर सर हिला देने से ही काम नहीं चलेगा बेटी।"

मनोरमा बोली–"पिताजी, भारतवर्ष में इतने दिनों तक क्या उस पहलू को देखनेवाला आदमी नहीं था?"

आशु बाबू तनिक मुस्कुराए, बोले–"यह बड़े गुस्से की बात है बेटी, नहीं तो यह तुम खुद ही अच्छी तरह से जानती हो कि सिर्फ हमारे ही देश में नहीं, बल्कि किसी भी देश में

आदमी के अगुआ आखिरी सवाल का जवाब देकर गए हैं, ऐसा हो ही नहीं सकता है। अगर आदमी के अगुआ आखिरी सवाल का जवाब देकर गए होते, तो सृष्टि रुक जाती। तब इसके चलने का कोई अर्थ नहीं रहता।''

अचानक उन्हें नजर आया कि अजित एकटक निहार रहा है। बोला—''तुम शायद कुछ भी समझ नहीं पा रहे हो, है न?''

अजित के गर्दन हिलाने पर आशु बाबू ने शुरू से लेकर आखिर तक पूरी घटना कह सुनाई—''अक्षय ने पता नहीं किस पवित्र होमकुंड की आग जला दी कि लोग गौर से क्या देखते, धुएँ के मारे लोग अपनी आँखें ही नहीं खोल सके। हालाँकि मजा यह है कि हम लोगों का मुकदमा है शिवनाथ के खिलाफ और हम लोगों ने सजा दी कमल को। शिवनाथ यहाँ के कॉलेज का प्रोफेसर था। शराब पीने के कसूर में उसकी नौकरी गई। बीमार पत्नी को छोड़कर वह कमल को घर ले आया। बताया—कमल से उसकी शादी शैव रीति से हुई है। अक्षय बाबू ने अन्दर ही अन्दर खबर मँगवाकर जाना कि सब धोखा है। अक्षय बाबू ने शिवनाथ से पूछा कि वो लड़की क्या भले घर की है? शिवनाथ ने कहा कि वह उसके घर की नौकरानी की बेटी है। उन्होंने शिवनाथ से प्रश्न किया कि यह लड़की क्या पढ़ी-लिखी है? शिवनाथ ने जवाब दिया कि उसने उससे इसलिए शादी नहीं की है कि वह पढ़ी-लिखी है, बल्कि उसने उससे इसलिए शादी की है कि वह खूबसूरत है। लो, सुनो उसकी बात! मुझे तो कमल का कसूर कहीं ढूँढ़े नहीं मिला अजित। हालाँकि हम लोगों ने उसे ही सारे सम्पर्कों से दूर कर दिया। हम लोगों की सबसे ज्यादा घृणा जाकर पड़ी उसी पर। और यही है समाज का फैसला।''

मनोरमा बोली—''तो क्या आप उसे समाज के अन्दर बुला लाना चाहते हैं पिताजी?''

आशु बाबू बोले—''मेरे बुलाने से ही तो काम नहीं चलेगा बेटी। समाज में अक्षय बाबू वगैरह भी तो हैं। उन्हीं लोगों का पलड़ा भारी है।''

मनोरमा ने पूछा—''अगर आप अकेले होते, तो आप शायद उसे समाज में बुला लाते?''

आशु बाबू ने उसकी बात का साफ-साफ जवाब नहीं दिया, बोले—''बुलाए जाने पर क्या सभी आते हैं बेटी?''

अजित बोला—''आश्चर्य तो इस बात का है कि आप ही की राय से उनका सबसे ज्यादा विरोध है। हालाँकि आप ही का स्नेह उन्हें सबसे ज्यादा मिला है।''

अविनाश ने कहा—''उसकी वजह है अजित बाबू। कमल के बारे में हम लोग कुछ भी नहीं जानते हैं, जानते हैं सिर्फ उसकी विद्रोही राय को और जानते हैं उसके अखंड बुरे पहलू को। इसीलिए उसकी बात सुनने पर हम लोगों को डर भी लगता है और गुस्सा भी आता है। सोचते हैं, अब गया शायद सब।''

अविनाश ने आशु बाबू से कहा—''उनका निष्पाप तन है, निष्कलुष मन है। उन पर सन्देह की छाया भी नहीं पड़ती है। उन पर डर का भी दाग नहीं लगता है। महादेव के भाग्य में विष ही भला क्या और अमृत ही भला क्या, गले में ही अटका रहेगा, पेट में नहीं जाएगा। देवताओं का दल आए या दैत्य-दानव उन्हें घेर लें, उनका निर्लिप्त निर्विकार चित्त है, सिर्फ गठिया उन्हें काहिल न करे, तो वे खुश हैं। मगर हम लोगों का तो...''

अविनाश ने विस्मय के साथ कहा–"आप क्या विलायत गए थे?"

आशु बाबू ने कहा–"हाँ, यह कुकर्म भी मुझसे हो चुका है।"

मनोरमा ने कहा–"पिताजी बचपन से ही विलायत में थे। उनका सारा एज्यूकेशन यूरोप में हुआ है। पिताजी बैरिस्टर हैं। पिताजी डॉक्टर हैं।"

अविनाश ने कहा–"यह आप क्या कह रही हैं?"

आशु बाबू पहले की ही तरह से बोल उठे–"डरिए मत, डरिए मत, प्रोफेसर मैं सब कुछ भूल चुका हूँ। लम्बे अर्से से बनजारों की तरह लड़की के साथ यहाँ-वहाँ डेरा डाले फिरता हूँ और आपने यह सही कहा कि मेरा सारा हृदय-पटल बिलकुल धुल-पुँछकर निष्पाप, निष्कलुष हो गया है। कहीं किसी चीज का दाग बाकी नहीं है। सो चाहे जो हो, कृपा करके यह बात अब अक्षय बाबू को मत बताइएगा।"

अविनाश से हँसकर कहा–"आप अक्षय से बहुत डरते हैं?"

आशु बाबू ने फौरन कबूल किया और कहा–"हाँ, मैं उनसे बहुत डरता हूँ। एक तो गठिया के मारे जीना दूभर है, ऊपर से अगर उनके मन में कौतूहल पैदा हुआ तो मेरी तो एकबारगी जान निकल जाएगी।"

मनोरमा गुस्सा होकर भी हँस पड़ी, बोली–"पिताजी, यह आपका बड़ा अन्याय है।"

आशु बाबू बोले–"यह मेरा अन्याय है, तो होने दो बेटी। आत्मरक्षा करने का अधिकार सबको है।"

उनकी बात सुनकर सभी हँसने लगे। मनोरमा ने पूछा–"अच्छा पिताजी, आप यह समझते हैं कि मानव समाज में अक्षय बाबू जैसे आदमी की क्या जरूरत नहीं है?"

आशु बाबू बोले–"तुम्हारा यह जरूरत शब्द ही दुनिया में सबसे ज्यादा पेचीदा चीज है, बेटी। पहले उसका निपटारा हो, तब जाकर तुम्हारे सवाल का जवाब दिया जा सकता है। मगर यह तो होनेवाला नहीं है, इसीलिए हमेशा से ही इसी को लेकर विचार होता चला जा रहा है। अब तक इसका फैसला नहीं हुआ।"

मनोरमा ने खिन्न होकर कहा–"सब बातों का जवाब आप यों ही टालकर चले जाते हैं पिताजी। कभी भी साफ-साफ कुछ नहीं कहते हैं। यह आपका बड़ा अन्याय है।"

आशु बाबू ने मुस्कुराकर कहा–"साफ-साफ कहने लायक सूझ-बूझ तेरे बाप में नहीं है मणि–यह तेरी किस्मत है। अभी खामखा मुझ पर गुस्सा करने से कैसे काम चलेगा, बताओ तो?"

अजित अचानक उठकर खड़ा हो गया और बोला–"मेरा सर जरा दुख रहा है। मैं बाहर थोड़ा घूम आता हूँ।"

आशु बाबू घबराकर बोले–"इसमें सर का कोई कसूर नहीं है बेटा। लेकिन इतनी ओस में, इतने अँधेरे में तुम बाहर घूमने जाओगे?"

दक्षिण की एक खुली खिड़की से होकर बहुत स्निग्ध चाँदनी नीचे की कारपेट पर बिखरी हुई थी। अजित ने उधर उनका ध्यान आकर्षित करके कहा–"ओस, हो सकता है, थोड़ी पड़ रही हो, लेकिन अँधेरा नहीं है, जरा घूम आता हूँ।"

"लेकिन पैदल मत घूमना।"

"नहीं, पैदल नहीं घूमूँगा। गाड़ी में ही जाऊँगा।"

"गाड़ी का ढकना उठा देना अजित ताकि ओस सर पर न पड़े।"

अजित राजी हुआ। आशु बाबू बोले—"जब जा ही रहे हो, तो अविनाश बाबू को भी पहुँचा देना। मगर ध्यान रहे लौटने में देरी न हो।"

"अच्छा," इतना कहकर अजित अविनाश को साथ लेकर बाहर निकल गया, तो आशु बाबू ने मन्द-मन्द मुस्कुराकर कहा—"इस लड़के की मोटर में घूमने की सनक देखता हूँ, अभी भी नहीं गई है। वह इस ठंड में चला घ्मने।"

8

पन्द्रह दिनों के बाद की बात है। शाम होने में देरी नहीं है, अजित ने आशु बाबू और मनोरमा को अविनाश बाबू के घर उतार दिया था और अकेले घूमने बाहर निकला था। ऐसा वह अकसर ही किया करता था। जो रास्ता शहर के उत्तर से आकर कॉलेज के सामने से होकर थोड़ी दूर तक जाकर सीधे पश्चिम चला गया है इसी रास्ते की एक एकान्त जगह पर सहसा नारी की ऊँची आवाज में अपना नाम सुनकर जब अजित ने चौंककर अपनी गाड़ी रोकी, तो देखा, शिवनाथ की पत्नी कमल है। रास्ते के किनारे प्राचीन काल का एक टूटा-फूटा दुमंजिला घर है, सामने उतनी ही उजड़ी छोटी-सी फुलवारी है, उसी के एक किनारे खड़ी होकर कमल हाथ उठाकर बुला रही है। जब गाड़ी रुकी, तो वह नजदीक आई, बोली—"और एक दिन आप ऐसे ही भोर में अकेले जा रहे थे। मैंने कितना आपको पुकारा, लेकिन आप सुन नहीं सके। भला कैसे सुन सकते? बाप रे बाप! इतनी तेजी से आप गाड़ी चलाते हैं कि देखने पर लगता है, जैसे दम बन्द हो जाएगा। आपको डर नहीं लगता है?"

अजित गाड़ी से नीचे उतरकर खड़ा हो गया। बोला—"आप अकेली क्यों हैं? शिवनाथ बाबू कहाँ हैं?"

कमल ने कहा—"वे घर पर नहीं हैं। लेकिन आप ही भला अकेले क्यों निकले हैं? उस दिन भी मैंने देखा था कि आपके साथ कोई नहीं था।"

अजित ने कहा—"नहीं, उस दिन भी मेरे साथ कोई नहीं था। कई दिन से आशु बाबू की तबीयत अच्छी नहीं थी। इसीलिए उनमें से कोई नहीं निकला था। आज मैंने उन लोगों को अविनाश बाबू के घर पहुँचा दिया है और मैं घूमने निकला हूँ। शाम को मैं हरगिज घर में नहीं रह सकता हूँ।"

कमल बोली—"मैं भी शाम को घर पर नहीं रह सकती हूँ। लेकिन यह कहने से ही काम नहीं चलता है कि मैं शाम को घर पर नहीं रह सकती। गरीबों को दुनिया में बहुत कुछ सहना पड़ता है।" इतना कहकर उसने अजित के मुँह की तरफ निहारा और अचानक बोल उठी—"आप मुझे अपने साथ ले चलेंगे? मैं भी जरा घूम आऊँगी।"

अजित मुश्किल में पड़ा। साथ में आज शोफर तक नहीं था। यह उसने पहले ही सुना है कि शिवनाथ बाबू भी घर पर नहीं हैं। लेकिन ठुकराने में भी उसे हिचकिचाहट हुई। उसने जरा हिचकिचाकर कहा—"यहाँ क्या आपकी कोई सहेली-हमजोली नहीं है?"

कमल बोली—"लो, सुनो इनकी बात! सहेली-हमजोली कहाँ मिलेगी? देखिए न नजरें उठाकर एक बार मुहल्ले की हालत। यही कहा जाना चाहिए कि यह मुहल्ला बाहर से शहर है। शाहगंज या क्या नाम है इस मुहल्ले का। कहीं नजदीक में शायद एक चमड़े का कारखाना है—मेरे पड़ोसी तो सिर्फ मोची हैं। वे कारखाने आते-जाते हैं, शराब पीते हैं, रात भर हल्ला करते हैं—यही तो है मेरा मुहल्ला।"

अजित ने पूछा—"इधर क्या शरीफ लोग नहीं हैं?"

कमल बोली—"शायद इधर शरीफ लोग नहीं हैं। और अगर होंगे भी तो भला क्या है, वे लोग अपने घर मुझे जाने देंगे? अगर शरीफ लोग अपने घर जाने देते, तो बीच-बीच में जब बड़ा अकेलापन लगता, तब आप लोगों के यहाँ भी जा सकती।" कहते-कहते वह गाड़ी के खुले दरवाजे से होकर खुद ही अन्दर जा बैठी, बोली—"आइए, मैं बहुत दिनों से मोटर पर नहीं चढ़ी हूँ। लेकिन आज आपको मुझे बहुत दूर तक घुमा लाना होगा।"

अजित को यह सोचते नहीं बना कि उसको क्या करना चाहिए। उसने संकोच के साथ कहा—"ज्यादा दूर जाने पर रात हो सकती है। शिवनाथ बाबू घर लौटकर जब आपको नहीं देख पाएँगे, तो हो सकता है, वे बुरा मानें।"

कमल बोली—"न, इसमें बुरा मानने की कोई बात नहीं है।"

अजित बोला—"तो फिर ड्राइवर की बगल में न बैठकर अन्दर बैठिए न?"

कमल बोली—"ड्राइवर तो आप खुद हैं। अगर मैं आपके पास नहीं बैठूँगी, तो आपसे गपशप कैसे करूँगी? इतनी दूर पीछे बैठे-बैठे क्या मुँह बन्द किए जाया जा सकता है? आप चढ़िए, और देरी मत कीजिए।"

अजित चढ़ बैठा और गाड़ी चला दी। रास्ता सुन्दर और निर्जन है। कभी-कभी एकाध आदमी दिखाई पड़ता है। बस। गाड़ी की तेज रफ्तार क्रमशः बढ़ती गई, कमल बोली—"आप तेजी से गाड़ी चलाना पसन्द करते हैं, न?"

अजित ने कहा—"हाँ।"

"आपको डर नहीं लगता है?"

"नहीं, मुझे डर नहीं लगता है, गाड़ी तेज चलाने की मेरी आदत है।"

"तो आदत ही सब कुछ है," इतना कहकर कमल पल भर चुप रही, फिर बोली—"मगर मेरी तो यह आदत नहीं है, तब भी यह मुझे अच्छा लग रहा है। शायद यह स्वभाव है, न!"

अजित बोला—"यह स्वभाव हो सकता है।"

कमल बोली—"जरूर यह स्वभाव है क्योंकि इसमें खतरा है। गाड़ी पर जानेवालों के लिए भी और गाड़ी के नीचे आनेवालों के लिए भी, न?"

अजित बोला—"नहीं, कोई खतरा नहीं है। कोई गाड़ी के नीचे क्यों आएगा?"

कमल बोली—"और अगर कोई गाड़ी के नीचे आ गया, तो बला से, है न अजित बाबू? तेज रफ्तार का एक बड़ा आनन्द है। भला गाड़ी ही क्या और इस जीवन का ही क्या, लेकिन

जो डरपोक होते हैं वे तेजी से गाड़ी नहीं चला सकते हैं। वे सावधानी से धीरे-धीरे गाड़ी चलाते हैं। वे सोचते हैं कि उन्हें पाँव पैदल चलने का दुख तो नहीं उठाना पड़ा। वे रास्ते को ही धोखा देकर खुश होते हैं, उन्हें इस बात का पता भी नहीं चलता है कि वे खुद धोखा खा रहे हैं। मैं ठीक कहती हूँ न अजित बाबू?''

उसकी बात अजित समझ नहीं सका, बोला–''इसका मतलब?''

कमल उसके मुँह की तरफ निहारकर तनिक मुस्कुराई। पल भर बाद सर हिलाकर बोली–''इसका कोई मतलब नहीं। मैंने यों ही कहा।''

सिर्फ इतना-सा समझ में आया कि वह अपनी बात समझाकर कहना नहीं चाहती है, और कुछ समझ में नहीं आया।

अँधेरा और गहरा होने को आ रहा है। अजित ने लौटना चाहा पर कमल बोली– ''इतनी जल्दी, चलिए और थोड़ी दूर चलें।''

अजित बोला–''हम लोग बहुत दूर आ गए हैं। लौटने में रात हो जाएगी।''

कमल बोली–''रात हो जाएगी तो हो जाने दीजिए।''

''लेकिन शिवनाथ बाबू हो सकता है विरक्त हों।''

कमल ने कहा–''वे विरक्त होंगे तो होने दीजिए।''

अजित ने मन-ही-मन विस्मित होकर कहा–''मगर आशु बाबू वगैरह को घर वापस ले जाना पड़ेगा। देर होने पर अच्छा नहीं होगा।''

कमल ने उसकी बात के जवाब में कहा–''आगरा में गाड़ियों की कमी नहीं है। वे लोग अनायास जा सकेंगे। चलिए और भी थोड़ी दूर।'' इस तरह से कमल मानो उसे जबरन निरन्तर आगे की तरफ धकेलती हुई ले जाने लगी।

रास्ता क्रमशः सुनसान एकान्त होने लगा और रात का अँधेरा घना हो उठा, चारों ओर क्षितिज तक फैला मैदान बड़ा स्तब्ध है। अजित ने अचानक एक जगह उद्विग्न चित्त से गाड़ी को रोका और कहा–''अब और आगे नहीं जाऊँगा, लौटता हूँ, चलिए।''

कमल ने कहा–''चलिए।''

लौटती बार उसने धीरे-धीरे कहा–''मैं सोच रही थी कि झूठ से छुटकारा पाने की कोशिश में जिन्दगी की कितनी बेशकीमती दौलत आदमी बर्बाद करता है। मुझे अकेले ले जाने में आपको कितना संकोच हुआ था, मैं भी अगर उसी डर से पीछे हट जाती है, तो इतना आनन्द तो नसीब नहीं होता।''

अजित ने कहा–''मगर अन्त तक देखे बिना पक्के तौर पर तो कुछ भी नहीं कहा जा सकता है। वापस जाकर आनन्द के बदले निरानन्द भी तो नसीब में लिखा हो सकता है।''

कमल बोली–''इस सुनसान अँधेरे रास्ते में अकेले आपकी बगल में बैठकर मैं कितनी दूर घूम आई। यह अब मैं आपको बता नहीं सकती कि आज मुझे कितना अच्छा लगा है!''

अजित ने समझा कि कमल ने उसकी बात पर कान नहीं दिया है, वह अपनी बात अपने आपको ही कहती चली जा रही है। सुनकर शरमाने लायक हो सकता है, सचमुच ही इसमें कुछ भी न हो तब भी वह पहले पहल संकुचित हो उठा। इस लड़की के बारे में

विपरीत कल्पना और अशुभ जनश्रुति के सिवा शायद कोई भी कुछ नहीं जानता है, और जो जानता है, हो सकता है, उसका भी बहुत कुछ गलत हो, और जो सही है उस पर भी हो सकता है, झूठ की छाया इतनी उलझ गई हो कि उसे पहचान लेने का उपाय नहीं है। चाहने पर जो लोग परख कर दे सकते हैं वे देते नहीं हैं, जैसे सब कुछ उनके लिए बिलकुल निरा मजाक हो।

अजित चुप्पी साधे है, इससे कमल को होश आया। बोली–"हाँ, आप क्या कह रहे थे कि वापस आकर आनन्द के बदले निरानन्द नसीब में लिखा रह सकता है।"

अजित बोला–"अगर ऐसा हो तो?"

कमल बोली–"अगर ऐसा हो तो भी यह साबित नहीं होता है कि आज जो आनन्द मुझे मिला वह आनन्द मुझे नहीं मिला है।"

अबकी बार अजित हँसा। बोला–"माना कि यह साबित नहीं होता है लेकिन यह साबित होता है कि आप तार्किक कम नहीं हैं और आपसे बातों में जीतना मुश्किल है।"

"यानी जिसे कुतर्की कहते हैं, मैं वही हूँ?"

अजित बोला–"नहीं, आप कुतर्की नहीं हैं। लेकिन जिसका आखिरी नतीजा दुख में ही खत्म होता है उसकी शुरुआत में चाहे जितना भी आनन्द क्यों न हो, उसे सचमुच का आनन्द-भोग नहीं कहा जा सकता है; यह तो आप जरूर मानती हैं?"

कमल बोली–"नहीं, मैं यह नहीं मानती। मैं मानती हूँ कि जब जितना पाऊँ उसे ही सच के रूप में मान ले सकूँ। दुख की तपिश मेरे बीते सुख की ओस की बूँदों को सोख न ले सके। वह चाहे जितना भी कम क्यों न हो, उसका नतीजा दुनिया में चाहे कितना भी तुच्छ क्यों न समझा जाए, तब भी मैं उसे न ठुकराऊँ। एक दिन का आनन्द दूसरे दिन के निरानन्द के आगे शर्म महसूस न करे।" इतना कहकर वह थोड़ी देर तक स्तब्ध रही, फिर बोली–"इस जीवन में सुख-दुख में से कोई भी सच नहीं है अजित बाबू। सच हैं सिर्फ उसके चंचल पल। सच है सिर्फ उसके चले जाने का द्वन्द्व।"

अजित इस सवाल का जवाब नहीं दे सका, मगर उसे लगा, अँधेरे में भी मनोरमा की दोनों आँखें उसकी तरफ निहार रही हैं। वह निश्चित कुछ-न-कुछ सुनना चाहती है।

"कहाँ, आपने कोई जवाब नहीं दिया?"

"मैं आपकी बातों को अच्छी तरह साफ-साफ समझ नहीं सका।"

"आप मेरी बातों को समझ नहीं सके!"

"नहीं।"

एक दबी साँस निकली। उसके बाद कमल ने धीरे-धीरे कहा–"इसका मतलब यह है कि आपके साफ-साफ समझने का वक्त अभी भी नहीं आया है। अगर कभी समझने का वक्त आए, तो मुझे याद कीजिएगा। मुझे याद करेंगे तो?"

अजित ने कहा–"हाँ, वक्त आने पर, मैं आपको याद करूँगा।"

गाड़ी आकर उसी उजड़ी हुई फुलवारी के सामने रुकी। अजित दरवाजा खोलकर खुद रास्ते पर आकर खड़ा हो गया, उसने घर की तरफ निहारकर कहा–"कहीं जरा भी रोशनी नहीं है, सभी शायद सो गए हैं।"

कमल ने उतरते-उतरते कहा–"शायद!"

अजित ने कहा–"देखिए तो, यह आपने कितना बड़ा अन्याय किया है। आप किसी को बताकर नहीं गईं? शिवनाथ बाबू कितनी चिन्ता में पड़े होंगे।"

कमल ने कहा–"हाँ, तभी तो वे चिन्ता के मारे सो गए हैं।"

अजित ने पूछा–"इतने अँधेरे में आप जाइएगा कैसे? गाड़ी में एक लालटेन है, उसे जलाकर मैं आपके साथ आऊँ?"

कमल ने बेहद खुश होकर कहा–"तब तो जान में जान आ जाए अजित बाबू। आइए-आइए, मैं आपको थोड़ी सी चाय पिला दूँ।"

अजित ने अनुनय भरे स्वर में कहा–"और चाहे जो हुक्म दीजिए, मानूँगा, मगर इतनी रात गए, पीने को मत कहिएगा। चलिए, मैं आपको पहुँचा आता हूँ।"

हाथ लगाते ही सदर दरवाजा खुल गया। अन्दर बरामदे में एक गैरबंगाली नौकरानी सो रही थी। आदमी की आवाज सुनकर वह उठ बैठी। यह घर दुमंजिला है। ऊपर दो छोटे-छोटे कमरे हैं। बड़ी सँकरी सीढ़ी के नीचे एक लालटेन टिमटिमा रही है। उसे हाथ में लेकर कमल ने जब अजित को ऊपर बुलाया तो उसने व्याकुल होकर कहा–"नहीं, मैं ऊपर नहीं आऊँगा, अभी मैं जाता हूँ। रात बहुत हो गई।"

कमल ने जिद करके कहा–"ऐसा नहीं हो सकता, आइए।"

अजित को फिर भी हिचकिचाता देख उसने कहा–"आप यह सोच रहे हैं कि आप आएँगे तो शिवनाथ बाबू के लिए बड़ी शर्म की बात होगी। मगर आप यह क्यों नहीं सोच रहे हैं कि अगर आप नहीं आएँगे, तो मेरे लिए यह और भी ज्यादा शर्म की बात होगी। अगर नीचे से मैं आपको यों ही आपकी खातिरदारी किए बिना जाने दूँगी तो रात में मैं सो नहीं पाऊँगी।"

अजित जब ऊपर आया, तो देखा कि कमरे में सामान नहीं के बराबर है। एक कम कीमती आरामकुर्सी है, एक छोटा-सा टेबुल है, एक तिपाई है, तीनेक ट्रंक हैं, एक किनारे एक पुराने लोहे के पलंग पर बिस्तर-तकिया ढेर लगाकर रखा हुआ है जैसे आमतौर पर उनकी जरूरत न हो, कुछ ऐसा दरकिनार किया हुआ। कमरा सूना है, शिवनाथ बाबू नहीं हैं।

अजित विस्मित हुआ, लेकिन उसने मन-ही-मन एक बड़ी राहत महसूस करके कहा–"कहाँ, वे तो अभी तक नहीं आए हैं?"

कमल ने कहा–"नहीं, वे अभी तक नहीं आए हैं।"

अजित बोला–"आज शायद हमारे यहाँ उनका गाना-बजाना खूब जोरों से चल रहा होगा।"

"आपने यह कैसे जाना?"

"कल-परसों दो दिन वे वहाँ नहीं गए थे। आज हाथ लगने पर आशु बाबू, हो सकता है सारी भरपाई कर ले रहे होंगे।"

कमल ने प्रश्न किया–"जब वे वहाँ रोज जाते हैं, तो ये दो दिन वह वहाँ क्यों नहीं गए?"

अजित ने कहा—"यह बात हम लोगों से ज्यादा आप जानती हैं। सम्भवतः आपने उन्हें नहीं छोड़ा होगा, इसीलिए वे नहीं जा सके होंगे। नहीं तो उन्हें देखकर तो यह हरगिज नहीं लगता है कि वे अपनी मर्जी से गैरहाजिर हुए होंगे।"

कमल कई पलों तक उसके मुँह की तरफ निहारती रही, फिर अचानक हँस उठी। बोली—"कौन जाने वे वहाँ जाते हैं गाना-बजाना करने! वास्तव में आदमी को जबर्दस्ती रोक रखना बड़ा अनुचित है, न?"

अजित ने कहा—"ऐसा करना जरूर अनुचित है।"

कमल ने कहा—"वे अच्छे आदमी हैं, इसीलिए मैं ऐसा करती हूँ। अच्छा, आपको अगर कोई रोक सकता, तो आप रुकते?"

अजित बोला—"नहीं, मैं नहीं रुकता। इसके अलावा मुझे रोक रखनेवाला कोई नहीं है।"

कमल ने मुस्कुराते हुए दो-तीन बार सर हिलाया और बोली—"यही तो मुश्किल है। रोक रखनेवाला कहाँ छिपा रहता है, यह जानने की गुंजाइश नहीं है। मैंने शाम से आपको रोक रखा है, आपको इसका पता भी नहीं चला है। रहने दीजिए, रहने दीजिए, हर बात में तर्क करके ही भला क्या होगा? लेकिन बातों-बातों में देरी होती जा रही है, जाती हूँ, मैं दूसरे कमरे से चाय बनाकर ले आती हूँ।"

"और मैं अकेले चुपचाप बैठा रहूँ, ऐसा नहीं हो सकता है।"

"ऐसा होने की सम्भावना कहाँ है।" इतना कहकर उसे अपने साथ लेकर बगल के कमरे में आई, एक नया आसन बिछा दिया और बोली—"बैठिए। लेकिन इस दुनिया की अजीब बात है अजित बाबू। उस दिन इस आसन को पसन्द करके खरीदते वक्त मैंने सोचा था कि उन्हें बैठने को दूँगी—लेकिन यह तो अब दूसरे से नहीं कहा जा सकता है अजित बाबू। तब भी मैंने आपको बैठने तो दिया। हालाँकि भला कितने वक्त का फर्क है!"

इसका मतलब क्या है, यह सोच पाना मुश्किल है। हो सकता है, बड़ा आसान हो, हो सकता है उससे ज्यादा कठिन हो। फिर भी अजित शर्म से लाल हो उठा। उसने बोलने की कोशिश की, तो उसे हिचकिचाहट हुई, तब भी वह बोला—"तो उन्हें ही भला आपने बैठने क्यों नहीं दिया?"

कमल बोली—"यही तो आदमी की बहुत बड़ी गलती है। आदमी सोचता है कि सब कुछ शायद उसके अपने हाथ में है, लेकिन पता नहीं कहाँ बैठकर कौन सारा हिसाब उलट-पुलट कर देता है, किसी को इसका पता नहीं चलता है। आपकी चाय में क्या ज्यादा चीनी डालूँ?"

अजित बोला—"डाल दीजिए। चीनी और दूध के नाम से ही मैं चाय पीता हूँ, वरना चाय से मुझे कोई लोभ नहीं है।"

कमल बोली—"मेरा भी ठीक यही हाल है। मुझे तो यह सोचते नहीं बनता कि आदमी चाय क्यों पीता है! हालाँकि मेरा जन्म वहीं हुआ था जहाँ चाय पैदा होती है।"

"तो क्या आपका जन्म आसाम में हुआ था?"

"सिर्फ आसाम नहीं, चाय-बागानों के बीच।"

"तब भी चाय में आपकी रुचि नहीं है।"

"बिलकुल नहीं। लोग जब देते हैं तो पी लेती हूँ सिर्फ शराफत निभाने के लिए।"

अजित ने चाय का प्याला हाथ में लेकर चारों ओर नजरें घुमाकर देखा और बोला–"यह आपका रसोईघर है।"

कमल बोली–"हाँ, यह मेरा रसोईघर है।"

अजित ने पूछा–"आप अपना खाना खुद ही बनाती हैं क्या? लेकिन कहाँ, आज तो आपको खाना बनाने का वक्त नहीं मिला है?"

कमल बोली–"नहीं, आज मुझे खाना बनाने का वक्त नहीं मिला है।"

अजित आनाकानी करने लगा। कमल ने उसके मुँह की तरफ निहारा और मुस्कुराती हुई बोली–"अब पूछिए, तो फिर आप क्या खाएँगी? उसके जवाब में मैं कहूँगी–रात को मैं नहीं खाती। दिन भर में मैं सिर्फ एक बार खाती हूँ।"

"दिन भर में आप सिर्फ एक बार ही खाती हैं, बस!"

कमल बोली–"हाँ। लेकिन इसके बाद ही आपको लगना चाहिए कि अगर मैं रात को खाना नहीं खाती हूँ तो शिवनाथ बाबू घर आकर क्या खाएँगे? उनको खाना खाते तो मैंने देखा है, सो तो भला एकाध बार की बात नहीं है? तो? इसके जवाब में मैं कहूँगी, वे तो आप लोगों के घर में ही खाकर आते हैं। उन्हें किस बात की चिन्ता? आप कहेंगे सो तो है। मगर वे तो रोज-रोज हम लोगों के घर नहीं खाते हैं। यह सुनकर मैं सोचूँगी कि इस बात का जवाब दूसरे को देने से भला क्या फायदा! लेकिन इससे भी आपको रोका नहीं जा सकता है। तब लाचार होकर मुझे कहना ही पड़ेगा अजित बाबू कि आप डरिए मत। वे अब यहाँ नहीं आते हैं। जिस शिवानी से उन्होंने शैव रीति से शादी की थी उसके प्रति उनका मोह शायद भंग हो गया है।"

अजित सचमुच ही इस बात का मतलब नहीं समझ सका। उसने बड़े विस्मय से उसके मुँह की तरफ निहारकर पूछा–"इसका मतलब? आप क्या गुस्सा करके कह रही हैं?"

कमल बोली–"नहीं, मैं गुस्सा करके नहीं कह रही हूँ। गुस्सा करने का जोर आज शायद मुझमें नहीं है। मैं जानती थी कि वे पत्थर खरीदने जयपुर गए हैं। आप ही से पहली बार मुझे यह खबर मिली कि वे आज भी आपका घर छोड़कर नहीं गए हैं। चलिए, दूसरे कमरे में जाकर बैठें।"

उस कमरे में आकर कमल ने कहा–"यही है हम लोगों का सोने का कमरा। इससे ज्यादा एक भी चीज यहाँ नहीं थी। आज भी इतनी ही चीजें हैं जितनी पहले थीं। लेकिन उस दिन अगर आपने इसकी शक्ल-सूरत देखी होती, तो आज मुझे यह कहना भी नहीं पड़ता कि मैंने गुस्सा नहीं किया है। लेकिन बहुत रात होती जा रही है अजित बाबू, अब और देरी करने से काम नहीं चलेगा।"

अजित उठकर खड़ा हो गया और बोला–"हाँ, अब और देरी करने से काम नहीं चलेगा। तो फिर आज मैं चलता हूँ।"

कमल भी फौरन उठकर खड़ी हो गई।

अजित बोला–"अगर आप कहें तो मैं कल आ जाऊँगा।"

"हाँ, आइएगा।" इतना कहकर वह पीछे-पीछे नीचे उतर आई।

अजित ने कई बार आनाकानी करके कहा–"अगर आप दूसरा कुछ न सोचें, तो मैं एक बात पूछना चाहता हूँ कि शिवनाथ बाबू कितने दिनों से नहीं आते हैं?"

"बहुत दिनों से।" इतना कहकर वह हँसी।

अजित अपनी लालटेन की रोशनी में साफ देख गया कि इस हँसी की किस्म ही अलग है। उसकी पहले की हँसी और इस हँसी में कहीं किसी भी तरह का कोई मेल नहीं है।

9

अजित जब घर लौटा तब आधी रात हो रही थी। रास्ता सुनसान था, दुकानें-वुकानें बन्द हो गई थीं। कहीं आदमी का नामो-निशान तक नहीं था। उसने अपनी घड़ी उतारकर देखी। चाबी न दिए जाने की वजह से वह आठ बजे बन्द हो गई थी। अभी एक या दो बजे होंगे। ठीक-ठीक कितना बजा है वह इसका अन्दाजा नहीं लगा सका। आशु बाबू के घर सब इतनी देर तक बड़ी उत्कंठा से उसका इन्तजार कर रहे होंगे। यह पक्का है। सोने की बात तो दूर रही, अभी तक सबने खाया-पीया भी नहीं होगा। उससे यह सोचते नहीं बना कि लौटकर वह क्या कहेगा। सच्ची घटना नहीं बताई जा सकती है। क्यों नहीं बताई जा सकती है, यह तर्क करना भी बेकार है, मगर बताई नहीं जा सकती है। लेकिन झूठ बोलने की उसकी आदत नहीं थी। अगर उसकी झूठ बोलने की आदत होती तो बहाना बनाने के लिए सोचना नहीं पड़ता कि मोटर पर अकेले बाहर निकलकर उसे लौटने में देर क्यों हुई।

गेट खुला हुआ था। दरबान ने सलाम करके बताया कि शोफर नहीं है। वह उसे ढूँढ़ने बाहर निकला है। अजित गाड़ी को अस्तबल में रखकर ज्यों ही आशु बाबू की बैठक में घुसा त्यों ही उसने देखा कि वे तब भी सोने नहीं गए हैं, बीमार शरीर लिये भी वे अकेले इन्तजार कर रहे हैं। चिन्ता के मारे तनकर उठ बैठे और बोले–"यह रहा अजित। मैं बार-बार कह रहा हूँ कि कोई न कोई एक्सीडेंट हुआ होगा। मैंने कितनी बार उनसे कहा है कि बाट-घाट में कभी अकेले नहीं निकलना चाहिए। बूढ़े की बात सही साबित हुई न? सबक मिला न?"

अजित शर्मिन्दा होकर तनिक मुस्कुराया और बोला–"मुझे इस बात का बड़ा खेद है कि मैंने आप लोगों को इतनी चिन्ता में डाल दिया।"

"खेद कल जाहिर करना। घड़ी की तरफ गौर से देखो, दो बजे हैं। अभी थोड़ा-सा खा लो और सोओ। कल सुनूँगा सारी बातें। यदु! यदु! वह मुआ भी क्या गया तुम्हें देखने?"

अजित बोला–"देखिए तो, आप लोगों ने कितना बड़ा अन्याय किया है! इतने बड़े शहर में वह मुझे कहाँ-कहाँ रास्ते में ढूँढ़ेगा!"

आशु बाबू बोले–"तुमने तो कह दिया कि हम लोगों ने अन्याय किया है। मगर हम लोगों पर जो बीत रही थी वह हमीं लोग जानते हैं। ग्यारह बजे शिवनाथ का गाना-बजाना बन्द हुआ था। तब से मणि ही आखिर कहाँ गई! तब से वह भी तो दिखाई नहीं पड़ती है।"

अजित बोला–"शायद वो सो गई है।"

"सोएगी क्या जी? अभी उसने खाना भी नहीं खाया है।" इतना कहते हुए उन्हें अचानक एक बात याद आ गई, तो पूछ उठे–"तुमने अस्तबल में कोचवान को देखा है?"

अजित बोला–"कहाँ, नहीं तो?"

"तो वह भी निकल पड़ी है।" इतना कहकर आशु बाबू दुश्चिन्ता के मारे और एक बार तनकर बैठे और बोले–"मैंने जो सोचा था वही हुआ है। गाड़ी लेकर वह, देखता हूँ, तुम्हें ढूँढ़ने निकली है। देखो तो अन्याय! कहीं मैं मना न कर दूँ, इस डर से उसने मुझसे एक शब्द भी नहीं कहा है। चुपचाप चली गई है। कब लौटेगी कौन जाने! तब तो आज रात मुझे जागकर ही बितानी पड़ेगी।" नीचे के कमरे के उत्तरी छोर पर कई विलायती झाऊ और ताड़ के पेड़ बहुत गैरहिफाजत झेलकर भी किसी तरह से टिके हुए थे। उसी बरामदे के ऊपर मनोरमा का सोने का कमरा है। अजित यह जानने के लिए कि तब भी वहाँ बत्ती जल रही है या नहीं, उस तरफ से घूमकर आशु बाबू के पास जा रहा था कि तभी झाड़ियों के बीच से आदमी की आवाज उसके कानों में पहुँची। बड़ी जानी-पहचानी आवाज है। बात हो रही थी किसी गाने के सुर को लेकर। इसमें दोष की कोई बात नहीं है। इसके लिए छायादार पेड़ के नीचे की जगह की जरूरत नहीं थी–थोड़ी देर के लिए अजित के दोनों पाँव सुन्न बने रहे। मगर थोड़ी देर के लिए ही। चर्चा चलने लगी, वह जैसे चुपचाप आया था वैसे ही चुपचाप चला गया। दोनों में से कोई यह जान भी नहीं सका कि इस आधी रात में हो रहे उन लोगों के प्रेमालाप का कोई गवाह नहीं।

"अच्छा, मैं देखता हूँ कि अस्तबल में गाड़ी है या नहीं।" इतना कहकर अजित कमरे से बाहर निकल गया। उसने अस्तबल में जाकर देखा कि वहाँ गाड़ी मौजूद है और घोड़ा बीच-बीच में पाँव पटक-पटककर प्रसन्न चित्त से घास खा रहा है। उसकी एक दुश्चिन्ता दूर हुई।

आशु बाबू ने व्यग्र होकर पूछा–"कुछ पता चला?"

अजित ने कहा–"गाड़ी और घोड़ा अस्तबल में है। मणि बाहर नहीं गई है।"

"तुमने मुझे बचा लिया बेटा।" इतना कहकर आशु बाबू ने राहत की साँस ली, बोले–"रात बहुत हुई। वह शायद थककर अपने कमरे में जाकर सो गई होगी। आज अब, देखता हूँ वह खा नहीं सकेगी। जाओ बेटा, तुम थोड़ा-सा खा लो और सो जाओ।"

अजित ने कहा–"इतनी रात गए मैं अब नहीं खाऊँगा। आप सोने जाइए।"

"जाता हूँ। लेकिन तुम कुछ भी नहीं खाओगे? थोड़ा-सा कुछ मुँह में डाल कर..."

"नहीं, मैं कुछ भी नहीं खाऊँगा। आप और देर मत कीजिए। आप सोने जाइए।"

इतना कहकर अजित ने उस बीमार आदमी को उसके कमरे में भेज दिया और अपने कमरे में जाकर खुली खिड़की के सामने खड़ा रहा। वह यह पक्का जानता था कि सुरों की चर्चा खत्म होने पर मनोरमा अपने पिता की खबर लेने एक बार इधर आएगी ही आएगी।

मणि आई मगर करीब आधे घंटे बाद। पहले पहल वह पिता की बैठक के सामने गई, तो देखा कमरा अँधेरा है। यदु शायद करीब ही कहीं जगा हुआ था। मालिक की पुकार सुनकर उसने आवाज तो नहीं दी थी, लेकिन उनके उठकर जाने पर उसने बत्ती बुझा दी थी। मनोरमा ने थोड़ी देर तक आनाकानी करके ज्यों ही मुँह घुमाया त्यों ही वह देख पाई कि अजित अपनी खुली खिड़की के सामने चुपचाप खड़ा है। उसके कमरे में रोशनी नहीं थी, लेकिन ऊपर की बरसाती की मद्धिम रोशनी उसकी खिड़की से होकर कमरे में पड़ रही थी।

"कौन है?"

"मैं हूँ अजित।"

"वाह! कब आए तुम? पिताजी शायद सोने गए हैं।" इतना कहकर उसने जरा चुप रहने की कोशिश की, मगर अधूरी बातों के वेग ने उसे रुकने नहीं दिया। वह कहने लगी– "देखो, तुमने कितना बड़ा अन्याय किया है। घर भर के लोग चिन्ता के मारे मरे जा रहे थे, जरूर कुछ-न-कुछ हुआ होगा इसीलिए ही पिताजी बार-बार मना करते हैं अकेले बाहर जाने से।"

इन सारे सवालों और टिप्पणियों में से एक का भी अजित ने जवाब नहीं दिया।

मनोरमा ने कहा–"लेकिन वे कतई नहीं सो पाए होंगे। वे जरूर जगे होंगे। मैं उन्हें इस बात की जानकारी देती हूँ।"

अजित ने कहा–"इसकी जरूरत नहीं है। उन्होंने मुझे देखा है, तब जाकर वे सोने गए हैं।"

"वे तुम्हें देखकर सोने गए हैं? तो उन्होंने मुझे इसकी जानकारी क्यों नहीं दी?"

"उन्होंने सोचा था कि तुम सो गई हो।"

"मैं सो जाऊँगी कैसे? अभी तक तो मैंने खाना भी नहीं खाया है।"

"तो फिर तुम खाना खा लो और सो जाओ। रात अब बाकी नहीं है।"

"तुम नहीं खाओगे?"

"नहीं, मैं नहीं खाऊँगा।" इतना कहकर अजित खिड़की से हट गया।

"वाह! खूब कही तुमने!" इससे ज्यादा बात उसके मुँह से नहीं फूटी। लेकिन अन्दर से भी कोई जवाब नहीं आया। बाहर अकेले मनोरमा स्तब्ध होकर खड़ी रही। दबाव डालकर, गुस्सा करके अपनी जिद को बनाए रखने में उसका जोड़ नहीं है–पर अभी न जाने किस चीज ने उसके मुँह को कसकर बन्द किए रखा। अजित रात खत्म कर घर लौटा है। घर भर की दुश्चिन्ता का अन्त नहीं था। इतना बड़ा गुनाह करके भी उसी ने उसे इतना ज्यादा अपमानित किया, मगर जरा भी प्रतिवाद करने की भाषा भी उसकी जबान पर नहीं आई और सिर्फ जीभ ही मौन नहीं है, बल्कि सारा बदन थोड़ी देर के लिए विवश बना रहा, खिड़की पर कोई लौट नहीं आया, वह रही या गई इतना-सा भी जानने की किसी ने जरूरत महसूस नहीं की। आधी रात में मनोरमा यों ही चुपचाप खड़ी रही, फिर बहुत देर बाद धीरे-धीरे चली गई।

सवेरे ही बैरे से आशु बाबू ने खबर पाई कि कल अजित या मनोरमा किसी ने भी खाना नहीं खाया था। जब वे चाय पीने बैठे तो उन्होंने उत्कंठा के साथ पूछा–"कल तुम्हारा जरूर कोई न कोई भयानक एक्सीडेंट हो गया था न?"

अजित ने कहा–"नहीं, कोई एक्सीडेंट नहीं हुआ था।"

"तो जरूर अचानक तेल खत्म हो गया था?"

"तेल काफी था।"

"तो फिर इतनी देरी कैसे हुई?"

अजित बोला–"यों ही।"

मनोरमा खुद चाय नहीं पीती है। उसने पिता के लिए चाय बना दी और एक प्याला चाय और नाश्ते की तश्तरी अजित की तरफ बढ़ा दी, लेकिन न ही उसने कोई सवाल किया, न ही उसने मुँह उठाकर निहारा। दोनों के बर्ताव में हुए इस बदलाव को आशु बाबू ने देखा। नाश्ता करके अजित जब नहाने गया, तो उन्होंने मनोरमा को एकान्त में पाकर उद्विग्न स्वर में कहा–"बेटी, यह अच्छा नहीं है। अजित के साथ हमारा सम्बन्ध चाहे जितना भी घनिष्ठ क्यों न हो, तब भी वह इस घर का मेहमान है। मेहमान के लायक मर्यादा उसे देनी होगी।"

मनोरमा बोली–"मेहमान के लायक मर्यादा उसे नहीं देनी होगी, यह बात तो मैंने नहीं कही है पिताजी।"

"नहीं-नहीं, यह सच है कि तुमने यह बात नहीं कही है, लेकिन हमारे आचरण में किसी तरह की विरक्ति प्रकट होना भी गुनाह है।"

मनोरमा बोली–"यह मैं मानती हूँ। लेकिन यह आपने किससे सुना कि मेरे आचरण से गुनाह हुआ है।"

आशु बाबू सवाल का जवाब नहीं दे सके। न उन्होंने कुछ भी सुना है और न वे कुछ भी जानते हैं। सब उनका अन्दाजा है, बस। फिर भी उनका मन प्रसन्न नहीं हुआ। क्योंकि इस तरह से तर्क किया जा सकता है, मगर पिता के उत्कंठित चित्त को निःशंक नहीं किया जा सकता है। थोड़ी देर बाद उन्होंने धीरे-धीरे कहा–"इतनी रात गए अजित ने खाना नहीं चाहा। मैं भी सोने गया। तुम तो पहले ही सो गई थी। क्या पता कहाँ, हो सकता है, हम लोगों से कोई अवहेलना हो गई हो! उसका मन आज उतना अच्छा नहीं है।"

मनोरमा बोली–"कोई अगर सारी रात रास्ते में बिताना चाहे, तो हम लोगों को भी उसके लिए घर के अन्दर जगा रहना होगा? यही क्या मेहमान के प्रति गृहस्थ का कर्तव्य है पिताजी?"

आशु बाबू हँसे। वे इशारे से खुद को दिखाकर बोले–"गृहस्थ का मतलब अगर यह गठिया का रोगी हो बेटी, तो फिर उसका कर्तव्य है आठ बजे के अन्दर सो जाना। वरना यह बहुत बड़े सम्मानित मेहमान गठिया के प्रति असम्मान दिखाना होगा। लेकिन अगर इसका मतलब कोई दूसरा है तो उसके कर्तव्य को बतानेवाला मैं कोई नहीं हूँ। आज एक बहुत पुरानी घटना याद आई मणि। तुम्हारी माँ तब जिन्दा थी। मैं मछली पकड़ने गुप्तिपाड़ा गया था, पर वहाँ से मैं जल्दी लौट नहीं पाया। तब भी तुम्हारी माँ ने सिर्फ एक रात नहीं, बल्कि तीन रातें मेरे इन्तजार में खिड़की के पास बैठे-बैठे बिता दीं। उसे उसका कर्तव्य किसने बताया था तब यह मैंने उससे नहीं पूछा था, लेकिन अब एक दिन मुलाकात होने पर उससे यह बात जान लेना मैं नहीं भूलूँगा।" इतना कहकर उन्होंने थोड़ी देर के लिए मुँह घुमाकर मनोरमा की नजरों से अपनी दोनों आँखों को आड़ में कर लिया।

यह कहानी नई नहीं है। गपशप के बहाने उन्होंने मनोरमा से इस घटना की चर्चा बहुत बार की है। लेकिन तब भी यह पुरानी नहीं होती है। जब भी यह घटना उन्हें याद आती है, तभी यह नई बन जाती है।

दाई आकर दरवाजे के पास खड़ी हो गई। मनोरमा उठकर खड़ी हो गई और बोली—"पिताजी, आप थोड़ी देर बैठिए। मैं खाना बनाने का इन्तजाम कर आती हूँ।" इतना कहकर वह जल्दी से चली गई। यह चर्चा और लम्बी नहीं खिंची इससे उसने राहत महसूस की।

आशु बाबू ने दिन में कई बार अजित की खोज-खबर ली, एक बार उन्होंने माना कि वह किताब पढ़ रहा है, एक बार उन्हें यह खबर मिली कि वह अपने कमरे में बैठकर चिट्ठी-पत्री लिख रहा है। दोपहर में खाना खाते वक्त उसने करीब-करीब बात ही नहीं की और खाना खत्म होते ही वह उठकर चला गया। और दिनों की तुलना में यह जितना कठोर है उतना ही आश्चर्यजनक।

आशु बाबू के क्षोभ की सीमा नहीं है। बोले—"बात क्या है मणि?"

मनोरमा आज बराबर ही पिता की नजरों से बचकर चल रही थी। अभी भी खास किसी तरफ निहारे बिना बोली—"मैं तो नहीं जानती पिताजी।"

वे थोड़ी देर तक अपने मन में सोचकर मानो अपने आपसे ही कहने लगे—"वह जब तक वापस नहीं आया था तब तक मैं जगा ही था। मैंने उसे खाने के लिए भी कहा, मगर उसने यह कहकर कि बहुत रात हो गई है, खुद ही नहीं खाया। तुम्हारा सो जाना, हो सकता है, ठीक नहीं हुआ हो, लेकिन इसमें इतना क्या अन्याय हुआ है। यह तो मुझे सोचते नहीं बनता। इस तुच्छ कारण को वह इतना बड़ा बना लेगा। इससे बड़ा आश्चर्य और क्या है?"

मनोरमा चुप रही। आशु बाबू ने खुद भी थोड़ी देर तक चुप रहकर अपने अन्दर की शर्म को दबाया और कहा—"तुमने यह बात उससे क्यों नहीं पूछी?"

मनोरमा ने जवाब दिया—"पूछने को क्या है पिताजी?"

पूछने को बहुत कुछ है, लेकिन वह पूछना भी कठिन है—खासकर मणि के लिए। यह वे जानते थे। फिर भी उन्होंने कहा—"यह तो बहुत साफ है कि वह गुस्सा किए हुए है। शायद उसने सोचा है कि तुम उसकी उपेक्षा करती हो। इस तरह की अनुचित धारणा तो उसके मन में नहीं रहने दी जा सकती है।"

मनोरमा बोली—"मेरे बारे में अगर उन्होंने अनुचित धारणा बना रखी हो, तो यह उनका दोष है। एक आदमी के दोष को सुधारने की गरज क्या दूसरे आदमी को अनचाहे लेनी पड़ेगी पिताजी?"

आशु बाबू इस सवाल का जवाब नहीं दे सके। वे अपनी बेटी को जिस तरह से पाल-पोसकर बड़ी करते आए हैं उसमें वे ऐसा कोई उपदेश नहीं दे सकते जिससे उसके आत्मसम्मान को चोट पहुँचे। उसके उठकर जाने पर जब इसी बात ने उनके मन के अन्दर अविराम खलबली मचाई, तो वे बेहद उदास बने रहे। इस तरह का कलह तो होता ही रहता है और यह भ्रम सिर्फ क्षणिक होता है, एक ऐसी बात को उन्होंने मन-ही-मन बहुत बार दोहरा करके भी जोर नहीं पाया। अजित को वे जानते थे। वह हर दृष्टि से सिर्फ सुशिक्षित

ही नहीं है, बल्कि उन्होंने निःसन्दिग्ध रूप से समझा था कि उसके अन्दर चरित्र का एक ऐसा खरापन है जिसके साथ आज की इस बेवजह उदासीनता का ताल-मेल नहीं होता है। सबकी असीम चिन्ता की वजह यह भी है कि वह शर्म को रोकने के बदले गुस्सा किए रहा, ऐसा असम्भव उसमें कैसे सम्भव हुआ, इसका फैसला करना कठिन है।

शाम को एक ताँगे को गेट के अन्दर घुसते देखकर आशु बाबू ने खबर ली, तो जाना कि गाड़ी आई है अजित के लिए। उन्होंने अजित को बुला भेजा। उसके आने पर वे मुश्किल से तनिक मुस्कुराए और पूछा–"तुमने ताँगे को क्यों बुलाया अजित?"

"एक बार घूमने निकलूँगा।"

"क्यों मोटर क्या हुई? फिर बिगड़ गई है क्या?"

"नहीं, मोटर नहीं बिगड़ी है। मगर आपको इसकी जरूरत पड़ सकती है तो?"

"अगर उसकी जरूरत पड़ेगी तो क्या होगा? उसके लिए एक घोड़ागाड़ी है।" इतना कहकर वे पल भर चुप रहे, फिर बोले–"बेटा अजित, मुझे सच-सच बताओ, क्या मोटर को लेकर कोई बात उठी है?"

अजित ने कहा–"नहीं। मैं तो नहीं जानता। लेकिन आज भी तो आप लोगों का गाने-बजाने का आयोजन है। उन लोगों को लाने और घर पहुँचा देने के लिए मोटर की जरूरत ज्यादा है। घोड़ागाड़ी में उन लोगों को लाना और पहुँचा देना ठीक नहीं होगा।"

सबेरे से तरह-तरह की दुश्चिन्ताओं की बातों को आशु बाबू भूल ही गए थे। अभी उन्हें याद आया कि कल सभा भंग होने के बाद आज के लिए भी उन लोगों को बुलाया गया था और शाम के बाद महफिल जमेगी। मनोरमा ने लोगों को खिलाने की बात भी सोच रखी थी, इसके साथ यह बात भी उन्हें याद आई। लेकिन वे मन-ही-मन तनिक मुस्कुराए। क्योंकि गुप्त कलह की दिमागी परेशानी से यह बात खुद उन्हें भी याद नहीं थी और याद आने से भी अच्छा नहीं लगा, तब बेटी के लिए आज यह सब कितना उबाऊ है, इसका स्वयंसिद्ध की भाँति अन्दाजा लगाकर बोले–"आज वह सब नहीं होगा अजित।"

अजित बोला–"क्यों नहीं होगा?"

"क्यों नहीं होगा? यह तुम मणि से भी एक बार पूछकर देखो न।" इतना कहकर उन्होंने बैरे को ऊँची आवाज में बुलाकर मनोरमा को बुलाने भेजा और तनिक मुस्कुराकर बोले–"तुम गुस्सा किए हो बेटा, गाना-बजाना सुनेगा कौन? मणि? अच्छा, वह सब किसी दूसरे दिन होगा। अभी जाओ, तुम मोटर लेकर जरा घूम आओ। लेकिन लौटने में ज्यादा देर मत करना। और मैं यह कह देता हूँ कि तुम अकेले नहीं जाओगे। ड्राइवर मुआ आलसी बन गया।" इतना कहकर वे एक बड़ी कठिन समस्या का अकल्पनीय फैसला करके उमड़ते आनन्द से आरामकुर्सी पर चित्त होकर लेट गए और राहत की साँस ली। फिर फौरन बोले–"गाड़ी किराया करके घूमने जाओगे? छिः।"

मनोरमा ने कमरे में कदम रखकर अजित को देखा, तो गर्दन टेढ़ी करके खड़ी हो गई। आवाज सुनकर आशु बाबू फिर तनकर बैठे और मजाक के साथ स्निग्ध हँसी हँसकर बोले–"पूछता हूँ, आज की बात याद है न बेटी या एकदम भूले बैठी हुई हो?"

"कौन-सी बात पिताजी?"

"आज तो तुमने सबको दावत दी है। लोगों के गाने-बजाने का दौर खत्म होने पर तुम आज उन लोगों को खाना खिलाओगी—पूछता हूँ, याद है न?"

मनोरमा ने सर हिलाकर कहा—"हाँ, याद तो है। मैंने मोटर भेज दी है उन लोगों को लाने।"

"तुमने मोटर भेजी है उन लोगों को लाने? लेकिन खाने-पीने का इन्तजाम हो गया है?"

मणि बोली—"हाँ, सब हो गया है पिताजी, किसी चीज की कोई कमी नहीं होगी।"

"अच्छा!" इतना कहकर वे फिर से आरामकुर्सी पर उठँगकर लेट गए। उनके मुँह पर न जाने किसने कालिख पोत दी।

मनोरमा चली गई। अजित भी बाहर निकला जा रहा था कि तभी आशु बाबू ने उसे इशारे से बाहर निकलने से मना किया और थोड़ी देर तक चुप्पी लगाए रहे। बाद में उठ बैठे और बोले—"अजित, बेटी की तरफ से माफी माँगने में मुझे शर्म आती है, लेकिन उसकी माँ जिन्दा नहीं है। अगर वह जिन्दा रहती, तो मुझे यह बात नहीं कहनी पड़ती।"

अजित चुप रहा। आशु बाबू बोले—"तुम उस पर क्यों गुस्सा किए हुए हो, यह वही तुमसे उगलवा लेती, लेकिन वह तो है नहीं। क्या तुम मुझे यह नहीं बता सकते?"

उनकी आवाज इतनी करुण है कि उसे सुनकर दुख महसूस होता है। फिर भी अजित चुप्पी साधे रहा।

आशु बाबू ने पूछा—"उससे क्या तुम्हारी बातचीत हुई थी?"

अजित ने कहा—"हाँ, हुई थी।"

आशु बाबू व्यग्र हो उठे—"उससे तुम्हारी बातचीत हुई थी? कब हुई? मणि अचानक कल सो गई थी, यह क्या तुमसे उसने कहा था?"

अजित ने थोड़ी देर तक स्थिर रहकर शायद यही सोच लिया कि वह क्या जवाब दे, उसके बाद धीरे-धीरे बोला—"उतनी रात तक बेकार में जगा रहना न ही आसान है न ही उचित। वह सो जाती, तो अनुचित नहीं होता, मगर वह सोई नहीं थी। आपके सोने जाने के थोड़ी ही देर बाद उससे मुलाकात हुई थी।"

"उसके बाद?"

"उसके बाद और कोई बात मैं आपको नहीं बताऊँगा।" इतना कहकर वह चला गया। दरवाजे से बाहर निकलते कहता गया—"हो सकता है, कल-परसों मैं यहाँ से चला जाऊँ।"

आशु बाबू ने कुछ भी नहीं समझा, उन्होंने सिर्फ यह समझा कि कोई न कोई भयानक घटना घट गई है।

अजित को लेकर ताँगा बाहर निकल गया। ताँगे के जाने की आवाज उन्हें सुनाई पड़ी। कई मिनट बाद शोर मचाते निमंत्रित लोगों को लेकर मोटर वापस आई। उसके आने की भी आवाज उनके कानों में पहुँची। मगर वे हिले नहीं, वहीं बुत की मानिन्द निश्चल होकर बैठे रहे। महफिल लगने पर बैरे ने जाकर खबर दी। बाबू की तबीयत अच्छी नहीं है वे सो गए हैं।

उस दिन गाना जमा नहीं। खाने का उत्साह फीका पड़ गया—सबको बार-बार यह लगने लगा कि घर का एक आदमी घूमने के बहाने बाहर निकल गया है और अपने मोटे बदन और प्रसन्न स्निग्ध ठहाके से महफिल को गुलजार करनेवाला दूसरा आदमी महफिल में नहीं आया है।

10

इधर अजित का ताँगा कमल के घर के सामने रुका। कमल रास्ते के किनारे के सँकरे बरामदे में थी। आँखें चार होते ही उसने हाथ जोड़कर नमस्कार किया। उसने ताँगे को इशारे से दिखाकर चिल्लाकर कहा—"उसे वापस भेज दीजिए, सामने ताँगे को खड़ा करके ताँगेवाला लौटने के लिए जल्दी मचाएगा।"

सीढ़ी के मुँह पर फिर मुलाकात हुई। अजित ने कहा—"ताँगा तो आपने लौटवा दिया, लेकिन लौटती बार दूसरा ताँगा मिलेगा न?"

कमल ने कहा—"नहीं, ताँगा नहीं मिलेगा। पर कितनी दूर है, पैदल चले जाइएगा।"

"पैदल जाऊँगा?"

"क्यों आपको डर लगेगा क्या? अगर आपको डर लगेगा, तो मैं खुद चलकर आपको आपके घर तक पहुँचा दूँगी।" इतना कहकर वह उसे अपने साथ रसोईघर लाई, बैठने के लिए वही कल वाला आसन बिछा दिया और बोली—"जरा गौर से देखिए, दिन भर में मैंने कितना खाना बनाकर रखा है। अगर आप नहीं आते तो मैं मोचियों को बुलाकर सब देती।"

अजित ने कहा—"आपको तो गुस्सा कम नहीं है। लेकिन अगर ऐसा करतीं, तो इन खाने-पीने की चीजों का इससे कहीं ज्यादा उपयोग होता!"

"इस बात का मतलब?" इतना कहकर कमल अजित के मुँह की तरफ थोड़ी देर तक निहारती रही फिर अन्त में खुद ही बोली—"यानी आपको किसी चीज की कमी नहीं, हो सकता है, इन चीजों में ज्यादातर ही फेंकी जाएँ। लेकिन उन लोगों को इन सब चीजों की बड़ी कमी है। वे लोग इन्हें खाकर जिन्दा रहेंगे। लिहाजा उन्हें खिलाना ही इन खाने-पीने की चीजों की सही उपयोगिता है, यही न?"

अजित ने गर्दन हिलाकर कहा—"इसके अलावा और क्या?"

कमल ने कहा—"यह है भले आदमियों का फैसला कि क्या करना अच्छा है और क्या करना बुरा। यह है पुण्यात्माओं की पुण्य अर्जित करने की युक्ति। परलोक की बही में वे लोग इसे ही सार्थक व्यय के रूप में लिखवाकर रखना चाहते हैं, वे लोग यह नहीं समझते हैं कि दरअसल यही है गलत। आनन्द का अमृत-पात्र अपव्यय के अन्याय से ही भर उठता है इस बात को वे लोग जानेंगे कहाँ से?"

अजित ने अचरज में पड़कर कहा—"तो क्या आदमी के कर्तव्य करने में आनन्द नहीं है?"

कमल ने कहा—"नहीं, आदमी के कर्तव्य करने में आनन्द नहीं है। आदमी के कर्तव्य के अन्दर जो आनन्द का छल है वही दुख का दूसरा नाम है। उसे बुद्धि के द्वारा जबरन मानना पड़ता है। यही तो बन्धन है। अगर यह बन्धन नहीं होता, तो शिवनाथ के आसन पर आपको बिठा प्यार के इस अपव्यय के अन्दर मुझे आनन्द कहाँ मिलता? दिन भर बिना खाए बैठे-बैठे मैंने इसलिए इतना खाना बनाया है कि आप आकर इन्हें खाएँगे, इतने बड़े अनुचित कार्य के अन्दर मुझे तृप्ति मिलती कहाँ? अजित बाबू, आज आप मेरी सारी बातें नहीं समझेंगे। समझने की कोशिश करने से भी फायदा नहीं है। लेकिन इतनी उलटी बातों का अर्थ अगर कभी अपने आप आपकी समझ में आ जाए तो उस दिन आप मुझे याद कीजिएगा। मगर अभी रहने दीजिए। आप खाने बैठिए।" इतना कहकर उसने थाली में खाना परोसकर उसे उसके सामने रखा।

अजित बहुत देर तक चुप रहा, फिर बोला—"यह ठीक है कि आपकी आखिरी बातों का अर्थ मुझे सोचते नहीं बना। लेकिन यह भी लग रहा है कि यह बिलकुल न समझने लायक नहीं है। अगर आप मुझे समझा दें, तो हो सकता है मैं समझ भी जाऊँ।"

कमल बोली—"आपको कौन समझाएगा अजित बाबू, मैं? मुझे क्या पड़ी है?" इतना कहकर उसने हँसकर बाकी बरतनों को आगे बढ़ा दिया।

अजित ने खाना खाने में मन लगाकर कहा—"आप शायद यह नहीं जानती हैं कि कल मैंने खाना नहीं खाया था।"

"कमल बोली—"जानती तो नहीं हूँ, लेकिन मुझे इस बात का डर था कि इतनी रात गए वापस जाकर, हो सकता है, आप खाएँगे नहीं। वही हुआ है। मेरे ही दोष से कल आपने तकलीफ पाई।"

"लेकिन आज सूद समेत वसूल हो रहा है।" यह बात कहते ही उसे याद आया कि कमल अभी भी बिना खाए है। उसने मन-ही-मन शर्मिन्दा होकर कहा—"लेकिन मैं बिलकुल जानवरों जैसा स्वार्थी हूँ, दिन भर आपने खाया नहीं है। हालाँकि उधर मेरा ध्यान ही नहीं है, ठाठ से मैं खाना खाने बैठ गया।"

कमल ने मुस्कुराकर जवाब दिया—"यह तो मेरे खुद के खाने से ज्यादा बड़ा है, इसीलिए तो मैंने आपको जल्दी बिठा दिया है अजित बाबू।" इतना कहकर वह जरा रुकी, फिर बोली—"और यह सब मांस-मछली है। मैं तो मांस-मछली नहीं खाती।"

"फिर क्या खाएँगी आप?"

"यह रहा मेरा खाना।" इतना कहकर उसने दूर रखी एक मीनाकारी की हुई ढकी कटोरी को हाथ से दिखाकर कहा—"उसके अन्दर चावल-दाल और आलू का भुरता बना हुआ है। वही मेरे लिए राजभोग है।"

इस बारे में अजित का कौतूहल दूर नहीं हुआ। लेकिन उसके संकोच ने उसे रोका। इस बात की आशंका से कि कहीं वह गरीबी का उल्लेख न करे, उसने दूसरी बात छेड़ी—"आपको देखकर पहली बार से ही कितना विस्मय हुआ था, यह मैं आपको नहीं बता सकता।"

कमल हँस पड़ी, बोली—''यह तो है मेरा रूप। मगर उसने भी हार मानी है अक्षय बाबू के आगे। मेरा रूप उन्हें हरा नहीं कर सका।''

अजित शर्मिन्दा होकर भी हँसा। बोला—''वे गोलकुंडा के वणिक हैं। उनके बदन पर खरोंच तक नहीं लगती है। लेकिन सबसे ज्यादा विस्मय हुआ था आपकी बातें सुनकर। अचानक धैर्य नहीं रहता है, गुस्सा आ जाता है। लगता है, किसी भी सच्चाई को आप महत्त्व देना नहीं चाहती हैं। हाथ बढ़ाकर राह रोकना ही आपका स्वभाव है।''

कमल, हो सकता है, खिन्न हुई। बोली—''हो सकता है, ऐसा मेरा स्वभाव हो। मगर मुझसे भी ज्यादा बड़ा विस्मय वहाँ था, वह दूसरा पहलू है। जितनी बड़ी देह उतनी ही बड़ी शान्ति। मानो धैर्य का हिमालय हो। तपिश की भाप भी वहाँ नहीं पहुँचती है। जी चाहता है, काश, मैं उनकी बेटी होती!''

उसकी बात अजित को बड़ी अच्छी लगी। आशु बाबू की वह मन के अन्दर देवता की नाई श्रद्धा करता है। फिर भी उसने कहा—''आप दोनों का इतना विपरीत स्वभाव मिलता है कैसे?''

कमल बोली—''यह तो मैं नहीं जानती। मैंने आपको अपनी इच्छा के बारे में बताया। काश, मैं भी मणि की तरह उनकी बेटी बनकर पैदा होती!'' इतना कहकर वह थोड़ी देर तक निस्तब्ध रही, फिर बोली—''मेरे अपने पिता भी कम बड़े आदमी नहीं थे। वे भी इतने ही धीर, इतने ही शान्त आदमी थे।''

अजित ने सबसे यही बात सुनी थी कि कमल नौकरानी की बेटी है। वह छोटी जात की लड़की है। पर अभी कमल के अपने मुँह से उसके पिता के गुणों का उल्लेख सुनकर उसके जन्म के बारे में जानने की इसकी आकांक्षा प्रबल हो उठी। लेकिन इस डर से कि पूछ-ताछ करने पर कहीं उसकी दुखती रग को असावधानी वश चोट न पहुँचे, वह प्रश्न नहीं कर सका। मगर उसका मन अन्दर ही अन्दर स्नेह और करुणा से भर उठा।

खाना खत्म हुआ। लेकिन जब उसे उठने को कहा गया, तो उसने उठने से मना कर दिया और बोला—''पहले आप खाना खा लें, उसके बाद ही उठूँगा।''

''आप क्यों तकलीफ पाएँगे अजित बाबू, उठिए। आप मुँह-हाथ धोकर आकर बैठिए। मैं खा रही हूँ।''

''नहीं, ऐसा नहीं हो सकता है। आप नहीं खाएँगी, तो मैं बिलकुल नहीं उठूँगा।''

''आप तो खूब हैं।'' इतना कहकर वह हँसी और मीनाकारी की हुई कटोरी का ढक्कन खोलकर खाना खाने लगी। कमल ने जरा भी बढ़ा-चढ़ाकर नहीं कहा था। चावल-दाल और आलू का भुरता ही तो है। सूखकर बदरंग हो गया है। वह यह नहीं जानता है कि और दिन वह क्या खाती है, नहीं खाती है। लेकिन आज इतनी तरह की काफी चीजों के रहते भी जब उसने अपनी मर्जी से उन्हें नहीं खाया, तो उसकी आँखों में आँसू भर आए। कल उसने सुना था कि वह रोज सिर्फ एक बार खाना खाती है और आज वह देख पाया कि वह क्या खाती है? लिहाजा युक्ति और तर्क के छल से कमल मुँह से चाहे जो भी क्यों न कहे, वास्तव में भोग के मामले में उसका यह कठोर आत्मसंयम अजित की अभिभूत, मुग्ध नजरों में माधुर्य और श्रद्धा से अनूठा हो उठा और वंचना, अपमान और अनादर से जिस किसी ने इसे वांछित किया है उसके प्रति उसकी घृणा की सीमा नहीं रही। कमल के खाने की तरफ

निहारते-निहारते वह अपने इस भाव को और दबा नहीं सका, वह उमड़ते जोश से बोल उठा–"जो लोग अपने आपको बड़ा समझकर अपमानित करके आपको दूर रखना चाहते हैं, जो लोग बेवजह आपकी निन्दा करते फिरते हैं वे लोग आपके पैर छूने के भी काबिल नहीं हैं। दुनिया में देवी का आसन अगर किसी के लिए है, तो वह आपके लिए है।"

कमल ने हार्दिक विस्मय से मुँह उठाकर पूछा–"क्यों?"

"क्यों? यह तो मैं नहीं जानता। लेकिन यह मैं कसम खाकर कह सकता हूँ।"

कमल के विस्मय का भाव दूर नहीं हुआ, मगर वह चुप रही।

अजित ने कहा–"अगर आप मुझे माफ करें, तो मैं आपसे एक प्रश्न करूँ!"

"कौन-सा प्रश्न?"

"पापी शिवनाथ से यह अपमान और वंचना पाने के बाद ही क्या आप ऐसा खाना खाती हैं?"

कमल ने कहा–"नहीं, अपने पहले पति के देहान्त के बाद से ही मैं ऐसा खाना खाती हूँ। इससे मुझे कोई तकलीफ नहीं होती है।"

अजित के मुँह पर न जाने किसी ने कालिख उड़ेल दी। उसने कई पल स्तब्ध रहकर अपने आपको सँभाल लिया और धीरे-धीरे पूछा–"तो क्या आपकी और एक बार शादी हुई थी?"

कमल ने कहा–"हाँ, वे एक असमी ईसाई थे। उनकी मौत के बाद ही मेरे पिता का देहान्त हो गया अचानक घोड़े से गिरने से। तब शिवनाथ के एक चाचा चाय-बागान के हेड क्लर्क थे। उनकी पत्नी नहीं थी, उन्होंने मेरी माँ को अपने यहाँ रहने की जगह दी। मैं भी उनके घर-संसार में आई। इस तरह के दुख-कष्टों में पड़कर रोज एक बार ही खाने की आदत पड़ गई। इसे बिना खाए रहना कहें और क्या! बल्कि इसमें तन और मन दोनों ही अच्छे रहते हैं।"

अजित ने आह भरकर कहा–"सुना है कि आप जुलाहा हैं।"

कमल ने कहा–"लोग तो ऐसा ही कहते हैं। लेकिन मेरी माँ कहती थीं कि उसके पिता थे आप ही लोगों की जात के एक वैद्य। यानी मेरे सचमुच के नाना जुलाहा नहीं वैद्य थे।" इतना कहकर वह जरा मुस्कुराकर बोली–"सो वे चाहे जो भी क्यों न हों, अब गुस्सा करना भी बेकार है, और अफसोस करना भी बेकार है।"

अजित बोला–"सो तो ठीक है।"

कमल बोली–"माँ में रूप था, मगर रुचि नहीं थी। शादी के बाद कोई बदनामी फैलने की वजह से उसका पति उसके साथ भागकर आसाम के चाय-बागान आ गया था। लेकिन वह जिन्दा नहीं रहा, कई महीनों के बुखार में वह चल बसा। उसके मरने के तीनेक साल बाद मेरा जन्म हुआ। बागान के बड़े साहब के घर।"

उसके वंश और पैदा होने का वर्णन सुनकर अजित का पलभर पहले का स्नेह और श्रद्धा से फैला हृदय वितृष्णा और संकोच से सिकुड़ गया। उस सबसे ज्यादा टीसी यह बात की कि अपने और अपनी माँ के एक इतने बड़े वृत्तान्त को कह सुनाने से उसे जरा भी शर्म नहीं है। उसने अनायास कहा कि माँ में रूप था, लेकिन रुचि नहीं थी। जिस गुनाह से कोई मिट्‌टी में मिल जाता, वह उसके लिए रुचि का विकार मात्र है। इससे ज्यादा नहीं।

कमल कहने लगी—"मगर मेरे पिता भले आदमी थे। वे चरित्रवान थे, पंडित थे, ईमानदार थे। पैदा होने के बाद उन्नीस सालों तक मैं उन्हीं के पास पली-बढ़ी थी।"

अजित को एक बार सन्देह हुआ। वह, हो सकता है, मजाक कर रही हो। लेकिन यह क्या मजाक है? बोला—"यह सब क्या आप सच कह रही हैं?"

कमल ने जरा अचरज में पड़कर जवाब दिया—"मैं तो कभी भी झूठ नहीं बोलती अजित बाबू।" पिता की याद पल भर के लिए उसके मुँह पर एक स्निग्ध चमक डाल गई। बोली—"इस जीवन में मैं कभी भी किसी भी कारण, किसी झूठे विचार, झूठे अभिमान और झूठी बात का सहारा न लूँ, पिताजी मुझे बार-बार यही शिक्षा दे गए हैं।"

अजित फिर भी विश्वास नहीं कर सका, बोला—"अगर आप अंग्रेज के साथ पली-बढ़ी हैं, तो आप तो अंग्रेजी भी जानती होंगी?"

उसकी बात के जवाब में कमल तनिक मुस्कुराई। बोली—"मैं खाना खा चुकी हूँ। चलिए, उस कमरे में चलें।"

"नहीं, अब मैं जाऊँगा।"

"बैठिएगा नहीं? आज इतनी जल्दी चले जाइएगा।"

"आज मेरे पास समय नहीं है।"

इतनी देर बाद कमल ने मुँह उठाया, तो उसने उसके मुँह पर बड़ी कठोरता देखी। हो सकता है, उसने इसके कारण का भी अन्दाजा लगाया हो। थोड़ी देर तक वह अपलक आँखों से निहारती रही, फिर धीरे-धीरे बोली—"अच्छा, तो जाइए।"

अजित को यह ढूँढ़े नहीं मिला कि इसके बाद वह क्या कहे। अन्त में उसने कहा—"आप क्या अभी आगरा में ही रहेंगी?"

"क्यों?"

"मान लीजिए कि शिवनाथ बाबू अगर अब नहीं ही आवें। उन पर तो आपका कोई जोर नहीं है।"

कमल ने कहा—"नहीं, उन पर मेरा कोई जोर नहीं है।" फिर जरा स्थिर रहकर बोली—"आप लोगों के यहाँ तो वे रोज जाते हैं। गुप्त रूप से जरा जानकारी लेकर क्या आप मुझे बता नहीं सकते।"

"उससे क्या होगा?"

कमल बोली—"क्या होगा भला! घर का किराया इस महीने का दिया ही हुआ है। तो फिर कल-परसों मैं यहाँ से चली जाऊँगी।"

"कहाँ जाएँगी आप?"

कमल ने इस सवाल का जवाब नहीं दिया, वह चुप रही।

अजित ने पूछा—"आपके हाथ में शायद रुपया नहीं है?"

कमल ने इस सवाल का भी जवाब नहीं दिया।

अजित खुद भी थोड़ी देर तक चुप रहा फिर बोला—"यहाँ आते वक्त मैं आपके लिए कुछ रुपए साथ लाया था। आप इन्हें लीजिएगा?"

"नहीं। मैं आपसे रुपए नहीं लूँगी।"

"क्यों, आप मुझसे रुपए क्यों नहीं लेंगी? मैं यह पक्का जानता हूँ कि आपके हाथ में कुछ नहीं है। जो भी भला था वह आज मेरे ही चलते खत्म हो गया है।" लेकिन जवाब न पाकर उसने फिर से कहा—"जरूरत पड़ने पर दोस्त से क्या कोई रुपया नहीं लेता है?"

कमल बोली—"मगर आप तो मेरे दोस्त नहीं हैं।"

"माना कि मैं आपका दोस्त नहीं हूँ। लेकिन औरों से भी तो लोग कर्ज लेते हैं। आप मुझसे कर्ज ही क्यों नहीं लेतीं।"

कमल ने गर्दन हिलाकर कहा—"मैंने आपसे कहा है कि मैं कभी भी झूठ नहीं बोलती।"

बात मृदु है, लेकिन तीर की अनी की नाईं तीखी है। अजित ने समझा, वह अपनी बात से टस-से-मस नहीं होगी। उसने गौर से देखा, पहले दिन उसने जो जेवर पहने थे वह आज नहीं हैं। सम्भवतः घर का किराया और इन कई दिनों का खर्चा चलाने में वे बिक गए हैं। सहसा दुख के बोझ से उसका मन रो उठा। उसने पूछा—"लेकिन क्या यह तय है कि आप चली ही जाएँगी।"

कमल बोली—"इसके सिवा चारा ही क्या है?"

चूँकि वह यह नहीं जानता है कि इसके सिवा चारा क्या है, इसीलिए उसे दुख होने लगा। उसने आखिरी कोशिश करते हुए कहा—"तो क्या दुनिया में ऐसा कोई नहीं है जिससे इस वक्त भी आप थोड़ी-सी मदद ले सकें।"

कमल ने जरा सोचकर कहा—"हाँ, हैं। सिर्फ उन्हीं के पास जाकर मैं बेटी की तरह हाथ पसारकर ले सकती हूँ। लेकिन रात होती जा रही है। आपको देर हो रही है। मैं साथ जाकर आपको थोड़ी दूर तक पहुँचा दूँ क्या?"

अजित ने व्यस्त होकर कहा—"नहीं-नहीं, मैं अकेले ही चला जाऊँगा।"

"तो फिर आप जाइए।" इतना कहकर कमल अपने सोने के कमरे में जा घुसी।

अजित दो मिनट वहाँ स्तब्ध भाव से खड़ा रहा। उसके बाद वह चुपचाप धीरे-धीरे नीचे उतर गया।

तीसरे पहर का वक्त है। बेहद ठंड है। आशु बाबू की बैठक की खिड़कियों के शीशे सारा दिन बन्द रहे। आरामकुर्सी के दोनों हत्थों पर अपने दोनों पैरों को फैलाकर वे बड़े ध्यान से कोई लेख पढ़ रहे थे, उसी लेख के पन्ने पर जब पीछे के दरवाजे की तरफ से एक छाया पड़ी, तो उन्होंने समझा कि उनके बैरे की नींद पूरी हुई है। बोले—"तुम कच्ची नींद से तो नहीं उठे हो बेटा। अगर कच्ची नींद से उठे हो तो तुम्हारा सर फिर दुखेगा। अगर तुम कोई खास तकलीफ महसूस न करो, तो शॉल से मुझ गरीब के दोनों पाँवों को जरा ढक दो।"

नीचे कार्पेट पर एक मोटी-सी सुजनी लोट रही थी। आगन्तुक ने उसे उठा लिया और उनके दोनों पाँवों को तलवों तक ढककर उसे अच्छी तरह से मोड़ दिया।

आशु बाबू ने कहा–"हाँ, हो गया बेटा। अब एक चुरुट देकर तुम और थोड़ी देर लोट-पोट कर लो। अभी भी थोड़ा-सा दिन बाकी है। लेकिन समझोगे बेटा कल..."

यानी कल तुम्हारी नौकरी जाएगी ही। पर कोई आवाज नहीं आई, क्योंकि मालिक की इस तरह की टिप्पणी सुनने का नौकर आदी है। प्रतिवाद करना भी जितना गैरजरूरी है, विचलित होना भी उतना ही बेकार है।

आशु बाबू ने हाथ बढ़ाकर चुरुट लिया और जब दियासलाई जलाने की आवाज सुनी तो उन्होंने इतनी देर बाद ऊपर मुँह उठाकर निहारा। कई पल वे अभिभूत की तरह स्तब्ध रहे, फिर बोले–"इसीलिए तो मुझे कुछ अजीब-सा लगा कि यह हाथ जदुआ का है! इस तरह से पैरों को ढकना तो उसके पुरखे तक नहीं जानते होंगे।"

कमल बोली–"मगर इधर मेरा हाथ तो जला जा रहा है।"

आशु बाबू ने व्यस्त होकर जलती तीली को उसके हाथ से लेकर फेंक दिया और उसके इस हाथ को अपने हाथ में लेकर उसे सामने खींचकर लाए और बोले–"इतने दिनों तक तुम दिखाई क्यों नहीं पड़ी थी बेटी!"

यह पहली बार उन्होंने उसे बेटी कहकर सम्बोधित किया। लेकिन यह कहते उन्हें खुद ही इस बात का पता चल गया कि उनके प्रश्न का कोई अर्थ नहीं है।

कमल ने एक कुर्सी खींच ली और दूर बैठने जा रही थी कि तभी उन्होंने ऐसा होने नहीं दिया, बोले–"वहाँ नहीं बेटी, तुम मेरे खूब करीब आकर बैठो।" इतना कहकर उन्होंने उसे बेहद करीब खींचकर कहा–"इतने अचानक तुम क्यों आई कमल?"

कमल ने कहा–"आज बड़ा जी चाहा कि आपको एक बार देख आऊँ, इसीलिए मैं चली आई।"

आशु बाबू ने उसकी बात के जवाब में सिर्फ इतना कहा–"यह तुमने अच्छा किया है।" लेकिन इससे ज्यादा वे और कुछ नहीं कह सके। और सबकी तरह वे यह भी जानते हैं कि कमल की कोई सहेली-हमजोली नहीं है। कोई उसे चाहता नहीं है, किसी के घर जाने का उसे अधिकार नहीं है, बिलकुल फटेहाल जिन्दगी इस लड़की को गुजारनी पड़ती है। फिर भी ऐसी बात उनके मुँह से बाहर नहीं निकली कि कमल, तुम्हारी जब मर्जी आराम से यहाँ आना और चाहे जिससे भी क्यों न हो, मुझसे तुम्हें कोई संकोच नहीं है। इसके बाद शायद शब्दों के अभाव में वे दो-तीन मिनट न जाने कैसे एक तरह से अन्यमनस्क की भाँति चुप रहे। उनके हाथ के कागज नीचे गिर गए तो कमल ने झुककर उठा दिया और बोली–"आप पढ़ रहे थे, मैंने बेवक्त आकर शायद खलल डाल दिया।"

आशु बाबू बोले–"नहीं, तुमने खलल नहीं डाला है। मैं पढ़ चुका हूँ। और जो पढ़ना बाकी है उसे न पढ़ने पर भी काम चलेगा। और अब पढ़ने का जी भी नहीं चाहता है।" वे थोड़ी देर तक रुके, फिर बोले–"इसके अलावा तुम्हारे चले जाने पर मुझे तो अकेला ही रहना पड़ेगा। इससे अच्छा तो यही है कि तुम बैठकर दो बातें करो और मैं सुनूँ।"

कमल बोली–"मैं अगर दिन भर आपसे बात कर पाती, तो मेरी तो जान में जान आ जाती। लेकिन और सब तो गुस्सा करेंगे।"

उसके मुँह पर हँसी है, इसके बावजूद आशु बाबू ने दुख पाया, बोले–"तुम्हारा कहना गलत नहीं है कमल। मगर गुस्सा करनेवालों में से कोई यहाँ मौजूद नहीं है। यहाँ का नया मजिस्ट्रेट बंगाली है। उसकी पत्नी है मणि की सहेली। दोनों कॉलेज में एक साथ पढ़ी थीं। उसको अपने पति के पास आए दो दिन हुए हैं। मणि उसी के यहाँ घूमने गई है। उसको लौटने में शायद रात हो जाएगी।"

कमल ने मुस्कुराकर प्रश्न किया–"आपने कहा गुस्सा करनेवालों, उनमें से एक तो हैं– मनोरमा। लेकिन बाकी कौन लोग हैं?"

आशु बाबू बोले–"सभी हैं। यहाँ गुस्सा करनेवालों की कमी नहीं है। पहले लगता था कि अजित को हो सकता है तुम पर गुस्सा न हो, लेकिन अभी देखता हूँ, उसी को बैर सबसे ज्यादा है। उसने तो अक्षय बाबू को भी मात दे दी है।"

कमल को चुपचाप सुनती देख वे कहने लगे–"जब वह आया था तब मैंने उसे ऐसा नहीं देखा था, मगर अचानक दो-तीन दिनों के अन्दर वह बदल गया। अब अविनाश को भी बदला हुआ देखता हूँ। इन सभी ने मिलकर तुम्हारे खिलाफ तिकड़म किया है।"

अबकी बार कमल हँसी, बोली–"यानी कुश पर वज्राघात। लेकिन मुझ जैसी समाज और आबादी से बाहर की एक तुच्छ औरत के खिलाफ किसलिए? मैं तो किसी के भी घर नहीं जाती?"

आशु बाबू बोले–"यह सच है कि तुम किसी के घर नहीं जाती। शहर में कहाँ तुम्हारा डेरा है, यह भी कोई नहीं जानता है, लेकिन इसलिए कि कोई तुम्हारा डेरा नहीं जानता है, तुम तुच्छ नहीं हो कमल, तुम तुच्छ नहीं हो, इसीलिए ये लोग न ही तुम्हें भूल सकते हैं और न ही तुम्हें माफ कर सकते हैं। तुम्हारी चर्चा किए बिना, तुम्हें ताना दिए बिना इन लोगों को न ही राहत है, न ही चैन।" अचानक उन्होंने हाथ के कागजों को समेटकर कहा–"यह क्या है, जानती हो? यह है अक्षय बाबू की रचना। अगर यह अंग्रेजी में लिखी नहीं होती, तो मैं तुम्हें इसे पढ़कर सुनाता। इसमें नाम-धाम लिखा हुआ नहीं है, लेकिन शुरू से आखिर तक इसमें सिर्फ तुम्हारी ही बात लिखी हुई है। इसमें तुम पर भी हमला किया गया है। कल मजिस्ट्रेट साहब के घर पर 'नारी कल्याण समिति' का उद्घाटन होनेवाला है। यह उसी की प्रस्तावना है।" इतना कहकर उन्होंने उन कागजों को दूर फेंक दिया, बोले–"यह सिर्फ निबन्ध नहीं है, बल्कि इसमें बीच-बीच में कहानी के बहाने पात्र-पात्रियों के मुँह से तरह-तरह की बातें कहलवाई गई हैं। इसकी मूलनीति से किसी का भी विरोध नहीं है, विरोध रह भी नहीं सकता है लेकिन यह तो वह नहीं है। व्यक्ति-विशेष पर पग-पग पर आघात करना ही इसका असली आनन्द है। लेकिन अक्षय का आनन्द और मेरा आनन्द तो एक नहीं है कमल, इसे तो मैं अच्छा नहीं कह सकता।"

कमल बोली–"लेकिन मैं तो भला यह लेख सुनूँगी नहीं, फिर मुझ पर आघात करने की सार्थकता क्या है?"

आशु बाबू ने कहा–"तुम पर आघात करने की कोई सार्थकता नहीं है। इसीलिए शायद उन लोगों ने मुझे यह लेख पढ़ने दिया है। सोचा होगा, आग लगते झोंपड़ा जो निकसे सो

सार। इस बूढ़े को दुख देकर जितना क्षोभ मिले...'' इतना कहकर उन्होंने हाथ बढ़ाकर कमल का हाथ और एक बार खींच लिया। इस स्पर्श में कौन-सी बात थी। कमल ने उसका सब कुछ नहीं समझा। तब भी उसका मन न जाने कैसा कर उठा। वह तनिक रुककर बोली—''आपकी कमजोरी को उन लोगों ने समझा है, लेकिन असली आदमी को वे लोग पहचान नहीं सके हैं।''

''तुमने क्या पाया है बेटी?''

''शायद उन लोगों से ज्यादा मैंने पाया है।''

आशु बाबू ने इसका जवाब नहीं दिया, वे थोड़ी देर तक चुपचाप बैठे रहे, उसके बाद धीरे-धीरे कहने लगे—''सभी सोचते हैं कि इस खुशमिजाज बूढ़े आदमी जैसा सुखी कोई नहीं है। इसके पास बहुत रुपया है, बहुत जमीन-जायदाद है।''

''लेकिन यह तो झूठ नहीं है।''

आशु बाबू बोले—''नहीं, यह झूठ नहीं है। धन और सम्पत्ति मेरे पास काफी है। मगर वह आदमी के लिए कितना कुछ है कमल?''

कमल ने मुस्कुराकर कहा—''वह बहुत कुछ है—आशु बाबू।''

आशु बाबू ने गर्दन घुमाकर उसके मुँह की तरफ निहारा, बाद में बोले—''अगर तुम बुरा न मानो, तो मैं तुमसे एक बात कहूँ।''

''कहिए।''

''मैं हूँ बूढ़ा आदमी और तुम हो मेरी मणि की हमउम्र। तुम्हारे मुँह से जब मैं अपना नाम सुनता हूँ, तो वह मेरे कानों में खटकता है, कमल। अगर तुम्हें कोई बाधा न हो, तो तुम मुझे चाचाजी कहकर पुकारो।''

कमल के विस्मय की सीमा नहीं रही। आशु बाबू कहने लगे—''कहावत है, मामा न होने से काना मामा भी अच्छा। मैं काना तो नहीं हूँ लेकिन लँगड़ा हूँ। गठिया ने मुझे लँगड़ा बना दिया है। बाजार में आशु वैद्य की कीमत कोई फूटी कौड़ी नहीं देगा।'' इतना कहकर उन्होंने मुस्कुराते हुए मजाक में हाथ के अँगूठे को हिलाकर कहा—''भले ही मेरी कीमत कोई कानी कौड़ी न दे, लेकिन जिसके पिता जिन्दा नहीं हैं, उसे इतना मीनमेख निकालनेवाला होने से काम नहीं चलेगा। उसके लिए लँगड़ा चाचा ही अच्छा है।''

कमल से जवाब न पाकर उन्होंने फिर से कहा—''कोई अगर चाचा ही कहे कमल, तो उससे विनम्रता से कहना कि यही मेरे लिए काफी है। कहना कि गरीब के लिए राँगा ही सोना होता है।''

उनकी आरामकुर्सी के पीछे की तरफ बैठकर कमल छत की तरफ आँखें उठाकर आँसुओं को रोकने की कोशिश करने लगी। वह जवाब नहीं दे सकी। इन दोनों में कहीं कोई मेल नहीं है। सिर्फ इसलिए मेल नहीं है कि दोनों में कोई आपसी रिश्ता नहीं है, दोनों में से कोई किसी को पहचानता नहीं है, बल्कि दोनों की शिक्षा, संस्कार, रीति-नीति और सामाजिक व्यवस्था में कितना बड़ा फर्क है। जहाँ कोई रिश्ता ही नहीं है, वहाँ सम्बोधन के बहाने इसे बाँध रखने की तरकीब से कमल की आँखों में बहुत दिनों बाद आँसू आ गए।

आशु बाबू ने पूछा—''क्यों बेटी, तुम मुझे चाचाजी कह सकोगी?''

कमल ने उमड़ते आँसुओं को सँभाल लिया और बोली—"नहीं।"

"नही कह सकोगी? क्यों, तुम मुझे चाचाजी क्यों नहीं कह सकोगी?"

कमल ने इस सवाल का जवाब नहीं दिया, उसने दूसरी बात छेड़ी, बोली—"अजित बाबू कहाँ हैं?"

आशु बाबू थोड़ी देर तक चुप रहे, फिर बोले—"क्या पता, हो सकता है कि वह घर पर ही हो।" वे फिर से थोड़ी देर तक चुप्पी साधे रहे, उसके बाद धीरे-धीरे कहने लगे—"कई दिनों से वह मेरे पास कोई खास नहीं आता है। हो सकता है, वह यहाँ से जल्दी ही चला जाए।"

"कहाँ जाएँगे?"

आशु बाबू ने हँसने की कोशिश करते हुए कहा—"बूढ़े आदमी को सभी क्या सारी बातें बताते हैं बेटी? नहीं बताते हैं। हो सकता है, वे इसकी जरूरत भी महसूस नहीं करते हों।" वे फिर जरा रुककर बोले—"तुमने शायद यह सुना होगा कि बहुत दिन पहले ही यह तय हो गया था कि मणि से उसकी शादी होगी। पर अचानक लग रहा है कि उन लोगों ने किसी बात को लेकर आपस में झगड़ा किया है। कोई किसी से अच्छी तरह से बात ही नहीं करता है।"

कमल चुप्पी साधे रही। आशु बाबू ने एक आह भरकर कहा—"भगवान ही मालिक है, जो उनकी मर्जी है, हो। एक गाने-बजाने के पीछे दीवाना हो गया है, और दूसरा अपनी पुरानी आदत को सूद समेत साध रहा है, यही तो चल रहा है।"

कमल और चुप नहीं रह सकी, उसने उत्सुक होकर प्रश्न किया—"क्या है उनकी पुरानी आदत?"

आशु बाबू ने कहा—"सो बहुत सारी हैं। वह गेरुआ पहनकर संन्यासी बना है, मणि को प्यार किया है, देश के काम से हवालात गया है, विलायत जाकर इंजीनियर बना है, वहाँ से वापस आकर उसकी घर बसाने की इच्छा थी, पर फिलहाल शायद उसकी घर बसाने की इच्छा जरा बदल गई है। वह पहले मांस-मछली खा रहा था, फिर देखता हूँ, परसों से उसने मांस-मछली खाना छोड़ दिया है। यदु कहता है, बाबू घंटे भर तक कमरे में बैठकर नाक दबाकर योगाभ्यास करते हैं।"

"योगाभ्यास करते हैं?"

"हाँ, वह योगाभ्यास करता है। नौकर ही यह बता रहा था कि लौटती बार वह समुद्री सफर का प्रायश्चित काशी में करने जाएँगे।"

कमल ने अचरज में पड़कर कहा—"वे समुद्री सफर का प्रायश्चित करेंगे? अजित बाबू प्रायश्चित करेंगे?"

आशु बाबू गर्दन हिलाकर कहा—"हाँ, वह कर सकता है, उसमें बहुमुखी प्रतिभा है।"

कमल हँस पड़ी। वह कुछ कहने जा रही थी कि तभी दरवाजे के छोर पर आदमी की छाया पड़ी और जिस नौकर ने तरह-तरह की इतनी जानकारियाँ अपने मालिक को दी हैं, वह सशरीर आकर खड़ा हो गया। और उसने सबसे ज्यादा कठिन जानकारी यह दी कि अविनाश, अक्षय, हरेन्द्र, अजित बाबू आदि लोग आ गए। यह सुनकर सिर्फ कमल का ही

मुँह नहीं, बल्कि दोस्तों के आने पर उमड़ते उल्लास से उनकी अगवानी करनेवाले आशु बाबू का भी मुँह सूख गया। पल भर बाद जब वे लोग कमरे में घुसे, तो सभी के सभी भौचक्के रह गए। क्योंकि इस लड़की का यहाँ इस तरह से दर्शन मिल सकता है, यह उन लोगों की कल्पना के परे है। हरेन्द्र ने हाथ जोड़कर कमल को नमस्कार किया और बोला–"आप अच्छी हैं न? आपको देखे बहुत दिन हो गए हैं।"

अविनाश ने हँसने जैसी मुख-मुद्रा बनाकर एक बार दाएँ और एक बार बाएँ गर्दन हिलाई–उसका कोई अर्थ ही नहीं है। और सीधा आदमी अक्षय। वह सीधे रास्ते सीधे मकसद से लड़की की तरफ थोड़ी देर तक सीधा खड़ा रहा, उसके बाद दोनों आँखों से अवज्ञा और विरक्ति बरसाकर एक कुर्सी खींचकर बैठ गया। उसने आशु बाबू से पूछा–"मेरा आर्टिकल पढ़ा आपने?" इतना कहते ही उसे अपना लेख जमीन पर लोटता दिखाई पड़ा। वह खुद ही उसे उठाने जा रहा था कि तभी हरेन्द्र ने बाधा देकर कहा–"उसे रहने दीजिए न अक्षय बाबू, नौकर जब झाड़ू लगाएगा तब उसे फेंक देगा।"

अक्षय ने उसका हाथ धकेल दिया और उन कागजों को चुन लाया।

"हाँ, पढ़ा।" इतना कहकर आशु बाबू उठ बैठे। जब उन्होंने नजरें उठाईं, तो देखा अजित ने दूसरे किनारे के सोफे पर बैठकर उस दिन के अखबार पर नजरें फेरना शुरू किया है। अविनाश कुछ न कुछ कहने का मौका पाकर बचा, बोला–"मैंने भी अक्षय के लेख को शुरू से आखिर तक मन लगाकर पढ़ा है आशु बाबू। उसका ज्यादातर ही सही है और कीमती है। अगर देश की सामाजिक व्यवस्था का सुधार करना हो तो उसके जाने-पहचाने और बने-बनाए तरीके से ही किया जाना चाहिए। यूरोप के सम्पर्क से हम लोगों ने बहुत-सी अच्छी चीजें पाई हैं, मैं यह मानता हूँ कि अपनी बहुतेरी खामियाँ हमें नजर आई हैं, मगर हमारा सुधार हमारे अपने ही तरीके से होना चाहिए। दूसरे के अनुकरण में भलाई नहीं है। भारतीय नारियों की जो विशिष्टता है, जो उनका निजी है, उससे अगर लोभ या मोहवश हम उन्हें भ्रष्ट करें, तो हम हर दृष्टि से ही विफल हो जाएँगे। यही है न अक्षय बाबू?"

ये बातें अच्छी हैं और सारी की सारी बातें अक्षय बाबू के निबन्ध की हैं। विनम्रतावश उसने मुँह से कुछ नहीं कहा, सिर्फ आत्मसन्तोष की अनिर्वचनीय तृप्ति से अधमुँदी आँखों से कई बार सर हिलाया।

आशु बाबू ने सरलतापूर्वक स्वीकार करते हुए कहा–"इसको लेकर तो तर्क नहीं है अविनाश बाबू। बहुतेरे मनीषी बहुत दिनों से यह बात कहते आए हैं और भारतवर्ष का कोई भी आदमी इसका प्रतिवाद नहीं करता है।"

अक्षय बाबू ने कहा–"प्रतिवाद करने की गुंजाइश नहीं है और इसके अलावा और भी बहुत सारे विषय हैं जिन्हें मैंने अपने निबन्ध में नहीं लिया है, लेकिन उनके बारे में कल 'नारी कल्याण समिति' में अपने भाषण में कहूँगा।"

आशु बाबू ने गर्दन घुमाकर कमल की तरफ निहारा, बोले–"तुम्हें तो उस समिति में नहीं बुलाया गया है, तुम वहाँ जाओगी नहीं। मैं भी गठिया से परेशान हूँ। भले ही मैं वहाँ न जाऊँ, मगर यह तुम्हीं लोगों के भले-बुरे की बात है। हाँ, कमल, तुम्हें तो इस प्रस्ताव पर आपत्ति नहीं है?"

अगर कोई दूसरा समय होता, तो आज कमल चुप ही रहती, लेकिन एक तो उसका मन भारी है, दूसरा, इन लोगों की इन सारी पौरुषहीन संगठित शत्रुताओं से, उसके मन के अन्दर मानो आग जल उठी। लेकिन उसने अपने आपको भरसक रोक लिया और मुँह उठाकर हँसती हुई बोली–''किस प्रस्ताव पर आशु बाबू? अनुकरण पर या भारतीय विशिष्टता पर?''

आशु बाबू ने कहा–''मान लो, अगर मैं कहूँ कि दोनों ही पर तो?''

कमल ने कहा–''बतौर चीज अनुकरण जब सिर्फ बाहर की नकल है, तब वह धोखा है। तब आकृति में मिलने पर भी प्रकृति में दरार रहती है। लेकिन जब वह अन्दर-बाहर एक हो जाती है तब उसे अनुकरण मानकर शरमाने की तो कोई बात नहीं है।''

आशु बाबू ने सर हिलाते-हिलाते कहा–''इसमें शरमाने की बात तो है कमल, इस तरह के सर्वांगीण अनुकरण में हम अपनी विशेषता गँवाते हैं। उसका मतलब है अपने आपको पूरी तरह गँवाना। इसमें अगर दुख और लाज न हो, तो किस चीज में दुख और लाज होगी, बताओ तो?''

कमल बोली–''भले ही तुम अपनी विशेषता गँवा बैठे, इससे क्या होता है आशु बाबू? भारत की विशिष्टता और यूरोप की विशिष्टता में फर्क है। लेकिन किसी देश की किसी विशिष्टता के लिए आदमी नहीं है, बल्कि आदमी के लिए ही उसका आदर है। असली बात है कि वर्तमान में वह विशिष्टता उसके लिए कल्याणकारी है या नहीं। इसके अलावा सब सिर्फ अन्धमोह है।''

आशु बाबू ने दुखी होकर कहा–''यह सिर्फ अन्धमोह है कमल, उससे ज्यादा नहीं?''

कमल बोली–''नहीं, उससे ज्यादा नहीं। चूँकि किसी न किसी जात की कोई न कोई विशेषता बहुत दिनों से चली आ रही है, इसीलिए उसी साँचे में ढलकर हमेशा देश के आदमी को गढ़ना होगा, इसका अर्थ कहाँ है? आदमी की विशेषता आदमी से बड़ी नहीं है। और जब हम इसी बात को भूलते हैं तभी हमारी विशेषता भी जाती है, तभी हम आदमी को भी खोते हैं। वहाँ सचमुच की लाज है आशु बाबू।''

आशु बाबू हक्का-बक्का हो गए, बोले–''तब तो सब एकाकार हो जाएगा? तब तो भारतीयों के रूप में हमें पहचाना भी नहीं जाएगा? इतिहास तो ऐसी घटना का गवाह है।''

कमल ने उनके कुंठित, विक्षुब्ध मुँह की तरफ निहारा और हँसकर कहा–''तब आदमी ऋषि-मुनियों के वंशज के रूप में, हो सकता है, न पहचाना जाए, मगर आदमी के रूप में पहचाना जाएगा। और आप लोग जिन्हें भगवान कहते हैं, वे भी पहचान सकेंगे, उनसे गलती नहीं होगी।''

अक्षय ने अवज्ञा से मुँह कठोर बनाकर कहा–''भगवान सिर्फ हम लोगों के हैं? आपके नहीं हैं?''

कमल ने जवाब दिया–''नहीं, भगवान मेरे नहीं हैं।''

अक्षय ने कहा–''यह सिर्फ शिवनाथ की प्रतिध्वनि है, सिखाई हुई बोली है।''

हरेन्द्र ने कहा–''ब्रूट।''

''देखिए हरेन्द्र बाबू।''

"देख रहा हूँ, वीस्ट।"

आशु बाबू सहसा सपने से जागे हुए की नाईं जाग उठे। बोले—"देखो कमल, मैं दूसरे की बात कहना नहीं चाहता, लेकिन हमारी भारतीय विशिष्टता सिर्फ कहने की बात नहीं है। इसका जाना कितना बड़ा नुकसान है, इसे समझना कठिन है। कितने धर्म, कितने आदर्श, कितने पुराण, इतिहास, काव्य, उपाख्यान, कला, कितनी बेशकीमती दौलत इसी विशिष्टता के सहारे ही तो आज भी जीवित हैं। इसका कुछ भी तो तब तो नहीं रहेगा।"

कमल बोली—"ये सब रहें, इसी के लिए भला इतनी व्याकुलता क्यों है? जो जानेवाला नहीं है, वह नहीं जाएगा। आदमी को जब उनकी जरूरत पड़ेगी तब वे फिर नए रूप, नए सौन्दर्य, नए मूल्य को लेकर दिखाई देंगे। और वही होगा उनका सचमुच का परिचय। वरना, चूँकि बहुत दिनों से कुछ न कुछ है इसीलिए इसे और भी बहुत दिनों तक रोक रखना होगा, यह कैसी बात है?"

अक्षय ने कहा—"इसे समझने की शक्ति आपमें नहीं है।"

हरेन्द्र ने कहा—"आपके अभद्र व्यवहार पर मैं आपत्ति जताता हूँ, अक्षय बाबू।"

आशु बाबू ने कहा—"कमल, मैं यह नहीं कहता कि तुम्हारी युक्तियों में सच्चाई नहीं है, मगर तुम अवज्ञा से जिसकी उपेक्षा कर रही हो उसके अन्दर भी बहुतेरी सच्चाइयाँ हैं। विभिन्न कारणों से हमारी सामाजिक विधि-व्यवस्था के प्रति तुम्हारे मन में नफरत पैदा हुई है। लेकिन एक बात मत भूलो कमल, वह यह कि बाहर के बहुतेरे उत्पात हमें सहने पड़े हैं, तब भी आज भी जो हम सारी विशिष्टताओं को लेकर जिन्दा हैं वह सिर्फ इसीलिए कि हमारा सहारा सच्चाई थी। दुनिया की बहुत-सी जातियाँ बिलकुल विलुप्त हो गई हैं।"

कमल बोली—"तो इसमें भला दुख करने की कौन-सी बात है? हमेशा से उन्हें जगह घेरकर बैठे रहना पड़ेगा, इसी की भला क्या जरूरत है?"

आशु बाबू ने कहा—"यह दीगर बात है, कमल।"

कमल बोली—"भले ही यह दीगर बात हो। पर मैंने अपने पिता से सुना था कि हमारी एक शाखा यूरोप में जाकर बस गई थी। आज वे लोग नहीं हैं। लेकिन उनके बदले जो लोग हैं वे और भी बड़े हैं। वैसा ही अगर इस देश में हुआ होता, तो उन्हीं लोगों की तरह हम लोग भी आज अपने पुरखों के लिए खेद व्यक्त करने नहीं बैठते, न ही अपनी सनातन विशेषताओं को लेकर घमंड करते हुए दिन बिताते। आप कह रहे थे अतीत के उपद्रव की बात, लेकिन उससे भी बड़ा उपद्रव भविष्य में नसीब नहीं होगा, या हमारा सारा संकट दूर हो गया है यह भी तो सच नहीं हो सकता है? तब हम जिन्दा रह जाएँगे किस चीज के बूते, बताइए तो?"

आशु बाबू ने इस सवाल का जवाब नहीं दिया। लेकिन अक्षय बाबू उत्तेजित हो उठे, बोले—"तब भी हम लोग जिन्दा रह जाएँगे अपने आदर्श की चिरन्तनता के बूते। जो आदर्श युगों से हमारे मन के अन्दर अविचलित बना हुआ है, जो आदर्श हमारे दान के अन्दर, हमारे पुण्य के अन्दर, हमारी तपस्या के अन्दर है, जो आदर्श हमारी नारी-जाति के अक्षय सतीत्व के अन्दर निहित है उसी आदर्श के बूते हम लोग जिन्दा रह जाएँगे। हिन्दू कभी मरता नहीं।"

अजित हाथ का अखबार फेंककर उसकी तरफ फैली आँखों से निहारता रहा और थोड़ी देर के लिए कमल भी चुप हो गई। उसे याद आया, निबन्ध लिखकर इसी आदमी ने उस पर अकारण आक्रमण किया है और इसे ही वह कल नारियों की भलाई के लिए बहुत नारियों के सामने घमंड के साथ पढ़ेगा। और अन्त में उसने जो कुछ कहा वह उसने इशारे-इशारे में उसे ही कहा। बड़े गुस्से से उसका मुँह लाल हो उठा, लेकिन इस बार भी उसने अपने आपको रोक लिया और सहज आवाज में बोली–"आपसे बात करने को मेरा जी नहीं चाहता अक्षय बाबू, आपसे बात करने में मेरे आत्मसम्मान को झिझक लगती है।" इतना कहकर उसने आशु बाबू की तरफ मुड़कर निहारा और बोली–"चूँकि कोई भी आदर्श बहुत दिनों तक स्थायी हुआ है इसीलिए वह हमेशा स्थायी नहीं होता है और उसके बदल जाने पर भी शर्म की बात नहीं है। यही बात मैंने आपसे करनी चाही थी। इससे जात की विशिष्टता जाती है, तब भी मैं एक उदाहरण देती हूँ। आतिथ्य हमारा बड़ा आदर्श है। कितने उपन्यास, कितनी धार्मिक कहानियाँ इसको लेकर रची गई हैं। अतिथि को खुश करने के लिए दाता कर्ण ने अपने पुत्र की हत्या की थी। इसको लेकर कितने लोगों ने कितने आँसू बहाए हैं, इसकी गिनती नहीं है। हालाँकि यह कहानी आज सिर्फ गन्दी नहीं, बीभत्स है। सती पत्नी ने अपने कोढ़ी पति को कन्धे पर लेकर वेश्या के कोठे पर पहुँचा दिया था–सतीत्व के इस आदर्श की भी एक दिन तुलना नहीं थी, मगर आज यह बात आदमी के मन में सिर्फ घृणा पैदा करती है। आपके अपने जीवन का जो आदर्श, जो त्याग लोगों के मन में आज श्रद्धा और विस्मय का कारण बना हुआ है एक दिन वह, हो सकता है, सिर्फ दया की बात हो। इस निष्फल आत्मसंयम की ज्यादती की लोग खिल्ली उड़ाकर चले जाएँगे।"

इस आघात की निर्ममता से आशु बाबू का मुँह पल भर के लिए पीला पड़ गया। बोले–"कमल, तुम इसे संयम क्यों मान रही हो, यह तो मेरा आनन्द है? यह तो मुझे उत्तराधिकार में मिला युगों पुराना धन है।"

कमल ने कहा–"भले ही यह आपका युगों पुराना धन हो, पर इससे कुछ नहीं होता है। आदर्श का मूल्य सिर्फ इस आधार पर नहीं आँका जाता है कि यह कितना पुराना है। अटल, अडिग गलतियों भरे समाज के हजारों वर्ष भी, हो सकता है, अनागत के दस वर्ष के गति वेग से बह जाए, ये ही दस वर्ष बहुत बड़े हैं आशु बाबू।"

अजित अचानक प्रत्यंचा टूटे धनुष की नाईं तनकर खड़ा हो गया और बोला–"आपकी बातों की उग्रता से हो सकता है इन लोगों के विस्मय की सीमा न हो, मगर मैं विस्मित नहीं हुआ हूँ। मैं जानता हूँ कि आपके इस विजातीय मनोभाव का उत्स कहाँ है–और किसलिए हमारे सारे भले-बुरे के प्रति आपकी इतनी गहरी घृणा है। लेकिन चलिए, अब हमारे पास झूठमूठ में देरी करने के लिए समय नहीं है–पाँच बज चुके हैं।"

अजित के पीछे-पीछे सभी लोग चुपचाप बाहर निकल गए। किसी ने उसका अभिवादन तक नहीं किया, न किसी ने उसकी तरफ एक बार मुड़कर निहारा। युक्ति ने जब हार मानी तब पुरुषों के दल ने इस तरह से अपनी जीत की घोषणा करके अपना पौरुष बनाए रखा। उन लोगों के जाने पर आशु बाबू ने धीरे-धीरे कहा–"तुमने आज मुझ पर ही सबसे ज्यादा

आघात किया है, लेकिन मैंने ही आज तुम्हें सबसे ज्यादा प्यार किया है। मेरी मणि से तुम किसी भी बात में उन्नीस नहीं हो बेटी।''

कमल ने कहा–''उसका कारण यह है कि आप सचमुच के बड़े आदमी हैं चाचाजी। आप तो इन लोगों जैसे झूठे नहीं हैं। लेकिन मेरा भी वक्त गुजर रहा है, मैं चली।'' इतना कहकर वह उनके पैरों के पास आई और झुककर उन्हें प्रणाम किया।

वह आमतौर पर किसी को भी प्रणाम नहीं करती है। इस कल्पनातीत आचरण से आशु बाबू हड़बड़ा उठे। उन्होंने आशीर्वाद देकर कहा–''फिर कब आओगी बेटी?''

''अब, हो सकता है, मैं न आऊँ चाचाजी।'' इतना कहकर वह कमरे से बाहर निकल गई। आशु बाबू उधर निहारते हुए चुपचाप बैठे रहे।

12

आगरा के नए मजिस्ट्रेट की पत्नी का नाम है—मालिनी। उन्हीं के जतन से और उन्हीं के घर में 'नारी कल्याण समिति' की स्थापना हुई। पहले अधिवेशन की तैयारी जरा धूमधाम से हुई थी, लेकिन अधिवेशन सम्पन्न तो हुआ ही नहीं, बल्कि न जाने कैसा अव्यवस्थित हो गया। नारी-कल्याण समिति का अधिवेशन मुख्यतः महिलाओं के लिए ही तो था, लेकिन पुरुषों के उसमें शामिल होने की मनाही नहीं थी। वास्तव में इस आयोजन में वे लोग जरा खास तौर से बुलाए गए थे। इसकी जिम्मेदारी थी अविनाश पर। विचारशील लेखक के रूप में अक्षय का नाम था, लिखने की जिम्मेदारी उन्होंने ही ली थी। लिहाजा उन्हीं की सलाह के मुताबिक सिर्फ शिवनाथ को छोड़ और कोई भी बुलाने से नहीं रह गया था। अविनाश की छोटी साली नीलिमा घर-घर जाकर बिना किसी भेदभाव के शहर के हर गरीब-अमीर बंगाली महिला को उस अधिवेशन में शामिल होने के लिए कह आई थीं। जाने की इच्छा नहीं थी सिर्फ आशु बाबू की, लेकिन गठिया के दर्द ने आज उनकी रक्षा नहीं की, मालिनी खुद जाकर उन्हें पकड़ लाई। अक्षय हाथ में लेख लिये तैयार थे, मामूली दो-चार प्रचलित विनम्रता भरे शब्द कहने के बाद वे तनकर और सख्त होकर उठ खड़े हुए और निबन्ध पढ़ने लगे। थोड़ी ही देर में यह समझ में आया कि उनका भाषण जितना अरुचिकर है उतना ही लम्बा है। आमतौर पर जैसा होता है, प्राचीन काल की सीता-सावित्री का उल्लेख करके उन्होंने आधुनिक नारी-जाति की आदर्श-हीनता पर कटाक्ष किया है। एक आधुनिक और शिक्षित महिला के घर में बैठकर इन्हीं लोगों की 'तथाकथित' शिक्षा के खिलाफ अप्रिय बात कहने में उन्हें हिचकिचाहट नहीं हुई है। क्योंकि अक्षय को इस बात का गर्व था कि वे अप्रिय सत्य कहने में डरते नहीं हैं, लिहाजा लेख में सच्चाई चाहे जो भी क्यों न हो, अप्रिय बातों की कमी नहीं थी और इस 'तथाकथित' शब्द की व्याख्या के लिए विशिष्ट उदाहरण

जो था वह है कमल। इस बिन बुलाई औरत को अक्षय ने अपने लेख में बड़ा अपमानित किया है। अन्त में वह बड़े खेद के साथ यह बात जाहिर करने के लिए बाध्य हुआ है कि इसी शहर में ठीक एक ऐसी औरत है जो भद्र समाज से निरन्तर बढ़ावा पाती आ रही है, जो औरत अपने दाम्पत्य-जीवन को अवैध जानकर भी लज्जित होना तो दूर रहे, सिर्फ उपेक्षा-भरी हँसी हँसी है, जिसके लिए विवाह सिर्फ अर्थहीन संस्कार और पति-पत्नी का बेहद एकनिष्ठ प्रेम निरा दिमागी कमजोरी है। उपसंहार में अक्षय ने इस बात का भी उल्लेख किया है कि नारी होकर भी नारियों के सबसे बड़े आदर्श को ठुकरानेवाली उस तथाकथित शिक्षित नारी के लायक निशेषण और निवास का फैसला करने में खुद निबन्धकार को कोई सन्देह नहीं है, तो भी वह संकोचवश ही कह नहीं सकता है। इस खामी के लिए निबन्धकार सबसे माफी माँगता है।

वहाँ मौजूद महिलाओं में से मनोरमा को छोड़ और किसी ने कमल को अपनी आँखों से नहीं देखा है। लेकिन उसके रूप की ख्याति और चरित्र की कुख्याति का पुरुषों के मुँह से फैलना बाकी नहीं था। यहाँ तक कि इस नई स्थापित नारी-कल्याण समिति की सभापति मालिनी के कानों में भी यह पहुँचा है और इसको लेकर नारियों में परदे के पीछे और बाहर कौतूहल की सीमा नहीं है। लिहाजा रोटी और मकान के सही फैसले के उत्साह से ज्वलन्त प्रश्नों की प्रखरता में व्यक्तिगत चर्चा के तेज हो जाने में शायद देर नहीं लगती, लेकिन लेखक का जिगरी दोस्त हरेन्द्र ही इसका कठोर अवरोधक बन उठा। वह सीधा उठकर खड़ा हो गया और बोला—''अक्षय बाबू के इस लेख का मैं पूरा प्रतिवाद करता हूँ। सिर्फ इसलिए नहीं कि यह अप्रासंगिक है, बल्कि इसलिए कि किसी भी महिला पर उसकी गैरमौजूदगी में आक्रमण करने की रुचि ब्रिस्टली है, और उसके चरित्र का अकारण उल्लेख करना अनुचित और हेय है। नारी-कल्याण समिति की तरफ से इस निबन्धकार को धिक्कार देना चाहिए।''

इसके बाद ही वहाँ एक बड़ी हलचल मच गई। अक्षय इस बात का होश खोकर कि क्या बोलना अच्छा है और क्या बोलना बुरा जो मर्जी बोलने लगा और उसकी बात के जवाब में मितभाषी हरेन्द्र बीच-बीच में सिर्फ बीस्ट और ब्रूट कहने लगा।

मालिनी यह जानती थी कि व्यक्ति-विशेष के चरित्र के भले-बुरे को निर्धारित करना इस समिति का लक्ष्य नहीं है और इस तरह की चर्चा से नर-नारियों में से किसी का भी भला नहीं होता है। न जाने कैसे इस बात को समझ पाकर कि उस लेख में खासकर आशु बाबू पर भी कटाक्ष किया गया है, उसे बड़ा दुख हुआ। सभा खत्म होने पर वह चुपचाप अपना आसन छोड़कर आई और इस प्रौढ़ व्यक्ति की बगल में बैठकर लज्जित होकर मृदु स्वर में बोली—''बेकार में आज आपकी शान्ति बर्बाद करने के लिए मैं दुखी हूँ, आशु बाबू।''

मालिनी यहाँ नई-नई आई है। सहसा इस तरह की बतकही की उग्रता से वह परेशानी में पड़ गई और उस उत्तेजना में लगभग किसी ने भी अपनी-अपनी राय जाहिर करने में कंजूसी नहीं की। चुप्पी साधे रहे सिर्फ आशु बाबू। यह सच है कि निबन्ध पढ़े जाने के शुरू में ही वे सर झुकाए बैठे रहे और जब तक निबन्ध पढ़ा जाना खत्म नहीं हुआ तब तक उन्होंने मुँह नहीं उठाया। और भी एक आदमी ऐसी बतकही में उतना शरीक नहीं हुआ है वह है हरेन्द्र—अक्षय की कहा-सुनी का रोज का आदी अविनाश।

आशु बाबू ने हँसने की कोशिश करते हुए कहा–"घर पर भी तो मैं अकेला ही बैठा रहता। यह तो अच्छा हुआ कि यहाँ आया, तो समय कट गया।"

मालिनी बोली–"आपका घर पर अकेला रहना इससे ज्यादा अच्छा था।" उसके बाद वह जरा रुकी और बोली–"आज वे घर पर नहीं हैं। मणि यहाँ से खाकर जाएगी।"

"अच्छी बात है। मैं जाकर गाड़ी भेज दूँगा। मगर और सब औरतें क्या करेंगी?"

"वे लोग भी आज यहीं खाना खाएँगी।"

अविनाश और अजित को साथ लेकर आशु बाबू गाड़ी पर चढ़ने जा रहे थे कि तभी हरेन्द्र और अक्षय वहाँ आ पहुँचे। उन लोगों को भी पहुँचा देना होगा। उन्हें राजी होना पड़ा, समूचे रास्ते आशु बाबू चुपचाप बैठे रहे। यह बात उन्हें लगातार याद आने लगी कि कमल के बहाने औरतों के बीच अक्षय ने उन पर अशिष्ट कटाक्ष किया है।

गाड़ी आकर डेरे पर पहुँची। नीचे के बरामदे में एक अपरिचित आदमी बैठा हुआ था, बम्बई वालों की तरह उसकी पोशाक है, वह आशु बाबू के पास आया और उनका अंग्रेजी में अभिवादन किया।

"क्या है?"

उनकी बात के जवाब में उसने कागज का एक टुकड़ा उनके हाथ में दिया और कहा–"चिट्ठी है।"

वह चिट्ठी उन्होंने अजित के हाथ में दी। अजित ने मोटर के लैम्प की रोशनी में उसे पढ़कर देखा और कहा–"कमल की चिट्ठी है।"

"कमल की चिट्ठी है? क्या लिखा है कमल ने?"

"उन्होंने लिखा है कि पत्रवाहक के मुँह से ही आप सब कुछ जान सकेंगे।"

आशु बाबू ने जिज्ञासु होकर ज्यों ही उसके मुँह की तरफ निहारा त्यों ही उसने कहा–"वे यह नहीं चाहती थीं कि यह चिट्ठी किसी और के हाथ पड़े। आप उनके रिश्तेदार हैं–मैं उनसे रुपए पाता हूँ।"

उसकी बात खत्म नहीं हो सकी, आशु बाबू सहसा बेहद गुस्सा हो उठे, बोले–"मैं उसका रिश्तेदार नहीं हूँ, वास्तव में वह मेरी कोई नहीं है। उसकी तरफ से मैं रुपया किसलिए दूँगा?"

गाड़ी पर से अक्षय ने कहा–"Just like let."

अजित की बात सभी के कानों में पहुँची। पत्रवाहक ने झेंपकर कहा–"रुपया आपको नहीं देना है। रुपया वे ही देंगी। आप सिर्फ कुछ दिनों के लिए जामिन बन जाएँ।"

आशु बाबू का गुस्सा बढ़ गया, बोले–"जामिन बनने की मुझे गरज नहीं है। उसके पति हैं, कर्ज के बारे में उन्हें बताइए।"

पत्रवाहक बड़ा विस्मित हुआ, बोला–"उनके पति के बारे में तो मैंने नहीं सुना है।"

"पता लगाइएगा, तो उनके बारे में सुन पाइएगा। Good Night! आओ अजित, और देरी मत करो।" इतना कहकर वे अजित को साथ लेकर ऊपर चले गए। ऊपर की बरसाती से मुँह बढ़ाकर उन्होंने ड्राइवर को और एक बार याद दिला दिया कि मजिस्ट्रेट साहब की कोठी पर गाड़ी पहुँचाने में देर न हो। अजित सीधे अपने कमरे में चला जा रहा था कि तभी आशु बाबू उसे बैठक में बुला लाए और बोले–"बैठो, मजा देखा एक बार?"

अजित ने समझा कि इस बात का अर्थ क्या है। वास्तव में उनकी स्वाभाविक सहृदयता, शान्तिप्रियता और बँधी-बँधाई सहिष्णुता के साथ उनकी इस पल भर पहले की अकारण और अकल्पनीय कठोरता ने अकेले अक्षय को छोड़ वहाँ मौजूद और किसी पर भी शायद आघात करना नहीं छोड़ा था। कुछ भी जाने बिना एक दिन इस रहस्यमयी नारी के प्रति अजित का मन सश्रद्धा विस्मय से भर उठा था। लेकिन जिस दिन कमल ने सूनी आधी रात में अपने घर के कमरे में इस अपरिचित पुरुष के सामने अपने बीते नारी जीवन का कच्चा चिट्ठा बड़ी आसानी से खोलकर रख दिया, उसी दिन से अजित की जमा विरक्ति और वितृष्णा की कोई सीमा नहीं थी। इसी तरह से उसके ये कई दिन गुजरे हैं। इसीलिए आज नारी कल्याण समिति के उद्घाटन के उपलक्ष्य में आदर्शवादी अक्षय ने नारियों को आदर्श बताने के बहाने चाहे जितनी भी अप्रिय बातें इस औरत को कही हों, उन्हें सुनकर अजित ने दुख महसूस नहीं किया है। उसने ऐसी ही आशा की थी। फिर भी अक्षय की क्रोधान्ध बर्बरता में चाहे जितने भी तीखे बाण हों, आशु बाबू अभी-अभी जो कर बैठे, उसमें मानो कमल के कान मल दिए गए। सिर्फ इसलिए नहीं कि यह अकल्पनीय है, बल्कि इसलिए कि यह पुरुषों के अयोग्य है। वह कमल को अच्छी नहीं कहता है। उसकी राय और सामाजिक आचरण की तीखी निन्दा में अजित अन्याय नहीं देखता है। उसके अपने अन्दर इस औरत के खिलाफ कठोर घृणा का भाव ही पक्का होता चला जा रहा है। वह कहती है कि भद्र समाज में जो है उसे छोड़ने में गुनाह नहीं होता है। अगर वह ऐसा कहती है, तो कहे, मगर यह क्या हुआ। गरीबी और कर्ज में डूबी औरत ने बुरे वक्त में थोड़े से रुपयों की मदद माँगी थी, इसे ठुकरा दिए जाने से वह सारे पुरुषों के चरम अपमान का अनुभव करके शर्भ से गड़ गया। उस रात की सारी बातचीत उसे याद आई। उसे जतन से खाना खिलाने के बीच चाय-बागान की बीते दिनों की सारी घटनाएँ उसने कह सुनाई थीं, उसने अपनी माँ की कहानी, खुद अपनी कहानी, अंग्रेज मैनेजर साहब के घर अपने पैदा होने का वर्णन सुनाया था। वह जितना अद्‌भुत था उतना ही अरुचिकर। लेकिन यह सुनाने की क्या जरूरत थी। अगर वह इसे छिपा ही रखती तो क्या हर्ज होता? लेकिन दुनिया की इस आसान अक्लमन्दी के जमा-खर्च का हिसाब शायद कमल को याद नहीं आया था। अगर उसे यह याद आया भी होगा तो उसने इसकी परवाह नहीं की थी। और सबसे अजीब है उसका कठोर धैर्य। संयोग से उसी के मुँह से उसे पहली बार यह जानकारी मिली थी कि शिवनाथ कहीं नहीं गया है। इसी शहर में वह छिपा हुआ है। यह सुनकर वह चुप रही। उसके मुँह पर न फूटी दुख की झलक, न आई आरोप की भाषा। इतने बड़े कपट की उसने जरा भी शिकायत दूसरे से नहीं की। उस दिन बेगम मुमताज के स्मारक के किनारे जो बात उसने मुस्कुराकर हँसी के बहाने कही थी उसका उसने बिलकुल अक्षरशः पालन किया।

आशु बाबू खुद भी शायद थोड़ी देर के लिए अनमने हो गए थे, अचानक जब वे सचेत हुए तो उन्होंने पहले वाले सवाल को दोहराते हुए कहा—"तुमने देखा न अजित! मैं पक्का कह रहा हूँ कि यह उसी अविनाश की चाल है।"

अजित ने कहा—"यह उसकी चाल नहीं भी हो सकती है। बिना जाने कहा नहीं जा सकता है।"

आशु बाबू ने कहा–"हाँ, सो तो है। मगर मेरा विश्वास है कि यह चाल शिवनाथ की है। वह मुझे बड़ा आदमी मानता है।"

अजित बोला–"यह बात तो सभी जानते हैं। ऐसी बात नहीं है कि कमल खुद भी यह नहीं जानती है।"

आशु बाबू बोले–"तब तो यह बहुत ज्यादा अन्याय है। पति से छिपाना तो अच्छा काम नहीं है।"

अजित चुप रहा। आशु बाबू ने कहा–"पति की नजरों से बचाकर या हो सकता है, पति की राय के खिलाफ दूसरे से रुपया कर्ज लेना औरत का कितना बड़ा अन्याय है, बताओ तो? इसे हरगिज बढ़ावा नहीं दिया जा सकता है।"

अजित बोला–"उन्होंने तो आपसे रुपया नहीं माँगा था, उन्होंने तो आपको सिर्फ जामिन बनने को कहा था।"

आशु बाबू बोले–"दोनों एक ही बात है।" वे थोड़ी देर चुप रहे, उसके बाद फिर से बोले–"और मुझे अपना रिश्तेदार बनाकर उसने उस आदमी से भला छल किसलिए किया? सचमुच ही तो मैं उसका रिश्तेदार नहीं हूँ।"

अजित बोला–"वे हो सकता है, सचमुच ही आपको अपना रिश्तेदार समझती हों। शायद किसी से भी छल करना उसका स्वभाव नहीं है।"

"नहीं-नहीं, मैंने ठीक इस तरह से यह बात नहीं कही है अजित।" इतना कहकर उन्होंने वैसे अपने आपको जवाब दिया। इस बात को लेकर उनके मन में बड़ी ग्लानि हो रही थी कि उन्होंने उस आदमी को अचानक झोंक में आकर वापस भेज दिया। बोले–"अगर वह मुझे अपना रिश्तेदार मानती होती और अगर उसे दो-पाँच सौ रुपयों की जरूरत भी पड़ी थी, तो वह खुद आकर रुपए ले जा सकती थी। खामखा एक बाहरी आदमी को सबके सामने भेजने की क्या जरूरत थी? और चाहे जो भी कहो, उस लड़की में सूझ-बूझ नहीं है।"

बैरा आकर बता गया कि खाना परोसा जा चुका है। अजित उठने जा रहा था कि तभी आशु बाबू ने कहा–"तुमने उस आदमी को मार्क किया था अजित। भद्दी शक्ल-सूरत है, मनी लैंडर है न। वापस जाकर वह, हो सकता है, तरह-तरह की बातें गढ़कर उससे कहे।"

अजित ने हँसकर कहा–"उसे बातें गढ़कर कहने की जरूरत नहीं होगी आशु बाबू। वह अगर सच-सच कहेगा, तो वही काफी होगा।" इतना कहकर वह ज्यों ही जाने को तैयार हुआ त्यों ही वे वास्तव में विचलित हो उठे। बोले–"बतौर आदमी यह अक्षय बिलकुल न्यूसेंस है। आदमी के सहने की सीमा को लाँघ जाता है। एक काम करो न अजित। यदु को बुलाकर यह दराज खुलवाकर देखो न, कि इसमें क्या है। कम-से-कम पाँच-सात सौ रुपए होंगे। फिलहाल जो है उसे भेज दो। मेरा ड्राइवर शायद उसका डेरा पहचानता है। वह शिवनाथ को बीच-बीच में पहुँचा दे आया है।" इतना कहकर उन्होंने खुद ही चिल्लाकर बैरे को बुलाना शुरू कर दिया।

अजित ने बाधा देकर कहा–"जो होना था सो हो चुका है। आज रात रहने दीजिए। कल सुबह विचार कर देख लीजिएगा।"

आशु बाबू ने प्रतिवाद किया—"तुम समझते नहीं हो, अजित। अगर उसे कोई खास जरूरत नहीं रहती तो वह रात में कतई आदमी न भेजती।"

अजित थोड़ी देर तक स्थिर रहकर खड़ा रहा। अन्त में बोला—"ड्राइवर घर पर नहीं है। मनोरमा को लेकर वह कब लौटेगा, इसका भी कोई ठिकाना नहीं है। इस बीच कमल ने सब कुछ सुना होगा। उसके बाद अब रुपया भेजना उचित नहीं होगा, आशु बाबू। शायद आपके हाथ से अब वे रुपया नहीं लेंगी।"

"लेकिन यह तो तुम्हारा सिर्फ अनुमान है अजित।"

"हाँ, यह मेरा अनुमान ही है।"

"मगर परदेस में उसे तो रुपए की जरूरत इससे भी बड़ी हो सकती है।"

"मानता हूँ कि उन्हें रुपए की जरूरत इससे भी बड़ी हो सकती है, मगर रुपए की जरूरत उनके आत्मसम्मान से भी बड़ी नहीं हो सकती है।"

आशु बाबू ने कहा—"लेकिन यह भी तो सिर्फ तुम्हारा अनुमान है।"

अजित ने सहसा जवाब नहीं दिया। वह थोड़ी देर तक मुँह नीचा किए चुपचाप रहा, फिर बोला—"नहीं, यह मेरे अनुमान से बड़ा है। यह मेरा विश्वास है।" इतना कहकर वह धीरे-धीरे कमरे से बाहर निकल गया।

आशु बाबू ने अब उसे वापस नहीं बुलाया, सिर्फ दुख से अपनी दोनों आँखों को फैलाकर वे उधर निहारते रहे। कमल के बारे में यह विश्वास न ही असम्भव है, न ही असंगत। इतना वे खुद ही जानते थे। लाचारी-भरे पछतावे में उनका कलेजा कचोटने लगा।

13

नारी कल्याण समिति से लौटकर नीलिमा ने अविनाश से अनुरोध किया—"मुखर्जी बाबू, कमल को मैं एक बार देखूँगी। मेरा जी चाहता है कि मैं उसे दावत देकर खिलाऊँ।"

अविनाश ने अचरज में पड़कर कहा—"तुम्हारी हिम्मत तो कम नहीं है, नीलिमा। तुम उससे सिर्फ जान-पहचान करना नहीं चाहती हो, बल्कि एक बारगी उसे दावत देना चाहती हो।"

"क्यों, वह बाघ है या भालू? उससे इतना डर किस चीज के लिए?"

अविनाश ने कहा—"बाघ-भालू इसे शहर में नहीं मिलते हैं। वरना तुम्हारे हुक्म से मैं उन्हें भी दावत दे आता, मगर उन्हें नहीं। अक्षय को जब यह खबर मिलेगी तो मुझे बख्शेगा नहीं। वह मुझे तड़ी पार भेज देगा।"

नीलिमा बोली—"मैं अक्षय बाबू से नहीं डरती।"

अविनाश ने कहा—"तुम अगर उससे नहीं डरोगी तो भी कोई नुकसान नहीं है। मैं अकेला उससे डरूँगा, तो उसका काम चल जाएगा।"

नीलिमा जिद कर बैठी—''नहीं, ऐसा नहीं हो सकता है। तुम अगर नहीं जाओगे, तो मैं खुद जाकर उन्हें बुला लाऊँगी।''

''मगर मैं तो यह भी नहीं जानता हूँ कि वह कहाँ रहती है।''

नीलिमा बोली—''हरेन्द्र बाबू जानते हैं कि वह कहाँ रहती है। मैं उसे साथ लेकर जाऊँगी। वे तुम जैसे डरपोक आदमी नहीं हैं।''

उसने जरा सोचकर कहा—''तुम लोगों के मुँह से जो सुनती हूँ उसके मुताबिक शिवनाथ बाबू ही दोषी हैं। उन्हें तो मैं दावत देना नहीं चाहती हूँ। मैं चाहती हूँ, कमल को देखना, उससे बातचीत करना। कमल अगर आने को राजी हो, तो मजिस्ट्रेट साहब की पत्नी ने कहा है कि वे भी आएँगी। समझा तुमने?''

अगले दिन सवेरे हरेन्द्र को बुलवाकर नीलिमा ने कहा—''हरेन्द्र तुम्हें और एक काम कर देना होगा। तुम कुँवारे आदमी ठहरे, घर में बहू नहीं है कि वह सदाचार के नाम से तुम्हारे कान मल देगी। तुम तो डेरे में रहते हो सिर्फ अनाथ छात्रों के साथ। तुम्हें किस बात का डर?''

हरेन्द्र ने कहा—''डरने की बात बाद में होगी? पहले यह बताइए कि मुझे करना क्या है?''

अविनाश ने समझा सब कुछ, लेकिन वह साफ-साफ सहमति नहीं दे सका। हालाँकि उसने बाधा देने का भी भरोसा नहीं पाया। इतना ही नहीं कि वह नीलिमा से स्नेह और उसका सम्मान करता था, बल्कि वह उससे मन-ही-मन डरता था।

नीलिमा बोली—''कमल को मैं देखूँगी, उससे बातचीत करूँगी, उसे घर लाकर खाना खिलाऊँगी। तुम क्या जानते हो कि उसका डेरा कहाँ है? तुम मुझे अपने साथ लेकर जाओगे और उसे दावत देकर यहाँ लाओगे। तुम कब जा सकोगे, बताओ तो?''

हरेन्द्र बोला—''आप जब कहिएगा, जाऊँगा। लेकिन मकान मालिक? सँझले भैया? उनकी क्या मंशा है?'' इतना कहकर उसने बरामदे के दूसरे किनारे बैठे अविनाश को दिखा दिया। वह इजी चेयर पर लेटे-लेटे पायोनियर पढ़ रहा था, वह सब सुन पाया, लेकिन उसने आवाज नहीं दी।

नीलिमा बोली—''वे अपनी मंशा लिये रहें, मुझे जरूरत नहीं है। मैं उनकी साली हूँ, साली की बहन नहीं हूँ कि वे पति-परमेश्वर बनकर गदा घुमाकर मुझ पर रोब जमाएँगे। मेरी जिसे मर्जी खिलाऊँ। मजिस्ट्रेट की बहू ने कहा है कि खबर मिलने पर वे भी आएँगी। अगर उन्हें अच्छा न लगे, तो वे और कहीं वक्त गुजार आएँ।''

अविनाश ने अखबार से मुँह उठाए बिना कहा—''लेकिन ऐसा करना समीचीन नहीं होगा, हरेन्द्र। कल की घटना याद है न? आशु बाबू जैसे हमेशा सबका भला करनेवाले व्यक्ति को भी सावधान होना पड़ता है।''

हरेन्द्र ने जवाब नहीं दिया, और कहीं रुपए वाली शर्मनाक बात उठ न जाए और कहीं नीलिमा के कानों में यह बात न पहुँचे, इस डर से उसने उस प्रसंग को जल्दी से दबा दिया और बोला—''बल्कि इससे अच्छा एक काम कीजिए न भाभी, आप उन्हें दावत देकर मेरे डेरे पर ले आइए। आप बनेंगी घरवाली। इस गरीब के घर एक दिन लक्ष्मी आए। मेरे लड़के भी थोड़ी-सी अच्छी-बुरी चीजें मुँह में डालेंगे, तो उनकी जान में जान आएगी।''

नीलिमा ने अभिमान के सुर में कहा—"अच्छी बात है, ऐसा ही हो हरेन्द्र। मुझे भी भविष्य में ताने से छुटकारा मिलेगा।"

अविनाश उठ बैठा और बोला—"तब तो बड़ी बदनामी होगी क्योंकि शिवनाथ को छोड़कर सिर्फ उसे तुम्हारे डेरे पर बुला ले जाने की कैफियत नहीं दी जा सकेगी। बल्कि उससे यह कहना अच्छा लगेगा कि औरतें एक-दूसरे से जान-पहचान करना चाहती हैं।"

उसका कहना सचमुच ही युक्ति-संगत है। इसीलिए यह तय हुआ है कि कॉलेज की छुट्टी के बाद हरेन्द्र गाड़ी से जाएगा और कमल को दावत दे आएगा।

शाम को हरेन्द्र ने आकर बताया कि तकलीफ उठाकर अब जाने की जरूरत नहीं है। कल रात दावत खाने की बात उनसे कही गई है। वे राजी हो गई हैं।

नीलिमा उत्सुक हो उठी। हरेन्द्र कहने लगा—"लौटती बार रास्ते में उनसे मुलाकात हो गई थी। साथ में मोटिये के सर पर एक बहुत बड़ा सन्दूक था। मैंने पूछा—वह क्या है? आप कहाँ जा रही हैं? उन्होंने कहा—एक काम से जा रही हूँ। तब मैंने आपका नाम लेकर उनसे कहा भी—भाभी ने कल शाम के बाद आपको दावत पर बुलाया है? उस दावत में सिर्फ औरतें ही शामिल होंगी। आपको जाना ही होगा। वे थोड़ी देर तक चुप रही थीं, उसके बाद बोलीं—अच्छा। मैंने कहा—यह तय हुआ है कि मुझे साथ लेकर भाभी खुद जाकर आपको बाकायदा कह आएँगी। लेकिन अब क्या आपसे कहने के लिए जाने की जरूरत होगी? उन्होंने तनिक मुस्कुराकर कहा—नहीं, कहने के लिए आने की जरूरत नहीं। मैंने पूछा—लेकिन आप तो अकेले नहीं जा सकेंगी। आप बताइए कि मैं कल कब आकर आपको लिवा ले जाऊँ। मेरी बात सुनकर वे पहले की ही तरह मुस्कुराने लगीं। बोलीं—मैं अकेले ही चली आऊँगी—अविनाश बाबू का डेरा मेरा देखा हुआ है।"

नीलिमा ने पसीजकर कहा—"इस दृष्टि से वह तो बहुत अच्छी है। उसे जरा भी घमंड नहीं है।"

बगल के कमरे में अविनाश कपड़े बदलते-बदलते सब कान लगाकर सुन रहा था। उसने आड़ से ही प्रश्न किया—"और मोटिये के सर पर वह बड़ा-सा सन्दूक क्यों था? उसके बारे में तो तुमने बताया नहीं भई?"

हरेन्द्र ने कहा—"उसके बारे में तो मैंने पूछा ही नहीं था।"

"अगर तुम पूछते तो अच्छा करते। वे उसे शायद बेचने या बन्धक रखने जा रही थीं।"

हरेन्द्र ने कहा—"ऐसा हो भी सकता है कि वे उसे बेचने या बन्धक रखने जा रही थीं। अब वे आपके पास उसे बन्धक रखने आएँगी तो आप उसके बारे में उनसे जान लीजिएगा।" इतना कहकर वह चला जा रहा था कि तभी उसने दरवाजे के पास खड़े होकर कहा—"भाभी, आपने अपनी 'नारी कल्याण समिति' में अक्षय का निबन्ध सुना न? हम लोग उसे ब्रूट कहते हैं। लेकिन उस बेचारे में और थोड़ी-सी चालाकी होती तो वह समाज में अनायास ही बड़ाई करके चला जा सकता था, क्यों, आपकी क्या राय है सँझले भैया? मैं ठीक कहता हूँ, न?"

अविनाश कमरे के अन्दर गरज उठा—"हाँ जी, नित्यानन्द श्री गौरांग महाप्रभु! इस बारे में कोई सन्देह नहीं है। तुम भी अपने दोस्त को यह तरकीब सिखा दो।"

“मैं उसे यह तरकीब सिखाने की कोशिश करूँगा लेकिन मैं चला भाभी। कल फिर समय पर हाजिर होऊँगा।” इतना कहकर वह चला गया।

नीलिमा ने आयोजन की तैयारी में कोई कोर-कसर नहीं रखी है। मनोरमा शुरू से ही कमल के बेहद खिलाफ है। यह जानकर कि वह किसी भी सूरत में नहीं आएगी, आशु बाबू वगैरह में से किसी से भी नहीं कहा गया है। मालिनी को खबर भेजी गई थी, मगर अचानक बीमार हो जाने की वजह से वे नहीं आईं।

कमल ठीक समय पर आई। कोई गाड़ी नहीं, वह अकेले पाँव पैदल आ पहुँची। नीलिमा ने उसे लाड़ से अपनाया। अविनाश सामने खड़ा था। कमल को उसने बहुत दिनों से देखा नहीं था। आज उसकी शक्ल-सूरत और कपड़े-लत्ते की तरफ निहारकर वह ठगा-सा रह गया। गरीबी की छाप उस पर बेहद साफ पड़ी हुई है। उसने विस्मय प्रकट करते हुए कहा–“तुम रात में अकेले पैदल क्यों आई कमल?”

कमल ने कहा–“कारण बहुत ही साधारण है अविनाश बाबू। इसे समझना जरा भी मुश्किल नहीं है।”

अविनाश झेंप गया और अपनी झेंप को छिपाने के लिए वह जल्दी से बोल उठा–“नहीं-नहीं, यह तुम क्या कह रही हो? लेकिन यह तुमने अच्छा काम नहीं किया है। नीलिमा, ये ही हैं–कमल। इनका और एक नाम है–शिवानी। इन्हें देखने के लिए तुम इतनी व्यस्त हो उठी थी। चलो, कमरे के अन्दर जाकर बैठोगी। शायद तुम्हारा सारा इन्तजाम हो गया है? अगर सारा इन्तजाम हो गया हो तो बेकार में देरी करने से कोई लाभ नहीं होगा। ठीक समय पर फिर उन्हें अपने डेरे पर वापस जाना होगा?”

इस सब नसीहत और पूछताछ के बारे में बहुत कुछ बताने की जरूरत नहीं है। न ही जवाब की जरूरत होती है, न ही उम्मीद रहती है।”

हरेन्द्र आया, तो उसने कमल को नमस्कार किया। बोला–“अतिथि की अगवानी करने व लेने के वक्त मैं आ नहीं सका था यानी चूक हो गई है। अक्षय आए थे, उन्हें यथोचित मीठी-मीठी बातों से सन्तुष्ट करके विदा करने में देर हो गई।” इतना कहकर वह हँसने लगा।

कमल जब अन्दर आई, तो खाने-पीने की चीजों की भरमार देखकर वह पल भर चुप रही, फिर बोली–“मेरे ही लिए आपने इतनी खाने-पीने की चीजें बनाई हैं। मगर मैं यह सब नहीं खाती हूँ।”

सबके व्यस्त हो उठने पर उसने कहा–“आप लोग जिसे हविष्यान्न कहते हैं, मैं सिर्फ वही खाती हूँ।”

उसकी बात सुनकर नीलिमा ठक-से रही, बोली–“यह आप क्या कह रही हैं कि आप हविष्यान्न खाएँगी।”

कमल बोली–“आपका कहना सही है। ऐसी बात नहीं है कि मुझे हविष्यान्न खाने की जरूरत नहीं आन पड़ी है। चूँकि मैं यह सब नहीं खाती हूँ, इसीलिए इन सब चीजों की कमी मुझे कम खलती है। आप बुरा मत मानिएगा।”

“मगर बुरा न मानने पर काम नहीं चलता है।” नीलिमा ने खिन्न होकर कहा–“आप अगर इन्हें नहीं खाएँगी तो मेरी इतनी चीजें बर्बाद हो जाएँगी।”

कमल हँसी, बोली—"जो होना था, वह तो हो चुका है। वह अब लौटनेवाला नहीं है। ऊपर से इन्हें खाकर भला मैं खुद क्यों बर्बाद हो जाऊँ?"

नीलिमा ने कातर होकर आखिरी कोशिश करते हुए कहा—"सिर्फ आज भर के लिए, सिर्फ एक दिन के लिए भी क्या आप अपने नियम को नहीं तोड़ सकती हैं?"

कमल ने कहा—"नहीं, एक दिन के लिए भी अपना नियम नहीं तोड़ सकती।"

उसका मुस्कुराकर कहा हुआ सिर्फ एक शब्द है यह। इसे सुनकर कुछ भी नहीं लगता है। लेकिन इसकी दृढ़ता कितनी बड़ी है, यह पहुँचा हरेन्द्र के कानों में। सिर्फ उसी ने यह समझा कि इसमें कोई हेर-फेर नहीं होनेवाला है। इसीलिए इसके पहले कि नीलिमा की तरफ से दोबारा उससे खाने के लिए कहा जाए, उसने बाधा देते हुए कहा—"रहने दीजिए भाभी। अब उनसे यह सब खाने की बात मत कहिए। पर आपकी खाने-पीने की चीजें बर्बाद नहीं होंगी। मैं अपने डेरे के बच्चों को लाकर इन्हें चाट-पोंछकर खा जाऊँगा। लेकिन अब उनसे यह सब खाने के लिए मत कहिए। बल्कि वे जो खाएँगी उसका इन्तजाम कर दीजिए।"

नीलिमा ने गुस्सा करके कहा—"हाँ, मैं कर देती हूँ। लेकिन मुझे और दिलासा देने की जरूरत नहीं है, हरेन्द्र। तुम रुको। यह घास नहीं है कि तुम अपने भेड़ों के झुंड को लाकर इसे चरवा दोगे। बल्कि मैं इन्हें रास्ते पर फेंक दूँगी, तब भी उन लोगों को नहीं खिलाऊँगी।"

हरेन्द्र ने हँसकर कहा—"क्यों, उन लोगों पर आपको गुस्सा किस बात पर है?"

नीलिमा बोली—"उन्हीं लोगों के चलते तो तुम्हारी यह दुर्गति है। तुम्हारे बाप तुम्हारे लिए रुपया छोड़ गए हैं, तुम खुद भी कम नहीं कमाते हो। अब तक बहू आ गई होती, तो बाल-बच्चों से तुम्हारा घर भर जाता। यह दुर्भाग्यजनक घटना तो नहीं घटती। जैसे तुम खुद कुँवारे हो। वैसे ही तुम्हारा दल भी बन रहा है। उन लोगों को मैं हरगिज नहीं खिलाऊँगी यह मैंने तुमको कह दिया। भले ही मेरी सारी चीजें बर्बाद हो जाएँ।"

कमल कुछ न समझ सकी, वह हैरान होकर निहारती रही। हरेन्द्र ने कहा—"भाभी की बहुत दिनों से मुझसे शिकायत है, यह उसी की सजा है।" इतना कहकर उसने संक्षेप में सारी बातें कह सुनाईं—"मेरे कई अनाथ छात्र हैं, वे मेरे पास रहकर स्कूल या कॉलेज में पढ़ते हैं। उन्हीं पर उनका इतना आक्रोश है।"

कमल बेहद अचरज में पड़कर बोली—"ओ, तो यह बात है! पर मैंने तो अब तक यह बात नहीं सुनी थी।"

हरेन्द्र ने कहा—"सुनने लायक कुछ भी नहीं है। लेकिन वे लोग चरित्रवान और अच्छे लड़के हैं। मैं उन लोगों को प्यार करता हूँ।"

नीलिमा ने गुस्साई आवाज में कहा—"उन लोगों का यही प्रण है कि बड़े होकर वे लोग देश का उद्धार करेंगे। यानी गुरु की तरह ब्रह्मचारी बनकर दिग्विजयी वीर बनेंगे शायद।"

हरेन्द्र बोला—"आप जाएँगी एक बार उन्हें देखने? आप उन्हें देखेंगी, तो आप खुश होंगी।"

कमल ने फौरन राजी होकर कहा—"मैं कल ही जा सकती हूँ, अगर आप मुझे लिवा जाएँ तो!"

हरेन्द्र ने कहा–"नहीं, कल नहीं, और किसी दिन मैं आपको लिवा जाऊँगा। हमारे आश्रम के राजेन और सतीश काशी गए हैं घूमने। उनके वापस आने पर मैं आपको लिवा जाऊँगा। मैं पक्का कह सकता हूँ कि आप उन लोगों को देखेंगी तो आप खुश होंगी।"

अविनाश उसी दम आकर खड़ा हो गया था। उसने उसकी बात सुनी, तो आँखें फैलाकर कहा–"कुछ बदनसीबों का अड्डा क्या इसी बीच आश्रम बन गया? कितना ढोंगी, तू जानता है हरेन?"

नीलिमा ने गुस्सा किया, बोली–"यह तुम्हारा अन्याय है मुखर्जी बाबू। हरेन्द्र तो तुम्हारे पास आश्रम का चन्दा माँगने नहीं आता है कि तुम उसे ढोंगी कहकर गाली दे रहे हो। अपने खर्चे से गैरों के लड़कों को पाल-पोसकर बड़ा करनेवालों को ढोंगी नहीं कहते हैं। बल्कि जो लोग गैरों के लड़कों को अपने पैसे से पाल-पोसकर बड़ा करनेवालों को ढोंगी कहते हैं, उन्हें ही ढोंगी कहकर पुकारना चाहिए।"

हरेन्द्र ने हँसकर कहा–"भाभी, अभी-अभी तो खुद आप ही ने उन लोगों को भेड़ों का झुंड कहकर तिरस्कार किया था और अभी आप ही की बात को प्रतिध्वनित करने की कोशिश में सँझले भैया को यह पुरस्कार नसीब हुआ है।"

नीलिमा बोली–"मैं कह रही थी गुस्से से। लेकिन उन्होंने क्या सोचकर ऐसा कहा? पहले वे अपने अन्दर ढोंग की धारणा को साफ कर लें, उसके बाद वे दूसरों को ढोंगी कहें।"

कमल ने पूछा–"आपके सभी लड़के तो स्कूल या कॉलेज में पढ़ते हैं?"

हरेन्द्र बोला–"हाँ, खुले तौर पर वे सभी तो स्कूल या कॉलेज में पढ़ते हैं।"

अविनाश ने कहा–"और छिपे तौर पर वे कोई व्यायाम करते हैं, रेचक और कुम्भक का अभ्यास करते हैं। यह भी यों ही खोलकर कहो।"

अविनाश की बात सुनकर सभी हँसे। नीलिमा ने अनुनय के सुर में कमल से कहा–"मुखर्जी बाबू के आज के मिजाज को देखकर उनके दिमाग के बारे में फैसला मत कर लीजिएगा। बीच-बीच में उनका दिमाग बहुत ठंडा रहता है। वरना बहुत पहले ही मुझे यहाँ से भागकर बचना पड़ता।" इतना कहकर वह हँसने लगी।

कहीं थोड़ी-सी गरमाहट जमा हो उठी थी। इस स्निग्ध हँसी-दिल्लगी के बाद वह विलीन हो गई। ब्राह्मण रसोइए ने आकर बताया कि कमल का खाना बन चुका है। लिहाजा बातचीत स्थगित करके सबको उठना पड़ा।

दो घंटे बाद खाना-पीना खत्म होने पर फिर से सब आकर जब बाहर के कमरे में बैठे तब कमल ने पहले के प्रसंग को जारी रखते हुए प्रश्न किया–"भले ही लड़के रेचक और कुम्भक न करें पर कॉलेज का पाठ जबानी याद करने के अलावा भी कुछ करते होंगे–वह क्या है?"

हरेन्द्र ने कहा–"हाँ, वे उसके अलावा भी काम करते हैं। ताकि वे भविष्य में सचमुच ही आदमी बन सकें, इसकी कोशिश करने में वे कोई कोर-कसर नहीं रखते हैं। लेकिन जिस दिन आप वहाँ पधारेंगी उसी दिन मैं आपको सब समझाकर कहूँगा, आज नहीं।"

इस लड़की के प्रति सम्मान के आधिक्य से अविनाश का बदन जलने लगा, मगर वह चुप ही रहा।

नीलिमा ने कहा–''तो आज ही बताने में भला क्या अड़चन है? अपने सिखाने के तरीके को भले ही तुम मत बताओ, लेकिन अपने मुताबिक उन्हें ब्रह्मचर्य की शिक्षा दे रहे हो, यह बात बताने में बुराई क्या है? तुमसे तो मैंने आभास से एक दिन यही बात सुनी थी।''

हरेन्द्र ने विनम्रता से कहा–''मैं तो यह भी नहीं कहता हूँ कि आपने गलत सुना है, भाभी।'' इतना कहते ही उसे उस दिन के तर्क की बात याद आई। उसने कमल की तरफ निहारकर कहा–''आपको भी शायद मेरे काम से सहानुभूति नहीं है।''

कमल बोली–''आपका काम ठीक-ठीक क्या है, यह जाने बिना कहा नहीं जा सकता है, हरेन बाबू। लेकिन प्राचीन काल के साँचे में ढाल देना ही सचमुच के आदमी के साँचे में ढाल देना है, यह भी तो युक्ति नहीं है।''

हरेन्द्र ने कहा–''लेकिन यही तो हमारे भारत का आदर्श है।''

कमल ने जवाब दिया–''आखिर यह किसने तय कर दिया कि भारत का आदर्श ही हमेशा-हमेशा का चरम आदर्श है।''

अविनाश ने इतनी देर तक बात नहीं की थी। उसने अपने गुस्से को दबाकर कहा–''भारत का आदर्श ही चरम आदर्श नहीं हो सकता है कमल, लेकिन यह हमारे पुरखों का आदर्श है। भारतवासियों का यह हर रोज लक्ष्य है–यही उसके चलने का एकमात्र रास्ता। हरेन के आश्रम की बात मैं नहीं जानता, लेकिन अगर उसने इसी लक्ष्य को अपनाया हो, तो मैं उसे आशीर्वाद देता हूँ।''

कमल थोड़ी देर तक उसके मुँह की तरफ निहारती रही, फिर बोली–''पता नहीं क्यों आदमी से यह गलती होती है? वह अपने आपको छोड़कर और किसी भारतवासी को अपनी आँखों से देख ही नहीं पाता है। और भी तो ढेरों जातियाँ हैं, वे इस आदर्श को क्यों अपनाएँगी?''

अविनाश ने गुस्सा कर कहा–''भाड़ में जाएँ वे। मुझसे यह कहना बेकार है। मैं सिर्फ अपने ही आदर्श को साफ-साफ देख पाऊँगा, तो इसे ही मैं काफी समझूँगा।''

कमल ने धीरे-धीरे कहा–''यह आपके बेहद गुस्से की बात है अविनाश बाबू। वरना आपको इतना अन्धा बनाने का मेरा मन नहीं करता है।'' वह जरा रुकी, फिर बोली–''लेकिन पता नहीं, सभी मर्द शायद इसी तरह से सोचते हैं। उस दिन अजित बाबू के सामने भी यही सवाल उठ पड़ा था। भारत की सनातन विशिष्टता और उसकी स्वतंत्रता के बर्बाद होने के उल्लेख से उनका समूचा चेहरा दुख से फक पड़ गया। इतने दिनों तक वे थे उत्कट स्वदेशी, आज भी वे मन-ही-मन, हो सकता है, स्वदेशी ही हों, पर इसकी सम्भावना उनके लिए सिर्फ प्रलय का दूसरा नाम है।'' इतना कहकर उसने एक आह भरी। अविनाश शायद कोई जवाब दे रहा था, लेकिन कमल उधर निगाह डाले बिना ही कहने लगी–''मगर मैं सोचती हूँ कि इसमें डर किस बात का है। चूँकि किसी खास देश में हम पैदा हुए हैं, उसी के निजी आचार-आचरण से हमें खुद को जकड़े रहना होगा? भले ही उसकी विशेषता खत्म हो जाए। इतनी क्या ममता है? दुनिया के सब आदमी अगर एक ही विचार, एक ही भाव, एक ही पाबन्दी का झंडा लिये खड़े हो जाएँ, तो इसमें क्या हर्ज है? हम भारतीय के रूप में पहचाने नहीं जाएँगे, इसी बात का डर है न? भले ही हम भारतीय के रूप में न पहचाने

जाएँ। दुनिया की मानव-जाति के एक आदमी के रूप में परिचय देने में तो कोई अड़चन नहीं डालेगा। इसी बात का गौरव भला क्या कम है?''

अविनाश को सहसा जवाब ढूँढ़े नहीं मिला तो बोला–''कमल, तुम जो कह रही हो, खुद तुम उसका अर्थ नहीं समझती हो। इससे आदमी का सर्वनाश होगा।''

कमल ने जवाब दिया–''आदमी का सर्वनाश नहीं होगा, अविनाश बाबू, बल्कि जो लोग अन्धे हैं उनके घमंड का सर्वनाश होगा।''

अविनाश ने कहा–''यह सब निरी शिवनाथ की बात है।''

कमल ने कहा–''यह तो मैं नहीं जानती कि वे भी यह बात कहते हैं।''

अबकी बार अविनाश आत्मविस्मृत हो गया। व्यंग्य से उसका चेहरा काला पड़ गया। बोला–''तुम यह अच्छी तरह जानती हो। तुमने उसकी बातों को जबानी याद किया है और कहती हो कि तुम नहीं जानतीं कि ये किसकी बातें हैं।''

कमल ने उसकी इस भद्दी दृढ़ता का जवाब नहीं दिया, जवाब दिया नीलिमा ने। बोली–''बात चाहे किसी की भी क्यों न हो, मुखर्जी बाबू, आप उन्हें कहने से तो नहीं रोक सकते हैं। आपके पढ़ाते वक्त अगर कोई छात्र कड़ी बात कहता है तो डाँटकर उसका मुँह बन्द किया जा सकता है, लेकिन इससे समस्या का समाधान नहीं होता है। सवाल का जवाब न देने पर शरमाने की कोई बात नहीं है, मगर शराफत की हद को लाँघने पर शर्म आनी चाहिए, लेकिन हरेन्द्र एक गाड़ी मँगवा दो न भाई। तुम्हें जाकर उसे पहुँचा देना होगा। तुम ब्रह्मचारी हो, तुम्हें उसके साथ भेजने में तो कोई डर नहीं है।'' इतना कहकर उसने कनखियों से अविनाश की तरफ निहारा और बोली–''मुखर्जी बाबू के मुँह का भाव जैसा मीठा होता जा रहा है इसमें देरी करना अब संगत नहीं है।''

अविनाश ने गम्भीर होकर कहा–''तो अच्छी बात है। तुम लोग बैठकर गपशप करो न। मैं सोने चला।'' इतना कहकर वह उठकर चला गया।

नौकर गाड़ी बुलाने गया था। हरेन्द्र ने कमल से कहा–''लेकिन आपको एक दिन मेरे आश्रम में आना पड़ेगा। उस दिन जब मैं आपको लिवाने आऊँगा, तो आप इनकार मत कीजिएगा।''

कमल ने मुस्कुराकर कहा–''ब्रह्मचारियों के आश्रम में आप मुझे क्यों ले जाना चाहते हैं, हरेन बाबू? जाने दीजिए न, मैं अगर नहीं गई, तो क्या होगा?''

''नहीं, ऐसा नहीं हो सकता है। ब्रह्मचारी रूप में हम कोई भयानक चीज नहीं हैं। हम बिलकुल सीधे-सादे गेरुआ पहनते हैं, न ही हम जटा-वल्कल धारण करते हैं। साधारणों के बीच हम मिल-जुलकर रहते हैं।''

''लेकिन यह भी तो अच्छा नहीं है। असाधारण होकर भी साधारणों के बीच छिपने की कोशिश करना एक तरह की धोखाधड़ी है। शायद अविनाश बाबू ने इसे ही ढोंग कहा था। बल्कि इससे कहीं अच्छा यह होगा कि आप लोग जरा वल्कल-गेरुआ धारण कर लें। इससे आदमी को पहचानने में सुविधा होती है, धोखा खाने की सम्भावना कम रहती है।''

हरेन्द्र ने कहा–''आपसे तर्क में जीतने की गुंजाइश नहीं है। हारना ही होगा। लेकिन वास्तव में क्या आप हमारी संस्था को अच्छा नहीं मानती हैं? मैं अपने काम में सफल होऊँ या न होऊँ, इसका आदर्श कितना बड़ा है!''

कमल बोली–"मैं यह नहीं कह सकती हरेन बाबू। सारे संयमों की भाँति यौन संयम भी सच है। मगर वह गौण सच है। धूमधाम से उसे मुख्य सच बना देने पर वह और एक तरह का असंयम होता है। उसकी सजा है। आत्मसंयम के उग्र घमंड से आध्यात्मिकता क्षीण होने को आती है। अच्छी बात है, मैं जाऊँगी आपके आश्रम।"

हरेन्द्र बोला–"आपको जाना ही होगा, अगर आप नहीं जाएँगी, तो मैं आपको छोड़ूँगा नहीं। लेकिन एक बात मैं कह सकता हूँ। वह यह कि हम लोगों में आडम्बर नहीं है, धूमधाम से हम लोग कुछ भी नहीं करते हैं।" सहसा उसने नीलिमा को देखा तो कहा–"मेरा आदर्श वे हैं। उन्हीं की तरह हम लोग सहज के पथिक हैं। वैधव्य का कोई बाहरी दिखावा उनमें नहीं है। बाहर से लगेगा, जैसे वे भोग-विलास में डूबी हुई हों। लेकिन मैं जानता हूँ उनकी कठिन आत्मनिष्ठा को, उनके कठोर आत्मसंयम को।"

कमल चुप रही। हरेन्द्र भक्ति और श्रद्धा से पसीजकर कहने लगा–"आप भारत के प्राचीन युग के प्रति श्रद्धा नहीं रखती हैं, भारत का आदर्श आपको मुग्ध नहीं करता है। लेकिन बताइए तो, नारीत्व की इतनी बड़ी महिमा, इतना बड़ा आदर्श और किस देश में है? इस घर की वे गृहिणी हैं, सँझले भैया की मात-हीन सन्तान के लिए वे माँ जैसी हैं। इस घर की सारी जिम्मेदारी उन पर है। हालाँकि कोई स्वार्थ नहीं है, कोई बन्धन नहीं है। बताइए तो किस देश में विधवाएँ यों दूसरे के काम में अपने आपको खपा दे सकती हैं?"

कमल के मुँह पर मुस्कान खिल उठी, बोली–"इसमें अच्छा क्या है, हरेन बाबू? दूसरे के घर की निःस्वार्थ गृहिणी और दूसरे के लड़के की निःस्वार्थ माँ बनने की मिसाल से लगता है दुनिया में और कहीं न हो। चूँकि और कहीं इसकी मिसाल नहीं है इसलिए यह अजीब हो सकता है, मगर यह अच्छा बन जाएगा किस बूते?"

उसकी बात सुनकर हरेन्द्र स्तब्ध रहा, और नीलिमा आश्चर्य से अपनी दोनों आँखें खोलकर अपलक उसके मुँह की तरफ ताकती रही। कमल ने उसी से कहा–"बातों की चमक-दमक और विशेषणों की चतुराई से लोग उसे चाहे कितना भी गौरवान्वित क्यों न बना दें, मालकिन के इस झूठे अभिमान का सम्मान नहीं है। इस गौरव के बिना ही रहना अच्छा है।"

हरेन्द्र ने बड़े दुख के साथ कहा–"यह तो एक बसी-बसाई घर-गिरस्ती को बर्बाद करके चले जाने की नसीहत है। इसकी तो आपसे कोई आशा नहीं करता है।"

कमल ने कहा–"लेकिन यह घर-गिरस्ती तो उनकी अपनी नहीं है। अगर यह उनकी अपनी घर-गिरस्ती होती, तो मैं यह नसीहत नहीं देती। हालाँकि मर्द हमें इसी तरह से कर्म-फल के नशे में धुत्त बनाए रखते हैं। उनकी वाहवाही की कड़ी शराब पीकर हमारी आँखों में खुमारी आ जाती है, और हम सोचती हैं कि यही शायद नारी-जीवन की सार्थकता है। हमारे चाय-बागान के हरीश बाबू की बात याद आई। जब उनकी बहन, जो उनसे सोलह साल छोटी है, के पति का देहान्त हुआ, तो वे उसे अपने घर ले आए और अपने ढेर सारे बेटे-बेटियों को दिखाकर रोते हुए बोले–लक्ष्मी मेरी बहन, अब ये ही तेरे बेटे-बेटियाँ हैं। तुझे किस बात की चिन्ता बहन, तू इन लोगों को पाल-पोसकर बड़ा करके इनकी माँ जैसी बन और इस घर की सर्वेसर्वा बनकर आज से तू सार्थक हो, यही मेरा आशीर्वाद है। हरीश बाबू

अच्छे आदमी हैं, लक्ष्मी की किस्मत अच्छी तो है ही। सिर्फ औरतें ही यह जानती हैं कि इतनी बड़ी बदनसीबी, इतना बड़ा धोखा कोई दूसरा नहीं है। लेकिन एक दिन जब यह विडम्बना समझ में आती है तब प्रतिवाद करने का वक्त गुजर चुका होता है।"

हरेन्द्र ने कहा–"उसके बाद?"

कमल बोली–"उसके बाद क्या हुआ, यह मैं नहीं जानती हरेन बाबू। लक्ष्मी की सार्थकता का अन्त देखकर मैं नहीं आ रुकी थी, उसके पहले ही मुझे चला आना पड़ा था। लेकिन लीजिए, मेरी गाड़ी आकर खड़ी हो गई। चलिए, रास्ते में जाते-जाते बताऊँगी। नमस्कार।" इतना कहकर वह पल भर में उठकर खड़ी हो गई।

नीलिमा चुपचाप नमस्कार करके खड़ी रही। उसकी दोनों आँखों की पुतलियाँ आग की तरह जलने लगीं।

14

कमल के सामने हरेन्द्र के मुँह से 'आश्रम' शब्द अचानक बाहर निकल गया था। इसे सुनकर अविनाश ने जो मसखरी की थी, वह अनुचित नहीं हुआ था। लोग इतना ही जानते थे कि कई गरीब छात्र वहाँ रहकर फोकट में स्कूल में पढ़ते हैं। वास्तव में अपने इस निवास-स्थान को बाहरी लोगों के आगे एक इतने बड़े गौरव की पदवी प्रदान करने का इरादा हरेन्द्र का नहीं था। वह बिलकुल ही एक मामूली बात थी और पहले पहल शुरू भी हुई थी मामूली ढंग से। लेकिन इन सब चीजों का स्वभाव ही यही है कि दाता की कमजोरी से एक बार इनके पैदा हो जाने पर फिर इनकी गति रुकती नहीं है। कठोर लताओं की नाईं मिट्टी का सारा रस पूरी तरह से चूसकर तने और डालियों में फैलने में इन्हें देर नहीं लगती है। हुआ भी ऐसा ही। इसी का वर्णन खोलकर करता हूँ।

हरेन्द्र का कोई भाई-बहन नहीं था। उसके पिता वकालत करके धन इकट्ठा कर गए थे। उनके मरने के बाद दुनिया में बची थीं सिर्फ हरेन्द्र की विधवा माँ। वे भी स्वर्ग सिधार गईं। तब हरेन्द्र का पढ़ना-लिखना खत्म हो गया। लिहाजा अपना कहने के लिए ऐसा कोई नहीं रहा जो उस पर शादी करने के लिए दबाव डालता या जो तैयारी और आयोजन करके इसके पाँव में बेड़ी पहनाता। लिहाजा जब उसकी पढ़ाई खत्म हुई तब महज कोई खास न रहने की वजह से हरेन्द्र ने अपने आपको देश और आम लोगों की सेवा में लगा दिया। उसने साधुओं की काफी संगत की, बैंक में जमा सूद को निकालकर अकाल-पीड़ितों की सेवा समिति का गठन किया, बाढ़ पीड़ितों की सेवा के लिए आचार्य देव के दल में शामिल हो गया, सहायता-समिति में शरीक होकर काने, अन्धों, लूले-लँगड़ों और गूँगे-बहरों को पकड़ लाया और उनकी सेवा की। जब उसने नाम पाया, तो झुंड के झुंड लोग आकर उससे कहने

लगे–रुपया दो, हम लोग परोपकार करेंगे! जब सूद का रुपया खत्म हो गया था तब मूल में हाथ लगाए बिना काम नहीं चलने वाला था–जब ऐसी हालत हो गई तब अचानक एक दिन अविनाश से उसकी जान-पहचान हुई। रिश्ता चाहे जितनी दूर का क्यों न हो, दुनिया में एक आदमी तब भी बाकी है जिसे रिश्तेदार कहा जा सकता है, यह जानकारी उसे उसी दिन पहली बार मिली। अविनाश के कॉलेज में एक प्रोफेसर की जगह खाली थी। उसने कोशिश करके उसे उस काम पर लगा दिया और अपने साथ उसे आगरा ले आया। इस शहर में उसके आने की यही कहानी है। पश्चिम में मुसलमानों के जमाने के पुराने शहरों में प्राचीन काल के बहुत से बड़े-बड़े मकान अभी भी कम किराए पर मिलते हैं। इन्हीं में से एक को हरेन्द्र ने किराए पर ले लिया। और यही है उसका आश्रम।

लेकिन यहाँ आकर उसने जितने दिन अविनाश के घर गुजारे उन्हीं दिनों नीलिमा से उनकी जान-पहचान हुई थी। इस लड़की ने उसे अपरिचित आदमी मानकर एक दिन के लिए भी आड़ में रहकर नौकर-नौकरानियों के हाथों रिश्तेदारी निभाने की कोशिश नहीं की, बल्कि पहले ही दिन से बिलकुल सामने बाहर निकल आई। बोली–''तुम्हें कब क्या चाहिए हरेन्द्र मुझे यह बताने में शरमाना मत। मैं घर की मालकिन नहीं हूँ, हालाँकि मालिकाना की जिम्मेदारी पड़ी है मेरे ऊपर। तुम्हारे बड़े भाई कह रहे थे, मेरे छोटे भाई की सेवा में कोई कमी रहेगी, तो तुम्हारी तनखा काटी जाएगी, मुझ गरीब का नुकसान मत कर देना भाई। तुम अपनी जरूरतों की जानकारी मुझे देते रहना।''

हरेन्द्र को ढूँढ़े नहीं मिला कि वह क्या जवाब दे। शर्म के मारे वह इतना सन्न हो उठा कि अनायास इतनी मीठी-मीठी बोलनेवाली के मुँह की तरफ वह निहार नहीं सका। मगर उसकी शर्म दूर होने में भी दो दिनों से ज्यादा नहीं लगा। ठीक जैसे दूर हुए बिना उपाय नहीं है–ऐसा। इस महिला का जैसा खुला, आडम्बरहीन प्रेम है वैसी ही सहज सेवा है। वे विधवा हैं। दुनिया में कहीं भी उनके लिए रहने की सचमुच की जगह नहीं है, वे भी इस घर में परायी हैं। यह बात भी एक तरफ जैसे उनके मुँह के भाव से, उनके साज-सिंगार से, उनकी दिल्लगी-भरी मधुर बातचीत से समझने की गुंजाइश नहीं है, वैसे ही यह सब उनका सब कुछ नहीं है, यह बात भी समझे बिना दूसरा उपाय नहीं है।

उनकी उम्र बहुत कम नहीं है। शायद तीस के करीब होगी। इस उम्र में जितनी गम्भीरता होनी चाहिए, उसे ढूँढ़ पाना मुश्किल है। हालाँकि थोड़ा-सा ध्यान देने से ही यह समझ में आ जाता है कि एक ऐसा अदृश्य घेरा उन्हें दिन-रात घेरे हुए है जिसके अन्दर घुसने का रास्ता नहीं है। उसके अन्दर न ही घर के नौकर-नौकरानी घुस सकते हैं, न ही घर के मालिक।

इस घर में इसी माहौल के बीच हरेन्द्र के दो सप्ताह बीत गए। अचानक एक दिन यह सुनकर कि उसने किराए पर अलग डेरा ले लिया है, नीलिमा ने खिन्न होकर कहा–''इतनी जल्दी क्यों चले जा रहे हो हरेन्द्र? यहाँ तुम्हें ऐसी क्या कमी खल रही थी?''

हरेन्द्र ने शरमाते हुए कहा–''एक दिन तो जाना ही पड़ता भाभी!''

नीलिमा ने जवाब दिया–''हाँ, हो सकता है एक दिन जाना पड़ता। लेकिन देश-सेवा की नशे की खुमारी तुम्हारी आँखों से दूर नहीं हुई है हरेन्द्र और भी कुछ दिन अपनी भाभी की हिफाजत में रहते।''

हरेन्द्र ने कहा–"मैं तो आपकी ही हिफाजत में रहूँगा भाभी। बस, दस मिनट का रास्ता है, आपकी नजरें बचाकर मैं कहाँ जाऊँगा?"

अविनाश कमरे के अन्दर बैठकर काम कर रहा था। उसने वहीं से कहा–"तू जाएगा जहन्नुम में। मैंने तुझे बहुत मना किया था हरेन कि तू और कहीं मत जा, यहीं रह। लेकिन ऐसा क्या हो सकता है? इज्जत बड़ी है या बड़े भाई की बात! जाओ नए अड्डे पर जाकर दरिद्र-नारायण की सेवा में चढ़ावा चढ़ाओ। नीलिमा, उससे कहना बेकार है। वह है चैत्र-संक्रान्ति के मेले का संन्यासी, पीठ में छुरा घोंपे, चक्कर न लगा पाने पर उसका जीना ही बेकार है।"

हरेन्द्र जब नए डेरे में आया, तो उसने नौकर और ब्राह्मण रसोइए को रखकर बड़े शान्त-शिष्ट, निरीह प्रोफेसर की नाईं कॉलेज के काम में मन लगा दिया। बड़े मकान में बहुत-से कमरे हैं। दो कमरों को छोड़ बाकी सभी खाली पड़े रहे। महीने भर बाद ही ये खाली कमरे उसे सताने लगे। उनका किराया देना पड़ता है, हालाँकि वे काम नहीं आते हैं। लिहाजा उसने राजेन को चिट्ठी लिखी। वह था उसकी अकाल-पीड़ितों की सहायता समिति का सेक्रेटरी। देश के सुधार के काम में बढ़-चढ़कर हिस्सा लेने की वजह से वह दो साल अपने घर में नजरबन्द रहा, पाँच-छह महीने पहले जब उसे अपनी नजरबन्दी से छुटकारा मिला, तो वह अपने पुराने यार-दोस्तों की तलाश में फिर रहा था। जब उसे हरेन की चिट्ठी और ट्रेन का किराया मिला तो वह फौरन चला आया। हरेन्द्र ने कहा–"देखूँ, अगर तुम्हारे लिए कोई नौकरी-चाकरी ढूँढ़ सकूँ।" राजेन ने बोला–"अच्छा।" उसका गहरा दोस्त था सतीश! वह किसी तरह से नजरबन्दी की सजा से बच-बचाकर मेदिनीपुर जिले के किसी गाँव में बैठकर ब्रह्मचर्याश्रम खोलने की कोशिश में था। राजेन की चिट्ठी पाने के सप्ताह भर के अन्दर ही वह ब्रह्मचर्याश्रम खोलने के अपने इरादे को स्थगित करके आगरा आ पहुँचा। और वह अकेला नहीं आया, कृपा करके वह गाँव से एक प्रशंसक को साथ ले आया।

सतीश ने यह बात युक्ति और शास्त्र की बातों के जोर से बिना किसी भेद-भाव के साबित कर दी कि भारतवर्ष ही धर्म-भूमि है। ऋषि-मुनि ही इसके देवता हैं। चूँकि हम लोग ब्रह्मचारी बनना भूल गए हैं इसीलिए हमारा सब गया है। इस देश के साथ दुनिया के किसी देश की तुलना नहीं हो सकती है, क्योंकि हम लोग थे एक दिन जगत् के शिक्षक, हमीं लोग थे मनुष्यों के गुरु। लिहाजा वर्तमान भारतवासियों को गाँव-गाँव, नगर-नगर में अनगिनत ब्रह्मचर्याश्रमों की स्थापना करनी चाहिए। देशोद्धार अगर कभी सम्भव होगा, तो इसी उपाय से होगा।"

उसकी बात सुनकर हरेन्द्र मुग्ध हो गया। सतीश का नाम उसने सुना था, मगर उससे उसकी जान-पहचान नहीं थी। लिहाजा अपने इस सौभाग्य के लिए उसने मन-ही-मन राजेन को धन्यवाद दिया और इसके लिए उसने अपने आपको भाग्यवान समझा कि इसके पहले उसकी शादी नहीं हो गई थी। सतीश सभी धर्मों की अच्छी-अच्छी बातें जानता था, कई दिनों तक यही चर्चा चलती रही। इस पुण्यभूमि के ऋषि-मुनियों के हमीं वंशधर हैं, हमारे ही पुरखे एक दिन जगत् के गुरु थे, हम उन्हीं के उत्तराधिकारी हैं, लिहाजा हमें ही जगत् को ज्ञान देने का अधिकार है। आर्य जाति में पैदा हुआ कौन पाखंडी इसका प्रतिवाद कर सकता है?

कोई इसका प्रतिवाद नहीं कर सकता है और प्रतिवाद कर पाने लायक दुर्बुद्धि वाला कोई भी आदमी वहाँ नहीं था।

हरेन्द्र विभोर हो उठा। लेकिन इसे तपस्या और साधना की चीज मानकर सारी बातें भरसक गुप्त रखी जाने लगीं। सिर्फ राजेन और सतीश बीच-बीच में गाँव जाकर लड़के इकट्ठा करके लाने लगे। छोटी उम्रवाले लड़के स्कूल में भर्ती हुए और स्कूल की पढ़ाई खत्म कर चुके लड़के हरेन्द्र की कोशिश से किसी न किसी कॉलेज में भर्ती हुए। इस तरह से थोड़े ही समय में लगभग समूचा मकान विभिन्न उम्र के लड़कों से भर उठा। शहर के लोग न ही खास कुछ जानते थे, न ही जानने की कोशिश करते थे। सब थोड़ा-बहुत सिर्फ इतना-सा सुन पाए कि हरेन्द्र के डेरे पर रहकर कुछ गरीब बंगाली लड़के पढ़ाई-लिखाई करते हैं। इससे ज्यादा न ही अविनाश जानता था, न ही नीलिमा।

सतीश के कठोर संचालन में डेरे पर मांस-मछली आने की गुंजाइश नहीं है। तड़के उठकर सबको स्तोत्रपाठ, ध्यान, प्राणायाम आदि शास्त्रों में बताई प्रक्रियाओं को पूरा करना पड़ता है, बाद में पढ़ाई-लिखाई और नित्यकर्म करना पड़ता है। लेकिन पदाधिकारियों का इससे भी जी नहीं भरा, साधन-मार्ग क्रमशः कठोर से कठोर होता गया। ब्राह्मण रसोइया भाग गया, नौकरों को जवाब दे दिया गया। लिहाजा ये काम भी बारी-बारी से लड़कों के कन्धे पर पड़े। किसी दिन एक सब्जी बनती है, तो किसी दिन एक भी सब्जी नहीं बनती है। लड़कों की पढ़ाई-लिखाई चौपट हो गई, स्कूल में वे लोग डाँट खाने लगे। लेकिन बँधे-बँधाए कठोर नियमों में कोई ढिलाई नहीं हुई—इतनी कड़ाई। सिर्फ एक बात में नियम का पालन नहीं होता था, वह तब जब बाहर खाने का निमंत्रण मिलता। नीलिमा के किसी व्रत-उद्यापन के उपलक्ष्य में यह उलट-फेर हरेन्द्र ने जबरन लागू किया था। इसके अलावा और कहीं कोई माफी नहीं थी। लड़के नंगे पाँव रहते हैं, कहीं किसी भी बहाने विलासिता अनधिकार न घुस जाए, उस तरफ सतीश की बड़ी सतर्क नजर हर पल पहरा देने लगी। मोटे तौर पर इसी तरह से आश्रम में दिन बीत रहे थे। सतीश का तो कहना ही क्या, हरेन्द्र के मन के अन्दर भी प्रशंसा की सीमा नहीं रही। बाहर के किसी से भी वे लोग खास कुछ नहीं कहते थे, लेकिन आपस में हरेन्द्र आत्मसन्तोष और तृप्ति के उमड़ते जोश में अकसर ही यह बात कहता कि अगर वह एक भी लड़के को आदमी बना सका, तो वह समझेगा कि उसने इस जीवन में चरम सार्थकता प्राप्त की है। सतीश बात नहीं करता, वह विनम्रता से सिर्फ मुँह नीचा कर लेता।

सिर्फ एक विषय में हरेन्द्र और सतीश दोनों ही दुख महसूस कर रहे थे। कुछ दिनों से दोनों ही यह अनुभव कर रहे थे कि राजेन का आचरण पहले जैसा अब नहीं है। आश्रम के किसी भी काम की वह अब परवाह नहीं करता है। सवेरे के साधन-भजन के नित्य-कर्म में वह प्रायः ही अनुपस्थित रहता है। पूछने पर कहता है तबीयत अच्छी नहीं है। हालाँकि तबीयत अच्छी न रहने का कोई खास लक्षण भी नजर नहीं आता है। यह सवाल करने पर भी कि उसे किस बात की शिकायत है वह ऐसा क्यों हो रहा है, कोई जवाब नहीं मिलता है। किसी दिन हो सकता है, सवेरे ही वह कहीं चला जाता हो, दिन भर आता नहीं है, रात में जब वह घर लौटता है तब उसकी शक्ल-सूरत ऐसी रहती है कि कारण पूछने की हिम्मत

हरेन्द्र की भी नहीं होती है। हालाँकि यह सब बिलकुल ही आश्रम के नियमों के खिलाफ है। अकेले हरेन्द्र को छोड़ शाम के बाद किसी के भी बाहर रहने की गुंजाइश नहीं है, यह बात राजेन अच्छी तरह ही जानता है, हालाँकि वह इस बात की परवाह नहीं करता है। आश्रम का सेक्रेटरी है सतीश। आश्रम की व्यवस्था की रक्षा करने की जिम्मेदारी उसी पर है। ऐसी बात नहीं है कि इस अनाचार के विरुद्ध वह हरेन्द्र से ठीक शिकायत करता था, लेकिन बीच-बीच में इशारे-इशारे में वह ऐसा भाव जाहिर करता था कि इसे आश्रम में रखना ठीक संगत नहीं हो रहा है, इससे लड़के बिगड़ जा सकते हैं। ऐसी बात नहीं है कि हरेन खुद भी यह नहीं समझता था, मगर मुँह खोलकर कहने की उसकी हिम्मत नहीं थी। एक दिन रात भर वह दिखाई नहीं पड़ता था, सवेरे जब वह घर लौटा तब इसी को लेकर बाकायदा एक चर्चा चल रही थी। हरेन्द्र ने विस्मित होकर कहा–"बात क्या है राजेन, कल तुम कहाँ थे?"

उसने तनिक मुस्कुराने की कोशिश करते हुए कहा–"मैं एक पेड़ के नीचे पड़ा हुआ था।"

"तुम एक पेड़ के नीचे पड़े हुए थे? क्यों, तुम, पेड़ के नीचे क्यों पड़े हुए थे?"

"बहुत रात हो गई, और पुकारकर मैंने आप लोगों की नींद नहीं तोड़ी।"

"अच्छी बात है, आखिर इतनी रात ही क्यों हुई?"

"यों ही घूमते-घूमते।" इतना कहकर वह अपने कमरे में चला गया।

सतीश नजदीक में था, हरेन्द्र ने उससे पूछा–"यह कैसी हरकत है, बताओ तो?"

सतीश ने कहा–"वह आपकी बात काटकर चला गया, उसने परवाह नहीं की, भला मैं कैसे जानूँगा?"

"हाँ, तुम ठीक कहते हो, मगर ऐसी हरकत तो अच्छी नहीं है।"

सतीश मुँह लटकाए थोड़ी देर तक चुप रहा, फिर बोला–"आप तो एक बात जानते हैं, वह यह कि पुलिस ने उसे दो साल जेल में रखा था।"

हरेन्द्र ने कहा–"पुलिस ने तो उसे झूठे सन्देह पर जेल में रखा था। उसका तो सचमुच का कोई दोष नहीं था।"

सतीश बोला–"यह मैं जानता हूँ। चूँकि मैं उसका दोस्त हूँ इसीलिए मैं मेला जाते-जाते रह गया था। लेकिन पुलिस की नजर में वह आज भी बचा हुआ नहीं है।"

हरेन्द्र बोला–"यह असम्भव नहीं है।"

उसकी बात के जवाब में सतीश जरा विषाद-भरी हँसी हँसा और बोला–"मैं सोचता हूँ कि उसके चलते पुलिस की नजर कहीं हमारे आश्रम पर न पड़े।"

उसकी बात सुनकर हरेन्द्र चिन्तित होकर चुप रहा। सतीश खुद भी थोड़ी देर तक चुप रहा, उसके बाद उसने सहसा पूछा–"आप शायद यह जानते होंगे कि राजेन भगवान पर भी विश्वास नहीं करता है।"

हरेन्द्र ने अचरज में पड़कर कहा–"नहीं, मैं तो यह नहीं जानता।"

सतीश बोला–"मैं यह जानता हूँ कि वह भगवान पर विश्वास नहीं करता है। आश्रम के नाम पर काम-काज और पाबन्दियों पर भी उसे जरा भी विश्वास नहीं है। बल्कि आप उसे कहीं नौकरी-चाकरी में लगा दीजिए।"

हरेन्द्र बोला–"नौकरी तो पेड़ का फल नहीं है सतीश कि जब चाहूँ उसे तोड़कर उसके हाथ पर धर दूँगा। उसके लिए काफी कोशिश करनी पड़ती है।"

सतीश बोला–"तो फिर उसे नौकरी में लगाने की कोशिश कीजिए। जब आप आश्रम के प्रशासक और प्रेसिडेंट हैं और मैं उसका सेक्रेटरी हूँ तब सारी बातें आपके ध्यान में लाना मेरा कर्तव्य है। आप उसे बेहद स्नेह करते हैं और वह मेरा दोस्त है। इसीलिए उसके खिलाफ कोई बात कहने का इतने दिनों तक मेरा मन नहीं किया था। लेकिन अब आपको सतर्क कर देना भी मैं अपना कर्तव्य समझता हूँ।"

हरेन्द्र ने मन-ही-मन डरकर कहा–"मगर मैं जानता हूँ उसका निर्मल चरित्र..."

सतीश ने गर्दन हिलाकर कहा–"हाँ, इस दृष्टि से बड़े-से-बड़ा दुश्मन भी उसे दोष नहीं दे सकता है। राजेन कुँवारा है, लेकिन वह ब्रह्मचारी भी नहीं है। इसका असली कारण यह है कि वह बात सोचने का भी उसके पास समय नहीं है कि दुनिया में औरत नाम की कोई चीज है।" इतना कहकर वह थोड़ी देर तक चुप रहा, फिर बोला–"मैंने उसके चरित्र की शिकायत नहीं की है। वह अस्वाभाविक ढंग का निर्मल है, लेकिन..."

हरेन्द्र ने प्रश्न किया–"तब भी तुम्हारा यह लेकिन क्या है?"

सतीश ने कहा–"कलकत्ता के डेरे पर हम दोनों एक कमरे में रहते थे। तब वह कैम्वल मेडिकल स्कूल का छात्र था और डेरे पर बी.एस-सी. पढ़ता था। सभी यह जानते थे कि वही फर्स्ट होगा। लेकिन परीक्षा के पहले वह अचानक पता नहीं कहाँ चला गया?"

हरेन्द्र ने विस्मित होकर पूछा–"तो क्या वह डॉक्टरी पढ़ता था? लेकिन मुझसे तो उसने कहा था कि वह शिवपुर इंजीनियरिंग कॉलेज में भर्ती हुआ था। लेकिन चूँकि उसकी पढ़ाई-लिखाई बड़ी कठिन थी इसलिए उसे भाग आना पड़ा था।"

सतीश बोला–"लेकिन अगर आप पता लगाएँगे तो देख पाएँगे कि कॉलेज में थर्ड ईयर में वही फर्स्ट हुआ था। हालाँकि जब वह बिना कारण चला आया, तो कॉलेज के सभी प्रोफेसर बेहद दुखी हुए थे। उसकी फूफी अमीर हैं, वे ही उसकी पढ़ाई का खर्च दे रही थीं। उसकी इस हरकत से विरक्त होकर उन्होंने खर्च देना बन्द कर दिया। उसके बाद ही शायद आपसे उसकी जान-पहचान हुई होगी। दो सालों तक घूम-घूमकर जब वह लौट आया तब उसकी फूफी ने उसकी सहमति से ही उसे मेडिकल कॉलेज में भर्ती करा दिया। क्लास में वह हर विषय में फर्स्ट हो रहा था। हालाँकि तीनेक साल बाद उसने अचानक एक दिन पढ़ाई छोड़ दी। और मेरे डेरे में मेरे कमरे में आकर अड्डा जमाया। बोला–लड़कों को पढ़ाकर बी.एस-सी. पास करके कहीं किसी गाँव में चला जाऊँगा और वहीं लड़कों को पढ़ाया करूँगा। मैंने कहा–अच्छी बात है, ऐसा ही करो। उसके बाद पन्द्रह दिनों तक वह न समय पर नहाया, न खाना खाया, न सोया। उसने इतनी पढ़ाई की कि यह देखकर सभी दंग रह गए। सभी ने कहा–इतनी पढ़ाई किए बिना क्या भला कोई हर विषय में फर्स्ट हो सकता है!"

हरेन्द्र यह सब कुछ भी नहीं जानता था, उसने दम रोककर कहा–"उसके बाद?"

सतीश ने कहा–"उसके बाद उसने जो शुरू किया वह भी इतना ही अजीब था। उसने फिर किताब नहीं छुई। कहाँ रही उसकी कॉपी-पेंसिल, कहाँ रहा उसका नोटबुक।

वह कहाँ जाता था, कहाँ रहता था, इसका पता ही नहीं चलता था। जब वह वापस आता था, तो उसकी शक्ल-सूरत देखने पर डर लगता था। जैसे इतने दिनों तक वह न नहाया था, न खाया था।''

''उसके बाद?''

''उसके बाद एक दिन पुलिसवालों ने आकर सबेरे से समूचे घर में ऊधम मचाना शुरू किया। वे इसे फेंकते, उसे बिखेरते, उसे खोलते, इसे डाँटते, उसे हिरासत में लेते—उस चीज को आँखों से न देखने पर समझने की गुंजाइश नहीं है। डेरे के सभी किरानी थे, डर के मारे दो आदमियों को जुकाम हो गया। सभी ने सोचा—अब जान नहीं छूटेगी। पुलिस वाले आज हम सभी को पकड़कर शायद फाँसी दे देंगे।''

''उसके बाद?''

''उसके बाद उन लोगों ने राजेन और राजेन के दोस्त के रूप में मुझे पकड़ लिया और विदा हुए। चारेक दिनों बाद ही उन लोगों ने मुझे छोड़ दिया। लेकिन उसका कोई पता नहीं चला। मुझे छोड़ते वक्त अंग्रेज ने कृपा करके मुझे बार-बार याद दिला दिया कि वन स्टेप। ओनली वन स्टेप। तुम्हारे डेरे के कमरे और जेल के कमरे के बीच का फासला सिर्फ वन स्टेप है। गो। मैं गंगा में नहाया, कालीघाट में माता काली का दर्शन किया और घर लौट आया। सभी ने कहा—सतीश, तुम भगवान हो। जब मैं ऑफिस गया तो अंग्रेज ने मुझे बुला भेजा और दो महीने की तनखा मेरे हाथ में देकर कहा—गो। सुना कि इस बीच मेरे बारे में बहुत जाँच-पड़ताल की गई है और मेरे घर की तलाशी ली जा चुकी है।''

हरेन्द्र स्तब्ध रहा। वह थोड़ी देर तक इसी तरह से रहा, अन्त में धीरे-धीरे बोला—''तो क्या तुम्हें पक्का महसूस होता है कि राजेन...''

सतीश ने विनती के स्वर में कहा—''आप मुझसे यह मत पूछिए। वह मेरा दोस्त है।''

हरेन्द्र खुश नहीं हुआ, बोला—''मेरा भी तो वह भाई जैसा है।''

सतीश ने कहा—''यह सच है कि उन लोगों ने बिना कसूर के मुझे लांछित किया था। लेकिन एक बात सोचकर देखने की है कि उन लोगों ने मुझे छोड़ भी दिया था।''

हरेन्द्र ने कहा—''बिना कसूर के लांछित करना भी तो कानून नहीं है। जो लोग बिना कसूर के पकड़ सकते हैं वे भला छोड़ भी क्यों नहीं दे सकते हैं?'' इतना कहकर वह कॉलेज चला गया। लेकिन उसके मन के अन्दर बड़ी अशान्ति होने लगी। सिर्फ राजेन के भविष्य की बात सोचकर ही नहीं, बल्कि यह सोचकर कि देश के काम में देश के लड़कों को सही अर्थ में बना देने का जो आयोजन उसने किया है कहीं वह अकारण बर्बाद न हो जाए। हरेन्द्र ने तय किया कि बात सही हो या गलत, पुलिस का ध्यान अकारण आश्रम की तरफ आकर्षित करना किसी भी सूरत में समीचीन नहीं है। खासकर वह जब साफ-साफ यहाँ के नियमों को तोड़ता हुआ चला जा रहा है तब कहीं नौकरी दिलाकर या किसी भी बहाने हो उसे कहीं और हटा देना ही वांछनीय है।

इसके कई दिनों बाद ही मुसलमानों के किसी त्योहार की वजह से दो दिनों की छुट्टी थी। सतीश काशी जाने की अनुमति माँगने आया। अगरा के आश्रम जैसे आदर्श पर भारत में हर जगह संस्था स्थापित करने की विराट कल्पना हरेन्द्र के मन के अन्दर थी और इसी

मकसद से सतीश काशी जाना चाहता है। सुनकर राजेन ने आकर कहा—"हरेन भैया, उसके साथ मैं भी कुछ दिन घूम आऊँ?"

हरेन्द्र ने कहा—"चूँकि उसे काम है, इसलिए वह जा रहा है।"

राजेन ने कहा—"चूँकि मुझे काम नहीं है, इसीलिए मैं जाना चाह रहा हूँ। जाने के लिए गाड़ी के किराए का रुपया मेरे पास है।"

हरेन्द्र ने कहा—"मगर वापस आने के किराए का रुपया?"

राजेन चुप रहा।

हरेन्द्र बोला—"राजेन, मैं बहुत दिनों से तुमसे एक बात कहनेवाला हूँ, पर मैं कह नहीं सका हूँ।"

राजेन ने तनिक मुस्कुराकर कहा—"आपको कहने की जरूरत नहीं है। आप क्या कहनेवाले हैं, यह मैं जानता हूँ।" इतना कहकर वह चला गया।

रात की गाड़ी से उन लोगों के जाने की बात है। डेरे से जब राजेन और सतीश बाहर निकल रहे थे तब हरेन्द्र ने दरवाजे के पास खड़ा होकर अचानक राजेन के हाथ में एक कागज की पुड़िया दे दी और चुपके-चुपके कहा—"अगर तुम लौटकर नहीं आओगे, तो मैं बड़ा दुख पाऊँगा राजेन।" और इतना कहकर वह पलक झपकते अपने कमरे में जा घुसा।

इसके दसेक दिनों बाद दोनों ही लौट आए। सतीश ने हरेन्द्र को एकान्त में बुलाकर प्रसन्न होकर कहा—"आपके उस दिन के उतना कहने से ही काम हो गया है। काशी में आश्रम की स्थापना के लिए ये कई दिन राजेन ने जी तोड़ मेहनत की है।"

हरेन्द्र ने कहा—"जब वह मेहनत करता है, तो वह जी-तोड़ मेहनत ही करता है सतीश।"

"हाँ, उसने जी-तोड़ मेहनत की है। लेकिन काश, इसकी चौथाई मेहनत भी हमारे इस अपने आश्रम के लिए करता!"

हरेन्द्र ने आशान्वित होकर कहा—"वह मेहनत करेगा सतीश, वह मेहनत करेगा। अब तक वह शायद ठीक चीज को समझ नहीं पाया था। मैं पक्का कह रहा हूँ, तुम देख पाओगे कि अब से उसके कामों की कोई सीमा नहीं रहेगी।"

सतीश ने खुद भी यही भरोसा किया।

हरेन्द्र बोला—"तुम लोगों के लौट आने के इन्तजार में एक काम रुका पड़ा है। मैंने मन-ही-मन क्या तय किया है, जानते हो? अपने आश्रम के अस्तित्व और उद्देश्य को छिपाकर रखने से अब काम नहीं चलेगा। देश और आम लोगों की सहानुभूति पाना हमारे लिए जरूरी है। इसकी खास कार्यप्रणाली का आम लोगों में प्रचार करना जरूरी है।"

सतीश ने सन्देह-भरी आवाज में कहा—"मगर इससे क्या काम में अड़चन नहीं पड़ेगी?"

हरेन्द्र बोला—"नहीं, इससे काम में कोई अड़चन नहीं पड़ेगी। इस रविवार को मैंने कई लोगों को बुलाया है। वे लोग आश्रम देखने आएँगे। हमारी यह कोशिश होनी चाहिए कि उस दिन हम अपने आश्रम की शिक्षा, साधना, संयम और विशुद्धता का परिचय देकर उन्हें मुग्ध कर दे सकें। तुम्हीं पर सारी जिम्मेदारी है।"

सतीश ने पूछा—"कौन-कौन आएँगे?"

हरेन्द्र बोला—"अजित बाबू, अविनाश भैया और भाभी आएँगे। शिवनाथ फिलहाल यहाँ नहीं हैं। सुना कि वे जयपुर गए हैं काम के सिलसिले में। लेकिन उनकी पत्नी कमल का नाम तुमने शायद सुना होगा, वे भी आएँगी। और अगर आशु बाबू की तबीयत ठीक रही, तो हो सकता है, मैं उन्हें भी पकड़ लाऊँ। तुम जानते हो न कि इनमें से कोई भी ऐसा-वैसा आदमी नहीं है। हमारी कोशिश होनी चाहिए कि उस दिन हम इन लोगों का विश्वास हासिल कर सकें। इसकी जिम्मेदारी तुम पर है।"

सतीश ने विनम्रता से सर झुकाकर कहा—"आशीर्वाद दीजिए, ऐसा ही होगा।"

रविवार शाम के पहले मेहमान आ पहुँचे। नहीं आए सिर्फ आशु बाबू। हरेन्द्र दरवाजे पर से उन लोगों को सम्मान के साथ अगवानी करके लाया। लड़के तब आश्रम के रोजमर्रा के कामों में मशगूल थे। कोई बत्ती जला रहा था, कोई झाड़ू लगा रहा था, कोई चूल्हा जला रहा था, कोई पानी भर रहा था, तो कोई खाना बनाने की तैयारी कर रहा था। हरेन्द्र ने अविनाश से मुस्कुराकर कहा—"सँझले भैया ये ही हैं तुम्हारे आश्रम के लड़के, जिन्हें आप अभागे कहते हैं। हमारे यहाँ न नौकर हैं, न रसोइया। सारा काम खुद इन्हें करना पड़ता है। भाभी आइए हमारे रसोईघर में। आज हमारा त्योहार है, वहाँ की तैयारियाँ एक बार देख आइएगा, चलिए।"

सभी नीलिमा के पीछे-पीछे आकर रसोईघर के दरवाजे के पास खड़े हो गए। एक बारह बरस का लड़का चूल्हा जला रहा था, उसी का हमउम्र दूसरा लड़का हँसुली से आलू काट रहा था। दोनों ही उठकर खड़े हो गए और उन लोगों को नमस्कार किया। नीलिमा ने उन लड़कों को स्नेह-भरी आवाज में सम्बोधित करके प्रश्न किया—"आज तुम लोगों का क्या खाना बनेगा बेटा?"

उन्होंने प्रसन्न होकर कहा—"हर रविवार को हमारे यहाँ आलूदम बनता है।"

"और क्या-क्या बनता है?"

"और कुछ नहीं बनता है।"

नीलिमा ने व्याकुल होकर पूछा—"सिर्फ आलूदम बनता है? दाल या शोरबा या और कुछ..."

उस लड़के ने कहा—"दाल हमारे यहाँ कल बनी थी।"

सतीश बगल में खड़ा था। उसने समझाकर कहा—"हमारे आश्रम में एक चीज से ज्यादा बनाने का नियम नहीं है।"

हरेन्द्र ने हँसकर कहा—"एक चीज से ज्यादा बनने की गुंजाइश नहीं है भाभी, आखिर एक चीज से ज्यादा बनेगा कहाँ से? लड़के इसी तरह से दूसरों के आगे आश्रम के गौरव की रक्षा करते हैं।"

नीलिमा ने पूछा—"तो क्या नौकर-नौकरानी भी नहीं हैं?"

हरेन्द्र ने कहा—"नहीं, नौकर-नौकरानी भी नहीं हैं। उन्हें रखने पर आलूदम को विदा करना पड़ेगा। लड़के नौकर-नौकरानी को रखना पसन्द नहीं करते।"

नीलिमा ने और प्रश्न नहीं किया। दोनों लड़कों के मुँह की तरफ निहारकर उसकी दोनों आँखें छलछलाने लगीं। बोली—"हरेन्द्र और कहीं चलो।"

सभी ने इस बात का मतलब समझा। हरेन्द्र ने मन-ही-मन पुलकित होकर कहा–"चलिए। मैं यह पक्का जानता था भाभी कि आप सह नहीं सकेंगी।" इतना कहकर उसने कमल की तरफ निहारा और बोला–"लेकिन आप खुद ही इसकी आदी हैं। सिर्फ आप ही समझेंगी इसकी सार्थकता।"

हरेन्द्र के गहरे और गम्भीर मुँह की तरफ निहारकर कमल हँस पड़ी और बोली–"मेरी अपनी बात अलग है। लेकिन इन सब बच्चों को लेकर प्रचंड आडम्बर से निष्फल गरीबी का बखान करने का नाम क्या आदमी बनाना है, हरेन बाबू? क्या ये सबके सब ब्रह्मचारी हैं? अगर आप इन्हें आदमी बनाना चाहते हैं तो इन्हें साधारण, सहज उपाय से आदमी बनाइए। झूठे दुख का बोझ इनके सर पर लादकर आप इन्हें असमय कुबड़ा मत बना दीजिए।"

उसकी बातों की कठोरता से हरेन्द्र झेंप उठा। अविनाश ने कहा–"तुम्हारा कमल को बुला लाना ठीक नहीं हुआ है हरेन।"

कमल शर्मिन्दा हुई, बोली–"सचमुच ही किसी को भी मुझे नहीं बुलाना चाहिए?"

नीलिमा बोली–"लेकिन उस किसी को भी में मैं शामिल नहीं हूँ कमल। मेरे घर के अन्दर कभी भी तुम्हारा अनादर नहीं होगा। चलो, हम लोग ऊपर जाकर बैठें। देखूँ, हरेन्द्र के आश्रम में और क्या-क्या आतिशबाजियाँ निकलती हैं!" इतना कहकर उसने स्निग्ध हँसी के आवरण से कमल की लाज को ढक दिया।

दूसरी मंजिल पर आश्रम की बैठक खासी लम्बी-चौड़ी है। पुराने जमाने की नक्काशी छत के नीचे और दीवारों पर अभी भी मौजूद है। बैठने के लिए एक बेंच और कई कुर्सियाँ हैं, मगर आमतौर पर उस पर कोई बैठता नहीं है। फर्श पर शतरंगी बिछाई हुई है। आज विशेष उपलक्ष्य में उस पर सफेद चादर बिछा दी गई है और पड़ोसी लाला जी के धर से कई गावतकिए मँगवाए गए हैं। बीच में उसी के घर की बेल-बूटेदार सेज है और उसी की दी हुई हरे रंग के फानूस से ढकी बत्ती एक कोने में दीवारगीर पर जल रही है। नीचे के अँधेरे और आनन्दरहित माहौल के बीच से इस बैठक में पहुँचकर सभी खुश हुए।

अविनाश ने गावतकिए से टिकाकर अपने दोनों पाँव पसार दिए और राहत की साँस लेकर कहा–"आहा! जान में जान आई।"

हरेन्द्र ने मन-ही-मन पुलकित होकर कहा–"हमारे आश्रम की यह बैठक कैसी है, सँझले भैया?"

अविनाश ने कहा–"तूने तो मुझे मुश्किल में डाल दिया हरेन। कमल मौजूद हैं, उनके सामने किसी भी चीज को अच्छी कहने की हिम्मत नहीं होती है। हो सकता है वे अपने तीखे प्रतिवाद के बल पर अभी यह साबित कर दें कि इस छत के नक्शे से लेकर फर्श के गलीचों तक सभी बुरे हैं।" इतना कहकर उसने उसके मुँह की तरफ निहारा और तनिक मुस्कुराकर कहा–"भले ही मेरा और कोई सम्बल न हो कमल, कम-से-कम उम्र की पूँजी तो मैंने जमा रखी है। यह तो तुम भी मानोगी। उसी के बल पर आज मैं तुमसे एक बात कह रखता हूँ। वह यह कि मैं इससे इनकार नहीं करता कि बहुतेरी स्थितियों में सही बात अप्रिय होती है। इसीलिए हर अप्रिय बात यहाँ नहीं है कमल। तुम्हें बहुत सी बातें शिवनाथ ने सिखाई हैं, सिर्फ यही देखती हूँ, उसने तुम्हें सिखाना बाकी रखा है।"

कमल का मुँह लाल हो उठा। लेकिन इसका जवाब दिया नीलिमा ने। बोली—"शिवनाथ से गलती हुई है, मुखर्जी बाबू, उन्हें जुर्माना करके हम लोग उसका बदला लेंगे। मगर गुरुआई करने में तो कोई भी मर्द कम नहीं है। इसीलिए मैं प्रार्थना करती हूँ कि तुम अपनी उम्र की पूँजी से और भी दो-एक प्रिय बातें निकालो, ताकि हम सभी उन्हें सुनकर धन्य हो जाएँ।"

अविनाश तिलमिला उठा। इतने लोगों के बीच सिर्फ खिल्ली उड़ाने के लिए ही नहीं, बल्कि इस वक्रोक्ति के अन्दर जो तीखी अनी छिपी थी वह बींध करके रुकी नहीं बल्कि उसने अपमानित किया। कुछ दिनों से एक तरह के असन्तोष की गरम हवा पता नहीं कहाँ से आकर इन दोनों के बीच बह रही थी। वह आँधी जैसे तबाही मचानेवाली नहीं थी। लेकिन तिनकों और धूल-बालू को उड़ाती हुई लगकर वह बीच-बीच में मुँह-आँख पर डाल रही थी। वह थोड़े से हिलते दाँत जैसी थी, चबाने का काम चल रहा था, मगर चबाने के आनन्द में टीस हो रही थी। उसने हरेन्द्र से कहा—"मैं गुस्सा नहीं कर सकता, हरेन। तुम्हारी भाभी ने बिलकुल झूठ नहीं कहा है, मुझे पहचानना तो उन्हें बाकी नहीं है। वे ठीक ही जानती हैं कि मेरी जमा पूँजी पुरानी सीधे ढंग की है, उसमें सार है तो भी उसमें मिठास नहीं है।"

हरेन्द्र ने पूछा—"इस बात का मतलब सँझले भैया?"

अविनाश ने कहा—"तुम संन्यासी ठहरे। तुम इसका मतलब ठीक-ठीक नहीं समझोगे। लेकिन नीलिमा जिस तरह से कमल की प्रशंसक हो उठी है उससे आशा बँधती है कि उसकी जानकारी काम आने पर उसके धन्य होने का रास्ता अपने आप साफ हो जाएगा।"

इस इंगित का भद्दापन उसके अपने कानों में भी खटका था। लेकिन अक्खड़पन की होड़ में वह और भी कुछ कहने जा रहा था, लेकिन हरेन्द्र ने उसे रोक दिया। उसने खिन्न स्वर में कहा—"सँझले भैया, आप सभी आज मेहमान हैं। कमल को मैं आश्रम की तरफ से सम्मान के साथ निमंत्रित करके लाया था, यह बात अगर आप लोग भूल जाएँगे, तो हमारे दुखों की सीमा नहीं रहेगी।"

नीलिमा ने कहा—"तो फिर मेरे बारे में भी याद दिला दो हरेन्द्र कि किसी को छोटी गृहिणी कहकर पुकारने से ही वह सचमुच की गृहिणी नहीं बन जाती हैं। वे जब-तब मुझे छोटी गृहिणी भी कहते हैं। उसे कितना डाँटना-फटकारना चाहिए इसकी जानकारी रखनी होगी। बल्कि मेरी तरफ से मुखर्जी बाबू की जानकारी के भंडार में इतना आज जमा रहे। भविष्य में काम आ सकता है।"

हरेन्द्र ने हाथ जोड़कर कहा—"मुझे बख्श दीजिए भाभी। सारी जानकारियों की बड़ाई क्या आज मेरे डेरे पर होगी? जितना बाकी रहा उसे रहने दीजिए। घर वापस जाकर उसको हल कर लीजिएगा वरना हमारी जान पर बन आएगी। जिस डर से मैंने अक्षय को नहीं बुलाया वही डर क्या अन्त में नसीब हुआ?"

यह सुनकर अजित और कमल दोनों ही हँस पड़े। हरेन्द्र ने पूछा—"अजित बाबू सुना कि कल आप अपने घर जाएँगे।"

"मगर आपने सुना किससे?"

"मैं आशु बाबू को लाने गया था। उन्होंने ही कहा कि कल आप अपने घर चले जाएँगे।"

अजित ने कहा–"शायद जाऊँ। मगर कल नहीं, परसों जाऊँगा। और मैं घर जाऊँगा या नहीं, यह भी पक्का नहीं है। हो सकता है, तीसरे पहर मैं स्टेशन जा पहुँचूँ। दक्षिण, पूरब, पश्चिम जिस तरफ की भी गाड़ी मिलेगी उसी पर मैं यह सफर शुरू कर दूँगा।"

हरेन्द्र ने मुस्कुराकर कहा–"यह तो बहुत-कुछ संन्यासी होने जैसा है। यानी कहाँ जाना है, इसका ठीक नहीं है।"

अजित ने कहा–"नहीं, कहाँ जाना है, इसका कोई ठौर-ठिकाना नहीं है।"

"लेकिन वापस आने का?"

"नहीं, उसका भी फिलहाल कोई ठीक नहीं है।"

हरेन्द्र ने कहा–"अजित बाबू, आप भाग्यवान हैं। लेकिन अगर बिस्तर ढोनेवाले आदमी की जरूरत हो, तो मैं एक आदमी दे सकता हूँ। परदेश में कोई ऐसा दोस्त नहीं मिलेगा।"

कमल बोली–"और अगर खाना बनानेवाले आदमी की जरूरत हो तो मैं भी एक आदमी दे सकती हूँ। खाना बनाने में जिसका सानी नहीं है। आप भी यह कबूल करेंगे कि हाँ, इस बात का घमंड वह कर तो सकता है।"

अविनाश को कुछ भी अब अच्छा नहीं लग रहा था, बोला–"हरेन अब देरी किस बात की है! अब हम लोगों को वापस भेजने की तैयारी करो न। क्यों, तुम्हारी क्या राय है?"

हरेन्द्र ने विनम्रता के साथ कहा–"लड़कों से जरा जान-पहचान नहीं कीजिएगा? आप उन लोगों को थोड़ा उपदेश देकर नहीं जाइएगा सँझले भैया!"

अविनाश ने कहा–"मैं यहाँ उन्हें उपदेश देने तो नहीं आया था। मैं यहाँ आया था सिर्फ उनके साथी के हिसाब से। अब उन्हें शायद उसकी जरूरत नहीं है।"

सतीश बहुत से लड़कों को लिये आ पहुँचा। दस-बारह बरस के लड़कों से लेकर उन्नीस-बीस तक के नौजवान उनमें थे। जाड़े का दिन है। उनके बदन में सिर्फ एक कुर्ता है, लेकिन किसी के पाँव में जूते नहीं हैं–चूँकि जीने के लिए जूते बहुत जरूरी नही हैं इसीलिए। खाने का इन्तजाम पहले ही दिखाया जा चुका है। ब्रह्मचर्याश्रम में यह सब शिक्षा का अंग है। हरेन्द्र ने आज एक सुन्दर भाषण लिख रखा था। उसने मन-ही-मन उसे ही दोहरा लिया और यथोचित गम्भीरता के साथ कहा–"इन लड़कों ने स्वदेश के काम में अपना जीवन निछावर किया है। आज आप लोग हम लोगों को यही आशीर्वाद दीजिए कि ये लोग आश्रम के इस महान आदर्श का नगर-नगर, गाँव-गाँव में प्रचार कर सकें।"

सबने उन लड़कों को आशीर्वाद दिया।

हरेन्द्र बोला–"अगर समय रहा, तो मैं अपना भाषण बाद में पढ़ूँगा।" इतना कहकर उसने कमल से कहा–"आपको आज हम लोगों ने खासतौर से इसलिए बुलाया है कि हम लोग आपसे कुछ सुनेंगे। लड़के आशा किए हुए हैं कि आज वे आपके मुँह से ऐसा कुछ सुन पाएँगे जिससे उनके जीवन का व्रत और ज्यादा उज्ज्वल हो उठेगा।"

कमल संकोच और दुविधा से लाल हो उठी। बोली–"मैं तो भाषण नहीं दे सकती हूँ, हरेन बाबू।"

जवाब दिया सतीश ने, बोला–"आप भाषण नहीं, उपदेश देंगी। आप सिर्फ उपदेश देंगी जो उनके काम में काम आए।"

कमल ने उसी से प्रश्न किया—''पहले आप यह बतलाइए कि देश के काम से आप लोगों का क्या मतलब है?''

सतीश बोला—''जिससे देश का सर्वांगीण कल्याण होता है। यही तो है देश का काम।''

कमल बोली—''लेकिन कल्याण की धारणा तो सबकी एक-सी नहीं होती। आपकी धारणा और मेरी धारणा अगर न मिलें, तो मेरा उपदेश तो आप लोगों के काम नहीं आएगा।''

सतीश मुश्किल में पड़ा। इस बात का ठीक-ठीक जवाब उसे ढूँढ़े नहीं मिला। उसे इस मुसीबत से निकालने के लिए हरेन्द्र ने कहा—''जिससे देश को आजादी मिले। यही है देश का एकमात्र कल्याण। देश में ऐसा कौन है जो इस सच्चाई को कबूल नहीं करेगा।''

कमल बोली—''इससे इनकार करने में डर लगता है, हरेन बाबू। सभी चिढ़ जाएँगे। वरना मैं कहती कि इस 'आजादी' शब्द जैसा फुसलने और फुसलाने का इतना बड़ा छल कोई दूसरा नहीं है। आप किससे आजादी चाहते हैं हरेन बाबू? तीनों तरह के दुखों से या विचारों के बन्धन से? किसे देश का एकमात्र कल्याण मानकर आप आश्रमों की स्थापना में लगे हुए हैं, हरेन बाबू, बताइए तो? यही है क्या आपकी स्वदेश-सेवा का आदर्श?''

हरेन्द्र व्याकुल होकर बोल उठा—''नहीं-नहीं-नहीं, यह सब मेरी देश-सेवा का आदर्श नहीं है, यह सब मेरी देश-सेवा का आदर्श नहीं है। देश-सेवा का यह आदर्श हम नहीं चाहते।''

कमल बोली—''तो यही कहिए कि देश-सेवा का यह आदर्श हम नहीं चाहते। कहिए कि हमारा आदर्श अलग है। कहिए कि घर-गिरस्ती छोड़-छाड़कर हम वैरागी बनना नहीं चाहते। हम चाहते हैं दुनिया के सारे ऐश्वर्य, सारे सौन्दर्य, सारे प्राणों के साथ जिन्दा रहना। लेकिन इस बात की शिक्षा क्या इन लड़कों के लिए यही है? इनके बदन में एक मोटा कुर्ता नहीं है, पाँवों में जूते नहीं हैं, पहनने को फटे-पुराने कपड़े हैं, सर के बाल रूखे हैं, जो सिर्फ एक वक्त आधा पेट खाकर, बुनियादी सुविधाओं से वंचित होकर बड़े होते जा रहे हैं, पाने का आनन्द जिनके अपने ही अन्दर निश्चिन्त हो गया, अन्त में क्या देश की लक्ष्मी उन्हीं के हाथों अपने भंडार की चाभी भेज देंगी? हरेन बाबू, दुनिया की तरफ एक बार नजरें उठाकर देखिए। जिन लोगों ने बहुत पाया है उन लोगों ने आसानी से दिया है। उन लोगों को ऐसा गरीबी का स्कूल खोलकर त्याग का ग्रेजुएट नहीं बनाना पड़ा है।''

सतीश ने हक्का-बक्का होकर कहा—''तो क्या आप यह कहती हैं कि देश की आजादी की लड़ाई में धर्म का पालन करना, त्याग की दीक्षा देना जरूरी नहीं है।''

कमल ने कहा—''आजादी की लड़ाई का अर्थ तो पहले साफ हो।''

सतीश आनाकानी करने लगा। कमल ने हँसकर कहा—''लगता है, आप विदेशी राजभक्ति के बन्धन से छुटकारा पाने को देश की आजादी की लड़ाई कह रहे हैं। अगर ऐसी बात हो सतीश बाबू तो खुद मैंने तो न ही धर्म का पालन किया है, न ही मैंने दीक्षा ली है। तब भी आजादी की लड़ाई में आप मुझे ठीक आगे की पंक्ति पाएँगे। यह मैंने आपको वचन दिया। लेकिन आप लोग मुझे ढूँढ़े मिलेंगे न?''

सतीश ने बात नहीं की, वह एक तरह से न जाने कैसा व्यस्त हो उठा और जब कमल ने उसी की चंचल आँखों का पीछा करने की कोशिश की, तो वह थोड़ी देर के लिए अपनी

नजरें फिरा नहीं सकी। तो यही हैं राजेन्द्र। वह अब चुपचाप आकर दरवाजे के पास खड़ा हो गया था, सतीश को छोड़ और किसी ने यह देखा नहीं था। वह अभिभूत की नाईं अपलक आखों से उसी की तरफ निहारता रहा। उसकी शक्ल-सूरत एक बार देखने पर भूलना कठिन है। उम्र शायद पच्चीस-छब्बीस साल होगी, रंग बड़ा गोरा है, अचानक देखने पर अस्वाभाविक-सा लगता है। लम्बा-चौड़ा माथा, सर का अगला हिस्सा इसी उम्र में गंजा-सा होकर काफी बड़ा दीख रहा है। गहरी और बड़ी छोटी-छोटी आँखें अँधेरे से चूहे की आँखों की तरह जल रही हैं। निचला मोटा होंठ सामने झुककर मानो मन के कठोर संकल्प को किसी तरह से दबाए हुए है। अचानक देखने पर डर लगता है, इस आदमी से बचकर चलना ही अच्छा है।

हरेन्द्र बोला—"यह है मेरा दोस्त। यह सिर्फ मेरा दोस्त ही नहीं है बल्कि यह मेरे छोटे भाई जैसा है, इसका नाम है—राजेन्द्र। इतना बड़ा कार्यकर्ता, इतना बड़ा देश-भक्त, इतना बड़ा निडर साधु-चित्त पुरुष मैंने कोई दूसरा नहीं देखा है। इसी की कहानी उस दिन मैं आपको सुना रहा था। वह जितनी आसानी से पाता है उतनी ही आसानी से फेंक देता है। अजीब आदमी है यह। अजित बाबू, उसे ही मैंने आपका बिस्तर ढोने के लिए आपके साथ भेजना चाहा था।"

अजित कुछ कहने जा रहा था कि तभी एक लड़के ने आकर खबर दी—"अक्षय बाबू आए हैं।"

हरेन्द्र ने विस्मित होकर कहा—"अक्षय बाबू आए हैं!"

अक्षय ने कमरे में घुसते-घुसते कहा—"हाँ जी, हाँ—तुम्हारा जिगरी दोस्त अक्षय कुमार आया है।" उसने सहसा चौंककर कहा—"आज क्या बात है? सभी यहाँ क्यों आए हैं? मैं आशु बाबू के साथ गाड़ी में घूमने निकला था। उन्होंने मुझे रास्ते में उतार दिया। मैं सामने से होकर जा रहा था। अचानक लगा, हरि घोष की गोशाला की जाँच-पड़ताल करके ही जाऊँ न। इसीलिए मैं यहाँ आया। सो आया तो अच्छा ही किया।"

इन सब बातों का किसी ने जवाब नहीं दिया क्योंकि जवाब देने को भी कुछ नहीं है। विश्वास भी किसी ने नहीं किया। अक्षय का यह रास्ता भी नहीं है। इस डेरे पर वह सहज ही आता भी नहीं है।

अक्षय ने कमल की तरफ निहारकर कहा—"मैंने तो सोचा था कि मैं कल सवेरे तुम्हारे यहाँ जाऊँगा। मगर मैं तो यह नहीं जानता हूँ कि तुम कहाँ रहती हो? यह अच्छा ही हुआ कि तुमसे मुलाकात हो गई। एक अच्छी खबर है।"

कमल चुपचाप निहारती रही। हरेन्द्र ने पूछा—"जरा सुनूँ तो सही कि क्या अच्छी खबर है। और खबर जब अच्छी है तब जरूर ही वह छिपी हुई नहीं है।"

अक्षय ने कहा—"इसमें छिपाने को भला क्या है! रास्ते में आज सिलाई करने की मशीन को बेचनेवाले उस पारसी मुए से भेंट हो गई थी जो उस दिन कमल से कर्ज माँगने गया था। मैंने गाड़ी रोककर उससे सारी बातें सुनीं। उसने कमल को दिखाकर कहा—"उन्होंने कर्ज लेकर एक सिलाई करने की मशीन खरीदी थी और उससे फतूही-वतूही की सिलाई करके अपना खर्चा चला रही थी। शिवनाथ वहाँ से रफू-चक्कर हो गया है लेकिन पाई-पाई कीमत तो चुकानी ही होगी न। इसीलिए वह उस मशीन को छीन ले गया है। आशु बाबू ने आज

पूरी कीमत चुकाकर उसे खरीद लिया। कमल, तुम कल आदमी भेजकर उस मशीन को मँगवा लेना। तुम्हारे रोटी-कपड़े का खर्च नहीं चल रहा था। अगर यह बात तुम हम लोगों को बता देती, तो अच्छा होता।"

उसके कहने की बर्बर निष्ठुरता से सभी मर्माहत हुए।

कमल के लावण्यहीन उदास मुँह पर एक हेतु देख पाकर शर्म से अविनाश का भी मुँह लाल हो उठा।

कमल ने मृदु स्वर में कहा—"आप उन्हें मेरी कृतज्ञता जता दीजिएगा और उनसे कहिएगा कि वे उसे लौटा दें। अब मुझे उसकी जरूरत नहीं है।"

"क्यों, अब आपको उसकी जरूरत क्यों नहीं है?"

हरेन्द्र ने कहा—"अक्षय बाबू, आप इस घर से चले जाइए। मैंने आपको नहीं बुलाया था। मैंने नहीं चाहा था कि आप यहाँ आएँ, तब भी आप यहाँ आए हैं। आदमी की ब्रुटेलिटी की क्या कोई सीमा नहीं रहेगी?"

कमल ने अचानक मुँह उठाया, तो देखा, अजित की दोनों आँखें छलछला रही हैं। बोली—"अजित बाबू, आपकी गाड़ी साथ में है, कृपा करके आप मुझे घर पहुँचा दीजिएगा।"

अजित ने बात नहीं की, उसने सिर्फ सर हिलाकर हामी भरी।

कमल ने नीलिमा को नमस्कार किया और कहा—"अब शायद जल्दी मुलाकात नहीं होगी। मैं यहाँ से जा रही हूँ।"

किसी ने यह बात पूछने की हिम्मत नहीं की कि वह कहाँ जा रही है। सिर्फ नीलिमा ने उसके हाथ को अपने हाथ में लेकर जरा दबा दिया और दूसरे ही पल कमल हरेन्द्र को नमस्कार करके अजित के पीछे-पीछे कमरे से बाहर निकल गई।

15

मोटर पर बैठकर कमल आसमान की तरफ निहारती हुई अन्यमनस्क बनी हुई थी। जब गाड़ी रुकी तो इधर-उधर निगाह डालकर उसने पूछा—"आप यह कहाँ आए अजित बाबू? यह तो मेरे डेरे का रास्ता नहीं है।"

अजित ने जवाब दिया—"नहीं, यह आपके डेरे का रास्ता नहीं है।"

"यह मेरे डेरे का रास्ता नहीं है? तो फिर शायद लौटना होगा।"

"यह आप जानें। मुझे आप लौटने का हुक्म दीजिएगा तो मैं लौट जाऊँगा।"

उसकी बात सुनकर कमल अचरज में पड़ गई। उसके इस अजीब जवाब ने उसे उतना विचलित नहीं किया जितना विचलित उसकी आवाज की अस्वाभाविकता ने उसे किया। थोड़ी देर तक चुप रहकर उसने अपने आपको दृढ़ किया और मुस्कुराकर बोली—"दूसरे रास्ते

पर चलने की बात तो मैंने नहीं की थी अजित बाबू कि उसे सुधारने का हुक्म मुझे ही देना होगा। मुझे ठीक जगह पर पहुँचा देने की जिम्मेदारी आपकी है। मेरा कर्तव्य है सिर्फ आप पर विश्वास किए रहना।"

"लेकिन अगर मैंने अपनी जिम्मेदारी निभाने में गलती की हो कमल तो?"

" 'अगर' पर तो फैसला नहीं किया जा सकता है अजित बाबू। पहले मैं इस बारे में निःसंशय हो लूँ कि आपने गलती की है या नहीं, उसके बाद मैं इसका फैसला करूँगी।"

अजित ने धीमे स्वर में कहा—"तो फिर आप इस बात का फैसला कीजिए। मैं इन्तजार कर रहा हूँ।" इतना कहकर वह कई पल स्तब्ध रहा, फिर अचानक बोल उठा—"कमल, और एक दिन की बात याद है तुम्हें? उस दिन भी तो ऐसा ही अँधेरा था।"

"हाँ, उस दिन भी ठीक ऐसा ही अँधेरा था।" इतना कहकर वह गाड़ी का दरवाजा खोलकर उतरी और आकर सामनेवाली सीट पर अजित की बगल में जा बैठी। सन्नाटा भरी सुनसान अँधेरी रात। थोड़ी देर तक किसी ने बात नहीं की।

"अजित बाबू!"

"हुँ।"

अजित के कलेजे के अन्दर आँधी बह रही थी। उसने जवाब देने की कोशिश की, तो शब्द उसके मुँह में अटके रहे।

कमल ने फिर प्रश्न किया—"आप क्या सोच रहे हैं, बताइए न, मैं जरा सुनूँ तो सही!"

अजित की आवाज काँपने लगी। बोला—"उस दिन आशु बाबू के घर मैंने तुम्हारे साथ जो बर्ताव किया था वह याद आता है। उस दिन तक मैंने यह सोचा था कि तुम्हारा अतीत ही शायद तुम्हारा बड़ा हिस्सा है, मैं उसके साथ समझौता करूँ तो कैसे करूँ? पीछे की छाया को ही मैंने आगे बढ़ा दिया था और उसी से मैंने तुम्हारे मुँह को ढक डाला था। मैं इस बात को ही भूल गया था कि सूरज चक्कर लगाता है। मगर रहने दो। लेकिन तुम यह समझ नहीं सकती हो कि मैं आज क्या सोच रहा हूँ?"

कमल बोली—"औरत होकर इसके बाद भी मैं समझ नहीं सकूँगी, मैं क्या इतनी नादान हूँ? जब आप दूसरे रास्ते पर निकल पड़े थे तभी मैंने समझा था।"

अजित ने धीरे-धीरे उसके कन्धे पर हाथ रखा और चुप रहा। थोड़ी देर बाद बोला—"कमल, लग रहा है कि आज अब मैं अपने आपको सँभाल नहीं पाऊँगा।"

कमल हटकर नहीं बैठी। उसके आचरण में जरा भी विस्मय और विह्वलता नहीं है। वह सहज, शान्त स्वर में बोली—"इसमें आश्चर्य की कोई बात नहीं है अजित बाबू। ऐसा ही होता है। लेकिन आप तो सिर्फ पुरुष ही नहीं हैं, बल्कि आप न्यायनिष्ठ भद्र पुरुष हैं। इसके बाद आप मुझे अपने कन्धे से उतारेंगे कैसे? इतना छोटा काम तो आप नहीं कर सकोगे।"

अजित ने भर्राई आवाज में कहा—"तुम इस बात की आशंका क्यों कर रही हो कमल, कि मुझे अपने कन्धे से तुम्हें उतारना ही पड़ेगा।"

कमल हँसी, बोली—"इस बात की आशंका मैं अपने लिए नहीं करती हूँ अजित बाबू, करती हूँ सिर्फ आपके लिए। आप अपने कन्धे से उतार सकते हो, मुझे डर नहीं था। चूँकि आप अपने कन्धे से मुझे उतार नहीं सकोगे इसीलिए मुझे चिन्ता होती है। सिर्फ एक रात

की गलती के बदले इतनी बड़ा सजा आपके मत्थे मढ़ने में मुझे दया आती है। और नहीं, चलिए लौट चलिए।''

उसकी बातें अजित के कानों में पहुँचीं, लेकिन मन में नहीं पहुँचीं। पलक झपकते उसकी धमनियों का खून पागल हो गया—उसने उसे खींचकर अपने सीने से लगा लिया और नशे में डूबी आवाज में बोल उठा—''तुम मुझ पर विश्वास नहीं कर सकती कमल?''

पल भर के लिए कमल की साँस रुकने को आई, बोली—''मैं आप पर विश्वास कर सकती हूँ।''

''तो किसलिए तुम लौटना चाहती हो कमल, चलो, हम लोग चले चलें।''

''चलिए।''

जब अजित ने गाड़ी चलाने की कोशिश की तो अचानक वह रुका और बोला—''डेरे से साथ में तुम्हें लेने को क्या कुछ नहीं है?''

''नहीं, साथ में मुझे लेने को कुछ नहीं है। लेकिन आपको?''

अजित को सोचना पड़ा। उसने अपनी जेब में हाथ डालकर कहा—''रुपए-पैसे कुछ भी साथ में नहीं हैं। उनकी जरूरत तो पड़ेगी।''

कमल बोली—''इस गाड़ी को बेच देने से ही अपने पास रुपए हो जाएँगे।''

अजित विस्मित होकर बोला—''मैं यह गाड़ी बेचूँगा? मगर यह गाड़ी तो मेरी नहीं है। यह गाड़ी तो आशु बाबू की है।''

कमल ने कहा—''तो इसमें क्या है? आशु बाबू लाज और घृणा से गाड़ी का नाम कभी भी अपनी जबान पर नहीं लाएँगे। कोई चिन्ता नहीं, चलिए।''

उसकी बात सुनकर अजित स्तब्ध रहा। उसका बायाँ हाथ तब भी कमल के कन्धे पर था, उसका वह हाथ सरककर नीचे गिरा। वह बहुत देर तक चुप रहा, फिर बोला—''तुम क्या मेरी खिल्ली उड़ा रही हो?''

''नहीं, मैं आपकी खिल्ली नहीं उड़ा रही हूँ, मैं सचमुच ही कह रही हूँ।''

''तुम सचमुच ही कह रही हो और तुम सचमुच ही यह सोच रही हो कि मैं दूसरे की चीज चुरा सकता हूँ। यह काम तुम खुद कर सकती हो?''

कमल बोली—''मैं दूसरे की चीज चुरा सकती हूँ या नहीं, अगर आप इस बात पर निर्भर करते अजित बाबू, तो मैं इसका जवाब देती। दूसरे की चीज को हड़पने की हिम्मत आपमें नहीं है। चलिए, गाड़ी घुमा लीजिए और मुझे डेरे पर पहुँचा दीजिए।''

लौटती बार अजित ने धीरे-धीरे पूछा—''दूसरे की चीज को हड़पने की हिम्मत को क्या तुम बहुत बड़ी चीज मानती हो?''

कमल बोली—''मैंने यह नहीं कहा है कि दूसरे की चीज को हड़पने की हिम्मत बड़ी चीज है या छोटी? मैंने सिर्फ यही कहा है कि यह हिम्मत आपमें नहीं है।''

''नहीं, मुझमें यह हिम्मत नहीं है और इसके लिए मैं शर्म महसूस नहीं करता हूँ।'' इतना कहकर अजित जरा रुका, फिर बोला—''बल्कि मुझमें यह हिम्मत होती तो शर्म महसूस करता और मेरा विश्वास है कि सभी भद्र व्यक्ति इस बात की हामी भरेंगे।''

कमल बोली—''हामी भरना आखिर आसान है। उससे वाहवाही मिलती है।''

''सिर्फ वाहवाही मिलती है? उससे ज्यादा कुछ नहीं मिलता है? शिक्षित भद्र मन नाम की कोई चीज क्या तुमने कभी नहीं देखी है?''

''मगर मैंने मन नाम की चीज को कभी देखा भी हो तो उसकी चर्चा मैं किसी दूसरे दिन करूँगी, अगर वक्त आया तो, पर आज नहीं।'' इतना कहकर वह पल भर चुप रही, फिर बोली–''आपके तर्क के जवाब में और कोई होता, तो ताने मारकर यह कहता कि कमल को हड़पने की कोशिश में तो भद्र मन को संकोच नहीं हुआ था? मगर मैं यह नहीं कहूँगी, क्योंकि कमल किसी की जायदाद नहीं है। वह सिर्फ उसकी अपनी है, और किसी की भी नहीं।''

''तुम शायद किसी दिन किसी की हो भी नहीं सकती हो!''

''यह तो भविष्य की बात है अजित बाबू, आज मैं इसका जवाब कैसे दूँगी?''

''तुम शायद किसी भी दिन इसका जवाब नहीं दे सकोगी। लगता है, इसी के चलते शिवनाथ की इतनी बड़ी निर्ममता भी तुम्हें नहीं टीसी है। बड़ी आसानी से तुमने उसे झाड़कर फेंक दिया है।'' इतना कहकर उसने आह भरी।

मोटर की रोशनी में कई बैलगाड़ियाँ दिखाई पड़ीं। बगल में ही शायद गाँव है। किसान जैसे-तैसे ढंग से गाड़ियों को रास्ते पर छोड़ बैलों को लेकर घर गए हैं। अजित ने सावधानी से इस जगह को पार करके कहा–''कमल, तुम्हें समझना मुश्किल है!''

कमल ने हँसकर कहा–''मुझे समझना मुश्किल कैसे है? ठीक तो समझा था आपने कि रास्ता बदल देने से ही मुझे फुसलाकर ले जाया जा सकता है।''

''हो सकता है मेरा यह समझना गलती हो।''

कमल ने हँसकर कहा–''दूसरे रास्ते पर चलना गलत है, मुझे फुसलाने की कोशिश करना गलत है, फिर अपनी भी गलती है? आपकी इतनी गलतियों का बोझ कब सुधरेगा? अजित बाबू, अपने आप पर थोड़ा विश्वास करना सीखिए। इस तरह से अपने आगे अपने आपको नीचा मत दिखाइए।''

''लेकिन अपनी गलतियों को स्वीकार करने से ही क्या अपने आप पर विश्वास किया जा सकता है कमल?''

''नहीं, ऐसा नहीं हो सकता है। मगर अस्वीकार करने की भी रीति है। दुनिया तो सिर्फ आप ही को लेकर नहीं है, अगर ऐसा होता, तो सारी गड़बड़ियाँ ही दूर हो जातीं। यहाँ और भी लोग रहते हैं, उनकी भी इच्छा-अनिच्छा है, उनकी भी कार्य-प्रणाली का असर हम पर पड़ता है। इसीलिए आखिरी नतीजा अगर अपने मन के मुताबिक न भी हो, तो उसे गलती मानकर धिक्कार देते रहने पर अपने आपको ही अपमानित किया जाता है। अपने प्रति इससे बड़ी नफरत करना और क्या है, बताइए तो?''

अजित थोड़ी देर चुप रहा, उसके बाद पूछा–''लेकिन जहाँ सचमुच की गलती होती है? शिवनाथ के बारे में भी क्या तुम्हें कोई पछतावा नहीं है कमल? इस पर क्या तुम मुझे विश्वास करने को कहती हो?''

कमल ने इस सवाल का शायद ठीक से जवाब नहीं दिया, बोली–''इस पर विश्वास करने की गरज आपकी है। लेकिन उनके खिलाफ किसी से भी किसी दिन तो मैंने शिकायत नहीं की है।''

"शिकायत करनेवाली तुम नहीं हो लेकिन गलतियों के लिए अपने आगे भी क्या कभी तुमने अपने आपको धिक्कारा नहीं है?"

"नहीं।"

"तब तो मैं सिर्फ इतना ही कह सकता हूँ कि तुम अजीब हो, तुम असाधारण औरत हो!"

कमल ने इस टिप्पणी का कोई जवाब नहीं दिया, वह चुप ही रही।

अजित ने चुपचाप दसेक मिनट बिताए, उसके बाद वह अचानक प्रश्न कर बैठा–"कमल, ऐसी गलती अगर मैं फिर कल भी कर बैठूँ, तो तब भी क्या तुमसे मुलाकात होगी?"

"लेकिन अगर का जवाब तो अगर से ही दिया जाता है अजित बाबू। अनिश्चित बात के निश्चित फैसले की उम्मीद नहीं करनी चाहिए।"

"यानी तुम्हारा यही विश्वास है कि कल तक मेरा यह मोह नहीं टिकेगा।"

"मुझे यही लगता है कि कम-से-कम यह असम्भव नहीं है।"

अजित ने मन-ही-मन आहत होकर कहा–"मैं चाहे और जो भी क्यों न होऊँ कमल, मैं शिवनाथ नहीं हूँ।"

कमल ने जवाब दिया–"यह मैं तो जानती हूँ अजित बाबू और हो सकता है, आपसे भी ज्यादा मैं यह जानती होऊँ।"

अजित ने कहा–"अगर तुम यह जानती होती, तो तुम कभी भी यह विश्वास नहीं करती कि आज मैंने तुम्हें झूठ-मूठ में फुसलाना चाहा था, और इसमें सच्चाई की कोई भी बात नहीं थी।"

कमल ने कहा–"झूठ की बात तो नहीं हुई है अजित बाबू, मोह की बात हुई थी। वे दोनों एक चीज नहीं हैं। और अगर मोहवश आपने किसी को फुसलाना चाहा हो, तो आपने अपने आपको ही फुसलाना चाहा होगा। यह मैं जानती हूँ कि आपने मुझे ठगना नहीं चाहा होगा।"

"मगर आखिरकार ठगी तो तुम्हीं जाती कमल! मेरा रात का मोह दिन के उजाले में दूर हो जाएगा, इसे पक्का समझकर भी तो तुम मेरे साथ जाने में असहमत नहीं हुई थी। यह क्या सिर्फ मजाक था?"

कमल तनिक मुस्कुराई–"आपने इसे परखकर क्यों नहीं देखा? रास्ता खुला था, मैंने तो एक बार भी मना नहीं किया था।"

अजित ने आह भरकर कहा–"अगर तुमने मना नहीं किया तो मैं यही बात कहूँगा कि तुम्हें समझना वास्तव में ही कठिन है। मैं तुमसे एक बात कहता हूँ कमल, वह यह कि नारी का प्यार जैसे हृदय को जितना अभिभूत कर देता है उसके रूप का मोह भी बुद्धि को उतना ही अचेत करता है। सो करे, लेकिन एक जितना बड़ा सच है दूसरा उतना ही बड़ा झूठ है। तुम तो जानती थी कि यह मेरा प्यार नहीं है। तुम इसे बढ़ावा देने को कैसे तैयार हो गई थी? कमल, कोहरा चाहे जितना घना होकर धूप को ढक दे, तब भी वही अनिश्चित है और सूर्य ही निश्चित है।"

अँधेरे में थोड़ी देर तक कमल उसकी तरफ अपलक निहारती रही, उसके बाद वह शान्त आवाज में बोली–"वह कवि की उपमा है अजित बाबू, युक्ति नहीं। वह सच भी नहीं है। आदिम युग में कोहरा पैदा हुआ था, आज भी यह पहले की ही तरह मौजूद है। सूर्य को उसने बार-बार ढका है और बार-बार ढकेगा। मैं यह नहीं जानती कि सूर्य निश्चित है या नहीं। लेकिन कोहरा भी तो अनिश्चित नहीं है। पल भर के आनन्द को लेकर ही वह बार-बार लौट आता है। चूँकि मालती के फूल की उम्र सूर्यमुखी के फूल की उम्र की तरह नहीं है। इसलिए उसे अनिश्चित मानकर कौन उड़ा देगा? आज एक रात के मोह को मैंने बढ़ावा देना चाहा था, अगर आपका यही आरोप हो, अजित बाबू तो उम्र की लम्बाई ही क्या जीवन में इतनी बड़ी सच्चाई है!"

यह समझकर ही कि अजित उसकी बातों को नहीं समझ सका, वह कहने लगी–"मेरी बात समझने का दिन आज भी आपके लिए नहीं आया है। इसीलिए शिवनाथ के प्रति आप लोगों के गुस्से की सीमा नहीं है। मगर मैंने उन्हें माफ कर दिया है। इस बात को लेकर मुझे जरा भी शिकायत नहीं है कि मैंने जो पाया है उससे ज्यादा मैंने क्यों नहीं पाया है।"

अजित बोला–"यानी तुमने अपने मन को इतना निर्विकार बना दिया है। अच्छा, दुनिया में किसी के खिलाफ क्या तुम्हें कोई शिकायत नहीं है?"

कमल ने उसके मुँह की तरफ निहारकर कहा–"हाँ, मुझे शिकायत है सिर्फ एक आदमी के खिलाफ।"

"बताओ न कमल, तुम्हें किसके खिलाफ शिकायत है, मैं जरा सुनूँ तो सही।"

"क्या फायदा होगा आपको दूसरे की बात सुनकर?"

"क्या फायदा होगा मुझे दूसरे की बात सुनकर? तब भी तो निश्चिन्त हो सकूँगा यह जानकर कि कम-से-कम मुझ पर तुम्हें गुस्सा नहीं है।"

कमल बोली–"निश्चिन्त होने पर क्या आप खुश होंगे? लेकिन अभी उसके लिए वक्त नहीं है। हम लोग आ गए हैं। गाड़ी रोक दीजिए। मैं उतर जाऊँ।"

गाड़ी रुकी। अँधेरे में रास्ते के किनारे कोई खड़ा था। जब दोनों उसके करीब आए, तो दोनों ही चौंक उठे। अजित ने डरते हुए प्रश्न किया–"कौन?"

"मैं हूँ राजेन। आज हरेन भैया के आश्रम में आप लोगों ने मुझे देखा था।"

"ओ राजेन! इतनी रात गए तुम यहाँ क्यों खड़े हो?"

"आप ही लोगों का मैं यहाँ इन्तजार किए हुए हूँ। आप लोगों के चले आने के बाद ही आशु बाबू के घर से आदमी आया था। आपको ढूँढ़ने के लिए।" इतना कहकर उसने कमल की तरफ निहारा।

कमल ने कहा–"आदमी को मुझे ढूँढ़ने के लिए भेजने का कारण?"

राजेन ने कहा–"आपने शायद सुना होगा कि यहाँ चारों ओर बहुत इन्फ्लुएंजा फैल रहा है, बहुत मामले में इस बीमारी से लोग मर रहे हैं। शिवनाथ बाबू बहुत बीमार हैं। अचानक उन्हें खटोले से आशु बाबू के घर ले आया गया है। आशु बाबू ने सोचा था कि आप आश्रम में हैं। इसीलिए उन्होंने आपको बुलाने के लिए आदमी भेजा था।"

''अभी रात के कितने बजे हैं?''

''शायद अभी तीन बजे होंगे!''

कमल ने हाथ बढ़ाकर गाड़ी का दरवाजा खोल दिया और बोली–''अन्दर आइए। रास्ते में मैं आपको आपके आश्रम में पहुँचा दूँगी।''

अजित ने एक शब्द भी नहीं कहा। वह कठपुतली के मानिन्द गाड़ी चलाता हुआ हरेन्द्र के डेरे के सामने आ रुका। जब राजेन उतर गया, तो कमल ने कहा–''आपको धन्यवाद। मुझे खबर देने के लिए। आज आपने बहुत दुख झेला है।''

''यह मेरा काम है। जरूरत पड़ने पर खबर दीजिएगा।'' इतना कहकर वह चला गया। न कोई भूमिका, न कोई आडम्बर सादे शब्दों में बता गया कि यह उसके कर्तव्य के अन्तर्गत है। आज ही शाम को हरेन्द्र के मुँह से इस लड़के के बारे में जितना कुछ उसने सुना था सब याद आया। एक तरफ उसमें एक्जामिनेशन पास करने की असाधारण दक्षता है, तो दूसरी तरफ उसमें मिलनेवाली सफलता को छोड़ने की असीम उदासीनता है। उसकी उम्र कम है, अभी उसने जवानी की दहलीज पर कदम रखा है। इसी उम्र में उसने अपने लिए कुछ भी हाथ में नहीं रखा है, सब दूसरे के काम में लगा दिया है।

अजित तब से लेकर अब तक चुप था। रात के तीन बज चुके थे। यह खबर सुनने के बाद किसी भी चीज में मन लगाने की शक्ति अब उसमें नहीं थी। सिर्फ एक काल्पनिक असंगत प्रश्नोत्तरों के आघात-प्रतिघात के नीचे इस आधी रात के सफर के अटूट भद्देपन से उसका मन काला बना रहा। बहुत सम्भव है, कोई कुछ नहीं पूछेगा, हो सकता है, पूछने का भरोसा भी कोई न पाए। सब सिर्फ अपनी-अपनी इच्छा, अरुचि और विद्वेष की कलम से अनजानी घटना की शुरू से लेकर आखिर तक की कहानी अक्षरशः लिख लेंगे। और इससे भी ज्यादा व्याकुल किया था उसे इस बेहया औरत की बेखौफ साफगोई ने। इस दुनिया में इसे झूठ बोलने की जरूरत नहीं है। यह मानो दुनिया भर के सब्र को सिर्फ अपमानित करना है।

इधर वह यह नहीं जानता है कि शिवनाथ की बीमारी के चलते कौन-कौन लोग वहाँ आए होंगे, यह सोचकर कि वे लोग इस औरत से प्रश्न करेंगे, अजित के बदन का खून ठंडा होने को आया। अचानक उसे लगा कि वह कमल से नफरत करता है और उसी के लुब्ध आश्वासन से उसने आत्मविस्मृत पागलों की नाईं पल भर के लिए होश गँवाया है, इसकी कठोर सजा उसे हो। इतना कहकर उसने बार-बार अपने आपको अभिशाप दिया।

गेट के अन्दर घुसते ही उसे नजर आया, सामने की खुली खिड़की के पास खुद आशु बाबू खड़े हैं। जब उन्होंने गाड़ी की आवाज सुनी, तो नीचे निहारकर कहा–''अजित, तुम आए? और तुम्हारे साथ कौन हैं; कमल?''

''हाँ।''

''यदु, कमल को शिवनाथ के कमरे में ले जाओ। तुमने सुना होगा शायद कि वह बीमार हैं।'' कहते-कहते वे खुद ही नीचे उतर आए, बोले–''यह बदलते मौसम का वक्त यों ही बड़ा बुरा होता है। ऊपर से अचानक बीमारी-वीमारी शुरू हुई है, काफी लोग मर रहे हैं। खुद मेरी तबीयत सवेरे से अच्छी नहीं है। कुछ बुखार-वुखार-सा लग रहा है।''

कमल ने उद्विग्न होकर कहा—"तो आप जागे हुए क्यों हैं? यहाँ देख-भाल करनेवाले आदमियों की कमी नहीं है।"

"कौन है भला कहो? डॉक्टर आकर उन्हें देख गया है। मुझे सोने भेजकर मणि खुद ही जागी वहाँ बैठी हुई है। मगर मैं सो नहीं सका। तुम्हारे आने में देरी होने लगी, कमल, बीमार के प्रति क्या अभिमान करना चाहिए? ऐसी बात नहीं है कि झगड़ा-टंटा नहीं होता है। बीमार होकर वह तीन-चार दिनों से पता नहीं कहाँ किस डेरे पर जाकर पड़ा हुआ था, तुमने तो उसकी कोई खबर तक नहीं ली थी। छिः, यह काम अच्छा नहीं हुआ है। अब अकेले तुम्हें ही तो भुगतना होगा!"

उनकी बात सुनकर कमल विस्मित हुई, लेकिन उसने यह समझा कि ये सरल-चित्त व्यक्ति अन्दर की कोई भी बात नहीं जानते हैं। वह चुप रही। आशु बाबू उसके गुस्से को शान्त करने के इरादे से कहने लगे—"हरेन्द्र बाबू के मुँह से सुना कि तुम घर पर नहीं थी। तभी मैंने समझा था कि अजित ने तुम्हें नहीं छोड़ा होगा। खुद वह घूमना बहुत पसन्द करता है। वह तुम्हें भी पकड़कर ले गया होगा। लेकिन सोचो तो, अँधेरे में अचानक कोई दुर्घटना हो जाती, तो तुम लोग कितनी मुसीबत में पड़ते!"

अजित के कलेजे पर से मानो पत्थर उतर गया। किसी भी चीज का बुरा पहलू इस आदमी के अन्दर घुसने का नाम नहीं लेता है। उनका निष्कलुष मन हर पल बेदाग सफेदी से जगमगा रहा है। स्नेह और श्रद्धा से उसने मन-ही-मन उन्हें नमस्कार किया। लेकिन कमल ने उनकी सारी बातों पर कान नहीं दिया है। हो सकता है, उसने इसकी जरूरत भी महसूस नहीं की हो। उसने पूछा—"वे अस्पताल न जाकर यहाँ क्यों आए?"

आशु बाबू ने अचरज में पड़कर कहा—"उन्हें अस्पताल चले जाना चाहिए था? तब तो तुम्हारा गुस्सा अभी भी ठंडा नहीं हुआ है।"

"गुस्से के चलते मैं यह नहीं कहती हूँ आशु बाबू। जो संगत और स्वाभाविक है, मैं सिर्फ वही कह रही हूँ।"

"उनका अस्पताल जाना स्वाभाविक नहीं है, संगत तो नहीं ही है। लेकिन मैं यह कबूल करता हूँ कि मणि को उन्हें यहाँ न लाकर तुम्हारे पास ही भेजना चाहिए था।"

कमल बोली—"नहीं, मणि को उन्हें मेरे पास नहीं भेजना चाहिए था। मणि यह जानती थीं कि मेरी मजाल नहीं कि मैं उनका इलाज करा सकूँ।"

इस बात से उन्हें और एक काम की याद आ जाने की वजह से वे बेहद झेंप गए। कमल कहने लगी—"सिर्फ मनोरमा ही नहीं, शिवनाथ बाबू खुद भी यह जानते थे कि सिर्फ सेवा से ही बीमारी दूर नहीं होती है। दवा और पथ्य की भी जरूरत है। हो सकता है, यह अच्छा ही हुआ हो कि खबर मेरे पास न पहुँचकर मणि के पास पहुँची है। उनकी जिन्दगी लम्बी है।"

आशु बाबू शर्म के मारे उदास-से हो गए और सर हिलाकर बार-बार कहने लगे—"यह बात ही नहीं है कमल। सेवा ही सब कुछ है। तीमारदारी सबसे बड़ी दवा है। डॉक्टर-वैद्य तो कहने के लिए हैं।" अपनी दिवंगत पत्नी की याद आ जाने की वजह से उन्होंने कहा—"मैं तो भुक्तभोगी हूँ कमल। बीमार रहते-रहते मैं यह सीख चुका हूँ। कमरे में चलो, तुम्हारी

चीज है, तुम जो अच्छा समझोगी वही होगा। मेरे रहते दवा और पथ्य की कमी नहीं होगी।'' इतना कहकर वे उसे रास्ता दिखाते हुए ले चले। अजित यह न समझ पाकर भी कि वह क्या करे, उनके साथ हो लिया। इस बात की आशंका से कि बीमार के कमरे में कहीं गोलमाल से आराम में खलल न पड़े, सब दबे पाँव चुपचाप घुसे। बिस्तर के बगल में कुर्सी पर बैठे-बैठे मनोरमा रात को जागने की थकान से शिवनाथ के सीने पर अपना सुस्त सर रखकर शायद अभी-अभी सो गई है और उसके गले नें गलबहियाँ डाले शिवनाथ भी सोया हुआ है। इस कल्पनातीत दृश्य के सामने अचानक आशु बाबू की दोनों आँखों में मानो अँधेरे का जाल उतर आया, मगर पल भर के लिए। पल भर बाद ही वे दौड़कर भाग गए। अजित और कमल ने नजरें उठाकर एक-दूसरे के मुँह की तरफ निहारा, उसके बाद जैसे चुपचाप वे लोग आए थे वैसे ही चुपचाप बाहर निकल गए।

16

आने-जाने के रास्ते के बगल में ही एक ढका हुआ बरामदा है। शिवनाथ के कमरे से बाहर आकर अजित और कमल वहीं रुके। वहाँ शीशे की एक छोटी-सी लालटेन लटक रही थी। उसकी मद्धिम रोशनी में भी साफ दिखाई पड़ा कि अजित का चेहरा फक् पड़ा हुआ है। अचानक धक्का लगकर सारा खून मानो हट गया हो। वहाँ कोई तीसरा व्यक्ति नहीं है, फिर भी उसने परायी भद्र महिला के लायक सम्मान के साथ पूछा–''आप क्या अभी अपने डेरे लौट जाना चाहती हैं? अगर आप अपने डेरे लौट जाना चाहेंगी, तो मैं उसका इन्तजाम कर दूँगा।''

कमल उसके मुँह की तरफ निहारती हुई चुप रही। अजित बोला–''अब तो आप इस घर में पल भर भी नहीं रह सकती हैं।''

''और आप इस घर में रह सकते हैं?''

''नहीं, मैं भी अब इस घर में नहीं रह सकता हूँ। कल सवेरे ही मैं दूसरी जगह चला जाऊँगा।''

कमल बोली–''हाँ, अब आपका यहाँ से चला जाना ही अच्छा है। मैं भी तभी जाऊँगी। फिलहाल इस कुर्सी पर बैठकर बाकी रात बिता जाइए, आप आराम कीजिए।''

उस छोटी-सी कुर्सी की तरफ निगाह डालकर अजित ने आनाकानी करते हुए कहा– ''लेकिन...''

कमल बोली–''आपको संकोच करने की जरूरत नहीं है अजित बाबू। मेरे सोने का इन्तजाम करने में बड़ा झंझट है। अभी डेरे पर जाना भी सम्भव नहीं है। आपके कमरे में जाकर ठहरना भी सम्भव नहीं है। आप जाइए देरी मत कीजिए।''

सवेरे बैरा आकर अजित को आशु बाबू के कमरे में बुला ले गया। वे भी बिस्तर से उठे नहीं थे। करीब ही कुर्सी पर कमल बैठी हुई है। इसके पहले ही उसे बुलवाया गया है।

जब वह बैठ गया तो आशु बाबू ने कहा–"सुना कि आज सवेरे ही तुम चले जाओगे। मैं तुम्हें यहाँ रहने को भी नहीं कह सकता। अच्छी बात है, गुडबाय। फिर कभी अगर मुलाकात न हो, तो तुम यह पक्का जानना कि मैंने तुम्हें तहेदिल से आशीर्वाद दिया है ताकि हमें माफ करके तुम जीवन में सुखी हो सको।"

आशु बाबू ने कहा–"कल से ही मेरी तबीयत अच्छी नहीं थी। आज लग रहा है जैसे...अच्छा, बैठो अजित।"

अजित ने तब तक उनके मुँह की तरफ नजरें उठाकर नहीं देखा था। अभी जब उसने जवाब देने की कोशिश की, तो उनका मुँह देखकर वह निर्वाक् हो गया। यह कहना ठीक नहीं होगा कि वह निर्वाक् हो गया, बल्कि यह कहना ठीक होगा कि जैसे वह शब्द भूल गया। एक रात के सिर्फ कुछ घंटों में किसी में इतना बड़ा बदलाव आ सकता है, वह इसकी कल्पना भी नहीं कर सका।

आशु बाबू खुद भी दो-तीन मिनट चुप रहे। उसके बाद उन्होंने कमल से कहा–"मैंने तुम्हें यहाँ बुलवाया है, मगर तुमसे नजरें मिलाने में भी मेरा सर झुक जाता है। रात भर मेरे मन के अन्दर क्या कुछ हुआ है, मैंने कितना कुछ सोचा है, यह मैं किसे बताऊँ?"

वे थोड़ी देर रुके, फिर बोले–"अक्षय ने एक दिन कहा था कि शिवनाथ बाबू तुम्हारे यहाँ प्रायः ही रहते हैं। मैंने उसकी बात पर कान नहीं दिया था, सोचा था कि यह बात वह बढ़ा-चढ़ाकर कह रहा है, बैर के मारे कह रहा है। तुम रुपए की कमी की वजह से तकलीफ में पड़ी थी, तब मैंने उसका कारण नहीं समझा था। लेकिन आज सब कुछ साफ हो गया है, कहीं कोई सन्देह नहीं है।"

दोनों ही चुप रहे। फिर कहने लगे–"तुमसे मैंने बहुत अच्छा व्यवहार किया है। लेकिन जिस दिन पहली बार तुमसे जान-पहचान हुई थी उसी दिन मैंने तुम्हें प्यार किया था, कमल। आज इसीलिए मुझे सिर्फ लग रहा है कि काश, मैं आगरा न आता!" कहते-कहते उनकी आँखों की कोरों में एक बूँद आँसू आ गया। उसे उन्होंने अपने हाथ से पोंछ डाला और सिर्फ कहा–"हे ईश्वर!"

कमल उठकर आई और उनके सिरहाने बैठी, उसके बाद उनके माथे पर हाथ रखकर बोली–"आपको तो बुखार आ गया है आशु बाबू!"

आशु बाबू ने उसके हाथ को खींचकर अपने हाथ में लिया और बोला–"आने दो बुखार को। कमल, मैं जानता हूँ कि तुम बड़ी अक्लमन्द हो, लेकिन तुम मेरे लिए कोई उपाय कर दो। मेरे घर में उस आदमी की मौजूदगी ने मेरे अंग-अंग में आग लगा दी है।"

कमल ने निहारा, तो देखा, अजित मुँह नीचा किए बैठा हुआ है। उससे कोई इशारा न पाकर वह थोड़ी देर चुप रही, फिर बोली–"आप मुझे क्या करने को कहते हैं, कहिए।" लेकिन जवाब न पाकर वह खुद भी थोड़ी देर तक चुपचाप बैठी रही, बाद में बोली–"शिवनाथ बाबू को आप अपने यहाँ नहीं रखना चाहते हैं, मगर वे तो बीमार हैं। इस हालत में आप उन्हें या तो अस्पताल भेज दीजिए या उनके अपने डेरे, अगर आप जानते हों तो,

उन्हें भेज सकते हैं। और अगर आप यह सोचते हों कि मेरे यहाँ उन्हें भेज देने से अच्छा होगा, तो आप ऐसा भी कर सकते हैं। मुझे कोई ऐतराज नहीं है, लेकिन आप तो यह जानते हैं कि इलाज कराने की मेरी शक्ति नहीं है। मैं जी-जान से सिर्फ सेवा ही कर सकती हूँ। उससे ज्यादा मैं कुछ नहीं कर सकती।''

आशु बाबू ने कृतज्ञता से भरकर कहा–''कमल, पता नहीं क्यों, ठीक ऐसे ही जवाब की मैंने तुमसे उम्मीद की थी। यह मैं जानता था कि पाखंड का जवाब देने की कोशिश में तुम खुद पत्थर नहीं बन सकती हो। अपनी चीज तुम अपने घर ले जाओ। इलाज के खर्च के लिए तुम डरो मत। यह जिम्मेदारी मैंने ले ली।''

कमल ने कहा–''लेकिन इस मामले में सबसे पहले एक बात साफ हो जाना जरूरी है।''

आशु बाबू जल्दी से बोल उठे–''तुम्हें बताने की जरूरत नहीं है कमल, यह मैं जानता हूँ। एक दिन सारा कूड़ा-करकट दूर हो जाएगा। तुम्हें कोई चिन्ता नहीं, मेरे जीते-जी इतना बड़ा अन्याय-अत्याचार मैं तुम पर नहीं होने दूँगा।''

कमल उनके मुँह की ओर निहारती हुई स्थिर बनी रही, उसने बात नहीं की।

''क्या सोच रही हो कमल?''

''मैं यह सोच रही थी कि आपको बताने की जरूरत है या नहीं। मगर लग रहा है कि आपको बताने की जरूरत है वरना कोई भी बात साफ नहीं होगी बल्कि गन्दगी बढ़ जाएगी। आपके पास रुपया है, हृदय है। दूसरे के वास्ते खर्च करना आपके लिए कठिन नहीं है। लेकिन अगर आपको यह गलतफहमी हो कि आप मुझ पर दया कर रहे हैं तो यह भ्रम दूर होना चाहिए। किसी भी बहाने मैं आपकी भीख नहीं लूँगी।''

आशु बाबू को सिलाई करने की मशीन वाली बात याद आ गई। उन्होंने दुखी होकर कहा–''अगर मैंने कोई गलती की भी हो कमल, तो क्या उसे माफ नहीं किया जा सकता है?''

कमल ने कहा–''हो सकता है, तब आपने उतनी गलती नहीं की हो जितनी गलती आप अभी करने जा रहे हैं। आप सोच रहे हैं कि शिवनाथ बाबू को बचाना एक तरह से मुझे ही बचाना है, मुझ पर ही कृपा करना है। मगर ऐसी बात नहीं है। इसके बाद जैसी मर्जी आप इन्तजाम करें, मुझे कोई ऐतराज नहीं है।''

आशु बाबू ने सर हिलाते-हिलाते कहा–''ऐसे ही तो गुस्सा आता है कमल। यह न ही तुम्हारे लिए अस्वाभाविक है, न ही अनुचित। अच्छी बात है, मैं शिवनाथ को ही बचाता हूँ। मैं तुम पर कृपा नहीं करता हूँ। अगर ऐसी बात हो, तब तो मैं शिवनाथ को तुम्हारे यहाँ भेज सकता हूँ न?''

कमल के मुँह पर विरक्ति प्रकट हुई। बोली–''नहीं, आप उन्हें मेरे यहाँ नहीं भेज सकते हैं। जब मैं आपको नहीं समझा सकती हूँ तब मेरे लिए कोई चारा नहीं है। अगर आप उन्हें अस्पताल नहीं भेजना चाहते हैं, तो आप उन्हें हरेन्द्र बाबू के आश्रम में भेज दीजिए। वे लोग बहुतों की सेवा करते हैं, इनकी भी करेंगे। आपको जो खर्च करना है उसे वहीं खर्च कीजिए। मैं खुद भी बड़ी थकी हुई हूँ। अब मैं उठती हूँ।'' इतना कहकर उसने वास्तव में ही उठने की तैयारी की।

उसकी बातों और आचरण से आशु बाबू मन-ही-मन गुस्सा हुए, बोले–"यह तुम्हारी ज्यादती है कमल। मैं तुम दोनों के लिए जो करने जा रहा हूँ, उसे तुम अकारण विकृत करके देख रही हो। एक दृष्टि से मेरी शर्म की सीमा नहीं है और अगर इस बुराई को पनपने के पहले ही न मिटा पाऊँगा, तो मेरी ग्लानि की सीमा नहीं रहेगी, यह मैं जानता हूँ। लेकिन यह भी सच नहीं है कि चूँकि इस बुराई से मेरी बेटी जुड़ी है इसीलिए मैं किसी तरह से कोई उपाय ढूँढ़ता फिर रहा हूँ। शिवनाथ को मैं तरह-तरह से बचा सकता हूँ, लेकिन मैंने सिर्फ उसे ही बचाना नहीं चाहा है, बल्कि यह कामना करके मैंने तुमको यह बात कही है कि दुख के दिनों में तुम अपने मन की सेवा से उसे पहले की ही तरह पाओ, मैंने यह बात निरा स्वार्थवश नहीं कही है।"

उनकी बातें सही, करुण और हार्दिकता से भरी हुई हैं। लेकिन उनका कमल के मन पर कोई असर नहीं पड़ा। उसने उनकी बातों के जवाब में कहा–"ठीक यही बात मैं आपको समझाना चाह रही थी आशु बाबू। सेवा करने से मैं कतराती नहीं हूँ। चाय-बागान में पहले मैंने बहुतेरों की बहुत सेवा की है, यह मेरी आदत है। लेकिन मैं उन्हें वापस पाना नहीं चाहती। सेवा करके भी नहीं, सेवा किए बिना भी नहीं। यह न मेरा अभिमान करना है, न ही झूठा घमंड करना। हमारा रिश्ता टूट चुका है। मैं उसे जोड़ नहीं सकती।"

उसके कहने में न ही तपिश है, न ही उल्लास। बेहद ही सीधी-सादी बात है। इसने आशु बाबू को अभी स्तब्ध कर दिया। वे पल भर बाद बोले–"यह तुम क्या कह रही हो कमल? इस मामूली-सी वजह से तुम आपने पति को छोड़ना चाहती हो? यह शिक्षा तुम्हें किसने दी।"

कमल चुप्पी साधे रही। आशु बाबू कहने लगे–"बचपन में तुम्हें यह शिक्षा चाहे जिसने भी क्यों न दी हो, उसने तुम्हें गलत शिक्षा दी है। यह अनुचित है। यह असंगत है। यह गम्भीर अपराध की बात है। तुम चाहे जिस घर में भी क्यों न पैदा हुई हो, तुम बंगाल की लड़की हो, तुम्हारे और मेरे लिए यह रास्ता नहीं है। यह तुम्हें भूलना ही होगा। जानती हो कमल, एक देश का धर्म दूसरे देश के लिए अधर्म है। और अपने धर्म का पालन करने के लिए मरना भी श्रेयस्कर है।" कहते-कहते उनकी दोनों आँखें चमक उठीं। और अपनी बात खत्म करके वे हाँफने लगे। लेकिन जिससे यह कहा गया वह जरा भी विचलित नहीं हुई।

आशु बाबू कहने लगे–"यही मोह एक दिन हमें रसातल की तरफ खींचकर लिये चले जा रहे थे। लेकिन गलती समझ में आ गई। कई मनीषियों की नजरों में देश के लोगों को बुलाकर वे लोग सिर्फ यही बात कहने लगे कि तुम लोग पागलों की तरह कहाँ चले जा रहे हो! तुम दीन-दुखी नहीं हो, तुम्हें किसी चीज की कमी नहीं है, तुम्हें किसी के आगे हाथ फैलाने की जरूरत नहीं है, तुम अपने घर की तरफ सिर्फ एक बार मुड़कर निहारो। तुम्हारे पुरखे सब कुछ रख गए हैं, तुम सिर्फ एक बार हाथ बढ़ाकर उसे उठा लो। विलायत का सब कुछ तो मैं अपनी नजरों से देख आया हूँ। मैं अभी सोचता हूँ कि वे लोग अगर समय पर यह चेतावनी देकर नहीं जाते, तो देश का क्या होता! लड़कपन की सारी बातें याद हैं न उफ, पढ़े-लिखे लोगों की क्या दशा थी!" इतना कहकर उन्होंने दिवंगत मनीषियों को हाथ जोड़कर नमस्कार किया।

कमल ने मुँह उठाया, तो देखा, अजित मुग्ध दृष्टि से उसकी तरफ निहार रहा है। कल्पना के आवेश में मानो उसे होश न हो।

आशु बाबू का भावावेग तब भी शान्त नहीं हुआ था, बोले–"वे लोग अगर और कुछ भी न करके जाते, तो सिर्फ इसी के लिए देश के लोग हमेशा उन्हें याद किया करते।"

"सिर्फ इसी के लिए वे लोग हमेशा याद किए जाते?"

"हाँ, इसी के लिए वे लोग हमेशा याद किए जाते। उन लोगों ने कहा था कि बाहर की तरफ न देखकर अपने घर की तरफ नजरें घुमाओ।"

कमल ने पूछा–"अगर बाहर रोशनी जले, अगर पूरब में सूरज उगे, तब भी पीछे मुड़कर पश्चिम को अपने देश की तरफ निहारते रहना पड़ेगा? यही होगा देश-प्रेम?"

मगर यह सवाल आशु बाबू के कानों में नहीं पहुँचा। वे अपनी झोंक में कहने लगे–"आज देश का धर्म, देश का पुराण-इतिहास, देश का आचार-व्यवहार, रीति-नीति जो विदेश के दबाव से लुप्त होनेवाली थी, उसके प्रति जो विश्वास और श्रद्धा लौट आई है, वह तो सिर्फ उन्हीं लोगों की दूरदर्शिता का नतीजा है। जाति के हिसाब से तो हम लोग नाश के रास्ते पर चले जा रहे थे कमल, उससे बचना क्या आसान बात है! फिर सब कुछ वापस न ला पाने पर हम लोग किसी भी तरह बच नहीं सकते हैं, यह समझदारी हमें किसने दी, बताओ तो?"

अजित उत्तेजना से अचानक उठकर खड़ा हो गया, बोला–"मैं यह कल्पना भी नहीं कर सका था कि यह सब विचार आपके मन में पैदा हो सकता है। मुझे इस बात का बड़ा दुख है कि इतने दिनों तक मैं आपको पहचान नहीं सका था, और आपके पैरों के पास बैठकर आपसे उपदेश नहीं लिया था।" वह और भी कितना क्या कहने जा रहा था कि तभी बाधा पड़ी। बैरे ने कमरे में घुसकर बताया कि हरेन्द्र बाबू वगैरह आपसे मिलने आए हैं और दूसरे ही पल हरेन्द्र सतीश और राजेन्द्र के साथ कमरे में घुसा। बोला–"मैंने खबर ली, तो मालूम पड़ा कि शिवनाथ बाबू सो रहे हैं। आते वक्त मैं डॉक्टर के घर से यों ही घूम आया। डॉक्टर का विश्वास है कि बीमारी सीरियस नहीं है। वे जल्दी ही अच्छे हो जाएँगे।" इतना कहकर उसने कमल को नमस्कार किया और अपने साथियों के साथ बैठ गया।

आशु बाबू ने गर्दन हिलाकर हामी भरी, लेकिन उनका ध्यान था अजित की तरफ। और उन्होंने उसी से कहा–"यह तुम लोग क्यों भूलते हो कि मेरी सारी जवानी विदेश में ही कटी है। ऐसी बहुत-सी चीजें हैं जो नजदीक से दिखाई नहीं पड़ती हैं, वे दिखाई पड़ती हैं सिर्फ दूर में जाकर खड़ा होने पर। मैं तो साफ देख पाया हूँ शिक्षित मन का परिवर्तन। यह हरेन्द्र का आश्रम, यह नगर-नगर में इसकी शाखा-प्रशाखा खोलने की तैयारी, यह क्या सिर्फ इसी के लिए नहीं है? अगर विश्वास न हो तो उन्हीं से पूछकर देखो। वही ब्रह्मचर्याश्रम, वही संयम-साधना, वही पुरानी रीति-नीति का प्रवर्तन। यह सब क्या हमारे बीते दिनों को फिर से वापस लाने की तैयारी नहीं है? अगर हम उसे ही भूल गए, अगर हम उसी के प्रति अपनी आस्था खो दें, तो आशा करने के लिए हमारे पास और बाकी क्या है? तपोवन का जो आदर्श सिर्फ हमारे ही पास था ढूँढ़ने पर भी दुनिया में और कहीं कुछ उसका जोड़ा मिलेगा अजित? जिन लोगों ने एक दिन हमारे समाज को बनाया था, हमारे वे पुराने शास्त्रकार

व्यापारी नहीं थे, वे थे संन्यासी। उनकी देन को निःसन्दिग्ध रूप से सर झुकाकर ले सकना ही है हमारी चरम साथर्कता, यही है हमारी भलाई का रास्ता कमल, इसके सिवा और कोई रास्ता नहीं है।''

अजित स्तब्ध रहा। सतीश और हरेन्द्र के विस्मय की सीमा नहीं है। यह अंग्रेजों की-सी चाल-चलन वाला आदमी यह क्या कह रहा है! और राजेन्द्र को यह सोचते नहीं बना कि अचानक किसलिए आज उन्होंने यह प्रसंग छेड़ा। सभी के मुँह पर एक सरल श्रद्धा का भाव गहरा हो उठा।

खुद आशु बाबू को भी कम विस्मय नहीं था। सिर्फ कहने की शक्ति के लिए नहीं, बल्कि इसलिए कि इस तरह से किसी को भी कहने का मौका उन्हें कभी नहीं मिला था। उनके मन के अन्दर अनिर्वचनीय तृप्ति हिलोरे लेने लगी। पल भर के लिए थोड़ी देर पहले का दुख वे भूल गए। बोले–''तुमने समझा कमल, क्यों मैंने तुमसे यह बात कही थी?''

कमल ने सर हिलाकर कहा–''नहीं, मैंने नहीं समझा।''

''क्यों, तुमने क्यों नहीं समझा?''

कमल बोली–''आप यही जानकारी बड़े आनन्द से दे रहे थे कि विदेशी शिक्षा के प्रभाव को दूर करके फिर पुरानी व्यवस्था में लौट जाने की कोशिश पढ़े-लिखे लोगों के बीच प्रचलित हो रही है। आपका विश्वास है कि इससे देश का भला होगा। लेकिन आपने इसका कोई कारण नहीं दिखाया है। बहुत-सी पुरानी रीति-नीतियाँ लुप्त होनेवाली थीं, उसे फिर से प्रचलित करने की कोशिश की जा रही है। यह, हो सकता है, सच हो। लेकिन उससे अच्छा ही होगा, इसका सबूत क्या है आशु बाबू? यह तो आपने नहीं बताया है।''

''मैंने यह कैसे नहीं बताया है?''

''नहीं, आपने यह नहीं बताया है। आप जो कह रहे थे उसे सुधार का विरोध करनेवाला पुरातनपन्थी ठीक इसी तरह से कहता है। लुप्त चीज को फिर से प्रचलित करना अच्छा है, इसका सबूत नहीं है। यह देखने में आता है कि मोह की खुमारी में बुरी चीज को भी दुनिया में फिर से चालू किया जाता है।''

आशु बाबू को इसका जवाब ढूँढ़े नहीं मिला। मगर अजित ने कहा–''बुरी चीज को चालू करने के लिए कोई भी अपनी ताकत बर्बाद नहीं करता है।''

कमल बोली–''हाँ, बुरी चीज को चालू रखने में लोग अपनी ताकत जाया करते हैं। पर इसलिए नहीं कि वह बुरी है, बल्कि यह सोचकर कि हर पुरानी चीज अपने आपमें अच्छी होती है। एक बात मैंने आपसे पहले ही कहनी चाही थी आशु बाबू, लेकिन आपने उस पर कान नहीं दिया था। वह यह कि लौकिक आचार-अनुष्ठान हो या पारलौकिक धर्म-कर्म ही हो उससे सिर्फ इसीलिए जकड़े रहने से कि वह अपने देश का है, देश-प्रेम की वाहवाही तो मिल सकती है लेकिन देश का भला करनेवाले देवता को खुश नहीं किया जा सकता है। इससे वे नाराज होते हैं।''

आशु बाबू ने ठक-से रहकर सिर्फ कहा–''यह तुम क्या कह रही हो कमल? अपने देश के धर्म, देश के आचार-अनुष्ठान को छोड़कर बाहर से भीख लेते रहने पर अपना कहने के लिए और बाकी क्या रहेगा? दुनिया में आदमी के रूप में हम अपना दावा किस परिचय से ठोकेंगे?''

कमल ने कहा—"दावा अपने आप आकर घर पहुँचेगा। परिचय होने की जरूरत नहीं पड़ेगी। परिचय दिए बिना ही दुनिया पहचान सकेगी।"

आशु बाबू ने व्याकुल होकर कहा—"मैं तो तुम्हें समझ नहीं सका कमल!"

"मुझे समझने की बात भी नहीं है आशु बाबू! इस बदलती दुनिया में गतिशील मानव-चित्त में पग-पग पर जो सच्चाई रोज नए-नए रूप में दिखाई पड़ती है, उसे सभी पहचान नहीं सकते हैं। सोचते हैं, वे कौन-सी मुसीबत कहाँ से आई, उस दिन ताजमहल की छाया के नीचे जो शिवानी खड़ी थी वह याद आती है? आज की कमल के बीच अब उसे पहचाना भी नहीं जा सकेगा। लगेगा, उस दिन जिसे देखा था वह कहाँ गई! मगर यही है आदमी का सच्चा परिचय। मैं चाहती हूँ कि मैं इसी तरह से लोगों को अपना परिचय दे सकूँ, आशु बाबू।"

इतना कहने के बाद वह थोड़ी देर तक रुकी, फिर बोली—"लेकिन तर्क-वितर्क के तूफान में हम लोगों का प्रसंग खो गया, असली बात से सभी हट गए हैं। लेकिन मैं बेहद थकी हुई हूँ, अब मैं उठती हूँ।"

आशु बाबू चुप्पी साधे विह्वल की नाईं निहारते रहे। इस लड़की को कहीं उन्होंने अस्पष्ट समझा, तो कहीं बिलकुल ही नहीं समझा। सिर्फ यही लगने लगा कि अभी-अभी उसने जिस तूफान की चर्चा की थी, उसकी तेज रफ्तार में उनका हर तरह का आवेदन-निवेदन तिनके की मानिन्द उड़ गया है।

कमल उठकर खड़ी हो गई। उसने अजित को इशारे से बुलाकर कहा—"आप मुझे अपने साथ लाए थे। चलिए न, मुझे पहुँचा दीजिएगा।"

लेकिन आज वह संकोच से मुँह उठा ही नहीं सका। कमल मन-ही-मन तनिक मुस्कुराकर आगे बढ़ आई और सहसा राजेन्द्र के कन्धे पर अपना एक हाथ रखकर कहा—"राजेन बाबू, तुम चलो न भाई, मुझे छोड़ आओ।"

इस आकस्मिक अपनापन भरे सम्बोधन से राजेन्द्र विस्मित हुआ। उसने एक बार उसकी तरफ निहारा, उसके बाद बोला—"चलिए।"

दरवाजे के पास आकर कमल अचानक मुड़कर खड़ी हो गई और बोलीं—"आशु बाबू, लेकिन मैंने अपनी बात वापस नहीं ली है। इस शर्त पर कि चाहे तो आप उन्हें भेज दीजिएगा। मैं भरसक उनकी देखभाल करूँगी। अगर वे जिन्दा रहे, तो उनकी तकदीर!" इतना कहकर वह चली गई। कमरे के अन्दर सभी स्तब्ध होकर बैठे रहे। बीमार आशु बाबू की नजरों के सामने सुबह की धूप भी बदरंग और बेस्वाद हो उठी।

आधे रास्ते में राजेन्द्र विदा हुआ। वह यह कह गया कि कई घंटे के अन्दर वह अपना काम निपटाकर वापस आएगा। कमल ने शायद अन्यमनस्कतावश ही आपत्ति नहीं की या हो सकता है और कोई कारण था। वह तेज कदमों से अपने डेरे आई, तो देखा सीढ़ी के दरवाजे पर तब भी ताला लगा हुआ है। घर खोला नहीं गया है। जो नीच जाति की नौकरानी उसका काम-काज कर देती थी, वह आई नहीं है। जब उसने रास्ते के दूसरे किनारे पर स्थित परचून की दुकान पर जाकर पता लगाया, तो उसे मालूम पड़ा कि नौकरानी बीमार है और उसकी छोटी पोती सवेरे आकर घर की चाबी वहाँ रख गई है। घर खोलकर कमल घर के

काम-काज में लग गई। एक तरह से वह कल से ही बिना खाए-पिए है। वह यह तय करके आई थी कि वह जल्दी से किसी तरह से खाना बनाकर खा लेगी और आराम करेगी। आराम उसके लिए बेहद जरूरी है। लेकिन घर का काम-काज अब वह हरगिज खत्म नहीं कर पाती है। चारों ओर इतना कचरा जमा हो गया था, इसे उसने देखा भी नहीं था। इतने दिनों तक ऐसी ही अव्यवस्था के बीच उसका दिन गुजरा था। आज जिस पर उसकी नजर पड़ी उसी ने मानो उसका तिरस्कार किया। छत का पुराना चूना-बालू पलंग पर जमा हो गया है। उसे वहाँ से हटाना होगा। गौरैयों के घोंसला बनाने के बाद बचे-खुचे तिनके बिस्तर पर पड़े हुए हैं, चादर बदलना जरूरी है। तकिए का गिलाफ बेहद मैला हो गया है, उसे उतार फेंकना जरूरी है। चेयर-टेबल अपनी जगह पर नहीं है। दरवाजे पर का पायदान गन्दगी के मारे काला हो गया था। आईने की ऐसी हालत है कि उसे साफ करने में काफी वक्त लगेगा। दवात की स्याही सूख गई है। कलमों को ढूँढ़ पाना मुश्किल है। पैड के ब्लॉटिंग पेपर का नामोनिशान नहीं है। यह देखकर कि जिधर नजर जाती है उधर सिर्फ कतवार ही कतवार है उसे खुद लगा जैसे इतने दिनों से यहाँ आदमी रहता नहीं हो। उसका नहाना-धोना, खाना-पीना पड़ा रहा। उसे यह पता ही नहीं चला कि दिन कैसे कट गया। सब खत्म करके जब वह नीचे से नहा-धोकर आई तब शाम हो गई थी। इतने दिनों तक वह यह पक्का जानती थी कि वह यहाँ नहीं रहेगी। यहाँ रहना न ही सम्भव है, न उचित। हर महीने वह डेरे का किराया कहाँ से देगी? जाना तो होगा ही, वह सिर्फ यह तय नहीं कर पा रही थी कि किस दिन जाना है। रात के बाद सुबह और सुबह के बाद रात आती थी और उसे कदम बढ़ाने का वक्त नहीं दे रही थी।

घर के प्रति उसे कोई ममता नहीं है। हालाँकि आज किसलिए उसने इतनी मेहनत-मशक्कत की, अचानक इतनी मेहनत करने की क्या जरूरत पड़ी, एक ऐसी धुँधली जिज्ञासा से मन के अन्दर जब भी भँवर उठता था तभी वह काम छोड़कर बरामदे में आती थी, सूनी नजरों से रास्ते की तरफ निहारती हुई न जाने क्या भूलने की कोशिश करती थी और फिर जाकर काम में लग जाती थी। इसी तरह से आज उसका काम और दिन दोनों ही खत्म हुए हैं। लेकिन दिन तो रोज ही खत्म होता है, सिर्फ इसी तरह से खत्म नहीं हो पाता है। शाम के बाद उसने दीया जलाकर रसोई चढ़ा दी और सिर्फ समय बिताने के लिए ही एक किताब लेकर बिस्तर से टिककर पन्ना उलटने बैठी। लेकिन आज उसके थकान की कोई सीमा नहीं थी—कब किताब और पलकें दोनों ही बन्द हो गईं, इसका उसे पता ही नहीं चला। जब उसे इसका पता चला तब कमरे में दीये की रोशनी निभ चुकी थी और खुली खिड़की से होकर आई सूरज की किरणों से सारा कमरा लाल हो उठा था। दिन चढ़ आया, मगर नौकरानी नहीं आई। लिहाजा उसके डेरे का पता लगाकर यह खोज-खबर लेना जरूरी है कि उसे कौन-सी बीमारी हुई है। यह सोचकर कमल कपड़े बदलकर तैयार होकर बाहर निकल रही थी कि तभी जब उसने नीचे की सीढ़ी पर कदमों की आहट सुनी. तो उसका कलेजा धक-से कर उठा।

पुकार आई—"कमरे में हैं? मैं आ सकता हूँ?"

"आइए।"

अन्दर आनेवाला शख्स हरेन्द्र था। उसने कुर्सी खींची और उस पर बैठकर बोला–''आप क्या कहीं निकल रही थीं?''

''हाँ, मुझे खबर मिली है कि मेरे यहाँ काम करनेवाली बूढ़ी नौकरानी बीमार है। मैं उसी को देखने जा रही थी।''

''यह अच्छी खबर है। उसे इन्फ्लुएंजा हुआ होगा और कुछ नहीं। आगरा में भी इस बीमारी ने शायद महामारी का रूप धारण कर लिया। इसकी चपेट में आकर लोग मर भी रहे हैं। अगर यह बीमारी यहाँ वैसे ही फैल जाए जैसे मथुरा, वृन्दावन में फैली हुई है, तब तो या तो यहाँ से भागना होगा या मरना होगा। यह बूढ़ी कहाँ रहती है?''

''यह तो मैं ठीक नहीं जानती पर सुना है कि वह नजदीक में ही कहीं रहती है। उसके डेरे का पता लगाना होगा।''

हरेन्द्र बोला–''यह बड़ी संक्रामक बीमारी है। जरा सावधान रहिएगा। इधर की खबर शायद आपको मिली होगी!''

कमल ने गर्दन हिलाकर कहा–''नहीं, मुझे कोई खबर नहीं मिली है।''

हरेन्द्र उसके मुँह की तरफ निहारता हुआ पल भर चुप रहा, फिर बोला–''आप डरिएगा मत। इसमें डरने लायक कोई बात नहीं है। मैं आता, मगर मैं वक्त नहीं निकाल पाया था। अपने अक्षय बाबू कॉलेज नहीं आए थे। सुना कि उनकी तबीयत खराब है। आशु बाबू ने चारपाई पकड़ ली है, यह तो कल आप देख ही आई थीं। उधर अविनाश को कल तीसरे पहर से बुखार आ गया है। देखा, भाभी का भी चेहरा मुरझाया-मुरझाया-सा है। वे खुद बीमार न पड़ें, तो जान में जान आए!''

कमल चुपचाप निहारती रही। इन सब खबरों पर वह अच्छी तरह से मन नहीं दे सकी।

हरेन्द्र बोला–''इसके अलावा शिवनाथ बाबू बीमार हैं। उन्हें इन्फ्लुएंजा हुआ है। कुछ कहा नहीं जा सकता है। हालाँकि उन्होंने अस्पताल जाना भी नहीं चाहा। कल तीसरे पहर उन्हें उन्हीं के अपने डेरे पर रिमूव कर दिया गया। आज उनकी खोज-खबर एक बार लेनी होगी।''

कमल ने पूछा–''वहाँ है कौन?''

''एक नौकर है। ऊपर के कमरों में कई पंजाबी हैं, वे ठेकेदारी करते हैं। सुना कि वे अच्छे लोग हैं।''

कमल आह भरकर चुप रही। फिर थोड़ी देर बाद बोली–''आप राजेन बाबू को मेरे पास एक बार भेज देंगे?''

''हाँ, मैं भेज दूँगा। मगर वह मुझे कहाँ मिलेगा? आज तड़के ही वह निकल पड़ा है। उधर मोचियों के मुहल्ले में जोर की बीमारी फैली हुई है। वह कहीं गया है बीमारों की सेवा करने। अगर वह खाना खाने आश्रम आएगा तो मैं उसे आपके पास आने के लिए कह दूँगा।''

''उन्हें उनके अपने डेरे पर किसने रिमूव किया? आपने?''

''नहीं, मैंने उन्हें रिमूव नहीं किया, राजेन ने रिमूव किया। उसके मुँह से मुझे मालूम पड़ा कि पंजाबी लोग उनकी सेवा कर रहे हैं। लेकिन वे लोग चाहे जो करें, जब उसे इसकी

जानकारी मिली है, तब वह आसानी से उनकी सेवा में कोई कोताही नहीं होने देगा। हो सकता है, वह खुद ही सेवा करने लग जाए। एक भरोसा है, वह यह कि वह बीमार नहीं होता है। अगर उसे पुलिस न पकड़े, तो वह अकेला ही एक सौ के बराबर है। वह सिर्फ पुलिस से ही बेकाबू हो जाता है, नहीं तो दुनिया में मैंने कोई भी ऐसी चीज नहीं देखी जो उसे काबू में कर सके?''

''उनके पकड़े जाने की आशंका है क्या?''

''हाँ, ऐसी आशा तो करता हूँ। अगर ऐसा हुआ, तो कम-से-कम आश्रम बच जाएगा।''

''तो आप उन्हें आश्रम से चले जाने को क्यों नहीं कह देते हैं?''

''यह कहना मुश्किल है। यह कहने पर वह ऐसा चला जाएगा कि सर पटकने पर भी वह फिर नहीं लौटेगा।''

''अगर वे नहीं ही लौटेंगे तो भला नुकसान क्या है?''

''नुकसान क्या है? आप तो उसे नहीं जानती हैं। उसे न जानने पर यह समझा नहीं जा सकता है कि उसके न लौटने पर कितना नुकसान होगा! भले ही आश्रम न रहे, यह भी मुझे बर्दाश्त होगा लेकिन उसके न लौटने पर तो जो नुकसान होगा, वह मुझे बर्दाश्त नहीं होगा।'' इतना कहकर हरेन्द्र एक मिनट तक चुप रहा, फिर अचानक उसने उस प्रसंग को बदल दिया। बोला–''एक मजेदार घटना घटी है। किसी की मजाल नहीं कि कोई इस बात की कल्पना कर सके। कल सँझले भैया के यहाँ से बहुत रात गए जब मैं आश्रम लौटा, तो देखता हूँ, वहाँ अजित बाबू मौजूद हैं। मैं तो डर गया, बात क्या है? आशु बाबू की बीमारी बढ़ गई क्या? नहीं, वह सब कुछ नहीं, सन्दूक और बिस्तरा लिये वे आए हैं आश्रमवासी बनने के लिए। इस बीच सतीश के साथ बात पक्की हो चुकी है। आश्रम के नियम से आश्रम के काम में वे अपना जीवन बिताएँगे, यही उनकी प्रतिज्ञा है। वे अपनी इस प्रतिज्ञा से अब टस से मस नहीं होंगे। बड़ा आदमी मिले तो हम लोगों के लिए तो अच्छा है। लेकिन मुझे शंका हुई कि अन्दर कोई गड़बड़ी है। सवेरे जब मैं आशु बाबू के पास गया तो सारी बातें सुनकर उन्होंने कहा–इरादा तो बड़ा नेक है। लेकिन भारत में तो आश्रमों की कमी नहीं है। वह अगर आगरा छोड़कर और कहीं जाकर आश्रमवासी बन जाता, तो मैं यहाँ कुछ दिनों तक टिक सकता था। पर अब देखता हूँ, मुझे बोरिया-बिस्तर उठाना पड़ेगा।''

कमल ने किसी तरह का विस्मय जाहिर नहीं किया, वह चुप रही। हरेन्द्र ने कहा–''मैं उन्हीं के घर से यहाँ आ रहा हूँ। सोच रहा हूँ कि वापस जाकर मैं अजित बाबू से क्या कहूँगा?''

कमल ने समझा कि शिवनाथ को वहाँ से हटाने की बात को लेकर बहुत बड़ा वाद-विवाद हुआ होगा। हो सकता है, खुल्लम-खुल्ला और साफ-साफ एक शब्द भी न कहा गया हो, सब कुछ चुपचाप हो गया हो। फिर भी वह कड़ुवाहट से हर तरह के कलह को पार कर गया होगा, इसमें सन्देह करने की कोई बात नहीं है। मगर उसने एक बात का भी जवाब नहीं दिया, वह पहले की ही तरह चुपचाप बैठी रही।

हरेन्द्र कहने लगा—"लगता है, आशु बाबू ने सब सुना है। आपके प्रति शिवनाथ के आचरण से वे मर्माहत हैं। उन्होंने एक तरह से जबरन ही उसे घर से विदा किया है। मनोरमा की शायद यह इच्छा नहीं थी। शिवनाथ उसके गाने का गुरु है। उसे अपने पास रखकर उसका इलाज कराने का उसका इरादा था। मगर ऐसा हो नहीं सका। अजित बाबू ने शायद उसकी तरफदारी करके झगड़ा कर डाला था।"

कमल तनिक मुस्कुराई, बोली—"इसमें आश्चर्य की कोई बात नहीं है। मगर आपने यह सुना किससे? राजेन्द्र से?"

"राजेन कहेगा? ऐसा करनेवाला लड़का वह नहीं है। वह जानेगा, तो भी नहीं बताएगा। यह मेरा अन्दाजा है। इसीलिए मैं सोच रहा हूँ कि रफा-दफा तो होगा ही, बीच में अजित को चिढ़ाने से क्या फायदा? चुप रहना ही अच्छा है। जब तक वह आश्रम में रहेगा तब तक उसकी सेवा में कमी नहीं होगी।"

कमल बोली—"यही अच्छा है।"

हरेन्द्र ने कहा—"लेकिन अब मैं चलता हूँ। सँझले भैया के लिए मुझे चिन्ता होती है। वे जरा-सा में डर जाते हैं। अगर समय मिला तो मैं कल एक बार आऊँगा।"

"अच्छा आइएगा।" कमल उठकर खड़ी हो गई और नमस्कार किया, बोली—"राजेन्द्र को भेजना भूलिएगा नहीं। उनसे कहिएगा कि बड़ी मुश्किल में पड़कर मैंने उन्हें बुलाया है।"

"आप मुश्किल में पड़कर उसे बुला रही हैं?" उसने ठगा-सा रहकर कहा—"उससे मुलाकात होने पर मैं उसे फौरन भेज दूँगा। लेकिन आप किस मुश्किल में पड़ी हैं, यह बात आप मुझे नहीं बता सकती हैं? मुझे भी आप अपना असली दोस्त ही समझिएगा।"

"यह मैं जानती हूँ। लेकिन आप उन्हें ही भेज दीजिएगा।"

"मैं उसे भेज दूँगा, जरूर भेज दूँगा।" इतना कहकर हरेन्द्र और बात बढ़ाए बिना बाहर निकल गया।

तीसरे पहर राजेन्द्र आ पहुँचा।

"राजेन, तुम्हें मेरा एक काम कर देना होगा।"

"सो कर दूँगा। लेकिन कल मेरे नाम के साथ एक शब्द 'बाबू' जुड़ा हुआ था, आज वह भी हट गया।"

"यह तो अच्छा ही हुआ कि तुम्हारा नाम हलका हो गया। अगर तुम यह नहीं चाहते हो, तो कहो। मैं तुम्हारे नाम के साथ वह शब्द फिर से जोड़ देती हूँ।"

"नहीं, अब उसे मेरे नाम के साथ जोड़ने की जरूरत नहीं है। मगर मैं आपको क्या कहकर बुलाऊँगा?"

"सभी मुझे कमल कहकर पुकारते हैं। उससे मेरी हेठी नहीं होती है। नाम के आगे-पीछे बोझ बाँधकर उसे बोझिल बना देने में मुझे शर्म आती है। मुझे आप कहने की भी जरूरत नहीं है। तुम मेरा नाम—सहज नाम—लेकर पुकारना।"

उसके साफ जवाब को राजेन टाल गया और बोला—"तो बताइए कि मुझे क्या करना होगा?"

''तुम्हें मेरा दोस्त बनना होगा। लोग कहते हैं कि तुम क्रान्तिकारी हो। अगर यह सच है, तो मेरे साथ तुम्हारी दोस्ती अमिट होगी।''

''यह अमिट दोस्ती मेरे किस काम आएगी?''

कमल विस्मित हुई, दुखी हुई। एक सन्देह और उपेक्षा-भरा साफ सुर उसके कानों में गूँजा, बोली—''ऐसी बात नहीं कहनी चाहिए। बतौर चीज दोस्ती दुनिया में दुर्लभ है और मेरी दोस्ती उससे भी दुर्लभ। जिसे तुम नहीं पहचानते उससे नफरत करके अपने आपको नीचा मत दिखाओ।''

लेकिन इस शिकायत ने राजेन्द्र को कुंठित नहीं किया। उसने मुस्कुराते हुए सहज भाव से कहा—''नफरत के चलते नहीं, मैंने सिर्फ यही बताया था कि मैं दोस्ती की जरूरत नहीं समझता हूँ। और अगर आप यह सोचती हैं कि यह चीज मेरे काम आएगी, तो मैं इसे ठुकराऊँगा नहीं। मगर मैं यही सोच रहा हूँ कि यह चीज मेरे किस काम आएगी?''

कमल का मुँह लाल हो उठा। न जाने किसने उसे चाबुक मारकर अपमानित किया। वह बड़ी पढ़ी-लिखी है, वह बड़ी खूबसूरत है, वह बेहद अक्लमन्द है, वह पुरुषों की वासना का धन है—यही थी उसकी धारणा। उसका दीप्त तेज अपराजेय है, यही था उसका विश्वास। दुनिया की नारियों ने उससे घृणा की है, पुरुषों ने आतंक से उसे आग में जलाना चाहा है। ऐसा भी नहीं है कि पुरुषों ने उसे अवहेलना का स्वाँग रचकर जलाना चाहा है। मगर यह उन जैसा नहीं है। आज इस आदमी के आगे मानो वह तुच्छता से जमीन में गड़ गई। शिवानी ने उसे ठगा है। लेकिन उसने इस तरह से उसे दीनता की चादर नहीं ओढ़ा दी थी।

कमल का एक सन्देह प्रबल हो उठा, उसने पूछा—''मेरे बारे में तुमने बहुत-सी बातें सुनी होंगी?''

राजेन ने कहा—''वे लोग तो अकसर ही कहते हैं।''

''क्या कहते रहते हैं वे लोग?''

उसने तनिक मुस्कुराने की कोशिश करते हुए कहा—''देखिए, इन सब मामलों में मेरी याददाश्त बड़ी खराब है। मुझे प्रायः कुछ भी याद नहीं है।''

''तुम सच कह रहे हो।''

''हाँ, सच ही कह रहा हूँ।''

कमल ने जिरह नहीं की, विश्वास किया। उसने समझा कि औरतों की जिन्दगी के बारे में इस आदमी के मन में आज भी कोई कौतूहल पैदा नहीं हुआ है। उसने जैसे सुना होगा वैसे ही वह भूल गया होगा। उसने और भी एक चीज समझी। वह यह कि उसे 'तुम' कहने का हक देने के बावजूद उसने यह वसूल नहीं किया है। वह उसे 'आप' कहकर सम्बोधित कर रहा है। उसके निष्कलंक पुरुष-चित्त पर आज भी नारी की छाप नहीं पड़ी है। 'तुम' कहकर नजदीकी बन जाने का लोभ उसके लिए अनजाना है। कमल ने मन-ही-मन राहत की साँस ली। थोड़ी देर बाद वह बोली—''तुम यह जानते हो कि शिवनाथ बाबू ने मुझे छोड़ दिया है?''

''हाँ, मैं जानता हूँ।''

कमल ने कहा—''उस दिन हमारी शादी के रीति-रिवाज में धोखा था, लेकिन मन के अन्दर दरार नहीं थी। सभी ने सन्देह करके तरह-तरह की बातें कीं, बोले—यह शादी पक्की नहीं हुई। मगर मुझे डर नहीं लगा; मैंने कहा—होने दो कच्ची। जब हमारे मन ने मान लिया है तब बाहरी गाँठ में कितनी लपेटें पड़ीं, यह देखने की मुझे जरूरत नहीं है। बल्कि मैंने सोचा कि यह अच्छा ही हुआ कि जिसे मैंने पति के रूप में अपनाया, उसके हाथ-पाँव मैंने बाँध नहीं दिए हैं। उसके छुटकारे का ब्योंड़ा अगर जरा ढीला ही रहा है तो रहे न। अगर मन ही दिवालिया हो जाए, तो पुरोहित के मंत्र को महाजन बनाकर खड़ा करके सूद तो वसूला जा सकता है मगर मूल धन तो डूबा। लेकिन तुमसे यह कहना बेकार है, तुम इसे नहीं समझोगे।''

राजेन चुप रहा। कमल बोली—''तब मैं सिर्फ यही नहीं जानती थी कि उसे रुपए का इतना लोभ था। लेकिन तब अगर मैं यह जानती होती, तो कम-से-कम इस वक्त तो मैं लांछना के संकट को टाल सकती थी।''

राजेन्द्र ने पूछा—''इसका क्या मतलब?''

कमल से सहसा अपने आपको रोक लिया, बोली—''रहने दो मतलब को। यह तुम्हें सुनने की जरूरत नहीं।''

सूरज के डूबे थोड़ी देर हुई है। कमरे के अन्दर और बाहर शाम घनी होने को आई। कमल ने दीया जलाकर उसे टेबल के एक किनारे रख दिया, फिर अपनी जगह पर आकर बोली—''खैर, उन्होंने जो किया, किया! तुम मुझे एक बार उनके डेरे पर ले चलो।''

''आप क्या करेंगी वहाँ जाकर?''

''मैं उन्हें अपनी आँखों से एक बार देखना चाहती हूँ। अगर जरूरत पड़ेगी, तो मैं वहाँ रहूँगी। और अगर जरूरत नहीं पड़ी, तो तुम्हें उनकी जिम्मेदारी सौंपकर मैं निश्चिन्त हो जाऊँगी। इसी के लिए मैंने तुम्हें बुला भेजा था। तुम्हारे सिवा यह और कोई नहीं कर सकेगा। उसके प्रति लोगों की वितृष्णा की सीमा नहीं है।'' कहते-कहते वह सहसा दीये को उकसा देने के लिए उठी और पीछे मुड़कर खड़ी हो गई।

राजेन्द्र ने कहा—''अच्छी बात है, चलिए। मैं एक गाड़ी बुला लाता हूँ।'' इतना कहकर वह बाहर निकल गया।

जब राजेन्द्र गाड़ी पर चढ़ बैठा, तो बोला—''शिवनाथ बाबू की सेवा की जिम्मेदारी मुझे सौंपकर आप निश्चिन्त होना चाहती हैं, मैं भी यह जिम्मेदारी ले सकता था मगर मैं यहाँ नहीं रह सकूँगा। मुझे जल्दी ही चला जाना होगा। आप कोई दूसरा इन्तजाम करने की कोशिश कीजिए।''

कमल ने उद्विग्न होकर पूछा—''पुलिस ने शायद पीछे लगकर तुम्हें परेशान कर दिया है?''

''उन लोगों का अपनापन सहना मेरी आदत है, इसके लिए नहीं।''

कमल ने हरेन्द्र की बात याद करके कहा—''तो क्या आश्रम के लोगों ने तुम्हें चले जाने को कहा है? लेकिन पुलिस के डर से इतने आतंकित होनेवालों को धूमधाम से देश के काम में उतरना ही नहीं चाहिए। लेकिन उन लोगों के कहने से भला तुम्हें चला जाना पड़ेगा? इसी आगरा में ऐसा आदमी है जो तुम्हें अपने यहाँ रहने देने में जरा भी नहीं डरेगा।''

राजेन्द्र ने कहा–"और वह ऐसा आदमी शायद आप खुद हैं। मैंने आपकी बात सुन रखी, इसे मैं आसानी से नहीं भूलूँगा। लेकिन पुलिस के जुल्म से न डरने वालों की तादाद भारतवर्ष में कम है। अगर पुलिस के जुल्म से न डरनेवालों की तादाद ज्यादा होती, तो देश की समस्या काफी आसान हो जाती!"

वह थोड़ी देर रुका, फिर बोला–"लेकिन मैं इसके लिए नहीं जा रहा हूँ। मैं आश्रम को भी दोष नहीं दे सकता। और चाहे जो भी हो, हरेन्द्र भैया अपने मुँह से मुझे जाने को नहीं कहेंगे।"

"तो फिर तुम क्यों जाओगे?"

"मैं जाऊँगा अपने ही लिए। देश का काम तो है, मगर उन लोगों से न ही मेरी राय मिलती है, न ही काम करने का तरीका। मिलता है सिर्फ प्यार। हरेन भैया को मैं सगे भाई से भी ज्यादा प्रिय हूँ। उससे भी ज्यादा अपना हूँ। किसी भी दिन इसमें हेर-फेर नहीं होगा।"

कमल की दुश्चिन्ता दूर हुई। बोली–"इससे बड़ा और क्या है राजेन? मन जहाँ मिला है, रहे न वहाँ, राय का अलगाव रहे न काम करने का तरीका अलग-अलग, इससे क्या आता-जाता है? सभी एक ही तरह से सोचेंगे, एक ही तरह से काम करेंगे, ऐसा क्यों? और दूसरे राय पर अगर विश्वास ही न किया जा सके, तो यह किस बात की शिक्षा है? राय और काम दोनों ही बाहरी चीज हैं राजेन, मन ही सच है। हालाँकि अगर तुम इन्हें ही बड़ा बनाकर चले जाना चाहते हो, तो यह तुम लोगों के उसी प्यार को नकारना है जिसके बारे में तुम कहते हो कि उसमें कोई हेर-फेर नहीं होता है। यह तो किताब में लिखा–छाया के वास्ते काया का त्याग–जैसा ही होगा।"

राजेन्द्र ने बात नहीं की, वह सिर्फ हँसा।

"तुम हँसे क्यों?"

" मैं इसलिए हँसा कि तब मैं हँसा नहीं था। आप लोगों ने अपनी शादी के मामले में मन के मेल को ही सच मान लिया था और बाहरी रीति-रिवाज को यह कहकर उड़ा दिया था कि वह कोई चीज नहीं है। चूँकि वह सच नहीं था इसलिए आप लोगों का सब कुछ झूठ हो गया।"

"इसका मतलब?"

राजेन्द्र ने कहा–"मन के मेल को मैं तुच्छ नहीं कहता। लेकिन उसे ही ऊँची आवाज में बेजोड़ घोषित करना भी हुआ है आजकल का नायाब तरीका। इससे उदारता और महानता दोनों ही प्रकट होती है, मगर सच्चाई जाहिर नहीं होती है। दुनिया में मानो सिर्फ मन ही हो और उसके बाहर सब माया है, सब जादू है। यह गलत है।"

वह थोड़ी देर तक रुका, फिर बोला–"आपने तरह-तरह के मतों पर विश्वास करने को ही बहुत बड़ी शिक्षा कहा था। लेकिन सब तरह के मतों पर कौन विश्वास कर सकता है, जानती हैं? वह, जिसके पास अपना मत नाम की कोई चीज नहीं होती है। शिक्षा के द्वारा दूसरे के मत की चुपचाप उपेक्षा की जा सकती है, मगर उस पर विश्वास नहीं किया जा सकता है।"

कमल बड़े विस्मय से चुप्पी साधे रही। राजेन्द्र कहने लगा—"हमारी यह नीति रही है। झूठे विश्वास से हम दुनिया का सर्वनाश नहीं करते हैं, वह अगर ऊबड़-खाबड़ है, तो भी नहीं। हम उसे तोड़कर मटियामेट कर देते हैं। यही है हमारा काम।"

"इसी को तुम लोग काम कहते हो?"

राजेन्द्र ने कहा—"हाँ, हम इसे ही काम कहते हैं। हमें क्या होगा मन के मेल को लेकर अगर मतों के अलगाव की बाधा हमारे काम को रोके तो? हम चाहते हैं मत की एकता, काम की एकता, उस भावुकता का मूल्य हमारे लिए नहीं है, शिवानी।"

कमल ने अचरज में पड़कर कहा—"तो तुमने मेरा यह नाम भी सुना है?"

"हाँ, मैंने आपका यह नाम भी सुना है। काम की दुनिया में आदमी के व्यवहार का मेल बड़ा है, हृदय का नहीं। हृदय का है, तो रहने दीजिए। हृदय का फैसला अन्तर्यामी करें। बाहरी एकता के बिना हमारा काम नहीं चलता है। यही है हमारी कसौटी। हम इसी से परख लेते हैं। दो आदमियों के मन के मेल से तो संगीत पैदा नहीं होता है। अगर बाहर उनके सुरों का मेल नहीं हो तो यह सिर्फ शोर है। राजा की जो सेना युद्ध करती है, उसकी बाहरी एकता ही राजा की शक्ति है। हृदय से उसे क्या लेना-देना है! नियमों का पालन करना, संयम बरतना ही हमारी नीति है। इसे नीचा दिखाने पर हृदय को नशे की खुराक प्रदान करनी पड़ती है। यही है उद्‌दंडता का दूसरा नाम।"

"गाड़ीवान, गाड़ी रोको, रोको। शिवानी, यही है उनका डेरा।"

सामने पुराना टूटा-फूटा घर है। दोनों चुपचाप उतर आए और नीचे के एक कमरे में घुसे। कदमों की आहट सुनकर शिवनाथ ने आँखें खोलकर निहारा, लेकिन दीये की मद्धिम रोशनी में वह शायद पहचान नहीं सका। पल भर बाद ही वह आँखें मूँदकर ऊँघने लगा।

17

चारों ओर निहारकर कमल स्तब्ध रही। कमरे की यह क्या शक्ल-सूरत है। आसानी से यह विश्वास नहीं होता है कि यहाँ कोई आदमी रहता है। लोगों की आवाज सुनकर एक सत्रह-अठारह साल का गैरबंगाली छोकरा आकर खड़ा हो गया। राजेन्द्र ने उसका परिचय देते हुए कहा—"यह शिवनाथ बाबू का नौकर है। पथ्य बनाने से लेकर दवा खिलाने तक का काम यही करता है। सूरज डूबते ही इसने शायद सोना शुरू किया था, अभी उठकर आ रहा है। शिवनाथ बाबू के बारे में अगर कोई सलाह देनी हो, तो आप इसे ही दीजिए। ऐसा लगता है कि यह समझ सकेगा। यह एकदम बेवकूफ नहीं है। इसने कल मुझे अपना नाम बताया था। लेकिन मैं भूल गया हूँ। तेरा नाम क्या है रे?"

"मेरा नाम है फगुआ।"

"आज तुमने उन्हें दवा खिलाई थी?"

फगुआ ने अपने बाएँ हाथ की दो उँगलियाँ दिखाते हुए कहा—"हाँ, मैंने उन्हें दो खुराक दवा खिलाई।"

"तूने उन्हें और कुछ खिलाया?"

"हुँ, मैंने उन्हें दूध भी पिलाया।"

"यह तूने बहुत अच्छा किया। ऊपर के पंजाबी बाबुओं में से कोई आया था?"

फगुआ ने थोड़ी देर तक सोचा, फिर कहा—"शायद दोपहर में एक बाबू आए थे।"

"शायद? तब तुम क्या कर रहे थे बेटा, सो रहे थे?"

कमल ने पूछा—"फगुआ, तेरे यहाँ झाड़ू-वाड़ू कुछ है?"

फगुआ ने गर्दन हिलाई और जब वह झाड़ू लाने गया, तो राजेन्द्र ने कहा—"आप झाड़ू का क्या करेंगी? आप उसे पीटेंगी क्या?"

कमल ने गम्भीर होकर कहा—"यह क्या मजाक करने का समय है? तुम्हें क्या माया-ममता कुछ भी नहीं है?"

"पहले मुझे माया-ममता थी। पर फ्लू और फेमिन रिलीफ में मैं उन सबको निछावर कर आया हूँ।"

फगुआ ने झाड़ू ला दिया। राजेन्द्र ने कहा—"मैं भूख के मारे मरा जा रहा हूँ। मैं कहीं से कुछ खाकर आता हूँ। तब तक आप झाड़ू और इस लड़के के साथ जो कर सकें, कीजिए। मैं वापस आकर आपको आपके डेरा पहुँचा दूँगा। आप डरिएगा मत। मैं दो घंटे के अन्दर ही लौटूँगा।" इतना कहकर वह जवाब का इन्तजार किए बिना ही बाहर निकल गया।

शहर के छोर पर स्थित यह जगह सुनसान और सन्नाटा भरी हो उठी। ऊपर रहनेवालों का शोर और उनके चलने-फिरने की वजह से होनेवाली कदमों की आहट रुकी। समझ में आया कि वे लोग सो चुके हैं। कोई शिवनाथ की खोज-खबर लेने नहीं आया। बाहर अँधेरी रात गहरी होने को आ रही है। फर्श पर कम्बल बिछाकर फगुआ ऊँघ रहा है। सदर दरवाजे को बन्द करने का वक्त होने को आया। ऐसे समय रास्ते पर साइकिल की घंटी सुनाई पड़ी और दूसरे ही पल दरवाजे को धकेलकर राजेन्द्र घुसा। उसने इधर-उधर निगाह डाली, तो यह देखकर कि इतने कम समय में कमरे का सब कुछ बदल गया है, वह थोड़ी देर तक चुपचाप खड़ा रहा। बाद में उसने हाथ की पोटली बगल में तिपाई पर रख दी और कहा—"मैंने सोचा था कि आप भी दूसरी औरतों जैसी होंगी, पर ऐसी बात नहीं है, आप दूसरी औरतों जैसी नहीं हैं। आप पर निर्भर किया जा सकता है।"

कमल ने कोई उत्तर नहीं दिया।

कमल ने चुपचाप मुड़कर निहारा। राजेन्द्र ने कहा—"इस बीच देखता हूँ, आपने बिस्तर तक बदल डाला है। माना कि आपने ढूँढ़-ढाँढ़कर बिस्तर निकाला उसे बिछाया। मगर आपने उन्हें उठाकर उस पर लिटाया कैसे?"

कमल ने धीरे-धीरे कहा—"जानने पर ऐसा करना मुश्किल नहीं है।"

"लेकिन आपने यह जाना कैसे? यह तो आपके जानने की बात नहीं है।"

कमल ने कहा—"जानने की बात क्या सिर्फ तुम्हीं लोगों के लिए है? बचपन में चाय-बागान में मैंने बहुत से बीमारों की सेवा की है।"

"ओ, तो ऐसी बात है!" इतना कहकर उसने और एक बार चारों ओर नजरें उठाकर देखा और बोला—"लौटती बार मैं अपने साथ थोड़ा-सा खाना लाया हूँ। मैं देख गया था कि सुराही में पानी है। आप खा लीजिए। मैं बैठता हूँ।"

कमल उसके मुँह की तरफ निहारकर तनिक मुस्कुराई और बोली—"मैंने खाना लाने के लिए तो तुमसे नहीं कहा था। अचानक तुम्हारे मन में यह खयाल आया क्यों?"

राजेन्द्र ने कहा—"सचमुच ही अचानक यह खयाल मेरे मन में आया। जब मेरा अपना पेट भर गया तब पता नहीं क्यों लगा कि आपको भी तो, हो सकता है, भूख लगी हो। सो लौटती बार मैं दुकान से थोड़ा-सा खाना खरीदकर ले आया। देरी मत कीजिए, बैठ जाइए।" इतना कहकर वह खुद जाकर पानी की सुराही को उठा लाया। करीब ही एक कलईदार गिलास था। उसने कहा—"सब्र कीजिए, मैं इसे बाहर से माँज लाता हूँ।" इतना कहकर वह उसे हाथ में लेकर चला गया। वह कल ही यह जान गया था कि इस घर में कहाँ क्या है। वापस आकर उसने ढूँढ़कर साबुन का एक टुकड़ा बाहर निकाला, बोला—"आपने बहुत सारी चीजों को छुआ है। थोड़ा सावधान होना अच्छा है। मैं पानी उड़ेल देता हूँ, आप अपना हाथ धो लीजिए।"

कमल को अपने पिता की बात याद आई। उनकी भी बातों में ऐसी ही खास मिठास नहीं थी। मगर उनकी बातों में हार्दिकता भरी होती थी। बोली—"मुझे हाथ धोने में ऐतराज नहीं है, लेकिन मैं खाऊँगी नहीं भाई। तुम, हो सकता है, यह नहीं जानते कि मैं खुद अपना खाना बनाकर खाती हूँ, और यह सब अच्छा-अच्छा कीमती खाना भी मैं नहीं खाती। मेरे लिए परेशान होने की जरूरत नहीं। दूसरे दिन जैसे होता है, वैसे ही मैं अपने डेरे पर वापस जाकर खाऊँगी।"

"तो फिर और देरी किए बिना आप अपने डेरे लौट चलिए। मैं आपको पहुँचा देता हूँ।"

"पर तुम तो फिर यहीं लौट आओगे?"

"मैं फिर नहीं वापस आऊँगा।"

"तुम यहाँ कब तक रहोगे?"

"कम-से-कम कल तक तो मैं यहाँ रहूँगा। ऊपर के पंजाबियों के हाथ में मैं कुछ रुपए दे गया था। उनसे मुकाबला किए बिना मैं यहाँ से हिलूँगा नहीं। मैं थोड़ा-सा थका हुआ हूँ, सो होने दीजिए। मैंने यह नहीं सोचा था कि उनकी इतनी गैरहिफाजत होगी। चलिए, उठिए। इधर गाड़ी नहीं मिलेगी, पैदल जाना होगा। लौटती बार मोचियों की झुग्गी-झोंपड़ियों का एक बार चक्कर लगाना जरूरी है। दो मुए मरने-मरने को थे। देखूँ, उनका क्या हाल हुआ?"

कमल को फिर वही बात याद आई कि इस आदमी को अनुभूति नाम की कोई चीज ही नहीं है। यह बहुत कुछ मशीन-सा है। कोई अनजानी प्रेरणा इसे बार-बार काम में लगा देती है और यह है कि काम करता जाता है। यह काम करता है अपने लिए नहीं, हो सकता

है, यह किसी चीज की उम्मीद न करके भी काम करता हो। काम इसके खून में है, काम इसके समूचे बदन में हवा-पानी की मानिन्द सहज बना हुआ है। हालाँकि दूसरे की विस्मय की सीमा नहीं रहती है, सोचता है, ऐसा कैसे हो सकता है? कमल ने पूछा—"अच्छा राजेन, तुम खुद भी तो डॉक्टर हो?"

"मैं डॉक्टर हूँ? नहीं, मैं डॉक्टर नहीं हूँ। उन लोगों के मेडिकल स्कूल में मैंने कुछ दिनों तक ट्रेनिंग ली थी।"

"तो फिर उन लोगों की देखभाल कौन करता है?"

"उन लोगों की देखभाल यम करता है।"

"तो तुम क्या करते हो?"

"मैं करता हूँ उन लोगों की तदवीर। मैं उन लोगों के गुणों का बहुत बड़ा प्रशंसक हूँ।" इतना कहकर वह कमल के विस्मय-अभिभूत मुँह की तरफ थोड़ी देर तक निहारता रहा, जरा मुस्कुराया, बोला—"यह यम नहीं, यमराज है। बलिहारी है उसकी प्रतिभा की जिसने इसे राजा कहकर इसका पहली बार अभिवादन किया था। हाँ, यह राजा ही तो है! उसमें जितनी दया है, उतना ही विचार है। दुनिया में अगर कोई सिरजनहार है, तो यह है उसकी श्रेष्ठ रचना, यह मैं शर्त बदकर कह सकता हूँ।"

कमल ने धीरे-धीरे पूछा—"तुम क्या खिल्ली उड़ा रहे हो राजेन?"

"बिलकुल नहीं, मैं खिल्ली नहीं उड़ा रहा हूँ। मेरी बात सुनकर सतीश भैया अपना मुँह गम्भीर बना लेते हैं और हरेन भैया गुस्सा करके मुझे सिनिक कहते हैं। उनके आश्रम के सभी लोगों ने मिलकर शारीरिक यातना, संयम, त्याग और तरह-तरह के अजीबो-गरीब कठोरता के हथियारों को सान देकर यमराज के खिलाफ विद्रोह की घोषणा की है। लिहाजा वे लोग यह सोचते हैं कि मैं उन लोगों की खिल्ली उड़ाता हूँ। लेकिन मैं उन लोगों की खिल्ली नहीं उड़ाता। वे लोग दुखियों के मुहल्ले में जाते नहीं। अगर वे लोग वहाँ जाते, तो मेरी धारणा है कि वे लोग भी मेरी ही तरह परम राजभक्त बन जाते। श्रद्धावनत चित्त से वे लोग यमराज का गुणगान करते और यह सोचकर कि इससे दुखियों का अकल्याण हुआ है, वे लोग यमराज को गाली देते नहीं फिरते।"

कमल ने कहा—"अगर यही तुम्हारी सचमुच की राय हो, तो तुम्हें सिनिक कहने में क्या बुराई है?"

"मुझे सिनिक कहने में बुराई है या नहीं, इसका फैसला बाद में होगा। आप मेरे साथ एक बार मोचियों के मुहल्ले जाएँगी? वहाँ कोहराम मचा हुआ है; सिर्फ आज के इन्फ्लुएंजा की वजह से ही नहीं, बल्कि इस वजह से कि हैजा, चेचक, प्लेग कोई न कोई बीमारी उन लोगों को होती ही रहती है। न दवा है, न पथ्य, न बिछाने के लिए बिस्तर, न ओढ़ने के लिए रजाई, न मुँह में पानी डालनेवाला आदमी। यह देखकर अचानक घबरा जाना पड़ता है कि इसका हल क्या है। तभी हल दिखाई पड़ता है, चिन्ता दूर हो जाती है, मैं मन-ही-मन कहता हूँ—डरो मत, अरे, डरो मत! समस्या चाहे जितनी भी बड़ी क्यों न हो, उसका समाधान करने की जिम्मेदारी जिनके हाथ में है वे आने ही वाले हैं। दूसरे देशों की दूसरी व्यवस्था है, लेकिन हमारी इस देव-भूमि की सारी जिम्मेदारी ली है बिलकुल खुद राजाओं के राजा ने। एक

हिसाब से हम कहीं ज्यादा सौभाग्यशाली हैं। लेकिन कहाँ से क्या सब बातें आ गईं। चलिए, रात बढ़ती जा रही है। पैदल बहुत दूर जाना है।''

''लेकिन तुम्हें तो फिर इतनी ही दूर पैदल लौटना होगा।''

''हाँ, सो तो होगा।''

''तुम्हारा मोचियों का मुहल्ला यहाँ से कितनी दूर है?''

''करीब ही है, यानी यहाँ से मील भर दूर है।''

''तो फिर तुम अपनी साइकिल से वहाँ घूम आओ। मैं बैठती हूँ।''

राजेन ने विस्मित होकर कहा—''यह आप क्या कह रही हैं? आपने दो दिनों से कुछ खाया नहीं है।''

''किसने दी तुम्हें यह खबर?''

''जिस खयाल की बात हो रही थी, उसी ने मुझे यह खबर दी है। लेकिन यह जानकारी मैंने खुद भी हासिल कर ली है। आते वक्त मैं आपके रसोईघर को एक बार झाँक आया था—वहाँ बना हुआ भात मौजूद था, पर बरतन की शक्ल-सूरत देखने पर इस बात का सन्देह नहीं रहता है कि वह बीती रात का बनाया भात था। यानी दो दिनों से निरा उपवास चल रहा है। लिहाजा या तो आप चलिए या मैं जो लाया हूँ उसे खा लीजिए। आज आपका यह बहाना नहीं चलनेवाला है कि आप अपने हाथ का बनाया खाना खाती हैं।''

''मेरा यह बहाना नहीं चलनेवाला है?'' कमल ने जरा मुस्कुराकर कहा—''मगर मेरे लिए तुम इतनी माथा-पच्ची क्यों कर रहे हो?''

''यह तो मैं नहीं जानता। मैं खुद ही इस बात का पता लगा रहा हूँ कि मैं आपके लिए इतनी माथा-पच्ची क्यों कर रहा हूँ? इसकी जानकारी मिलने पर मैं आपको बता दूँगा।''

कमल ने थोड़ी देर तक पता नहीं क्या सोचा, उसके बाद बोली—''बताना, शरमाना मत।'' वह फिर से थोड़ी देर तक चुप रही, बाद में बोली—''राजेन, तुम्हारे आश्रम के लोगों ने तुम्हें आज ही पहचाना है, इसीलिए वे लोग तुम्हें आफत समझते हैं। लेकिन मैं तुम्हें पहचानती हूँ। लिहाजा मुझे ही पहचान रखना तुम्हारे लिए जरूरी है। हालाँकि इसके लिए वक्त चाहिए पर वह परिचय तू-तू, मैं-मैं करके नहीं होगा।'' वह थोड़ी देर तक स्थिर रहकर फिर से बोली—''मैं अपना खाना खुद बनाकर खाती हूँ और रोज एक वक्त खाती हूँ, उतना सा खाती हूँ जितना गरीब खाता है, बस, थोड़ा-सा दाल-भात। मगर मेरा यह व्रत नहीं है, इसीलिए मैं उसे तोड़ भी सकती हूँ। लेकिन चूँकि मैंने दो दिनों से कुछ नहीं खाया है, इसीलिए मैं अपना नियम नहीं तोड़ूँगी। तुम्हारे स्नेह को मैं नहीं भूलूँगी। लेकिन तुम्हारा कहा भी मैं नहीं मान सकूँगी राजेन। पर तुम इसके लिए गुस्सा मत करना।''

''नहीं, मैं गुस्सा नहीं करूँगा।''

''तुम क्या सोच रहे हो, बताओ तो!''

''मैं सोच रहा हूँ कि जान-पहचान करनेवाली की भूमिका जरा भी बुरी नहीं है। मैं देखता हूँ कि मैं इसे आसानी से नहीं भूल सकूँगा।''

"भला मैं तुम्हें इसे आसानी से भूलने ही क्यों दूँगी!" इतना कहकर कमल अचानक हँस पड़ी, बोली—"लेकिन और देरी मत करो, जाओ। जितनी जल्दी हो सके, लौट आओ। मैं उस बड़ी-सी आरामकुर्सी पर एक कम्बल बिछा रखूँगी। दो-चार घंटे सोने के बाद जब सुबह होगी तब हम लोग अपने डेरे पर चले जाएँगे, क्यों, मैं ठीक कहती हूँ, न?"

राजेन्द्र ने सिर हिलाकर कहा—"अच्छा। मैंने सोचा था कि आज भी मुझे रात जागकर बितानी होगी। लेकिन मेरी छुट्टी मंजूर हो गई। आपने अपने पति की तीमारदारी की जिम्मेदारी अपने हाथ में ली। यह अच्छा ही हुआ। लौटने में शायद मुझे देर नहीं होगी। लेकिन इस बीच आप सो मत जाइएगा।"

कमल ने कहा—"नहीं, मैं नहीं सोऊँगी। लेकिन तुम्हें यह बात किसने बताई कि यह आदमी मेरा पति है। शायद यहाँ के लोगों ने तुम्हें यह बात बताई होगी? चाहे जिसने भी तुम्हें यह बात बताई है, उसने मजाक किया है। अगर तुम्हें विश्वास न हो, तो तुम एक दिन इन्हीं से पूछा लेना, तुम्हें जानकारी मिल जाएगी।"

राजेन्द्र ने कोई बात नहीं की, वह चुपचाप बाहर निकल गया।

शिवनाथ ठीक इसी के लिए इन्तजार कर रहा था। उसने करवट बदलकर आँखें खोलकर निहारा, पूछा—"यह आदमी कौन है?"

शिवनाथ की बात सुनकर कमल चौंक पड़ी। उसकी आवाज साफ है, जबान जरा भी नहीं लड़खड़ा रही है। आँखों में तब भी आज थोड़ी-सी खुमारी तो है, लेकिन मुँह का भाव लगभग स्वाभाविक है। अधूरी नींद टूट जाने से जाग उठने पर आदमी में जितनी जड़ता रहती है, उतनी ही जड़ता है, उससे ज्यादा नहीं। कमल यह विश्वास नहीं कर सकी कि इतनी बड़ी बीमारी इतनी आसानी से और इतनी जल्दी दूर हो गई है। इसीलिए जवाब देने में उसे देर लगी। शिवनाथ ने फिर प्रश्न किया—"यह आदमी कौन है शिवानी? ये ही तुम्हें अपने साथ यहाँ लाए हैं?"

"हाँ, ये ही मुझे भी यहाँ लाए हैं और कल तुम्हें भी अपने साथ यहाँ लाकर रख जानेवाले ये ही हैं।"

"क्या नाम है इनका?"

"इनका नाम है—राजेन्द्र।"

"तुम दोनों क्या अभी एक घर में रहते हो?"

"यही कोशिश तो मैं कर रही हूँ। अगर ये मेरे साथ रह गए, तो मेरा सौभाग्य!"

"हुँ, तुम उन्हें यहाँ क्यों लाई हो? मुझे दिखाने?"

कमल ने इस सवाल का जवाब नहीं दिया। शिवनाथ ने भी और कोई सवाल नहीं किया। वह आँखें मूँदे पड़ा रहा। बहुत देर तक चुप्पी साधे रहने के बाद शिवनाथ ने पूछा—"तुमने यह बात किसके मुँह से सुनी कि मेरे साथ तुम्हारा अब कोई रिश्ता नहीं है? मैंने यह कहा है? तो क्या लोग यह कहते हैं?"

कमल ने इसका जवाब नहीं दिया। लेकिन अबकी बार उसने खुद ही प्रश्न किया—"भले ही मैंने यह विश्वास न किया हो कि तुमने मुझसे शादी नहीं की है, पर तुम तो यह विश्वास करते थे? चले आते वक्त तुम मुझसे यह बात कहकर क्यों नहीं आए? तुमने

क्या यह सोचा था कि मैं तुम्हें रोक सकती हूँ, रो-धोकर सर पटककर हंगामा खड़ा कर सकी हूँ। यह तो तुम भली-भाँति जानते थे कि ऐसा मेरा स्वभाव नहीं है। तो तुम मुझे बताकर क्यों नहीं आए थे?''

शिवनाथ कई पल चुप रहा, फिर बोला–''काम के झंझट से, कारोबार की खातिर कई दिनों तक एक अलग डेरा कर लेना ही क्या छोड़ देना होता है? मैंने तो सोचा था...''

शिवनाथ के मुँह की बात अधूरी रह गई। कमल ने उसे रोक दिया और बोली–''रहने दो, रहने दो। वह मैंने जानना नहीं चाहा है।'' लेकिन इतना कह डालते ही वह अपनी उत्तेजना से खुद ही शरमा गई। थोड़ी देर तक चुप रहकर उसने अपने आपको शान्त कर लिया, अन्त में उसने पूछा–''तुम क्या सचमुच ही बीमार हो गए थे?''

''हाँ, मैं सचमुच ही बीमार हो गया था?''

''अगर तुम सचमुच ही बीमार हो गए थे तो तुम मेरे यहाँ न जाकर आशु बाबू के घर किसलिए गए? तुम्हारे एक काम ने मुझे दुख पहुँचाया है और दूसरे ने मुझे बहुत अपमानित किया है। मैं जानती हूँ कि यह सुनकर कि मैंने दुख पाया है, तुम मन-ही-मन हँसोगे। लेकिन यह जानना ही मेरी सान्त्वना है। चूँकि तुम इतने ओछे हो, इसीलिए मैं अपना दुख सह सकी, वरना मैं अपना दुख सह नहीं सकती।''

शिवनाथ चुप रहा। कमल ने उसके मुँह की तरफ अपलक निहारते हुए कहा–''जानते हो तुम, मुझे सब बर्दाश्त हुआ, मगर मुझे यह बर्दाश्त नहीं हुआ कि तुम्हें घर से निकाल दिया गया है। इसीलिए मैं यहाँ आई थी, तुम्हारी सेवा करने। मैं तुम्हारा मन बहलाने के लिए यहाँ नहीं आई हूँ।''

शिवनाथ ने धीरे-धीरे कहा–''तुम्हारी इस कृपा के लिए मैं तुम्हारा कृतज्ञ हूँ शिवानी।''

कमल ने कहा–''तुम मुझे शिवानी कहकर मत पुकारना। तुम मुझे कमल कहकर पुकारना।''

''क्यों?''

''क्योंकि तुम्हारे मुँह से यह नाम सुनने पर मुझे घृणा महसूस होती है।''

''लेकिन एक दिन तो तुम यही नाम सबसे ज्यादा पसन्द करती थीं।'' इतना कहकर उसने कमल के हाथ को अपने हाथ में लिया। कमल चुप रही। अपने हाथ को लेकर खींचातानी करने में भी उसे कुंठा महसूस हुई।

''तुम चुप रही, तुमने कोई खास जवाव क्यों नहीं दिया?''

कमल पहले की ही तरह चुप्पी साधे रही।

''तुम क्या सोच रही हे, बताओ न शिवानी?''

''मैं क्या सोच रही हूँ, जानते हो? मैं सोच रही हूँ कि आदमी कितना बड़ा पाखंडी होने पर यह बात याद दिला सकता है!''

शिवनाथ की आँखें छलछलाने लगीं, बोला–''मैं पाखंडी नहीं हूँ शिवानी। जिस दिन तुम खुद की अपनी गलती जान सकोगी उस दिन तुम्हारे पछतावे की सीमा नहीं रहेगी। मैंने क्यों एक अलग डेरा किराए पर लिया है...''

“मगर मैंने तो एक बार भी यह नहीं पूछा है कि तुमने एक अलग डेरा किराए पर क्यों लिया है। मैंने सिर्फ इतना ही जानना चाहा था कि तुम मुझे यह बात बताकर क्यों नहीं आए थे? मैं तुम्हें एक दिन भी रोक नहीं रखती।”

शिवनाथ की आँखों से आँसू लुढ़क पड़े, बोला–“तुम्हें यह बताने की मेरी हिम्मत नहीं हुई थी शिवानी।”

“क्यों? तुम्हें मुझे बताने की हिम्मत क्यों नहीं हुई थी?”

शिवनाथ ने कुर्ते की आस्तीन से अपनी आँखें पोंछीं और कहा–“एक तो रुपए की कमी, ऊपर से रोज बाहर जाना पड़ने लगा–पत्थर खरीदने और उसे भेजने के लिए, स्टेशन के करीब कोई न कोई...”

कमल बिस्तर से उठकर आई और दूर की एक कुर्सी पर बैठी, बोली–“अब मुझे अपने लिए दुख नहीं होता है, दुख होता है दूसरे के लिए। लेकिन आज तुम्हारे लिए भी मुझे दुख हो रहा है शिवनाथ बाबू...”

बहुत दिनों बाद उसने पहली बार उसे उसका नाम लेकर पुकारा। बोली–“देखो, अपनी ठगी को ही पूँजी बनाकर दुनिया में व्यापार नहीं किया जा सकता है। मुझसे, हो सकता है, तुम्हारी और मुलाकात न हो, लेकिन मैं तुम्हें याद आऊँगी। जो होना था वह तो हो चुका है। वह अब लौटेगा नहीं। लेकिन भविष्य में अपने जीवन को और एक दृष्टि से देखने की कोशिश करना। हो सकता है, तुम सुखी हो भी सको। तुम इसे भूलना मत। आज भी मैं सचमुच ही यह चाहती हूँ कि तुम्हारा भला हो, तुम अच्छे रहो।”

कमल ने मुश्किल से अपने आँसू रोके। आशु बाबू ने क्यों उसे हटा दिया, क्या उसका सही कारण है, इतनी बातों के बाद भी वह इतना बड़ा आघात शिवनाथ को नहीं पहुँचा सकी।

बाहर साइकिल की घंटी की आवाज सुनाई पड़ी। शिवनाथ कोई बात किए बिना फिर से करवट बदलकर सो गया।

कमरे में घुसकर राजेन्द्र ने दबी आवाज में कहा–“अरे देखता हूँ, आप तो सचमुच ही जगी हुई हैं। शिवनाथ बाबू कैसे हैं? आपने उन्हें और दवा-ववा खिलाई।”

कमल ने गर्दन हिलाकर कहा–“नहीं, मैंने उन्हें और कुछ नहीं खिलाया है।”

राजेन्द्र ने उँगली के इशारे से कहा–“चुप। उनकी नींद टूट जाएगी। नींद टूट जाना अच्छी बात नहीं है।”

“नहीं, उनकी नींद नहीं टूटेगी। लेकिन तुम्हारे मोचियों का क्या हुआ?”

“बतौर आदमी वे लोग अच्छे हैं, उन्होंने मेरा कहा मान लिया है। पर मेरे जाने के पहले ही यमराज का भैंसा आकर दो आत्माओं को ले गया है। सवेरे उन दोनों की लाशों को म्युनिसिपैलिटी के भैंसे के हवाले कर देंगे पर मैं खलास हो जाऊँगा। और भी आठेक आदमी साँसें गिन रहे हैं। मैं कल आपको एक बार दिखा आऊँगा। आशा करता हूँ, आप काफी ज्ञान प्राप्त करेंगी। लेकिन आरामकुर्सी पर बिछाया जानेवाला मेरा कम्बल कहाँ है? आप भूल गई हैं?”

कमल ने कम्बल बिछा दिया। राजेन ने 'आहा, जान में जान आई' कहकर लम्बी साँस छोड़ी और आरामकुर्सी के हत्थों पर अपने दोनों पैर फैलाकर लेट गया। बोला—"भाग-दौड़ करते-करते पसीने-पसीने हो गया हूँ। कोई पंखा-वंखा है क्या?"

कमल हाथ में पंखा लेकर अपनी कुर्सी को उसके सिरहाने खींच लाई और बोली—"मैं पंखा झल रही हूँ, तुम सो जाओ। उनके लिए फिक्र करने की कोई वजह नहीं है, वे अच्छे हैं।"

"वाह, हर तरफ अच्छी खबर है।" इतना कहकर उसने अपनी आँखें मूँद लीं।

18

इस शहर में इन्फ्लुएंजा नई बीमारी नहीं है। आदमी इसे 'डेंगू' मानकर थोड़ी अवज्ञा और उपहास की नजरों से देखता था। लोगों की यही धारणा थी कि यह बीमारी दो-तीन दिन दुख देती है। इसके अलावा इसका और कोई गहरा मकसद नहीं है। लेकिन इस बात की कोई कल्पना भी नहीं करता था कि सहसा यह बीमारी इतनी भयंकर महामारी के रूप में भी फैल सकती है। लिहाजा अबकी बार इसकी असीम शक्ति की निश्चित कठोरता से पहले यह लोग हक्का-बक्का हो गए, उसके बाद ही जिसे जहाँ बन पड़ा भागना शुरू किया। अपने-पराये का खास फर्क नहीं रहा। लोग बीमारों की तीमारदारी क्या करते, बहुतों को मरते वक्त मुँह में पानी डालनेवाला आदमी भी नसीब नहीं हुआ। आगरा के नसीब में भी इससे अलग कुछ नहीं हुआ। इस घनी आबादी वाली प्राचीन नगरी की शक्ल कई दिनों के अन्दर ही बिलकुल बदल गई। स्कूल-कॉलेज बन्द हो गए हैं। नदी का किनारा लगभग खाली है। सिर्फ हिन्दुओं और मुसलमानों की लाशों को ढोनेवालों के डरे-सहमे कदमों की आहट के सिवा राजपथ सन्नाटा भरा और सुनसान है। किसी भी तरफ नजर जाने पर लगता है, सिर्फ आदमियों की ही नहीं, बल्कि पेड़-पौधों, घर-मकान, दरवाजों की भी शक्ल मानो डर से बदरंग हो गई हो। जब शहर की ऐसी हालत है तब चिन्ता, दुख और शोक की तपिश से बहुतों के साथ बहुतेरों का एक समझौता हो गया है। कोशिश करके, बातचीत करके, मध्यस्थ बनकर नहीं, यह अपने आप हो गया है। आज भी जो लोग जिन्दा हैं, जो लोग अभी भी धरती से गायब नहीं हो गए हैं वे सभी एक-दूसरे के बड़े अपने हैं। बहुत दिनों से जिन लोगों में बातचीत बन्द थी, उन लोगों की रास्ते में एक-दूसरे से मुलाकात होती है। दोनों की ही आँखों में आँसू भर आए हैं—इसी बीच किसी के भाई, किसी के बेटे, तो किसी की पत्नी का देहान्त हो गया है। तो किसी की बेटी का गुस्सा करके मुँह घुमाने लायक जोर अब मन में नहीं है। कभी बात हुई है, कभी बात भी नहीं हुई थी, पर दोनों ने चुपचाप एक-दूसरे का भला चाहते हुए विदा ली है।

मोचियों के मुहल्ले में अब लोग ज्यादा नहीं हैं। जितने कल मरे हैं उतने भाग गए हैं। जो बाकी बचे हैं उनके लिए राजेन अकेला ही काफी है। उन लोगों की गति-मुक्ति की जिम्मेदारी उसी ने ली है। सहयोगी के हिसाब से कमल शरीक होने आई थी। उसे इस बात का भरोसा था कि बचपन में चाय-बागान में उसने बीमार कुलियों की सेवा की थी। लेकिन दो-तीन दिनों में ही उसने समझा कि उसका वह भरोसा यहाँ काम नहीं आ सकता है। मोचियों की क्या हालत है, इसका शब्दों में वर्णन करके बताना बेकार है। झोंपड़ी में कदम रखने के साथ ही साथ रोंगटे खड़े हो जाते थे। कहीं भी बैठने या खड़ा होने की जगह नहीं है और यहाँ आने के पहले कमल यह नहीं जानती थी कि कतवार किस तरह भयावह हो जा सकता है। हालाँकि वह इस बात की कल्पना भी नहीं कर सकी कि इस सबके बीच रहकर अपने आपको सावधान रखते हुए कैसे बीमारों की सेवा की जा सकती है। बड़ा घमंड करके वह राजेन के साथ यहाँ आई थी। दुस्साहस करने में वह किसी से भी उन्नीस नहीं है। दुनिया में किसी भी चीज से वह नहीं डरती है, मौत से भी नहीं। उसने बिलकुल झूठ नहीं कहा है, लेकिन जब वह यहाँ आई, तो उसने समझा कि इसकी भी सीमा है। कई दिनों में ही उसके बदन का खून सूख जाने लगा। फिर भी पूरी दिवालिया होकर घर लौटने के पहले राजेन्द्र उसे आश्वासन देता हुआ कहने लगा—''इतनी निर्भीकता मैंने अपने पूरे जनम में नहीं देखी है। असली तूफान में आप सँभाल ले गईं। मगर अब जरूरी नहीं है। डेरे पर जाकर आप कुछ दिन आराम कीजिए। इन लोगों के लिए आपने जो किया उसका कर्ज ये लोग जीवन में चुका नहीं सकेंगे।''

''और तुम क्या करोगे?''

राजेन्द्र ने कहा—''इन कई साँसें गिननेवालों की सहायता के बाद मैं भी भागूँगा। वरना आप क्या यह कहना चाहती हैं कि मैं मरूँ?''

कमल को जवाब ढूँढ़े नहीं मिला। वह थोड़ी देर तक निहारती रही, फिर चुपचाप चली आई। लेकिन उसके चले आने का मतलब यह नहीं है कि वह कई दिन डेरे पर बिलकुल नहीं आ सकी थी। खाना बनाकर उसे साथ में ले आने के लिए रोज एक बार उसे डेरे पर आना ही पड़ता था। लेकिन यह सोचकर कि आज अब उस भयानक जगह में लौटना नहीं होगा, एक तरफ उसने जितनी राहत महसूस की दूसरी तरफ उतनी ही अव्यक्त चिन्ता से उसका समूचा मन भरा रहा। कमल राजेन्द्र के खाने की बात पूछकर आना भूल गई थी लेकिन यह गलती चाहे जितनी भी क्यों न हो, वह उसे वहाँ अकेला छोड़ आई, इसके बराबर कोई भी बात उसे याद नहीं आई।

स्कूल-कॉलेज जब से बन्द हुआ है तब से राजेन्द्र का आना भी बन्द हो गया है।

ब्रह्मचारी बालकों वगैरह को किसी सुरक्षित जगह पर पहुँचा दिया गया है और उनकी देखरेख करने की जिम्मेदारी लेकर सतीश साथ में गया है। हरेन खुद नहीं जा सका अविनाश की बीमारी के चलते। आज वह आ पहुँचा। उसने नमस्कार किया और कहा—''मैं पाँच-छह दिनों से रोज आ रहा हूँ, पर आपसे मिल नहीं सका हूँ। कहाँ थीं आप?''

कमल ने जब मोचियों के मुहल्ले का नाम बताया, तो हरेन्द्र ने विस्मित होकर कहा—''आप वहाँ थीं? सुनने में आया है कि वहाँ तो बहुत लोग मर रहे हैं। यह सुझाव आपको दिया किसने? चाहे जिसने भी दिया हो, अच्छा काम नहीं किया है?''

"क्यों? अच्छा काम क्यों नहीं किया?"

"आप पूछती हैं, क्यों अच्छा काम नहीं किया? क्योंकि वहाँ जाने का मतलब है आत्महत्या करना। बल्कि उन लोगों ने तो यह सोचा था कि शिवनाथ बाबू के आगरा से चले जाने के बाद आप भी जरूर दूसरी जगह चली गई हैं। अवश्य कई दिनों के लिए वरना आप अपना डेरा रखकर नहीं जातीं। अच्छा आप राजेन के बारे में कुछ जानती हैं? वह क्या शहर में है या और कहीं चला गया है? उसने अचानक ऐसी डुबकी लगाई है कि उसका पता चलने की गुंजाइश नहीं है।"

"उनसे क्या आपको कोई खास काम है?"

"नहीं, काम कहने से आमतौर पर लोग जो समझते हैं वैसा कोई काम नहीं है। तब भी काम ही तो है, क्योंकि मैं भी अगर उसकी खोज-खबर लेना बन्द कर दूँ, तो अकेले पुलिस के सिवा उसका और कोई अपना नहीं रहता है। मेरा विश्वास है कि आप यह जानती हैं कि वह कहाँ है?"

"हाँ, मैं यह जानती हूँ कि वह कहाँ है? मगर आपको बताने से कोई फायदा नहीं है। आपने अपने घर से जिसे निकाल दिया है, वह बाहर निकलकर कहाँ है, इस बात की जानकारी लेना सिर्फ अनुचित कौतूहल है।"

हरेन्द्र थोड़ी देर चुप रहा, फिर बोला–"लेकिन वह मेरा घर नहीं, हमारा आश्रम है। मैं उसे जगह नहीं दे सका हूँ, लेकिन मैं उसे जगह नहीं दे सका इसलिए दूसरे के मुँह से यह शिकायत सुनना मुझसे बर्दाश्त नहीं होता है। अच्छी बात है, मैं चला। मैंने उसे पहले भी बहुत बार ढूँढ़ निकाला है, इस बार भी मैं उसे ढूँढ़ निकालूँगा। आप उसे छिपाकर नहीं रख सकेंगी।"

उसकी बात सुनकर कमल ने हँसते हुए कहा–"मैं उन्हें क्यों छिपाकर रखूँगी, हरेन्द्र बाबू? आप क्या यह सोचते हैं कि उन्हें छिपाकर रखने पर मेरा दुख दूर हो जाएगा?"

हरेन्द्र खुद भी हँसा, लेकिन उस हँसी के इर्द-गर्द बहुत-सी दरारें रहीं। बोला–"मेरे अलावा इस सवाल का जवाब देनेवाले आदमी आगरा में बहुत से हैं। वे लोग क्या कहेंगे, जानती हैं? वे लोग कहेंगे–कमल, आदमी को तो एक ही दुख नहीं है, बहुत तरह के दुख हैं, उनकी प्रवृत्ति भी अलग-अलग है, उन्हें दूर करने का तरीका भी अलग है। लिहाजा उन लोगों से अगर मुलाकात हो तो बातचीत के द्वारा एक मुलाकात कर लीजिएगा।" इतना कहकर वह थोड़ी देर रुका, फिर बोला–"मगर दरअसल आपसे गलती हो रही है। मैं उस दल का नहीं हूँ। मैं आपको बेकार में परेशान करने के लिए नहीं आया हूँ, कमल, दुनिया में जितने लोग आपका सही सम्मान करते हैं, मैं उन्हीं में से एक हूँ।"

कमल उसके मुँह की तरफ निहारती रही, फिर धीरे-धीरे पूछा–"मेरा सही सम्मान आप किस नीति से करते हैं? मेरी राय या आचरण किसी के भी साथ आप लोगों की राय या आचरण का मेल नहीं है।"

हरेन्द्र ने फौरन जवाब दिया–"नहीं, आपकी राय या आचरण के साथ हमारी राय या आचरण का मेल नहीं है। मगर तब भी मैं आपका बड़ा सम्मान करता हूँ। और यही अजीब बात मैं खुद अपने आपसे बार-बार पूछता हूँ।"

"आपको कोई जवाब नहीं मिलता है?"

"नहीं, मुझे कोई जवाब नहीं मिलता है। लेकिन मुझे यह भरोसा होता है कि एक दिन मुझे जवाब जरूर मिलेगा।" वह थोड़ी देर रुका फिर बोला–"आपकी कुछ कहानी खुद आपके मुँह से भी मैंने सुनी है और कुछ अजित बाबू से सुना है। हाँ, एक बात कहनी है, वह यह कि आप शायद यह जानती हैं कि अभी वे हमारे आश्रम में रह रहे हैं।"

कमल ने गर्दन हिलाकर कहा–"यह खबर तो आपने पहले भी दी है।"

हरेन्द्र ने कहा–"आपके जीवन की कहानी के विचित्र अध्याय इतनी अकुंठ सरलता से सामने आकर खड़े हो गए हैं कि उनके खिलाफ खुलेआम फैसला लेने में डर लगता है। इतने दिनों तक जिस चीज को बुरा मानना सीखा है, उसके खिलाफ आपके जीवन ने मुकदमा दायर किया है। इसका फैसला करनेवाला कहाँ मिलेगा, कब मिलेगा और इसका नतीजा ही भला क्या होगा, मैं कुछ भी नहीं जानता हूँ। लेकिन इस तरह से जो बेखौफ आया, जिसने दुराव-छिपाव की कोई जरूरत महसूस नहीं की उसका सम्मान किए बिना भला कैसे रहा जा सकता है?"

कमल ने कहा–"बेखौफ आकर खड़ा होना ही क्या कोई बड़ा काम है? दो कनकटों की कहानी आपने नहीं सुनी है? वे लोग रास्ते के बीच से होकर चलते थे। आपने नहीं देखा है, मगर मैंने चाय-बागानों के अंग्रेजों को देखा है। उन लोगों का बेखौफ, बेझिझक बेहयापन दुनिया की किसी भी शर्म की परवाह नहीं करता है। मानो उसकी गर्दन में हाथ डालकर उसे दूर भगा देता है। उन लोगों के दुस्साहस की सीमा नहीं है, लेकिन यह क्या आदमी के सम्मान की चीज है?"

अचानक जब उसे कोई शब्द ढूँढ़े नहीं मिला, तो उसने सिर्फ कहा–"यह अलग चीज है।"

कमल बोली–"आपने यह कैसे जाना कि यह अलग चीज है? बाहर से मेरे पिता को भी लोग इन्हीं में से एक समझते थे। हालाँकि मैं जानती हूँ कि यह सच नहीं है। लेकिन सच तो सिर्फ मेरे जानने पर निर्भर नहीं करता है। दुनिया के आगे उसका सबूत कहाँ है?"

हरेन्द्र इस सवाल का भी जवाब न दे पाने की वजह से चुप रहा।

कमल बोली–"मेरी कहानी आप सभी ने सुनी है। बहुत सम्भव है, इस कहानी का आप लोगों ने बड़े आनन्द से मजा लिया होगा। पर इस बारे में आप मौन हैं कि मेरे काम अच्छे हैं या बुरे, लेकिन वे गुप्त हुए बिना लोगों की नजरों के सामने सबकी उपेक्षा करते हुए होते चले जा रहे हैं, यही हुआ है मेरे प्रति आपके सम्मान का आकर्षण। हरेन बाबू, दुनिया में आदमी का सम्मान मुझे इतना नहीं मिला है कि मैं अवहेलना से नकार कर उसे अपमानित कर सकूँ। लेकिन मेरे बारे में आपने जैसे बहुत जाना है वैसे ही यह भी जान रखिए कि अक्षय बाबू की घृणा से भी ज्यादा दुख मुझे यह सम्मान देता है। वह मुझे बर्दाश्त होती है, मगर इसका बोझ असहनीय है।"

हरेन्द्र पहले की ही तरह थोड़ी देर तक मौन रहा। कमल की बातों, खास करके उसकी आवाज की शान्त कठोरता से उसने मन में अपमान महसूस किया। थोड़ी देर बाद उसने पूछा–"राय और आचरण के फर्क के बावजूद किसी का सम्मान किया जा सकता है, कम-से-कम मैं ऐसा कर सकता हूँ, यह आपको विश्वास नहीं होता!"

कमल ने बड़ी आसानी से तभी जवाब दिया—"यह तो मैंने नहीं कहा है, हरेन बाबू कि मुझे विश्वास नहीं होता है। मैंने तो यही कहा है कि यह सम्मान मुझे दुख देता है।" इतना कहकर वह थोड़ी देर रुकी, उसके बाद कहने लगी—"राय और नीति की दृष्टि से अक्षय बाबू में और आप लोगों में कोई खास फर्क नहीं है। उनमें बहुत मामलों में अगर अनावश्यक और अत्यधिक कठोरता नहीं होती, तो आप सभी एक से हैं और घृणा की दृष्टि से भी आप सभी एक से हैं। मेरी इसी हिम्मत ने कि मैं अपनी शर्म और झिझक से छिपी नहीं फिरती हूँ, आप लोगों का सम्मान हासिल किया है। इसकी कितनी कीमत है हरेन बाबू? बल्कि सोचकर देखने पर मन में वितृष्णा ही पैदा होती है कि इसी के चलते आप लोग मुझे इतने दिनों तक वाहवाही देते आ रहे थे।"

हरेन्द्र ने कहा—"अगर हम लोगों ने आपको वाहवाही दी ही हो, तो यह क्या असंगत है? बतौर चीज हिम्मत क्या दुनिया में कुछ भी नहीं है?"

कमल ने कहा—"आप लोग हर सवाल ही इतने गुप्त रूप से क्यों पूछते हैं? यह बात तो मैंने नहीं कही है कि हिम्मत कुछ भी नहीं है! मैं कह रही थी कि यह चीज दुनिया में दुर्लभ है और चूँकि यह दुर्लभ है इसीलिए आँखें चौंधिया जाती हैं। मगर इससे भी बड़ी चीज है। बाहर से अचानक वह हिम्मत की कमी सी दीखती है।"

हरेन्द्र ने सर हिलाकर कहा—"मैं समझ नहीं सका। आपकी बहुतेरी बातें बहुत समय पहेलियों-सी लगती हैं। लेकिन आज की बातें उन्हें भी लाँघ गईं। लग रहा है कि आज आप बेहद अनमनी हैं। आपको इस बात का खयाल नहीं है कि आप किसका जवाब किसे देती जा रही हैं!"

कमल बोली—"ओ, तो ऐसी बात है।" वह थोड़ी देर तक स्थिर रही, फिर बोली—"ऐसा हो भी सकता है। हो सकता है, मैं खुद भी इतने दिनों तक यह नहीं जानती थी कि सचमुच का सम्मान पाना क्या चीज है! उस दिन मैं अचानक चौंक गई। हरेन्द्र बाबू, आप दुख मत कीजिएगा। मगर उससे तुलना करने पर और सब आज मजाक-सा लगता है।" कहते-कहते उसकी आँखों में अँधेरा छाने को आया और समूचे मुँह पर एक ऐसी ही स्निग्ध नमी तिरने को आई कि कमल के उस रूप को हरेन्द्र ने किसी दिन देखा नहीं था। अब उसे सन्देह नहीं रहा कि कमल यह उससे नहीं और किसी से यह सब कह रही है। वह सिर्फ उपलक्ष्य है, और इसीलिए शुरू से लेकर आखिर तक उसका सब कुछ पहेलियों-सा लग रहा है।

कमल कहने लगी—"आप अभी-अभी मेरी दुखद निर्भीकता की प्रशंसा कर रहे थे—हाँ, एक बात कहनी है, वह यह कि आपने यह सुना है कि शिवनाथ मुझे छोड़कर चले गए हैं।"

हरेन्द्र ने शर्म के मारे सर झुकाकर जवाब दिया—"हाँ, मैंने यह सुना है।"

कमल बोली—"हम दोनों की मन-ही-मन एक शर्त थी। वह यह कि अगर कभी हम लोगों का एक-दूसरे से अलग हो जाने का दिन आए तो हम लोग आसानी से एक-दूसरे को छोड़ देंगे। नहीं-नहीं, कोई लिखित सुलहनामा नहीं है, यों ही।"

हरेन्द्र ने कहा—"ब्रूट।"

कमल बोली—"ब्रूट तो आपके दोस्त अक्षय बाबू हैं। शिवनाथ कलाकार हैं। लेकिन उनके खिलाफ मेरी अपनी बहुत ज्यादा शिकायत नहीं है। शिकायत करने से ही भला क्या

फायदा! हृदय की अदालत में एकतरफा फैसला ही एकमात्र फैसला है। उसका तो कोई अपील कोर्ट नहीं मिलता है।''

हरेन्द्र पूछा–''इसका मतलब यह है कि आप प्यार के सिवा और कोई बन्धन ही नहीं मानती हैं।''

कमल बोली–''एक तो हमारे मामले में और कोई बन्धन नहीं था, दूसरा, अगर कोई बन्धन रहता, तो भला उसे मानने से क्या फायदा! शरीर का जो अंग लकवे से सुन्न हो जाता है उसके लिए बाहरी बन्धन ही बहुत बड़ा बोझ है। अगर इससे काम बनाने की कोशिश की जाए, तो वह सबसे ज्यादा टीसता है।'' इतना कहकर वह पल भर चुप रही। उसके बाद फिर से कहने लगी–''आप सोच रहे होंगे कि चूँकि हमारी सचमुच की शादी नहीं हुई है इसीलिए मैं ऐसी बात अपनी जबान पर ला पा रही हूँ और अगर हमारी सचमुच की शादी हुई होती, तो मैं ऐसी बात अपनी जबान पर नहीं ला पाती। मैं सिर्फ इतनी आसानी से इस समस्या का समाधान नहीं पाती। सुन्न अंग, हो सकता है, इस शरीर से लगा ही रहता और ज्यादातर औरतों का जैसा होता है आमरण अपने दुख का बोझ ढोता हुआ वह जीवन कटता। मैं बच गई हूँ हरेन बाबू। संयोग से चूँकि छुटकारे का दरवाजा खुला था इसलिए मुझे छुटकारा मिल गया है।''

हरेन्द्र बोला–''आपको, हो सकता है, छुटकारा मिल गया हो, लेकिन अगर सभी इस ढंग के छुटकारे का दरवाजा खुला रखना चाहते, तो दुनिया में समाज-व्यवस्था की बुनियाद तक को उखाड़ फेंकना पड़ता। इसके भयंकर रूप की कल्पना करनेवाला कोई नहीं है। इस बात की सम्भावना सोची भी नहीं जा सकती है।''

कमल बोली–''इस बात की सम्भावना सोची भी जा सकती है और एक दिन सोची भी जाएगी। इसकी वजह यह है कि आदमी के इतिहास के आखिरी अध्याय का लिखा जाना खत्म नहीं हो गया है। एक दिन के एक रीति-रिवाज के बल पर उसके छुटकारे का रास्ता अगर जीवन भर के लिए बन्द होने को आए, तो उसे श्रेयस्कर व्यवस्था नहीं माना जा सकता है। दुनिया में सारी भूल-चूक को सुधारने का तरीका है, कोई उसे बुरा नहीं कहता है। मगर जहाँ गलती की सम्भावना सबसे ज्यादा है, और जहाँ उसके निराकरण की जरूरत भी उतनी ही ज्यादा है, वहीं लोग सारे तरीकों को अपनी मर्जी से बन्द किए रहे, तो मैं उसे अच्छा कैसे मानूँ, बताइए!''

इस औरत की तरह-तरह की दुर्दशाओं में हरेन्द्र के मन के अन्दर गहरी संवेदना थी। उसकी निन्दा में वह आसानी से शरीक नहीं होता और विरोधी जब तरह-तरह के सबूतों के बल पर उसे हीन साबित करने की कोशिश करता तो वह प्रतिवाद करता। वे लोग कमल के खुले आचरण और उतनी ही निर्लज्ज बातों की नजीर दिखाकर जब उसे धिक्कार दिया करते तब हरेन्द्र तर्क-युद्ध में हार करके भी जी-जान से यह कोशिश करता कि कमल के जीवन में हरगिज यह सच नहीं है। कहीं एक गहरा रहस्य है। एक दिन वह व्यक्त होगा ही होगा। वे लोग ताना मारकर कहते–'कृपा करके वे इसे व्यक्त कर दें ताकि प्रवासी बंगाली समाज में हम लोगों की जान में जान आए।' अगर अक्षय वहाँ मौजूद रहता, तो वह गुस्से से पागल होकर कहता–'आप सभी बराबर हैं। मेरी तरह आपमें से किसी को

भी विश्वास का जोर नहीं है। आप लोग न ही अपना सकते हैं, न ही छोड़ना चाहते हैं। आधुनिक काल की कुछ विलायती चोखी-चोखी बोलियों का आप लोगों पर मानो भूत सवार है।'

अविनाश कहता—'ऐसी बात नहीं है अक्षय कि कमल से ये बातें नई-नई सुनने में आईं। ये बातें पहले ही सुनी हुई हैं। आजकल की दो-तीन अंग्रेजी किताबों का अनुवाद पढ़ने से ही ये बातें जानी जा सकती हैं। बातों का निखार नहीं है।''

अक्षय कठोर होकर प्रश्न करता—'तो यह किस चीज का निखार है? कमल के रूप का? अविनाश बाबू, हरेन कुँवारा छोकरा है, उसे माफ किया जा सकता है। लेकिन आश्चर्य इस बात का है कि बुढ़ापे में आप लोगों की भी आँखों में खुमारी छा गई है।' इतना कहकर वह कनखियों से आशु बाबू की तरफ भी एक बार निहार लेता और कहता—'लेकिन यह मोह है अविनाश बाबू। सड़े कीचड़ में यह पैदा होता है। मुझे साफ-साफ दिखाई पड़ता है कि यह एक दिन बहुतों को खींचकर कीचड़ में उतारेगा। सिर्फ अक्षय को यह सब फुसला नहीं सकता—वह यह पहचानता है कि क्या असली है और क्या नकली!'

आशु बाबू मुँह दबाकर मुस्कुराते, मगर अविनाश आगबबूला हो जाता। हरेन्द्र कहता—'आप बहुत बड़े बहादुर हैं अक्षय बाबू। आपकी जय-जयकार हो। जिस दिन हम सभी मिलकर कीचड़ में डूबेंगे उस दिन आप किनारे खड़े होकर बगलें बजा-बजाकर नाचिएगा। हममें से कोई आपकी निन्दा नहीं करेगा।'

अक्षय जवाब देता—'मैं कोई ऐसा काम नहीं करता हूँ जिससे मेरी निन्दा हो। मैं गृहस्थ हूँ, अपनी सूझ-बूझ से समाज को मानकर चलता हूँ। मैं विवाह की नई व्यवस्था भी करना नहीं चाहता हूँ। दुनिया भर के आवारा लड़कों को इकट्ठा करके उनसे ब्रह्मचर्य का पालन कराता भी नहीं फिरता हूँ। आश्रम में रहनेवालों की तादाद थोड़ी और बढ़ा लेने का इन्तजाम करो भई, जप-तप के लिए सोचने की जरूरत नहीं है। देखते ही देखते समूचा आश्रम विश्वामित्र ऋषि का तपोवन बन जाएगा। और हो सकता है, यह हमेशा-हमेशा के लिए तुम्हारा एक स्मारक रह जाए।'

अविनाश अपने गुस्से को भूल ठहाका लगा उठता और निर्मल दबी हँसी के आगे आशु बाबू का मुँह भी चमक उठता। हरेन्द्र के आश्रम के प्रति किसी की भी आस्था नहीं थी। सभी ने उसे एक व्यक्तिगत खयाल मान लिया था।

उसकी बात के जवाब में हरेन्द्र गुस्से से लाल होकर कहता—'जानकारों को युक्ति और तर्क से नहीं समझाया जा सकता है। उन्हें समझाने का दूसरा तरीका है। चूँकि उस तरीके का इस्तेमाल नहीं किया जा सकता है, इसीलिए आप जिसे-तिसे सींग मारते फिरते हैं। आप किसी को भी नहीं बख्शते, न भले को, न बुरे को, न मर्द को, न औरत को।' इतना कहकर वह बाकी दोनों से कहता—'लेकिन आप लोग किस वजह से इन्हें बढ़ावा देते हैं? एक इतना बड़ा गन्दा इंगित भी एक बड़े मजाक की बात है।'

हरेन्द्र कहता—'आप लोगों को जानवरों से भी कम समझदारी है। इसलिए कि आदमी के मन का भाव तो दिखाई नहीं पड़ता, वरना हँसी-दिल्लगी कम ही लोगों के मुँह पर शोभा देती है। शादी के छल से शिवनाथ ने कमल को धोखा दिया है। मगर मेरा पक्का

विश्वास है कि उस धोखे को भी कमल ने सच जैसा ही मान लिया था। उन्होंने दुनिया के लेन-देन, नफे-नुकसान का झगड़ा करके उन्हें लोगों की नजरों में छोटा बनाना नहीं चाहा था। लेकिन उनके न चाहने से ही भला आप लोग उन्हें क्यों बख्शेंगे? शिवनाथ उनके प्यार का धन है, लेकिन आप लोगों का वह कौन है? उन्होंने उसे माफ कर दिया, यह आप लोगों को बर्दाश्त नहीं हुआ। यही है न आप लोगों की घृणा की पूँजी? इसे भुनाकर जितने दिनों तक काम चलाया जा सकता है, चलाइए। मैं चला।' इतना कहकर हरेन्द्र उस दिन गुस्सा करके चला गया था। उसके मन में यह दृढ़ विश्वास था कि कमल के ही मुँह से एक दिन यह बात व्यक्त होगी कि शैव विवाह को सचमुच का विवाह जानने की वजह में ही वह ठगी गई है। अपनी मर्जी से सब कुछ जानकर उसने वेश्या की भाँति शिवनाथ को नहीं अपनाया था। लेकिन आज उसके विश्वास का आधार ही मटियामेट हो गया। हरेन्द्र, अक्षय या अविनाश नर-नारी पर उसकी एक विस्तृत और गहरी उदारता थी, इसीलिए देश और आम लोगों के भले के लिए होनेवाले हर तरह के मंगलकारी कार्यक्रमों में वह बचपन से अपने आपको लगाए रखता था। उसका ब्रह्मचर्य-आश्रम की स्थापना करना, उसका खुले हाथों दान देना, सबके साथ अपना सब कुछ बाँट देना है, सबकी जड़ में थी वही एक बात। उसकी इसी प्रवृत्ति ने उसे कमल के प्रति श्रद्धालु बनाया था। लेकिन उसने यह नहीं सोचा था कि वह आज उसी के मुँह पर उसी के सवाल के जवाब में इतना भयानक जवाब देगी। भारत के धर्म, नीति, आचरण और इसकी स्वतंत्र विशिष्ट सभ्यता के प्रति हरेन्द्र का अटूट स्नेह और असीम भक्ति थी। हालाँकि लम्बी गुलामी और व्यक्तिगत चारित्रिक कमजोरियों से इसके उलट-फेर को भी वह इनकार नहीं करता था। मगर इतनी हिमाकत-भरी अवज्ञा से इसके नियम-कायदे को इनकार करने की वजह से उसके दुख की सीमा नहीं रही। और यह बात याद करके कि उसका पिता यूरोपीय है और माँ बदचलन, और उसकी धमनियों के खून में व्यभिचार बहता है, वितृष्णा से उसका मन काला पड़ गया। वह दो-तीन मिनटों तक चुप रहा, उसके बाद धीरे-धीरे बोला—"तो फिर मैं अभी जाता हूँ।"

कमल हरेन्द्र के मन के भाव का ठीक-ठीक अन्दाजा नहीं लगा सकी, उसने उसमें सिर्फ एक बदलाव देखा। उसने धीरे-धीरे पूछा—"लेकिन जिस लिए आप आए थे उसका तो आपने कुछ नहीं किया?"

हरेन्द्र ने मुँह उठाकर कहा—"मैं किसलिए आया था?"

कमल ने कहा—"आप राजेन की खबर जानने आए थे, मगर उसकी खबर जाने बिना ही आप चले जा रहे हैं। अच्छा, यहाँ उसके रहने को लेकर आप लोगों के बीच क्या खूब भद्दी चर्चा होती है? सच-सच बताइएगा?"

हरेन्द्र ने कहा—"यद्यपि यहाँ उसके रहने को लेकर चर्चा होती है, तो मैं कभी भी इस चर्चा में शरीक नहीं होता हूँ। मेरे लिए यही काफी है कि वह पुलिस के हत्थे न चढ़े। मैं उसे पहचानता हूँ।"

"लेकिन मुझे?"

"लेकिन आप तो वह सब कुछ मानती नहीं हैं।"

"हाँ, आपका कहना बहुत कुछ सही है। यानी मैंने कोई ऐसी कठोर कसम नहीं खाई है कि मुझे वह सब मानना ही होगा। लेकिन सिर्फ अपने दोस्त को जानने से नहीं होता है हरेन बाबू, दूसरे को भी जानना जरूरी है।"

"मैं समझता हूँ कि दूसरे को जानना जरूरी नहीं है। जिस पुराने दोस्त को उसके काम-काज से जानता हूँ उसके बारे में मुझे कोई आशंका नहीं है। उसकी जहाँ मर्जी रहे, मैं निश्चिन्त हूँ।"

कमल उसके मुँह की तरफ चुपचाप निहारती रही, फिर बोली—"आदमी को ढेरों इम्तिहान देने पड़ते हैं, हरेन बाबू। उसका एक दिन पहले का सवाल, हो सकता है, दूसरे दिन के जवाब से न मिले। किसी के भी बारे में फैसले को ऐसा आखिरी बनाकर नहीं रखना चाहिए, इससे धोखा खाना पड़ता है।"

हरेन्द्र ने इस बात का अन्दाजा लगाया कि कमल ने अपनी बातें सिर्फ सिद्धान्त के हिसाब से नहीं कही हैं, उसने कोई इशारा किया है। मगर पूछताछ के द्वारा इसे ज्यादा साफ करने का भी उसे भरोसा नहीं हुआ। उसने राजेन्द्र के प्रसंग को बन्द करके अचानक दूसरी बात छेड़ दी। बोला—"हम लोगों ने यह तय किया है कि हम लोग शिवनाथ को वाजिब सजा देंगे।"

कमल सचमुच ही विस्मित हुई। पूछा—"आप लोग माने कौन-कौन?"

हरेन्द्र ने कहा—"चाहे जो लोग भी हों, उनमें से मैं एक हूँ। आशु बाबू बीमार हैं। उन्होंने वादा किया है कि अच्छे होकर वे मेरी मदद करेंगे।"

"वे बीमार हैं?"

"हाँ, वे सात-आठ दिनों से बीमार हैं। इसके पहले ही मनोरमा चली गई हैं। आशु बाबू के चाचा काशी में रहते हैं, वे आकर उन्हें ले गए हैं।"

यह सुनकर कमल चुप ही रही।

हरेन्द्र कहने लगा—"शिवनाथ यह जानता है कि कानून का हाथ उस तक नहीं पहुँच सकेगा। इसी बात पर उसने अपने दिवंगत दोस्त की पत्नी को ठगा है, अपनी बीमार पत्नी को छोड़ दिया है और निडर होकर आपका सर्वनाश किया है। कानून वह बहुत अच्छी तरह जानता है, पर वह सिर्फ यह नहीं जानता है कि दुनिया में कानून ही सब कुछ नहीं है, उसके बाहर भी कुछ मौजूद है।"

कमल ने सहसा मजाक करते हुए प्रश्न किया—"लेकिन आप लोगों ने उसके लिए कौन-सी सजा तय की है? यही कि आप लोग उन्हें पकड़ लाएँगे और उन्हें मेरे साथ छोड़ देंगे।" इतना कहकर वह तनिक मुस्कुराई।

हरेन्द्र को भी उसकी बात अचानक इतनी हास्यास्पद लगी कि वह भी हँसे बिना नहीं रह सका। बोला—"लेकिन यह भी तो नहीं हो सकता है कि वह अपनी जिम्मेदारी को इस तरह से अपनी मर्जी के मुताबिक बेरोक-टोक टाल जाएगा। और इसका भी तो यह मतलब नहीं है कि उन्हें आपके साथ जोड़ ही देना होगा।"

कमल ने कहा—"तो फिर उन्हें लाकर क्या होगा? आप लोग उन्हें मुझ पर पहरा देने के काम में लगाएँगे या उनकी गर्दन पकड़कर हर्जाना वसूल कर मुझे दिला देंगे? एक तो

रुपया मैं लूँगी नहीं, दूसरा, रुपया उनके पास नहीं है। शिवनाथ कितना गरीब है, भले ही और कोई यह न जाने पर मैं तो जानती हूँ।''

''तो क्या इतने बड़े गुनाह की कोई सजा नहीं होगी? भले ही और कुछ न हो, पर उन्हें यह बता बताना जरूरी है कि आज भी बाजार में चाबुक बिकता है।''

कमल ने व्याकुल होकर कहा–''नहीं-नहीं, उन्हें चाबुक नहीं मारिएगा। ऐसा करने से मेरा इतना बड़ा अपमान होगा कि मैं उसे बर्दाश्त नहीं कर सकूँगी।'' बोली–''अब तक मैं इसी गुस्से में जली जा रही थी कि यों चोरों की तरह भागते फिरने की क्या जरूरत थी? अगर वे मुझे साफ-साफ बता जाते, तो क्या मैं उन्हें बाधा देती? तब इस आँख-मिचौली का अपमान ही पहाड़-सा दीखता था। उसके बाद अचानक एक दिन मौत के मुहल्ले से बुलावा आया। वहाँ मैंने कितनी मौतें अपनी आँखों से देखीं, इसकी गिनती नहीं है। आज मेरे सोचने का ढंग बदल गया है। अभी मैं सोचती हूँ कि उनमें कहकर जाने की हिम्मत नहीं थी, यही तो मेरा सम्मान है। उसके सारे छल-कपट और आँख-मिचौली ने मुझे ही मर्यादा दी है। पाने के दिन उन्होंने मुझे धोखा देकर ही पाया था, लेकिन जाने के दिन उन्हें मुझे सूद समेत मूल चुकाकर जाना पड़ा है। अब मुझे कोई शिकायत नहीं है। मेरा सब कुछ वसूल हो गया है। आशु बाबू को मेरा नमस्कार जताते हुए कहिएगा कि मेरा भला करने की इच्छा से वे अब मेरा नुकसान न करें।''

हरेन्द्र ने एक शब्द भी नहीं समझा, वह ठगा-सा रहकर निहारता रहा।

कमल बोली–''दुनिया की सारी चीजें सबको समझने के लिए नहीं हैं, हरेन्द्र बाबू। आप नाराज मत होइएगा। मगर मेरी बात अब और मत कीजिए। ऐसी बात नहीं है कि दुनिया में सिर्फ शिवनाथ और कमल ही हैं और भी लोग दुनिया में रहते हैं, उनका भी सुख-दुख है।'' इतना कहकर उसने निर्मल और प्रशान्त हँसी से मानो दुख और दर्द ही घनी तपिश को पल भर में दूर कर दिया। बोली–''जाने दीजिए, यह बताइए कि कौन कैसे हैं?''

हरेन्द्र बोला–''पूछिए, आप किस किसके बारे में जानना चाहती हैं?''

''अच्छी बात है, पहले बताइए अविनाश बाबू की बात। मैंने सुना था कि वे बीमार हैं। वे अच्छे हो गए हैं?''

''हाँ, वे पूरी तरह तो अच्छे नहीं हुए हैं, तो भी बहुत कुछ अच्छे हैं। उनके एक चचेरे बड़े भाई लाहौर में रहते हैं। चंगा होने के लिए वे अपने बेटे के साथ वहाँ चले गए हैं। उनके लौटने में शायद दो-एक महीने लगेंगे।''

''और नीलिमा? क्या वे भी साथ गई हैं?''

''नहीं, वे तो यहीं हैं।''

कमल ने अचरज में पड़कर प्रश्न किया–''वे यहीं हैं? अकेले उस खाली डेरे पर?''

हरेन्द्र ने पहले पहल थोड़ी-सी आनाकानी की, बाद में बोला–''भाभी की समस्या सचमुच ही जरा कठिन हो गई थी, मगर भगवान ने उन्हें बचा लिया। आशु बाबू की तीमारदारी के लिए उन्हें वहाँ छोड़ जाने का मौका मिल गया है।''

यह खबर इतनी बेढंगी है कि कमल ने और प्रश्न नहीं किया। सिर्फ विस्तृत वर्णन सुनने की आशा से वह जिज्ञासु होकर निहारती रही। हरेन्द्र की दुविधा दूर हो गई और जब उसने बोलने की कोशिश की तो उसकी आवाज में गहरे गुस्से का निशान प्रकट हुआ क्योंकि इस मामले में अविनाश के साथ उसका एक मामूली-सा झगड़ा भी हो गया था। हरेन्द्र ने कहा–''परदेस में अपने डेरे पर जो मर्जी किया जा सकता है। लेकिन अधेड़ विधवा साली के साथ तो चचेरे भाई के घर ठहरा नहीं जा सकता है। सँझले भैया ने कहा–हरेन, तुम भी तो मेरे रिश्तेदार हो, तुम्हारे डेरे पर क्या... मैंने जवाब दिया–एक तो, मैं तुम्हारा ही रिश्तेदार हूँ, सो भी बहुत दूर का। लेकिन मैं उनका कोई नहीं हूँ। दूसरा, वह मेरा डेरा नहीं है, वह हमारा आश्रम है, वहाँ रखने का नियम नहीं है। तीसरा, फिलहाल लड़के दूसरी जगह गए हैं। मैं अकेला हूँ। मेरी बात सुनकर सँझले भैया की चिन्ता की सीमा नहीं रही। आगरा में भी रहा नहीं जा सकता है, चारों ओर लोग मर रहे हैं, घर उनके बड़े भाई की चिट्ठी और तार बार-बार आ रहा है। सँझले भैया के लिए यह कैसी मुसीबत है!''

कमल ने पूछा–''मैंने सुना है कि नीलिमा का मायका भी तो है!''

हरेन्द्र ने सर हिलाकर कहा–''हाँ, उनका मायका तो है। मैंने सुना है कि उनकी ससुराल वाले बड़े अमीर भी हैं। लेकिन उस सबकी कोई चर्चा भी नहीं हुई। अचानक एक दिन अजीब समाधान हो गया। मैं नहीं जानता था कि यह बात किस तरफ से उठी थी, लेकिन बीमार आशु बाबू की सेवा की जिम्मेदारी ली भाभी ने।''

कमल चुप रही।

हरेन्द्र ने हँसकर कहा–''लेकिन आशा है कि भाभी की नौकरी नहीं जाएगी। उन लोगों के लौट आने पर वे फिर अपने पुराने मालिकाना काम में लग जाएँगी।''

कमल ने इस व्यंग्य का भी कोई जवाब नहीं दिया। वह पहले की ही तरह चुप रही।

हरेन्द्र कहने लगा–''मैं जानता हूँ कि भाभी सचमुच ही सच्चरित्र औरत हैं। सँझले भैया के बड़े बुरे वक्त में वे उन्हें छोड़कर नहीं गई थीं? इसी रहने के चलते ही, हो सकता है, उधर का सारा रास्ता बन्द हो गया हो। हालाँकि इधर भी, देखा मुसीबत के दिनों में रास्ता खुला हुआ नहीं है। इसीलिए मैं सोचता हूँ कि बिना दोष के भी इस देश में औरतें कितनी लाचार हैं!''

कमल पहले की तरह चुपचाप बैठी रही, कुछ भी नहीं बोली।

हरेन्द्र बोला–''यह सब सुनकर आप, हो सकता है, मन-ही-मन हँस रही हों, न?''

कमल ने सिर्फ सिर हिलाकर जताया–''नहीं।''

हरेन्द्र बोला–''मैं अकसर ही जाता हूँ आशु बाबू को देखने। वे दोनों ही आपकी खबर जानना चाह रहे थे। भाभी के आग्रह की तो सीमा नहीं है। एक दिन वहाँ जाएँगी।''

कमल ने फौरन राजी होकर कहा–''तो आज ही चलिए न हरेन बाबू। मैं उन लोगों को देख आऊँ।''

''आप आज ही जाएँगी? अच्छा तो चलिए। मैं एक गाड़ी ले आता हूँ। अवश्य, अगर गाड़ी मिले तो।'' इतना कहकर वह कमरे से बाहर निकलता जा रहा था कि तभी कमल

ने उसे वापस बुलाकर कहा–"अगर हम दोनों एक साथ गाड़ी में जाएँगे, तो आश्रम के लोग, हो सकता है, गुस्सा करें। चलिए, पैदल ही चलें।"

हरेन्द्र मुड़कर खड़ा हो गया और बोला–"इसका मतलब?"

"इसका कोई मतलब नहीं, यों ही। चलिए, चलें।"

19

हरेन्द्र और कमल जब आशु बाबू के घर पहुँचे तब तीसरा पहर हो चुका था। बिस्तर पर अधलेटे ढंग से बैठकर आशु बाबू उस दिन का पायोनियर अखबार देख रहे थे। कई दिनों से उन्हें अब बुखार नहीं था। दूसरे लक्षण भी दूर होने को आ रहे थे, सिर्फ बदन की कमजोरी नहीं गई थी। जब ये लोग कमरे में घुसे, तो आशु बाबू अखबार फेंककर उठ बैठे, उन्हें कितनी खुशी हुई, यह उनके मुँह को देखकर समझ में आया। उनके मन में डर था कि कमल, हो सकता है, अब न आए। इसीलिए उन्होंने हाथ बढ़ाकर उसे पकड़ा और बोले–"आओ, मेरे पास आकर बैठो।" इतना कहकर उन्होंने पलंग के करीब वाली कुर्सी पर उसे बिठा दिया और कहा–"बताओ तो कमल, कैसी हो तुम?"

कमल ने हँसते हुए जवाब दिया–"मैं अच्छी ही तो हूँ!"

आशु बाबू ने कहा–"यह सिर्फ भगवान का ही आशीर्वाद है। वरना जो बुरा वक्त आया है, उसमें अब सोचते ही नहीं बनता कि कोई अच्छा है। तुम इतने दिनों तक कहाँ थी, बताओ तो? मैं हरेन्द्र से रोज ही पूछता था, वह रोज ही आकर एक ही जवाब देता था कि डेरे पर ताला लगा हुआ है। उनका मुझे पता नहीं चलता है। नीलिमा सन्देह कर रही थी कि हो सकता है, तुम कई दिनों के लिए कहीं चली गई हो?"

हरेन्द्र ने इसका जवाब दिया, बोला–"ये और कहीं नहीं थीं। ये तो आगरा में ही मोचियों के मुहल्ले में बीमारों की सेवा करने में लगी हुई थीं। आज मुलाकात हुई, तो मैं इन्हें पकड़ लाया हूँ।"

आशु बाबू ने डरी-सहमी आवाज में कहा–"तुम मोचियों के मुहल्ले में थी? लेकिन अखबार में खबर छप रही है कि यह मुहल्ला उजड़ गया। इतने दिनों तक तुम उन लोगों के ही बीच थी अकेले?"

कमल ने गर्दन हिलाकर कहा–"नहीं, मैं अकेले नहीं थी। साथ में राजेन्द्र थे।"

उसकी बात सुनकर हरेन्द्र ने उसके मुँह की तरफ निहारा, पर कुछ बोला नहीं। उसका आशय यह है कि तुम नहीं बताती, तो भी मैंने इसी बात का अन्दाजा लगाया था। जहाँ इतना बड़ा दैवी संकट आया हो वहाँ से वह एक कदम नहीं हटेगा, यह मैं नहीं जानूँगा, तो कौन जानेगा?

आशु बाबू ने कहा–"अजीब है यह लड़का! मैंने उसे दो-तीन दिनों से ज्यादा नहीं देखा है, न मैं उसके बारे में कुछ जानता हूँ, तब भी लगता है, जैसे वह एक अजीब धातु का बना हुआ है। तुम उसे ले क्यों नहीं आए? मैं उससे वहाँ की बातें पूछता। अखबार से तो सब नहीं समझा जा सकता है।"

कमल ने कहा–"नहीं, अखबार से सब नहीं समझा जा सकता है। मगर उसके लौटने में अभी भी देरी है।"

"क्यों, उसके लौटने में अभी भी देरी क्यों है?"

"क्योंकि वह मुहल्ला अभी भी पूरी तरह खाली नहीं हुआ है। जो लोग बचे-खुचे हैं, उन्हें रवाना किए बिना वे छुट्टी नहीं लेंगे। यही है उनकी प्रतिज्ञा।"

आशु बाबू ने उसके मुँह की तरफ निहारते हुए प्रश्न किया–"तो फिर तुम्हें ही भला कैसे छुट्टी मिल गई? तुम्हें क्या फिर वहाँ लौटना होगा? मैं तुम्हें मना नहीं कर सकता, लेकिन यह तो बड़ी चिन्ता की बात है कमल?"

कमल ने सर हिलाकर कहा–"चिन्ता की बात नहीं है आशु बाबू, चिन्ता भला कहाँ नहीं है? लेकिन मुझमें जितना दम था मैं सब खत्म करके आई हूँ। मेरी मजाल नहीं कि मैं वहाँ लौट जा सकूँ। वहाँ सिर्फ राजेन्द्र रह गए। एक-एक आदमी के देह-यंत्र में प्रकृति बेइन्तहा दम भरकर दुनिया में भेज देती है कि वह न कभी खत्म होता और कभी वह यंत्र बिगड़ता है। यह आदमी उन्हीं में से एक है। पहले पहल लगता था कि इस भयानक मुहल्ले के बीच यह जिन्दा रहेगा कैसे? और जिन्दा रहेगा भी, तो भला कितने दिन तक? वहाँ से जब मैं अकेले चली आई तो अब मेरी चिन्ता हरगिज दूर नहीं होती है। मगर अब मुझे डर नहीं है। न जाने कैसे मैं यह पक्का समझ पाई हूँ कि प्रकृति अपनी ही गरज से इन लोगों को जिन्दा रखती है। नहीं तो दुनिया की झोंपड़ियों में बाढ़ की तरह जब मौत घुसती है तब उसके विनाश का गवाह कौन रहेगा! आज ही मैं राजेन्द्र बाबू से यही बात कह रही थी। शिवनाथ बाबू के कमरे से पिछली रात को जब मैं शर्म से सर झुकाए निकल आई..."

आशु बाबू ने यह वृत्तान्त सुना था, बोले–"इसमें तुम्हें शरमाने को क्या है कमल? मैंने तो सुना है कि उनकी सेवा करने के लिए ही तुम अचानक उनके डेरे पर जा पहुँची थी।"

कमल बोली–"इसके लिए मुझे शरम नहीं आई थी आशु बाबू, बल्कि मुझे शरम इसलिए आई थी कि जब मैं यह देख पाई कि उन्हें कोई बीमारी ही नहीं है, सब स्वाँग है, किसी न किसी छल से आप लोगों की कृपा पाना ही था उनका मकसद। लेकिन उनका यह मकसद भी कामयाब नहीं हो सका था। आपने अपने घर से निकाल दिया था। तब मुझे क्या हुआ, यह मैं आपको समझा नहीं सकती। जो मेरे साथ था उसे भी मैं यह बात बता नहीं सकी थी। सिर्फ किसी तरह से रात के अँधेरे में मैं उस दिन चुपचाप निकल आई। रास्ते में बार-बार सिर्फ एक ही बात याद आने लगी कि इस अति नीच कंगाल आदमी को गुस्सा करके सजा देने की कोशिश करने में न धर्म है, न सम्मान!"

आशु बाबू ने अचरज में पड़कर कहा–"यह तुम क्या कह रही हो कमल? शिवनाथ का बीमार होना क्या छल था? वह सचमुच बीमार नहीं था!"

लेकिन कमल जवाब देती, उसके पहले ही दरवाजे के पास कदमों की आहट सुनकर सभी ने निहारा, तो देखा, नीलिमा घुसी है। उसके हाथ में दूध का कटोरा है। कमल ने हाथ जोड़कर नमस्कार किया। उसने दूध के कटोरे को बिस्तर के सिरहाने तिपाई पर रख दिया और यह सोचकर कि उसने दूसरे की बातों के बीच खलल डाला है, खुद कोई बात किए बिना वह करीब ही चुपचाप बैठ गई।

आशु बाबू ने कहा–"लेकिन यह तो कमजोरी है कमल। यह चीज तो तुम्हारे स्वभाव से मिलती नहीं है। मैं बराबर यह सोचा करता था कि जो अन्याय है, जो कपट है उसे तुम माफ नहीं करती हो।"

हरेन्द्र ने कहा–"मैं यह नहीं जानता कि उनका स्वभाव कैसा है? मगर मोचियों के मुहल्ले में मौत देखकर उनकी धारणा बदल गई है। इस बात की जानकारी मुझे उन्हीं से मिली। पहले उनके मन में चाहे जो भी इच्छा क्यों न रही हों, अभी वे किसी के खिलाफ शिकायत नहीं करना चाहती हैं।"

आशु बाबू ने कहा–"लेकिन उसने तुम पर जो इतना जुल्म किया, उसका क्या?"

कमल ने ज्यों ही मुँह उठाया त्यों ही उसने देखा कि नीलिमा एकटक निहार रही है। उसका जवाब सुनने के लिए वही सबसे ज्यादा उत्सुक है। अगर वह उत्सुक नहीं होती, तो हो सकता है, वह चुप ही रहती और हरेन्द्र ने जितना कहा है उससे ज्यादा एक शब्द भी नहीं कहती। बोली–"यह सवाल मेरे लिए अब सम्बद्ध लगता है। इसलिए कि जो नहीं है वह क्यों नहीं है, आँसू बहाने में भी आज मुझे शर्म महसूस होती है। इसलिए कि जो उन्हें मिला, उससे ज्यादा उन्हें क्यों नहीं मिला, गुस्सा करने में भी मेरा सर झुक जाता है। आप लोगों से मेरी यही प्रार्थना है कि मेरे दुर्भाग्य को लेकर अब उन्हें मत घसीटिए।" इतना कहकर उसने अचानक थककर कुर्सी की पीठ पर सर टेका और आँखें बन्द कर लीं।

कमरे की चुप्पी तोड़ी नीलिमा ने। उसने आँखों के इशारे से दूध के कटोरे को दिखाते हुए धीरे-धीरे कहा–"दूध तो बिलकुल ठंडा हो गया। देखिए तो, आप उसे पी सकेंगे, या उसे फिर गरम कर लाने के लिए कह दूँ।"

आशु बाबू ने कटोरे को मुँह से लगाया, थोड़ा दूध पिया और कटोरे को रख दिया। नीलिमा ने मुँह बढ़ाकर देखा और कहा–"आपको सारा दूध पीना ही पड़ेगा। थोड़ा-सा भी छोड़ देंगे तो काम नहीं चलेगा। मैं डॉक्टर की व्यवस्था को तोड़ने नहीं दूँगी।"

आशु बाबू ने अवसन्न की भाँति गावतकिए से उठँगकर कहा–"उससे भी बड़ा व्यवस्थापक है अपनी देह। यह बात तुम्हें भी नहीं भूलनी चाहिए।"

"मैं नहीं भूलती हूँ, भूल जाते हैं आप खुद।"

"यह उम्र का दोष है नीलिमा, मेरा नहीं।"

नीलिमा ने हँसकर कहा–"अच्छा आप कहते हैं, तो मैं मान लेती हूँ, पर जब उम्र को दोष दिया जाता है, आपकी वह उम्र आने में अभी भी बहुत-बहुत देर है। अच्छा, कमल के साथ हम लोग उस कमरे में जाकर जरा गपशप करते हैं। आप आँखें मूँदकर थोड़ी देर आराम कीजिए। कहो, मैं ठीक कहती हूँ न? तो हम लोग जाएँ!"

आशु बाबू की यह इच्छा शायद नहीं थी, फिर भी उन्हें सहमति देनी पड़ी। "लेकिन तुम लोग बिलकुल चले मत जाना। जब मैं बुलवाऊँगा तो आ जाना।"

"अच्छा, चलो हरेन, हम लोग बगल के कमरे में जाकर बैठें।" इतना कहकर वह सबको साथ लेकर चली गई। नीलिमा की बातें स्वभावतः ही मधुर हैं, उसके कहने की मुद्रा में एक ऐसी खासियत है जो आसानी से ही नजर आ जाती है। लेकिन उसकी आज की ये कई बातें मानो उन्हें भी पार कर गईं। हरेन्द्र ने ध्यान नहीं दिया, मगर ध्यान दिया कमल ने। पुरुष की नजरों से जो बच गया, वह पकड़ा गया महिला की नजरों में। नीलिमा तीमारदारी करने आई है। इस बीमार आदमी की सेहत के प्रति सावधानी बरतने में आश्चर्य की कोई बात नहीं है। आम लोगों से यह बात कही जा सकती है। लेकिन उन आम लोगों में से एक कमल नहीं है। नीलिमा की इस बेहद सतर्कता की अनूठी स्निग्धता में उसने एक कल्पनातीत विस्मय देखा। विस्मय सिर्फ एक दृष्टि से नहीं है बल्कि बहुत दृष्टियों से है। ऐसे सन्देह की बात कमल सोच भी नहीं सकी कि दौलत के मोह ने इस विधवा औरत को मुग्ध किया है। नीलिमा का इतना सा परिचय उसने पाया है। आशु बाबू के लिए यौवन और रूप का प्रश्न इस स्थिति में न सिर्फ असंगत है, बल्कि हास्यास्पद है, तो कहाँ इस बात का पता चलेगा, कमल मन के अन्दर यही ढूँढ़ने लगी। इसके अलावा और भी एक पहलू तो है और वह है खुद आशु बाबू का। इस सरल और भोले-भाले आदमी के मन की गहराई में अटल निष्ठा से रोज पूजे जानेवाले पत्नी-प्रेम के आदर्श को किसी भी दिन कोई लोभ कलंकित नहीं कर सका है। यही था सबका बेहद विश्वास। जब मनोरमा की माँ का देहान्त हुआ था तब आशु बाबू की उम्र ज्यादा नहीं थी। तब भी उनकी जवानी ढली नहीं थी लेकिन उसी दिन से उनके अपने-परायों ने इस बात की कोशिश करने में कोई कोर-कसर नहीं छोड़ी थी कि वे अपनी दिवंगत पत्नी की यादों को भूलकर दूसरी शादी करें। मगर उस दुर्भेद्य दुर्ग के दरवाजे को तोड़ने की कोई भी तरकीब किसी को ढूँढ़े नहीं मिली थी। यह सब कमल के लिए दूसरे के मुँह से सुनी कहानी है। इस कमरे में आकर अन्यमनस्क सी चुपचाप बैठकर वह सिर्फ यही सोचने लगी कि नीलिमा के मनोभाव का जरा भी आभास इस आदमी को नजर नहीं आया हो तो दाम्पत्य की जिस कठोर नीति और अत्याज्य धर्म की नाईं एकाग्र सतर्कता से वे जीवन भर जिस धर्म की रक्षा करते आए हैं आसक्ति की नवजाग्रत् चेतना से ब्रह्मचर्य धर्म जरा भी विक्षुब्ध हुआ है या नहीं।

नौकर चाय, पावरोटी, फल आदि दे गया। नीलिमा ने उन सब चीजों को मेहमानों के आगे बढ़ा दिया और तरह-तरह की बातें करने लगी। इन कई दिनों में उसे जो नजर आया है, मसलन–आशु बाबू की बीमारी, उनकी सेहत, उनकी सहज भद्रता और बच्चों जैसी सरलता का छोटा-मोटा वर्णन वह करने लगी–ऐसी ही बहुत सारी बातें। सुननेवाले के हिसाब से हरेन्द्र औरतों के लिए लोभ की चीज है और उसी के साग्रह सवालों के जवाब में नीलिमा की बोली उमड़ते जोश से मुँह से फूटकर बार-बार बाहर निकलने लगी। उसके बोलने की हार्दिकता से मुग्ध हरेन्द्र ने इस बात पर ध्यान नहीं दिया कि इस भरी जवानी की स्निग्ध गम्भीरता और उस सीमित सरल मजाक, वैधव्य की सीमाबद्ध संयत बातचीत,

उन जानी-पहचानी सारी चीजों को छोड़कर आकस्मिक वाचालता से बालिका की भाँति ढीठ हो जानेवाली यह वही है या नहीं!

अचानक नीलिमा की निगाह पड़ी, कमल ने चाय की दो-एक बार चुस्की लेने के सिवा कुछ भी नहीं खाया है। खिन्न स्वर में जब उसने इस बात की शिकायत की तो कमल ने मुस्कुराते हुए कहा–"इसी बीच आप मुझे भूल गईं?"

"मैं आपको भूल गई? इसका मतलब?"

"इसका मतलब यह है कि मैं कब और क्या खाती हूँ, यह आपको याद नहीं है। बेवक्त मैं तो कुछ नहीं खाती हूँ।"

"और हजारों अनुरोध करने पर भी इसमें उलट-फेर होने की गुंजाइश नहीं है।" यह बात हरेन्द्र ने जोड़ दी।

उसकी बात के जवाब में कमल ने पहले ही की तरह मुस्कुराते हुए कहा–"यानी इस अड़ियलपन में बदलाव होने वाला नहीं। लेकिन इतना घमंड मैं नहीं करती हरेन बाबू। लेकिन मैं यह मानती हूँ कि आमतौर पर यह नियम मेरी आदत बन गया है।"

रास्ते पर बाहर निकल कमल ने पूछा–"अभी आप कहाँ चले जा रहे हैं, बताइए तो?"

हरेन्द्र ने कहा–"आप डरिए मत। मैं आपके घर के अन्दर नहीं घुसूँगा। लेकिन मैं आपको जहाँ से लाया हूँ वहाँ अगर आपको न पहुँचा दूँ तो यह अन्याय होगा।"

तब रात हो गई थी। रास्ते में लोगों की आवाजाही कम होने को आ रही है। अचानक बड़े करीबी की नाईं कमल ने उसके एक हाथ को खींचकर अपने हाथ में ले लिया और बोली–"चलिए मेरे साथ। आपकी न्याय-अन्याय की समझदारी कितनी बारीक हुई है, आप इसकी परीक्षा दीजिएगा।"

हरेन्द्र संकोच से हड़बड़ा उठा। यह तो अच्छा नहीं हुआ। हरेन्द्र यह साफ-साफ देखने लगा कि इस तरह से रास्ते पर चलना खतरे से खाली नहीं है और जान-पहचान के किसी के कहीं से सामने आ जाने पर बड़ी शर्म आएगी। लेकिन मना करके अपना हाथ छुड़ा लेने की अशोभनीय कठोरता भी उसने नहीं बरती। यह बात उसे बुरी लगी और उसने इसे संकटापन्न अवस्था मान लिया। उसके बाद वे लोग डेरे के दरवाजे के सामने आ पहुँचे। जब उसने विदा लेनी चाही, तो कमल ने कहा–"इतनी जल्दी किस बात की है। आश्रम में अजित बाबू के अलावा तो कोई नहीं है।"

हरेन्द्र ने कहा–"नहीं, आज वे भी नहीं हैं। वे सवेरे की ट्रेन से दिल्ली गए हैं। सम्भवतः वे कल लौटेंगे।"

कमल ने पूछा–"अभी आप आश्रम जाकर क्या खाइएगा? आश्रम की ऐसी स्थिति तो है नहीं कि रसोइया रखा जा सके।"

हरेन्द्र ने कहा–"नहीं-नहीं, आश्रम की ऐसी स्थिति नहीं है कि रसोइया रखा जा सके। हम लोग खुद ही अपना खाना बनाते हैं।"

"यानी आप और अजित बाबू?"

"हाँ, लेकिन आप क्यों हँसी? बहुत बुरा खाना नहीं बनाते हैं हम लोग।"

"यह मैं जानती हूँ।" और दूसरे ही पल उसने सचमुच ही गम्भीर होकर कहा–"अजित बाबू नहीं हैं, लिहाजा वापस जाकर आपको खुद ही खाना बनाकर खाना होगा। मेरे हाथ का बना खाना खाने में अगर आपको घृणा न हो, तो मेरी बड़ी इच्छा है कि मैं आपको खिलाऊँ। आप खाएँगे मेरे हाथ का बना खाना?"

हरेन्द्र ने खिन्न होकर कहा–"यह बड़ा अन्याय है। आप क्या सचमुच ही यह समझती हैं कि मैं घृणा से आपके हाथ का बना खाना खाने से इनकार कर सकता हूँ?" इतना कहकर वह पल भर चुप रहा, फिर बोला–"मैंने आपको जानने में गलती नहीं की है। वास्तव में आपका सम्मान करनेवालों में से ही एक हूँ। मुझे सिर्फ इस बात की आपत्ति है कि मैं आपको बेवक्त दुख देना नहीं चाहता हूँ।"

कमल बोली–"मैं कोई खास दुख नहीं पाऊँगी, यह आप खुद देख पाइएगा। आइए।"

जब कमल रसोई बनाने बैठी तो बोली–"मैं थोड़ा-सा खाना बनाती हूँ, मगर आप लोगों के आश्रम में मैं जो देख आई हूँ, उसे भी काफी नहीं कहा जा सकता है। लिहाजा यहाँ खाने की तकलीफ अगर हो, तो दूसरों की तरह असहनीय नहीं होगी। मुझे इतना सा भरोसा है।"

हरेन्द्र ने जवाब दिया–"हम लोग क्या खाते हैं, यह तो आप देख ही आई हैं। सचमुच हम लोग बहुत तकलीफ से रहते हैं।"

"लेकिन आप लोग तकलीफ से क्यों रहते हैं? अजित बाबू बड़े आदमी हैं, खुद आपकी भी माली हालत बुरी नहीं है। तकलीफ पाने की तो कोई वजह नहीं है।"

हरेन्द्र बोला–"भले ही तकलीफ पाने की वजह न हो, पर जरूरत तो है। मेरा विश्वास है, चूँकि यह आप भी समझती हैं इसलिए आपने अपने बारे में भी ऐसा इन्तजाम कर रखा है। हालाँकि बाहर से अगर कोई अचरज में पड़कर प्रश्न कर बैठे, तो क्या आप उसे इसकी वजह बता सकती हैं?"

कमल बोली–"बाहर के आदमी को मैं भले ही इसकी वजह नहीं बता सकूँ, पर अन्दर के आदमी को तो इसकी वजह बता सकती हूँ। मैं सचमुच बड़ी गरीब हूँ। अपना भरण-पोषण करने की जितनी शक्ति है उसमें इससे ज्यादा नहीं किया जा सकता है। पिताजी मुझे कुछ भी देकर नहीं आ सके थे, लेकिन दूसरों की दया से छुटकारा पाने का यह बीज-मंत्र मुझे दे गए थे।"

हरेन्द्र उसके मुँह की तरफ चुपचाप निहारता रहा। यह वह जानता था कि इस परदेस में कमल कैसी लाचार है। सिर्फ रुपए-पैसे के चलते नहीं, बल्कि समाज, सम्मान, सहानुभूति किसी भी दृष्टि से उसका कोई सहारा नहीं है। लेकिन इस सच्चाई को भी वह याद किए बिना नहीं रह सका कि इतनी बड़ी लाचारी भी इस नारी को जरा भी कमजोर नहीं बना सकी है। आज भी वह भीख नहीं माँगती है, बल्कि वह भीख देती है। जो शिवनाथ उसकी इतनी बड़ी दुर्गति की जड़ है, उसे भी दान देने का उसका सम्बल खत्म नहीं हुआ है। और शायद उसे साहस और सान्त्वना देने की मंशा से उसने कहा–"मैं आपसे तर्क नहीं करता हूँ कमल, मगर इसके अलावा मुझे और कुछ सोचते भी नहीं बनता है कि हम लोगों की तरह आपकी

भी गरीबी, सच्ची नहीं है। आप एक बार चाहेंगी तो यह दुख मरीचिका की भाँति विलीन हो जाएगा। मगर आप ऐसा नहीं चाहती हैं, क्योंकि आप भी यह जानती हैं कि अपनी मर्जी से अपनाए गए दुख को ऐश्वर्य की तरह ही भोगा जा सकता है।"

कमल बोली–"हाँ, आप ठीक कहते हैं कि अपनी मर्जी से अपनाए गए दुख को ऐश्वर्य की तरह भोगा जा सकता है। मगर ऐसा क्यों होता है, जानते हैं? ऐसा इसलिए होता है कि यह जरूरत का दुख है, यह दुख का अभिनय है। सभी अभिनयों में थोड़ा मजा रहता है। उसे चखने में कोई अड़चन नहीं है।" इतना कहकर वह खुद भी मजे से हँसी।

सहसा एक बड़ा बेसुरापन गूँजा। ताना खाकर हरेन्द्र थोड़ी देर तक चुप रहा, इसके बाद उसने जवाब दिया–"लेकिन यह तो आप मानती हैं कि अमीरी में जीवन तुच्छ होने को आता है। हालाँकि दुख और गरीबी के अन्दर से होकर आदमी का चरित्र महान और खरा बन जाता है।"

कमल ने स्टोव पर से कड़ाही को उतारकर नीचे रखा और कोई दूसरी चीज स्टोव पर चढ़ाकर बोली–"खरा बन जाने के लिए दूसरी तरफ भी थोड़ा-सा खरापन रहना चाहिए हरेन बाबू। आप लोग बड़े आदमी हैं, वास्तव में आप लोगों को किसी चीज की कमी नहीं है, तब भी आप लोग बनावटी कमी को दिखाने में लगे हुए हैं। ऊपर से शामिल हो गए हैं अजित बाबू। आप लोगों के आश्रम की फिलॉसफी को मैं नहीं समझती हूँ, मगर मैं यह समझती हूँ कि दुख और गरीबी की विडम्बना से कोई बहुत बड़ी उपलब्धि हासिल नहीं हो सकती है। हासिल हो सकता है थोड़ा-सा घमंड और अहंकार। संस्कार से अन्धा न बनकर जरा-सी आँखें खोले रहने से ही यह चीज दिखाई पड़ेगी। मिसाल के लिए भारत का चक्कर लगाते फिरने की जरूरत नहीं है। लेकिन तर्क रहने दीजिए, खाना बनाना खत्म होने को आया। अब खाना खाने बैठिए।"

हरेन्द्र ने हताश होकर कहा–"मुश्किल यह है कि आपकी मजाल नहीं कि आप भारतवर्ष की फिलॉसफी को समझ सकें। आपकी धमनियों में म्लेच्छों का खून हिलोरें मार रहा है। हिन्दुओं का आदर्श उन नजरों को मजाक-सा ही लगेगा। दीजिए, क्या खाना बनाया है आपने, दीजिए खाना।"

"हाँ, देती हूँ।" इतना कहकर कमल ने आसन बिछाकर बैठने के लिए जगह बना दी। उसने जरा भी गुस्सा नहीं किया।

हरेन्द्र उधर निहारकर अचानक बोल उठा–"अच्छा, मान लीजिए, अगर कोई वास्तव में अपना सब कुछ बाँटकर सचमुच के दुख और गरीबी के नीचे उतर आए, तब तो यह कहकर उसकी खिल्ली नहीं उड़ाई जा सकेगी कि यह उसका अभिनय है, तब तो..."

कमल ने बाधा देते हुए कहा–"तब उसकी खिल्ली नहीं उड़ाई जाएगी, बल्कि तब उसे सचमुच का पागल करार देकर सर ठोकने का वक्त होगा। हरेन बाबू, कुछ दिन पहले मैंने भी कुछ आप ही की तरह सोचा था। उपवास के नशे की तरह मुझे भी उसने बीच-बीच में अभिभूत किया था, मगर अभी मेरा वह संशय दूर हो गया है। दुख और गरीबी चाहने पर आए या अनचाहे आए, इसको लेकर पाखंड करने की कोई बात नहीं है। उसके अन्दर है

खालीपन, उसके अन्दर है कमजोरी, उसके अन्दर है पाप। गरीबी आदमी को कितना हीन, कितना छोटा बना देती है यह मैं देख आई हूँ महामारी के बीच मोचियों के मुहल्ले में जाकर। और भी एक आदमी ने देखा है–वे हैं आपके दोस्त राजेन। लेकिन उनके पास से तो कुछ नहीं मिलेगा। आसाम के घने जंगल की मानिन्द वहाँ क्या छिपा हुआ है, यह कोई नहीं जानता है। मैं अकसर यह सोचती हूँ कि आप लोगों ने उन्हें ही विदा कर दिया। कहावत है–'मोहरें लुटाकर कोयले पर छाप'। आप लोगों ने ठीक क्या यही किया! अन्दर से कहीं आपको मनाही नहीं मिली। आश्चर्य है।''

हरेन्द्र ने जवाब नहीं दिया, वह चुप रहा।

मामूली-सा खाना बनाया गया था। फिर भी कितने जतन से कमल ने अपने मेहमान को खिलाया। जब हरेन्द्र खाना खाने बैठा तो उसे बार-बार नीलिमा याद आई। नारीत्व के शान्त माधुर्य और पवित्रता के आदर्श में वह उससे बड़ा किसी को भी नहीं मानता था। उसने मन-ही-मन कहा–'शिक्षा, संस्कार और रुचि और प्रवृत्ति में इन लोगों में चाहे जितना भी बड़ा फर्क क्यों न हो, सेवा और ममता में ये लोग बिलकुल एक-सी हैं। चूँकि वह बाहरी चीज है, इसीलिए न ही विषमता की सीमा है, न ही तर्क का अन्त होता है। लेकिन नारियों का जो निजी अपना है, जो हर तरह की ममता के बिलकुल परे है, उसे देखने पर आँखें बिलकुल जुड़ जाती हैं।' विभिन्न कारणों से आज हरेन्द्र को भूख नहीं थी, सिर्फ एक आदमी को खुश करने के लिए ही उसने बूते से ज्यादा खाना खा लिया। चूँकि कोई सब्जी अच्छी लगी थी इसलिए उसने थाली चाट-पोंछकर खाना खाया, बोला–''बहुत दिन बेवक्त हाजिर होकर भाभी को भी ठीक इसी तरह से मैंने परेशान किया है कमल।''

''किसको? नीलिमा को?''

''हाँ।''

''वे परेशान होती थीं?''

''जरूर, मगर वे यह कबूल नहीं करती थीं?''

कमल ने हँसकर कहा–''सिर्फ आपकी ही नहीं, बल्कि सारे मर्दों की ही ऐसी मोटी अक्ल है।''

हरेन्द्र ने तर्क करते हुए कहा–''यह तो मैंने अपनी आँखों से देखा है।''

कमल बोली–''यह भी मैं जानती हूँ। और इसी आँखों देखने के अहंकार में आप लोग गए।''

हरेन्द्र बोला–''अहंकार आप लोगों को भी कम नहीं है। जिस वक्त मैं वहाँ खाना खाता था उस वक्त भाभी खाना नहीं खा पाती थीं। उन्हें भूखी रहना पड़ता था तब भी वे हार नहीं मानना चाहती थीं।''

कमल चुपचाप उसके मुँह की तरफ निहारती रही।

हरेन्द्र बोला–''आप लोगों के आशीर्वाद से हमारी मोटी अक्ल ही अक्षय बनी रहे, इसी में फायदा ज्यादा है। आप लोगों की बारीक अक्ल के अभिमान से हम लोग भूखों मरना नहीं चाहते।''

कमल ने इस बात का भी कोई जवाब नहीं दिया।

हरेन्द्र बोला–"अब से मैं आपकी भी बारीक अक्ल को बीच-बीच में परख करके देखूँगा।"

कमल बोली–"आप ऐसा नहीं कर सकते हैं। चूँकि मैं गरीब हूँ, इसलिए आप मुझ पर कृपा करेंगे।"

उसकी बात सुनकर हरेन्द्र पहले पहल झेंप गया, उसके बाद बोला–"देखिए, इस बात का जवाब देने में मुझे हिचकिचाहट होती है, जानती हैं? लगता है, जैसे आपकी गरीबी दुनिया के तमाम बड़े लोगों की बेटियों की खिल्ली उड़ा रही हो!"

उनकी बातें तीर की भाँति जाकर कमल के कलेजे में चुभीं।

हरेन्द्र फिर से कुछ कहने जा रहा था कि तभी कमल ने उसे रोक दिया और बोली–"आप खाना खा चुके हैं, तब आप उठिए। उस कमरे में जाकर मैं रात भर आपकी बातें सुनूँगी। तब तक मैं इस कमरे का काम निपटा लेती हूँ।"

थोड़ी देर बाद सोने के कमरे में आकर कमल बैठी, बोली–"आज आपकी भाभी की पूरी कहानी सुने बिना मैं आपको नहीं छोड़ने वाली। सो चाहे कितनी भी रात क्यों न हो जाए! बताइए।"

हरेन्द्र मुसीबत में पड़ा, बोला–"भाभी की सारी बातें तो मैं नहीं जानता हूँ। उनसे मेरी पहली जान-पहचान इसी आगरा में अविनाश बाबू के डेरे पर हुई थी। वास्तव में उनके बारे में मैं कुछ भी नहीं जानता हूँ, जितना यहाँ के बहुतेरे जानते हैं मैं भी उतना ही जानता हूँ। एक बात शायद मैं दुनिया में सबसे ज्यादा जानता हूँ, वह है उनकी निष्कलंक शुभ्रता। जब उनके पति का देहान्त हुआ था तब उनकी उम्र उन्नीस-बीस साल थी। उन्हें उन्होंने समूचे हृदय से पाया था। उनकी वह याद न मिटी है, न मिटनेवाली है। जीवन के अन्तिम दिन तक वह याद अक्षय बनी रहेगी। पुरुषों में जब आशु बाबू की बात उठती है तब मैं यह इनकार नहीं करता हूँ कि कमल की निष्ठा अनोखी है।"

"हरेन्द्र बाबू रात बहुत हो गई, अब तो आप अपने डेरे नहीं जा सकते हैं। इसी कमरे में आपका बिस्तर लगा दूँ?"

हरेन्द्र ने अचरज में पड़कर पूछा–"इसी कमरे में? लेकिन आप कहाँ सोएँगी?"

कमल बोली–"मैं भी यहीं सोऊँगी। और तो कमरा नहीं है।"

हरेन्द्र शर्म के मारे पीला पड़ गया।

कमल ने हँसकर कहा–"आप तो ब्रह्मचारी हैं। आपको भी डरने का कारण है क्या?"

हरेन्द्र स्तब्ध, अपलक आँखों से सिर्फ निहारता रहा। यह कैसा प्रस्ताव है, इसकी कल्पना भी वह नहीं कर सका। औरत होकर उसने यह बात कही, तो कही कैसे?

उसकी असीम विह्वलता ने कमल को धक्का दिया। वह कई पल स्थिर रही, उसके बाद बोली–"मुझसे ही गलती हुई है हरेन बाबू। आप अपने डेरे चले जाइए। इसी वजह से आपके बड़े सम्मान की पात्र नीलिमा को आश्रम में जगह नहीं मिली थी, जगह मिली थी आशु बाबू के घर। सुनसान घर में गैर नर-नारी का सिर्फ एक रिश्ता आप जानते हैं। मर्दों

के लिए औरत सिर्फ औरत है, इससे ज्यादा खबर आपके पास आज भी नहीं पहुँची है। ब्रह्मचारी होने पर भी नहीं? जाइए और देरी मत कीजिए, जाइए।'' कहकर वह खुद ही बाहर के अँधेरे बरामदे में ओझल हो गई।

हरेन्द्र बेवकूफों की तरह दो-तीन मिनट खड़ा रहा, फिर धीरे-धीरे नीचे उतर आया।

20

लगभग महीना भर बीत चुका है। आगरा में इन्फ्लुएंजा की महामारी ने जो उग्र रूप धारण किया था, वह शान्त हो चुका है। पर ऐसी बात नहीं है कि जगह-जगह पर दो-एक आदमियों को इन्फ्लुएंजा होने की बात सुनने में नहीं आती है। लेकिन अब यह भयंकर नहीं है। कमल कमरे में बैठकर सिलाई कर रही थी कि तभी हरेन्द्र कमरे में घुसा। उसके हाथ में एक पोटली है, उस पोटली को उसने करीब ही फर्श पर रख दिया और बोला—''आप जितनी मेहनत करती हैं उसमें तकाजा करने में शर्म आती है। मगर लोग इतने बेहया हैं कि मुलाकात होने पर पूछते हैं—बन गया? लेकिन मैं साफ-साफ जवाब देता हूँ कि अभी काफी देरी है। और अगर जरूरी हो, तो कहिए, मैं कपड़ा वापस ला देता हूँ। मगर मजे की बात यह है कि जिसने आपके हाथ की सिलाई की हुई चीज का एक बार इस्तेमाल किया है वह और कहीं जाना नहीं चाहता है। यह देखिए न लाला का नौकर फिर टसर और कुर्ते का नमूना दे गया।''

कमल सिलाई कर रही थी, उसने मुँह उठाकर कहा—''तो आपने लिया क्यों?''

''लेता हूँ क्या शौक से?'' मैंने कहा—''छह महीने से पहले नहीं बन पाएगा, वह इस पर भी राजी हो गया। बोला—छह महीने के बाद तो बनेगा, मंजूर है। यह देखिए न मजदूरी तक हाथ में दे गया।'' इतना कहकर उसने अपनी जेब से कई रुपए निकाले और उन्हें कमल के सामने ठक से फेंक दिया।

कमल ने कहा—''अगर इतना ज्यादा ऑर्डर आता रहा तो देखती हूँ, मुझे आदमी रखना पड़ेगा।'' इतना कहकर उसने उस पोटली को खोल डाला। पुराने पंजाबी कुर्ते को उलट-पलटकर देखा और बोली—''यह किसी बड़ी दुकान के बड़े दर्जी का सिला हुआ कुर्ता है। मैं ऐसी सिलाई नहीं कर सकती। कीमती कपड़ा है। बर्बाद हो जाएगा। आप उन्हें लौटा दीजिएगा।''

हरेन्द्र ने विस्मय जाहिर करते हुए कहा—''आपसे बड़ा दर्जी यहाँ कोई है क्या?''

''भले ही यहाँ न हो, पर कलकत्ता में तो हैं। आप वहीं भेज देने को कहिए।''

''नहीं-नहीं, ऐसा नहीं हो सकता है। आप से जैसा बन पड़े वैसा ही सी दीजिएगा। काम चल जाएगा।''

''मैं ऐसी सिलाई नहीं कर सकती हरेन बाबू। अगर मैं सी सकती तो सी देती।'' इतना कहकर वह हँस पड़ी और बोली—''अजित बाबू बड़े आदमी हैं, शौकीन हैं। जैसी-तैसी

सिलाई कर देने से वे क्यों पहनेंगे? झूठमूठ में कपड़ा बर्बाद करने से फायदा नहीं। आप इसे वापस ले जाइए।''

हरेन्द्र ने अचरज में पड़कर प्रश्न किया—''आपने यह कैसे जाना कि यह अजित बाबू का है?''

कमल बोली—''मैं हस्तरेखा देखना जानती हूँ। टसर का कपड़ा, अग्रिम मजदूरी, हालाँकि कुर्ते की सिलाई में छह महीने लग जाएँ, तो भी काम चलेगा। गैरबंगाली लाला जी लोग इतने नादान नहीं हैं हरेन बाबू। उन्हें बताइएगा कि उनका कुर्ता सीने की योग्यता मुझमें नहीं है। मैं सिर्फ गरीबों के सस्ते कुर्तों की सिलाई कर सकती हूँ। ऐसे कुर्ते की सिलाई मैं नहीं कर सकती।''

हरेन्द्र मुसीबत में पड़ा। अन्त में बोला—''आपके हाथ का सिला कुर्ता पहनने की उसकी बड़ी इच्छा है। लेकिन इस डर से कि कहीं आप यह जान सकें, कहीं आपको यह लगे कि हम लोग किसी तरह से आपको कुछ देने की कोशिश कर रहे हैं। मैंने इतने दिनों तक यह कबूल नहीं किया था। मैंने उससे कहा था कि एक कम कीमती मामूली-सा कोई कपड़ा खरीद देने का मगर वह राजी नहीं हुआ। बोला—यह तो मेरी रोज पहनने की मिरजई नहीं है, यह कमल के हाथों का सिला कुर्ता है। इसे मैं खास अवसर पर यानी पर्व-त्योहार पर पहनूँगा। इसे मैं सँजोकर रखूँगा। इस दुनिया में उससे ज्यादा आपका सम्मान शायद कोई नहीं करता है।''

कमल बोली—''कुछ दिन पहले ठीक इसकी उलटी बात उनके मुँह से बहुतों ने ही सुनी थी। क्यों, मैं ठीक कहती हूँ न? थोड़ी-सी कोशिश करने पर आपको भी, हो सकता है, वह बात याद आ जाए। उसकी कही बात को याद करके देखिए न?''

यह पुरानी बात है। हरेन्द्र को सब याद था। वह जरा शरमाकर बोला—''आपका कहना गलत नहीं है। मगर ऐसी धारणा तो एक दिन बहुतों की ही थी। शायद सिर्फ आशु बाबू की ऐसी धारणा नहीं थी। लेकिन उन्हें भी मैंने एक दिन विचलित होते देखा था। आप मेरी अपनी बात को ही लीजिए न। आज तो अब सबूत देने की जरूरत नहीं है। लेकिन उस दिन की कसौटी पर कसकर श्रद्धा-भक्ति की परख करने पर भला मेरी ही क्या स्थिति होगी?''

कमल ने पूछा—''राजेन्द्र का पता चला?''

हरेन्द्र ने समझा, यह सब हृदय सम्बन्धित चर्चा दूसरे दिन के लिए आज भी स्थगित रही। बोला—''नहीं, अभी तक तो उसका पता नहीं चला है पर भरोसा है कि वह आ जाएगा।''

कमल बोली—''मैंने यह जानना नहीं चाहा है। मैंने आपको यह पता लगाने के लिए कहा था कि वह पुलिस के हत्थे चढ़ गया है या नहीं।''

हरेन्द्र ने कहा—''मैंने पता लगाया है। फिलहाल तो वह पुलिस के हत्थे नहीं चढ़ा है।''

उसकी बात सुनकर कमल तो निश्चिन्त नहीं हो सकी, लेकिन उसने राहत महसूस की। पूछा—''वे कहाँ गए हैं और कब गए हैं? मोचियों के मुहल्ले में जरा कोशिश करके पता लगाने पर क्या यह नहीं जाना जा सकता है? हरेन बाबू, मैं यह जानती हूँ कि आप उन्हें

कितना स्नेह करते हैं। यह सब प्रश्न करना हो सकता है गैर-जरूरी लगे। मगर मेरी ऐसी दशा हुई है कि कई दिनों से इसके अलावा और कुछ मैं सोच ही सकती हूँ।" इतना कहकर उसने इतनी व्याकुल नजरों से निहारा कि हरेन्द्र बड़ा विस्मित हुआ। लेकिन दूसरे ही पल वह मुँह नीचा करके पहले की ही तरह सिलाई करने लगी।

हरेन्द्र चुपचाप खड़ा रहा। एक-एक प्रश्न उसके मन में आता है, कौतूहल की सीमा नहीं है, मुँह से शब्द निकल पड़ना भी चाहता है। लेकिन वह अपने आपको सँभाल लेती है। वह हरगिज तय नहीं कर पाती है कि इस कौतूहल का नतीजा क्या होगा। इस तरह से पाँच-सात मिनट बीतने के बाद कमल ने खुद ही बात की। उसने सुई-धागे को बगल में नीचे रख दिया और एक आह भरकर बोली–"रहे, अब आज और नहीं।" इतना कहकर जब उसने मुँह उठाया तो अचरज में पड़कर बोली–"अरे, आप खड़े क्यों हैं? एक कुर्सी खींचकर बैठ भी नहीं सके थे।"

"आपने तो मुझे बैठने को नहीं कहा था।"

"खैर, जो हो। चूँकि मैंने आपको बैठने के लिए नहीं कहा था इसलिए आप बैठेंगे नहीं?"

"नहीं, घरवाले के कहे बिना बैठना भी नहीं चाहिए।"

"लेकिन मैंने आपको खड़ा रहने को भी तो नहीं कहा था इसलिए आप बैठेंगे नहीं?"

"अगर आप यह कहती हैं तो मुझे खड़ा नहीं रहना चाहिए था। मैं अपनी गलती कबूल करता हूँ।"

उसकी बात सुनकर कमल हँसी, बोली–"तो फिर मैं भी अपना दोष कबूल करती हूँ। यह मेरा कसूर है कि मैं इतनी देर तक अन्यमनस्क थी। अब बैठिए।"

हरेन्द्र जब कुर्सी खींचकर बैठा, तो कमल अचानक जरा गम्भीर हो उठी। उसने एक बार कुछ सोचा, उसके बाद बोली–"देखिए हरेन बाबू, दरअसल इसके अन्दर कुछ भी नहीं है, यह मैं भी जानती हूँ और आप भी जानते हैं। तब भी यह खटकता है। आपको बैठने को कहना भूलकर मैंने मेहमान का वह आदर नहीं किया है जो मुझे करना चाहिए था। हजार घनिष्ठता होते हुए भी यह गलती आपको नजर आई है। नहीं-नहीं, मैंने यह नहीं कहा है कि आपने गुस्सा किया है। तब भी मन के अन्दर न जाने कैसा जरा खटकता है। आदमी का यह संस्कार जाकर भी जाने का नाम नहीं लेता है। कहीं जरा-सा रह ही जाता है, न?"

हरेन्द्र इसका आशय समझ नहीं सका, वह जरा भौचक्का रहकर निहारता रहा। कमल कहने लगी–"इससे दुनिया में कितने हादसे होते हैं, हालाँकि इसे ही लोग दुनिया में ज्यादा भूलते हैं।"

हरेन्द्र ने पूछा–"यह आप मुझसे कह रही हैं या खुद अपने आप से? अगर आप यह मुझसे कह रही हों, तो जरा और खुलासा करके कहिए। यह पहेली मेरे दिमाग में घुस नहीं रही है।"

कमल ने हँसकर कहा–"हाँ, यह पहेली ही तो है। सहज सरल रास्ता है, लगता ही नहीं है कि मुसीबत आँखें लाल किए हुए है। चलने में ठेस लगने से जब उँगली से खून निकल पड़ता है तभी सिर्फ होश आता है कि और जरा आँखें खोलकर चलना चाहिए था। न?"

हरेन्द्र ने कहा—''हाँ, रास्ते पर आँखें खोलकर चलना चाहिए। कम-से-कम आगरा के रास्ते पर जरा सतर्क होकर चलना अच्छा है। ऐसी दुर्घटना आश्रम के लड़कों के साथ अकसर ही हुआ करती है। लेकिन पहेली तो पहेली ही रह गई, उसका मतलब नहीं समझ में आया।''

कमल ने कहा—''इसका कोई उपाय नहीं है हरेन बाबू। बताने से ही सारी बातों का मतलब नहीं समझा जा सकता है? देखिए, मुझे तो किसी ने नहीं बता दिया है। मगर मतलब समझने में भी मुझे कोई दिक्कत नहीं हुई है।''

हरेन्द्र बोला—''इसका मतलब है कि आप भाग्यशाली हैं और मैं अभागा। या तो ऐसी भाषा में बोलिए जो आम आदमी के दिमाग में घुसे या मत बोलिए। मैं इसे जितना समझना चाह रहा हूँ, चीनी जादू की तरह यह उतना ही उलझता जा रहा है। अज्ञात या अज्ञेय बाधा से बात शुरू होकर कहाँ आ पहुँची, इसका अता-पता नहीं चलता है। यह सब क्या आप राजेन को याद करके कह रही हैं? मैं भी तो उसे पहचानता हूँ। आसान करके कहने पर हो सकता है, मैं भी कुछ समझ सकूँ। वरना इस तरह से सोते आदमी का भाषण सुनते रहने पर अपनी बुद्धि पर आस्था नहीं रहेगी।''

कमल ने मुस्कुराते हुए कहा—''किसकी बुद्धि पर आस्था नहीं रहेगी? मेरी या आपकी?''

''दोनों की ही।''

कमल ने कहा—''सिर्फ राजेन ही नहीं, न जाने क्यों आज सवेरे से मुझे सभी याद आ रहे हैं। आशु बाबू, मनोरमा, अक्षय, अविनाश, नीलिमा, शिवनाथ यहाँ तक कि मेरे पिजाजी...''

हरेन्द्र ने बाधा दी—''उनकी बात मत कीजिए। आप फिर गम्भीर हो उठीं। आपके माँ-बाप स्वर्ग सिधार चुके हैं। उन्हें घसीटना मुझे बर्दाश्त नहीं होगा। बल्कि जो लोग जिन्दा हैं आप उनकी बात कीजिए। आप राजेन की बात कहना चाह रही थीं—वही कहिए, मैं सुनूँ। वह मेरा दोस्त है, मैं उसे पहचानता हूँ, जानता हूँ, प्यार करता हूँ। आप मुझ पर विश्वास कीजिए। मैं आश्रम चलाऊँ, या चाहे जो भी करूँ, मैं आपको धोखा नहीं दूँगा। दुनिया के और भी लोगों की तरह मैं भी प्यार की कहानी सुनना पसन्द करता हूँ।''

कमल की गम्भीरता सहसा हँसी से भर गई। उसने प्रश्न किया—''आप सिर्फ दूसरे की बात करना पसन्द करते हैं? उससे ज्यादा सुनने का लोभ नहीं है?''

हरेन्द्र ने कहा—''नहीं, उससे ज्यादा सुनने का मुझे लोभ नहीं है। मैं ब्रह्मचारियों का सरगना हूँ। अक्षय वगैरह सुन पाएँगे, तो मुझे खा जाएँगे।''

उसकी बात सुनकर कमल ने फिर से मुस्कुराते हुए कहा—''वे लोग आपको नहीं खाएँगे। मैं उसका उपाय कर दूँगी।''

हरेन्द्र ने गर्दन हिलाकर कहा—''आप इसका उपाय नहीं कर सकेंगी। मैं आश्रम उठाकर भाग जाऊँ, तो भी मुझे भला छुटकारा नहीं मिलने वाला। जब अक्षय ने मुझे एक बार पहचाना है, तो मैं चाहे जहाँ भी क्यों न जाऊँ, वह मुझे सत्पथ पर रखेगा ही! बल्कि आप अपनी बात कहिए। आप कह रही थीं कि आप राजेन को भूलकर नहीं रह सकती हैं—आप फिर वहीं से शुरू कीजिए। मेरा यह सुनने को जी चाहता है कि आपने उस अभागे छोकरे को कैसे इतना प्यार किया!''

कमल बोली—''ठीक यही प्रश्न मैं बार-बार अपने आपसे करती हूँ।''

"जवाब नहीं मिलता है?"

"नहीं।"

"आपको जवाब मिलेगा भी नहीं। मुझे ऐसा विश्वास भी नहीं होता है कि यह सच है।"

"आपको क्यों विश्वास नहीं होता है?"

"खैर जाने दीजिए। लग रहा है, मैंने पहले भी एक बार कहा है। लेकिन और भी अच्छे-अच्छे कैंडिडेट हैं। आखिरी फैसला करने से पहले उन लोगों के केसों पर जरा नजर डालकर देखिए। मेरा इतना ही कहना है।"

"लेकिन केसों का फैसला तो अनुमान के सहारे नहीं किया जा सकता है, हरेन बाबू। उसके लिए बाकायदा गवाह और सबूत देना पड़ता है। और यह करेगा कौन?"

"वे लोग खुद ही यह करेंगे। गवाह और सबूत के साथ वे लोग तैयार ही हैं। हाँक लगाने से ही हाजिर हो जाएँगे।"

कमल ने जवाब नहीं दिया, उसने मुँह उठाकर निहारा और तनिक मुस्कुराई। उसके बाद उसने पूरे और अधूरे सिले कपड़ों को एक-एक करके नफासत से तह कर एक बेंत की टोकरी में उठाकर रखा और उठकर खड़ी हो गई। बोली–"आपके शायद चाय पीने का वक्त हो गया है हरेन बाबू। मैं जरा चाय बनाकर लाती हूँ, आप बैठिए।"

हरेन्द्र बोला–"मैं बैठा ही तो हूँ लेकिन आप जानती हैं न कि मेरे चाय पीने का वक्त बेवक्त नहीं है। क्योंकि अगर चाय मिल जाती है तो पी लेता हूँ और अगर नहीं मिलती है, तो नहीं पीता हूँ। उसके लिए तकलीफ उठाने की जरूरत नहीं। मैं एक बात पूछूँ?"

"आराम से पूछिए।"

"बहुत दिनों से आप कहीं गई नहीं हैं। कहीं आना-जाना क्या आपने जान-बूझकर बन्द किया है।"

कमल ने अचरज में पड़कर कहा–"नहीं, कहीं आना-जाना मैंने जान-बूझकर बन्द नहीं किया है। यह तो मुझे याद भी नहीं आया है।"

"तो फिर चलिए न आज आशु बाबू के घर से हम लोग जरा घूम आएँ। वे सचमुच ही बहुत खुश होंगे। जब वे बीमार थे तभी आप वहाँ एक बार गई थीं। अभी वे अच्छे हो गए हैं। चूँकि डॉक्टर ने उन्हें घर से निकलने से मना किया है, इसलिए वे बाहर नहीं निकलते हैं। वरना हो सकता है, वे खुद ही एक दिन यहाँ आ जाते।"

कमल बोली–"उनके लिए ऐसा करना अजीब नहीं है। मुझे ही वहाँ जाना चाहिए था। लेकिन काम के झंझट से मैं वहाँ जा नहीं सकी थी। अन्याय हो गया।"

"तो आज ही चलिए न?"

"चलिए, लेकिन शाम होने दीजिए। आप बैठिए, मैं चट से एक प्याला चाय बना लाती हूँ।" इतना कहकर वह बाहर निकल गई।

शाम के पहले जब दोनों निकलकर रास्ते पर आए, तो हरेन्द्र ने कहा–"जरा दिन रहते जाते तो अच्छा होता।"

कमल बोली–"दिन रहते जाते तो अच्छा नहीं होता। हो सकता है, कोई जान-पहचान वाला देख लेता।"

"अगर कोई देख ही लेता तो क्या होता? मैं अब उस सबकी परवाह नहीं करता।"

"मगर मैं अभी उस सबकी परवाह करती हूँ।"

हरेन्द्र ने सोचा कि उसने मजाक किया बोला–"वे ही जान-पहचान वाले लोग अगर यह सुनेंगे कि आजकल मेरे साथ अकेले निकलने में संकोच महसूस करती हैं, तो वे लोग क्या सोचेंगे?"

"शायद वे लोग सोचेंगे कि मैं मजाक कर रही हूँ।"

"लेकिन आपको पहचानने वाला क्या दूसरा कुछ सोच सकता है? कहिए?" अबकी बार कमल ने चुप्पी साध ली।

जवाब न पाकर हरेन्द्र ने कहा–"मैं नहीं जानता कि आज आपको क्या हुआ है? सब समझ से परे है।"

कमल ने कहा–"जो समझने का नहीं है, उसे न समझना ही अच्छा है। राजेन को मैं भूल नहीं सकती हूँ, इसका पता सबसे ज्यादा तब चलता है जब आप आते हैं। उसे आश्रम में जगह नहीं मिली। लेकिन अगर वह पेड़ के नीचे रहता, तो भी काम चल जाता। सिर्फ मैंने ही उसे पेड़ के नीचे रहने नहीं दिया था। मैं उसे लाड़ से बुला लाई थी। वह मेरे घर आया, लेकिन कहीं भी मन ने बाधा नहीं पाई। हवा और रोशनी की मानिन्द हर तरफ खाली पड़ा रहा। मैंने मानो पुरुष का एक नया परिचय पाया। मुझे सोचकर देखने का वक्त नहीं मिला है कि यह अच्छा है या बुरा। हो सकता है, समझने में देर लगे।"

हरेन्द्र ने कहा–"यह बहुत बड़ी तसल्ली है।"

"यह बहुत बड़ी तसल्ली है। क्यों?"

"सो मालूम नहीं।"

किसी ने भी और बात नहीं की, दोनों ही न जाने कैसे एक तरह से अनमने बने रहे।

हरेन्द्र जान-बूझकर ही शायद चक्कर लगा रहा था। जब वे लोग आशु बाबू के घर आ पहुँचे तब शाम ढल चुकी थी। खबर देकर कमरे में घुसने की जरूरत नहीं थी। लेकिन चूँकि पाँच-छह दिनों से हरेन्द्र यहाँ नहीं आ सका था इसलिए बैरे को सामने पाकर उसने पूछा– "बाबू साहब अच्छे तो हैं?"

उसने प्रणाम करके कहा–"हाँ, वे अच्छे ही हैं।"

"वे अपने कमरे में ही हैं?"

"नहीं, वे अपने कमरे में नहीं हैं। ऊपर सामने के कमरे में बैठकर सभी गपशप कर रहे हैं।"

सीढ़िया चढ़ते-चढ़ते कमल ने पूछा–"सभी माने कौन-कौन?"

हरेन्द्र ने कहा–"भाभी और शायद कोई होगा, क्या पता?"

जब दोनों परदा हटाकर कमरे में घुसे, तो दोनों ही जरा अचरज में पड़ गए। चुरुट की कड़ी महक के कारण कमरे की हवा बोझिल हो उठी है। वहाँ नीलिमा मौजूद नहीं है। आशु बाबू आरामकुर्सी के हत्थों पर अपने दोनों पैर फैलाकर चुरुट पी रहे हैं और करीब ही सोफे पर सीधी होकर बैठी हुई एक अपरिचित महिला। कमरे के कड़े माहौल की मानिन्द कड़ा भाव है। है–है तो बंगाली की लड़की, लेकिन बांग्ला बोलने में रुचि नहीं है। हो सकता है,

बांग्ला बोलने की आदत भी न हो। हरेन्द्र और कमल ने कमरे में कदम रखते ही सुना था वह धड़ल्ले से अंग्रेजी बोलती चली जा रही है।

आशु बाबू ने मुँह घुमाकर निहारा। कमल पर नजर पड़ते ही उनका समूचा मुँह आनन्द से चमक उठा। शायद उन्होंने एक बार उठकर बैठने की कोशिश भी की, लेकिन अचानक उठकर बैठ नहीं सके। उन्होंने मुँह का चुरुट फेंक दिया और कहा—"आओ कमल, आओ।" उन्होंने उस अपरिचित महिला को दिखाते हुए कहा—"ये हैं मेरी एक रिश्तेदार। ये परसों आई हैं। बहुत सम्भव है मैं इन्हें यहाँ कुछ दिनों तक रोककर रख सकूँगा।"

वे जरा रुककर बोले—"बेला, ये हैं कमल। ये मेरी बेटी जैसी हैं।"

दोनों ने एक-दूसरे को नमस्कार किया।

हरेन्द्र ने कहा—"और मैं?"

"अरे हाँ, तुम्हारा परिचय तो मैंने इनसे कराया ही नहीं। ये हैं हरेन्द्र। प्रोफेसर अक्षय के जिगरी दोस्त। बाकी परिचय समय पर होगा। चिन्ता करने का कोई कारण नहीं है हरेन्द्र।" उन्होंने इशारे से कमल को बुलाकर कहा—"करीब आओ तो कमल। तुम्हारे हाथ को अपने हाथ में लेकर मैं थोड़ी देर तक चुपचाप बैठूँ। इसके लिए कुछ दिनों से मेरी जान छटपटा रही थी।"

कमल मुस्कुराती हुई उनके पास आकर बोली और अपने दोनों हाथों को बढ़ाकर उनके भारी-भरकम मोटे हाथ को खींचकर अपनी गोद में लिया।

आशु बाबू ने स्नेह के साथ पूछा—"तुम खाकर आई हो न?"

कमल ने सिर हिलाकर कहा—"नहीं, मैं खाकर नहीं आई हूँ!"

आशु बाबू ने एक छोटी-सी आह भरी और बोले—"जानने से ही भला क्या फायदा है? मैं इस घर में तुम्हें खिला तो नहीं न सकूँगा।"

कमल चुप रही।

21

बेला के मुँह की तरफ निहारकर आशु बाबू तनिक मुस्कुराए, बोले—"क्यों, मेरा वर्णन मिला न? बुढ़ापे में Extravagance कहकर मेरी खिल्ली उड़ाना उचित नहीं हुआ है, यह तुमने माना न?"

बेला चुप रही। आशु बाबू कमल के हाथ को कई बार उलट-पुलटकर कहने लगे—"इस लड़की के बाहरी रूप को देखकर जितना अजीब लगता है, उसके भीतरी रूप को देख पाने पर भी इतना ही हैरान होना पड़ता है। क्यों हरेन्द्र, यह ठीक नहीं है?"

हरेन्द्र चुप रहा। कमल ने हँसकर जवाब दिया–''इसमें सन्देह है कि यह ठीक है या नहीं। लेकिन अगर किसी ने आपको Extravagance कहकर आपकी खिल्ली उड़ाई हो, तो वह गलत नहीं है। इसमें सन्देह नहीं है।''

''अच्छा, ऐसी बात है!'' इतना कहकर आशु बाबू बड़े स्नेह-भरे सुर में बोले–''मैं यह मानता हूँ कि मैं तुम्हें इस घर में हरगिज नहीं खिला सकता हूँ। मगर अपने डेरे में आज तुमने क्या खाया, बताओ न?''

''आज भी मैंने वही खाया, जो रोज खाती हूँ।''

''आज तुमने क्या खाया सुनूँ तो? बेला सोच रही थी कि यह भी मैंने बढ़ा-चढ़ाकर कहा है।''

कमल बोली–''यानी मेरे बारे में मेरे पीठ पीछे बहुत सी बातचीत हो चुकी है।''

''हाँ, सो हुई है। यह मैं इनकार नहीं करता।''

चाँदी की तश्तरी में एक छोटा-सा कार्ड लिये बैरा कमरे में घुसा। नाम सभी को नजर आया और सभी अचरज में पड़ गए। इस घर में अजित एक दिन घर का लड़का जैसा ही था। लेकिन आगरा रहते हुए भी वह अब यहाँ नहीं आता है। हो सकता है, यही स्वाभाविक हो। फिर भी इस न आने की लाज और संकोच ने दोनों के ही लिए एक ऐसी दूरी पैदा कर दी है कि उसके इस अप्रत्याशित रूप से आने से सिर्फ आशु बाबू ही नहीं, बल्कि वहाँ मौजूद सभी जरा चौंक गए। आशु बाबू के मुँह पर एक भारी चिन्ता की छाया पड़ी, बोले–''उन्हें इसी कमरे में ले आ।''

थोड़ी देर बाद अजित कमरे में घुसा। इतने परिचित और अपरिचित लोगों की मौजूदगी की सम्भावना की उसने आशंका नहीं की थी।

आशु बाबू ने कहा–''बैठो अजित। अच्छे हो न?''

अजित ने सर हिलाकर कहा–''जी हाँ, मैं अच्छा हूँ। आपकी तबीयत अभी कैसी है? आपको अच्छा लग रहा है न?''

आशु बाबू बोले–''चूँकि बीमारी दूर हो गई है, इसलिए भरोसा मिल रहा है कि अच्छा हो जाऊँगा।''

दोनों का एक-दूसरे का कुशल-क्षेम पूछने का सिलसिला यहीं रुका। अगर कमल न रहती, तो हो सकता है, और भी दो-एक बातें चलतीं। लेकिन आँखें चार होने के डर से अजित ने उधर मुँह उठाकर देखने की हिम्मत नहीं की। दो-तीन मिनट सभी चुप रहे, उसके बाद हरेन्द्र ने पहले पहल बात की। पूछा–''आप क्या सीधे डेरे से ही यहाँ आ रहे हैं?''

कुछ न कुछ बोल पाने की वजह से अजित बच गया। बोला–''नहीं, मैं सीधे डेरे से नहीं आ सका हूँ। आपकी तलाश में जरा चक्कर लगाकर आना पड़ा।''

''आप मेरी तलाश में आए हैं? कोई काम है?''

''मुझे कोई काम नहीं है, दूसरे आदमी को है। वे राजेन की तलाश में दोपहर से लेकर अब तक शायद चारेक बार झाँककर गए। मैंने उन्हें बैठने को कहा था, मगर वे बैठने को राजी नहीं हुए। स्थिर होकर इन्तजार करना, हो सकता है, उन्हें रास न आता हो।''

हरेन्द्र ने शंकित होकर पूछा–''वह देखने में कैसा है? आपने उससे कहा क्यों नहीं कि वह यहाँ नहीं है!''

अजित ने कहा–"यह खबर मैंने उन्हें दी है।"

आशु बाबू बोले–"कमल, बतौर लड़का, इस राजेन को मैंने दो-तीन बार से ज्यादा नहीं देखा है। मुसीबत न आने पर उससे मुलाकात नहीं होती है। लेकिन लगता है कि मैं उसे बेहद प्यार करता हूँ। वह कोई बेशकीमती चीज अपने साथ लिये फिरता है। हालाँकि हरेन्द्र के मुँह से सुनता हूँ कि वह बड़ा Wild है–पुलिस उसे सन्देह भरी नजरों से देखती है, डर लगता है कि वह कहीं कोई गड़बड़ी न कर बैठे। हो सकता है, उसकी कोई खबर भी न पाऊँ। देखो न, अचानक वह कहाँ गायब हो गया है, वह किसी को ढूँढ़े नहीं मिलता है।"

कमल ने प्रश्न किया–"अगर अचानक आपको यह खबर मिले कि वह मुसीबत में पड़ गया है, तो आप क्या करेंगे?"

आशु बाबू बोले–"मैं क्या करूँगा। इस बात का जवाब तब दिया जा सकता है जब वह मुसीबत में पड़ेगा, अभी नहीं। जब मैं बीमार था तब हरेन के मुँह से उसकी बहुत सारी कहानियाँ नीलिमा और मैंने सुनी हैं। दूसरे के लिए अपने आपको सचमुच मिटा देने का स्वरूप क्या है, सुनते-सुनते मानो उसकी तसवीर दिखाई पड़ती थी। मैं भगवान से प्रार्थना करता हूँ कि उस पर कोई मुसीबत न आए।"

खुलेआम किसी ने कुछ नहीं कहा, लेकिन सभी ने मन-ही-मन शायद यही प्रार्थना की।

कमल ने पूछा–"आज तो नीलिमा दिखाई नहीं पड़ी। शायद काम में व्यस्त हैं।"

आशु बाबू ने कहा–"यह सच है कि वे काम की औरत हैं, दिन-रात काम में ही व्यस्त रहती हैं। लेकिन आज सुनने में आया कि सर दुखने की वजह से उन्होंने चारपाई पकड़ ली है। तबीयत शायद जरा ज्यादा खराब हो गई है वरना उनका ऐसा स्वभाव नहीं है। अपनी आँखों से न देखने पर यह विश्वास नहीं किया जा सकता है कि कोई आदमी इतनी अथक सेवा, इतनी मेहनत कर सकता है!"

आशु बाबू थोड़ी देर चुप रहे, फिर बोले–"अविनाश से मेरा परिचय आगरा में हुआ है। बीच-बीच में मैं उनके यहाँ आता-जाता हूँ। भला कितना परिचय है, हालाँकि आज मैं सोचता हूँ कि दुनिया में अपना-पराया नाम का जो एक शब्द है वह कितना अर्थहीन है। दुनिया में अपना और पराया कोई नहीं है कमल। धारा में बहता हुआ कौन कब करीब आता है और कौन बहकर दूर चला जाता है, इसका कोई हिसाब कोई नहीं जानता है।"

आशु बाबू ने यह बात किससे किस चीज के दुख से कही, इसे उस अपरिचित नारी बेला को छोड़ दूसरे सभी ने समझा। आशु बाबू कुछ अपने मन से कहने लगे–"इस बीमारी से जब से मैं अच्छा हुआ हूँ तब से लेकर अब तक दुनिया में बहुत सी चीजें कुछ बदली-बदली-सी नजर आती हैं। लगता है, आखिर किस चीज के लिए इतनी खींचतान है, इतना बन्धन है, भले-बुरे का इतना वाद-विवाद है। आदमी बहुत-सारी गलतियाँ, ढेरों फरेब अपने चारों बगल जमा करके अपनी मर्जी से अन्धा बन गया है। आज भी उसे युगों पुरानी बहुत-सी सच्चाइयों को समझना होगा, तब एक दिन वह सचमुच का आदमी बन सकता है। आनन्द तो नहीं, निरानन्द ही मानो उसकी सभ्यता और भद्रता का सबसे बड़ा लक्ष्य बन गया है।"

कमल विस्मय से निहारती रही। ऐसी बात नहीं है कि उनके कहने का आशय वह निःसन्देह समझ रही है। यह जैसे कोहरे के अन्दर आनेवाले का मुँह देखना हो। लेकिन चाल बेहद जानी-पहचानी हो।

आशु बाबू अपने आप ही रुक गए। शायद कमल की विस्मय दृष्टि ने उन्हें अपनी तरफ सचेत किया, बोले—"तुमसे मुझे और भी बहुत बातें कहनी हैं कमल। किसी दूसरे दिन आना।"

"आऊँगी। आज जाती हूँ।"

"अच्छा जाओ। गाड़ी नीचे ही है। वासुदेव को मैंने अभी तक इसीलिए छुट्टी नहीं दी है कि वह तुम्हें पहुँचा देगा। अजित, तुम भी साथ में क्यों नहीं चले जाते हो? लौटती बार वासुदेव तुम्हें तुम्हारे आश्रम के करीब उतार देगा।"

दोनों ने उन्हें नमस्कार किया और बाहर निकल आए। बेला साथ में गाड़ी के पास तक आई और बोली—"आपसे बातचीत करने का आज वक्त नहीं मिला। लेकिन अबकी बार जिस दिन मुलाकात होगी उस दिन मैं आपको छोड़ूँगी नहीं।"

कमल ने हँसकर गर्दन हिलाई और कहा—"यह मेरा सौभाग्य है। मगर डर लगता है कि परिचय पाकर आपकी राय न बदल जाए!"

गाड़ी के अन्दर दोनों अगल-बगल बैठ गए। रास्ते के मोड़ पर जब गाड़ी मुड़ी, तो कमल बोली—"याद आता है, उस दिन की रात भी ऐसी ही अँधेरी थी।"

"हाँ, याद आता है।"

"और उस दिन का पागलपन याद आता है?"

"हाँ, वह भी याद है?"

"यह याद है कि मैं राजी हो गई थी।"

अजित ने हँसकर कहा—"नहीं! यह याद नहीं है। हाँ, यह याद है कि आपने मुझे ताना मारा था।"

कमल ने विस्मय जाहिर करते हुए कहा—"मैंने आपको ताना मारा था? नहीं तो!"

"आपने मुझे ताना मारा था।"

कमल ने कहा—"तो फिर आपने गलत समझा था और उसे जाने दीजिए। आज तो अब मैं आपको ताना नहीं मारती हूँ। चलिए न, आज ही हम दोनों चले जाएँ।"

"धत्, आप बड़ी शरारती हैं।"

कमल हँस पड़ी, बोली—"मैं शरारती नहीं हूँ। मुझ जैसी इतनी शान्त, सुबोध कौन है, बताइए तो? आपने अचानक हुक्म दिया, कमल चलो चलें और मैंने तभी राजी होकर कहा—चलिए।"

"लेकिन यह तो मजाक है।"

कमल बोली—"अच्छी बात है। माना कि यह मजाक ही है। मगर बताइए तो कि मैंने क्या मजाक किया है? पहले आप मुझे 'तुम' कहकर पुकारते थे और आज आपने मुझे 'आप' कहना शुरू किया है। कितने दुख-तकलीफ से दिन कटते हैं--आप ही लोगों के कपड़े-लत्ते को सीकर किसी तरह से खाने को दो रोटियाँ मिल जाती हैं। हालाँकि आपको

रुपयों की कमी नहीं है। आपने क्या एक दिन भी मेरी खोज-खबर ली है? अगर मनोरमा इस दुख में पड़ती, तो क्या आप बर्दाश्त करते? दिन-रात मेहनत कर-करके मैं कितनी दुबली हो गई हूँ, देखिए न!'' इतना कहकर ज्यों ही उसने अपना बायाँ हाथ अजित के हाथ पर रखा त्यों ही अचानक उसका समूचा बदन सिहर उठा। उसने धीरे से कुछ कहना चाहा, लेकिन सहसा उसने अपना हाथ खींच लिया और चिल्ला उठी–''ड्राइवर रोको, रोको। हम लोग तो पागलखाने के सामने आ गए हैं। गाड़ी घुमा लो। अँधेरे में मैं ठीक-ठीक देख नहीं सकी थी।''

अजित ने कहा–''हाँ, गलती अँधेरे की है। सिर्फ तसल्ली इस बात की है कि उस पर हजारों जुल्म हो, तो भी उस बेचारे के लिए प्रतिवाद करने की गुंजाइश नहीं है। उस अधिकार से वह वंचित है।'' इतना कहकर वह जरा हँसा। उसकी बात सुनकर कमल भी हँसी, बोली–''ओह, तो ऐसी बात है! लेकिन बतौर चीज अन्याय ही तो दुनिया में सब कुछ नहीं है। चूँकि यहाँ अन्याय की भी जगह है, इसलिए आज भी दुनिया चल रही है। वरना कब के यह रुक गई होती। ड्राइवर, गाड़ी रोको।''

अजित ने दरवाजा खोल दिया, तो कमल रास्ते पर उतर आई और बोली–''अँधेरे का उससे भी बड़ा गुनाह है अजित बाबू। अँधेरे में अकेले जाने में डर लगता है।''

इस इशारे से अजित उतरकर जब उनकी बगल में खड़ा हो गया तो कमल ने ड्राइवर से कहा–''अब तुम घर जाओ। इनके वापस जाने में देरी होगी।''

''यह आप क्या कह रही हैं? इतनी रात गए इस इलाके में मुझे गाड़ी कहाँ मिलेगी?''

''उसका उपाय मैं कर दूँगी।''

गाड़ी चली गई। अजित बोला–''मैं जानता हूँ कि कोई भी इन्तजाम नहीं होगा। अँधेरे में मुझे तीन-चार मील पैदल जाना होगा। हालाँकि आपको पहुँचाकर मैं अनायास वापस जा सकता था।''

''आप नहीं जा सकते थे। क्योंकि आपको खिलाए बिना और आश्रम की अनिश्चितता के बीच मैं आपको नहीं जाने देती। आइए।''

डेरे की नौकरानी बत्ती जलाकर आज इन्तजार कर रही थी। पुकारते ही उसने दरवाजा खोल दिया। ऊपर जाकर कमल ने रसोईघर में उसी सुन्दर आसन को बिछा दिया और अजित से बैठने को कहा। सारी चीजें तैयार थीं। कमल ने स्टोव जलाकर रसोई चढ़ा दी और अजित के करीब बैठकर पूछा–''ऐसे ही किसी दूसरे दिन की बात याद आती है!''

''जरूर याद आती है।''

''अच्छा, उस दिन में और आज में क्या फर्क है? बता सकते हैं, बताइए तो देखूँ?''

अजित कमरे के अन्दर इधर-उधर देखकर निगाह डालकर यह याद करने की कोशिश करने लगा कि उस दिन कौन-सी चीज कहाँ थी और आज कौन-सी चीज नहीं है।

कमल ने मुस्कुराकर कहा–''उधर रात भर ढूँढ़िएगा, तो भी नहीं बता पाएँगे। दूसरी तरफ तलाश करनी होगी।''

''किस तरफ तलाश करनी होगी, बताइए तो?''

''मेरी तरफ।''

अजित अचानक लाज के मारे संकुचित हो गया। उसने धीरे-धीरे कहा–"किसी भी दिन मैंने नजरें उठाकर आपके मुँह की तरफ बहुत ज्यादा नहीं देखा है। दूसरे सभी ने देखा है। सिर्फ मैं ही न जाने क्यों देख नहीं पाया था?"

कमल बोली–"आपमें और दूसरे में यही फर्क है। वे लोग मेरे मुँह की तरफ इस कारण देखते थे कि उन लोगों की नजरों में मेरे प्रति सम्मान-बोध नहीं था।"

अजित चुप रहा। कमल कहने लगी–"मैंने यह तय किया था कि चाहे जैसे भी क्यों न हो, मैं आपको ढूँढ़ निकालूँगी ही। पर मैंने यह आशा नहीं की थी कि आज ही आशु बाबू के घर मुलाकात हो जाएगी। लेकिन जब संयोग से मुलाकात हो गई तभी मैं यह जानती थी कि मैं आपको पकड़कर यहाँ लाऊँगी ही। खिलाना तो एक छोटा-सा बहाना है, इसीलिए खाना खा चुकने पर आपको छुट्टी नहीं मिलने वाली। आज रात मैं आपको कहीं नहीं जाने दूँगी, मैं आपको इसी घर में बन्द करके रखूँगी।"

"लेकिन इससे आपको क्या फायदा होगा?"

अजित ने गर्दन हिलाकर कहा–"शायद मुझे दुख होगा।"

कमल बोली–"मुझे क्या फायदा होगा, यह मैं बाद में बताऊँगी। लेकिन जब आप मुझे 'आप' कहते हैं, तो सचमुच ही मुझे दुख होता है। एक दिन आप मुझे 'तुम' कहकर पुकारते थे। उस दिन भी मैंने आपसे चिरौरी नहीं की थी कि आप मुझे 'तुम' कहकर पुकारिए। आपने खुद जान-बूझकर मुझे 'तुम' कहकर पुकारा था। मैंने कोई ऐसा गुनाह भी नहीं किया है कि आज आप मुझे 'तुम' न कहकर 'आप' कहते हैं। अभिमान करके अगर मैं आवाज न दूँ, तो खुद आपको भी दुख होगा।"

अजित ने गर्दन हिलाकर कहा–"शायद मुझे दुख होगा।"

कमल बोली–"शायद नहीं, जरूर दुख होगा। आप आगरा आए थे मनोरमा के लिए, लेकिन वह जब इस तरह से चली गई तब सभी ने सोचा कि अब पल भर भी आप यहाँ नहीं रहेंगे। सिर्फ मैं यह जानती थी कि आप नहीं जाएँगे। आज मैं भी आपको प्यार करती हूँ, इस बात पर आप विश्वास करते हैं?"

"नहीं, मैं इस बात पर विश्वास नहीं करता हूँ।"

"आप इस बात पर जरूर विश्वास करते हैं इसीलिए तो आपको मुझसे बहुत शिकायत है।"

अजित ने उत्सुक होकर कहा–"तुम्हें मुझसे बहुत शिकायत है? एक-दो बताओ, जरा सुनूँ तो सही।"

कमल बोली–"बताऊँगी, इसीलिए तो मैंने आपको जाने नहीं दिया। पहले मैं अपनी बात बताती हूँ। चूँकि कोई उपाय नहीं है, इसलिए गरीब-दुखियों के कपड़े सीकर मैं अपनी रोजी-रोटी चलाती हूँ। यह तो मुझे बर्दाश्त होता है। लेकिन चूँकि मैं संकट में पड़ी हूँ इसलिए आपके कुर्ते की सिलाई की मजदूरी लूँगी, यह भी क्या बर्दाश्त हो सकता है?"

"मगर तुम किसी का भी दान नहीं लेती हो?"

"नहीं, मैं किसी का भी दान नहीं लेती हूँ। यहाँ तक कि आपका भी नहीं। दान करने के सिवा देने के लिए क्या दुनिया में और कोई रास्ता खुला हुआ नहीं है। आकर, आपने जोर देकर यह क्यों नहीं कहा कि नहीं कमल, मैं तुम्हें यह काम नहीं करने दूँगा। मैं उसका

क्या जवाब देती? आज अगर किसी दुर्घटना के चलते मेरी मेहनत-मशक्कत करने की ताकत चली जाए, तो आपके जिन्दा रहते क्या मैं गली-गली भीख माँगती फिरूँगी?''

उसकी दर्द भरी बातों ने उसे व्याकुल कर दिया, बोला–''ऐसा हो ही नहीं सकता है कमल। मेरे जिन्दा रहते यह असम्भव है। तुम्हारे बारे में मैंने एक दिन भी इस तरह से सोचकर नहीं देखा है। अभी भी यह विश्वास नहीं होता है कि जिस कमल को हम सभी जानते हैं, वही तुम हो।''

कमल बोली–''सभी चाहे जो मर्जी जानें, लेकिन आप क्या सिर्फ उन्हीं लोगों में से एक हैं? उससे ज्यादा कुछ नहीं?''

इस सवाल का जवाब नहीं आया, शायद इसलिए कि इस सवाल का जवाब देना बड़ा कठिन है और इसके बाद दोनों ही चुप्पी साधे रहे। हो सकता है, दूसरे से पूछने की अपेक्षा अपने आपसे पूछने की जरूरत दोनों ने ही ज्यादा महसूस की।

भला कितना खाना बनाना था, खाना बनने में देर नहीं लगी। खाना खाने बैठकर अजित ने गम्भीर होकर कहा–''हालाँकि मजे की बात यह है कि चाहे जिसके पास जितना भी रुपया-पैसा क्यों न हो, तुम्हारी कमाई की रोटी हाथ फैलाकर खाए बिना किसी को भी छुटकारा नहीं है। हालाँकि खुद तुम किसी का भी दिया न लेती हो, न खाती हो। कोई सर पटककर मर जाए, तो भी नहीं।''

कमल ने हँसकर कहा–''आप लोग खाते ही क्यों हैं? इसके अलावा आपने भला कब सर पटका?''

अजित ने कहा–''सर पटकने की इच्छा बहुत बार हुई है। और तुम्हारा दिया सिर्फ इसलिए खाता हूँ कि तुम्हारी जबर्दस्ती के आगे मेरी एक नहीं चलती है। आज अगर मैं कहूँ कि कमल, अभी से मैंने तुम्हारी सारी जिम्मेदारी ली, और तुम अब यह सीने-पिरोने का काम मत करो, तो तुम तभी हो सकता है, ऐसी कटु बात बोल उठोगी कि मेरे मुँह से कोई दूसरा शब्द नहीं निकलेगा।''

कमल ने पूछा–''यह बात क्या आपने कही थी किसी दिन?''

''लगता है, जैसे मैंने यह बात कही थी।''

''और मैंने वह बात नहीं सुनी थी।''

''नहीं, तुमने वह बात नहीं सुनी थी।''

''तो फिर आपने उसे सुनने लायक बनाकर नहीं कहा था। हो सकता है, आपके मन में सिर्फ इच्छा ही पैदा हुई थी। मुँह से वह बात जाहिर नहीं हुई थी।''

''अच्छा मान लो, मैं अगर आज ही कहूँ तो?''

''तो फिर मैं भी कहूँ नहीं तो?''

अजित ने हाथ का निवाला थाली में रखा और कहा–''यही तो मुश्किल है। हम लोग तुम्हें एक दिन के लिए भी समझ नहीं सके। जिस दिन मैंने तुम्हें पहली बार ताज के सामने देखा था, उस दिन जैसे मैंने तुम्हारी बात नहीं समझी थी, वैसे ही आज भी हम सभी के लिए तुम रहस्य ही रह गई। अभी-अभी तुमने खुद ही कहा कि आप मेरी जिम्मेदारी लीजिए और फिर दम के दम कहा नहीं।''

कमल ने हँसकर कहा–"इसी ढंग की एक 'नहीं' आप कहिए तो देखूँ। कहिए तो आज आपने जो खाया है वह और किसी दिन आप नहीं खाएँगे। देखूँ, कैसे रहती है आपकी बात?"

अजित ने कहा–"कैसे रहेगी मेरी बात? तुम तो खिलाए बिना मुझे बख्शोगी नहीं।"

लेकिन अबकी बार कमल और नहीं हँसी। शान्त भाव से बोली–"मेरी जिम्मेदारी लेने का वक्त आज भी आपके लिए नहीं आया है। जिस दिन वक्त आएगा उस दिन मेरे मुँह से 'नहीं' नहीं निकलेगी। रात होती जा रही है, आप खाना खा लीजिए।"

"खाता हूँ। तुम बता सकती हो कि वह दिन कभी आएगा या नहीं।"

कमल ने सर हिलाकर कहा–"यह मैं नहीं बता सकती। जवाब आपको खुद ही एक दिन ढूँढ़ लेना पड़ेगा।"

"यह शक्ति मुझमें नहीं है। एक दिन मैंने बहुत ढूँढ़ा था, मगर मुझे जवाब नहीं मिला था। मैं यही आशा करके आज से हाथ फैलाए रहूँगा कि जवाब मुझे तुमसे मिलेगा।" इतना कहकर अजित चुपचाप खाना खाने लगा। थोड़ी देर बाद कमल ने पूछा–"अच्छा, इतनी जगह रहते आप अचानक हरेन्द्र के आश्रम में क्यों जा पहुँचे?"

अजित ने कहा–"कहीं तो रहना होगा। तुम खुद ही तो जानती हो कि आगरा छोड़कर मेरे जाने की गुंजाइश नहीं थी।"

"ओ, तो मैं यह जानती हूँ।"

"हाँ, तुम यह जानती हो।"

"अगर यही सच है तो आप सीधे मेरे पास क्यों नहीं चले आए?"

"अगर मैं आता तो सचमुच ही तुम क्या मुझे जगह देती?"

"सचमुच तो आप भला आए नहीं हैं? खैर, जाने दीजिए। लेकिन हरेन्द्र के आश्रम में तो तकलीफों की सीमा नहीं है। उन लोगों की साधना...लेकिन इतनी तकलीफ आपको बर्दाश्त कैसे हुई?"

"पता नहीं कैसे बर्दाश्त हुई लेकिन आज अब मुझे वह बात याद भी नहीं आती है। अभी मैं उन्हीं में से एक हूँ। हो सकता है, यही मेरे सारे भविष्य का जीवन हो। इतने दिनों तक मैं चुप्पी साधे भी नहीं था। आदमी भेजकर मैंने जगह-जगह पर आश्रम स्थापित करने की कोशिश की है। तीन-चार आश्रमों की आशा अभी बँधी है। जी चाहता है, खुद एक बार निकलूँ।"

"यह सलाह आपको दी किसने, शायद हरेन्द्र ने?"

अजित ने कहा–"अगर उन्होंने मुझे यह सलाह दी भी हो, तो निष्पाप होकर ही उन्होंने मुझे यह सलाह दी है। देश का सर्वनाश जिन लोगों ने अपनी आँखों से देखा है–इसकी गरीबी का निष्ठुर दुख, इसकी गरीबी की गहरी ग्लानि, इसकी कमजोरी की बेहद कायरता..."

कमल ने बाधा देकर कहा–"मैं इस बात से इनकार नहीं करती कि हरेन्द्र ने यह सब देखा है। लेकिन आपके लिए तो सिर्फ सुनी-सुनाई बातें हैं। अपनी आँखों से किसी चीज को देखने का तो आज भी आपको मौका नहीं मिला है।"

"लेकिन यह बात तो सच है।"

''मैं यह नहीं कहती हूँ कि यह सब सच नहीं है। लेकिन उसके प्रतिकार का उपाय क्या यह आश्रम स्थापित करना है?''

''उसके प्रतिकार का उपाय आश्रम स्थापित करना क्यों नहीं है? भारतवर्ष का मतलब तो सिर्फ उत्तर में हिमालय और बाकी तीनों तरफ समुद्र से घिरा थोड़ा-सा भूखंड मात्र नहीं है? इसकी प्राचीन सभ्यता इसके धर्मों की विशिष्टता, इसकी नीति की पवित्रता, इसके न्याय-विचार की महिमा–यही तो है भारत, इसीलिए इसका नाम है–देवभूमि। इसे अत्यधिक हीनता से बचाने की तपस्या को छोड़कर क्या कोई और रास्ता है? ब्रह्मचर्यव्रतधारी निष्कलुष लड़कों का–जीवन में सार्थक होने का–धन्य होने का...''

कमल बाधा देकर बोल उठी–''आप खा चुके हैं, हाथ-मुँह धोकर आप उस कमरे में चलिए...अब और देर मत कीजिए।''

''तुम नहीं खाओगी?''

''मैं क्या दोनों जून खाती हूँ जो आज खाऊँगी? उठिए।''

''मगर मुझे तो आश्रम वापस जाना है।''

''नहीं, आपको आश्रम वापस नहीं जाना है। उस कमरे में चलिए। मुझे बहुत सारी बातें सुनानी हैं।''

''अच्छा चलो। लेकिन बाहर रहने का हमारा नियम नहीं है। चाहे जितनी भी रात क्यों न हो जाए, मुझे आश्रम लौटना ही पड़ेगा।''

कमल ने कहा–''यह नियम दीक्षित आश्रमवासियों के लिए है, आपके लिए नहीं।''

''लेकिन लोग क्या कहेंगे?''

लोगों का उल्लेख होने से किसी भी दिन कमल को धैर्य नहीं रहता है, बोली–''लोग आपकी सिर्फ निन्दा करेंगे, वे आपकी रक्षा नहीं कर सकेंगे। जो आपकी रक्षा कर सकेगा उससे आप मत डरिए। मैं आपकी उन लोगों से कहीं ज्यादा अपनी हूँ। उस दिन आपने मुझे अपने साथ जाने के लिए बुलाया था, मगर मैं आपके साथ जा नहीं सकी थी। आज अब मुझे आपके साथ गए बिना नहीं चलेगा। चलिए उस कमरे में। जो औरतें मर्दों के भोग की चीज हैं, मैं उनकी श्रेणी में नहीं हूँ। उठिए।''

इस कमरे में आकर कमल ने पलंग पर एकदम नई चादर बिछाकर नफासत से बिस्तर लगा दिया और अपने लिए फर्श पर और एक जैसी-तैसी चादर बिछाकर बैठी, बोली–''मैं अभी आती हूँ। दसेक मिनट से ज्यादा देरी नहीं होगी। मगर आप सो मत जाइएगा।''

''नहीं, मैं नहीं सोऊँगा।''

''अगर आप सो जाइएगा तो मैं आपको धकेलकर उठा दूँगी।''

''उसकी जरूरत नहीं पड़ेगी, कमल। मेरी आँखों से नींद उड़ गई है।''

''अच्छा, इसकी पड़ताल बाद में होगी।'' इतना कहकर वह कमरे से बाहर निकल गई। नौकरानी बहुत पहले चली गई है, इसलिए खाना बनाने के बरतनों को उठाकर ठीक जगह पर रखना, जूठे बरतनों को रसोईघर से निकालकर बरामदे में रखना, नीचे सीढ़ी का किवाड़ बन्द करना, गिरस्ती के ऐसे सब छोटे-मोटे काम तब भी बाकी थे–उन सबको निपटा लेने के बाद उसे छुट्टी मिलेगी।

कमल के जतन से बिछाए सफेद सुन्दर बिस्तर पर बैठकर अकेले कमरे के अन्दर अचानक उसकी आह निकली। ऐसी बात नहीं है कि इसकी कोई खास बड़ी वजह है। सिर्फ मन के अन्दर अच्छा लगने की एक तृप्ति है। हो सकता है, जरा कौतूहल घुला-मिला हो, मगर आग्रह की तपिश नहीं है। सिर्फ एक शान्त आनन्द का मधुर स्पर्श मानो चुपचाप अंग-अंग में फैल गया हो।

अजित अमीर का बेटा है। जीवन भर शानो-शौकत में पला-बढ़ा है, लेकिन जब से हरेन्द्र के आश्रम में भर्ती हुआ है तब से लेकर अब तक गरीब और आत्मसंयम के दुर्गम रास्ते पर भारतीय विशिष्टता के मर्म को समझने की एकाग्र साधना ने उसका ध्यान इधर से हटा दिया था। अचानक नजर आए तकिए के गिलाफ के चारों ओर पीले धागे से काढ़े हुए छोटे-छोटे कुछ चन्द्रमलिका के फूल। बिस्तर की चादर का जो कोना लटक रहा है उस पर सफेद रेशम से बुना हुआ किसी अनजानी लता का छोटा-सा चित्र है। इतनी-सी कारीगरी, मामूली बात है। कितने लोगों के घरों में तो ऐसी चादरें हैं। फुर्सत के वक्त कमल ने अपने हाथ से इसे बनाया होगा। यह देखकर अजित मुग्ध हो गया। अजित उसे हाथ में लेकर उलट-पलट रहा था कि जब कमल बाहर का काम निपटाकर कमरे में आकर खड़ी हो गई, तो वह उसके मुँह की तरफ निहारकर बोल उठा—"वाह, बहुत बढ़िया है!"

कमल जरा हैरान हुई—"क्या बढ़िया? वह लता?"

"और ये पीले-पीले फूल! खुद तुमने काढ़े हैं न?"

कमल ने मुस्कुराकर कहा—"गजब का सवाल है। खुद मैंने नहीं काढ़ा है, तो क्या कारीगर को बुलवाकर कढ़वाया है? ऐसी चादर आपको चाहिए?"

"नहीं-नहीं, मुझे ऐसे फूल नहीं चाहिए। मैं क्या करूँगा?"

उसके इस व्याकुल और शर्मीले इनकार से कमल ने हँसकर कहा—"आश्रम ले जाकर इस पर सोइएगा। कोई पूछे तो कहिएगा कमल ने रात भर जागकर इस पर फूल काढ़ दिए हैं।"

"धत्!"

"धत् क्यों कहते हैं? अपने लिए यह सब चीजें कोई नहीं बनाता है। बनाता है दूसरे के लिए। तकलीफ उठाकर इन फूलों को जो मैंने उस चादर पर काढ़े थे वह क्या इसलिए कि मैं खुद उस पर सोऊँगी? एक दिन कोई आएगा। सिर्फ उसी के लिए यह सब रखा हुआ था। सवेरे जब आप जाएँगे तक सब आपके जिम्मे लगा दूँगी।"

अबकी बार अजित खुद भी हँसा, बोला—"अच्छा कमल, मैं क्या इतना बेवकूफ हूँ?"

"क्यों?"

"मैं यह भी विश्वास करके कि तुमने मेरे ही बारे में सोचकर यह सब बनाया है?"

"आप यह विश्वास क्यों नहीं करेंगे?"

"चूँकि यह सच नहीं है, इसलिए मैं यह विश्वास नहीं करूँगा।"

"लेकिन अगर मैं कहूँ कि यह सच है, तो आप विश्वास करेंगे, कहिए?"

"जरूर करूँगा। तुम्हारे मजाक की कोई सीमा नहीं है—कहीं भी मजाक करने में तुम्हें कोई झिझक नहीं होती है। मोटर पर घूमने की बात याद आती है, तो मेरी शर्म की सीमा

नहीं रहती है। यह दीगर बात है। लेकिन मैं यह जानता हूँ कि मजाक में कही बात को छोड़ तुम किसी और चीज के लिए झूठ नहीं बोलती हो।''

''तो फिर अगर मैं यह कहूँ कि वास्तव में मैंने मजाक नहीं किया है, सही बात कही है, तो आप विश्वास करेंगे?''

''तब जरूर विश्वास करूँगा।''

कमल ने कहा—''अगर आप यह विश्वास करते हैं, तो आज मैं आपको सही बात बताती हूँ। तब भी राजेन नहीं आया था। यानी आश्रम में जगह न पाकर तब भी वह मेरे घर में रहने के लिए नहीं आया था। मेरा भी तो वही हाल था। आप सभी ने जब मुझे घृणा से दूर कर दिया, इस परदेश में किसी के भी पास जाकर खड़ी होने का जब कोई उपाय नहीं रहा तब उस दुख के दिनों में मैंने वह कढ़ाई की थी। हो सकता है, मैं किसी दिन यह जान नहीं पाती कि उस दिन ठीक-ठीक किसे याद करके मैंने बेल-बूटे काढ़े थे। मैं इसे लगभग भूल ही गई थी। लेकिन आज जब मैं बिस्तर लगाने आई, तो अचानक लगा कि नहीं-नहीं, उस पर नहीं। जिस पर कोई किसी दिन सोया है उस पर आपको मैं किसी भी सूरत में सोने नहीं दूँगी।''

''क्यों तुम मुझे उस पर सोने नहीं दोगी?''

''क्या पता, न जाने कौन धक्का देकर यह बात मुझे बता दे गया!'' इतना कहकर वह थोड़ी देर तक चुप रही, फिर बोली—''अचानक याद आया, वे चादरें सन्दूक में रखी हुई हैं। आप तब बाहर मुँह धो रहे थे। यह सोचकर कि आप अभी आ जाएँगे, मैं जल्दी से सन्दूक खोल चादर ले आई और जब उसे बिछाने की कोशिश की तब मुझे पहली बार यह पता चला कि उस दिन जिसके बारे में सोचकर रात भर जागकर फूल-लता काढ़ी थी, वह आप हैं।''

अजित ने बात नहीं की। सिर्फ एक लाल आभा उसके मुँह पर दिखाई देकर पलक झपकते बुझ गई।

कमल खुद भी थोड़ी देर तक चुप रही, उसके बाद उसने पूछा—''चुप्पी साधे आप क्या सोच रहे हैं? बताइए तो?''

अजित ने कहा—''सिर्फ चुप्पी साधे ही हूँ, सोच नहीं पाता हूँ।''

''इसका कारण?''

''कारण? तुम्हारी बात सुनकर मेरे कलेजे के अन्दर मानो आँधी बह गई। सिर्फ आँधी—न आया आनन्द, न बँधी आशा।''

कमल चुपचाप निहारती रही। अजित धीरे-धीरे कहने लगा—''कमल, तुम्हें एक कहानी सुनाता हूँ, सुनो। मेरी माँ को एक बार मेरे गृह-देवता राधावल्लभ जी ने पूजा-घर में रूप धारण कर दर्शन दिया था। उसके हाथ से खाना लेकर सामने बैठकर उन्होंने खाया था, यह उसने अपनी आँखों से देखा था। तब भी हम में से कोई यह विश्वास नहीं कर सकता था। सभी ने समझा, यह उसका सपना है। लेकिन उसका यह दुख कि हम लोगों ने उसकी बात पर विश्वास नहीं किया था, जिन्दगी भर दूर नहीं हुआ था। आज तुम्हारी बात सुनकर मुझे वही बात याद आ रही है। मैं यह जानता हूँ कि तुमने मजाक नहीं किया है, लेकिन मेरी माँ की तरह तुमसे भी कहीं बहुत बड़ी भूल हुई है। आदमी की जिन्दगी में ऐसे बहुत से दिन

आते हैं जब वह अपने बारे में अँधेरे में ही रहता है। हो सकता है अचानक एक दिन आँखें खुलती हों। मेरा भी वही हाल हुआ है। अब तक मैंने दुनिया की कितनी जगहों का चक्कर लगाया है। पर सिर्फ इस आगरा में आकर मैं अपने आपको देख पाया। रहने के नाम पर जो चीज मेरे पास है, वह है–रुपया, सो भी पिता का दिया हुआ, इसके अलावा ऐसी कोई भी चीज मेरी अपनी नहीं है कि मेरे भी अनजाने में तुम मुझे प्यार कर सको।''

कमल ने कहा–''रुपए के लिए चिन्ता नहीं है। आश्रमवासियों को जब एक बार पता चल चुका है तब उसका इन्तजाम वे ही करेंगे।'' इतना कहकर वह हँसकर बोली–''लेकिन दूसरी सारी दृष्टियों से आप इतने गरीब हैं यह जानकारी पहले मुझे क्या खाक मिली थी? इसके अलावा क्या अच्छा है और क्या बुरा, यह समझकर देखने का मुझे वक्त कहाँ मिला? मन के अन्दर सिर्फ एक सन्देह जैसा ही था, जानकारी नहीं मिली थी मुझे। सिर्फ दसेक मिनट पहले जब मैं अकेले कमरे में बिस्तर के सामने खड़ी थी, तो अचानक न जाने कौन आकर सही जानकारी मेरे कानों में दे गया!''

अजित ने बड़े विस्मय से प्रश्न किया–''तुम सच कह रही हो कि सिर्फ दस मिनट पहले तुम्हें यह जानकारी मिली है? लेकिन अगर यह सच है तो यह तो पागलपन है।''

कमल बोली–''हाँ, यह तो पागलपन ही है। इसीलिए तो मैंने आपसे कहा था कि आप मुझे और कहीं ले चलिए। मैंने यह विनती तो नहीं की थी कि आप मुझसे शादी करके घर बसाइए।''

अजित बेहद कुंठित हुआ, बोला–''तुम इसे विनती क्यों कहती हो, कमल। यह विनती करना नहीं है, यह तो तुम्हारे प्यार का हक है। मगर तुमने हक का दावा नहीं किया, तुमने माँगा सिर्फ वही जो बुलबुले की तरह कम उम्र वाला और उसी की तरह झूठ है।''

कमल बोली–''इसकी उम्र कम हो भी सकती है, लेकिन उम्र कम होने से वह झूठ क्या होगा? उम्र की लम्बाई को जो लोग सच मानकर उससे जकड़े रहना चाहते हैं, मैं उनकी कोई नहीं।''

''मगर इस आनन्द में तो कोई स्थायित्व नहीं है, कमल!''

कमल बोली–''भले ही इस आनन्द में स्थायित्व न हो, लेकिन चूँकि पेड़ के फूल सूख जाएँगे इसलिए जो स्थायी सोले के फूलों का गुलदस्ता बनाकर फूलदान में सजाकर रखते हैं, इनके साथ मेरी राय नहीं मिलती हैं। मैंने आपसे पहले भी एक बार ठीक यही बात कही थी कि किसी भी आनन्द में स्थायित्व नहीं है। हैं सिर्फ उसके क्षण-स्थायी दिन। यही तो आदमी की जिन्दगी की सबसे बड़ी पूँजी है। उसको बाँधने की कोशिश करने पर वह मरता है। इसीलिए तो शादी में स्थायित्व की मोटी रस्सी से फाँसी लगाकर वह आत्महत्या करता है।''

अजित को याद आया, ठीक यही बात पहले उसने इससे सुनी थी। यह सिर्फ मुँह की बात नहीं है, यही है उसके मन का विश्वास। शिवनाथ ने उससे शादी नहीं की है, उसे धोखा दिया है। लेकिन इसको लेकर कमल ने एक दिन भी आरोप नहीं लगाया है। क्यों उसने आरोप नहीं लगाया है? आज यही पहले दिन अजित ने निःसन्दिग्ध रूप से समझा कि इस धोखे में खुद इसकी भी हामी थी। दुनिया भर की तमाम मानव-जाति की इस

प्राचीन और पवित्र रीति-रिवाज के प्रति इतनी बड़ी अवज्ञा की वजह से अजित का मन धिक्कार से भर गया।

अजित पल भर चुप रहा, फिर बोला–"तुम्हारे आगे गर्व करना मुझे शोभा नहीं देता है। लेकिन तुमसे अब मैं कुछ भी नहीं छिपाऊँगा। ये लोग कहते हैं कि औरत और दौलत को छोड़ना ही मर्दों की सबसे बड़ी मरदानगी है। अक्ल की दृष्टि से मैं यह विश्वास करता हूँ और इस बारे में भी मैं निःसन्दिग्ध हूँ कि इस साधना में सिद्धि प्राप्त करने से बढ़कर कुछ नहीं है। दौलत मेरे पास काफी है, पर उसमें लोभ नहीं है। लेकिन यह याद आने पर कि सारे जीवन में न कोई प्यार करनेवाला है, न कभी कोई रहेगा, कलेजा सूख जाता है। डर लगता है कि मन की इस कमजोरी को मैं जिन्दगी में जीत नहीं सकूँगा। नसीब में ऐसा ही अगर कभी हो जाए, तो मैं आश्रम छोड़कर चला जाऊँगा। मगर तुम्हारा बुलावा तो उससे भी ज्यादा झूठा है। उस बुलावे का मैं जवाब नहीं दे सकता।"

"आप इसे झूठा क्यों कहते हैं?"

"यह झूठा ही तो है। मनोरमा ने सचमुच ही मुझे कभी प्यार नहीं किया था। उसका आचरण समझा जा सकता है। लेकिन शिवनाथ के प्रति शिवानी के प्यार को तो मैंने अपनी आँखों से देखा है। उस दिन उसकी कोई सीमा नहीं थी। मगर आज उसका नामोनिशान तक गायब हो गया है।"

कमल बोली–"आज अगर उसका नामोनिशान तक गायब हो गया हो, तो उस दिन क्या सिर्फ मेरा छल ही आपको नजर आया था?"

अजित बोला–"यह तो तुम्हीं जानो, लेकिन आज लगता है कि नारी-जीवन में इससे बड़ा झूठ शायद दूसरा नहीं है।"

कभल की दृष्टि तेज हो उठी, बोली–"नारी-जीवन में क्या सच है और क्या झूठ है, यह बताने की जिम्मेदारी पुरुषों को लेने की जरूरत नहीं है, न ही मनोरमा की न ही कमल की। इसी तरह से दुनिया में हमेशा से न्याय से वंचित नारी अपमानित और पुरुषों का चित्त संकीर्ण और कलुषित बना हुआ है इसीलिए इस झूठे मुकदमे का कोई निपटारा नहीं हो सका। अन्याय से सिर्फ एक ही पक्ष को नुकसान नहीं पहुँचता है अजित बाबू, बल्कि दोनों ही पक्षों का सर्वनाश होता है। उस दिन शिवनाथ को जो मिला था, वह कम पुरुषों को नसीब होता है। लेकिन आज वह नहीं है। आज वह क्यों नहीं है, इस तर्क को छोड़कर पुरुषों के मोटे हाथ में भोटा डंडा घुमाकर डाँटा-फटकारा जा सकता है, लेकिन वापस नहीं पाया जा सकता है। उस दिन का उसका रहना जितना सच है आज का उसका न रहना भी ठीक उतना ही बड़ा सच है। चूँकि धूर्तता की फटी कथरी को सिर से पाँव तक ओढ़कर इसे ढँकने में मैंने शर्म महसूस की है इसलिए पुरुषों के फैसले की उम्मीद से ही हम आप लोगों के मुँह को निहारती रहती हैं।"

अजित ने जवाब दिया–"मगर चारा क्या है? जो इतना क्षण स्थायी है, जो इतनी क्षण भंगुर है उसे इससे ज्यादा सम्मान आदमी क्यों देगा?"

कमल बोली–"मैं जानती हूँ आदमी उसे सम्मान नहीं देगा। मेरे आँगन के किनारे जो फूल खिले हैं उसका जीवन एक जून से ज्यादा नहीं है। वह मसाला पीसनेवाला लोढ़ा उससे

ज्यादा कहीं टिकाऊ है, कहीं ज्यादा दिनों तक रहनेवाला है। सच्चाई को परखने का इससे मजबूत मापदंड आप लोग कहाँ पाएँगे?"

"कमल, यह युक्ति नहीं है, यह सिर्फ तुम्हारे गुस्से की बात है।"

"गुस्सा किस बात का अजित बाबू? सिर्फ जिम्मेदारी को लेकर ही जिन लोगों का कारोबार है, वे इसी तरह से कीमत आँका करते हैं। मेरे बुलावे का जो आप जवाब नहीं दे सकते थे उसकी जड़ में भी यही सन्देह है। हमेशा की गुलामी लिखकर जो बन्धन को नहीं अपनाएगा, उस पर आप किस आधार पर विश्वास करेंगे? जो फूल को नहीं समझता है, उसके लिए वह पत्थर का लोढ़ा ही कहीं ज्यादा सच है। उसके सूख जाने पर झड़ जाने की शंका नहीं है। उसकी उम्र एक जून के लिए नहीं है। वह हमेशा के लिए है। रसोईघर के काम में वह हमेशा घिस-घिसकर मसाला पीस देगा, वह भात निगलने के लिए तरकारी का उपकरण है। उस पर निर्भर किया जा सकता है। उसके न रहने पर गिरस्ती बेस्वाद बन जाती है।"

अजित ने उसके मुँह की तरफ निहारते हुए कहा–"यह ताना किस बात का है कमल?"

कमल के कानों में शायद यह सवाल नहीं पहुँचा। वह अपने ही मन से कहने लगी– "आदमी यह नहीं समझता है कि बतौर चीज हृदय लोहे का बना नहीं है। इतना निश्चिन्त और निर्भय होकर उसका सहारा नहीं लिया जा सकता है। ऐसी बात नहीं है कि दुख नहीं है, मगर यही है इसका धर्म, यही है उसकी सच्चाई। हालाँकि यह बात कही नहीं जा सकती है, स्वीकार भी नहीं की जा सकती है। इससे बड़ा भ्रष्टाचार दुनिया में दूसरा क्या है इसीलिए तो किसी को यह सोचते नहीं बना कि मैं शिवनाथ को कैसे पूरी तरह माफ कर सकती हूँ। मेरा जवानी में रो-रोकर जोगिन बनना वे लोग समझते, मगर यह उन लोगों को बर्दाश्त नहीं हुआ। अरुचि और अवहेलना से उनका समूचा मन कड़वा हो गया। पेड़ के पत्ते सूखकर झड़ जाते हैं, उसकी खाली जगह को नए पत्ते भर देते हैं, यह है झूठ और बाहर की सूखी लता मरकर भी पेड़ के तने से लिपटी रहती है, यह है सच?"

अजित एकाग्र मन से सुन रहा था। जब कमल का कहना खत्म हुआ, तो उसने सहसा एक लम्बी साँस छोड़कर कहा–"एक बात हम लोग अकसर भूल जाते हैं, वह यह कि दरअसल तुम हम लोगों की अपनी नहीं हो। तुम्हारा खून, तुम्हारा संस्कार, तुम्हारी सारी शिक्षा विदेशी है। इसका प्रचंड असर तुम हरगिज दूर नहीं कर पाती हो और यहीं हम लोगों के साथ तुम्हारा रोज टकराव होता है। रात बहुत हो गई कमल, यह बेकार की बतकही बन्द करो, यह आदर्श तुम्हारे लिए नहीं है।"

"कौन-सा आदर्श? आप लोगों के ब्रह्मचर्य आश्रम का?"

अजित ने ताना खाकर मन-ही-मन गुस्सा किया, बोला–"अच्छी बात है। हाँ, हमारे आश्रम का आदर्श। लेकिन यह गूढ़ तत्त्व विदेशियों के लिए नहीं है। तुम इसे नहीं समझोगी।"

"अगर मैं आपकी शागिर्द बन जाऊँ, तो भी मैं इसे नहीं समझ सकूँगी?"

"नहीं, तब भी तुम इसे नहीं समझ सकोगी।"

अबकी बार कमल हँस उठी। जैसे वह पहले वाली कमल अब नहीं हो। बोली–"अच्छा, बताइए तो, मैं आपका नाम उस साधुओं के अड्डे से कैसे कटवा दे सकती हूँ। वास्तव में वह आश्रम मेरी आँखों का काँटा बन गया है।"

अजित बिस्तर पर लेट गया और बोला–"राजेन्द्र को बुलाकर तुमने अनायास उसे यहाँ रहने दिया, शायद तुम्हें कुछ भी नहीं लगा, न?"

"क्या लगेगा भला?"

"इस सबकी शायद तुम परवाह नहीं करती हो?"

"मैं क्या परवाह नहीं करती, आप लोगों की राय की? नहीं, मैं आप लोगों की राय की परवाह नहीं करती।"

"अपने बारे में भी शायद तुम कभी नहीं डरती हो?"

कमल बोली–"मैं यह नहीं कह सकती कि मैं अपने बारे में तो कभी नहीं डरती। मगर ब्रह्मचारियों को किस बात का डर?"

"हुँ,"–कहकर अजित चुप्पी साधे रहा।

फिर अचानक एक समय वह बोल उठा–"केंचुआ मिट्टी के नीचे अँधेरे में रहता है। वह यह जानता है कि बाहर की रोशनी में निकलने पर उसकी जान नहीं बचेगी कि उसे निगल जानेवाले बहुतेरे जीव मुँह बाए हुए हैं। छिपने के सिवा अपने आपको बचाने का कोई उपाय नहीं जानता है। मगर तुम तो यह जानती हो कि आदमी केंचुआ नहीं है। यहाँ तक कि औरत होने पर भी नहीं। शास्त्र में लिखा हुआ है कि अपने स्वरूप को जान पाना ही परम शक्ति है। यह जानना ही तुम्हारी असली शक्ति है, है न कमल?"

कमल कुछ भी बोले बिना सिर्फ चुप रही।

अजित ने कहा–"औरतें जिस चीज को इस जीवन में अपना सब कुछ मानती हैं उस चीज के प्रति तुममें एक ऐसी उदासीनता है कि हम चाहे जितनी भी निन्दा करें, वही मानो आग के घेरे की तरह तुम्हें हर पल बचाए रखती है।...वह आग तुम्हें जलाने से पहले ही बुझकर राख हो जाती है। अभी-अभी तुम मुझसे कह रही थी कि जो औरतें मर्दों के भोग की चीज हैं तुम उनकी श्रेणी में नहीं हो। आज रात तुम्हारे आमने-सामने बैठकर इस बात का मतलब साफ होने को आ रहा है, यह भी समझ पा रहा हूँ कि हमारी निन्दा-प्रशंसा की अवज्ञा करने की हिम्मत तुम्हें कहाँ से मिलती है?"

कमल ने बनावटी विस्मय से मुँह उठाकर कहा–"बात क्या है अजित बाबू, आपकी बातें तो बहुत कुछ ज्ञानियों की-सी लग रही हैं।"

अजित ने कहा–"अच्छा कमल, सच-सच बताओ तो, तुम्हारे लिए दूसरों की राय जितनी तुच्छ है, क्या मेरी भी राय उतनी ही तुच्छ है।"

"यह बात जानकर आप क्या करेंगे?"

"कमल, मैंने अपने आपको शक्तिशाली कहकर किसी दिन तुम्हारे आगे अहंकार नहीं किया है। वास्तव में अन्दर ही अन्दर मैं जितना दुर्बल हूँ उतना ही असहाय हूँ। कोई भी काम जबरन करने की सामर्थ्य मुझमें नहीं है।"

कमल ने हँसकर कहा–"यह आप जितना जानते हैं, उससे भी ज्यादा मैं जानती हूँ।"

अजित ने कहा–"जानती हो, मुझे क्या लगता है! लगता है कि मेरे लिए तुम्हें पाना भी जितना आसान है, तुम्हें खो देना भी उतना ही आसान है।"

कमल ने कहा–"मैं यह भी जानती हूँ।"

अजित ने अपने मन से सर हिलाकर कहा–"यही तो बात है! आज तुम्हें सिर्फ पाना ही तो सरल नहीं है, एक दिन अगर इसी तरह से तुम्हें खोना पड़े, तब क्या होगा?"

कमल ने शान्त आवाज में कहा–"कुछ भी नहीं होगा। जब तक मैं आपके करीब रहूँगी तब तक मैं आपको यही हुनर सिखाऊँगी।"

अजित मन में चौंक उठा–"विलायत में रहते, मैंने देखा था कि वे लोग कितनी आसानी से कितने मामूली से कारण से हमेशा-हमेशा के लिए अलग हो जाते हैं। मैं मन में सोचता था कि क्या कोई चीज उन्हें टीसती नहीं है और यही अगर उन लोगों के प्यार का परिचय है, तो वे लोग सभ्यता का गर्व करते हैं किस चीज के लिए!"

कमल बोली–"अजित बाबू, बाहर अखबारों में इसे आपने जितना आसान देखा है, हो सकता है, यह उतना आसान न हो। लेकिन तब भी मैं यह कामना करती हूँ कि नर-नारियों का यही परिचय एक दिन दुनिया में हवा और रोशनी की तरह आसान हो जाए।"

अजित चुपचाप उसके मुँह की तरफ निहारता रहा, उसने बात नहीं की। उसके बाद धीरे-धीरे दूसरी ओर मुँह घुमाकर वह ज्यों ही लेटा, त्यों ही किस कारण न जाने कहाँ से उसकी आँखों में पानी आ गया।

हो सकता है, कमल यह समझ सकी। वह उठकर आई और बिस्तर के एक छोर पर बैठकर उसके सर पर हाथ फेरने लगी। लेकिन उसने तसल्ली का एक शब्द भी नहीं कहा।

सामने की खुली खिड़की से देखने में आया कि पूरब के आसमान में पौ फटने को आ रही है।

"अजित बाबू, अब शायद सोने का वक्त नहीं है।"

"नहीं-नहीं, सोऊँगा, अब उठता हूँ।" इतना कहकर वह आँखें पोंछकर उठ बैठा।

22

आशु बाबू ने अपने सिरजनहार के आगे किसी भी दिन शायद इससे ज्यादा दावा नहीं किया था कि वे दुनिया में आम लोगों में से एक हैं। विपुल पैतृक धन-दौलत को भी उन्होंने जितने शान्त आनन्द के साथ अपनाया था, विराट मोटापे और आनुषंगिक गठिया को भी उतने ही साधारण दुख की तरह कबूल कर लिया था। दुनिया के सुख-दुख को विधाता ने उन्हीं को ध्यान में रखकर नहीं बनाया था, वे अपने-अपने नियम से चलते हैं। इस सच्चाई को न सिर्फ बुद्धि से, बल्कि हृदय से समझने के लिए भी उन्हें तपस्या नहीं करनी पड़ती थी। यह सहजात

संस्कार की भाँति ही उन्हें मिला था। जिस दिन पत्नी के आकस्मिक निधन से सारी दुनिया नजरों के सामने सूनी-सी दिखाई पड़ी उस दिन भी उन्होंने भाग्य-देवता को नहीं कोसा था। जिस दिन बड़े स्नेह की धन मनोरमा ने भी उनके सारे आशा-भरोसे को आग लगा दी उस दिन भी वे वैसे ही सर पटककर रोने नहीं बैठे थे। क्षोभ और असहनीय निराशा के बीच उनके मन के अन्दर न जाने कौन बड़ी जानी-पहचानी आवाज में बार-बार यह कहता रहता कि ऐसा होता है। ऐसा दुख बहुत से लोगों को बहुत बार नसीब हुआ है और इसी तरह से दुनिया चलती है। इसमें कहीं नयापन नहीं है, यह सृष्टि की भाँति ही प्राचीन है। उमड़ते शोक की लहरें उठाकर इसे नए सिरे से दुनिया में फैलाने में न पौरुष, न है जरूरत। इसीलिए हर तरह का दुख उससे अपने आप ही शान्त होकर एक ऐसी प्रसन्नता का घेरा डाल देता कि अन्दर आने पर सबका सारा बोझ अपने आप हलका और कम हो जाता है।

आशु बाबू का वक्त हमेशा से इसी तरह से कटा है। आगरा में आकर भी तरह-तरह के उलट-फेर में इसमें कोई फर्क नहीं आया था। हालाँकि यही फर्क आजकल बहुतों को नजर आने लगा। अचानक देखने में आता है कि उनके आचरण में धैर्य की कमी बहुत मौके पर छिपने का नाम नहीं लेती है। लगता है, बातचीत बेवजह रूखी हो जाती है। बातों का बेवजह तीखापन नौकर-चाकरों के कानों को अजीब लगता है। लेकिन यह भी सोच पाना मुश्किल है कि ऐसा क्यों होता है। बीमारी के बढ़ जाने पर भी उनमें यह विकार अविश्वसनीय लगता। पर अब तो बीमारी दूर होने को आ रही है। लेकिन कारण चाहे जो भी क्यों न हो, जरा ध्यान देने से यह समझ में आ जाता है कि उनके गुप्त चित्त में मानो एक आग जल रही थी, उसी की चिनगारियाँ बीच-बीच में बाहर निकल आती हैं।

खोलकर वे आज भी बताते तो नहीं हैं, मगर यह आभास मिलता है कि उनके आगरे में रहने का दिन खत्म होने को आया। हो सकता है और थोड़ा स्वस्थ होने में देर हो। उसके बाद जैसे अचानक एक दिन वे यहाँ आ पहुँचे थे वैसे ही अचानक किसी दूसरे दिन वे यहाँ से गायब हो जाएँगे।

आजकल शाम को बंगाली पदाधिकारियों में से बहुतेरे उनसे मिलकर उनकी खोज-खबर लेने आते हैं। सपत्नीक मजिस्ट्रेट साहब आते हैं, राय बहादुर सदर आला आते हैं। कॉलेज के प्रोफेसर आते हैं, विभिन्न कारणों से जिनका तबादला नहीं हुआ है, वे लोग आते हैं, हरेन्द्र, अजित और बंगाली मुहल्ले के उन लोगों में से कोई-कोई आता है जो खुशियों के दिन हलुआ-मांस खाकर गए। नहीं आता है सिर्फ अक्षय, इसलिए कि वह यहाँ नहीं है। महामारी के शुरू होते ही वह सत्पनीक घर गया है। शायद बाहर ठंडा होने की खबर पहुँचने का इन्तजार कर रहा है। और नहीं आती है कमल, उस दिन की गई वह फिर नहीं आई।

आशु बाबू मजलिसी आदमी हैं, फिर भी अब पहले की तरह मजलिस में शरीक नहीं हो सकते हैं। अगर मजलिस में मौजूद रहते हैं, तो भी अकसर चुप रहते हैं। उनकी गिरती सेहत को ध्यान में रख करके लोग उन्हें खुशी से माफ कर देते हैं। एक दिन जो सब काम मनोरमा किया करती थी, रिश्तेदार के रूप में अब बेला को वह सब करना पड़ता है। मेहमाननवाजी में कहीं कोई कोताही नहीं होती है। बाहरी आदमी बाहर से आकर इसका रस चखकर, हो सकता है, मजलिस खत्म होने पर तृप्त चित्त में इस निरभिमान गृहस्वामी को

मन-ही-मन धन्यवाद देता हुआ विस्मय के साथ यह सोचता हो कि खातिरदारी का इतना निखालिस इन्तजाम इस बीमार आदमी से रोज कैसे सम्भव होता है।

यह कहानी गुप्त ही रहती है कि यह कैसे सम्भव होता है। नीलिमा सबके सामने बाहर नहीं निकलती थी, सबके सामने निकलने की न ही उसकी आदत थी, न ही वह यह पसन्द करती थी। लेकिन आड़ से उसका ध्यान हर दम इस घर की हर जगह छाया रहता है। यह जितना गुप्त है, उतना ही मौन। शिराओं में बहती रक्तधारा की नाईं इस मूक प्रवाह को अकेले आशु बाबू को छोड़ शायद और कोई महसूस भी नहीं करता है।

आधा जाड़ा लगभग बीतने को चला मगर चाहे जिस वजह से ही हो, इस साल जाड़ा अभी भी उतने कड़ाके का नहीं पड़ा है। आज सवेरे से ही झीसी पड़ रही थी, शाम को पानी जोरों से पड़ने लगा। ऐसी सम्भावना नहीं रही कि बाहर का कोई आ सकेगा। कमरों की खिड़कियों के शीशे असमय ही बन्द कर दिए गए हैं। आशु बाबू आरामकुर्सी पर पहले की ही तरह पैर फैलाकर एक शाल ओढ़े कोई किताब पढ़ रहे थे। बेला हो सकता है, थोड़ी सी विरक्ति के चलते ही बोल बैठी–''इस जले शहर में सब कुछ उलटा है। कुछ दिन पहले इस इलाके में मैं एक बार आई थी, हो सकता है, जून या जुलाई हो। इसी पानी के लिए इस शहर में इतना बड़ा हाहाकार मचता है। यहाँ न आने पर मैं कभी यह सोच भी नहीं सकती। इसीलिए सोचती हूँ कि इस कठिन शहर में आदमी ने किस प्रकार से ताजमहल बनवाया था?''

नीलिमा करीब ही एक कुर्सी पर बैठकर सिलाई कर रही थी, मुँह उठाए बिना ही उसने कहा–''इसके कारण का पता क्या सबको चलता है? नहीं चलता है।''

बेला ने सरल चित्त से प्रश्न किया–''क्यों, क्यों नहीं चलता है?''

नीलिमा बोली–''सारी बड़ी चीजें आदमियों के हाहाकार के बीच ही पैदा होती हैं। दुनिया के मनोरंजन में डूबे रहनेवालों को यह कहाँ से नजर आएगा?''

यह जवाब इतने अकल्पित रूप से कठोर है कि न सिर्फ खुद बेला बल्कि आशु बाबू भी हैरान हो गए। उन्होंने किताब से मुँह हटाकर देखा, वह पहले की ही तरह एकाग्र मन से सिलाई करती चली जा रही है। मानो यह बात उसके मुँह से बिलकुल ही बाहर न निकली हो।

बेला झगड़ालू औरत नहीं है और मोटे तौर पर वह पढ़ी-लिखी है। उसने बहुत कुछ देखा-सुना है और उसकी उम्र ही लगभग पैंतीस साल से ज्यादा ही होगी। लेकिन हिफाजत और सावधानी बरतने की वजह से उसकी जवानी आज ढली नहीं है। अचानक लगता है उसकी जवानी शायद जस की तस है। रंग गोरा है, मुँह पर एक खास खूबसूरती है, मगर जरा ध्यान देने पर देखने में आता है कि स्निग्ध कोमलता की कमी ने उसे रूखा बना दिया है। नजरें हँसी-दिल्लगी से चपल, चंचल हैं। निरन्तर तिरते फिरना ही जैसे उनका काम हो। कहीं किसी चीज पर स्थिर होने लायक न ही उनमें भार है, न ही गहराई में कोई जड़ है। समारोहों में वह फबती है। दुखों के बीच जब वह अचानक आ पड़ती है तो गृहस्वामी को शर्मिन्दा होना पड़ता है।

जब बेला का हक्का-बक्कापन दूर हो गया तो पल भर के लिए उसका मुँह गुस्से से लाल हो गया। लेकिन गुस्सा करके झगड़ा करना उसकी शिक्षा और सौजन्य के खिलाफ है। उसने अपने आपको रोककर कहा–''मुझ पर कटाक्ष करने से कोई फायदा नहीं है। सिर्फ

इसलिए नहीं कि यह अनधिकार चर्चा है, इसलिए कि मैं हाहाकार नहीं कर सकती। सो हाहाकार करते फिरना चाहे जितने ऊँचे स्तर का क्यों न हो, और उससे कोई जानकारी हासिल करने में भी मैं अक्षम हूँ। मेरा आत्मसम्मान उच्च बना रहे, मैं इससे ज्यादा कुछ भी नहीं चाहती।''

नीलिमा काम करती ही रही, उसने जवाब नहीं दिया।

आशु बाबू मन में खिन्न हुए थे। लेकिन इस डर से कि बात और न बढ़े, उन्होंने व्यस्त होकर कहा—''नहीं-नहीं, नीलिमा ने तुम पर कटाक्ष नहीं किया है बेला, उन्होंने यह बात जरूर साधारण ढंग से ही कही है। नीलिमा का स्वभाव मैं जानता हूँ, ऐसा हो ही नहीं सकता है, मैं कहता हूँ, ऐसा कभी नहीं हो सकता।''

बेला ने संक्षेप में सिर्फ कहा—''उन्होंने मुझ पर कटाक्ष नहीं किया है, तो यह तो अच्छी बात है। इतने दिनों से हम लोग एक साथ हैं। यह तो मैं सोच ही नहीं सकती थी।''

नीलिमा ने कोई भी जवाब नहीं दिया, न उसने हाँ कही, न नहीं, जैसे कमरे में कोई न हो, कुछ इस तरह से अपने मन से वह सिलाई करती ही जाने लगी। कमरा पूरी तरह निस्तब्ध रहा।

बेला के जीवन की छोटी कहानी है। उसे बताना यहाँ जरूरी है। बेला के पिता थे गुमनाम व्यापारी, लेकिन व्यापार में वे यश या धन कुछ भी नहीं कमा सके थे। यह कोई नहीं जानता है कि वे किस धर्म को मानते थे। समाज की दृष्टि से भी हिन्दू, ब्राह्म या ईसाई, किसी भी समाज को मानकर वे नहीं चलते थे। वे अपनी बेटी को बेहद प्यार करते थे और बूते से बाहर खर्च करके उसे पढ़ाने-लिखाने की कोशिश उन्होंने की थी। उनकी यह कोशिश पूरी तरह विफल नहीं हुई थी, यह मैं पहले ही कह चुका हूँ। उन्होंने ही बड़े शौक से इसका नाम बेला रखा था। भले ही उन्होंने समाज को नहीं माना था, तो भी उनका एक दल था। चूँकि बेला खूबसूरत और पढ़ी-लिखी थी, इसलिए उसका नाम दल के अन्दर फैल गया। लिहाजा अमीर वर मिलने में भी देर नहीं लगी। वर भी फिलहाल विलायत से कानून पास करके आया था। कुछ दिनों तक देखभाल और मेल-जोल का दौर चला। उसके बाद शादी हुई कानून के मुताबिक रजिस्ट्री करके। कानून के प्रति गहरी दिलचस्पी का एक अंक खत्म हुआ। दूसरा पक्ष था—भोग-विलास, एक साथ देश-भ्रमण, अलग जलवायु परिवर्तन, ऐसा ही बहुत कुछ। दोनों ही पक्षों से तरह-तरह की बातें सुनने में आईं। लेकिन यह चर्चा अप्रासंगिक है, लेकिन प्रासंगिक अंश में जो था वह जल्दी ही उजागर हो गया। वर पक्ष लगे हाथ पकड़ा गया और कन्या-पक्ष ने तलाक का मुकदमा दायर करना चाहा। दोस्तों ने समझौता कराने की कोशिश की मगर पढ़ी-लिखी बेला नर-नारी के समानाधिकार के सिद्धान्त की सरगना थी, इस अपमानजनक प्रस्ताव पर उसने कान नहीं दिया। पति बेचारा चरित्र की दृष्टि से चाहे जो भी क्यों न हो, आदमी के हिसाब से बुरा आदमी नहीं था। वह अपनी पत्नी को ताकत और बूते भर प्यार करता था। शर्मिन्दा होकर गुनाह कबूल करके उसने हाथ जोड़कर अदालत की फजीहत से छुटकारा लेने के लिए प्रार्थना की लेकिन बेला ने उसे माफ नहीं किया। अन्त में बड़े दुख से एक निपटारा हुआ। नकद और गुजारा भत्ते के तौर पर हर महीने बहुत रुपया देना कबूल करके वह मुदकमे के झंझट से बचा और बेला पति के साथ हुई लड़ाई में जीत हासिल करके अपनी बिगड़ती सेहत सुधारने के लिए घमंड के साथ शिमला, मसूरी, नैनीताल

आदि पहाड़ी इलाकों में चली गई। यह छह-सात साल पहले की बात है। इसके थोड़े ही दिनों बाद उसके पिता का देहान्त हो गया था। इस मामले में उनकी सहमति तो थी ही नहीं, बल्कि उन्होंने बड़ा हार्दिक दुख झेला था। आशु बाबू की दिवंगत पत्नी के साथ उनका कोई दूर का रिश्ता था। उसी रिश्ते से बेला आशु बाबू की रिश्तेदार है। वे उसकी शादी के समारोह में शामिल हुए थे और उसके पति से भी मिलने का उन्हें मौका मिला था। इसी तरह से तरह-तरह की रिश्तेदारी के चलते अपनों के रूप में ही बेला आगरा आकर उनके घर ठहरी थी। न ही वह महज परायी की तरह आई थी, न ही वह निराश्रय होकर घर में घुसी थी। इस बात की तुलना करने पर नीलिमा और उसमें काफी फर्क है।

हालाँकि स्थिति दूसरी तरह की हो गई थी। इस घर में किसकी जगह कहाँ है, इस बारे में घर के किसी के भी मन में जरा भी सन्देह नहीं था। मगर कारण भी जितना अज्ञात था, प्रभुत्व भी था उतना ही स्वादहीन।

बहुत देर तक चुप रहने के बाद बेला ने ही पहले पहल बात की। बोली–"मैं मानती हूँ कि साफ-साफ नहीं कहा गया है लेकिन इस बारे में मुझे सन्देह नहीं है कि नीलिमा ने मुझे कोसने के लिए ही वह बात कही है।"

आशू बाबू के मन के अन्दर भी, हो सकता है, सन्देह था, फिर भी उन्होंने विस्मय-भरी आवाज में पूछा–"उसने तुम्हें कोसा है! वह तुम्हें किसलिए कोसेगी, बेला?"

बेला ने कहा–"आप तो सब जानते हैं। निन्दा करनेवालों की उस दिन भी कमी नहीं हुई थी, आज भी नहीं होगी। लेकिन अपने सम्मान को, तमाम नारी जातियों के सम्मान को रखने में मैंने उस दिन भी किसी बात की परवाह नहीं की थी, आज भी नहीं करूँगी। चूँकि मैंने अपनी मर्यादा को गँवाकर पति का घर बसाना नहीं चाहा था इसलिए औरतों ने ही मेरी सबसे ज्यादा निन्दा की थी। आज भी उसी के हाथ से मुझे निजात पाना अब सबसे ज्यादा मुश्किल है। लेकिन चूँकि मैंने कोई अन्याय नहीं किया था इसलिए उस दिन भी जैसे मैं डरी नहीं थी वैसे ही आज भी मैं नहीं डरूँगी। अपनी सूझ-बूझ के आगे मैं पूरी निखालिस हूँ।"

नीलिमा ने सिलाई से मुँह नहीं उठाया, लेकिन धीरे-धीरे बोली–"एक दिन कमल ने कहा था कि सूझ-बूझ ही दुनिया में सबसे बड़ी चीज नहीं है। विवेक की दुहाई देकर ही सारे न्याय-अन्याय का फैसला नहीं होता है।"

आशु बाबू ने भौचक्का होकर कहा–"वह ऐसा कहती है क्या?"

नीलिमा ने कहा–"हाँ, वे ऐसा कहती हैं। वे कहती हैं कि वह नादानों के हाथ का हथियार है। वह आगे-पीछे दोनों ही तरफ काटता है–वह कब किस तरफ काटेगा इसका कोई ठीक नहीं।"

आशु बाबू ने कहा–"अगर वह ऐसा कहती है, तो उसे कहने दो; पर तुम अपनी जबान पर वह बात मत लाना नीलिमा।"

बेला ने कहा–"मैंने तो कभी इतने बड़े दुःसाहस की बात भी नहीं सुनी है।"

आशु बाबू पल भर चुप रहे, फिर धीरे-धीरे बोले–"हाँ, यह दुःसाहस ही तो है। उसके साहस का अन्त नहीं है। वह अपने नियम से चलती है। उसकी सारी बातें न ही सब समय समझी जा सकती हैं, न ही मानी जा सकती हैं।

बेला बोली–"अपने नियम से तो मैं भी चलती हूँ आशु बाबू। इसीलिए मैं पिताजी की मनाही भी नहीं मान सकी थी, मैंने अपने पति को छोड़ दिया है, मगर मैं झुक नहीं सकी।"

आशु बाबू ने कहा–"इसमें कोई सन्देह नहीं कि यह बड़े दुख की बात है। भले ही तुम्हारे पिता ने अपनी सहमति नहीं दी थी पर मैं अपनी सहमति दिए बिना नहीं रह सका था।"

बेला बोली–"Thanks. यह मुझे याद है आशु बाबू।"

आशु बाबू बोले–"मैं इस बात पर पूरा विश्वास करता हूँ कि मर्द और औरत की एक-सी जिम्मेदारी और एक-सा हक है। हमारे हिन्दू समाज में एक बहुत बड़ा दोष यह है कि पति अगर सैकड़ों गुनाह करे तो भी उसे सजा नहीं मिलती है। लेकिन अगर पत्नी छोटा-सा भी दोष करे, तो उसे सजा देने के हजारों रास्ते खुले हैं। इस विधि को मैं किसी भी दिन उचित नहीं मान सकता हूँ। इसीलिए जब बेला के पिता ने मेरी राय माँगने के लिए मुझे चिट्ठी लिखी थी तब मैंने उन्हें जवाब में यही बात लिखी थी कि यह चीज न ही शोभनीय है, न ही सुखद। लेकिन अगर वह अपने बदचलन पति को सचमुच ही छोड़ना चाहती है, तो उसे अनुचित मानकर मैं उसे मना नहीं करूँगा।"

नीलिमा ने स्वाभाविक विस्मय से नजरें उठाकर प्रश्न किया–"अपने जवाब में सचमुच ही यही राय लिखी थी?"

"हाँ, सचमुच ही मैंने यही राय लिखी थी।"

नीलिमा चुप रही।

उस स्तब्धता के सामने आशु बाबू एक तरह की न जाने कैसी परेशानी महसूस करने लगे। बोले–"इसमें हैरान होने की तो कोई बात नहीं है नीलिमा। बल्कि अगर मैं यह नहीं लिखता, तो यह मेरे लिए अन्याय होता।"

आशु बाबू थोड़ी देर रुके, फिर बोले–"तुम तो कमल की एक बड़ी प्रशंसक हो। बताओ तो, वह खुद ऐसी स्थिति में क्या करती? क्या जवाब देती? इसीलिए तो उस दिन जब मैंने उन दोनों का एक-दूसरे से परिचय करा दिया था, तब मैंने यही बात जोर देकर कही थी कि कमल, तुम्हारी तरह सोचते, तुम्हारी तरह साहस का परिचय देते मैंने सिर्फ एक लड़की को देखा है और वह है–यह बेला।"

नीलिमा की दोनों आँखें सहसा दुख से भरने को आईं, बोली–"वह बेचारी भद्र समाज के बाहर, बस्ती के बाहर पड़ी हुई है। आप लोग हर बात में उसे क्यों घसीटते हैं?"

आशु बाबू व्यस्त हो उठे–"नहीं-नहीं, मैं उसे घसीटता नहीं हूँ नीलिमा। यह मैंने सिर्फ एक उदाहरण दिया।"

नीलिमा बोली–"यही तो है घसीटना। अभी-अभी उसकी सारी बातों को न ही समझा जा सकता है, न ही माना जा सकता है। कुछ भी नहीं माना जा सकता है। तो क्या सिर्फ उदाहरण देना माना जा सकता है!"

आशु बाबू से सोचते नहीं बना कि उनकी बात में बुरा मानने को क्या है। उन्होंने खिन्न आवाज में कहा–"चाहे जिस भी वजह से क्यों न हो, आज तुम्हारा मन शायद बहुत भारी बना हुआ है। इस वक्त बातचीत करना अच्छा नहीं है।"

नीलिमा ने यह बात अनसुनी कर दी, बोली–"उस दिन आपने उन लोगों को तलाक लेकर अलग हो जाने की राय दी थी और आज आपने बेझिझक कमल की मिसाल दी। जिस स्थिति में वे थीं उस स्थिति में कमल क्या करती, यह तो वही जाने। लेकिन उसकी मिसाल का अनुभव करने की कोशिश करने पर उन्हें कुली-मजदूरों के कपड़े सीकर रोजी-रोटी कमानी पड़ती। हो सकता है हर दिन उन्हें सीने-पिरोने का काम भी नहीं मिलता। कमल और चाहे जो करे, लांछना लगाकर घृणा से छोड़े हुए पति की दी हुई रोटी खाकर और उसी के दिए हुए कपड़े पहनकर जिन्दा रहना नहीं चाहती। अपने आपको इतनी छोटी बनाने के पहले वह आत्महत्या कर लेती।"

आशु बाबू क्या जवाब देते, वे अभिभूत हो गए और बेला ठीक वज्राहत की नाईं निश्चिन्त बनी रही। नीलिमा हँसी-दिल्लगी करके ही दिन बिताती है। सबका मुँह जोहते रहना ही मानो उसका काम हो। वह सहसा इतनी निर्मम हो जा सकती है, दोनों में से कोई यह समझ भी नहीं सका।

नीलिमा थोड़ी देर तक चुप रही, फिर बोली–"आप लोगों की मजलिस में मैं नहीं बैठती हूँ, मगर जिन लोगों को लेकर सब चर्चाएँ चलती हैं, वे मेरे कानों में पहुँचती हैं। वरना कोई बात, हो सकता है, मैं नहीं कहती। कमल ने एक दिन भी शिवनाथ की निन्दा नहीं की है। किसी के भी आगे वह अपना दुखड़ा क्यों नहीं रोई, जानते हैं?"

आशु बाबू ने विमूढ़ की नाईं प्रश्न किया–"क्यों, वह किसी के आगे अपना दुखड़ा क्यों नहीं रोई?"

नीलिमा बोली–"वह अपना दुखड़ा क्यों नहीं रोई, यह कहना बेकार है। आप इसे नहीं समझ सकेंगे।" वह जरा रुकी, फिर बोली–"आशु बाबू, पति और पत्नी को एक-सा हक है। यह एक बड़ी मोटी बात है। लेकिन इस वजह से आप यह मत सोचिएगा कि औरत होकर मैं औरतों के दावे का प्रतिवाद कर रही हूँ। मैं प्रतिवाद नहीं करती हूँ। मैं जानती हूँ कि यह सच है, लेकिन मैं यह बात भी जानती हूँ कि सच का ढिंढोरा पीटनेवाले नासमझ नर-नारियों के मुँह से आन्दोलन करने से यह सच इतना गँदला हो गया है कि इसे झूठ कहने का मन करता है। मैं आपसे हाथ जोड़कर प्रार्थना करती हूँ कि आप सबके साथ मिलकर कमल को लेकर और चर्चा मत कीजिए।"

आशु बाबू ने जवाब देने की कोशिश की, लेकिन वे जवाब देते, इसके पहले ही उसने सीने की चीजों को उठा लिया और कमरे से चली गई।

जब वह चली गई तब आशु बाबू ने साँस छोड़कर सिर्फ कहा–"मैं नहीं जानता कि उसने कब क्या सुना है! लेकिन वह मुझ पर यह बड़ा बेतुका दोष लगा रही है।"

बाहर थोड़ी देर के लिए बारिश रुक गई थी, लेकिन ऊपर के बादलों भरे आसमान ने कमरे के अन्दर बेवक्त अँधेरा फैला दिया। नौकर के बत्ती दे जाने पर वे और एक बार किताब को आँखों के सामने ले आए। अक्षरों पर मन लगाना सम्भव नहीं है, मगर बेला के रू-ब-रू बैठकर उससे बात करना और भी असम्भव-सा लगा।

भगवान ने कृपा की। एक छाते के अन्दर रास्ते भर एक-दूसरे को धकेलते हुए ब्रह्मचर्य व्रतधारी हरेन्द्र और अजित आँधी की गति से कमरे में घुसे। दोनों ही आधे भीग गए हैं–"भाभी कहाँ हैं?"

आशु बाबू के हाथ पर मानो चाँद उतर आया। उन्हें इस बात का भरोसा नहीं था कि आज कोई आ पाएगा। वे उठकर आए और दोनों की अगवानी की–"आओ अजित, बैठो हरेन्द्र।"

"बैठता हूँ, भाभी कहाँ हैं?"

"ओह, देखता हूँ, दोनों ही तो बहुत भीग गए हो।"

"जी हाँ, हम दोनों ही भीग गए हैं पर वे कहाँ गई हैं?"

"बुलवाता हूँ।" इतना कहकर आशु बाबू ने ज्यों ही उसे पुकारने की तैयारी की त्यों ही अन्दर की तरफ के परदे को हटाकर नीलिमा अपने आप ही घुसी। उसके हाथ में दो धोतियाँ और एक कुर्ता है।

अजित बोला–"अरे, यह क्या? आप क्या ज्योतिषी हैं?"

नीलिमा बोली–"नहीं, मैं ज्योतिषी नहीं हूँ अजित। मुझे गणना करने की जरूरत नहीं पड़ी थी। मैं खिड़की से ही देख पाई थी। एक फटे-पुराने छाते के नीचे तुम लोग जिस तरह से एक दूसरे के प्रति हमदर्दी दिखाते हुए चले आ रहे थे, वह सिर्फ मुझे ही क्यों, शायद बाहर भर के लोगों को दिखाई पड़ा होगा।"

आशु बाबू बोले–"एक छाते के नीचे तुम दोनों थे? इसीलिए तो तुम दोनों ही भीग गए हो।" इतना कहकर वे हँसे।

नीलिमा बोली–"वे लोग शायद समानाधिकार के सिद्धान्त पर विश्वास करनेवाले हैं, वह अन्याय नहीं करते हैं। इसीलिए बारीकी से छाते को बाँटकर आ रहे थे। लो हरेन, कपड़े बदलो।" इतना कहकर उसने धोती-कुर्ता हरेन्द्र के हाथ में दिया।

आशु बाबू चुप्पी साधे रहे। हरेन्द्र बोला–"धोतियाँ तो आपने दो दीं, मगर कुर्ता तो एक ही दिया!"

"वह कुर्ता बहुत बड़ा है हरेन। एक ही कुर्ते से काम चल जाएगा।" इतना कहकर नीलिमा गम्भीर होकर बगल की कुर्सी पर बैठ गई।

हरेन्द्र ने कहा–"यह कुर्ता आशु बाबू का है, लिहाजा इसके अन्दर तुम दोनों ही क्यों, और चार आदमी समा सकते हैं। लेकिन ऐसा तब होगा जब इसे मच्छरदानी की तरह लगाया जाएगा। पर इसे छह आदमी पहन नहीं सकते।"

बेला इतनी देर तक खिन्न होकर मुरझाई-सी चुपचाप बैठी हुई थी। वह अपनी हँसी को दबा न पाने की वजह से उठकर चली गई और नीलिमा खिड़की के बाहर निहारती हुई चुप्पी साधे रही।

आशु बाबू ने छद्म गम्भीरता के साथ कहा–"बीमारी के चलते मैं आधा हो गया हूँ, हरेन। तुम और नजर मत लगाओ। देख नहीं रहे हो, औरतों को कैसा दुख हुआ? एक बर्दाश्त न कर पाने की वजह से उठकर चली गई और दूसरी गुस्से से मुँह घुमाए हुए है।"

हरेन्द्र बोला–"मैंने नजर नहीं लगाई है आशु बाबू, मैंने तो विराट की महिमा का बखान किया है। नजर लगाने का बुरा असर सिर्फ हम जैसे नर जाति को ही मुसीबत में डालता है। वह आप लोगों को छू भी नहीं सकता है। चिरस्थायी हिमालय की नाईं वह देह अक्षय हो, औरतें निःशंक हों और हम नाचीज को रोज जितनी मिठाइयाँ नसीब होती हैं उनके बारिश के बहाने जरा भी कमी न हो।"

नीलिमा मुँह उठाकर हँसी, बोली—"बड़ों की बड़ाई करने का रिवाज तो हमेशा से चला आ रहा है हरेन, यही बँधा-बँधाया तरीका है और इसमें तुम सिद्धहस्त हो। लेकिन आज नियम में जरा उलट-फेर करना होगा। आज छोटों की खुशामद किए बिना नाचीजों को मिठाइयाँ बिलकुल नसीब नहीं होंगी।"

बेला बरामदे से वापस आकर बैठी।

हरेन्द्र ने पूछा—"क्यों भाभी, आज हम नाचीजों को मिठाइयाँ क्यों नसीब नहीं होंगी?"

बड़े स्नेह से नीलिमा की आँखें पुरनम हो उठीं। बोली—"इतनी मीठी बातें मैंने बहुत दिनों से नहीं सुनी हैं भाई, इसीलिए सुनने का जरा लोभ होता है।"

"तो शुरू करूँ क्या?"

"अच्छा, अभी रहने दो। तुम लोग उस कमरे में जाकर कपड़े बदल लो। मैं कुर्ते भेज देती हूँ।"

"लेकिन कपड़े बदल लेने के बाद क्या होगा?"

नीलिमा ने मुस्कुराते हुए कहा—"उसके बाद कोशिश करके देखूँगी कि नाचीजों को कहीं कुछ नसीब करा सकती हूँ या नहीं।"

हरेन्द्र ने कहा—"आपको तकलीफ उठाकर कोशिश करने की जरूरत नहीं भाभी, आप सिर्फ एक बार आँखें खोलकर निहारिएगा। आपकी अन्नपूर्णा की दृष्टि जहाँ पड़ेगी वहीं अन्न का भंडार उपज जाएगा। चलो अजित, अब कोई चिन्ता नहीं। हम लोग तब तक भीगे कपड़े बदल आएँ।" इतना कहकर उसने अजित का हाथ पकड़ा और उसे खींचते-खींचते बगल के कमरे में ले गया।

23

अजित ने कहा—"पानी थमने का तो कोई लक्षण नहीं है?"

हरेन्द्र ने कहा—"नहीं, पानी थमने का कोई लक्षण नहीं है। लिहाजा हम दोनों को फिर उसी फटे-पुराने छाते के नीचे सर छिपाकर समानाधिकार के सिद्धान्त की सच्चाई को साबित करते-करते अँधेरे में चलना होगा। और अन्त में आश्रम पहुँचना होगा। अवश्य, उसके बाद क्या होगा, इसकी चिन्ता नहीं है। यहाँ जितना मिला खा लिया है। लिहाजा और एक बार भीगे कपड़े बदलने हैं और सो जाना है।"

आशु बाबू ने व्यग्र होकर कहा—"तो फिर तुम दोनों ने एकबारगी पेट भरकर क्यों नहीं खा लिया?"

हरेन्द्र बोला—"नहीं-नहीं, रहने दीजिए। अगर भरपेट नहीं खाया, तो भला क्या हुआ है? आप इसके लिए परेशान मत होइएगा आशु बाबू।"

हरेन्द्र बोला—"लड़के बच सकते हैं भाभी, लेकिन मेरे बचने की उम्मीद नहीं है, कम-से-कम अक्षय के जिन्दा रहते नहीं। वह मुझे यमराज के घर भेजकर छोड़ेगा।"

आशु बाबू बोले—"तो तुम लोग देखता हूँ, अक्षय से डरते हो।"

"जी, हम लोग उससे डरते हैं। जहर खाना आसान है, मगर उसके तानों को हजम नहीं किया जा सकता है। इन्फ्लुएंजा से इतने लोग मरे। लेकिन वह तो नहीं मरा। ठाठ से भाग गया।"

सभी हँसने लगे। नीलिमा बोली—"अक्षय बाबू से मैं बात तो नहीं करती हूँ, मगर अबकी बार निकलते हुए उनसे माफी माँग लूँगी। तुम अन्दर ही अन्दर जल-भुनकर बिलकुल कोयला हो गए हो।"

हरेन्द्र बोला—"हम लोग पकड़े गए हैं भाभी, आप सब जलने-भुनने से परे हैं। विधना ने आग तो सिर्फ हम लोगों के लिए पैदा की थी, आप लोग उसके इलाके के बाहर हैं।"

नीलिमा ने शर्म से लाल होकर सिर्फ कहा—"और नहीं तो क्या?"

बेला बोली—"सचमुच ही तो, हम लोग उस आग के इलाके के बाहर हैं।"

थोड़ी देर तक सब चुप रहे। उसके बाद अजित ने बात की, बोला—"उस दिन ठीक इसी को लेकर मैंने एक कमाल की कहानी पढ़ी थी।" फिर उसने आशु बाबू की तरफ निहारकर पूछा—"आपने वह कहानी नहीं पढ़ी है?"

"नहीं, याद तो नहीं आता है।"

"आपके लिए विलायत से आनेवाली मासिक पत्रिकाओं में से किसी में वह कहानी है। वह फ्रांसीसी कहानी का अनुवाद है। औरत की लिखी हुई। शायद वह डॉक्टर है। लेखिका ने अपने बारे में थोड़ा सा लिखा है कि जवानी को पार करके उन्होंने अभी-अभी अधेड़पन की दहलीज पर कदम रखा है। वो रही सामने के शेल्फ में।" इतना कहकर वह उस पत्रिका को उतार लाया और बैठा।

आशु बाबू ने प्रश्न किया—"उस कहानी का नाम क्या है?"

अजित ने कहा—"उस कहानी का नाम जरा अजीब है। उसका नाम है—एक दिन जब मैं औरत थी।"

बेला ने कहा—"इसका मतलब तो क्या लेखिका अब मर्द बन गई है?"

अजित बोला—"लेखिका ने, हो सकता है अपनी ही बात बताई हो और चूँकि वे खुद ही डॉक्टर हैं, इसीलिए औरत के अंगों में होनेवाले क्रमिक बदलाव का जो चित्रण उन्होंने आँका है वह जगह-जगह पर रुचि को चोट पहुँचाता है। मसलन..."

नीलिमा जल्दी से बाधा देकर बोल उठी—"मसलन, आगे बताने की जरूरत नहीं। उसे रहने दीजिए।"

अजित बोला—"ठीक है, रहने दीजिए। मगर मन का यानी नारी हृदय का जो चित्र उन्होंने आँका है वह ठीक-ठीक मधुर नहीं है, तो भी विस्मयकारी है।"

आशु बाबू उत्सुक हो उठे—"अच्छी बात है अजित, तुम उन अंशों को छोड़कर पढ़ो न, जरा सुनूँ तो सही! न ही पानी रुका है, न ही रात उतनी हुई है।"

अजित बोला—"उन अंशों को छोड़कर पढ़ा जा सकता है। यह कहानी बड़ी है, जी चाहे, तो पूरी बाद में पढ़ लीजिएगा।"

बेला बोली–"आप पढ़िए न, जरा सुनूँ तो सही! कम-से-कम वक्त तो कटे।"

नीलिमा का जी चाहा कि वह उठकर चली जाए, लेकिन उठकर चली जाने का कोई कारण न रहने से वह संकोच के साथ बैठी रही।

बत्ती के सामने बैठकर अजित ने पत्रिका खोलकर कहा–"शुरू में छोटी-सी भूमिका है। उसे संक्षेप में बताना जरूरी है। यह जिसकी आपबीती है वह पढ़ी-लिखी खूबसूरत और बड़े घर की लड़की है। कहानी में यह बात साफ-साफ नहीं बताई गई है कि उसका चरित्र बेदाग है या नहीं। मगर बेशक यह समझा जा सकता है कि अगर किसी दिन किसी बहाने दाग लगा भी हो, तो वह बहुत पहले जवानी के शुरू में लगा होगा।

"उस दिन उसे बहुतों ने प्यार किया था, एक ने समस्या का फैसला करने पर आत्महत्या की थी और दूसरा समुद्र को पार कर कनाडा चला गया। वह उम्मीद नहीं छोड़ सका। दूर से कृपा की भीख माँग-माँगकर उसने इतनी चिट्ठियाँ लिखी थीं कि उन्हें जमा रखने पर एक जहाज भर जाता। उसने जवाब की उम्मीद नहीं की थी, जवाब उसे मिला भी नहीं था। उसके बाद पन्द्रह साल बाद मुलाकात हुई थी। मुलाकात होते ही अचानक वह चौंक उठा। इस बीच पन्द्रह साल बीत गए थे, जिसे पच्चीस साल की युवती देखकर वह विदेश गया था उसकी उम्र आज चालीस साल हो गई है। इसकी धारणा ही उसे नहीं थी। दोनों ने एक-दूसरे का हाल-चाल पूछा, एक-दूसरे पर आरोप भी लगाया, शिकायत भी की, लेकिन उस दिन मिलने पर जिसकी आँखों की कोरों से चिनगारियाँ निकलती थीं, जिसकी उन्मत्त वासना का तूफान तमाम इन्द्रियों के बन्द दरवाजों को तोड़कर बाहर निकल आना चाहता था आज उसका कहीं कोई नामोनिशान भी नहीं है। यह ऐसा था जैसे उसने कभी कोई सपना देखा हो। औरतों को और सब तरह का धोखा दिया जा सकता है, मगर इस बात का धोखा नहीं दिया जा सकता है। यहीं से कहानी शुरू होती है।" इतना कहकर अजित पत्रिका के पन्ने पर झुक गया।

आशु बाबू ने बाधा दी–"नहीं-नहीं, कहानी पढ़कर अंग्रेजी में मत सुनाओ अजित, अंग्रेजी में मत सुनाओ। तुमने कहानी का जो सहज भाव अपने मुँह से बँगला में सुनाया वह सब बड़ा मीठा लगा। तुम इसी तरह से कहानी का बाकी भाव सुनाते जाओ।"

"मैं बँगला में नहीं सुना सकूँगा।"

"तुम सुना सकोगे, सुना सकोगे। तुमने जिस तरह से सुनाया उसी तरह से सुनाओ।"

अजित बोला–"हरेन्द्र बाबू की तरह मुझे भाषा का ज्ञान नहीं है। सुनाने के दोष से अगर सब कड़वा हो जाए, तो यह मेरी ही अक्षमता होगी।" इतना कहकर वह कभी पत्रिका की तरफ निहारकर तो कभी बिना निहारे सुनाने लगा।

"वह औरत घर लौट आई। ऐसी बात नहीं कि उस आदमी को उसने कभी प्यार किया था या किसी दिन उसे प्यार करना चाहा था, बल्कि एकाग्र मन से वह हमेशा यही प्रार्थना करती आई है कि ईश्वर, उस आदमी को एक दिन मोह से छुटकारा दें। असम्भव चीज के लुब्ध से आश्वासन से वह कोई दुख न पाए। देखने में आया कि इतने दिनों बाद भगवान ने उसकी यह प्रार्थना मंजूर की है। उससे कोई भी बात नहीं हुई, तब भी बेशक यह समझ में आया कि वह कनाडा वापस जाए या न जाए, पर गिड़गिड़ाकर प्रेम की भीख माँगकर अब

वह निरन्तर खुद भी दुख नहीं पाएगा। अब उसे भी वह दुख नहीं देगा। कठिन समस्या का आज आखिरी फैसला हो गया। हमेशा 'नहीं' कहकर वह औरत इनकार करती आई है। आज भी उसमें उलट-फेर नहीं हुआ है। लेकिन वह आखिरी 'नहीं' आई आज बिलकुल उलटी दिशा से। इन दोनों में इतना बड़ा फर्क था उस औरत ने यह सपने में भी नहीं सोचा था। मर्दों की लोलुप दृष्टि ने उसे हमेशा परेशान किया है, शर्मिन्दा किया है, आज ठीक उसी तरफ से अगर उसे मुक्ति मिली हो और शारीरिक धर्मवश उसकी ढलती जवानी ने अगर मर्दों की उद्दीप्त वासना, उन्मत्त आसक्ति में आज रुकावट डाली हो, तो इसमें शिकायत करने को क्या है? हालाँकि घर लौटती बार आज उसे सारी दुनिया पूरे अनजाने रूप में नजर आई। न प्यार, न आत्माओं के गुप्त मिलन की व्याकुलता—यह सब दूसरी बात है। यह बड़ी बात है। लेकिन जो रूप-जनित है, जो अशुभ है, जो असुन्दर है, जो अत्यन्त क्षण स्थायी है उसी कुत्सित के लिए भी नारी के अनजाने चित्त में जो इतना बड़ा आसन बिछा हुआ था। पुरुष की विमुखता उसे इतने निर्मम अपमान से आहत कर सकती है, आज के पहले वह उसके बारे में क्या जानती थी?"

हरेन्द्र बोला—"अजित तो बड़े अच्छे ढंग से कहानी सुनाते हैं। उस कहानी को उन्होंने बहुत मन लगाकर पढ़ा है।"

नीलिमा और बेला चुपचाप सिर्फ निहारती रहीं। उन्होंने अपनी कोई राय जाहिर नहीं की।

आशु बाबू ने कहा—"हाँ, उसके बाद अजित?"

अजित कहने लगा—"उस औरत को अचानक याद आ गया। सिर्फ उसी आदमी ने ही नहीं, बहुत आदमियों ने बहुत दिनों से उसे प्यार किया है, प्रार्थना की है—उस दिन उसके तनिक मुस्कुराते मुँह से निकले एक शब्द सुनने के लिए, उन लोगों की अकुलाहट का अन्त नहीं था। हर दिन के हर कदम पर वे लोग पता नहीं किस धरती को चीरकर आते और मिलते, इसका हिसाब नहीं मिलता था। वे ही लोग आज कहाँ गए! वे लोग तो कहीं नहीं गए हैं। अभी भी वे लोग बीच-बीच में नजर आते हैं! तो क्या उसके गले का सुर बिगड़ गया है? तो क्या उसकी मुस्कान का रूप बदल गया है! तो क्या इन्हीं दस-पन्द्रह सालों के बीच उसका सब कुछ खो गया?"

आशु बाबू सहसा बोल उठे—"उसका कुछ भी नहीं खोया है अजित। हो सकता है, सिर्फ उसकी जवानी खो गई हो, हो सकता है, उसकी माँ बनने की शक्ति खो गई हो!"

अजित ने उनकी तरफ निहारकर कहा—"ठीक यही बात है। आपने वह कहानी पढ़ी थी?"

"नहीं, मैंने वह कहानी नहीं पढ़ी थी।"

"अगर आपने नहीं पढ़ी थी, तो ठीक यही बात आपने जानी कैसे?"

उसकी बात के जवाब में आशु बाबू तनिक मुस्कुराए, बोले—"तुम बताओ कि उसके बाद क्या हुआ?"

अजित कहने लगा—"घर लौटकर वह अपने सोने के कमरे के आदमकद आईने के सामने बत्ती जलाकर खड़ी हो गई। जो कपड़े पहनकर वह बाहर गई थी उसे बदलकर जब वह रात को सोने के कपड़े पहनने लगी, तो आईने में अपनी परछाईं की तरफ निहारकर आज पहली बार उसकी नजर बिलकुल बदल गई। अगर वह इस तरह से धक्का नहीं खाती,

तो हो सकता है, अभी भी उसे यह नजर नहीं आता कि नारी की जो सबसे बड़ी दौलत है–जिसे आप उसकी माँ बनने की शक्ति कह रहे थे–आज निस्तेज है, म्लान है। वह आज निश्चित मृत्यु की राह पर कदम बढ़ाए खड़ी है, इस जीवन में अब उसे वापस नहीं लाया जा सकता है। उसके अचेत बदन के ऊपर से होकर बहती जलधारा की नाईं वह दौलत हर दिन की व्यर्थता से कम हो गई है। लेकिन यह सन्देश आज आखिरी वक्त में उसके पास पहुँचा कि इतनी बड़ी दौलत इतनी कम टिकाऊ है।''

आशु बाबू ने आह भरकर कहा–''ऐसा ही होता है अजित, ऐसा ही होता है। जीवन की बहुत बड़ी चीज को पहचाना जाता है सिर्फ उसे खोकर। उसके बाद?''

अजित बोला–''उसके बाद वह उस आईने के सामने खड़ी होकर अपनी ढलती जवानी का बारीक से बारीक विश्लेषण करती है। वह एक दिन क्या थी और आज क्या होने बैठी है। मगर उसका वर्णन न ही मैं सुन सका हूँ, न ही पढ़ सका हूँ।''

नीलिमा ने पहले की ही तरह व्यस्त होकर बाधा दी–''नहीं-नहीं, अजित बाबू, उसे रहने दीजिए। उस अंश को छोड़कर आप सुनाइए।''

अजित बोला–''उस औरत ने विश्लेषण के अन्त में कहा है, जैसे नारी के दैहिक सौन्दर्य जैसी सुन्दर चीज भी दुनिया में नहीं है वैसे ही इसकी विकृति जैसी असुन्दर चीज भी, हो सकता है, दुनिया में कोई दूसरी न हो।''

आशु बाबू बोले–''लेकिन यह ज्यादती है अजित।''

नीलिमा ने सर हिलाकर प्रतिवाद किया–''नहीं, यह जरा भी ज्यादती नहीं है। यह सच है।''

आशु बाबू बोले–''लेकिन उस औरत की जितनी उम्र है, उसे तो विकृति की उम्र नहीं कहा जा सकता है नीलिमा।''

नीलिमा बोली–''हाँ, उसे विकृति की उम्र कहा जा सकता है क्योंकि यह तो सिर्फ उम्र गिनकर औरतों के जिन्दा रहने का हिसाब नहीं है। इसकी उम्र बेहद कम है, यह बात और चाहे जो भी क्यों न भूल जाए, औरतों के भूलने से तो काम नहीं चलेगा।''

अजित ने गर्दन हिलाई और खुश होकर कहा–''ठीक यही जवाब खुद उसने दिया है। आज से समाप्ति का आखिरी इन्तजार करते रहना ही होगा, बचे-खुचे जीवन की एकमात्र सच्चाई। जानती हूँ, इसमें न है सान्त्वना, न आनन्द, न आशा, तब भी तो उपहास की लाज से बचूँगी। ऐश्वर्य का खँडहर, हो सकता है, आज भी किसी अभागे का मन हर ले। लेकिन यह मुग्धता उसके लिए भी जितनी विडम्बना है, खुद मेरे लिए भी होगी उतना ही झूठ। जिस रूप की सचमुच की जरूरत खत्म हो गई है उसे ही यह मानकर कि उसका सँवारना तरह-तरह की सज-धज से सजाना खत्म नहीं हुआ है। तरह-तरह से सजा-सँवारकर न ही मैं अपने आपको धोखा दे सकती हूँ, न ही दूसरे को।''

और कोई कुछ नहीं बोला, सिर्फ नीलिमा बोली–''सुन्दर! उसकी बातें मुझे बड़ी सुन्दर लगीं अजित बाबू।''

सबकी तरह हरेन्द्र भी एकाग्र मन से सुन रहा था, इस टिप्पणी को सुनकर वह खुश नहीं हुआ, बोला–''यह आपके भावातिरेक का उल्लास है भाभी। यह आपने बहुत सोचकर नहीं कहा है। ऊँची डाल पर सेमल का फूल भी अचानक सुन्दर लगता है, तब भी फूलों के

दरबार में उसे शामिल नहीं किया जाता है। औरत की देह क्या इतनी तुच्छ चीज है कि उसके अलावा उसकी और कोई जरूरत नहीं है।''

नीलिमा बोली–''लेखिका ने तो यह बात नहीं कही है कि औरत की देह की इसके अलावा और कोई जरूरत नहीं है।'' उसे खुद भी इस बात की आशंका थी कि अभागे लोगों की जरूरत आसानी से नहीं मिटती है। फिर वह तनिक मुस्कुराकर बोली–''तुम उल्लास की बात कह रहे थे हरेन। अक्षय बाबू यहाँ मौजूद नहीं हैं। अगर वे यहाँ मौजूद रहते तो वे यह समझते कि उनका आजकल कौन-सा पलड़ा भारी है।''

हरेन्द्र ने जवाब दिया–''ऐसी बात भी नहीं है कि आप गाली-गलौज देती रहेंगी, तो मैं सड़ जाऊँगा।''

उसकी बात सुनकर आशु बाबू भी तनिक मुस्कुराए, बोले–''वास्तव में, हरेन, मुझे भी यह लगता है कि लेखिका ने उस कहानी में औरतों के रूप की जरूरतों को ही इंगित किया है।''

''लेकिन यह क्या ठीक है?''

''यह ठीक नहीं है, पर दुनिया पर इसका क्या असर पड़ता है, यह देखकर इस बात को सोचना कठिन है!''

हरेन्द्र उत्तेजित हो उठा, बोला–''दुनिया पर इसका क्या असर पड़ता है, यह देखकर आप चाहे जो भी क्यों न सोचें–आदमी पर इसका क्या असर पड़ता है, यह देखकर इसे कबूल करना मेरे लिए भी कठिन है। आदमी की जरूरतें जीवों की आम जरूरतों को लाँघकर बहुत दूर चली गई हैं–इसीलिए उसकी समस्या इतनी अजीब है, इतनी कठिन है। चूँकि इसे छलनी में छानकर फेंका नहीं जा सकता है, इसीलिए तो इसकी मर्यादा है आशु बाबू!''

''तुम सही कहते हो। अच्छा अजित, तुम कहानी का बाकी हिस्सा सुनाओ। मैं सुनूँ तो सही।''

हरेन्द्र खिन्न हुआ, उसने बाधा देकर कहा–''ऐसा नहीं हो सकता है आशु बाबू। आप टाल-मटोल करके जवाब नहीं देंगे, मैं ऐसा नहीं होने दूँगा। या तो आप यह कबूल कीजिए कि मैं सही हूँ या आप मेरी गलती बता दीजिए। आपने बहुत देखा है, बहुत पढ़ा है, आप बहुत बड़े पंडित हैं। मुझसे यह बर्दाश्त नहीं होगा कि आपके इस हीले-हवाले का फायदा उठाकर भाभी जीत जाए।''

आशु बाबू ने मुस्कुराकर कहा–''तुम ब्रह्मचारी ठहरे! रूप के फैसले में हारने पर तो तुम्हें शरमाना नहीं चाहिए हरेन।''

''नहीं, यह मैं नहीं सुनूँगा।''

आशु बाबू थोड़ी देर तक चुप रहे, उसके बाद धीरे-धीरे बोले–''तुम्हारी बात को गलत साबित करने के लिए कमर कसकर तर्क करने में मुझे शर्म आती है।'' वे फिर से थोड़ी देर तक चुप रहे, उसके बाद कहने लगे–''अजित से वह कहानी सुनते-सुनते मुझे एक बहुत पुरानी दुख भरी कहानी याद आ रही थी। बचपन में मेरा एक अंग्रेज दोस्त था, उसने एक पोलिश औरत को प्यार किया था। वह औरत थी बहुत खूबसूरत। मेरा वह दोस्त छात्राओं को पियानो बजाना सिखाकर अपनी रोजी-रोटी चलाता था। वह सिर्फ खूबसूरत ही नहीं थी,

बल्कि वह बड़ी गुणवती थी। हम सभी उन लोगों की शुभकामना करते थे। हम सभी यह पक्का जानते थे कि उन लोगों की शादी में कहीं कोई खलल नहीं पड़ेगा।''

अजित ने प्रश्न किया–''तो खलल पड़ा किस चीज के लिए?''

आशु बाबू ने कहा–''खलल पड़ा सिर्फ उम्र की दृष्टि से। एक दिन उस औरत की माँ गाँव से आ पहुँची। उसके मुँह से बातों-बातों में अचानक यह जानकारी मिली कि उस औरत की उम्र पैंतालीस साल से ज्यादा है।''

उनकी बात सुनकर सभी चौंक उठे। अजित ने पूछा–''उस औरत ने क्या आप लोगों से अपनी उम्र छिपाई थी?''

आशु बाबू ने कहा–''नहीं, उसने हम लोगों से अपनी उम्र नहीं छिपाई थी। मेरा विश्वास है कि अगर हम लोग उससे पूछते, तो वह अपनी उम्र नहीं छिपाती। उसका ऐसा स्वभाव नहीं था। मगर पूछने की बात किसी के भी मन में पैदा नहीं हुई थी। ऐसा था उसके बदन का गठन, ऐसा निखार था उसके चेहरे पर, इतनी मधुर आवाज थी उसकी कि हरगिज यह नहीं लगा था कि उसकी उम्र तीस साल से ज्यादा हो सकती है।''

बेला ने कहा–''आश्चर्य है, आपमें से किसी की भी क्या आँखें नहीं थीं?''

''हाँ, हमें आँखें थीं, लेकिन दुनिया का सारा आश्चर्य सिर्फ आँखों से ही नहीं समझा जा सकता है। यह उसी की एक मिसाल है।''

''लेकिन उस आदमी की उम्र कितनी थी?''

''वह मेरा ही हमउम्र था। तब उसकी उम्र शायद अट्ठाईस-उनतीस साल से ज्यादा नहीं थी।''

''उसके बाद?''

आशु बाबू ने कहा–''उसके बाद की घटना बहुत संक्षिप्त है। उस आदमी का सारा मन पल भर में ही उस प्रौढ़ औरत के प्रति मानो पत्थर बन गया। यह कितनी पुरानी बात है, तब भी, आज भी याद आने पर दुख पाता हूँ। कितना रोना-धोना हुआ, कितना हाय-तौबा मचा, कितनी आवाजाही हुई, कितना मान-मनौवल हुआ, मगर उसके मन से उस वितृष्णा को जरा भी दूर नहीं किया जा सका। इसके परे वह कोई बात सोच ही नहीं सका, कि यह शादी असम्भव है।''

थोड़ी देर तक सभी चुप रहे। नीलिमा ने प्रश्न किया–''लेकिन अगर बात ठीक उलटी होती, तो शायद यह शादी असम्भव नहीं होती।''

''शायद नहीं होती।''

''लेकिन वैसी शादी क्या उस देश में एक भी नहीं होती है? वैसा पुरुष क्या उस देश में नहीं है?''

आशु बाबू ने हँसकर कहा–''वैसे पुरुष उस देश में हैं। अजित जो कहानी सुना रहा है, उसकी लेखिका ने शायद अभागा विशेषण खासतौर पर उन्हीं पुरुषों के लिए लिखा है। मगर रात तो बहुत हो गई अजित, उस कहानी के आखिरी हिस्से में क्या लिखा हुआ था?''

अजित ने चौंककर मुँह उठाकर निहारा, बोला–''आपने जो कहानी सुनाई, मैं उसी की बात सोच रहा था। इतना प्यार करके भी वह क्यों उसे अपना नहीं सका। बतौर चीज इतना

बड़ा सच भी पल भर में कैसे झूठ हो गया! जिन्दगी भर, हो सकता है, उस औरत ने यही बात सोची हो—एक दिन जब मैं नारी थी। नारीत्व का सचमुच का अवसान नारी के अनजाने में हो जाता है, इसके पहले, हो सकता है, उस विगत यौवना नारी ने सोचा भी न हो।"

"लेकिन तुम जो कहानी सुना रहे थे उसके आखिरी हिस्से में क्या लिखा हुआ है?"

अजित ने थके हुए की तरह कहा—"आज रहने दीजिए। जवानी का वह आखिरी हिस्सा अभी भी खत्म नहीं हो गया है। अपने और दूसरे के लिए औरतों की इस धोखाधड़ी की कहानी से ही कहानी का आखिरी हिस्सा खत्म हुआ है। बल्कि यह दूसरे दिन सुनाऊँगा।"

नीलिमा ने गर्दन हिलाकर कहा—"नहीं-नहीं, बल्कि इससे अच्छा यह है कि वह आखिरी हिस्सा आप न सुनाएँ।"

आशु बाबू ने हामी भरी, दुख के साथ बोले—"वास्तव में यही समय औरतों के निःसंग जीवन का सबसे बुरा समय है। इस समय वे अधीर, कपटी, पर छिद्रान्वेषी, यहाँ तक कि निष्ठुर हो जाती हैं, इसीलिए शायद सभी देशों के लोग इससे बचकर चलना चाहते हैं नीलिमा।"

नीलिमा ने हँसकर कहा—"औरतों को नहीं कहना चाहिए आशु बाबू, कहना चाहिए, तुम जैसी औरतों से बचकर चलना चाहते हैं।"

आशु बाबू ने इसका जवाब नहीं दिया, मगर इंगित समझा, बोले—"मगर पति-पुत्र वाली सौभाग्यशाली औरतें स्नेह, प्रेम, सौन्दर्य और माधुर्य से इतना भर जाती हैं कि उन्हें इस बात का पता ही नहीं रहता है कि जीवन का इतना बड़ा संकट काल कब, किस रास्ते से गुजर जाता है।"

नीलिमा ने कहा—"सौभाग्यवतियों से मैं जलती नहीं आशु बाबू, यह प्रेरणा आज भी मेरे मन के अन्दर नहीं आ पहुँची है। लेकिन भाग्य की मारी औरतों ने हमारी तरह भविष्य की सारी आशाओं को तिलांजलि दी है। उनकी मंजिल कहाँ है, आप मुझे बता देंगे?"

आशु बाबू कुछ देर तक स्तब्ध भाव से बैठे रहे, बाद में बोले—"इसके जवाब में मैं सिर्फ बड़ों की बात को दोहरा सकता हूँ नीलिमा, उससे ज्यादा शक्ति नहीं है। उनका कहना है, दूसरे के लिए अपने आपको निछावर कर देना चाहिए। दुनिया में दुखों की भी कमी नहीं है। अपने आपको निछावर करने की मिसालों की भी कमी नहीं है। यह सब मैं भी मानता हूँ, अगर इसके अन्दर नारी के अनुकूल कल्याणमय सचमुच का आनन्द है या नहीं, यह मैं आज भी पूरी तरह नहीं जानता नीलिमा।"

हरेन्द्र ने पूछा—"यह सन्देह आपको बराबर था?"

आशु बाबू मन-ही-मन कुंठित हुए, जरा रुककर बोले—"यह मैं ठीक-ठीक नहीं कह सकता हूँ हरेन। तब मनोरमा को गए दो-तीन दिन हुए थे। मन बोझिल था, देह विवश थी, मैं इसी आरामकुर्सी पर चुपचाप पड़ा हुआ था, अचानक देखता हूँ, कमल आ पहुँची है। मैंने उसे लाड़ से बुलाकर अपने पास बिठाया। मेरी दुखती रग को उसने छूना नहीं चाहा, मगर यह उससे नहीं बन पड़ा था। जब बातों-बातों में उस ढंग का कोई प्रसंग उठ गया तब उसे कोई होश नहीं रहा। तुम लोग तो उसे जानते ही हो, जो कुछ पुराना है उसके प्रति इसे बड़ी

वितृष्णा है। उसे हिलाकर तोड़ डालना ही उसका Passion है। मन हामी भरना नहीं चाहता है। पुराना संस्कार डर से सुन्न हो जाता है, तब भी शब्द ढूँढ़े नहीं मिलता है। हार माननी पड़ती है। याद है, उस दिन भी मैंने उससे औरतों के आत्मोत्सर्ग का उल्लेख किया था, मगर कमल ने उसे स्वीकार नहीं किया। बोली–औरतों की बात मैं आपसे ज्यादा जानती हूँ। वह प्रवृत्ति उनकी पूर्णता से नहीं आती है, आती है सिर्फ शून्यता से, उठती है कलेजे को खाली करके। वह तो स्वभाव नहीं, अभाव है। अभाव के आत्मोत्सर्ग पर मैं रत्ती भर भी विश्वास नहीं करती, आशु बाबू। मैं क्या जवाब देता, मुझसे सोचते नहीं बना। तब भी मैंने कहा– कमल, हिन्दू-सभ्यता की असलियत को अगर तुम जानती होती तो आज मैं तुम्हें, हो सकता है, यह समझा दे सकता कि त्याग और अपने को निछावर करने की दीक्षा से सिद्धि प्राप्त करना ही हमारी सबसे बड़ी सफलता है और इसी रास्ते चलकर हमारी कितनी विधवाएँ एक दिन जीवन की सर्वोत्तम सार्थकता प्राप्त कर गई हैं।''

कमल ने हँसकर कहा–''उन्हें जीवन की सर्वोत्तम सार्थकता प्राप्त करते आपने देखा है? आप एक नाम बताइए तो?''

''मैंने यह नहीं सोचा था कि वह इस तरह का सवाल करेगी, बल्कि मैंने यह सोचा था कि हो सकता है, वह मेरा कहा मान ले। कैसा गड्डमड्ड हो गया!''

नीलिमा बोली–"अच्छी बात है। आपने मेरा नाम क्यों नहीं बता दिया? आपको मेरा नाम याद नहीं आया था क्या?''

क्या कठोर मजाक है! हरेन्द्र और अजित ने सर झुका लिया और बेला दूसरी तरफ मुँह घुमाए रही।

आशु बाबू, झेंप गए, लेकिन उन्होंने अपनी झेंप को जाहिर होने नहीं दिया। बोले– ''नहीं, सचमुच मुझे तुम्हारा नाम याद ही नहीं आया था। आँखों के सामने की चीज जैसे नजरों से बच जाती है वैसे ही। अगर मैं तुम्हारा नाम बता देता, तो सचमुच ही उसका बहुत बड़ा प्रभाव होता। लेकिन जब वह याद नहीं आया तब कमल ने कहा–आपने मुझे जिस शिक्षा का ताना दिया, आशु बाबू, क्या वही खुद आप लोगों के बारे में लागू नहीं होता है? आप लोग सार्थकता का जो आइडिया बचपन से औरतों के दिमाग में घुसाते आए हैं, उन्हीं रटी-रटाई बातों को तो घमंड से दोहराती हुई वे सोचती हैं कि यही शायद सच है। इससे आप लोग भी धोखा खाते हैं और आत्मसन्तोष के व्यर्थ अभिमान से खुद वे भी मरती हैं।'' इतना कहकर उसने फिर कहा–''सती-प्रथा की बात तो आप लोगों को याद आनी चाहिए। जो औरतें जल मरतीं और जो लोग उन्हें सती होने को कहते, दोनों ही पक्षों के लोग तो उस दिन यही सोचकर आसमान पर जा पहुँचे कि वैधव्य-जीवन के इतने बड़े आदर्श का उदाहरण दुनिया में और कहीं है!''

इसका जवाब क्या है, यह मुझे ढूँढ़े नहीं मिला। लेकिन उसने इन्तजार भी नहीं किया, वह खुद ही बोली–''इसका कोई जवाब तो है नहीं, आप देंगे क्या?'' जरा रुककर उसने मेरे मुँह की तरफ देखकर कहा–''लगभग सभी देशों में इस आत्म-त्याग शब्द में एक बहु-व्याप्त और बहु-प्राचीन पारमार्थिक मोह है, उससे नशा आता है। परलोक की असामान्य असार वस्तु इहलोक की असामान्य संकीर्ण वस्तु को ढँक देती है। वह यह सोचने ही नहीं देती है

कि उसके अन्दर नर-नारी में से किसी का भी जीवन श्रेयस्कर है या नहीं। संस्कार स्वयंसिद्ध सच्चाई की भाँति कान पकड़कर मनवा लेता है बहुत कुछ सती-प्रथा की तरह। मगर अब मैं और देर नहीं करूँगी, मैं चली।''

उसे सचमुच ही चली जाते देख मैंने व्यस्त होकर कहा–''प्रचलित नीति और सारी प्रतिष्ठित सच्चाइयों को अवज्ञा से चकनाचूर कर देना ही तुम्हारा व्रत है। यह शिक्षा जिसने तुम्हें दी है उसने दुनिया का भला नहीं किया है।''

कमल बोली–''यह शिक्षा मेरे पिता ने दी है।''

मैंने कहा–''मैंने तुम्हारे ही मुँह से यह सुना है कि वे ज्ञानी और पंडित थे। तो क्या उन्होंने कभी यह बात नहीं सुनी थी कि सम्पूर्ण दान करके ही आदमी सचमुच में अपने आपको पाता है! अपनी मर्जी से दुख अपनाने में ही आत्मा की सही प्रतिष्ठा है।''

कमल ने कहा–''वे कहते, जिन लोगों की आदमी को सम्पूर्ण चूस लेने की साजिश है, वे ही आदमी को सम्पूर्ण दान करने की बुरी सलाह देते हैं। जिसे दुख की समझ नहीं है, वे ही दुख की महिमा की तारीफ का पुल बाँधते हैं। दुनिया के अपार तिरस्कार का दुख तो वह नहीं है, उसे जैसे अपनी मर्जी से चाहकर घर बुला लाना है। बेमतलब ही शौक की चीजों की तरह वह सिर्फ बच्चों का खेल है, उससे बड़ा नहीं।''

मैं विस्मय से हक्का-बक्का हो गया। बोला–''कमल, तुम्हारे पिता क्या सिर्फ निरा भोग का ही मंत्र ले गए हैं? और दुनिया में जो कुछ महान है, उसी की नफरत से छिछालेदर करने को कहा है उन्होंने?''

कमल ने इस शिकायत की शायद आशा नहीं की थी, उसने खिन्न होकर जवाब दिया–''यह आपकी असहनशीलता की बात है आशु बाबू। आप यह पक्का जानते हैं कि कोई भी बाप अपनी बेटी को ऐसा मंत्र नहीं दे सकता है। मेरे पिता के प्रति आप अन्याय कर रहे हैं। वे साधु व्यक्ति थे।''

मैंने कहा–''तुम जो कह रही हो, सचमुच ही वे अगर तुम्हें यह शिक्षा दे गए हों, तो उनके प्रति न्याय करना भी मुश्किल है। तुमने यह सुनकर कि मनोरमा की माँ के मरने के बाद मैं किसी दूसरी औरत को प्यार नहीं कर सका था, कहा था कि यह चित्त की अक्षमता है और अक्षमता को लेकर गौरव नहीं किया जा सकता है। दिवंगत आदमी की स्मृति के सम्मान को तुमने निष्फल आत्म-संयम के रूप में उपेक्षा की नजरों से देखा था। संयम का कोई अर्थ ही उस दिन तुम नहीं देख पाई थी।''

कमल बोली–''मैं आज भी संयम का कोई अर्थ नहीं देख पाती हूँ आशु बाबू। संयम जहाँ उद्धत उछल-कूद से जीवन के आनन्द को म्लान कर जाता है वहाँ वह तो कोई चीज नहीं है, वह मन की एक लीला है–उसे बाँधने की जरूरत है। सीमा मानकर चलना ही तो संयम है–शक्ति की स्पर्धा से संयम की सीमा को भी बाँध जाना सम्भव है। तब उसे वह मर्यादा नहीं दी जा सकती है। अति संयम तो दूसरी तरह का असंयम है, क्या अपने इस बात को किसी दिन सोचकर नहीं देखा है आशु बाबू?''

''यह सच है कि मैंने इस बात को किसी दिन सोचकर नहीं देखा है, इसीलिए जो बात हमेशा से सोचता आया हूँ वही बात तुरन्त याद आई। मैंने कहा–यह सिर्फ तुम्हारे शब्दों की

जादूगरी है। उसी भोग की वकालत से भरी हुई है। आदमी जितना ज्यादा भोग करना चाहता है वह उतना ही गँवाता है। उसके भोग की भूख तो मिटती नहीं है। अतृप्ति निरन्तर बढ़ती ही चली जाती है। इसीलिए हमारे शास्त्रकारों ने कहा है कि उस रास्ते न शान्ति है, न तृप्ति और मुक्ति की आशा करना बेकार है। उन्होंने कहा है–

जातुकामः कामनासुपभोगेन शाम्यति।
हविषा कृष्णवर्धमेव भूयं खामि वर्धते॥

आग में घी डालने पर जैसे आग ज्यादा भड़क उठती है, वैसे ही उपभोग के द्वारा कामना बढ़ती है। किसी दिन कम नहीं होती है।''

हरेन्द्र ने उद्विग्न होकर कहा–''आपने उसे शास्त्रों में लिखी बात बताने की कोशिश क्यों की? उसके बाद?''

आशु बाबू बोले–''हाँ, तुम ठीक कहते हो। मेरी बात सुनकर वह बोल उठी–''शास्त्रों में ऐसा लिखा हुआ है क्या? सो तो रहेगा ही। वे लोग यह जानते थे कि ज्ञान की चर्चा करने से ज्ञान प्राप्त करने की इच्छा बढ़ती है, धर्म का पालन करने से धर्म की प्यास क्रमशः बढ़ती चली जाती है। पुण्य करने से पुण्य प्राप्त करने का लोभ क्रमशः उग्र होता चला जाता है। लगता है, अभी भी ढेरों पुण्य प्राप्त करना बाकी है। यह भी ठीक वैसा ही है। चूँकि शाम्यति नहीं है, इसीलिए इस स्थिति में उन लोगों ने खेद व्यक्त नहीं किया है। उन लोगों में विचार था।''

हरेन्द्र, अजित, बेला और नीलिमा चारों ही हँस उठे।

आशु बाबू बोले–"यह हँसने की बात नहीं है। उसकी हिमाकत से मैं अचम्भित हो गया। मैंने अपने आपको सँभाल लिया और कहा–यह उन लोगों का मतलब नहीं है। उन लोगों ने यही इंगित किया है कि भोग में तृप्ति नहीं है और कामना से निवृत्ति नहीं होती है।''

कमल जरा रुककर बोली–''क्या पता, ऐसा बेकार का इंगित उन लोगों ने क्यों किया? यह क्या हाट के बीच में बैठकर जात्रा सुनना है या पड़ोसी के घर के ग्रामोफोन का बाजा सुनना है कि बीच में ही लगेगा–रहने दिया जाए, काफी तृप्ति मिल चुकी है। अब और नहीं चाहिए। इसकी असली सत्ता तो बाहरी भोग के अन्दर नहीं है। उसका उत्स जीवन के मूल में है। वहीं से वह हमेशा जीवन की आशा, आनन्द और रस प्रदान करता है। शास्त्रों का धिक्कार बेकार होकर दरवाजे पर पड़ा रहता है, उसे छू भी नहीं सकता है।''

मैंने कहा–''ऐसा हो सकता है। लेकिन वह तो दुश्मन है, आदमी को उस पर विजय प्राप्त करनी चाहिए।''

कमल ने कहा–"लेकिन उसे दुश्मन मानकर गाली देने से तो वह छोटा नहीं हो जाएगा। प्रकृति के पक्के दस्तावेज से वह अधिकारी है। उसकी किस सत्ता को कौन कब सिर्फ विद्रोह करके दुनिया से उड़ा सका है? दुख के मारे आत्महत्या करना ही दुख पर विजय प्राप्त करना नहीं है। हालाँकि इसी तरह की युक्ति के बल पर ही आदमी अकल्याण के सिंहद्वार पर शान्ति की राह टटोलता फिरता है। इससे उसे शान्ति तो मिलती ही नहीं है, उसकी राहत भी दूर हो जाती है।''

"उसकी बात सुनकर लगा कि उसने शायद सिर्फ मुझे ही ताना दिया।" इतना कहकर वे थोड़ी देर तक चुप्पी साधे रहे, पर पता नहीं क्या हुआ कि अचानक उनके मुँह से निकल गया—कमल, तुम अपने जीवन के बारे में एक बार सोचकर देखो तो।" बात तो मैंने कह डाली, मगर मेरी अपनी बात मेरे अपने ही कानों में चुभी। क्योंकि कटाक्ष करने लायक कुछ भी तो उसके पास नहीं है, कमल खुद भी शायद अचरज में पड़ी, लेकिन उसने गुस्सा, अभिमान कुछ भी नहीं किया, उसने शान्त होकर मेरे मुँह की तरफ निहारते हुए कहा—"मैं तो अपने जीवन के बारे में रोज ही सोचकर देखती हूँ आशु बाबू, मैं यह नहीं कहती कि मैंने दुख नहीं पाया है, मगर उसे ही जीवन का आखिरी सच नहीं मान लिया है। शिवनाथ को जो देना था, उन्होंने दिया है। मुझे जो पाना था उसे मैंने पाया है। आनन्द के वे छोटे-छोटे पल मेरे मन के अन्दर हीरे-मोतियों की तरह संचित हैं। निष्फल चित्त की आग में जाकर न ही मैंने उन्हें राख कर डाला है और न ही मैं सूखे झरने के नीचे जाकर 'भीख दो' कहती हुई अपने दोनों खाली हाथों को फैलाकर खड़ी रही हूँ। जब उनके प्यार की उम्र खत्म हो गई तो मैंने उसे शान्त मन से ही विदा दी, खेद और आरोप के धुएँ से आसमान को काला कर देने का मेरा मन ही नहीं किया। इसीलिए उनके प्रति मेरा उस दिन का आचरण आप लोगों को इतना अजीब लगा था। आप लोगों ने सोचा, इतने बड़े गुनाह को कमल ने कैसे माफ किया? लेकिन आप लोगों की बातों से ज्यादा मन में आई थी—अपने ही दुर्भाग्य की बात।"

लगा, जैसे उसकी आँखों की कोरों में पानी दिखाई पड़ा। हो सकता है, यह सच हो, हो सकता है, यह मेरी ही गलती हो। मेरा कलेजा दुख से मरोड़ उठा। इसमें और मुझमें कितना फर्क है! मैंने कहा—"कमल, ऐसे हीरे-मोती मेरे भी पास संचित हैं। वे ही तो हैं मेरे लिए सबसे बड़ा धन। अब हम किसलिए लोभ करने की कोशिश करेंगे, बताओ तो?"

कमल चुपचाप निहारती रही। मैंने पूछा—"इस जीवन में तुम क्या अब किसी को कभी भी प्यार नहीं कर सकोगी कमल? इसी ढंग से समूचे तन-मन से उसे अपनाती?"

कमल ने अविचलित आवाज में जवाब दिया—"कम-से-कम इतनी उम्मीद को लेकर ही तो जिन्दा रहना होगा आशु बाबू। चँकि बेमौसम के बादलों के पीछे आज सूरज डूब गया है। इसलिए वही अँधेरा सच होगा, और कल सुबह अगर आसमान धूप से भर जाए तो मैं अपनी दोनों आँखें मूँद करके उसे ही कहूँगी कि यह धूप नहीं है। यह झूठ है? यों ही बच्चों की तरह खेलती हुई क्या मैं अपने जीवन को खत्म कर दूँ?"

मैंने कहा—"रात तो सिर्फ एक ही नहीं है कमल, सुबह की धूप को खत्म करके वह तो फिर वापस आ सकती है!"

उसने पूछा—"आए न! तब भी मैं यह विश्वास करके रात बिता दूँगी कि भोर तो आएगी ही।"

मैं विस्मय से अभिभूत होकर बैठा रहा। कमल चली गई।

बच्चों का खेल लगा था, शौक की वजह से हम दोनों की विचारधारा जाकर शायद एक धारा में मिल गई होगी। पर मैंने देखा नहीं, ऐसी बात नहीं है। जमीन-आसमान का फर्क है। जीवन का अर्थ उसके लिए अलग है। हमारे साथ उसका कोई मेल नहीं है। भाग्य को वह नहीं मानती है, अतीत की स्मृति उसके सामने राह नहीं रोकती है। उसके लिए अनागत

वही है जो आज तक नहीं आ पहुँचा है। इसीलिए उसकी आशा भी जितनी दुर्निवार है, आनन्द भी उतना ही अपराजेय है। चूँकि किसी दूसरे ने उसके जीवन को धोखा दिया है इसलिए वह अपने जीवन को भी धोखा देने को किसी भी सूरत में राजी नहीं है।

सभी चुप बैठे रहे।

आशु बाबू ने निकली आह को दबा लिया और फिर से बोले–"अजीब लड़की है। उस दिन विरक्ति और खेद की सीमा नहीं रही। लेकिन मैं मन-ही-मन यह बात भी कबूल किए बिना नहीं रह सका कि ये तो बाप से सीखी जबानी याद की हुई बातें नहीं हैं। उसने जो सीखा है, बिलकुल निःसन्दिग्ध रूप से पक्के तौर पर सीखा है। भला कितनी उम्र है उसकी! लेकिन इसी उम्र में उसने अपने मन को सम्यक् भाव से समझ लिया है।" वे जरा रुके, फिर बोले–"सचमुच ही तो, सचमुच ही तो जीवन कोई बच्चों का खेल नहीं है! भगवान का इतना बड़ा दान तो बच्चों का खेल खेलने के लिए नहीं आया है। चूँकि कोई एक दूसरे के जीवन में विफल हो गया इसलिए उसी खालीपन का जिन्दगी भर जय-जयकार करना होगा, ऐसी बात भला मैं कहूँ कैसे?"

बेला ने धीरे-धीरे कहा–"आपने बहुत बढ़िया बात कही।"

हरेन्द्र चुपचाप उठकर खड़ा हो गया और बोला–"रात बहुत हो गई, बारिश भी कम हो गई है, आज जाता हूँ।"

अजित उठकर खड़ा हो गया, वह कुछ भी नहीं बोला। दोनों ने नमस्कार किया और बाहर निकल गए।

बेला सोने गई। नीलिमा के तब भी दो-एक छोटे-मोटे काम बाकी थे, लेकिन आज वे सब वैसे ही अधूरे पड़े रहे। वह भी अन्यमनस्क की भाँति चुपचाप चली गई।

आशु बाबू नौकर के इन्तजार में अपनी आँखों पर हाथ रखे पड़े रहे।

बहुत बड़ी हवेली है। बेला और नीलिमा के सोने के कमरे आमने-सामने हैं। कमरों में बत्ती जल रही थी। इतनी बातों और चर्चाओं का सारा कुछ मानो सुनसान, सन्नाटा-भरे कमरों के अन्दर आकर उन लोगों के आगे धुँधला हो गया। हालाँकि सबसे बड़े आश्चर्य की बात यह है कि कपड़े बदलने के पहले आईने के सामने खड़ी होकर इन दोनों नारियों को एक ही समय में ठीक एक ही बात सिर्फ याद आई–'एक दिन जब मैं नारी थी।'

24

कमल को आगरा छोड़ कहीं गए दस-बारह दिन हो गए हैं, हालाँकि आशु बाबू को उसकी बेहद जरूरत है। कमोबेश सभी चिन्तित हैं लेकिन उसे ढूँढ़ निकालने के काले बादल सबसे ज्यादा घनीभूत हुए हरेन्द्र के ब्रह्मचर्याश्रम के ऊपर। ब्रह्मचारी हरेन्द्र और अजित उत्कंठा के

मारे ऐसे मुरझा जाने लगे कि अगर उनका ब्रह्म खो जाता, तो भी शायद वे इतना नहीं मुरझाते। अन्त में उन्हीं लोगों ने एक दिन उसे ढूँढ़ निकाला। हालाँकि घटना बड़ी मामूली है। कमल का चाय-बागान का एक घनिष्ठ परिचित अंग्रेज बागान का काम छोड़कर रेल की नौकरी पाकर फिलहाल टुंडला आया है। उसकी पत्नी नहीं है। उसकी दो-एक साल की एक छोटी-सी बेटी है। बहुत परेशान होकर वह कमल को ले गया था। उसी की घर-गिरस्ती को सहेज देने में उसे इतनी देर लगी। आज सवेरे वह अपने डेरे लौटी है। आशु बाबू ने तीसरे पहर मोटर भेज दी है और आग्रह के साथ उसका इन्तजार कर रहे हैं।

बेला को मजिस्ट्रेट के घर में न्योता है। कपड़े बदल, तैयार होकर वह भी गाड़ी के लिए इन्तजार कर रही है।

सिलाई करते-करते नीलिमा अचानक बोल उठी—''जिस आदमी की पत्नी नहीं है, एक नन्ही-सी बच्ची को छोड़कर डेरे पर कोई दूसरी औरत नहीं है, उसी के घर में कमल ने आराम से दस-पन्द्रह दिन बिता दिए!''

आशु बाबू ने बड़ी मुश्किल से अपनी गर्दन घुमाई और उसकी तरफ निहारा। वे यह ताड़ नहीं सके कि इस बात का मतलब क्या है?

नीलिमा अपने ही मन से कहने लगी—''वह जैसे ठीक पानी की मछली हो, पानी में भीगने न भीगने का सवाल ही नहीं उठता है, न खाने-पीने की कोई फिक्र है, न डाँटनेवाला कोई अभिभावक है, न आँखें लाल करनेवाला समाज है। वह बिलकुल स्वतंत्र है।''

आशु बाबू ने सर हिलाकर मृदु स्वर में कहा—''वह बहुत कुछ ऐसी ही तो है।''

''उसके रूप-यौवन की सीमा नहीं है, अक्ल भी इतनी ही बेइन्तिहा है। राजेन्द्र से भला कितनी पुरानी जान-पहचान थी, लेकिन उपद्रव के डर से जब उसे कहीं जगह नहीं मिली, तो उसने उसे बेझिझक अपने घर बुला लिया। किसी की भी राय का मुँह जोहकर उसने अपना कर्तव्य करने में अड़चन नहीं डाली। जो कोई नहीं कर सका उसने अनायास वही किया। जब मैंने यह सुना, तो लगा जैसे सभी उससे छोटे हो गए हों। हालाँकि औरतों को तो कितनी बातें सोचनी पड़ती हैं।''

आशु बाबू बोले—''सोचना ही तो चाहिए नीलिमा।''

बेला बोली—"चाहें तो हम लोग भी तो लापरवाह और आजाद हो जा सकती हैं!''

नीलिमा बोली—''नहीं, हम लापरवाह और आजाद नहीं हो सकती हैं। चाहने पर न ही मैं लापरवाह और आजाद हो सकती हूँ, न ही आप। क्योंकि दुनिया जो कलंक हम पर लगा देगी उसे मिटाने की ताकत हममें नहीं है।'' नीलिमा थोड़ी देर रुकी, फिर बोली—''ऐसी इच्छा एक दिन मेरी भी हुई थी, इसीलिए बहुत दिनों से ही मैंने इस बात को सोचकर देखा है। मर्दों के बनाए समाज के अन्याय में मैं जल-जलकर मरी हूँ। मैं कितनी जली हूँ, यह बताने की जरूरत नहीं है। सिर्फ जलकर ही मैं खत्म हो गई हूँ। मगर कमल को देखने के पहले इसका असली रूप कभी मुझे नजर नहीं आया था। औरतों की मुक्ति, औरतों की स्वतंत्रता तो आजकल नर-नारियों की जबान पर है। लेकिन यह जबान पर होने से ज्यादा और एक कदम आगे नहीं बढ़ता है। क्यों आगे नहीं बढ़ता है, जानते हैं? मैं अभी देख पाई हूँ कि स्वतंत्रता सिद्धान्तों की बात करने से मिलती है, न न्याय-धर्म की गुहार लगाने से मिलती

है, न सभा में खड़ी होकर दल बाँधकर मर्दों से झगड़ा करने से मिलती है। यह कोई किसी को दे नहीं सकता है, यह लेन-देन की चीज ही नहीं है। कमल को देखने से ही नजर आता है कि यह अपनी पूर्णता से, आत्मा के अपने विस्तार से अपने आप आता है। बाहर से अंडे के छिलके को चोंच मारकर अन्दर के जीव को मुक्ति देने पर वह मुक्ति नहीं पाता है, मर जाता है। हममें और उसमें यही फर्क है।''

उसने बेला से कहा—''वह दस-बारह दिनों से कहाँ चली गई, यह सोचकर सबके डर की सीमा नहीं रही। सपने में भी किसी के भी मन में इस बात की आशंका पैदा नहीं हुई कि कमल ऐसा कुछ कर सकती है जिससे उसकी मर्यादा को ठेस पहुँचे। बताइए तो इतने विश्वास का बल हम कहाँ से पातीं? यह गौरव हमें कौन देता? न ही मर्द देते, न ही औरतें!''

आशु बाबू विस्मय के साथ उसके मुँह की तरफ थोड़ी देर तक निहारते रहे, फिर बोले—''वास्तव में ही यह सच है, नीलिमा।''

बेला ने प्रश्न किया—''लेकिन अगर उसका पति होता, तो वह क्या करती?''

नीलिमा बोली—''अगर उसका पति होता, तो वह उसकी सेवा करती, खाना-वाना बनाती, घर-बार की साफ-सफाई करती, बच्चे होने पर वह उन्हें पाल-पोसकर बड़ा बनाती। वास्तव में वह अकेली है, रुपया-पैसा कम है, मुझे महसूस होता है कि वक्त की कमी की वजह से तब वह, हो सकता है, हम लोगों से मिल भी नहीं पाती।''

बेला बोली—''तो?''

नीलिमा बोली—''तो क्या?'' इतना कहकर वह हँस पड़ी और बोली—''काम-काज नहीं करना, दुख और गरीबी में नहीं रहना, हरदम घूमते-फिरना, यही क्या औरतों की आजादी का मानदंड है? खुद विधाता के भी काम की सीमा नहीं है, लेकिन क्या कोई उन्हें गुलाम समझता है? इस घर-गिरस्ती में हमारी अपनी मेहनत भी क्या मामूली है?''

आशु बाबू बड़े विस्मय से मुग्ध दृष्टि से उसकी तरफ निहारते रहे। वास्तव में आज तक उन्होंने उसके मुँह से ऐसी बात नहीं सुनी थी।

नीलिमा कहने लगी—''कमल तो बैठी रहना नहीं जानती है। तब वह पति-पुत्र और घर-गिरस्ती को लेकर काम में बिलकुल डूब जाती, आनन्द की धारा की तरह घर-गिरस्ती उसके ऊपर से होकर बह जाती और उसे इसका पता भी नहीं चलता। लेकिन जिस दिन वह यह समझती कि पति का काम बोझ बनकर उसके कन्धे पर सवार हो गया है, मैं कसम खाकर यह कह सकती हूँ कि उस दिन कोई उसे उस घर-गिरस्ती रोककर रख नहीं सकता।''

आशु बाबू ने धीरे-धीरे कहा—''तुम ठीक कहती हो। ऐसा ही लगता है।''

करीब ही परिचित मोटर के हॉर्न की आवाज सुनाई पड़ी। बेला ने खिड़की से मुँह बढ़ाकर देखा और कहा—''हाँ, हमारी ही गाड़ी है।''

थोड़ी देर बाद जब नौकर बत्ती देने आया, तो उसने कमल के आने की खबर दी।

कई दिनों से आशु बाबू कमल के आने की प्रतीक्षा कर रहे थे। हालाँकि उसके आने की खबर पाते ही उनका मुँह बड़ा उदास और गम्भीर हो उठा। अभी-अभी वे आरामकुर्सी पर सीधे होकर बैठे थे, वे फिर से उठँगकर लेट गए।

कमरे में घुसकर कमल ने सबको नमस्कार किया। आशु बाबू की बगल की कुर्सी पर जाकर बैठ गई और बोली—"सुना कि आप मेरे लिए बहुत घबरा गए हैं, यह कौन जानता था कि आप लोग मुझे इतना प्यार करते हैं! अगर मैं यह जानती होती, तो जाने के पहले मैं जरूर कोई खबर दे जाती।" इतना कहकर उसने उनके भारी-भरकम हाथ को स्नेह के साथ खींचकर अपने हाथ में लिया।

आशु बाबू का मुँह दूसरी तरफ था, ठीक वैसा ही रहा। वे एक बात का भी जवाब नहीं दे सके।

कमल ने पहले पहल यह सोचा कि उन्होंने इसीलिए अभिमान किया है कि उनके पूरा अच्छा हो जाने के पहले ही वह चली गई थी और इतने दिनों तक उसने उनकी कोई खोज-खबर नहीं ली थी। उसने उनकी मोटी-मोटी उँगलियों के बीच अपनी चम्पे की कलियों जैसी उँगलियों को घुसा दिया और उनके कानों के पास अपना मुँह लगाकर चुपके-चुपके बोली—"मैं कहती हूँ कि मुझसे दोष हुआ है, मैं अपना दोष मानती हूँ।" लेकिन जब उन्होंने इसका भी कोई जवाब नहीं दिया तब वह सचमुच ही बड़े अचरज में पड़ गई और डर गई।

बेला ने जाने के लिए कदम बढ़ाया था, वह उठकर खड़ी हो गई और विनम्रता से बोली—"अगर मैं यह जानती कि आप आएँगी, तो आज मैं मालिनी की दावत हरगिज कबूल नहीं करती। लेकिन अगर मैं अभी नहीं जाऊँगी, तो वे लोग बहुत हताश होंगे।"

कमल ने पूछा—"यह मालिनी कौन है?"

नीलिमा ने जवाब दिया, बोली—"यह यहाँ के मजिस्ट्रेट साहब की पत्नी है, उसका नाम तुम्हें शायद याद नहीं है।"

उसने बेला से कहा—"सचमुच ही आपको वहाँ जाना चाहिए। अगर आप वहाँ नहीं जाएँगी, तो उन लोगों की गाने की महफिल मिट्टी हो जाएगी।"

"नहीं-नहीं, उन लोगों की गाने की महफिल मिट्टी नहीं होगी, लेकिन बड़े खिन्न होंगे वे लोग। सुना है, उन्होंने और भी दो-चार लोगों को बुलाया है। अच्छा, तो आज मैं जाती हूँ। किसी दूसरे दिन बातचीत होगी। नमस्कार।" इतना कहकर वह जरा तेज कदमों से ही बाहर निकल गई।

नीलिमा बोली—"यह अच्छा नहीं हुआ है कि आज उन्हें बाहर दावत थी। वरना सारी बातें खोलकर कहने में हिचकिचाहट होती। हाँ, कमल, मैं तुम्हें आप कहती थी या मैं तुम्हें तुम कहकर पुकारती थी।"

कमल बोली—"आप मुझे तुम कहकर पुकारती थीं। लेकिन मैं तो ऐसे निर्वासन में नहीं गई थी कि आप इसी बीच यह भूल गईं।"

"नहीं, मैं यह नहीं भूली थी, मुझे सिर्फ एक खटका लगा था। खटका लगने की ही बात है। खैर, इसे जाने दो। हम लोग तुम्हें सात-आठ दिनों से ढूँढ़ रहे थे। लेकिन मैं तुम्हें ठीक ढूँढ़ नहीं रही थी, बल्कि तुम्हें पाने के लिए मैं मन-ही-मन तपस्या कर रही थी।"

मगर तपस्या की सूखी गम्भीरता उसके मुँह पर नहीं थी, इसीलिए सरल स्नेह के तनिक मीठे मजाक की कल्पना करके कमल ने मुस्कुराकर कहा—"इस सौभाग्य का कारण? मैं तो सबसे परित्यक्त हूँ, दीदी। भद्र समाज का कोई तो मुझे नहीं चाहता!"

यह दीदी सम्बोधन नया है। नीलिमा की दोनों आँखें अचानक छलछलाने को आईं, लेकिन वह चुप रही।

आशु बाबू से रहा नहीं गया। उन्होंने मुँह घुमाकर कहा–"यह भद्र समाज का काम है, हो सकता है, इस शिकायत का जवाब वही लोग दें। लेकिन मैं यह जानता हूँ कि जीवन में किसी ने अगर तुम्हें सचमुच चाहा है, तो वह है–यह नीलिमा।"

कमल बोली–"यह मैं जानती हूँ।"

नीलिमा हड़बड़ाकर उठकर खड़ी हो गई। कहीं जाने के लिए नहीं, बल्कि इस तरह की चर्चा में व्यक्तिगत इंगित से वह हमेशा अस्थिर हो जाती थी। बहुत मामलों में प्रियजनों ने उसे गलत समझा है। फिर भी ऐसा ही था उसका स्वभाव। बात को उसने जल्दी से दबा दिया और बोली–"हमें तुम्हें दो खबरें देनी हैं।"

कमल ने उसके मन के भाव को समझा, उसने मुस्कुराकर कहा–"अच्छी बात है, जो देनी है दीजिए।"

नीलिमा ने आशु बाबू को दिखाकर कहा–"वे शर्म के मारे तुमसे मुँह छिपाए हुए हैं। इसीलिए मैंने कहने की जिम्मेदारी ली है। मनोरमा के साथ शिवनाथ की शादी तय हो गई है। पिता और भावी ससुर की अनुमति और आशीर्वाद माँगते हुए दोनों ने ही चिट्ठी दी है।"

यह सुनकर कमल का मुँह पीला पड़ गया। लेकिन उसने तुरन्त अपने आपको रोक लिया और बोली–"तो इसमें उन्हें शर्म किसलिए है?"

नीलिमा बोली–"इसलिए कि वह उनकी बेटी है। यह चिट्ठी पाने के बाद वह कई दिन से सिर्फ एक ही बात बार-बार कह रहे हैं कि आगरा में इतने लोग मरे, भगवान ने उन पर कृपा क्यों नहीं की? अपने जानते उन्होंने किसी दिन कोई अन्याय नहीं किया है, इसीलिए उन्हें बेहद विश्वास था कि ईश्वर उन पर कृपा करेंगे। इसी अभियान का दुख उनके सारे दुखों से बड़ा हो गया है। मेरे अलावा वे किसी से कुछ नहीं कह सके हैं और उन्होंने मन-ही-मन दिन-रात सिर्फ तुम्हें ही पुकारा है। शायद धारणा यह है कि तुम्हीं सिर्फ इससे बचने की तरकीब बता दे सकती हो।"

कमल ने झाँककर देखा, आशु बाबू की दोनों मुँदी आँखों की कोरों से कई बूँद आँसू लुढ़क पड़े हैं। उसने अपना हाथ बढ़ाकर उन आँसुओं को चुपचाप पोंछ दिया और खुद भी स्तब्ध बनी रही।

बहुत देर बाद कमल ने पूछा–"एक खबर तो यह है और दूसरी?"

नीलिमा ने मजाक के बहाने बात करनी चाही, तो भी वह ठीक-ठीक कह नहीं सकी। बोली–"दूसरी बात अकल्पनीय है, वरना कोई बड़ी बात नहीं है। अपने जिस मुखर्जी बाबू के स्वास्थ्य के लिए सभी को दुश्चिन्ता थी, वे स्वस्थ हो गए हैं और बाद में उनके बड़े भाई और भाभी ने उनके न चाहने के बावजूद जबरन उनकी शादी करा दी है। उन्होंने इस बात की जानकारी चिट्ठी से शर्म के साथ आशु बाबू को दी है, बस इतना ही।" इतना कहकर अबकी बार वह खुद ही हँसने लगी।

कमल उसके मुँह की तरफ निहारकर सिर्फ तनिक मुस्कुराई।

"तुम मुस्कुराई क्यों?"

"इसलिए कि जवाब देने से मुस्कुराना आसान है।"

इस हँसी में न ही सुख था और न ही कौतूहल। कमल ने उसके मुँह की तरफ निहारते हुए कहा–"ये दोनों ही शादी की बातें करते हैं। एक हो चुकी है और दूसरी होनेवाली है। लेकिन आप लोग मुझे क्यों ढूँढ़ रहे थे? इनमें से किसी को भी तो मैं रोक नहीं सकती।"

नीलिमा ने कहा–"हालाँकि मनोरमा और शिवनाथ की शादी रोकने की बात सोचकर ही शायद वे उन्हें ढूँढ़ रहे थे। लेकिन मैंने तो तुम्हें नहीं खोजा था, भई, मैं तन-मन से भगवान को पुकार रही थी, ताकि तुमसे मिलकर तुम्हारी कृपा-दृष्टि पा सकूँ। बंगाल में लड़की के रूप में पैदा होकर भाग्य को कोसने की कोशिश करने पर मुझे थाह ढूँढ़े नहीं मिलेगी। मगर बुद्धि के दोष से मैंने अपने मायके और ससुराल दोनों को ही गँवा दिया है। तिस पर जो ऊपरी नुकसान नसीब हुआ है, मैं उसका वर्णन नहीं कर सकती। अब बहनोई का आश्रय भी नहीं रहा।" फिर उसने इशारे से आशु बाबू को दिखाकर कहा–"उनकी कृपा की सीमा नहीं है। वे जब तक यहाँ हैं तब तक मुझे अपना सर छुपाने के लिए जगह मिलेगी। लेकिन उसके बाद अँधेरे के सिवा आँखों के आगे और कुछ भी दिखाई नहीं पड़ता है। मैंने सोचा है कि अबकी बार मैं तुमसे जगह देने के लिए कहूँगी और अगर मुझे तुम्हारे यहाँ जगह नहीं मिली, तो मैं मर जाऊँगी। मर्द की कृपा माँगकर धारा की कतवार की तरह अब घाट-घाट से टकराते-टकराते जिन्दगी के आखिरी दिनों तक मैं इन्तजार नहीं कर सकूँगी।" कहते-कहते उसकी आवाज भर्राने को आई। मगर उसने अपने आँसुओं को जबरन दबाए रखा। फिर बोली–"यह मैं जानती हूँ। लेकिन मुझे इसी बात का डर है कि आजकल तुम बीच-बीच में पता नहीं कहाँ गायब हो जाती हो।"

कमल बोली–"भले ही मैं गायब हो जाऊँ। लेकिन जरूरत पड़ने पर आपको मुझे ढूँढ़ने नहीं जाना होगा, दीदी। बल्कि मैं ही दुनिया भर में आपको ढूँढ़ने के लिए निकल पड़ूँगी। इस बारे में आप निश्चिन्त रहें।"

आशु बाबू बोले–"अब तुम इसी तरह से मुझे भी भरोसा दो कमल, ताकि उसी की तरह मैं भी निःसन्दिग्ध हो सकूँ।"

"आप हुक्म दीजिए, मैं क्या कर सकती हूँ?"

"तुम्हें कुछ भी करने की जरूरत नहीं है कमल, जो करना है, मैं खुद ही करूँगा। तुम मुझे सिर्फ यह सुझाव दो कि पिता होकर मैं कोई गुनाह न करूँ। ऐसी बात नहीं है कि इस शादी में मैं सिर्फ अपनी सहमति नहीं दे सकता, बल्कि मैं यह शादी होने भी नहीं दे सकता।"

कमल बोली–"सहमति आपकी है, आप अपनी सहमति नहीं भी दे सकते हैं, लेकिन आप शादी कैसे नहीं होने देंगे? आपकी बेटी बड़ी हो गई है!"

आशु बाबू अपनी उत्तेजना को दबा नहीं सके, क्योंकि इस शादी को कबूल करने की गुंजाइश नहीं है, इसलिए यही बात उनके मन के अन्दर दिन-रात चक्कर लगा रही है। बोले–"यह मैं जानता हूँ। लेकिन बेटी को भी यह जानना चाहिए कि बेटी बाप से बड़ी नहीं हो सकती है। सिर्फ सहमति ही मेरी अपनी नहीं है, कमल, सम्पत्ति भी मेरी अपनी है। लोगों

ने आशु वैद्य की कमजोरी का ही परिचय पाया है, लेकिन उसका और एक पहलू है, लोग यह भूल गए हैं।''

कमल ने उनके मुँह की तरफ निहारते हुए स्निग्ध स्वर में कहा–''आपका वह पहलू लोग भूले ही रहें, आशु बाबू। लेकिन अगर ऐसा न हो, तो क्या वह परिचय आपको सबसे पहले अपनी बेटी को देना होगा?''

''हाँ, सबसे पहले मुझे अपना यह परिचय अपनी इस बेअदब बेटी को ही देना होगा।'' इतना कहकर वे पल भर चुप रहे, फिर बोले–''यह हमारी इकलौती मातृहीन सन्तान है, उसे मैंने कैसे पाल-पोसकर बड़ा किया है, यह सिर्फ वे ही जानते हैं जिन्होंने पिता के हृदय को बनाया है। इसका दुख क्या है, इस मुँह से जाहिर करने की कोशिश करने पर उसकी बुराई सिर्फ मेरी ही नहीं, बल्कि जो सब पिताओं के पिता हैं उनकी भी खिल्ली उड़ाएगी। इसके अलावा तुम इसे समझोगी भी भला कैसे! लेकिन पिता का सिर्फ स्नेह ही तो नहीं है कमल, उसका कर्तव्य भी तो है! शिवनाथ को मैं पहचान सका हूँ, उसके सर्वनाशी शिकंजे से मैं अपनी बेटी को बचा सकूँ, इसके अलावा और कोई रास्ता मुझे दिखाई नहीं पड़ता है। मैं कल मणि को चिट्ठी में लिख दूँगा कि इसके बाद वह मुझसे एक कौड़ी की भी आशा न करे।''

''लेकिन अगर मणि इस चिट्ठी पर विश्वास न कर सकें तो? अगर वह यह सोचे कि पिताजी का यह गुस्सा ज्यादा दिनों तक नहीं रहेगा, और एक दिन वे खुद अपने अन्याय को सुधार लेंगे तो?''

''तो वह उसका नतीजा भुगतेगी। लिखने की जिम्मेदारी मेरी है लेकिन विश्वास करने की जिम्मेदारी उसकी है।''

''तो क्या आपने सचमुच ही यही तय किया है?''

''हाँ, मैंने यही तय किया है।''

कमल चुपचाप बैठी रही। आकुल इन्तजार से आशु बाबू खुद भी चुपचाप बैठे रहे और मन-ही-मन आकुल हो उठे। बोले–''तुम चुप क्यों रही कमल? तुमने कोई जवाब नहीं दिया?''

''कहाँ, आपने तो कोई भी प्रश्न नहीं किया है? दुनिया में जब दो आदमियों की राय एक-दूसरे से नहीं मिलती है तो जो ताकतवर होता है वह कमजोर को सजा देता है। यह रीति प्राचीन काल से चली जा रही है। इसमें कहना क्या है?''

आशु बाबू के क्षोभ की सीमा नहीं रही, बोले–''यह तुम क्या कह रही हो कमल? पिता का तो सन्तान के साथ शक्ति परीक्षा करने का रिश्ता नहीं है कि मैं उसे इसीलिए सजा देना चाहता हूँ कि वह कमजोर है! कठोर होना कितना कठिन है, यह सिर्फ पिता ही जानता है। तब भी मैंने जो इतना बड़ा संकल्प किया है वह सिर्फ इसलिए न कि मैं उसे गलती करने से बचाऊँ! तो क्या सचमुच ही तुम यह नहीं समझ सकी हो?''

कमल ने सर हिलाकर कहा–''मैं यह समझ सकी हूँ। लेकिन आपकी बात न सुनकर अगर वह गलती ही करे, तो उसका दुख वह पाएगी। लेकिन चूँकि आप उसके दुख को दूर नहीं कर सके, इसलिए क्या आप गुस्सा करके उसके दुख के बोझ को हजार गुना बढ़ा देंगे?'' वह थोड़ी देर रुकी, फिर बोली–''आप उसके सारे रिश्तेदारों से बढ़कर हैं। जिस

आदमी को आपने बेहद बुरा माना है उसी के हाथों आप अपनी बेटी को हमेशा के लिए दरिद्र और लाचार बनाकर छोड़ देंगे, उसके लौटने का रास्ता किसी दिन किसी तरह से ही आप खुला नहीं रखेंगे?''

आशु बाबू विह्वल आँखों से निहारते रहे, एक शब्द भी उनकी जबान पर नहीं आया, सिर्फ देखते ही देखते उनकी दोनों आँखों में आँसू भर आए और आँसुओं की बड़ी-बड़ी बूँदें लुढ़क पड़ीं।

थोड़ी देर इसी तरह से बिताने के बाद उन्होंने कुर्ते की आस्तीन से अपनी आँखें पोंछीं। गले को साफ करके धीरे-धीरे सर हिलाया—''लौटने का रास्ता इसी दम है कमल, बाद में नहीं है। पति को छोड़कर जो लौटता है, भगवान करें, वह मुझे अपनी आँखों न देखना पड़े।''

कमल बोली—''यह अन्याय है। बल्कि मैं यह कामना करती हूँ कि अगर कभी उसे अपनी गलती समझ में आए तो उस दिन गलती सुधारने का रास्ता बन्द न रहे। इसी तरह से आदमी अपने आपको सुधारते-सुधारते आज आदमी बन सका है। गलती से तो तब तक डर नहीं है आशु बाबू, जब तक उसका दूसरी तरफ रास्ता खुला रहता है। चूँकि वही रास्ता आपको नजरों के सामने बन्द लग रहा है इसीलिए आज आपकी आशंका की सीमा नहीं है।''

अगर मनोरमा उनकी बेटी न होकर और कोई होती, तो यह सीधी बात वे आसानी से समझते। लेकिन इकलौती सन्तान के भविष्य की निःसन्दिग्ध भीषण दुर्गति ने कमल के सारे कथनों को विफल कर दिया। उन्होंने सिर्फ असम्बद्ध विनती के स्वर में कहा—''नहीं कमल, इस शादी को रोकने के सिवा और कोई रास्ता ही मुझे नजर नहीं आता है। कोई तरीका क्या तुम नहीं बता दे सकती?''

''मैं?'' इंगित को कमल ने इतनी देर बाद समझा। और जब उसने इसे साफ करने की कोशिश की तो उसकी स्निग्ध आवाज पल भर के लिए गम्भीर हो उठी, लेकिन उसी पल के लिए। और जब नीलिमा की तरफ उसकी निगाह पड़ी तो उसने अपने आपको रोक लिया और बोली—''नहीं, इस मामले में मैं आपकी कोई भी मदद नहीं कर सकती। मैं यह नहीं जानती कि उत्तराधिकार से वंचित करने का डर दिखाने पर वह डरेगी या नहीं। अगर वह डर जाए, तब मैं यही कहूँगी कि खिला-पिलाकर, स्कूल-कॉलेज में किताब जबानी याद करवाकर आपने अपनी बेटी को बड़ी ही किया है, मगर उसे आदमी नहीं बना सके हैं। आज अगर उसके लिए इस कमी को पूरी करने का मौका आ गया हो, तो मैं किसलिए बाधक बनूँ?''

उसकी बात आशु बाबू को अच्छी नहीं लगी, बोले—''तो क्या तुम यह कहना चाहती हो कि बाधा देना मेरा कर्तव्य नहीं है?''

कमल बोली—''मैं इतना ही कह सकती हूँ कि कम-से-कम डर दिखाकर नहीं। अगर मैं आपकी बेटी होती, तो, हो सकता है, मैं बाधा पाती। लेकिन इस जीवन में फिर कभी मैं आपकी श्रद्धा नहीं कर पाती। मेरे पिता ने मुझे यही पढ़ाया था।''

आशु बाबू बोले—''यह असम्भव है कमल। तुम्हारी भलाई का रास्ता उन्हें इसी तरफ दिखाई पड़ा था। मगर मुझे इस तरफ मणि की भलाई का रास्ता दिखाई नहीं पड़ता है तब भी मैं भी पिता हूँ। मुझे साफ-साफ यह दिखाई पड़ रहा है कि शिवनाथ को कोई सच्चा प्यार नहीं दे सकता है, यह उसका मोह है। यह झूठ है। इस क्षण-स्थायी नशे की खुमारी

जिस दिन दूर हो जाएगी उस दिन मणि के दुखों का अन्त नहीं रहेगा, उस दिन उसे कौन कैसे बचाएगा?"

कमल बोली—"बल्कि नशे के ही अन्दर चिन्ता थी लेकिन वह खुमारी दूर हो जाने पर जब वह स्वस्थ हो जाएगी तब उसे कोई डर नहीं है। उसका स्वास्थ्य ही तब उसे बचाएगा।"

आशु बाबू ने उसे नामंजूर करते हुए कहा—"यह सब शब्दों का दाँव-पेच है कमल, युक्ति नहीं है। सच्चाई इससे बहुत दूर है। गलती की उसे बहुत बड़ी सजा पानी होगी। वकालत के बल पर उससे छुटकारा नहीं मिलेगा।"

कमल बोली—"छुटकारे का इंगित मैंने नहीं किया है आशु बाबू। मैं यह जानती हूँ कि गलती की सजा भोगनी पड़ती है। उसमें दुख है, मगर शर्म नहीं है। मणि ने किसी को धोखा देने की कोशिश नहीं की है। गलती को सुधार कर वह अगर वापस आए, तो उसे सर झुकाकर आना न पड़े, यही भरोसा मैंने आपको देना चाहा था।"

"तब भी तो मैं भरोसा नहीं पाता हूँ कमल। मैं यह जानता हूँ कि वह अपनी गलती समझेगी ही। लेकिन उसके बाद भी तो उसे लम्बे अर्से तक जीना होगा, तब वह क्या लेकर रहेगी? जिएगी किस सहारे?"

"आप ऐसी बात मत कहिए। आदमी का दुख ही अगर दुख पाने की आखिरी बात होती, तो उसका मूल्य नहीं था। वह एक तरफ की हानि को दूसरी तरफ के लाभ से पूरी कर देता है। वरना मैं ही भला आज जिन्दा रहती कैसे? बल्कि आप उसे आशीर्वाद दीजिए कि अगर कभी वह अपनी गलती को समझ सके, तो तब वह अपने आपको मुक्त कर ले सके। तब कोई लोभ, कोई डर उसे लील न जाए।"

आशु बाबू चुप रहे। जवाब देने में उन्हें हिचकिचाहट हुई, मगर इसे कबूल करने में उन्हें कहीं ज्यादा हिचकिचाहट हुई। वे बहुत देर बाद बोले—"पिता की दृष्टि से मुझे मणि का भावी जीवन अँधेरा नजर आता है। तुम क्या तब भी सचमुच ही यह कहती हो कि मुझे बाधा नहीं देनी चाहिए, मुझे चुपचाप मान लेना चाहिए।"

"अगर मैं माँ होती, तो मैं मान ही लेती। उसके भविष्य की आशंका से, हो सकता है मैं भी आपकी ही तरह दुख पाती, तब भी मैं इस तरीके से बाधा देने की तैयारी नहीं करती। मैं मन-ही-मन कहती—इस जीवन में जिस रहस्य के सामने आकर आज वह खड़ी है वह मेरी सारी दुश्चिन्ताओं से भी बड़ा है। इसे कबूल करना ही होगा।"

आशु बाबू फिर थोड़ी देर तक चुप रहकर बोले—"तब भी मैं समझ नहीं सका, कमल। शिवनाथ के चरित्र और उसकी सारी बुरी हरकतों के बारे में मणि जानती है। एक दिन शिवनाथ के इस घर में आने देने में भी उसे आपत्ति थी, लेकिन आज जिस सम्मोहन से उसका हिताहित-बोध, उसकी सारी वैयक्तिकताएँ ढँक गई हैं वह जादू है, मोह है। इस झूठ को चाहे जैसे भी क्यों न हो, दूर करना ही पिता का कर्तव्य है।"

अबकी बार कमल बिलकुल स्तब्ध हो गई और इतनी देर बाद दोनों के विचारों का स्वाभाविक फर्क उसे नजर आया। इन लोगों की श्रेणी ही अलग है। चूँकि यह प्रमाण की चीज नहीं है इसीलिए इतनी देर की इतनी बातचीत बिलकुल पूरी तरह विफल हुई। जिस तरफ उनकी नजरें टिकी हुई हैं उस तरफ हजारों वर्षों तक आँखें खोले रहने पर भी इस

सच्चाई से मुलाकात नहीं होगी। कमल ने यह समझा। ये लोग बुद्धि की परख करते हैं, उसी हिताहित-बोध, उसी भले-बुरे, सुख-दुख का बड़ी सावधानी से हिसाब करते हैं, और उसी मजबूत बुनियाद को डालनेवाले इंजीनियर को बुला करके हिसाब लगाकर प्यार का नतीजा निकालना चाहते हैं। अपने जीवन में आशु बाबू ने पत्नी को बहुत ज्यादा प्यार किया था। उनको स्वर्ग सिधारे बहुत दिन हुए, फिर भी आज भी, हो सकता है, उसकी जड़ ढीली नहीं हुई थी—दुनिया में इसकी तुलना कम है, यह सब सच है तब भी ये लोग अलग श्रेणी के हैं।

इसके भले-बुरे का सवाल उठाकर तर्क करने लायक निष्फलता कोई दूसरी नहीं है। दाम्पत्य जीवन में एक दिन के लिए भी आशु बाबू का पत्नी के साथ मनमुटाव नहीं हुआ था, मन को मलिनता छू तक नहीं गई थी। निर्विघ्न शान्ति और अटूट आराम से जिन लोगों का लम्बा विवाहित जीवन बीता है उनके गौरव और महानता को कौन कम कर सकता है? दुनिया में मुग्धचित्त से इसका गुणगान करनेवाली दुर्लभ कहानी को लिखकर कवि अमर हो गए हैं, स्वकीय जीवन में इसी को प्राप्त करने की व्याकुल इच्छा से आदमी के लोभ का अन्त नहीं है। जिसकी निःसन्दिग्ध महिमा स्वयंसिद्ध प्रतिष्ठा से हमेशा अविचलित है उसे कमल किस हिमाकत से तुच्छ करेगी। मगर मणि? जिस बुरे स्वभाववाले अभागे के हाथों वह अपने आपको छोड़ देने को तैयार है उसका सब कुछ जानकर भी सब जानकारी के बाहर कदम बढ़ाने में आज उसे डर नहीं है। दुख-भरे परिणाम की चिन्ता से पिता शंकित हैं, सहेलियाँ खिन्न हैं, सिर्फ वही अकेले निःशंक है। आशु बाबू यह जानते हैं कि इस शादी में न सम्मान है, न यह शादी शुभ है, धोखे पर इसकी नींव है, यह थोड़े दिनों तक रहनेवाला मोह जिस दिन भंग होगा उस दिन जीवन भर लाज और दुख करने के लिए जगह नहीं रहेगी। हो सकता है, यह सब सच हो, लेकिन सब जानकर भी इस धोखा खाई लड़की का जो कुछ बाकी रहेगा वह पिता के शान्ति और सुख-भरे लम्बे अर्से तक रहनेवाले दाम्पत्य जीवन से बड़ा है, यह बात वह आशु बाबू को कैसे समझाएगी? परिणाम ही जिसके लिए मूल्यांकन करने का एकमात्र मानदंड है उसके साथ तर्क क्यों चलेगा? एक बार कमल का जी चाहा कि वह कहे कि आशु बाबू, हर मोह गलत नहीं है, बेटी के चित्त के आकाश में पल भर के लिए चमकी बिजली की रेखा भी, हो सकता है, पिता की अनबुझी दीये की लौ की माप को भी लाँघ जाए। मगर वह कुछ भी बोले बिना चुपचाप बैठी रही।

पिता के कर्तव्य के बारे में बड़ी साफ राय जाहिर करके आशु बाबू जवाब के इन्तजार में अधीर बने हुए थे। लेकिन कमल चुपचाप मुँह नीचा किए पहले की ही तरह बैठी है। इससे यह अच्छी तरह से समझ में आ गया कि इसको लेकर वह अब तर्क-वितर्क करना नहीं चाहती है। इसलिए नहीं कि उसके पास शब्द नहीं हैं, बल्कि इसलिए कि अब तर्क करने की जरूरत नहीं है। लेकिन इस तरह से एक आदमी अगर चुप्पी साधे रहे, तो दूसरे का मन शान्त नहीं रहता है। वास्तव में इस अधेड़ आदमी के मन की गहराई में सच्चाई के प्रति सचमुच की साफ निष्ठा है। इकलौती सन्तान के बुरे दिनों की आशंका से वे लज्जित हैं, उनका चित्त पागल है, वे मुँह से चाहे जो भी क्यों न कहें, चूँकि जोर है, इसलिए उद्दंड हिमाकत से जबर्दस्ती करने में उन्हें बड़ी वितृष्णा है। कमल को उन्होंने जितना देखा है उतना ही उनका विस्मय और सम्मान बढ़ा है। लोगों की नजरों में वह हेय है, निन्दित

है, भद्र समाज में वह परित्यक्त है, सभा में उसे बुलाया नहीं जाता है, हालाँकि इसी लड़की की मौन अवज्ञा से उन्हें सबसे ज्यादा डर लगता है, इसी के आगे उनका संकोच दूर नहीं होता है।

आशु बाबू ने कहा—"कमल, तुम्हारे पिता यूरोपियन थे, तब भी तुम यूरोप नहीं गई थी। लेकिन उन लोगों के बीच मेरे बहुत दिन बीते थे। उन लोगों की बहुत-सी चीजें मैंने अपनी आँखों से देखी हैं। प्रेम-विवाह के बहुतेरे उत्सवों में जब मुझे बुलाया गया था, तो मैं उनमें आनन्द के साथ शामिल हुआ था, फिर जब वह विवाह अनादर, उपेक्षा, अनाचार और अत्याचार से टूटा था, तब भी मैंने अपनी आँखें पोंछी थीं। अगर तुम वहाँ गई होती, तो तुम भी ठीक ऐसा ही देख पाती।"

कमल ने मुँह उठाकर कहा—"वहाँ गए बिना भी मैं देख पाती हूँ आशु बाबू। प्रेम-विवाह के टूटने की मिसाल उस देश में रोज बढ़ती ही चली जा रही है, इसके बढ़ते चले जाने की ही बात है, यह भी जितना सही है उससे उसके स्वरूप को समझा जाना भी उतना ही गलत है। यह फैसला करने की प्रणाली नहीं है आशु बाबू।"

आशु बाबू अपना भ्रम समझकर थोड़ा झेंप गए, इस तरह से इसके साथ तर्क नहीं किया जा सकता है, बोले—"खैर, इसे जाने दो। लेकिन हमारे इस देश की तरफ एक बार अच्छी तरह से नजरें उठाकर देखो तो, जो प्रथा पुराने जमाने से चली आ रही है, उसके सिरजनहार की दूरदर्शिता है यह। यहाँ जिम्मेदारी वर-वधू पर नहीं है, जिम्मेदारी है माँ-बाप और बूढ़े-बुजुर्गों पर। इसीलिए समझदारी यहाँ आकुल, असंयम में गड्डमड्ड नहीं हो जाती है। एक शान्त, अविचलित मंगल उनके जीवन भर का साथी बन जाता है।"

कमल बोली—"मगर मणि तो मंगल का हिसाब करने नहीं बैठी है आशु बाबू। उसने चाहा है प्यार, एक का हिसाब बूढ़े-बुजुर्गों की युक्ति से मिलता है, लेकिन दूसरे के हिसाब को हृदय के देवता के सिवा और कोई नहीं जानता है। लेकिन तर्क करके मैं आपको झूठमूठ में तंग कर रही हूँ, जिसके कमरे में पश्चिम की खिड़की को छोड़ दूसरी सारी दिशाओं की खिड़कियाँ बन्द हों वह उगते सूरज को नहीं देख पाता है, वह देख पाता है सिर्फ डूबते सूरज को। मगर उस शक्ल-सूरत और रंगों के मेल को मिलाकर तर्क करते रहने पर सिर्फ बात ही बढ़ेगी, बात किसी निष्कर्ष पर नहीं पहुँचेगी। लेकिन रात होती जा रही है, आज मैं जाती हूँ।"

नीलिमा बराबर चुप रही थी, इतनी देर की इतनी बातों के बीच उसने एक शब्द भी नहीं जोड़ा था। अभी उसने कहा—"मैं भी तुम्हारी सारी बातों को साफ-साफ नहीं समझ सकी हूँ कमल। मगर इतना महसूस कर रही हूँ कि कमरे की दूसरी खिड़कियों को भी खोल देना चाहिए। यह तो आँखों का दोष नहीं है, यह दोष है बन्द खिड़कियों का। वरना जिस तरफ की खिड़की खुली है, उस तरफ खड़ा होकर जिन्दगी-दर्शन करते रहने पर भी कोई दूसरी चीज किसी दिन नजर नहीं आएगी।"

कमल जरा उठकर खड़ी हो गई, तो आशु बाबू व्याकुल आवाज में बोल उठे—"अभी मत जाओ कमल और थोड़ी देर बैठो। मुझसे न खाते बनता है, न सोते। अविराम कलेजा कैसा करता है यह मैं तुम्हें समझा नहीं सकता। तब भी मैं और एक बार कोशिश करके

देखता हूँ, काश मैं तुम्हारी बातें सचमुच ही समझ सकता! तुम क्या सही कह रही हो कि मैं चुप रहूँ, और यह बुरी घटना हो जाए?"

कमल ने कहा—"मणि ने अगर उन्हें प्यार किया हो, तो मैं इसे बुरा नहीं कह सकती।"

"मगर यही तो मैं तुम्हें सैड़कों बार समझाना चाह रहा हूँ कमल कि यह मोह है, यह प्यार नहीं है। उसका मोह-भ्रम टूटेगा ही।"

कमल बोली—"ऐसी बात नहीं है आशु बाबू कि सिर्फ भ्रम ही टूटता है। सचमुच का प्यार भी दुनिया में ऐसे ही टूट जाता है। इसीलिए ज्यादातर प्रेम-विवाह क्षण-स्थायी हो जाता है। इसी वजह से ही तो उस देश की इतनी बदनामी है, और तलाक के इतने मुकदमे वहाँ होते हैं।"

उसकी बात सुनकर आशु बाबू को सहसा मानो एक रोशनी दिखाई पड़ी। वे उमड़ते आग्रह से कह उठे—"यही कहो कमल, यही कहो। यह तो मैं अपनी आँखों से बहुत देख आया हूँ।"

नीलिमा ठगी-सी निहारती रही।

आशु बाबू ने पूछा—"लेकिन हमारे इस देश की विवाह-प्रथा? उसे तुम क्या कहती हो? यहाँ शादी जीवन भर नहीं टूटती है कमल।"

कमल बोली—"उसके टूटने की बात भी नहीं है, आशु बाबू, वह तो अनजान जवानी का पागलपन नहीं है। बल्कि बहुदर्शी, बूढ़े-बुजुर्गों का हिसाब किया हुआ कारोबार है। वह सपनों का मूलधन नहीं है, वह तो परिपक्व लोगों की जाँची-परखी, आँखों देखी निखालिस चीज है। अगर हिसाब लगाने में भयंकर गलती हो, तो उसमें आसानी से दरार नहीं पड़ती है। इस देश, उस देश, सभी देशों में वह बड़ी मजबूत है, जीवन भर वह वज्र की तरह टिकी रहती है।"

आशु बाबू आह भरकर स्थिर बने रहे, उन्हें जवाब देते नहीं बना।

नीलिमा चुपचाप निहार रही थी, उसने धीरे-धीरे प्रश्न किया—"कमल, तुम्हारी ही बात अगर सही हो, सचमुच का प्यार भी अगर भ्रम की तरह ही आसानी से टूट जाता है, तो आदमी किस चीज पर निर्भर करेगा? उसके पास आशा करने के लिए क्या बाकी रहेगा?"

कमल ने कहा—"जिस स्वर्गवास की मियाद खत्म हो गई उसी की अत्यन्त मधुर स्मृति रहेगी और रहेगा उसी की बगल में दुखों का समुद्र। आशु बाबू की शक्ति और सुख की सीमा नहीं थी। लेकिन उससे ज्यादा उनकी पूँजी नहीं है। तकदीर ने जिन्हें इतना सा देकर ही विदा किया है उन्हें माफ करने के सिवा हम लोग और क्या कर सकते हैं दीदी?"

कमल थोड़ी देर रुकी, फिर बोली—"लोग बाहर से अचानक यह सोचते हैं कि शायद सब अच्छा है। बहुतेरे बेहद डरे होते हैं, वे अपने दोनों हाथों से रास्ता रोकना चाहते हैं। वे यह पक्का जानते हैं कि उनके हिसाब के बाहर शायद सब सूना है। पर सब सूना नहीं है दीदी। सब जाकर भी जो हाथ में रहता है वे उसे हीरे की तरह मुट्ठी में बन्द कर रखते हैं। चूँकि चीजों की बहुतायत से रास्ते में शोभा-यात्रा नहीं निकाली जा सकती है इसीलिए देखनेवाले हताश होकर धिक्कारते हुए घर लौटते हैं, कहते हैं, यह तो सर्वनाश है।"

नीलिमा बोली—"उनके ऐसा कहने की वजह है कमल। हीरे-मोती सबके लिए नहीं हैं, न ही आम लोगों के लिए हैं, सर से लेकर पाँव तक सोने-चाँदी के जेवर न मिलने पर जिन

लोगों का जी नहीं भरता है, वे लोग तुम्हारे उन रत्ती भर हीरे-मोतियों की कद्र नहीं समझेंगे। जिन लोगों को बहुत चाहिए वे लोग गाँठ पर बहुत भारी गाँठें बाँधकर निश्चिन्त हो सकते हैं। बहुत जिम्मेदारियों, बहुत तैयारियों, बहुत जगहों से चीजों की कीमत का अन्दाजा वे लोग पाते हैं। पश्चिम की खिड़की को खोलकर सूर्योदय देखने की कोशिश करना बेकार होगा, कमल। यह चर्चा बन्द हो।''

आशु बाबू के मुँह से फिर एक आह बाहर निकल आई, उन्होंने धीरे-धीरे कहा–''ऐसा करना बेकार क्यों होगा नीलिमा, ऐसा करना बेकार नहीं है। अच्छी बात है, मैं चुप ही रहूँगा।''

नीलिमा बोली–''नहीं-नहीं, आप चुप मत रहिएगा। सच्चाई क्या सिर्फ कमल के ही विचारों में है और पिता की शुभकामना में नहीं है? ऐसा हो ही नहीं सकता है। उसके लिए जो सच है, मणि के लिए वह सच नहीं भी हो सकता है। बदचलन पति को छोड़ने में चाहे जितनी भी सच्चाई क्यों न हो, बेला के पति को छोड़ने में जरा भी सच्चाई नहीं है, यह मैं जोर देकर कह सकती हूँ। सच्चाई न ही पति को छोड़ने में है और न ही पति की गुलामी करने में है। वे दोनों सिर्फ दाएँ-बाएँ के रास्ते हैं। मंजिल अपने आप ढूँढ़ लेनी पड़ती है। तर्क करने से उसका पता नहीं मिलता है।''

कमल चुपचाप निहारती रही।

नीलिमा कहने लगी–''सूरज का उगना ही उसका सब कुछ नहीं है, उसका डूबना भी इतना ही बड़ा है। रूप-यौवन का आकर्षण ही अगर प्यार का सब कुछ होता, तो बेटी के बारे में बाप की दुश्चिन्ता की बात ही नहीं उठती, लेकिन ऐसी बात नहीं है। मैंने किताबें नहीं पढ़ी हैं, मुझे सूझ-बूझ कम है, तर्क करके मैं तुम्हें समझा नहीं सकती। मगर लगता है, उसकी चीज का पता तुम्हें आज भी नहीं मिला है भई। श्रद्धा-भक्ति, स्नेह, विश्वास को छीना-झपटी करके नहीं पाया जा सकता है। बहुत दुख झेलने पर बहुत देर से ये दर्शन देते हैं। और जब ये दर्शन देते हैं तब रूप-यौवन का प्रश्न पता नहीं कहाँ मुँह छिपाए रहता है कमल कि उसे ढूँढ़ पाना ही मुश्किल है।''

तीक्ष्ण बुद्धि कमल ने पल भर में यह समझ लिया कि मौजूदा चर्चा में उसे ठुकरा दिया गया है। न ही इसका प्रतिवाद किया गया है, न ही समर्थन। और यह नीलिमा की निजी बात है। उसने नजरें उठाईं, तो देखा, दीये की चमचमाती लौ में नीलिमा के घने काले बिखरे बालों की साँवली छाया में उसके सुन्दर मुखड़े पर अकल्पनीय लावण्य छा गया है और उसकी थकी, नम आँखें करुण स्निग्धता से, लावण्य से भर गई हैं। कमल ने मन-ही-मन कहा–'यह नए सूरज का उगना है या थके सूरज का डूबना है। यह पूछना बेकार है।' लाली से आसमान का जो हिस्सा आज लाल हो उठा है उसके बारे में यह पूछे बिना ही कि वह पूरब है या पश्चिम, उसने उसे श्रद्धा के साथ नमस्कार किया।

दो-तीन मिनट बाद आशु बाबू ने सहसा चौंककर कहा–''तुम्हारी बातों को मैं और एक बार अच्छी तरह से सोचकर देखूँगा। लेकिन हमारी बातों की भी तुम इस तरह से अवज्ञा मत करो। बहुत से लोगों ने इसे सच माना है। झूठ से कभी इतने लोगों को फुसलाया नहीं जा सकता है।''

कमल ने अन्यमनस्क की भाँति तनिक मुस्कुराते हुए गर्दन हिलाई मगर उसने जवाब दिया नीलिमा को। बोली–"जिस चीज से एक लड़के को फुसलाया जा सकता है उसी चीज से लाखों लड़कों को भी फुसलाया जा सकता है। संख्या बढ़ना ही बुद्धि बढ़ने का प्रमाण नहीं है दीदी। एक दिन जिन लोगों ने यह कहा था कि नर-नारी के प्यार का इतिहास ही है मानव-सभ्यता का सबसे सच्चा इतिहास। उन्हीं लोगों ने सच्चाई की खोज पाई थी सबसे ज्यादा लेकिन जिन लोगों ने यह घोषणा की थी कि पुत्र के लिए ही है पत्नी की जरूरत, वे लोग औरतों का सिर्फ अपमान करके ही शान्त नहीं हुए थे, बल्कि उन लोगों ने अपने बड़े होने का रास्ता भी बन्द किया था और चूँकि उसी झूठ पर दीवार खड़ी की थी, इसीलिए आज भी इस दुख से छुटकारा नहीं मिला।"

"लेकिन यह बात तुम मुझसे क्यों कह रही हो कमल?"

कमल ने कहा–"आपको यह बताना ही आज मेरे लिए सबसे ज्यादा जरूरी है कि जिन लोगों ने हम लोगों को खुशामद के तरह-तरह के जेवर पहनाकर इस बात का प्रचार किया था कि मातृत्व ही नारी की चरम सार्थकता है, उन लोगों ने तमाम नारी जातियों को ठगा था। जीवन में चाहे जिस किसी भी स्थिति को स्वीकार क्यों न कीजिए दीदी, इस झूठी नीति को कभी मत मान लीजिएगा। यही मेरा अन्तिम अनुरोध है। मगर अब और तर्क मैं नहीं करूँगी। मैं जाती हूँ।"

आशु बाबू ने थकी आवाज में कहा–"अच्छा तो जाओ। नीचे तुम्हारे लिए गाड़ी खड़ी है। तुम्हें पहुँचा देगी।"

कमल ने दुख के साथ कहा–"आप मुझसे स्नेह करते हैं। लेकिन कहीं भी हम लोगों का मेल नहीं है।"

नीलिमा ने कहा–"मेल तो है कमल। लेकिन यह मालिक की फरमाइश के मुताबिक शोभादायक बनाया हुआ मेल नहीं है। यह है विधाता की सृष्टि का मेल। शक्ल-सूरत अलग-अलग है, मगर खून एक है, नजरों की ओट में धमनियों के अन्दर से होकर वह बहता है। इसीलिए बाहर की अनेकता चाहे जितनी भी गड़बड़ी क्यों न मचाए, अन्दर का प्रचंड आकर्षण हरगिज दूर नहीं होता है।"

आशु बाबू कुछ भी नहीं बोले, सिर्फ स्तब्ध होकर बैठे रहे।

कमल ने कहा–"आप तो जानते हैं कि अंग्रेजी में emancipation नाम का एक शब्द है। प्राचीन काल में पिता की कठोर अधीनता से सन्तान को मुक्ति देना भी उसका एक बड़ा अर्थ था। लेकिन उन दिनों के लड़के-लड़कियों ने मिलकर इस शब्द को नहीं बनाया था। बनाया था उन्हीं लोगों ने जो आप लोगों की तरह बहुत बड़े पिता थे और जिन लोगों ने अपने बन्धन को ढीला करके सन्तान को मुक्ति दी थी। आज के दिन में भी इमानसिपेशन के लिए और चाहे जितना भी झगड़ा क्यों न करें, मुक्ति देनेवाले असली मालिक तो आप लोग हैं, हम औरतें नहीं। दुनियादारी में इस सच्चाई को मैं एक दिन भी नहीं भूलती हूँ, आशु बाबू। मेरे सगे पिता अकसर ही यह कहा करते थे कि दुनिया के गुलामों को आजादी दी थी एक दिन उन्हीं के मालिकों ने, उनकी तरफ से लड़ाई की थी मालिकों की जाति के लोगों ने ही, गुलामों ने झगड़ा करके युक्ति के बल पर अपनी मुक्ति हासिल नहीं की थी। ऐसा

ही होता है। दुनिया का ऐसा ही नियम है। शक्ति के बन्धन से शक्तिशाली ही दुर्बल को छुटकारा दिलाता है। वैसे ही नारी को मुक्ति आज भी सिर्फ पुरुष ही दे सकते हैं, यह हिस्सेदारी भी उन्हीं की है। मनोरमा को मुक्ति देने की जिम्मेदारी आपके हाथ में है। मणि विद्रोह कर सकती है, लेकिन पिता के अभिशाप के अन्दर तो सन्तान की मुक्ति नहीं रहती है, रहती है उनके निःसंकोच आशीर्वाद के अन्दर।''

आशु बाबू अभी भी बात नहीं कर सके। यह उच्छृंखल प्रकृति की लड़की दुनिया में अपमान और अनादर के अन्दर ही पैदा हुई है, लेकिन जन्म की उस लज्जाजनक दुर्गति को मन में पूरा विलुप्त करके दिवंगत पिता के प्रति उसकी भक्ति और स्नेह की सीमा नहीं है।

जो व्यक्ति उसका पिता था, उसे उन्होंने देखा नहीं था। अपने संस्कार और स्वभाव के अनुसार उस आदमी की श्रद्धा करना भी मुश्किल है। फिर उसी के प्रति उनकी दोनों आँखों में आँसू भर गए। अपनी बेटी का अलगाव और विरोध उन्हें काँटों की तरह चुभा है, मगर सारे बन्धनों को काट करके भी आदमी को हमेशा के लिए बाँधकर रखा जा सकता है। इसी दूसरे की बेटी के मुँह की तरफ निहारकर उन्होंने उसकी एक झलक पाई, अपने कन्धे पर उसके हाथ को उन्होंने खींच लिया और थोड़ी देर तक चुप रहे।

कमल ने कहा–''अब मैं जाती हूँ।''

आशु बाबू ने उसका हाथ छोड़ दिया, बोले–''अच्छा, जाओ।''

इससे ज्यादा और कुछ उनके मुँह से बाहर नहीं निकला।

25

जाड़े का सूरज डूब गया। शाम के झुटपुटे से कमरे का भीतरी हिस्सा धुँधला हो गया है। एक जरूरी सिलाई के बाकी हिस्से को कमल बत्ती जलाने के पहले ही निपटा लेना चाहती है। करीब ही कुर्सी पर अजित बैठा हुआ है। ऐसा लगता है, जैसे वह शायद कुछ कहते-कहते अचानक रुक गया हो और जवाब की आशा में उत्कंठित आग्रह से इन्तजार कर रहा हो।

मनोरमा और शिवनाथ के मामले की जानकारी मित्र-मंडली को हो चुकी है। आज की चर्चा सिर्फ इसी को लेकर हुई है। अजित का मूल रूप से यह कहना था कि कुछ-न-कुछ ऐसा होगा, इस बात का सन्देह उसने आगरा आते ही किया था।

मगर कमल ने सन्देह के कारण के बारे में कोई उत्सुकता जाहिर नहीं की।

उसके बाद से अजित धड़ल्ले से बक-बक कर ऐसी जगह आकर रुका जहाँ दूसरे पक्ष की आवाज न मिलने पर और आगे नहीं बढ़ा जा सकता है।

कमल बड़े ध्यान से सिलाई करती ही रही, जैसे उसे सर उठाने का समय भी न हो।

दो-तीन मिनट चुपचाप बीते। यह पक्का नहीं था कि और भी कितनी देर बीतती। लिहाजा अजित को फिर से कोशिश करनी पड़ी, बोला–"आश्चर्य तो इस बात का है कि शिवनाथ का आचरण तुम्हारी समझ में ही नहीं आया।"

कमल ने मुँह नहीं उठाया, लेकिन उसने गर्दन हिलाकर कहा–"नहीं, मैं नहीं समझ सकी।"

"यानी तुम इतनी सीधी-सादी हो कि तुमने कोई सन्देह ही नहीं किया था, यह क्या कोई विश्वास कर सकता है?"

"कौन क्या कर सकता है, नहीं कर सकता है, यह मैं नहीं जानती। लेकिन आप भी क्या विश्वास नहीं कर सकेंगे?"

अजित बोला–"हो सकता है, मैं विश्वास करूँ, मगर तुम्हारे मुँह की तरफ निहारकर, ऐसे मैं विश्वास नहीं कर सकता।"

"मैं मानती हूँ कि यह उसी का नतीजा हुआ है, लेकिन आपको सन्देह करने का कितना फल मिला, इसे भी खोलकर बताइए?" इतना कहकर उसने फिर से तनिक मुस्कुराकर काम में मन लगाया।

अबकी बार कमल मुँह उठाकर हँसी, बोली–"तो लीजिए, देखिए मेरा मुँह गौर से। अब बताइए कि आप विश्वास कर सकते हैं या नहीं।"

अजित की आँखें जल उठीं, बोला–"तुम्हारा ही कहना सही है। चूँकि मैं उस पर विश्वास नहीं कर सका था, इसीलिए उसका यह नतीजा हुआ।"

इसके बाद अजित तरह-तरह की सम्बद्ध-असम्बद्ध बातें दस-पन्द्रह मिनटों तक बेरोक-टोक बोला, अन्त में थककर कहा–"कभी हाँ, कभी ना। पहेलियाँ बुझाना छोड़ क्या तुम बात करना नहीं जानती हो?"

कमल ने हाथ की सिलाई को सीधी करते हुए कहा–"औरतें पहेलियाँ बुझाना पसन्द करती हैं। यह उनकी आदत है।"

"तो फिर मैं उस आदत की तारीफ नहीं कर सकता। साफ-साफ कहना जरा सीखो वरना दुनिया में काम नहीं चलता है।"

"आप भी पहेलियाँ समझना जरा सीखिए वरना दूसरे पक्ष को भी ऐसी ही दिक्कत होती है।" इतना कहकर उसने हाथ के काम को समेटकर टोकरी में रखा और बोली–"जिन लोगों को साफ-साफ कहने का लोभ बहुत ज्यादा है वे लोग अगर वक्ता होते हैं, तो अपने भाषण को अखबारों में छपवाते हैं, जो लोग लेखक होते हैं वे अपनी किताबों की भूमिका लिखते हैं और जो लोग नाटककार होते हैं वे अपने नाटकों के नायक बनते हैं। वे लोग सोचते हैं, जिसे लिखकर जाहिर नहीं किया जा सकता है उसे हाथ-पाँव हिलाकर जाहिर करना चाहिए। मैं सिर्फ यह नहीं जानती कि वे लोग अगर प्यार करते हैं, तो क्या करते हैं! लेकिन आप जरा बैठिए, मैं बत्ती जलाकर लाऊँ।" इतना कहकर वह तेजी से उठी और दूसरे कमरे में चली गई।

पाँच-छह मिनट बाद वापस आई, बत्ती को टेबल पर रखा और नीचे फर्श पर बैठी।

अजित बोला–"न ही मैं वक्ता हूँ, न ही लेखक, न ही कथाकार, लिहाजा उन लोगों की तरफ से मैं कैफियत नहीं दे सकता। मगर मैं यह जानता हूँ कि अगर वे लोग प्यार करते हैं तो क्या करते हैं। वे लोग शैव विवाह की चाल नहीं चलते, साफ-साफ जाने-पहचाने रास्ते पर कदम रखकर चलते हैं। उन लोगों की गैरमौजूदगी में दूसरे को रोटी-कपड़े की तकलीफ नहीं होती है, रहने के लिए उन लोगों को मकान-मालिक की शरण में नहीं जाना पड़ता है, वे लोग अपमान का आघात नहीं सहते हैं।"

कमल ने उसे बीच में ही रोक दिया और बोली–"बहुत हुआ, रहने दीजिए।" वह हँसकर बोली–"यानी वे लोग शुरू से इमारत को इतनी ठोस और मजबूत बना देते हैं कि मुर्दे के अलावा जिन्दा आदमी को दम लेने के लिए झिरी तक नहीं रखते हैं। वे साधु लोग हैं।"

तभी अचानक दरवाजे की ओर से आवाज आई–"हम लोग अन्दर आ सकते हैं?"

यह आवाज हरेन्द्र की है। मगर ये हम लोग कौन है?

"आइए, आइए।" कहती हुई उन लोगों की अगवानी करने के लिए कमल दरवाजे के पास जाकर खड़ी हो गई।

हरेन्द्र है और उसके साथ एक युवक है। हरेन्द्र ने कहा–"तुमने सतीश को हमारे आश्रम में सिर्फ एक दिन देखा है। तब भी मैं आशा करता हूँ कि तुम उसे भूली नहीं होगी।"

कमल ने मुस्कुराते हुए कहा–"नहीं, मैं उन्हें भूली नहीं हूँ। सिर्फ उस दिन उनकी धोती सफेद थी, आज पीली है।"

हरेन्द्र ने कहा–"यह है ऊँचाई पर पहुँचने की बाहरी घोषणा और कुछ नहीं। वह अभी-अभी काशी से लौटा है। उसको लौटे दो घंटे से ज्यादा नहीं हुए हैं। वह थका हुआ है, तिस पर वह तुम पर प्रसन्न नहीं है। फिर भी यह सुनकर कि मैं तुम्हारे पास आ रहा हूँ, वह अपने जोश को रोक नहीं सका। यह है इन ब्रह्मचारियों के मन की उदारता और कुछ नहीं।" इतना कहकर उसने कमरे के अन्दर झाँककर कहा–"लो, ये रहा। और एक निष्ठावान ब्रह्मचारी यहाँ पहले से ही मौजूद है। जाने दो, यह आशंका का कारण नहीं है। मेरा आश्रम तो टूट रहा है, लेकिन दूसरा आश्रम बनने ही वाला है।" इतना कहकर वह अन्दर घुसा और सतीश को दूसरी कुर्सी दिखाकर कहा बैठो। और खुद जाकर पलंग पर अच्छी तरह जमकर बैठा। कमल खड़ी है, यह देखकर कि कमरे में तीसरी कुर्सी नहीं है, सतीश बैठने में हिचकिचा रहा था। ऐसी बात नहीं कि हरेन्द्र ने यह नहीं समझा था। तब भी उसने मुस्कुराते हुए कहा–"बैठो जी, सतीश तुम्हारी जात नहीं जाएगी। काशी-पलट होकर तुम चाहे जितनी भी ऊँचाई पर क्यों न पहुँचे हो, यह बात मत भूलना कि दुनिया में उससे भी ऊँची जगह है।"

"नहीं, इसके लिए नहीं।" इतना कहकर सतीश झेंपकर बैठ गया।

उसका मुँह देखकर कमल हँसी, बोली–"ताना मारना आपके मुँह को शोभा नहीं देता है, हरेन बाबू। आश्रम के संस्थापक भी आप हैं, महन्त-महाराज भी आप हैं। वे लोग उम्र में भी छोटे हैं, महन्ती में भी कम हैं। उन लोगों का काम है सिर्फ आपका उपदेश और आदेश मानकर चलना, लिहाजा...?"

हरेन्द्र बोला—"यह लिहाजा पूरा गैर-जरूरी है। आश्रम का संस्थापक हो सकता है, मैं ही हूँ। मगर महन्त और महाराज हैं दोनों दोस्त—सतीश और राजेन। एक का काम है मुझे सलाह देना और दूसरे का काम था भरसक अनसुनी करके चलना। एक का तो कोई अता-पता नहीं है और दूसरे वापस आए हैं कहीं ज्यादा ज्ञान अर्जित करके। डर लग रहा है कि उसके साथ कदम मिलाकर अब मैं हो सकता है, न चल सकूँ। अभी चिन्ता है सिर्फ इन अधभूखे लड़कों के झुंड को लेकर। वह उन लोगों को काशी-वाशी घुमाकर वापस लाया है। इस बीच आचार-निष्ठा में रत्ती भर भी कोताही नहीं हुई है, यह उन लोगों की तरफ देखकर ही मैंने समझा है। क्षोभ इस बात का है कि और जरा कसकर तपस्या कराने पर वापस आने का गाड़ी का किराया मरा नहीं लगता।"

कमल ने दुख के साथ प्रश्न किया—"लड़के क्या खूब दुबले हो गए हैं?"

हरेन्द्र बोला—"दुबले! आश्रम की परिभाषा में हो सकता है, उसका कोई नाम हो। सतीश यह जान भी सकता है। लेकिन आधुनिक काल के शुक्राचार्य के तपोवन में बनाई गई सच की तसवीर को तुमने देखा है? नहीं देखा है। तो फिर तुम इसे ठीक-ठीक नहीं समझ सकोगी। दूसरी मंजिल पर बरामदे में खड़े-खड़े मुझे तो अचानक लगा था कि बच्चों का झुंड कतार बाँधे स्वर्ग से आकर आश्रम में घुस रहा है। मुझे एक भरोसा मिला, मेरे आश्रम के टूट जाने पर वे लोग भूखों नहीं मरेंगे। देश के किसी कला-भवन में जाकर वे लोग मॉडेल का काम ले सकेंगे।"

कमल बोली—"लोग कहते हैं कि आप आश्रम को उठा देंगे, यह क्या सच है?"

"हाँ, यह सच है। तुम्हारे शब्दों के बाण मुझसे बर्दाश्त नहीं होते हैं। सतीश के यहाँ आने की यह भी एक वजह है। उसकी धारणा है कि तुम दरअसल भारतीय महिला नहीं हो, इसीलिए भारत की निखालिस सच्ची चीज को तुम पहचान ही नहीं सकती हो। वह तुम्हें यही समझा देना चाहता है। तुम इसे समझोगी या नहीं, यह तुम्हीं जानो। लेकिन मैंने उसे यह भरोसा दिया है कि मैं चाहे जो भी क्यों न करूँ, वह न डरे। क्योंकि चार तरह के आश्रमों में से किसी आश्रम को अजित कुमार खुद अपना लेंगे। सही खबर न मिलने पर भी एक-दूसरे से यह खबर मिल गई है कि वे बहुत पैसा खर्च करके ऐसे दस-बीस आश्रम विभिन्न जगहों पर खोल देंगे। उनके पास पैसा भी है, देने की सामर्थ्य भी है। उन आश्रमों में से एक आश्रम की अध्यक्षता सतीश को मिलेगी ही।"

कमल ने मुँह दबाकर मुस्कुराते हुए कहा—"कोई ऐसा ढक्कन नहीं है जिससे दान करने की इच्छा जैसे बुरे कार्य को ढक दिया जाए। लेकिन भारत की सच्ची चीज को मुझे समझा देने से सतीश बाबू को क्या फायदा होगा? आश्रम को उठा देने के लिए भी मैंने हरेन बाबू से नहीं कहा है, और पैसे के बल पर समूचे भारत में आश्रम खोलने से भी मैं अजित बाबू को मना नहीं करूँगी। मेरी आपत्ति सिर्फ इसे सच मान लेने पर है। इसमें किसका क्या नुकसान है?"

सतीश ने विनीत स्वर में कहा—"किसका कितना नुकसान है, यह बाहर से नहीं देखा जा सकता है। लेकिन तर्क के लिए नहीं, सीखने वाले के हिसाब से अगर मैं कोई सवाल करूँ, तो उसका जवाब मुझे नहीं मिलेगा?"

"मगर आज मैं बहुत थकी हुई हूँ सतीश बाबू।"

सतीश ने इस आपत्ति को अनसुना कर दिया, बोला–"हरेन भैया ने अभी-अभी मजाक करते हुए कहा कि काशी-पलट होकर मैं चाहे जितनी भी ऊँचाई पर क्यों न पहुँचा होऊँ, उससे भी ऊँची जगह दुनिया में है। वह यही कमरा है। मैं जानता हूँ, आपके प्रति उनके सम्मान की सीमा नहीं है। अगर आपकी बातों से उनका मन टूटे, तो वह नुकसान पूरा होना कठिन है।"

कमल चुप रही।

"राजेन को आप अच्छी तरह जानती हैं। वह मेरा दोस्त है। मूल विषय पर मतों का मेल नहीं रहता, तो हमारी दोस्ती नहीं होती। उसकी तरह भारत की सर्वांगीण मुक्ति के जरिए से स्वजाति का परम कल्याण मेरा भी काम्य है। इसी की आशा में हम लोग लड़कों को संगठित करना चाहते हैं। वरना, मरने के बाद युगों तक स्वर्ग में रहने का लोभ हम लोगों को नहीं है। लेकिन नियमों के कठोर बन्धन के अलावा तो कभी भी संघ नहीं बनता है। और सिर्फ लड़कों ने ही तो नहीं, खुद हम लोगों ने भी उस बन्धन को अपनाया है। तकलीफ वहाँ है–सो तो रहेगी ही। बहुत मेहनत करके बड़ी चीज को प्राप्त करने की जगह को ही तो आश्रम कहते हैं। इसमें खिल्ली उड़ाने की तो कोई बात नहीं है!"

जवाब न पाकर सतीश कहने लगा–"हरेन भैया का आश्रम चाहे जो भी क्यों न हो, उसके बारे में मैं चर्चा नहीं करूँगा, क्योंकि उसके व्यक्त हो जाने का डर है। लेकिन भारतीय आश्रमों के अन्दर भारत के अतीत के प्रति निष्ठा और परम श्रद्धा है, यह तो अस्वीकार नहीं किया जा सकता है। त्याग, ब्रह्मचर्य, संयम यह सब शक्तिहीन, अक्षम का धर्म नहीं है। जाति-निर्माण का प्राण और उपादान उन दिनों इसी के अन्दर निहित था। आज इस युग में भी वह उपादान उपेक्षा की सामग्री नहीं है। मरणासन्न भारत को सिर्फ इसी उपाय से फिर जिन्दा किया जा सकता है। आश्रम के आचार और रीति-रिवाजों के जरिए हम लोग इस विश्वास और श्रद्धा को जगाए रखना चाहते हैं। एक दिन भारत के ये आश्रम जहाँ मंत्र पढ़ा जाता था, होम किया जाता था, कठोर तपस्या की जाती थी जातियों के एक मौलिक कल्याण को सफल करने के उद्‌देश्य से स्थापित किए गए थे। इसकी जरूरत आज भी गायब नहीं हो गई है, इस सच्चाई को कौन स्वीकार कर सकता है?"

सतीश के भाषण में हार्दिकता का एक बल था। बातें अच्छी थीं और निरन्तर बोलते रहने से एक तरह से जबानी याद हो गई थीं। अन्त में उसका मृदु स्वर तेज और उसका काला चेहरा उत्तेजना से बैंगनी हो गया। उधर चुपचाप और अपलक आँखों से निहारकर पवित्र भावावेग से अजित का सर से लेकर पाँव तक रोमांचित हो उठा। और हरेन्द्र ने अपने आश्रम के खिलाफ इसके पहले चाहे जितनी भी मौखिक उछल-कूद क्यों न की हो, आश्रम के विगत गौरव का वर्णन सुनकर वह विश्वास और अविश्वास के बीच आँधी के वेग से हिचकोले खाने लगा। उसी के मुँह की तरफ निगाह टिकाकर सतीश ने कहा–"हरेन भैया, हम लोग मर गए हैं, लेकिन आप किस युक्ति से इस सच्चाई को भूलने जा रहे हैं कि इसी आश्रम के जरिए ही हम लोगों के नया जन्म लेने का विज्ञान है। आप तोड़ना चाहते हैं, मगर तोड़ना ही क्या बड़ा है, निर्माण करना क्या उससे कहीं ज्यादा बड़ा नहीं है? आप ही कहिए!"

कमल के मुँह की तरफ निहारकर उसने पूछा—"जीवन में आपने अपनी आँखों से कितने आश्रम देखे हैं? कितनों के साथ आपका सच्चा, गहरा परिचय है?"

"कठिन प्रश्न है।" कमल बोली—"वास्तव में मैंने एक भी आश्रम नहीं देखा है, और आप लोगों के आश्रम के सिवा किसी के साथ मेरा कोई परिचय नहीं है।"

"ऐसे में आप आश्रम के बारे में क्या जानेंगी?"

कमल ने मुस्कुराकर कहा—"आँखों से क्या सब कुछ देखा जा सकता है? आप लोगों के आश्रम में मैं अपनी आँखों से यही देख आई कि कैसे मेहनत की जाती है। लेकिन बड़ी चीज प्राप्त करने की बात तो ओट में ही रह गई।"

सतीश ने कहा—"आप फिर खिल्ली उड़ा रही हैं।"

उसके क्षुब्ध मुँह के भाव को देखकर हरेन ने स्निग्ध स्वर में कहा—"नहीं-नहीं, सतीश, वे खिल्ली नहीं उड़ा रही हैं। यह उनकी आदत है।"

सतीश बोला—"यह उनकी आदत है। यह कहने से ही कि यह उनकी आदत है, कैफियत देना नहीं होता है, हरेन भैया। भारत के पुराने दिनों जो रोज पूजा जाता रहा है, जिसका रोज पालन किया जाता रहा है, यह तो उसी का अपमान करना है, उसी से घृणा करना है, इसकी उपेक्षा नहीं की जा सकती है।"

हरेन्द्र ने कमल को दिखाते हुए कहा—"यह वितर्क उनके साथ बहुत बार हो चुका है। उनका कहना है कि पुराने की कोई जिम्मेदारी नहीं है। चीज पुरानी होती है काल के धर्म से, लेकिन उसे अच्छी बनना पड़ता है अपने गुण से। चूँकि पुरानी है, इसीलिए वह पूज्य नहीं बन जाती है। जो बर्बर जाति एक दिन अपने बूढ़े माँ-बाप को जिन्दा गाड़ देती थी, आज भी अगर उसी पुराने रीति-रिवाजों की दुहाई देकर वह कर्तव्य निर्धारित करना चाहे, तो उसे तो रोका नहीं जा सकता है सतीश!"

सतीश गुस्साई ऊँची आवाज में बोल उठा—"प्राचीन भारतीयों के साथ तो बर्बरों की तुलना नहीं हो सकती है हरेन भैया।"

हरेन्द्र बोला—"यह मैं जानता हूँ। लेकिन यह युक्ति नहीं है सतीश, यह मुँहजोरी है।"

सतीश ने और ज्यादा उत्तेजित होकर कहा—"यह हम लोगों ने नहीं सोचा था हरेन भैया कि एक दिन आपको भी नास्तिकता के फन्दे में पड़ना होगा।"

हरेन्द्र बोला—"तुम यह जानते हो कि मैं नास्तिक नहीं हूँ। लेकिन गाली देकर सिर्फ अपमानित किया जा सकता है सतीश, मत को साबित नहीं किया जा सकता है। कड़ी बात दुनिया में सबसे ज्यादा कमजोर है।"

सतीश शर्मिन्दा हुआ। उसने झुककर उसके पैरों को छूकर हाथ को अपने माथे से लगाया और कहा—"मैंने आपको अपमानित नहीं किया है हरेन भैया। आप तो यह जानते हैं कि हम लोग आपकी कितनी श्रद्धा करते हैं। लेकिन तब दुख पाता हूँ जब यह सुनता हूँ कि भारत के शाश्वत उपास्य पर भी आप अविश्वास करते हैं। एक दिन जिस उपादान और जिस साधना से उन लोगों ने इस भारत की विशाल जाति, विशाल सभ्यता का निर्माण किया था उसकी सच्चाई कभी भी गायब नहीं हुई है। मैं सुनहरे अक्षरों में साफ-साफ देख पाता हूँ उस भारत की रग-रग में समाए धर्म को, उस हमारी अपनी चीज को, उस विनाशोन्मुख

विशाल जाति को फिर उसी उपादान से जिन्दा किया जा सकता है हरेन भैया। दूसरा कोई रास्ता नहीं है।''

हरेन्द्र ने कहा—''ऐसा नहीं भी हो सकता है सतीश। यह तुम्हारा विश्वास है, और उसका दाम सिर्फ तुम्हारे अपने लिए है। एक दिन ठीक इसी तरह की बात के जवाब में कमल ने कहा था—दुनिया के आदम युग में विशाल हड्डी, विशाल देह और विशाल भूख से विशाल जीव बना था, उसी को लेकर वह दुनिया को जीतता फिरा था, उस दिन वही था उसका सच्चा उपादान। लेकिन और एक दिन उसी देह, उसी भूख ने ला दी उसकी मौत। एक दिन के सच्चे उपादान ने दूसरे दिन झूठे उपादान बनकर दुनिया से उसका नामोनिशान तक मिटा दिया। उसने जरा भी दुविधा नहीं की। वही हड्डी आज पत्थर में बदल गई है। और पुरातात्विकों की खोज की चीज है।''

सतीश को अचानक जब कोई जवाब ढूँढ़े नहीं मिला, तो बोला—''तो क्या हमारे पुरखों का आदर्श गलत था? उनका ज्ञान निरूपण सही नहीं था?''

हरेन्द्र ने कहा—''हो सकता है, उस दिन उनका ज्ञान निरूपण सही था, मगर आज उसके सही न होने में बाधा नहीं है। उस दिन का स्वर्ग जाने का रास्ता आज अगर यमराज के दक्षिण दरवाजे पर लाकर हाजिर कर दे, तो इसमें मुँह लटकाने का कोई कारण मुझे नहीं मिलता है सतीश।''

सतीश ने अपने गहरे गुस्से को जी-जान से दबाकर कहा—''यह सब सिर्फ आप लोगों की आधुनिक शिक्षा का नतीजा है, और कुछ नहीं।''

हरेन्द्र बोला—''यह असम्भव नहीं है। लेकिन आधुनिक शिक्षा अगर आधुनिक काल के कल्याण का रास्ता दिखा सकती है, तो मैं इसमें लाज का कोई कारण नहीं देखता सतीश।''

सतीश बहुत देर तक चुपचाप, स्तब्ध भाव से बैठा रहा, उसके बाद धीरे-धीरे बोला—''लेकिन मैं लाज क्या हजारों लाज का कारण देखता हूँ हरेन भैया। भारत का ज्ञान, भारत का सिद्धान्त यही भारत की विशेषता और प्राण है। उस भाव, उस सिद्धान्त को छोड़कर अगर देश को स्वाधीनता प्राप्त करनी हो, तो उस स्वाधीनता में भारत की तो जीत नहीं होगी, जीत होगी सिर्फ पाश्चात्य नीति और पाश्चात्य सभ्यता की। यह हार का दूसरा नाम है। इससे मौत अच्छी है।''

उसे हार्दिक दुख है। यह अनुभव करके हरेन्द्र चुप्पी साधे रहा। लेकिन अबकी बार जवाब दिया कमल ने। उसके मुँह पर जरा भी जाना-पहचाना मजाक नहीं था। आवाज संयत, शान्त और मृदु है, बोली—''सतीश बाबू, अपने जीवन में आपने जैसे अपने आपको निछावर किया है, संस्कार की दृष्टि से भी अगर आप उसे वैसे ही छोड़ सकते, तो यह बात समझना आज कठिन नहीं होता कि भाव के लिए, विशेषता के लिए आदमी नहीं है, बल्कि आदमी के लिए ही उसका आदर है, आदमी के लिए ही उसका दाम है। आदमी अगर डूब जाए, तो क्या होगा उसके सिद्धान्त की महिमा को स्थापित करने से? भले ही नहीं हुई भारत के मतों की जीत, आदमी की जीत तो होगी। तब मुक्ति पाकर इतने नर-नारी धन्य हो जाएँगे। नजरें उठाकर देखिए तो नए तुर्की की तरफ। जब तक वह अपनी प्राचीन

रीति-नीति, आचार-विचार, पीढ़ियों पुराने परम्परागत रास्ते को ही सही मानकर उससे जकड़ा रहा, तब तक बार-बार उसकी हार हुई थी। आज क्रान्ति के जरिए उसने सच्चाई को पाया है, उसका सारा कूड़ा-करकट बह गया है, आज किसकी मजाल है कि उसकी खिल्ली उड़ाए? हालाँकि उसी प्राचीन मत और तौर-तरीके ने ही उसे एक दिन विजय दी थी, दिया था ऐश्वर्य, दिया था कल्याण, दी थी मनुष्यता। उसने सोचा था कि शायद यही है चिरन्तन सच। सोचा था कि उसी से ही जी-जान से जकड़े रहने से वह विगत गौरव को फिर वापस ला सकेगा। उसने सोचा भी नहीं था कि उसका भी विवर्तन है। आज वह मोह मर गया, मगर उसके लोग जी उठे। ऐसी मिसाल और भी है, और होगी। सतीश बाबू, आत्मविश्वास और आत्म-अहंकार एक चीज नहीं है।''

सतीश ने कहा–''यह मैं जानता हूँ। लेकिन यह भी तो नहीं हो सकता है कि पश्चिम के लोगों ने आदमी के आखिरी सवाल का जवाब दिया है? यह भी तो सम्भव है कि एक दिन उनकी सभ्यता भी मिट जाएगी।''

कमल ने सर हिलाकर बोला–''हाँ, यह सम्भव है। मेरा विश्वास है कि एक दिन उनकी सभ्यता भी मिट जाएगी।''

''तो, उसके बाद क्या होगा?''

कमल ने कहा–''इसमें धिक्कार देने की कोई बात नहीं है। सतीश बाबू, बुरा तो अच्छे का दुश्मन नहीं है। अच्छे का दुश्मन वह है जो उससे और भी अच्छा हो। यही भारत को डर है। और वही और भी अच्छा, जिस दिन उपस्थित होकर सवाल का जवाब माँगेगा उस दिन उसी के हाथों राज सौंपकर उसे हट जाना होगा। एक दिन हूण और तातारों ने भारतवर्ष को जबर्दस्ती जीता था, लेकिन वे इसकी सभ्यता को बाँध नहीं सके थे, बल्कि वे अपने आप बँध गए थे। और इसका कारण क्या है, जानते हैं? इसका असली कारण यह था कि वे लोग खुद छोटे थे। मगर मुगलों और पठानों की परीक्षा इसलिए बाकी रह गई कि फ्रांसीसी और अंग्रेज आ गए। उनके आने का सिलसिला आज भी खत्म नहीं हुआ है। एक दिन उन्हें इसका जवाब भारत को देना ही पड़ेगा। यह सवाल रहने दीजिए, लेकिन पश्चिम के ज्ञान, विज्ञान और सभ्यता के आगे भारत को घुटने टेकने पड़े तो उसके घमंड को चोट पहुँचेगी, मगर उसके कल्याण को चोट नहीं पहुँचेगी, यह मैं पक्का कह सकती हूँ।''

सतीश ने जोर से सर हिलाकर कहा–''नहीं-नहीं-नहीं, जिन लोगों को न आस्था है, न श्रद्धा, जिन लोगों के विश्वास की नींव रेत पर है उनके आगे इस तरह से करते रहने पर सर्वनाश होगा।'' इतना कहकर उसने हरेन्द्र की तरफ कनखियों से निहारा और कहा–''ठीक इसी तरह से एक दिन बंगाल में–यह बहुत पुरानी बात नहीं है–विदेश के विज्ञान, विदेश के दर्शन और विदेश की सभ्यता को बहुत बड़ी समझकर कई सत्य-भ्रष्ट और आदर्शच्युत लोगों ने अधूरी शिक्षा की विजातीय होड़ में अपने देश का जो कुछ है उसे तुच्छ बनाकर देश के मन को विक्षिप्त और कदाचारी बना दिया था। लेकिन इतना बड़ा अकल्याण विधाता को बर्दाश्त नहीं हुआ। प्रतिक्रिया में विवेक लौट आया। गलती समझ में आई। ऐसे बुरे दिन में जो मनस्वी अपनी जाति के विकेन्द्रित पागल

चित्त को अपने घर की तरफ वापस ले आए, वे लोग सिर्फ देश के नहीं, बल्कि समूचे भारत के आदरणीय हैं।'' इतना कहकर उसने दोनों हाथों को जोड़कर अपने माथे से लगाया।

यह सभी जानते हैं कि उसका कहना सही है। लिहाजा हरेन्द्र और अजित दोनों ने ही उसकी देखा-देखी उन आदरणीय लोगों को जब नमस्कार किया, तो इसमें विस्मय की कोई बात ही नहीं थी। अजित ने मृदु स्वर में कहा–''बहुत ज्यादा लोग, हो सकता है, उस समय ईसाई बन जाते। सिर्फ उन्हीं लोगों के कारण ऐसा नहीं हो सका था।'' अपनी बात कहकर जब उसने कमल के मुँह की तरफ निहारा, तो देखा, उसकी आँखों में स्त्री कृति नहीं थी, है सिर्फ तिरस्कार। हालाँकि वह चुप्पी साधे ही है। हो सकता है, जवाब देने की उसकी इच्छा भी नहीं थी। अजित को वह पहचानती थी, लेकिन हरेन्द्र ने भी जब उसी बात को धीमे से दोहराया, तब उसकी थोड़ी देर पहले की बातों के साथ यह संकोच-भरी जड़ता इतनी अटपटी लगी कि वह चुप नहीं रह सकी। बोली–''हरेन बाबू, एक तरफ वे लोग हैं जो भूत को नहीं मानते, मगर भूत से डरते हैं। इसे ही कहते हैं भगवान के घर चोरी। ऐसा अन्याय और कुछ हो ही नहीं सकता है। इस देश में रुपए की कमी नहीं होगी, लड़कों का भी अकाल नहीं होगा। लिहाजा सतीश बाबू का काम चल जाएगा। लेकिन उन्हें छोड़ने का कपट आपको हमेशा दुख देगा।''

वह थोड़ी देर रुकी, फिर बोली–''मेरे पिता ईसाई थे। लेकिन मैं क्या हूँ, इसकी खोज न ही उन्होंने की थी, न ही मैंने की है। उन्हें जरूरत नहीं थी, मुझे याद नहीं था। कामना करती हूँ, मैं धर्म को जीवन भर इसी तरह भूले रह सकूँ। लेकिन अभी-अभी अनाचारी कहकर आपने जिनका अपमान किया और वन्दनीय कहकर जिनको नमस्कार किया, उन लोगों में से किसकी देन सर्वनाश के पलड़े पर भारी है, इस सवाल का जवाब एक दिन लोग माँगना भूलेंगे नहीं।''

सतीश के बदन पर न जाने किसने चाबुक मारा। तीव्र दुख से वह अचानक उठकर खड़ा हो गया और पूछा–''आप इन लोगों का नाम जानती हैं? आपने कभी किसी से इन लोगों का नाम सुना है?''

कमल ने गर्दन हिलाकर कहा–''नहीं, न मैं इन लोगों का नाम जानती हूँ और न कभी किसी से इन लोगों का नाम मैंने सुना है।''

''तो फिर पहले आप इन लोगों का नाम जान और सुन लीजिए।''

कमल ने हँसकर कहा–''अच्छा! मगर मुझे नाम का मोह नहीं है। नाम जानने को ही मैं जानने का अन्त नहीं मान सकती।''

उसकी बात के जवाब में सतीश अपनी आँखों से सिर्फ अवज्ञा और घृणा बरसाता हुआ तेज कदमों से कमरे से बाहर निकल गया।

इस बात में सन्देह नहीं कि वह गुस्सा करके गया है। इस अप्रिय घटना को शायद हलकी करने की मंशा से हँसने का स्वाँग रचकर थोड़ी देर बाद कहा–''कमल की आकृति प्राच्य की है, लेकिन प्रकृति प्रतीच्य की है। एक नजर आती, लेकिन दूसरी रहती है पूरी आड़ में। यहीं होती है आदमी से गलती। उसके परोसे हर खाने को गटका जा सकता है, मगर

इसे हजम करना मुश्किल है। आँतों में मरोड़ होने लगती है। हमारी किसी भी प्राचीन चीज पर उसे न है विश्वास और न है हमदर्दी। उसे बेकार कहकर रद्द कर देने में उसे कोई दुख नहीं है। लेकिन छोटा तराजू हाथ में आने से ही बारीकी से तौला नहीं जा सकता है, इस बात को वह समझती है।''

कमल बोली–''मैं इस बात को समझ सकती हूँ। सिर्फ खरीदते वक्त एक चीज के बराबर दूसरी चीज मैं नहीं ले सकती। यही है मुझे ऐतराज।''

हरेन्द्र बोला–''मैंने तय किया है कि मैं आश्रम को उठा दूँगा। मेरे मन में इस बात का सन्देह पैदा हुआ है कि उस शिक्षा से आदमी बनकर लड़के देश की मुक्ति–परम कल्याण को वापस ला सकेंगे। मगर यही सोचते नहीं बनता कि गरीब घर के जिन लड़कों को बेघर करके सतीश लाया है, उनका मैं क्या करूँगा! मैं उन्हें सतीश के हाथों सौंप भी नहीं सकता हूँ।''

कमल बोली–''इन्हें उनके हाथों सौंपने की जरूरत नहीं है। लेकिन इन लोगों से असाधारण, अलौकिक, कुछ न कुछ करवाना भी नहीं चाहिए। दीन-दुखियों के लड़के सभी देशों में हैं, वे लोग जिस तरह से उन लोगों को बड़ा बना देते हैं, उसी तरह से आप इन्हें आदमी बना दीजिए।''

हरेन्द्र बोला–''मैं यहीं अभी भी निःसन्देह नहीं हो सका हूँ कमल। मास्टर, पंडित लगाकर मैं हो सकता है, उन्हें पढ़ा-लिखा सकूँ, लेकिन मुझे इसी बात का डर है कि उन लोगों की संयम और त्याग की जो शिक्षा शुरू हुई थी, उससे अलग करके उन्हें आदमी बनाया जा सकता है या नहीं।''

कमल बोली–''हरेन बाबू, चूँकि आप लोग सारी चीजों के बारे में इतने गुप्त रूप से सोचते हैं, इसीलिए आप लोग किसी सवाल का कोई सीधा जवाब नहीं पाते हैं। सन्देह होता है कि या तो वे लोग देवता बन जाएँगे या बिलकुल उद्दंड जानवर बन जाएँगे। दुनिया की सहज, सरल, स्वाभाविक शोभा अब आँखों के सामने नहीं रहती है। दूसरों के मनगढन्त अन्याय के बोध के द्वारा आप लोग अपने समूचे मन को शंका से त्रस्त, मलिन कर रखते हैं। उस दिन आश्रम में मैं जो देख आई थी वह क्या संयम और त्याग की शिक्षा देता है। उन लोगों को क्या मिला है? उन लोगों को मिला है दूसरों के दिए दुखों का बोझ, मिला है अनधिकार, मिली है प्रवंचित की भूख। चीन में पैदा होते ही लड़कियों के पाँवों को छोटा कर दिया जाता है, मर्द भी उन्हें सुन्दर कहते हैं। आप लोग अपनी करनी पर मगन रहते हैं। मैंने उन लड़कों से पूछा–बच्चो, तुम लोग कैसे हो, बताओ तो? लड़कों ने संक्षेप में कहा–हम लोग बहुत सुख से हैं। उन लोगों ने एक बार सोचा भी नहीं। उनकी सोचने की शक्ति खत्म हो गई है। इतना कड़ा नियम है। नीलिमा दीदी ने मेरी तरफ निहारकर शायद जवाब माँगा, मगर छाती पीटकर रोने के सिवा मुझे इस बात का कोई जवाब ढूँढ़े नहीं मिला। मैंने मन-ही-मन सोचा–भविष्य में ये ही लोग देश की स्वाधीनता वापस लाएँगे।''

हरेन्द्र बोला–''लड़कों की बात रहने दीजिए। लेकिन राजेन, सतीश, ये लोग तो नौजवान हैं। इन लोगों ने भी तो अपना सब कुछ छोड़ दिया है।''

कमल बोली–"राजेन को आप लोग नहीं पहचानते हैं, लिहाजा उसे रहने दीजिए। लेकिन वैराग्य जवानी पर ही तो ज्यादा हावी होता है। वह जहाँ शक्ति है, वहाँ विपरीत शक्ति के सिवा उसे कौन काबू कर सकता है?"

हरेन्द्र ने कहा–"तुम गुस्सा मत करना, कमल। मगर तुम्हारे खून में तो वैराग्य नहीं है। तुम्हारे पिता यूरोपियन थे। उन्हीं के लालन-पालन में तुम्हारा बचपन बीता है। तुम्हारी माँ इस देश की थीं, लेकिन उनकी बात न उठाना ही अच्छा है। डीलडौल और खूबसूरती के अलावा माँ से तुमने कुछ भी नहीं पाया है। इसीलिए पश्चिम की शिक्षा से भोग को ही तुमने जीवन में सबसे बड़ा माना है।"

कमल ने कहा–"मैंने गुस्सा नहीं किया है हरेन बाबू। मगर आप ऐसी बात मत कहिए। सिर्फ भोग को ही जीवन में बड़ा मानकर कोई जाति कभी भी बड़ी नहीं बन सकती है। मुसलमानों ने जब यह गलती समझी तब उनका त्याग भी गया, भोग भी छूटा। यह गलती करने पर वे लोग भी मरेंगे। पश्चिम तो भला दुनिया के बाहर नहीं है। इस विधान की उपेक्षा कर-करके भी जीने की गुंजाइश नहीं है।" इतना कहकर वह पल भर चुप रही, फिर बोली–"लेकिन तब मुस्कुराकर आप लोग भी कहने का मौका पाएँगे, क्यों? कहिएगा, हम लोगों ने कहा था न! यह हम लोग जानते थे कि चार दिन की चाँदनी, फिर अँधेरी रात, लेकिन नजरें उठाकर देखो, हम लोग शुरू से लेकर आखिर तक टिके हुए हैं।" कहते-कहते निर्मल हँसी से उसका समूचा चेहरा खिल उठा।

हरेन्द्र बोला–"काश, ऐसा दिन आता!"

कमल बोली–"ऐसी बात नहीं कहते हरेन बाबू। इतनी बड़ी जाति अगर सर नीचा किए गिरे, तो दुनिया की बहुत सारी बत्तियाँ मद्धिम हो जाएँगी। यह आदमी के लिए बुरा दिन होगा।"

हरेन्द्र उठकर खड़ा हो गया। बोला–"वैसा दिन आने में अभी भी देर है। लेकिन अपने बुरे दिन की झलक मुझे मिल रही है। बहुत सारी बत्तियाँ बुझने-बुझने को आ रही हैं। तुमने अपने पिता से बुझाने की ही तरकीब सीखी थी कमल, तुमने जलाने का हुनर नहीं सीखा है। अच्छा तो मैं चला। अजित बाबू को क्या देर है?"

अजित उठने ही वाला था, मगर वह उठा नहीं।

कमल ने कहा–"हरेन बाबू, जो रोशनी रास्ते पर न पड़कर आँखों पर पड़ती हो और जिसकी वजह से थाना जाना पड़ता हो, उस रोशनी को बुझानेवाले को अपना दोस्त मानिएगा।"

हरेन्द्र ने आह भरी, बोला–"बहुत समय यह लगता है कि तुमसे मेरी जान-पहचान बुरी साइत में हुई थी, मुझमें अब विश्वास का वह जोर नहीं है, तब भी मैं यह कह सकता हूँ कि वे लोग विद्या, बुद्धि, ज्ञान और पौरुष की चाहे जितनी चकाचौंध क्यों न दिखाएँ, भारत के आगे वह सब कम है।"

कमल बोली–"यह जैसे क्लास प्रमोशन न पाए लड़के का एम.ए. पास किए को धिक्कार देना है। हरेन बाबू, जैसे आत्मसम्मान-बोध नाम का एक शब्द है, वैसे ही गर्व करना नाम का एक शब्द है।"

हरेन गुस्सा गया, बोला–"शब्द बहुत-से हैं। लेकिन यही भारत एक दिन हर दृष्टि से दुनिया का गुरु था, तब बहुतों के पुरखे, हो सकता है, पेड़ों की डालों पर घूमते थे। फिर यही भारत और एक दिन दुनिया में इसी शिक्षक के पद पर आसीन होगा, आसीन होगा ही होगा।"

कमल ने गुस्सा नहीं किया, हँसी। बोली–"आज वे लोग डालों को छोड़कर जमीन पर उतरे हैं। लेकिन किस महा-अतीत में एक आदमी का पुरखा दुनिया का गुरु था और किस महा-भविष्य में उसका वंशधर पैतृक पेशा वापस पाएगा, इस चर्चा में सुख पाना हो, तो अजित बाबू को पकड़िए। मुझे बहुत काम है।"

हरेन्द्र ने कहा–"अच्छा, नमस्कार। तो आज मैं जाता हूँ।" इतना कहकर खिन्न और गम्भीर होकर वह बाहर निकल गया।

26

आठ-दस दिनों बाद कमल आशु बाबू के घर उनसे मिलने आई। जिन लोगों को लेकर यह कहानी है उन लोगों के जीवन में इन कई दिनों में एक उलट-फेर हो गया है। हालाँकि यह उलट-फेर न ही आकस्मिक है, न ही अप्रत्याशित है। कुछ दिनों से बेतरतीब हवा में उड़ते बादलों के टुकड़ों का अम्बार आसमान में निरन्तर जमा हो रहा था। इसके परिणाम के बारे में विशेष संशय नहीं था। हुआ भी ऐसा ही।

फाटक पर दरबान नहीं है। घर के नीचे के बरामदे में आमतौर पर कोई बैठता नहीं था। फिर भी यहाँ कई कुर्सियाँ, शमादान और दीवारों पर कई बड़े लोगों की तस्वीरें टँगी हुई थीं, पर आज वे गायब हैं। सिर्फ कालिख लगी लम्बी लालटेन छत से अभी भी लटक रही है। जगह-जगह पर कतवार जमा हो गई है। उसे साफ करने की अब शायद जरूरत नहीं थी। न जाने कैसी उदासी छाई हुई है। निहारने पर यह समझ में आ जाता है कि इस घर में रहनेवाला अब इस घर से चले जानेवाला है। कमल ऊपर आकर आशु बाबू की बैठक में जा घुसी। दिन का लगभग तीसरा पहर है। वे पहले की ही तरह आरामकुर्सी पर पाँव फैलाए लेटे हुए थे। कमरे में और कोई नहीं था। परदा हटाने की आवाज सुनकर उन्होंने आँखें खोलीं और उठ बैठे। कमल के आने की उन्होंने शायद आशा नहीं की थी। जरा ज्यादा खुश होकर उन्होंने उसकी अगवानी की–"अरे कमल! तुम? आओ बेटी, आओ।"

उनके मुँह की तरफ निहारकर उसके कलेजे को चोट पहुँची–"यह क्या? आप तो बूढ़े से हो रहे हैं चाचाजी?"

आशु बाबू हँसे–"मैं बूढ़ा दिख रहा हूँ? यह तो भगवान का आशीर्वाद है कमल। अन्दर ही अन्दर जब उम्र बढ़ती है तब बूढ़ा न दिखने जैसी तकलीफ कोई दूसरी नहीं है। यह उतनी ही करुण है जितना करुण बचपन में गंजा हो जाना है।"

"लेकिन तबीयत भी तो अच्छी नहीं दिख रही है!"

"नहीं, तबीयत ठीक नहीं है।"

लेकिन उन्होंने और विस्तार से प्रश्न करने का मौका नहीं दिया, पूछा–"तुम कैसी हो कमल?"

"मैं अच्छी हूँ। मैं तो कभी बीमार नहीं होती चाचाजी।"

"यह मैं जानता हूँ। न तुम्हें तन की बीमारी है, न मन की। उसका कारण यह है कि तुम्हें लोभ नहीं है। चूँकि तुम कुछ नहीं माँगती हो, इसीलिए भगवान तुम्हें अपने दोनों हाथों से देते हैं।"

"भगवान मुझे अपने दोनों हाथों से देते हैं? आपने भगवान को मुझे क्या देते देखा, बताइए तो?"

आशु बाबू ने कहा–"यह तो डिपुटी मजिस्ट्रेट की अदालत नहीं है बेटी कि तुम मुझे डाँटकर मुकदमा जीत लोगी? खैर, सो चाहे जो भी हो, तब भी मैं यह मानता हूँ कि दुनिया के फैसले से खुद मैंने भी खास कम नहीं पाया है। इसीलिए तो आज ही मैंने थैली को झाड़कर फेहरिस्त मिलाकर देखा। देखा, शून्यों ने तहवील को ढक रखा है। खाली थैली की मोटी शक्ल-सूरत ने आदमी की आँखों में सिर्फ धूल झोंकी है। थैली के अन्दर कोई चीज नहीं है। लोग सिर्फ गलती से यह सोचते हैं बेटी कि गणित-शास्त्र के अनुसार शून्य का दाम है। एक के दाहिनी ओर शून्यों की कतार लगने पर एक ही एक करोड़ बनता है, शून्य की संख्या भीड़ लगने पर करोड़ बन जाती है। जहाँ चीज नहीं है, वहाँ वह सिर्फ माया है। मेरा पाना भी ठीक ऐसा ही है। मैं तो देखता हूँ कि शून्य का कोई दाम नहीं है।"

कमल ने तर्क नहीं किया, उनके पास जाकर वह कुर्सी खींचकर बैठी। उन्होंने अपना दाहिना हाथ कमल के हाथ पर रखा और कहा–"बेटी, अब तो सचमुच ही जाने का वक्त हो गया। कल-परसों मैं चला जाऊँगा। मैं बूढ़ा हो गया हूँ, मैं यह सोचने का भरोसा नहीं पाता हूँ कि फिर कभी तुमसे मुलाकात होगी। मगर मैं इतना सा भरोसा पाता हूँ कि तुम मुझे नहीं भूलोगी।"

कमल ने कहा–"नहीं, मैं आपको नहीं भूलूँगी। फिर हमारी मुलाकात भी होगी। चूँकि आपकी थैली खाली लग रही है, इसलिए मैंने अपनी थैली को शून्यों से नहीं भर रखा है चाचाजी। वे सचमुच ही चीज हैं, माया नहीं हैं।"

आशु बाबू ने इस बात का जवाब नहीं दिया। लेकिन उन्होंने मन-ही-मन यह समझा कि इस लड़की ने रत्ती भर भी झूठ नहीं कहा था।

कमल ने कहा–"आप अभी भी हैं तो, लेकिन आपके मन ने इस शहर से विदा ले ली है, इसका पता मुझे घर में घुसते ही चल गया था। यहाँ अब आपको रोककर नहीं रखा जा सकता है। तो आप कहाँ जाएँगे? कलकत्ता?"

आशु बाबू ने धीरे-धीरे सर हिलाया, बोले—"नहीं, मैं वहाँ नहीं जाऊँगा। अबकी बार मैंने थोड़ी दूर जाने की सोची है। मैंने अपने पुराने दोस्तों से यह वादा किया था कि अगर मैं जिन्दा रहा तो और एक बार मिलने आऊँगा। यहाँ तो तुम्हें कोई काम नहीं है कमल। तुम मेरे साथ विलायत जाओगी? और अगर मैं वापस न आ सकूँ, तो तुम्हारे मुँह से कोई-कोई यह खबर सुन भी सकेगा।"

कमल को यह समझने में देर नहीं लगी कि जिसके लिए इस सर्वनाम का उपयोग किया है, वह कौन है? लेकिन इस अस्पष्टता को स्पष्ट करके दुख देना भी गैर-जरूरी है।

आशु बाबू ने कहा—"डरो मत बेटी, इस बूढ़े की सेवा करने की जरूरत नहीं है। इस अकर्मण्य देह की कीमत तो बहुत है। इसे ढोते फिरने के बहाने मैं आदमी का कर्ज और नहीं बढ़ाऊँगा। लेकिन यह कौन जानता था कमल कि इस मांस-पिंड को अवलम्बन बना करके भी प्रश्न जटिल हो जा सकता है। लगता है, जैसे लाज के मारे जमीन में गड़ जाऊँ! इतने बड़े विस्मय की घटना भी दुनिया में घटती है, इसे कौन कब सोच पाया है!"

कमल सन्देह से चौंक उठी, पूछा—"नीलिमा दीदी क्यों दिखाई नहीं पड़ती हैं चाचाजी? वे कहाँ हैं?"

आशु बाबू बोले—"शायद वह अपने कमरे में होगी। कल सवेरे से ही वह मुझे दिखाई नहीं पड़ी है। सुना कि हरेन्द्र आकर उसे अपने डेरे ले जाएगा।"

"वे उन्हें अपने आश्रम ले जाएँगे?"

"आश्रम अब नहीं रहा। सतीश चला गया है। वह अपने साथ कई लड़कों को भी ले गया है। सिर्फ जिन चार-पाँच लड़कों को हरेन्द्र ने जाने नहीं दिया है, वे ही वहाँ हैं। इन लोगों के न माँ-बाप, सगे-सम्बन्धी कोई कहीं नहीं हैं। इन्हें वह अपने आइडिया से नए सिरे से तैयार करेंगे, यही है उनकी कल्पना। तुमने यह नहीं सुना है क्या? और किससे सुनोगी भला!" वे थोड़ी देर रुके, फिर कहने लगे—"परसों शाम को जब लोग चले गए, मैंने अधूरी चिट्ठी पूरी की और उसे नीलिमा को पढ़कर सुनाया। कई दिनों से वह अन्यमनस्क रहती थी, खास कोई भेंट-मुलाकात नहीं होती थी। वह चिट्ठी मैंने अपने कलकत्ता के कर्मचारी को लिखी थी। मैंने उसे मेरे विलायत जाने की सारी तैयारियाँ जल्दी पूरी करने की हिदायत दी थी। मैंने उसे एक नई वसीयत का मसौदा भेजा था। हो सकता है, यही मेरी आखिरी वसीयत हो। एटर्नी को दिखाकर दस्तखत करने के लिए उसे मेरे पास वापस भेजने को मैंने उससे कहा था। और भी बहुत-सा काम करने को मैंने उससे कहा था। नीलिमा कोई चीज बुन रही थी। इस बारे में उससे कोई जवाब न पाकर कि मेरी चिट्ठी अच्छी है या बुरी, जब मैंने मुँह उठाया, तो देखता हूँ, उसके हाथों की सलाइयाँ फर्श पर गिर पड़ी हैं, इसका सर कुर्सी के हत्थे पर है, आँखें मुँदी हुई हैं, मुँह बिलकुल राख-सा सफेद है। अचानक मुझे यह सोचते नहीं बना कि उसे क्या हो गया। मैंने जल्दी से उठकर उसे फर्श पर लिटाया, गिलास में पानी था, मैंने उसके मुँह-आँख पर छींटे मारे, पंखा न रहने की वजह से मैं अखबार से उसे हवा करने लगा, मैंने नौकर को बुलाने की कोशिश की, पर मेरे गले से

आवाज नहीं निकली। शायद दो-तीन मिनटों से ज्यादा नहीं हुआ होगा, उसने अपनी आँखें खोलीं और हड़बड़ाकर उठ बैठी। उसका सारा बदन एक बार काँप उठा। उसके बाद औंधी होकर मेरी गोद में मुँह दबाकर फफक-फफककर रो उठी। क्या कहूँ, वह कितना रोई! लगा, शायद उसका कलेजा फट जाएगा। बहुत देर बाद मैंने उसे उठाकर बैठाया। कितनों दिनों की कितनी बातें, कितनी घटनाएँ याद आईं। मेरे लिए समझने को कुछ भी बाकी नहीं रहा।''

कमल ने चुपचाप उनके मुँह की तरफ निहारा।

आशु बाबू ने पल भर अपने आपको रोका और कहा–''बहुत सम्भव है, वह दो-तीन मिनट ऐसी ही रही। मेरे यह सोचने से पहले ही कि इस स्थिति में मैं उससे क्या कहूँ, नीलिमा तीर की तरह उठकर खड़ी हो गई। उसने मेरी तरफ एक बार निहारा भी नहीं और कमरे से निकल गई। न उसने एक शब्द कहा, न मैंने। उसके बाद फिर मुलाकात नहीं हुई।''

कमल ने पूछा–''यह क्या आप पहले नहीं समझ सके थे?''

आशु बाबू बोले–''नहीं, मैं यह पहले नहीं समझ सका था। मैंने तो सपने में भी यह नहीं सोचा था। और कोई होता, तो सन्देह होता कि यह सिर्फ छल है, सिर्फ स्वार्थ है मगर उसके बारे में ऐसी बात सोचना भी गुनाह है। औरतों का यह कैसा अजीब मन है! यह रोगग्रस्त देह, यह अक्षम अवसन्न चित्त, जीवन के इस आखिरी पड़ाव में जिसके जीवन की कीमत कानी कौड़ी भी नहीं है उसके प्रति सुन्दर युवती का मन आकृष्ट हो सकता है, इतना बड़ा विस्मय दुनिया में क्या है! हालाँकि यह सच है, यह रत्ती भर भी झूठ नहीं है।'' इतना कहकर ये सदाचारी प्रौढ़ आदमी क्षोभ, दुख और सरल लाज से आह भरकर चुप्पी साधे रहे। थोड़ी देर तक इसी तरह से रहकर उन्होंने फिर से कहा–''मगर मैं यह पक्का जानता हूँ कि यह बुद्धिमती नारी मुझसे उम्मीद नहीं करती है। वह सिर्फ मेरी सेवा करना चाहती है। वह चाहती है कि सेवा की कमी की वजह से जीवन के मेरे बाकी निःसंग वह कई दिन दुख से खत्म न हों। यह सिर्फ दया और विशुद्ध करुणा है।''

यह देखकर कि कमल चुप्पी साधे है, वे कहने लगे–''बेला ने जब तलाक देने की बात कही थी तब मैंने सम्मति दी थी। बातों-बातों में उस दिन यह प्रसंग उठ जाने की वजह से नीलिमा ने बड़ा गुस्सा किया था। उसके बाद से वह बेला को हरगिज बर्दाश्त नहीं कर पा रही थी। अपने पति को इस तरह से आम लोगों के आगे लज्जित, अपमानित करने की, इस बदला लेने की बात को नीलिमा अपने मन में हरगिज नहीं बैठा सकी। उसका कहना है, पति को छोड़ना तो बड़ी बात नहीं है, पति को वापस पाने की साधना ही पत्नी की परम सार्थकता है। अपमान का बदला लेने से पत्नी की सचमुच की मर्यादा बर्बाद होती है वरना वह तो कसौटी है। उस पर कसकर ही प्यार की कीमत आँकी जाती है। और यह कैसा आत्मसम्मान ज्ञान है? जिसे अपमानित करके दूर किया गया है उसी के आगे हाथ फैलाकर अपने रोटी-कपड़े का दाम लेना? क्यों, क्या फाँसी लगाने के लिए रस्सी नहीं मिली? उसकी बात सुनकर मैं सोचता, नीलिमा का यह अन्याय है, यह ज्यादती है। मगर आज मैं सोचता हूँ कि प्यार क्या नहीं कर सकता है? रूप, यौवन, सम्मान, धन-दौलत कुछ

भी नहीं है बेटी। क्षमा ही है उसका सचमुच का प्राण। वह जहाँ नहीं है वहाँ तो है सिर्फ विडम्बना। वहीं उठता है रूप-यौवन का तर्क-वितर्क। वहीं आता है–आत्मसम्मान बोध का टंग ऑफ वार।''

कमल उनके मुँह की तरफ निहारती हुई चुप्पी साधे रही।

आशु बाबू ने कहा–''कमल, तुम्हीं हो इसकी आदर्श। मगर चाँदनी ने मानो सूरज की किरणों को ढक दिया। तुमसे उसने जो पाया है उसे अपने मन के रस से भिगोकर स्निग्ध माधुर्य से उसने कितनी दिशाओं में बिखेर दिया! इन दो दिनों में मैंने दो सौ बरसों की बात सोची है कमल। पत्नी का प्यार मुझे मिला था। मैं उसके स्वाद को पहचानता हूँ, मैं उसके स्वरूप को जानता हूँ। लेकिन नारी के प्यार का वह और एक पहलू है–इस नए सिद्धान्त ने मुझे अचानक अभिभूत किया है। इसकी कितनी बाधाओं, कितने दुखों को छोड़ देने की मुझे कितनी अनजानी तैयारियाँ करनी पड़ी हैं। मैं हाथ पसारकर उन्हें ले तो नहीं सका, लेकिन मुझसे यह सोचते नहीं बनता कि क्या कहकर मैं आज इसे नमस्कार करूँ!''

कमल ने समझा–पत्नी-प्रेम की लम्बी छाया ने इतने दिनों तक जिन सारे पहलुओं को अँधेरा कर दिया था, वे ही धीरे-धीरे स्वच्छ होने को आ रहे हैं।

आशु बाबू बोले–''हाँ, एक बात कहनी है। वह यह कि मैंने मणि को माफ कर दिया है। बाप के अभिमान पर अब उसे आँखें लाल नहीं करनी होंगी। मैं यह जानता हूँ कि दुख पाएगी ही, दुनिया का बँधा-बँधाया नियम उसे छुटकारा नहीं देगा। मैं उसे अनुमति नहीं दे सकता, मगर जाते वक्त मैं आशीर्वाद दे जाऊँगा कि दुखों में वह एक दिन अपने आपको फिर ढूँढ़ पाए। उसकी भूलचूक और प्यार का भगवान फैसला करे।'' पहले-पहल उनकी आवाज भर्राने को आई।

इस तरह बहुत वक्त चुपचाप बीता। उनके मोटे हाथ पर कमल धीरे-धीरे हाथ फेर रही थी, बहुत बाद में उसने मृदु स्वर में कहा–''चाचाजी, तो नीलिमा दीदी के बारे में आपने क्या तय किया?''

आशु बाबू अचानक तनकर उठ बैठे, न जाने किस चीज ने उन्हें धकेलकर उठा दिया। बोले–''देखो बेटी, मैं तुम्हें पहले भी नहीं समझा सका हूँ, अभी भी मैं तुम्हें नहीं समझा सकता। हो सकता है, आज और सामर्थ्य भी न हो। लेकिन कभी भी मेरे मन में सन्देह पैदा नहीं हुआ है कि एकनिष्ठ प्रेम का आदर्श मनुष्य का सच्चा आदर्श नहीं है। नीलिमा के प्यार पर मैंने सन्देह नहीं किया है। लेकिन वह भी जितना सच है, उसे ठुकराना भी मेरे लिए उतना ही सच है। किसी भी सूरत में मैं यह नहीं कह सकता कि यह बेकार का अपने आपको धोखा देना है। यह तर्क से नहीं मिलेगा। लेकिन इस निष्फलता के जरिए ही आदमी आगे बढ़ता जाएगा। यह मैं नहीं जानता कि आदमी कहाँ जाएगा। लेकिन वह जाएगा ही। यह मेरी कल्पना के परे है। लेकिन इतने बड़े दुख का दान आदमी को मिलेगा ही मिलेगा। वरना दुनिया झूठी है, सृष्टि झूठी है।''

वे कहते रहे–''तुम इसी नीलिमा की बात सोचो। यह किसी भी आदमी के लिए बेशकीमती दौलत है। आज उसके लिए कहीं खड़ी होने की जगह नहीं है। उसकी व्यर्थता

मेरे बाकी दिनों को काँटे की तरह चुभेगी। सोचता हूँ, काश, वह किसी और से प्यार करती! यह क्या उसकी गलती है?" कमल बोली–"उसके गलती सुधारने का दिन तो खत्म नहीं हो गया है चाचाजी?"

"कैसे? तो क्या तुम यह सोचती हो कि वह फिर किसी को प्यार कर सकती है?"

"कम-से-कम यह असम्भव तो नहीं है। आपने क्या कभी यह सोचा था कि आपके जीवन में ऐसी घटना घट सकती है?"

"लेकिन नीलिमा, उसकी जैसी लड़की?"

कमल ने कहा–"यह मैं नहीं जानती। लेकिन क्या आप उसके लिए यह चाहते हैं कि जो उसे नहीं मिला, जो उसे मिल नहीं सकता उसी को याद करके वह अपना सारा जीवन व्यर्थ निराशा में बिताए?"

आशु बाबू के मुँह की चमक बहुत मलिन हो गई। बोले–"नहीं, मैं ऐसा नहीं चाहता।" वे थोड़ी देर तक स्तब्ध रहे, फिर बोले–"लेकिन मेरी बात भी तुम नहीं समझोगी कमल। मैं जो कर सकता हूँ, तुम वह नहीं कर सकतीं। सच्चाई का मूलगत संस्कार तुम्हारे और मेरे जीवन में एक नहीं है, बेहद अलग-अलग है। इसी जीवन को जिन लोगों ने मानव-आत्मा की चरम प्राप्ति माना है, वे इन्तजार नहीं कर सकते हैं–Balance of yearning–प्यास बुझाने के लिए पानी की आखिरी बूँद जब तक वे पूरी तरह से नहीं पी लेते हैं तब तक उन्हें चैन नहीं मिलता। लेकिन हम लोग दूसरे जनम को मानते हैं, हमारे पास इन्तजार करने का अपार समय है। औंधे होकर लेटे रहने की जरूरत ही नहीं पड़ती है।"

कमल ने शान्त स्वर में कहा–"यह बात मैं मानती हूँ चाचाजी। लेकिन इसी वजह से तो आपके संस्कार को युक्ति के रूप में भी मैं मान नहीं सकती। आकाश-कुसुम की आशा से विधाता के दरवाजे पर हाथ फैलाए दूसरे जन्म तक इन्तजार करने का भी मुझमें धैर्य नहीं रहेगा। जिस जीवन को सहज बुद्धि से मैं पाऊँ, वही मेरे लिए सच्चाई है, वही मेरे लिए महान है। फल-फूलों और शोभा-ऐश्वर्य से मेरा यह जीवन भर उठे, परलोक के बहुत बड़े लाभ की आशा से मैं इहलोक को उपेक्षा से अपमानित न करूँ। चाचाजी इसी तरह से आप लोग आनन्द से, सौभाग्य से, अपनी मर्जी से वंचित हैं। चूँकि आप लोगों ने इस जीवन को तुच्छ किया है इसलिए इहलोक ने भी आप लोगों को सारी दुनिया के आगे आज तुच्छ कर दिया है। मैं नहीं जानती कि नीलिमा दीदी से मुलाकात होगी या नहीं अगर उनसे मुलाकात होगी, तो मैं उनसे यही बात कहूँगी।"

कमल उठकर खड़ी हो गई। आशु बाबू ने सहसा उसका हाथ जोर से पकड़ लिया।

"तुम जा रही हो बेटी? लेकिन यह लगने पर कि तुम जाओगी, कलेजा थर-थर काँप उठता है।"

कमल बैठ गई, बोली–"लेकिन आपको तो मैं किसी भी दृष्टि से भरोसा नहीं दे सकती हूँ। जब आप तन-मन से बहुत बीमार हैं, जब आपको दिलासा देना ही सबसे जरूरी है, तब मैं आपको हर दृष्टि से चोट पहुँचाया करती हूँ, तब भी मैं आपको किसी से भी कम प्यार नहीं करती हूँ चाचाजी।"

आशु बाबू ने यह चुपचाप स्वीकार किया, बोले–"इसके अलावा नीलिमा–यह क्या सहज विस्मय है। लेकिन इसका कारण क्या है, जानती हो कमल?"

कमल ने मुस्काते हुए कहा–"इसका कारण यही है कि आपके अन्दर चोर-बालू नहीं है। चोर बालू अपने बदन का भी भार नहीं ढो सकता है, पैरों के नीचे से वह अपने आपको हटाकर अपने आपको ही डुबोता है। मगर वह ठोस धरती लोहे और पत्थर का भी बोझ ढोती है। इमारत उसी पर बनाई जा सकती है। नीलिमा दीदी को सभी लड़कियाँ नहीं समझ सकेंगी लेकिन अपने आपको लेकर खेलने के दिन जिन लड़कियों के लद गए हैं, जो लड़कियाँ अपने सर का भार उतारकर इस बार सहज साँस छोड़कर जीना चाहती हैं, वे उन्हें समझेंगी।"

"हुँ!" कहकर आशु बाबू ने खुद ही साँस छोड़ी। बोले–"और शिवनाथ?"

कमल ने कहा–"जिस दिन से मैंने उन्हें सचमुच में समझा है उसी दिन से मेरा क्षोभ-अभिमान पुँछ गया है, दुख दूर हो गया है। शिवनाथ कवि है। चिरस्थायी प्रेम उन लोगों के लिए राह का रोड़ा है, रचना के लिए वह रुकावट है, स्वभाव के लिए विघ्न है। यही बात तो उस दिन ताज के सामने खड़ी होकर मैंने कहनी चाही थी। औरतें सिर्फ बहाना हैं, वरना वे लोग सिर्फ अपने आपको प्यार करते हैं, वे लोग अपने मन को दो भागों में बाँट लेते हैं तब जाकर उन लोगों की दो दिनों की लीला चलती है। उसके बाद चूँकि वह खत्म हो जाती है इसीलिए उनके गले में सुर इतना विचित्र होकर गूँजता है, वरना गूँजता नहीं, सूखकर कड़ा हो जाता। मैं तो यह सोचती हूँ कि शिवनाथ ने उसे धोखा नहीं दिया है। मणि अपने आप बहती है। सूरज के डूबने पर बादलों पर जो रंग फूटता है, चाचाजी, वह न ही स्थायी है, न ही वह उसका अपना रंग है। मगर इसी वजह से कौन उसे झूठा कहेगा?"

आशु बाबू ने कहा–"यह मैं जानता हूँ। लेकिन रंग को लेकर भी आदमी का दिन नहीं गुजरता है। बेटी, उपमा से भी उसका दुख दूर नहीं होता है। इसका क्या, बताओ तो?"

कमल का चेहरा थकान के मारे उदास होने को आया, बोली–"इसीलिए तो घूम-फिरकर एक ही सवाल बार-बार आ रहा है चाचाजी, खत्म ही नहीं हो रहा है। बल्कि जाते वक्त आप अपना वहीं आशीर्वाद देते जाइए ताकि मणि दुख के जरिए फिर अपने आपको ढूँढ़ पाए। जो झड़नेवाला है, वह झड़ जाए, और उस दिन वह निःसन्दिग्ध रूप से अपने आपको पहचान सके। और आपसे भी मैं कहती हूँ, दुनिया में बहुत सारी घटनाओं में शादी भी एक घटना है, उससे ज्यादा नहीं। जिस दिन उसे ही औरतों का सब कुछ आपने मान लिया है उसी दिन हुई है औरत के जीवन की सबसे बड़ी ट्रेजेडी। दूसरे देश जाने के पहले अपने मन की इस झूठ की जंजीर से अपनी बेटी को छुटकारा देकर जाइए चाचाजी। यही है आपसे मेरी आखिरी विनती।"

अचानक दरवाजे के पास कदमों की आहट सुनकर दोनों ने ही नजरें उठाकर देखा। हरेन्द्र कमरे में घुसा और बोला–"मैं भाभी को लिवा जाने के लिए आया हूँ, आशु बाबू। वे तैयार हो गई हैं। मैंने गाड़ी लाने के लिए आदमी को भेज दिया है।"

आशु बाबू का मुँह पीला पड़ गया–"उसे अभी लिवा जाओगे? मगर दिन तो ढल चुका है।"

हरेन्द्र ने कहा–"कोई दस-बीस कोस दूर नहीं जाना है। पाँचेक मिनट में वे पहुँच जाएँगी।"

उसका मुँह जितना गम्भीर है, उसकी बातें भी उतनी ही नीरस हैं।

आशु बाबू ने धीरे-धीरे कहा–"सो तो है। लेकिन शाम होने वाली है। आज गए बिना क्या काम नहीं चलेगा?"

हरेन्द्र ने अपनी जेब से कागज का एक टुकड़ा बाहर निकाला और बोला–"आप ही फैसला कीजिए। उन्होंने लिखा है, हरेन अगर तुम मुझे यहाँ से ले जाने का उपाय न कर सको, तो मुझे बताओ। मगर कल तुम यह मत कहना कि आपने मुझे क्यों नहीं बताया था?–नीलिमा।"

आशु बाबू स्तब्ध रह गए।

"मैं उनके करीबी रिश्तेदार के रूप में दावा नहीं कर सकता, लेकिन उन्हें तो आप जानते हैं, यह चिट्ठी पाने के बाद देर करने का भी अब भरोसा नहीं होता है।"

"वे तुम्हारे ही डेरे तो जाएँगी?"

"हाँ, वे वहाँ कम-से-कम तब तक रहेंगी जब तक इससे अच्छा कोई इन्तजाम नहीं हो जाता है। मैंने सोचा कि अगर उनके इतने दिन इस घर में बीते हों, तो उस घर में भी रहने में कोई बुराई नहीं होगी।"

आशु बाबू चुप्पी साधे रहे। उन्होंने यह बात नहीं कही कि इतने दिनों तक यह युक्ति कहाँ थी। ऐसे समय बैरे ने कमरे में घुसकर बताया–"मेम साहब के चीज-बस्त के लिए मजिस्ट्रेट साहब की कोठी से आदमी आया है।"

आशु बाबू ने कहा–"जाओ, उनका जो कुछ है दिखा दो।"

जब उनकी नजरें कमल की नजरों से मिलीं, तो उन्होंने कहा–"कल सवेरे इस घर से बेला चली गई हैं। मजिस्ट्रट की पत्नी उनकी सहेली है। मैं तुम्हें एक अच्छी खबर देना भूल गया हूँ कमल। वह यह कि बेला के पति आए हैं उसे लेने। शायद उन लोगों का कोई reconciliation हो गया।"

कमल ने थोड़ा सा भी विस्मय जाहिर नहीं किया, सिर्फ बोली–"लेकिन वे यहाँ क्यों नहीं आए?"

आशु बाबू बोले–"शायद उनका आत्म-गौरव आड़े आया होगा। जब तलाक देने की बात उठी थी तब बेला के पिता की चिट्ठी के जवाब में मैंने अपनी सम्मति दी थी। उनके पति उसे भूल नहीं कर सके होंगे।"

"आपने सम्मति दी थी?"

आशु बाबू बोले–"इसमें तुम हैरान क्यों हो रही हो कमल? चरित्रहीन पति को छोड़ देने में मैं कुछ बुराई नहीं देखता। मैं ऐसी बात नहीं मान सकता कि यह अधिकार सिर्फ पति को है, पत्नी को नहीं।"

कमल चुप्पी साधे रही। उनके विचारों में कोई छल नहीं था। अन्दर और बाहर एक ही सुर में बँधे हुए हैं, यह बात और एक बार उसे याद आई।

नीलिमा दरवाजे के नजदीक से नमस्कार करके चली गई। न ही वह कमरे में घुसी, न ही उसने किसी की तरफ नजरें उठाकर देखा।

बहुत देर तक कमल पहले की ही तरह उनके हाथ पर अपने हाथ फेरने लगी, कोई भी बातचीत नहीं हुई। जाने के पहले उसने धीरे-धीरे कहा–"सिर्फ यदु के सिवा इस घर में और कोई पुराना नहीं रहा?"

"यदु?"

"हाँ, आपका पुराना नौकर।"

"मगर वह तो नहीं है, बेटी। उसका बेटा बीमार है। उसको छुट्टी लेकर अपने घर गए पाँचेक दिन हो गए हैं।"

फिर बहुत देर तक कोई बात नहीं हुई। आशु बाबू ने अचानक पूछा–"राजेन की कोई खबर तुम जानती हो कमल?"

"नहीं चाचाजी, मैं राजेन की खबर नहीं जानती।"

"जाने से पहले उसे एक बार देखने को जी चाहता है। तुम दोनों भाई-बहन हो, एक पेड़ के दो फूल हो।" इतना कहकर उन्होंने चुप रहने की कोशिश की कि तभी अचानक यह बात याद आई, बोले–"तुम लोगों की गरीबी, महादेव की गरीबी है। तुम लोगों के पास अपार धन-दौलत, रुपया-पैसा है और तुम लोग अन्यमनस्क होकर उस सबको कहीं फेंक आए हो। तुम लोगों को उसे ढूँढ़कर देखने की भी गरज नहीं है। इतनी लापरवाही!"

कमल ने मुस्कुराकर कहा–"यह आप क्या कह रहे हैं चाचाजी? राजेन की बात मैं नहीं जानती। लेकिन मैं दो पैसा पाने के लिए दिन-रात बहुत मेहनत करती हूँ।"

आशु बाबू बोले–"यह सुनने में आता है इसीलिए मैं बैठे-बैठे सोचता हूँ।"

लौटने में कमल को देर हुई। कमल के जाते वक्त आशु बाबू ने कहा–"तुम डरो मत बेटी। जो मुझे छोड़कर नहीं रही है, आज भी वह मुझे छोड़कर नहीं रहेगी। निरुपाय के लिए उपाय वह करेगी ही।" इतना कहकर उन्होंने सामने की दीवार पर टँगी हुई दिवंगत पत्नी की तसवीर को उँगली से दिखा दिया।

कमल जब डेरे पर पहुँची, तो देखा आसानी से ऊपर जाने की गुंजाइश नहीं थी। सन्दूकों और ट्रंकों का ढेर लग जाने की वजह से सीढ़ी का मुँह लगभग बन्द-सा है। कलेजा धक्-से कर उठा। किसी तरह से जरा-सा रास्ता बनाकर जब वह ऊपर गई तो सुना, बगल के रसोईघर में शोर हो रहा है। उसने झाँका तो देखा अजित ने गैरबंगाली औरत की मदद से स्टोव पर पानी चढ़ाया है। और चाय-चीनी वगैरह की तलाश में कमरे में चारों ओर छानबीन करके ढूँढ़ता फिर रहा है।

"यह क्या हरकत है?"

अजित ने चौंककर मुड़कर निहारा–"चाय-चीनी क्या तुम तिजोरी में बन्द करके रखती हो? पानी खौल करके लगभग बर्बाद होने को आया।"

"लेकिन मेरे कमरे के अन्दर आपको ढूँढ़े मिलेगा क्या? आप हट जाइए, मैं चाय बना देती हूँ।"

अजित हटकर खड़ा हो गया।

कमल बोली–"मगर यह क्या बात है? सन्दूक-ट्रंक, गठरी-मोटरी, यह सब किसका है?"

"यह सब मेरा है। हरेन बाबू ने नोटिस दिया है।"

"अगर उन्होंने आपको नोटिस दिया भी है, तो उन्होंने जाने का भी नोटिस दिया है। पर यहाँ आने की बुद्धि आपको किसने दी?"

"यह मेरी अपनी बुद्धि है। इतने दिनों तक दूसरे की बुद्धि से ही मेरे दिन कटे हैं। अबकी बार मैंने अपनी बुद्धि ढूँढ़ निकाली है।"

कमल बोली—"यह आपने अच्छा किया है। लेकिन वे सब क्या नीचे ही पड़े रहेंगे? वे चोरी हो जाएँगे।"

उसकी बात सुनकर अजित घबरा उठा—"वे चोरी तो नहीं हुए हैं? एक चमड़े की सन्दूक में बहुत सारे रुपए हैं।"

कमल ने गर्दन हिलाकर कहा—"बहुत अच्छा, एक जात के आदमी हैं जो अस्सी साल में बालिग नहीं होते हैं। उनके सर पर एक अभिभावक चाहिए ही। यह व्यवस्था भगवान कृपा करके करते हैं। चाय को रहने दीजिए। नीचे चलिए। उन चीजों को पकड़कर उन्हें ऊपर लाने की कोशिश की जाए।"

27

मकान मालिक अभी-अभी पूरे महीने का किराया वसूल कर ले गया। इधर-उधर बिखरे पड़े चीज-बस्त के बीच में बेतरतीब कमरे के एक किनारे किरमिच की आरामकुर्सी पर अजित आँखें मूँदे लेटा हुआ है। उसका चेहरा मुरझाया हुआ है, देखने से ही महसूस होता है कि चिन्ताग्रस्त मन के अन्दर जरा भी सुख नहीं था। कमल बाँधी हुई चीज की फेहरिस्त मिलाकर कागज पर लिखकर रख रही थी। घर छोड़कर जाने का वक्त करीब होने की वजह से उसके कामों में हड़बड़ी नहीं थी, मानो यह रोज की नियमित बात हो। सिर्फ वह जरा ज्यादा चुप है।

सान्ध्य भोज का निमंत्रण आया हरेन्द्र के पास से—आदमी के हाथ से नहीं, डाक से। अजित को चिट्ठी मिली। आशु बाबू की विदाई के उपलक्ष्य में यह आयोजन है। जान-पहचान के बहुतों को बुलाया गया है। नीचे के एक कोने में छोटे-छोटे अक्षरों में लिखा हुआ है—'कमल, जरूर आना भाई—नीलिमा।'

अजित ने उसे दिखाकर प्रश्न किया—"तुम वहाँ जाओगी क्या?"

"हाँ, मैं तो जाऊँगी ही। बतौर चीज निमंत्रण को मैं तुच्छ नहीं कर सकती, मेरी इतनी औकात नहीं है। लेकिन तुम?"

अजित ने दुविधा भरे स्वर में कहा—"मैं यही सोच रहा हूँ। आज मेरी तबीयत इतनी..."

"तो फिर रहने दो, जाने की जरूरत नहीं।"

अजित की नजरें तब भी चिट्ठी पर थीं। वरना कमल के होंठों की कोरों पर मजाक-भरी मुस्कान की रेखा वह जरूर देख पाता।

चाहे जैसे भी क्यों न हो, बंगालियों को इस बात की जानकारी हो गई थी कि वे दोनों आगरा छोड़कर जा रहे हैं। लेकिन किस तरह से और कहाँ जा रहे हैं दोनों, इस बारे में लोगों का कौतूहल अभी भी पक्के निष्कर्ष पर नहीं पहुँचा था। बेमौसम के बादलों की तरह सिर्फ अन्दाजा और अनुमान तिरता फिर रहा है। हालाँकि यह जानना कठिन नहीं था। कमल से पूछने से ही यह जाना जा सकता था। फिलहाल उन लोगों को अमृतसर जाना है। मगर इस पर किसी ने भरोसा नहीं किया था।

अजित के पिता गुरु गोविन्द के परम भक्त थे। इसीलिए सिखों के महातीर्थ अमृतसर में उन्होंने खालसा कॉलेज के करीब के मैदान में एक बँगला बनवाया था। समय और सुविधा मिलने पर वे वहाँ जाकर रह आते थे। उनके मरने के बाद उस घर को किराए पर लगा दिया गया था। फिलहाल वह मकान खाली हुआ है। उसी मकान में वे दोनों कुछ दिनों तक रहेंगे। सामान लॉरी में जाएगा और बाद में पिछली रात मोटर से वे दोनों रवाना होंगे। यह है पहले दिन की निशानी, यह है कमल की मंशा।

अजित ने कहा—"हरेन्द्र के यहाँ क्या तुम अकेले जाओगी?"

"जाऊँ न। तुम्हारे लिए तो आश्रम का दरवाजा खुला ही रहा। तुम जब मर्जी जाकर मिल सकते हो। मगर मुझे तो यह उम्मीद नहीं है। आखिरी बार मिल आऊँ। क्यों, तुम्हारी क्या राय है?"

अजित चुप रहा। उसे साफ-साफ दिखाई पड़ा, वहाँ तरह-तरह के तीखे और कड़वे इंगित व्यक्त और अव्यक्त इशारे से सिर्फ एक ही तरफ दौड़ते रहेंगे उनके सामने। इस अकेली औरत को छोड़ने जैसी कायरता और कुछ नहीं हो सकती है। लेकिन साथी बनने की उसकी हिम्मत नहीं थी, मना करना भी उतना ही कठिन था।

नई खरीदी गाड़ी आई है। शाम को थोड़ी देर बाद शोफर कमल को लेकर चला गया।

हरेन्द्र के डेरे की दूसरी मंजिल के हॉल में नया कीमती कारपेट बिछाकर मेहमानों के लिए जगह बना दी गई है। बहुत-सी बत्तियाँ जल रही हैं, शोर भी कम नहीं हो रहा है। बीच में आशु बाबू हैं, और कई लोग उन्हें घेरे हुए हैं। बेला आई है, और भी एक महिला आई हैं, वे हैं मजिस्ट्रेट की पत्नी मालिनी। कोई व्यक्ति इधर पीठ किए उन लोगों के साथ गपशप कर रहा है। नीलिमा नहीं थी, बहुत सम्भव है, वह दूसरी जगह काम में लगी होगी।

हरेन्द्र कमरे में घुसा और कमरे में घुसते ही नजर आया, इधर के दरवाजे की बगल में कमल खड़ी है। उसने विस्मय के साथ कमल की अगवानी की—"अरे कमल! तुम आई हो? कब आई तुम? अजित कहाँ है?"

सबकी नजरें एक साथ झुक गईं। कमल ने देखा, जो व्यक्ति महिलाओं के साथ बातचीत कर रहा था वह और कोई नहीं, खुद अक्षय हैं। वे थोड़े दुबले हो गए हैं। वे

इन्फ्लुएंजा से बच गए, लेकिन गाँव के मलेरिया से नहीं बच सके थे। यह अच्छा ही हुआ है कि वे लौटे हैं। वरना आखिरी मुलाकात का, हो सकता है, मौका नहीं मिलता। इस बात का दुख रह जाता।

कमल ने कहा,–"अजित बाबू नहीं आए हैं। उनकी तबीयत अच्छी नहीं है। मुझे आए बहुत देर हो गई है।"

"तुम्हें आए बहुत देर हो गई है? पर इतनी देर तक तुम थीं कहाँ?"

"मैं नीचे थी। मैं घूम-घूमकर लड़कों के कामों को देख रही थी। मैं देख रही थी कि धर्म को तो आपने चकमा दिया, उसी के साथ कर्म को भी आपने चकमा दिया या नहीं।" इतना कहकर वह मुस्कुराती हुई कमरे में आकर बैठी।

वह जैसे खस की जंगली लता हो। उसे दूसरे की जरूरत नहीं है। उसने अपनी ही जरूरत से अपना बचाव करने की सारी पूँजी लिये मानो धरती को चीरकर ऊपर सर उठाया हो। न ही उसे अगल-बगल के विरोध का डर था, न ही चिन्ता–जैसे काँटों का बाड़ लगाकर बचाने का सवाल ही बेकार हो। वह कमरे में आकर बैठी, भला कितनी देर तक। फिर भी लगा, जैसे रूप, रंग और गौरव से अपनी महिमा की एक खुली रोशनी उसने हर चीज पर बिखेर दी।

ठीक यही भाव प्रकट हुआ हरेन्द्र की बातों में। और दो नारियों के सामने शालीनता में, हो सकता है, थोड़ी-सी कमी हुई। लेकिन उसने जोश में आकर कह डाला–"इतनी देर बाद हमारी मिलन-सभा पूरी हुई। कमल के सिवा ठीक ऐसी बात और कोई कह नहीं सकता था।"

अक्षय ने कहा–"क्यों? दर्शनशास्त्र का कौन-सा सूक्ष्म सिद्धान्त इसमें जाहिर हुआ, जरा सुनूँ तो सही!"

कमल ने मुस्कुराकर हरेन्द्र से कहा–"अब कहिए। दीजिए इसका जवाब।"

हरेन्द्र और बहुतों ने मुँह घुमाकर शायद अपनी हँसी को छिपाया।

अक्षय ने नीरस आवाज में पूछा–"क्या कमल, तुम मुझे पहचान सकती हो न?"

आशु बाबू ने मन-ही-मन विरक्त होकर कहा–"तुम उसे पहचान सके, यही काफी है। तुम उसे पहचान सके न अक्षय?"

कमल ने कहा–"यह प्रश्न अनुचित है आशु बाबू। आदमी को पहचानना उनका अपना पेशा है। वहाँ सन्देह करना उनके पेशे को चोट पहुँचाना है।"

कमल ने यही बात इस तरह से कही कि अबकी बार और कोई अपनी हँसी दबा नहीं सका। लेकिन इस डर से कि कहीं यह दुःशासन व्यक्ति कमल की बात के जवाब में कोई गन्दी बात न कह बैठे, सभी इंगित हो उठे। आज के दिन अक्षय को बुलाने की इच्छा हरेन्द्र की नहीं थी, मगर यही सोचकर कि वह बहुत दिनों बाद लौटा है, उसे न कहने पर बड़ा बुरा लगेगा, उसने उसे बुलाया है। उसने डरते हुए विनम्रता से कहा–"हमारे इस शहर से, हो सकता है, इस देश से ही आशु बाबू चले जा रहे हैं। उनसे जान-पहचान होना किसी भी आदमी के लिए सौभाग्य की बात है। यह सौभाग्य हम लोगों को मिला है। आज उनका तन अस्वस्थ है, मन अवसन्न है। आज हम लोग सहज सौजन्य के बीच उन्हें विदा दें।"

ये कई बातें सामान्य हैं, लेकिन जब सबने उस शान्त, सुहृदय प्रौढ़ व्यक्ति के मुँह की तरफ निहारा, तो उन बातों ने सभी के हृदय को छुआ।

आशु बाबू ने झिझक महसूस की। इस आशंका से कि उनको लेकर कही जा रही बात कहीं बदल न जाए, उन्होंने खुद ही जल्दी से दूसरी बात छेड़ी, बोले—"अक्षय, तुम्हें शायद यह खबर मिली होगी कि हरेन्द्र का ब्रह्मचर्य आश्रम अब नहीं रहा। राजेन्द्र पहले ही चले जा चुके हैं। उस दिन सतीश भी चले गए। वर्तमान में जितने लड़के हैं, हरेन्द्र की मंशा है कि दुनिया के सीधे रास्ते उन्हें आदमी बना देने की। तुममें से बहुतों ने बहुत-सी बातें कही हैं, मगर कोई नतीजा नहीं निकला है। तुम लोगों को कमल को धन्यवाद देना चाहिए।"

अक्षय मन में जल गया, सिर्फ हँसकर बोला—"आखिरकार क्या उसकी बातों से नतीजा निकला? लेकिन आप चाहे जो भी कहें आशु बाबू, मैंने बहुत पहले ही इस बात का अन्दाजा लगाया था।"

हरेन्द्र ने कहा—"सो तो आप लगाएँगे ही। आदमी को पहचानना ही तो आपका पेशा है!"

आशु बाबू ने कहा—"तब भी मुझे लगता है कि आश्रम उठाने की जरूरत नहीं थी। सभी धर्मों का मत मूलतः एक है, सिद्धि-प्राप्ति के लिए सिर्फ कई प्राचीन आचार और रीति-रिवाजों का पालन किया जाता है। जो लोग धर्म को नहीं मानते या धार्मिक रीति-रिवाजों का पालन नहीं करते हैं वे भले ही ऐसा न करें, लेकिन ऐसा करने का अध्यवसाय जिनमें है उन्हें निरुत्साहित करने से भला क्या फायदा? क्यों अक्षय, तुम्हारी क्या राय है?"

अक्षय ने कहा—"आपका कहना सही है।"

कमल की तरफ निहारते ही उसने तेजी से सर हिलाकर कहा—"आपकी तो यह दृढ़ विश्वास की बात नहीं है आशु बाबू, बल्कि यह है अविश्वास और उपेक्षा की बात। अगर मैं इस तरह से सोच सकता, तो मैं भी आश्रम के खिलाफ एक शब्द भी कभी नहीं कहता। मगर ऐसी बात तो है नहीं। विचार और रीति-रिवाज ही तो आदमी के लिए धर्म से भी बड़ा है, जैसे बड़े हैं राजा से राजा के कर्मचारी।"

आशु बाबू ने मुस्कुराते हुए कहा—"ऐसा तुम्हारा कहना है। लेकिन तुम्हारा ऐसा कहना है, इसलिए क्या मैं तुम्हारी उपमा को ही युक्ति मान लूँ?"

कमल का मुँह देखकर ही यह समझ में आ गया कि उसने मजाक नहीं किया था। बोली—"यह क्या सिर्फ उपमा है आशु बाबू, उससे ज्यादा कुछ नहीं। यह मैं मानती हूँ कि सभी धर्म दरअसल एक हैं। हर युग में, हर देश में वह एक अज्ञेय वस्तु की कठिन साधना है। रोशनी और हवा को लेकर आदमियों में झगड़ा नहीं होता है, झगड़ा होता है अन्न के बँटवारे को लेकर, जिसे कब्जे में किया जा सकता है, उस पर कब्जा जमाकर उसे वंशधरों के लिए छोड़ा जा सकता है। इसीलिए तो जीवन की जरूरत में वह कहीं बड़ी सच्चाई है। यह तो सभी जानते हैं कि शादी का मूल उद्देश्य तो हर स्थिति में एक है। लेकिन इसी वजह से क्या उसे माना जा सकता है? आप ही कहिए न अक्षय बाबू, यह ठीक है या नहीं?" इतना कहकर उसने हँसकर मुँह घुमाया।

इसका निहितार्थ सभी ने समझा। गुस्साए अक्षय ने कुछ न कुछ कड़ा कहना चाहा, मगर शब्द ढूँढ़े नहीं मिला।

आशु बाबू बोले–"हालाँकि तुम्हीं तो कमल सारे आचारों और रीति-रिवाजों की बड़ा अवज्ञा करती हो। तुम तो कुछ भी मानना नहीं चाहती हो। इसीलिए तो तुम्हें समझना इतना मुश्किल है।"

कमल बोली–"कुछ भी मुश्किल नहीं है। एक बार सामने के परदे को हटा दीजिए, और कोई भले ही न समझे, आपको समझने में देरी नहीं होगी। वरना आपका स्नेह भला मुझे कैसे मिलता? ऐसी बात नहीं कि बीच में कोहरे की आड़ नहीं है। लेकिन तब भी तो आचार और रीति-रिवाज को झूठा मानकर उड़ा देना नहीं चाहती हूँ, मैं चाहती हूँ इसका बदलाव। काल के धर्म से आज जो चालू नहीं है, चोट पहुँचाकर मैं उसे चालू करना चाहती हूँ। चूँकि मैं अवज्ञा का मूल्य जानती हूँ, इसीलिए तो मैं अवज्ञा करती हूँ। अगर उसे मैं झूठ मानती, तो मैं झूठ के साथ सुर मिलाकर झूठी श्रद्धा से जीवन-भर मानकर चलती, जरा भी विद्रोह नहीं करती।"

वह थोड़ी देर रुकी, फिर बोली–"यूरोप के रिनेसाँ के दिनों को एक बार सोचकर देखिए तो! उन लोगों ने सब नया बनाने की कोशिश की। उन लोगों ने हाथ नहीं लगाया सिर्फ आचार और रीति-रिवाज को। पुराने पर नया रंग चढ़ाकर वे लोग अन्दर ही अन्दर उसकी पूजा करने लगे। पर अन्दर उन्हें जड़ नहीं मिली। शौक का फैशन दो दिनों में विलीन हो गया। मुझे इस बात का डर था कि हरेन बाबू का ऊँचा नेक इरादा शायद इसी तरह से चौपट हो जाएगा। लेकिन अब डर नहीं है, वे सँभल गए हैं।" इतना कहकर वह हँसी।

इस हँसी में हरेन्द्र शरीक नहीं हो सका। वह गम्भीर बना रहा। यह सच है कि उसने काम किया है। लेकिन वह मन में ठीक से हामी नहीं पाता है। मन रह-रहकर बोझिल हो उठता है। बोला–"मुश्किल यह है कि तुम भगवान को नहीं मानती हो। तुम मुक्ति पर भी विश्वास नहीं करती हो। लेकिन जो लोग तुम्हारी उस अज्ञेय वस्तु की साधना में लगे हुए हैं, वे उसके सिद्धान्त-निरूपण में व्यग्र हैं। उनका कठिन नियम और कठोर आचार पालन करने में कदम रखे बिना गुजारा नहीं है। मैं इस बात का घमंड नहीं करता कि मैंने आश्रम उठा दिया है। उस दिन लड़कों को लेकर सतीश चला गया, तो मैंने अपनी कमजोरी महसूस की थी।"

"तब तो आपने अच्छा नहीं किया है हरेन बाबू! मेरे पिताजी कहते थे–जिन लोगों के भगवान जितने सूक्ष्म हैं, जितने जटिल हैं वे लोग उतने ही ज्यादा उलझकर मरते हैं। और जिन लोगों के भगवान जितने स्थूल हैं, जितने सहज हैं वे ही लोग रहते हैं किनारे के नजदीक। यह नुकसान का कारोबार है। व्यापार जितना विस्तृत और व्यापक होता है, नुकसान उतना ही बढ़ता चला जाता है। उसे समेटकर छोटा कर लेने पर भी नफा तो होता नहीं है, मगर नुकसान की मात्रा कम हो जाती है। हरेन बाबू, आपके सतीश के साथ मैंने बात करके देखा है। आश्रम में उन्होंने तरह-तरह के प्राचीन नियमों का प्रवर्तन किया था। उनकी साध थी उस युग में लौट जाने की। वे सोचते थे कि दुनिया की उम्र से दो हजार साल मिटा देने से बहुत फायदा होगा। विलायत के प्यूरिटनों ने एक दिन ऐसी चाल चली

थी। उन लोगों ने सोचा था कि अमेरिका भाग जाकर वे लोग सत्रह शताब्दी दूर कर देंगे और बिना झंझट के बाइबिल का सत्ययुग बना देंगे। उन्हें कितना फायदा हुआ, इसे आज बहुतेरे जानते हैं, सिर्फ मठाधीशों का दल यह नहीं जानता है कि जब बीते दिनों के दर्शन से वर्तमान के विधि-विधान का समर्थन किया जाता है तभी आता है सचमुच का टूटने का दिन। हरेन बाबू, मैंने आपके आश्रम का, हो सकता है, नुकसान किया हो, मगर टूटे आश्रम में जो लोग बाकी रहे, उन लोगों का मैंने नुकसान नहीं किया है।''

अक्षय प्यूरिटनों की कहानी जानता था, वह इतिहास का अध्यापक है। सभी चुप रहे, अबकी बार सिर्फ उसी ने सर हिलाकर हामी भरी।

आशु बाबू ने कहने की कोशिश की–''लेकिन उस युग के इतिहास का जो उज्ज्वल चित्र है...''

कमल ने बाधा दी–''वह चाहे जितना उज्ज्वल क्यों न हो, तब भी वह चित्र है। उससे बड़ा नहीं है। ऐसी किताबें दुनिया में आज तक नहीं लिखी गई हैं जिनसे आदमी के समझने के सही प्राण का पता चले। बातचीत में गर्व किया जा सकता है, लेकिन किताबों को मिलाकर समाज नहीं बनाया जा सकता है। न ही श्रीरामचन्द्र के युग का निर्माण किया जा सकता है और न ही युधिष्ठिर के युग का। रामायण और महाभारत में चाहे जितनी भी बातें क्यों न लिखी हों उनके प्रतीकों को टटोलने से आम आदमी को दर्शन नहीं मिलेगा। और माँ की कोख चाहे जितनी भी सुरक्षित क्यों न हो उसमें वापस जाया भी नहीं जा सकता है। दुनिया की तमाम मानव-जातियों को लेकर ही तो आदमी हैं? वे लोग तो आपके चारों ओर हैं। कम्बल को सर से लेकर पाँव तक ओढ़ लेने से क्या हवा के दबाव को रोका जा सकता है?''

बेला और मालिनी चुपचाप सुन रही थीं। इसके बारे में बहुत-सी जनश्रुतियाँ उन लोगों के कानों में पहुँची हैं, लेकिन आज आमने-सामने बैठकर इस परित्यक्त, निराश्रय औरत की बातों को, निःसन्दिग्ध निर्भयता को देखकर दोनों विस्मित हुईं।

दूसरे ही पल ठीक यही भाव आशु बाबू ने प्रकट किया। उन्होंने धीरे-धीरे कहा–''तर्क में मैं चाहे जो भी क्यों न कहूँ कमल मैं तुम्हारी बहुत सी बातें स्वीकार करता हूँ। जिसे स्वीकार नहीं कर सकता हूँ उसकी भी अवज्ञा नहीं कर सकता हूँ। इसी घर में औरतों के लिए दरवाजा बन्द था। सुना है, एक दिन तुम्हें यहाँ बुलाने की वजह से सतीश ने इस जगह को कलुषित माना था। लेकिन आज हम सभी यहाँ बुलाए गए हैं, किसी के भी यहाँ आने में कोई रुकावट नहीं है।''

एक लड़का किवाड़ के करीब आकर खड़ा हो गया। वह साफ-सुथरी अच्छी पोशाक पहने है। उसके मुँह पर आनन्द और तृप्ति की झलक है, बोला–''दीदी ने कहा, खाना बन चुका है, बैठने की जगह बना दी जाए।''

अक्षय ने कहा–''हाँ, बैठने की जगह बना दी जाए। कह दे, रात भी तो हो गई।''

उस लड़के के चले जाने पर हरेन्द्र ने कहा–''भाभी यहाँ जब से आई हैं तब से लेकर अब तक खाने की चिन्ता और किसी को नहीं करनी पड़ती है। उनके लिए तो और कहीं भी जगह नहीं थी, मगर सतीश गुस्सा करके चला गया।''

आशु बाबू का मुँह पल भर के लिए लाल हो उठा।

हरेन्द्र कहने लगा—"हालाँकि सतीश के लिए भी कोई दूसरा उपाय नहीं था। वह त्यागी है, ब्रह्मचारी है—इस सम्बन्ध में उसकी साधना में खलल पड़ता। मगर मुझसे हर वक्त यह सोचते नहीं बनता है कि मेरा ही सचमुच कौन-सा काम अच्छा हुआ है!"

कमल ने निःसंकोच स्वर में कहा—"यही काम हरेन बाबू, यही काम अच्छा हुआ। संयम जब सहज न होकर दूसरे को चोट पहुँचाता है, तभी वह दुर्वह होता है।" इतना कहकर उसने पल भर के लिए आशु बाबू की तरफ निहारा, हो सकता है, कोई गुप्त इंगित था, लेकिन उसने हरेन्द्र से ही फिर से कहा—"वे लोग अपने आपको ही खींच-खींचकर बढ़ाकर अपने भगवान को बनाते हैं। इसीलिए उनकी भगवान की पूजा बार-बार गर्दन झुकाकर आत्मपूजा पर उतर आती है। इसके सिवा उनके लिए उपाय नहीं है। आदमी तो सिर्फ न ही नर है, न नारी। इन दोनों के मिलने से वह एक है। इस आधे को छोड़कर जब देखती हूँ कि वह अपने आपको बहुत बड़ा बनाकर पाना चाहता है तभी देखती हूँ कि वह अपने आपको नहीं पाता है और भगवान को भी गँवाता है। सतीश बाबू वगैरह के लिए आप दुश्चिन्ता मत कीजिए हरेन बाबू, इन लोगों की सिद्धि खुद भगवान के जिम्मे है।"

सतीश प्रायः किसी को भी फूटी आँखों नहीं सुहाता था, इसीलिए आखिरी बात सुनकर सभी हँसे। आशु बाबू भी हँसे, लेकिन बोले—"हमारे हिन्दू धर्म में एक बड़ी बात है कमल, वह है—आत्मदर्शन। यानी अपने आपको गुप्त रूप से जानना। ऋषियों का कहना है कि इसी खोज के अन्दर है विश्व का सब कुछ जानना, सारा ज्ञान। भगवान को पाने का भी यही रास्ता है। इसी के लिए ध्यान की व्यवस्था है। तुम भगवान को नहीं मानती हो, मगर जो लोग उन्हें मानते हैं, उन पर विश्वास करते हैं, उन्हें चाहते हैं, वे लोग दुनिया के बहुत से विषयों से अपने आपको वंचित किए बिना एकाग्र चित्त-योजना में सफल नहीं होते हैं। सतीश को मैं नहीं गिनता, लेकिन यह तो हिन्दुओं की अटूट परम्परा से मिला संस्कार है कमल। समुद्र से लेकर हिमालय तक फैला भारत अविचलित श्रद्धा से इस सिद्धान्त पर विश्वास करता है।"

भक्ति, विश्वास और भाव के आवेश से उनकी दोनों आँखें छलछलाने लगीं। हर तरह की बाहरी अंग्रेजियत के अन्दर जो दृढ़निष्ठ, विश्वासपरायण हिन्दू-चित्त दीये की लौ की नाईं चुपचाप जल रहा है, कमल ने पलक झपकते उसे समझा। उसने कुछ कहने की कोशिश की, मगर कहने में झिझक हुई। झिझक और किसी बात के लिए नहीं हुई, झिझक सिर्फ इस बात के लिए हुई कि कुछ कहने से इस सत्यव्रत, संयतेन्द्रिय वृद्ध को दुख पहुँचेगा। लेकिन जवाब न पाकर उन्होंने खुद ही जब प्रश्न किया—क्यों कमल, यह क्या सच नहीं है? तब वह सर हिलाकर बोल उठी—"नहीं आशु बाबू, यह सच नहीं है। यह विश्वास तो सिर्फ हिन्दुओं का ही नहीं है, बल्कि यह विश्वास तो सभी धर्मों में है। मगर सिर्फ विश्वास के बल पर ही तो कोई भी चीज कभी सही नहीं हो जाती है। न ही त्याग के बल पर और न ही मौत को गले लगाने के बल पर कभी कोई भी चीज सही हो जाती है। बड़े तुच्छ मतों की अनेकता से बहुतेरे प्राणों का बहुत बार दुनिया में लेन-देन हो चुका है। उसने

जिद के बल पर ही साबित किया है, उसने विचारों की सच्चाई को प्रमाणित नहीं किया है। मैं नहीं जानती कि योग किसे कहते हैं। यह अगर सुनसान में बैठकर आत्मविश्लेषण और आत्मचिन्तन है, तो मैं यही बात जोर देकर कहूँगी कि इन दो सिंहद्वारों से होकर दुनिया में जितना भ्रम, जितना मोह घुसा है उतना और कहीं से होकर नहीं घुसा है। वे अज्ञान के सहचर हैं।''

उसकी बात सुनकर सिर्फ आशु बाबू ही नहीं, बल्कि हरेन्द्र भी विस्मय और दुख से चुप रहा।

उसी लड़के ने फिर से आकर बताया—''खाना परोसा जा चुका है।''

सभी नीचे उतर गए।

28

खाना खाने के बाद अक्षय ने कमल को जब पल भर एकान्त में पाया, तो उसने चुपके-चुपके कहा—''सुनने में आया कि आप लोग चले जा रहे हैं। जान-पहचान के सबके घर आप एकाध बार गई हैं, सिर्फ मेरे घर ही वहाँ...''

अक्षय के मुँह से 'आप' सम्बोधन सुनकर कमल बहुत ज्यादा विचलित हुई। न सिर्फ उसकी आवाज में बदलाव है, बल्कि उसके सम्बोधन में भी बदलाव है। सभी उसे 'तुम' कहकर पुकारते हैं, इसके लिए न ही वह शिकायत करती है, न ही अभिमान करती है। लेकिन अक्षय का दूसरा कारण था। उसे आप कहने को वह ज्यादती और शिष्टाचार का दुरुपयोग मानता था। कमल यह जानती थी। लेकिन उस बड़ी ओछी नीचता पर निगाह डालने में भी उसे शर्म आती थी। उसे इस बात का डर था कि कहीं यह तर्क-वितर्क और झगड़े का विषय न बन जाए। उसने हँसकर कहा—''आपने तो कभी मुझे अपने यहाँ जाने को नहीं कहा।''

''नहीं, मैंने कभी आपको अपने यहाँ जाने को नहीं कहा है। यह मुझसे अन्याय हो गया है। चले जाने के पहले क्या अब समय नहीं मिलेगा?''

''कैसे जाऊँगी अक्षय बाबू? हम लोग तो कल तड़के ही जा रहे हैं।''

''कल तड़के ही आप लोग चले जाएँगे?'' वह थोड़ी देर रुका, फिर बोला—''अगर कभी आप इस इलाके में आएँ, तो मेरा कहा रहा, आप मेरे घर आइएगा।''

कमल ने हँसकर कहा—''मैं आपसे एक बात पूछ सकती हूँ अक्षय बाबू? अचानक मेरे बारे में आपकी राय कैसे बदल गई? बल्कि आपकी राय तो और भी कठोर होने की बात है।''

अक्षय ने कहा—''आमतौर पर ऐसा ही तो होता, लेकिन आपकी वह प्यूरिटनों की मिसाल मेरे कलेजे में जाकर लगी है। मैं यह नहीं जानता कि और किसी ने इसे समझा या

नहीं, न समझना भी आश्चर्य की बात नहीं है। मगर मैं बहुत सारी बातें जानता हूँ। और एक बात है। हमारे गाँव में लगभग अस्सी फीसदी मुसलमान हैं। वे लोग भी तो डेढ़ साल पुरानी सच्चाई पर दृढ़ बने हुए हैं। वही पाबन्दी, कायदा-कानून, आचार और रीति-रिवाज–किसी भी चीज में तो कोई हेर-फेर नहीं हुआ है!''

कमल बोली–''उन लोगों के बारे में मैं लगभग कुछ भी नहीं जानती हूँ, उनके बारे में जानने का मुझे कभी मौका भी नहीं मिला है। अगर आपकी बात सही हो, तो मैं सिर्फ इतना ही कह सकती हूँ कि उनके भी सोचकर देखने का दिन आ गया है। सच्चाई की सीमा किसी अतीत में निर्धारित नहीं हो गई है। यह सच्चाई उन्हें भी एक दिन माननी होगी। लेकिन चलिए, ऊपर चलिए।''

''नहीं, मैं ऊपर नहीं जाऊँगा। मैं यहीं से विदा लूँगा। मेरी पत्नी बीमार है। आपने इतने लोगों को देखा है, आप एक बार उन्हें नहीं देखिएगा?''

कमल ने कौतूहलवश पूछा–''वे कैसी हैं देखने में?''

अक्षय ने कहा–''मैं ठीक-ठीक नहीं जानता। हमारे परिवार में ऐसा प्रश्न कोई नहीं करता है। जब वह नौ साल की थी तभी मेरी उससे शादी हुई थी। पिताजी नौ साल की बहू को घर लाए थे। उसे पढ़ने-लिखने का मौका भी नहीं मिला था, जरूरत भी नहीं पड़ी थी। वह खाना बनाती है, व्रत-उपवास और पूजा-पाठ करती है। वह मुझे ही इहलोक-परलोक का देवता मानती है। बीमार होने पर वह दवा खाना नहीं चाहती है। कहती है, पति के पादोदक से सारी बीमारियाँ दूर हो जाती हैं, और अगर पति के पादोदक से बीमारियाँ दूर न हों तो समझना पत्नी की उम्र खत्म हो गई है।''

इसका थोड़ा-सा आभास कमल को हरेन्द्र से मिला था, बोली–''आप तो भगवान हैं। कम-से-कम स्त्री-भाग्य हैं। इतना विश्वास इस युग में दुर्लभ है!''

अक्षय ने कहा–''शायद ऐसी ही बात है, पर मैं ठीक-ठीक नहीं जानता। हो सकता है, उसे ही स्त्री-भाग्य कहते हों। मगर बीच-बीच में मुझे लगता है कि मेरा कोई नहीं है, दुनिया में मैं बिलकुल निःसंग अकेला हूँ। अच्छा, नमस्कार।''

कमल ने हाथ जोड़कर प्रति नमस्कार किया।

अक्षय एक कदम जाकर ही मुड़कर खड़ा हो गया, बोला–''एक बात कहनी है।''

''कहिए।''

''अगर कभी आपको समय मिले और मैं आपको याद रहूँ तो आप मुझे चिट्ठी लिखिएगा? आप कैसी हैं? अजित बाबू कैसे हैं–यही सब। आप लोगों की बात मैं अकसर ही सोचूँगा। अच्छा, तो मैं चला, नमस्कार।'' इतना कहकर अक्षय तेजी से चला गया। और कमल वहीं स्तब्ध होकर खड़ी रही। यह फैसला करके नहीं कि क्या अच्छा है और क्या बुरा, उसे सिर्फ यही बात याद आई कि यह वही अक्षय है। और आदमी की जानकारी के बाहर इसी तरह से इस भाग्यवान का दाम्पत्य-जीवन निर्विघ्न शान्ति से गुजरता चला जा रहा है। एक चिट्ठी के लिए उसे कितना कौतूहल है। सचमुच की कितनी आकुल प्रार्थना है।

जब वह ऊपर आई, तो देखा, नीलिमा को छोड़ सभी अपनी-अपनी जगह पर बैठे हुए हैं। यह उसका स्वभाव है–खास कोई कुछ सोचता नहीं है। आशु बाबू ने कहा–''हरेन्द्र एक

गजब की बात कह रहे थे, कमल। सुनने पर यह ठीक-सी लगती है। मगर वास्तव में वह सही है। वे कह रहे थे कि लोग यही नहीं समझ सकते हैं कि प्रचलित सामाजिक विधि का उल्लंघन करने का दुख सिर्फ चरित्र-बल और समझदारी के बल पर सहन किया जा सकता है। आदमी बाहर के अन्याय को ही देखता है, अन्दर की प्रेरणा की वह जानकारी नहीं रखता है। जितना द्वन्द्व, जितना विरोध है, सब यहीं पैदा होता है।''

कमल ने समझा, इसका लक्ष्य वह और अजित हैं। लिहाजा वह चुप रही। उसने यह बात नहीं कही कि उद्‌दंडता के बल पर भी सामाजिक विधि का उल्लंघन किया जा सकता है। दुर्बुद्धि और समझदारी एक चीज नहीं है।

बेला और मालिनी उठकर खड़ी हो गई, उन लोगों के जाने का वक्त हो गया है। कमल की पूरी उपेक्षा करके उन लोगों ने हरेन्द्र और आशु बाबू को नमस्कार किया। इस लड़की के सामने उन लोगों ने अपने आपको हर दम छोटा समझा है। आखिरकार उन लोगों ने उपेक्षा दिखाकर उसका बदला लिया। उन लोगों के चले जाने पर आशु बाबू ने स्नेह के साथ कहा—''बुरा मत मानना बेटी। इसके अलावा उन लोगों के हाथ में और कुछ नहीं है। मैं भी तो उसी दल का आदमी हूँ। मैं सब जानता हूँ।''

आशु बाबू ने हरेन्द्र के सामने आज यही पहली बार उसे बेटी कहकर पुकारा। बोले—''संयोग से वे लोग ऊँचे पद पर बैठे व्यक्तियों की पत्नियाँ हैं। हाई सर्कल की औरत हैं। वे लोग अंग्रेजी में बातें करती हैं, उनका चाल-चलन, वेश-भूषा अप-टू-डेट है। यह भूलने पर एकबारगी उन लोगों की पूँजी को चोट पहुँचती है कमल। गुस्सा करने पर भी उन लोगों के प्रति अन्याय होगा।''

कमल ने मुस्कुराकर कहा—''मैंने तो गुस्सा नहीं किया है।''

आशु बाबू ने कहा—''यह मैं जानता हूँ कि तुम गुस्सा नहीं करोगी। गुस्सा हमीं लोगों को नहीं आया, सिर्फ हँसी आई। मगर तुम अपने डेरे जाओगी कैसे बेटी? मैं क्या तुम्हें पहुँचाकर घर जाऊँ?''

''वाह, नहीं तो मैं जाऊँगी कैसे?''

इस डर से कि कहीं लोगों को नजर न आए, उसने अपनी गाड़ी लौटा दी थी।

''अच्छी बात है। ऐसा ही होगा। लेकिन अब और देरी करना भी, हो सकता है, उचित न हो। क्यों, तुम्हारी क्या राय है?''

सभी को यह याद आया कि वे अभी तक पूरे अच्छे नहीं हुए हैं।

तभी सीढ़ियों पर जूतों की आवाज सुनाई पड़ी और दूसरे ही पल सबने बड़े विस्मय से देखा कि अजित दरवाजे के बाहर आकर खड़ा है।

हरेन्द्र ने मधुर आवाज में अगवानी की—''हैलो! बेटर लेट देन नेवर। यह क्या सौभाग्य है ब्रह्मचर्याश्रम का!''

अजित ने झेंपकर कहा—''मैं उसे लेने आया हूँ।'' और पलक झपकते एक अकल्पनीय दुस्साहस ने उसके अन्दर की बातों को जोर से धकेलकर गले से बाहर निकाल दिया। बोला—''वरना अब मुलाकात नहीं होती। हम दोनों आज तड़के यहाँ से चले जा रहे हैं।''

''हाँ। हमारा सब कुछ तैयार है। हमारा सफर यहीं से शुरू होगा।''

नीलिमा दबे पाँव आई और कमरे के एक बगल में बैठी। संकोच को दूर करके आशु बाबू ने मुँह उठाकर निहारा। बात एक बार उनके गले में अटकी। उसके बाद उन्होंने धीरे-धीरे कहा—"हो सकता है, अब कभी हमारी मुलाकात न हो। तुम दोनों ही मेरे स्नेह की चीज हो। अगर तुम लोगों की शादी होती, तो मैं उसे देख जाता।"

अजित को सहसा मानो किनारा नजर आया। वह व्यग्र आवाज में बोल उठा—"इस चीज को मैंने नहीं चाहा है आशु बाबू। यह मेरी चिन्ता के परे है। शादी करने की बात मैंने उससे बार-बार कही है, पर कमल ने बार-बार सर हिलाकर इसे नामंजूर किया है। अपनी सारी दौलत, जो कुछ मेरा है, सब लिख देकर मैंने मजबूती से शादी के बन्धन में बँधने की कोशिश की है, मगर कमल हरगिज राजी नहीं हुई है। आज इन लोगों के सामने मैं तुमसे फिर विनती करता हूँ कमल, तुम राजी हो जाओ। अपना सब कुछ तुम्हें दे देने पर मेरी जान में जान आएगी। मैं धोखा देने के कलंक से छुटकारा पाऊँ।"

नीलिमा ठगी-सी रहकर निहारती रही। अजित स्वभावतः शर्मीले प्रकृति का है, सबके सामने उसकी इस असीम व्याकुलता से सबके विस्मय की सीमा नहीं रही। आज वह अपने आपको छूछा करके देना चाहता है। अपने लिए हाथ में रखने की आज अब उसे जरा भी जरूरत नहीं थी।

कमल ने उसके मुँह की तरफ निहारते हुए कहा—"क्यों, तुम्हें इतना डर किस बात का है?"

"भले ही आज किसी बात का डर न हो, लेकिन..."

"पहले लेकिन का दिन तो आए!"

"मैं यह जानता हूँ कि वह दिन आने पर तुम कुछ नहीं लोगी।"

कमल ने हँसकर कहा—"तुम यह जानते हो? तो फिर वही होगा तुम्हारा सबसे मजबूत बन्धन।"

कमल थोड़ी देर रुकी, फिर बोली—"तुम्हें याद नहीं है, मैंने एक दिन कहा था कि बहुत मजबूत बनाने के लोभ में इतना ठोस मजबूत घर मत बनाना कि वह मुर्दों की कब्र बन जाए, जिन्दा आदमी के सोने का कमरा न बने।"

अजित ने कहा—"हाँ, मुझे याद है, तुमने यह कहा था। मैं यह जानता हूँ कि तुम मुझे बाँधना नहीं चाहती हो। मगर मैं तो बँधना चाहता हूँ। तो किस चीज से मैं तुम्हें बाधकर रखूँगा कमल? कहाँ है मुझमें इतनी ताकत?"

कमल बोली—"ताकत की जरूरत नहीं है। बल्कि तुम मुझे अपनी कमजोरियों से ही बाँधे रखना। तुम जैसे आदमी को मैं दुनिया में बहाकर जाऊँगी, इतनी निष्ठुर मैं नहीं हूँ।" पल भर उसने आशु बाबू की तरफ निहारा और बोली—"भगवान को तो मैं नहीं मानती वरना मैं उनसे प्रार्थना करती कि दुनिया के सारे आघातों से तुम्हें बचाए रखती हुई एक दिन मैं मर सकूँ।"

नीलिमा की दोनों आँखों में पानी आ गया। खुद आशु बाबू ने भी अपनी आँसुओं-भरी आँखों को पोंछ डाला, भर्राई आवाज में बोले—"तुम्हें भगवान को मानने की भी जरूरत नहीं है कमल। वह एक ही बात है बेटी। यही आत्मसमर्पण एक दिन तुम्हें उनके पास गौरव के साथ पहुँचा देगा।"

कमल ने हँसकर कहा–"वह होगा मेरा ऊपरी पावना। क्योंकि वाजिब पावने से भी उसका मान ज्यादा है।"

"यह ठीक बात है बेटी। मगर तुम यह जान रखना कि मेरा आशीर्वाद बेकार नहीं जाएगा।"

हरेन्द्र ने कहा–"अजित, तुम तो खाकर नहीं आए होगे। चलो, नीचे चलो।"

आशु बाबू ने मुस्कुराकर कहा–"ऐसा है तुम्हारा हुनर। वह खाकर नहीं आया है, और कमल यहाँ बैठकर खा-पीकर निश्चिन्त हुई, जो वह कभी नहीं करती है।"

अजित ने शर्मिन्दा होकर कबूल करते हुए बताया कि आशु बाबू का कहना सही है। वह बिना खाए नहीं आया था।

यह याद करके कि यह आखिरी दिन की रात है, किसी की भी इच्छा सभा भंग करने की नहीं थी, लेकिन आशु बाबू की सेहत को ध्यान में रखकर उठने की तैयार करनी पड़ी। हरेन्द्र कमल के करीब आया और आवाज नीची करके कहा–"इतने दिनों बाद तुम्हें असली चीज मिली कमल। मैं तुम्हारा अभिनन्दन करता हूँ।"

कमल ने वैसे ही चुपके-चुपके जवाब दिया–"मुझे असली चीज मिली है? कम-से-कम यही आशीर्वाद आप मुझे दीजिए।"

हरेन्द्र ने और कुछ नहीं कहा। लेकिन कमल की आवाज में वही दुविधाहीन परम निःसंशय का सुर नहीं गूँजा, यह भी कानों में पहुँचा। तब भी ऐसा ही होता है। दुनिया का ऐसा ही विधान है।

नीलिमा ने कमल को दरवाजे के पीछे बुलाया और अपनी आँखें पोंछकर बोली–"कमल, तुम मुझे भूल मत जाना।" इससे ज्यादा वह कह नहीं सकी।

कमल ने झुककर नमस्कार किया। बोली–"मैं फिर आऊँगी, मगर जाने के पहले मैं आपसे एक विनती कर जाती हूँ। वह यह कि जीवन में कल्याण को कभी भी अस्वीकार मत कीजिएगा। उसका सच्चा रूप आनन्द का रूप है। इसी रूप में वह दर्शन देता है, उसे और किसी चीज में पहचाना नहीं जा सकता। तुम चाहे और जो भी क्यों न करो दीदी, आशु बाबू के घर और बेगार करने को राजी मत होना।"

नीलिमा ने कहा–"ऐसा ही होगा कमल।"

जब आशु बाबू गाड़ी पर चढ़ गए, तो कमल ने हिन्दू रीति से उनके पैरों को छूकर उन्हें प्रणाम किया। उन्होंने उसके सर पर हाथ रखकर और एक बार उसे आशीर्वाद दिया। बोले–"तुमसे मुझे एक शुद्ध सिद्धान्त का पता चला है कमल। वह यह कि अनुकरण से मुक्ति नहीं मिलती है, मुक्ति मिलती है ज्ञान से। इसीलिए डर लगता है जिसने तुम्हें मुक्ति ला दी वही तुम्हें, हो सकता है, अजित को अपमान में डुबाए। इससे उसे बचाना बेटी। आज से यह तुम्हारी जिम्मेदारी है।" इस इंगित को कमल ने समझा।

आशु बाबू फिर से कहने लगे–"मैं तुम्हें तुम्हारी ही बात याद दिला देता हूँ। उस दिन से मैंने बहुत बार यह सोचा है कि प्यार की पवित्रता का इतिहास ही आदमी की सभ्यता का इतिहास है। यह उसका जीवन है। यह उसके बड़ा होने का क्रमिक वर्णन है। तब भी पवित्रता के नाम को लेकर जाते वक्त अब मैं तर्क नहीं छेड़ूँगा। मैं अपने क्षोभ की साँस से तुम लोगों के विदा के पल को मलिन नहीं कर दूँगा। लेकिन इस बूढ़े की यह बात याद रखना

कमल कि आदर्श, आइडियल सिर्फ दो-चार लोगों के लिए ही है, इसीलिए उसका दाम है। उसे आम लोगों के बीच खींच लाने पर वह पागलपन होता है। ऐसा करने पर उसका शुभ दूर हो जाता है और उसका बोझ असहनीय होता है। बौद्ध युग से लेकर वैष्णव युग तक इसके बहुत सारे दुखों की नजीर दुनिया में फैली हुई है। उन्हीं दुखों की क्रान्ति क्या तुम दुनिया में ला दोगी बेटी?"

कमल ने मृदु स्वर में कहा—"यह तो मेरा धर्म है चाचाजी।"

"यह धर्म है? यह तुम्हारा धर्म है?"

कमल ने कहा—"हाँ, यह मेरा धर्म है। आप जिस दुख से डर रहे हैं चाचाजी, उसी के अन्दर से होकर उससे भी बड़ा आदर्श पैदा होगा, फिर जिस दिन उसका भी काम खत्म होगा, उस दिन उसी की लाश की राख से उससे भी महान आदर्श पैदा होगा। इसी तरह से दुनिया में शुभ शुभतर के चरणों पर अपने आपको निछावर करके अपना कर्ज चुकाता है। यही तो है आदमी की मुक्ति का रास्ता। आपको दिखाई नहीं पड़ता है चाचाजी, सती-प्रथा की बाहरी शक्ल-सूरत राजा के दबदबे से बदली। लेकिन उसके अन्दर की आग आज भी पहले की ही तरह जल रही है। और उसी तरह से राख करती आ रही है। यह बुझेगी किस चीज से?"

आशु बाबू बात नहीं कर सके, उन्होंने सिर्फ एक आह भरी। मगर दूसरे ही पल सहसा बोल उठे—"मणि की माँ का बन्धन तो मैं आज तक नहीं तोड़ सका हूँ। उसे तुम लोग मोह कहते हो, कमजोरी कहते हो। क्या पता वह क्या है, लेकिन यह मोह जिस दिन दूर होगा उसी दिन उसी के साथ आदमी का बहुत कुछ दूर हो जाएगा बेटी। यह आदमी की बहुत तपस्या का धन है। अच्छा, मैं जाता हूँ। वासुदेव चलो।"

टेलीग्राफ प्यून अपनी साइकिल को रोककर रास्ते पर उतर गया। जरूरी तार है। हरेन्द्र ने गाड़ी की रोशनी में लिफाफा खोलकर तार पढ़ा। लम्बा तार है। आया है मथुरा जिले के एक छोटे-से सरकारी अस्पताल के डॉक्टर के पास से। ब्योरा इस प्रकार है—गाँव के एक मन्दिर में आग लग गई थी। बहुत पुरानी मूर्ति जलकर राख हो जानेवाली थी। उस मूर्ति को जलने से बचाने का जब कोई उपाय नहीं था तब उस जले मन्दिर से राजेन्द्र मूर्ति को बाहर निकाल लाया था। देवता तो बच गए, लेकिन बच नहीं सका उन्हें बचानेवाला। दो दिनों तक चुपचाप अव्यक्त दुख सहकर आज सवेरे वह स्वर्ग सिधार गया है। दस हजार लोगों ने कीर्तन करते हुए शोभा-यात्रा निकालकर यमुना-घाट पर उसका दाह-संस्कार कर दिया है। मरते वक्त उसने आपको यह खबर देने को कहा था।

नीले आसमान से मानो गाज गिर गई।

रुलाई के मारे हरेन्द्र का गला रुँध गया और दूधिया चाँदनी रात सबकी नजरों में पल भर में अँधेरे में एकाकार हो उठी।

आशु बाबू ने रोते हुए कहा—"दो दिनों तक यानी अड़तालीस घंटे। वह इतना करीब था? और उसने कोई खबर नहीं दी?"

हरेन्द्र ने आँखें पोंछकर कहा—"उसने उसकी जरूरत नहीं समझी होगी। हम लोग तो कुछ कर भी नहीं सकते थे। इसीलिए उसने शायद किसी को दुख देना नहीं चाहा होगा।"

आशु बाबू ने हाथ जोड़कर अपने सर से लगाया और बोले–"इसका मतलब यह है कि देश के अलावा और किसी भी आदमी को उसने अपना नहीं माना था। उसने सिर्फ देश को, इस भारतवर्ष को अपना माना था। तब भी मैं कहता हूँ, भगवान तुम उसे अपने चरणों में जगह देना। तुम और चाहे जो भी क्यों न करो, इस राजेन की श्रेणी को अपनी दुनिया से गायब मत करना। वासुदेव, गाड़ी चलाओ।"

इस शोक का आघात कमल से ज्यादा शायद किसी को भी नहीं टीसा था। लेकिन दुख की रुलाई से गले को उसने रुँधने नहीं दिया।

उसकी आँखों से आग बाहर निकलने लगी, बोली–"दुख किस बात का? वह स्वर्ग गया है।" उसने हरेन्द्र से कहा–"आप रोइए मत हरेन बाबू, अज्ञान की बलि हमेशा इसी तरह से ली जाती है।"

उसका स्वच्छ कठोर स्वर तीखी छुरी की अनी की तरह सबके कलेजे में जाकर बिंधा।

आशु बाबू चले गए और उस शोक में डूबी स्तब्ध चुप्पी के अन्दर कमल अजित के साथ गाड़ी में जा बैठी। बोली–"रामदीन चलो।"